AZ IGAZI
JUDIT… ÉS AZ UTÓHANG

MÁRAI SÁNDOR

Márai Sándor

伪装成独白的爱情

〔匈牙利〕马洛伊·山多尔 著

郭晓晶 译

译林出版社

目 录

真 爱

第一部分

嘿，你看看那个男人！等一下，现在先别往那儿瞧，你转过来对着我，咱们接着聊。我可不想让他看到我，也不希望他和我打招呼。现在你可以瞅瞅他。是那个矮墩墩的、穿貂皮领大衣的男人吗？不是，怎么会是他呢？我说的是那个瘦高个儿、面色苍白、穿黑色大衣的男人，他正在跟那位苗条的甜品店金发女服务员说着什么，让她打包橘皮蜜饯。哎，真怪，他从来没给我买过这个。

你怎么了，亲爱的？没事，等一下，我擤擤鼻子。

他走了吗？要是走了，你就告诉我一声。

他在付账吗？……你告诉我，他拿的是什么样的钱包？你好好盯着，我可不想朝那边看。不会是一个棕色的鳄鱼皮钱包吧？……对吗？你看，这可真让我高兴。

我为什么高兴？不为什么，就是高兴。当然啦，那个钱包是我送给他的，他四十岁生日的时候。已经十年了。我还爱他吗？……

还真难回答，亲爱的，是的，我相信我还爱着他。他已经走了吗？……

他要是走了，那就太好了。等一下，我在鼻子上补点粉。能看出来我哭过吗？真是愚蠢！但你知道，人呐，就是这么愚蠢。当我看他的时候，心还是怦怦乱跳。我能不能告诉你那个人是谁？当然可以，亲爱的，这不是什么秘密。这个人是我的前夫。

你说，我们来一份开心果味的冰激凌怎么样？我不明白为什么人们总说冬天不能吃冰激凌。我最喜欢的就是在冬天来这家甜品店吃冰激凌。我有时候认为，任何事情都是可以做的，简简单单，做一件事情并不是因为它有多么美好或意义多么重大，仅仅因为有做它的可能。

我本来就喜欢冬天到这家店里来小憩，通常在晚上五点到七点之间。尤其在分手后的这几年，当我变得形单影只之后，我对这家摆满上世纪家具的红色沙龙更是喜爱有加，还有这里上了年纪的女店员。在这里透过玻璃窗观看广场上的大都市景象和进店出店的穿梭人流，对我而言是一种享受。所有的这一切都蕴藏着一丝暖意和某种不易察觉的上世纪末的气息。你有没有注意到，这里煮的茶是最好的？……我知道摩登女性不再去甜品店了。她们都去咖啡馆，匆匆忙忙，没有时间舒舒服服地坐下来休息，午餐喝四十菲列[1]的

1　菲列，匈牙利货币名，现已停止流通。

黑咖啡，再配上一道色拉，真是一个崭新的世界！但我仍属于另一个世界，仍需要精致典雅，摆满了老家具和玻璃橱柜，挂着红色丝绒壁毯，常客是那些上了年纪的伯爵夫人、公爵夫人的甜点店。我并不是每天都来这里，你肯定能够想象得出，我在冬天有时来这里坐一坐，心情该是多么舒畅。有一段时间我常跟我丈夫在这里见面，六点钟后，他下班之后，那是我们的品茶时间。

我敢肯定，现在他也刚从单位下班过来。七点过五分，这是他的时间表。我直到今天都对他的所有动向和行踪了如指掌，仿佛我过的是他的生活。六点零五分，他招呼衣帽间的服务生为他刷刷大衣和礼帽，并且帮他戴上。出门后，他先把车打发走，随后步行回家，因为他想透透气，让脑子清醒清醒。他很少步行，所以才这样苍白。也许还有别的原因，那我就不清楚了。到底是什么原因我根本不知道，因为我再没有见过他，也不跟他说话，我已经有三年没跟他说过话了。我不喜欢那种矫揉造作的离婚方式，离婚之后夫妻俩挽着手臂离开法院，接下来一起去城市公园的著名餐厅共进午餐，他们对彼此是那样的喜欢和在乎，仿佛什么都未曾发生，吃完饭后分道扬镳，各奔前程。我是另一种品性、另一种脾气的女人。我不相信一对夫妻在离婚后还能成为好朋友。婚姻就是婚姻，离婚就是离婚。这是我的观点。

你怎么认为？当然，你从来没有结过婚。

你看，我不相信人类发明出来，并且惯性地重复了千百年的事情是一种虚无的形式。我相信婚姻是神圣的，离婚是对神圣的亵渎。我一向受到的是这种教育。不仅是教育、信仰使我相信这点。我之所以相信这些，还因为我是女人，我认为离婚也不完全是流于空洞的形式，就像登记注册以及在教堂举行婚礼的仪式一样，婚姻使双方的灵魂和肉体紧密相连，而离婚则彻底地将彼此的命运分开和割裂。我们离婚的时候，我一刻都不会自欺欺人地相信我跟我的丈夫仍然是“朋友”。当然，他仍然表现得礼貌体贴，并且非常慷慨大方，仿佛理所应当或习以为常。但是我既不礼貌，也不慷慨，我连钢琴都搬走了，是的，就是这样。我的报复心非常强烈，甚至想把整座房子都搬走，连窗帘也不留下，所有的一切都通通带走。从离婚的那一刻起，我就是他的敌人。现在是，永远是，直到我咽气为止。千万不要友好地请我去城市公园的饭店吃饭，我可不是那类造作的女人，她们离婚之后还去前夫家里，如果用人偷了他的内衣，还要帮他收拾整齐。即使他的所有东西都被偷了，我也不会觉得可惜，即使哪天我听说他病了，我也不会去他那里探望。为什么？……因为我们已经离婚了。你懂吗？这本身就让人无法心平气和。

等一下，我还是收回刚才说他生病的那句话吧，我不希望他生病。如果他真病了，我还是会去看他的，去病房探望他。你笑什么？你在取笑我吗？因为我希望他病了就可以去探望他？是的，我当然这样希望，直到死我会一直怀着这个希望。但他还是不要真的生病为好，你看，他的脸是多么苍白啊……他这几年一直都这样苍白。

我想告诉你整个故事。你有时间吗？我，很遗憾，我拥有太多空闲时间了。

哦，冰激凌来了。你知道吗，事情是这样开始的，我大学毕业后进入政府部门工作，而你马上去了美国。我记得那时我们还鸿雁传书，联系了三四年，对吧？我们之间是那种病态、愚蠢的青春期爱恋，但现在我对这种爱可没什么好印象。感觉似乎一个人没有爱就无法生存，所以那时候我就爱上了你。你们家非常富有，而我们家只是普通中产阶层，拥有三个房间和一个厨房，从走廊进来直接就是家门。我很仰慕你……对于年轻人来说，这种崇拜是情感联系的一部分。虽然我也有一位女佣，但是她用的是我用过了的洗澡水。这些细节非常重要。贫穷和富有之间有很多可怕的精细的亚层。在贫困里面，再往下数，你认为还有几种可以细分的层次？……你是富人，你不会理解每个月收入四百到六百之间的巨大差距。每个月收入两千和一千之间的差距并没有那么大，现在我对此已经很清楚了。我们家是每月收入八百的阶层，而我丈夫每个月的收入是六千五百，我必须要适应这种差距。

他们家所有的一切都跟我们家的截然不同。我们租的是公寓房，他们租的别墅。我们有一个阳台，种着天竺葵，他们有一个小花园，种着两坛鲜花和一株老核桃树。我们用的是一个简陋的冷藏柜，夏天必须自己买冰块放进去用来降温，而我婆婆家里有一台小电冰箱，可以制出漂亮、整齐的四方冰块。我们家里有一个负责打点所有事务的用人，而他们家却有一对仆人夫妇，分别担任用人和厨师。我们有三个房间，他们有四个，加上客厅实际上有五个。他们的客厅门上挂着雪纺纱窗帘，宽敞明亮；我们家只有一个前厅，冷藏柜也摆在那里——就是普通佩斯家庭那种光线昏暗的前厅，角落里摆放着鞋刷子盒，还有一个已经过时了的挂衣架。我们有一台三管收音机，是我父亲分期付款买来的，只能“接收”它感兴趣的电台；他们家的收音机有柜子那么大，就像一件家具，同时具有收音机和留声机的功能，靠电流运转，可以更换唱片，在房间里甚至能欣赏日本歌曲。我从小到大接受的教育，始终是要生存下来，而他们接受的教育，首先是生存，然后是如何优雅地、有教养地、循规蹈矩地、始终如一地生活，而后者更为重要。可惜的是，对于这些巨大的差别，我那个时候并不懂得。

有一次，吃早餐时，那时我们刚刚结婚不久，他对我说：“我对餐厅里那些紫红色的椅套感觉有些厌倦，它们过于鲜亮刺眼，仿佛有人在那里一直尖叫。亲爱的，你去城里转转吧，找些别的椅套在秋天用。”

他要把十二个“让人有些厌倦”的椅套全部换掉。我困惑地看着他，以为他在开玩笑，但是他不像是在开玩笑。他神情专注地读着报纸，目光严肃，可以看出，他说这番话是经过深思熟虑的，的确——我不否认——那个惹他心烦、让他焦虑的刺眼颜色是有一点俗气。那是我母亲选的，椅套还是全新的。他离开后，我忍不住哭了起来。我不是傻瓜，我清楚地知道，他想通过这个对我表达什么……他想说的话，不能用直接、准确和唐突的言语来表达，即我们之间存在着某种品位上的差距，我来自另一个世界，即使我懂得并学会了一切，即使我跟他一样也属于中产阶级，但由于一个层次，由于一个他所喜欢的、几乎令人难以察觉的色调差别而使我跟他变得判若云泥。与贵族相比，市民[1]阶层对这些细微感受的差异尤其敏感。市民要穷其一生地不断证明自己，而他从一降生就获得了确凿的身份。市民永远要迫不得已地去争取去储蓄去积累；而他，事实上既不属于要靠奋斗生存的第一代，也不属于靠储蓄和积累苦熬的第二代。这些他曾经跟我说过一次。当时他在阅读一本德文书，并且宣称他找到了生命的伟大真谛。我不喜欢这类“伟大真谛”，我相信，在人类生活中，无论过去还是现在，始终存在着无数微不足道的琐碎问题，而且只有它们作为整体才真正重要——因此我挖苦地问道：“那么，你真的相信你了解了自己？……”

“当然了解。”他回答说。在眼镜片后，他的目光充满了孩子般的真诚，如此炙热，让我几乎为自己的提问感到追悔。“我是一位艺术家，只是没有找到适合我表现的艺术形式而已，这种情况经常发生在普通市民身上。通常一遇到这种情况，一个家庭就会

1 该书中的市民并不是“城市居民”的概念，类似“中产阶级”或“布尔乔亚”，但跟这些概念并不完全重合。这个社会阶层既包括了有钱的资本家、有社会地位的中产阶级，也包括了有身份的没落贵族。

面临危机。”

从那之后，他再没有谈论过这个话题。

当时我对此根本不理解。他既不写作，也不绘画，更不演奏音乐。他鄙视艺术爱好者，但是他阅读很多书籍，“系统地、有条不紊地”——这是他最喜欢的词——对我来说他实在是有些过于系统和有条不紊了。我喜欢阅读，主要根据个人喜好和心情而定，而他阅读，仿佛要履行生命中的一项重大义务。如果他开始阅读一本书，他从不会放弃，会一直读到最后一个字——即使那本书很无聊或者令人生厌，他也要坚持读完。阅读对他来说是一项神圣的义务，他如此尊重每个字，就像神父对待圣书一样虔诚。他以同样的热情对待绘画，以同样的意志力前往博物馆、剧院、音乐厅。他对万事万物都感兴趣，由衷地感兴趣，他对所有涉及灵魂的事情都满怀激情；而我，却只对他感兴趣。

可惜他恰恰没有找到自己的“艺术形式”。他管理工厂，经常旅行，雇用艺术家并付给他们很高的薪水。他非常留意，从不把自己比绝大多数雇员和顾问独特得多的个人品位强加到别人身上。他讲的每句话都极有分寸，彬彬有礼，就像为某事寻求谅解一样，就像自己毫无主见，需要得到别人帮助一样，但在一些重要事情的决断上，尤其是事业上的事情，他却能表现出果断、固执的态度。

你知道我丈夫到底是个什么样的人吗？他是世上最罕见的人。他是一个真正的男人。

我说的“男人”一词，既不同于那种舞台上或者爱情剧里英俊男主角的概念，也非指人们常说的那类拳击冠军式的男人。他的灵魂是刚毅的，是一个坚定而谨慎的人，敏锐又焦躁不安，多思且充满猜疑。对于所有这些，我当时并不明白。一个人在生活里很难什么都学会。

在学校里谁都没学过这些，包括你我，对不对？……

也许，我该从他向我介绍了一位朋友的那一天讲起，那个人叫拉扎尔，是位作家。你听说过这个名字吗？……你读过他的书吗？我已经读过他的全部作品。事实上我对他的作品逐字逐句地咀嚼，仿佛他的书里隐藏着的某种秘密，而那同时也正是我生活的秘密，但是最后我没能在他的书中找到任何答案，我没有找到这些秘密的答案。生活的答案有时令人瞠目结舌。我在此之前没有阅读过这个作家的任何字句。他的名字我是知道的，但也仅此而已。我不知道我丈夫认识他，也不知道他们还是朋友。有一天晚上我回家时，发现我的丈夫正在家里陪着这个人，于是，某种奇怪的事情开始发生。那是第一次和他见面，在我们婚姻的第三个年头，那时候我才知道，我根本不了解我的先生。我和一个我根本不了解的人一起生活。有时我以为自己了解他，但是我发现，对于他的喜好、品位、欲望我一无所知。你猜他们两个人在做什么，拉扎尔和我的丈夫，就在那天晚上？……

他们在玩游戏。

但那是多么令人感到奇怪和焦躁不安的游戏啊！

他们没有打法式扑克牌，根本没有。我的先生本来就非常痛恨和厌恶打牌之类中规中矩、缺乏想象力的娱乐方式。他们在做游戏，那么奇怪，有点可怕，起初我一点都没有理解他们，我感到害怕，紧张地听着他们的谈话，仿佛我误入了疯人院。我丈夫跟这个人在一起时，完全变成了另一副样子。在我们婚后第三个年头，有一天晚上我回到家里，在起居室里见到我丈夫和一位我不认识的先生在一起，那位先生友好地向我走过来，他瞥了我丈夫一眼，然后说："你好，伊伦卡，你不会生气我把彼得带到家里来吧？……"

他指着我的丈夫说，我丈夫一脸窘态地站起身来，用尴尬的、充满乞谅的眼神看着我。我相信，他们肯定疯了。但是他们没有过多留意我的神色，那个陌生人接着拍着我丈夫的肩膀说："我在奥雷纳大街碰上了彼得，你知道吗，他连停都不想停一下，这个疯子，他只想敷衍了事地打个招呼后溜掉，我当然没有放他走，我对他说：'彼得，你这头老驴，你没生我的气吧？……'然后我就挎着他的胳膊把他带到这里来了。好啦，孩子们！"他接着说，"你们现在可以拥抱了，我允许你们吻吻脸。"

你能想象得到吗，我是如何目瞪口呆地立在那里的？我手里攥着手套、挎包和帽子，就这么木讷地呆立在房间中央，仿佛是一头灰色的小蠢驴，只知道傻愣愣地看着。我的第一感觉是赶快跑出去打电话给家庭医生，或者叫一辆救护车来，我甚至还想到了警察。但是就在这时，我丈夫朝我走过来，不安地吻了我的手，然后垂下头来对我说："让我们把过去的一切都忘记吧，伊伦卡，

伊伦卡，我为你们现在的幸福感到高兴。”

然后我们坐到桌前吃晚餐。作家坐到了彼得的位置上，他开始安排，吩咐用人，就像他才是一家之主。他没有跟我使用“您”，而是以“你”相称。女佣认为我们全都发疯了，她甚至惊诧地将沙拉盘子掉到了地上。晚上他们仍然没有给我解释那个游戏的规则，因为我的一无所知、混沌不明正是那个游戏的趣味所在。他们还商量好，他们两个人，在等我的那段时间，要进行一场完美的演出，就像两个真正的专业演员一样。根据这出戏脚本里写的基本剧情，我和彼得几年前离了婚，然后和这个作家——也就是我丈夫的朋友结了婚。彼得很受伤害，他把所有的东西都留给了我们，房子，家具，所有的一切。总而言之，现在作家是我的丈夫，彼得和他在街上相遇，作家挽着的是我那深受伤害、已经离异的前夫，他对彼得说：“你看，别再犯傻了，该发生的都已经发生了，你上来和我们一起吃晚饭吧，伊伦卡也很想见到你。”然后彼得真的上来了。现在我们在一起，三个人在一起，在从前我和彼得生活的房子里友好地共进晚餐，作家是我的丈夫，他睡在彼得床上，占据了我生命中原本属于彼得的位置……你懂吗？这就是他们在做的游戏，就像两个疯子一样。

除此之外，这个游戏也有其具体的细节刻画。

彼得扮演的是一个备受回忆折磨，处于困惑之中的角色。作家扮演的是过于从容自如、无拘无束的角色，而实际上由于情境的特殊性他自己也局促不安，面对彼得时内心充满犯罪感，因此他表现得声音高亢，面容可亲。我扮演的是……不，我没有扮演任何角色，我只是坐在他们中间，轮番注视着这两个成年人，这两个聪明人所做的让人费解的愚行。

当然，我最终还是领悟了这出游戏的精妙内涵，然后也开始遵循这个群体游戏的特殊规则。但是，那天晚上，我也领悟到了别的什么。

我的丈夫，我曾坚信他完全彻底属于我，就像人们常说的那样，从头到脚连肌肤和毛发都属于我，我以为我拥有他内心深处的全部隐秘；但事实上他根本就不属于我，对我来说，他几乎是一个陌生人，他拥有很多秘密，就好像我已经发现了他的一些疑点：也许他曾坐过牢，也许他有病态的热情，也许在他身上有着跟我在过去几年内以为的完全不符的东西。我发现我丈夫只在某些方面跟我是亲密的伴侣，除此之外，他就像这位我丈夫在半路上遇见并带回家来的作家一样神秘陌生。他们背着我，发明了一种荒唐、令人费解、带有同谋性质的游戏，并且在我面前表演。我知道，我的丈夫不仅仅活在我所认识的那个世界里，他还拥有另外一个世界。

我同时发现，这个人，这个作家，对我丈夫的心灵有着强大的控制力。

告诉我，这是一种什么力量？……现在人们对这方面写了很多，也谈论了不少。什么是政治力量，是什么理由导致一个人能将他的意志灌输给千百万人？而我们女人的力量，我们的能力是什么？你说是爱情。也许就是爱情吧。我有时对这个词心存疑惑。我不否认爱情，当然不会。它是地球上最伟大的力量。但是不管怎么说我还是觉得，男人们，当他们在别无选择的情况下才爱我们时，他们是鄙视这一切的。每个真正的男人都在自己的内心深处有所保留，有所克制，仿佛拦阻女人进入他们本性、灵魂的领地，如同他对他爱的那个人说："好了，就到此为止吧，亲爱的，别再往前走了。就到这里吧。在这儿，在第七个房间里，我想自己独处。"愚蠢的女人会为此发疯崩溃，聪明的女人由此黯然神伤，她们会变得好奇，最后被迫接受了现实。这是什么力量？

这种一个人对另一个人心灵的统治力量究竟是什么？为什么这个并不快乐、焦躁不安、聪明、可怕，同时并不完美、受过伤害的作家拥有能够掌控我丈夫灵魂的力量？

因为他本身就拥有这种力量，后来我才明白这一点，他身上具有某种危险、致命的力量。在那之后过了很久，我丈夫有一次对我说，这个人是他生命的"见证人"，他努力尝试解释。他说，所有人的生命中都有一位见证人，在年轻的时候遇见的这个人更为强壮，我们所做的所有事情，实际都是为了能把内心深处感到羞愧的事情在这位无情的法官面前隐藏起来。见证人不相信我们。他知道别人不知道的关于我们的一切。也许你会被任命为总理或者获得诺贝尔奖，但是见证人只是微笑。你相信这些吗？……

他还说，我们一生中所做的所有事情，几乎都是为了奉献给见证人，我们要让他相信我们并且从他那里获得证明。在职业生涯中，在个体生命中，他所有的努力首先是为见证人准备的，你了解那种窘迫的处境吗？当年轻的丈夫向他的妻子介绍“那位”朋友时，介绍他年轻时代伟大的伙伴时，他焦虑地等待朋友的反应，他的朋友是否喜欢这个女人，他的选择是否正确？……他的朋友当然深思熟虑并且极其友好，但是暗地里却心生妒忌，因为不管怎么说，这个女人都把朋友从一种感情关系中排挤了出来。那天晚上，他们就是用这种眼神看着我。只是他们更有意识，因为他们俩知道得很多，而我对他们知道的东西却一无所知。

但是这一次，我从他们的交谈里明白：这两个同谋——我的丈夫和作家——知晓某些关于男人和女人，以及人与人之间关系的事情，对于这些事情，我丈夫跟我从来没有提过。好像这些事不值得跟我提似的。

午夜过后，这位不速之客走了以后，我走到丈夫跟前直接问他：“你说，你是不是有些瞧不起我？”

他从雪茄的烟雾后疲惫地眨着眼睛盯着我，仿佛刚泡完酒馆回来，带着宿醉的微醺听我的责骂，实际上，那一天晚上我丈夫第一次邀请那个作家到我们家，并跟他一起进行那个奇怪的游戏，留给我们比狂欢或大吃大喝后更糟糕的余味。我们两个人都感到很累，特别苦涩的感觉席卷而来。

“没有，”他一本正经地回答，“我没有瞧不起你，怎么会呢。你为什么这么想？你是一个聪明女人，而且有很强的个性。”他肯定地说。

我思忖着，心怀疑虑地听着他讲的话。我和他面对面地坐到已经收拾好了的桌子旁——我们在桌子旁坐了整整一晚，晚饭后没去客厅里，而是在一堆烟蒂和空葡萄酒瓶之间“席后倾谈”，因为客人喜欢这样——我怀疑地反问：“聪明，有个性，是的，但你对我的个性和内心是怎么看的呢？”

我感觉到，这个问题有些令人伤神。我的丈夫认真地看着我，但是没有回答。

好像他在说：“这是我的秘密。我肯定了你的聪颖和个性，你应该感到知足了。”

事情大概就是这样开始的。很久以后我常常想起那个夜晚。

作家很少到我们这里来。他和我丈夫也不经常见面，但是我还是能察觉到他们找机会见面的迹象，就像一个妒忌的女人感觉到丈夫身上一次短暂相遇遗留下的气味一样，甚至能感觉被一个女人的手紧握过而在男人的肌肤上留下的香料味道。当然，我非常妒忌作家，起初，我时不时地催促我丈夫再次邀请作家来跟我们一起共进晚餐。这种时候，我丈夫会不安地回避这个话题。“他过着隐居生活，不大与人来往，”他说话的时候眼睛没有看着我，“他是个另类，是名作家，他要工作。”

但我知道他们有时候会偷偷见面。有一次，我在一家咖啡馆里偶然看到他们，我从街上看到他们，我第一次有了那种病态、残酷的感觉，就像被人用锋利的物件，用刀或者尖锐的针刺伤一样。

他们并没有察觉到我，坐在咖啡馆的一个包厢里，我的丈夫说了些什么，两个人开始笑起来。我丈夫的面孔再次变得陌生，完全不同于在家里的模样，完全不同，就像我不认识他一样。我感到头晕，快速地走开了，面无血色。

你疯了吗？我想，你在想什么呢？……这个人是他的朋友，一位著名作家，一个特别的人物，一个拥有智慧的人。如果他们见面，也不代表什么。你想让他们怎么样呢？……为什么你的心跳得这么厉害？……你害怕他们不让你作为第三者参加游戏？怕你不能成为那个特殊的荒诞游戏中的一份子？……你担心自己在他们眼中不够聪明，或不够有教养？你在妒忌吗？……

我该对自己的念头感到好笑，但是疯狂的心跳并没有停止下来。我的心怦怦乱跳，就像我即将分娩必须去医院一样，但那种妊娠时的心跳是甜蜜的、幸福的。我拼命在街上快步疾走，感觉遭到背叛并且被人抛弃。我在理智上理解并且也承认这一切：我的丈夫不希望我和这个古怪的陌生人碰面，只有他认识和了解这个人，他们从年轻时代就已经认识，这是他的权利。另外，我丈夫本来就是一个沉默寡言的人。我也感觉到他们某种程度上想骗我蒙我。晚上，我丈夫跟往常一样按时回家，我的心仍然狂跳不止。

“你去哪里了？”当他吻我的手时，我问他。

“哪里？”他望着别处回答说，“哪里也没去，我直接回家来了。”

“你撒谎。”我说。

他盯着我看了好长时间，毫无感情地、冷淡到几乎有些厌烦地说：“对，我都忘了，我在路上碰到了拉扎尔，我们去一家咖啡馆里坐了坐。你看，我真把这事给忘了。你看到我们在咖啡馆了？”

他的语调是那样真诚、平静又有些惊讶，我为自己感到羞愧。

“对不起，”我说，“我对这个人一无所知，没有好感。我相信他既不是你真正的朋友，也不是我的朋友，更不是我们的朋友。别再理他，躲他远点。”我乞求道。

“噢！”我丈夫非常好奇地盯着我，他像往常一样非常认真地擦拭着眼镜，“我用不着躲拉扎尔，他从来就不是缠人的人。”

从那之后，他再也没谈过这个人。

现在我很想了解关于拉扎尔的一切，我阅读他的著作，在我丈夫工作的图书馆里我找到了几本，还带着手写的、措辞特别的推荐语。这些推荐文字里有什么特别之处？……那种不敬……我怎么说呢……不，这不是个很准确的词……充满了讽刺和挖苦，就如同作者本人也瞧不上一样，因为他写了这本书。在这些导读中带着某种羞辱、苦涩和悲伤，就如同他的名字下面写着，“是的，是的，我也没有办法，但还是不能把我跟书里描写的人物划等号”。

在此之前，作家在我的印象里颇像某种周游世界的传教士。而这个人在他的书里那么严肃地向世界如此宣告！……对于他写的东西，我无法全部理解，就像他不屑于对我、对读者阐述清楚一样……对此评论家和读者已经做过充分的评论，就像人们讨厌所有的名人那样，也有不少人痛恨这个作家。他从不谈论他的任何一本书籍，从不谈论文学。反之，他对别的所有事情都很好奇：哪天晚上如果他来找我们，我必须向他解释怎么腌制兔肉……你听说过这种事吗……是的，腌制兔肉。我要把我知道的所有关于腌制兔肉的知识教给他；他甚至请来了厨娘。然后他开始妙趣横生地说起长颈鹿，他海阔天空，面面俱到，他知道很多事情；就是从不谈论文学。

你说他们是不是都有些疯狂？……我也有过类似的想法。但是后来我坚信，这所有的一切都以另外一种形式存在，就像生活中其他的事情那样。他们不是疯子，只是羞于坦露自己的内心。

但是拉扎尔后来消失了，只有他的书籍和文章围绕着我。有时可以听到关于他的流言蜚语，比如和某位政客或者某些著名的女人有关；但是从中不会得到任何确实的推论。政客发誓，著名的作家要加入他们的党派，女人们炫耀说，她们征服了这头怪兽，并用镣铐拴住了他，但是最终怪兽还是逃回到自己的巢穴。几年过去了，我们一直没有看到他。这期间他做了什么？……我不知道。他活着。他阅读。他写作。也许还施展魔法。说到这里，我向你讲述一件事。

那之后又过去了五年。我和我丈夫已经一起生活了八年。孩子是在结婚后第三年出生的。没错，是一个男孩。我还给你寄过他的照片。我知道，他漂亮极了。然后我再没给任何人写过信，给你也没写过，我不为别的活着，只为我的孩子。我周围的所有事物似乎消失殆尽，无论近的还是远的，都变得与我无关。不应该这么爱，不能如此爱别人，就连亲生子女也不能这样。所有的爱都粗鄙自私。是的，当孩子出生的时候，我们的通信也中断了。你是我唯一的女朋友，但是我连你都不需要了，因为我有了孩子，是的，那两年，孩子活着时，世界上只有无与伦比的幸福，让人沉浸在安宁、挂念的情愫中。我知道这个孩子不会活太久。我怎么知道的？……人能够感知这类事情。我们能感知到一切，感知命运。我知道，这样的幸福、美好和仁善，就像这个孩子一样，并不属于我。你不要批评指责我，关于这点我比你更清楚。但是那两年我真的体会过幸福。

孩子死于猩红热。在他第二个生日后的第三个星期，是在一个冬天。

你说，无辜的小婴儿为什么会死？你想过这个问题吗？我想了很多，很多次。但是连上帝都无法回答这样的问题。

我的生活里没有其他的事情了，只能思考这个问题。是的，现在也同样如此，只要我还活着。没有人能够从这种痛苦中康复。这是唯一真实的疼痛，孩子的夭折。其他的痛苦与此比起来，仅仅只能称得上相似而已。你不能理解，我知道。你看，我不知该怎么说，我到底是该妒忌你，还是可怜你，因为你不懂这种伤痛之深……我想，我可怜你。

如果第三年没有这个孩子，也许一切都会不同。如果这个孩子活下来的话，也许生活会是另外一个样子。也许……因为是最伟大的奇迹，是生命唯一的意义，但是我们也不要自我欺骗，不要在任何时候为任何事情自欺欺人，因为我马上要对你说的是我不相信孩子能够解决潜伏在两个人之间的紧张和无法释解的矛盾。但是很遗憾，现在谈这个没有任何意义。不管怎样，孩子还是出生了，活了两年，然后死了。这两年我还是跟我丈夫生活在一起，之后我们就离婚了。

我现在确切地知道，如果在这过程中没有孩子的话，我们可能在第三年就离婚了。为什么呢？……因为那时我已经知道，我不能和我丈夫继续一起生活了。这是生命中最大的痛苦，一个人深爱另外一个人，却无法与之共同生活。

为什么呢？……有一次我缠住他追问在我们之间到底存在什么问题时，他这样回答："你想让我放弃我作为一个男人的尊严，这点我做不到，与其这样，我宁可去死。"

我立刻明白了。我这样回答："你不要去死，还是活下来吧，继续做一个陌生人。"

因为他说到做到，他就是这样的人，可能他不会立刻付诸行动，但随着时间的推移，几年过去了，他的某些话会变成行动。其他人只是说说而已，他们轻率地谈论计划与机遇，但是晚餐以后，马上忘得一干二净。他谈论结局。仿佛他的话跟他的内心绑缚得很紧，他一旦说出，就会坚持不变。如果他说"我宁愿去死"，那么我应该明白这个人不愿意为我放弃自己的内心，他不会向我投降，即使去死也不会。这就是他的性格和命运……有的时候，他仅仅是谈话中不经意地提到几个词，对一个人做出判决，在脑子里闪现出一个“计划”，之后几年过去，他没有再说起这件事，某一天我意识到，他判决的那个人从我们的生活中消失了，而那个他附加提出的“计划”在两年后已经变为现实。婚后第三年我已经很清楚，我们两人之间真的存在很大的问题。我的丈夫一向彬彬有礼、温柔体贴，而且他爱我。他从不骗我，也没结识其他的女人，只有我。但是……你注意听着，不要看我，我想我脸红了……我感觉到在我婚姻的头三年和最后两年，如同我不是他的妻子一样，而是……他确实爱我，怎么会不爱呢，但是与此同时，他似乎容忍我出现在他的家里，在他的生活里。在他的性格里有一种宽容的耐性，仿佛他除此别无他法，因此只是平心静气地接受我也住在那里，住在第三个房间里。这就是世界的秩序。他愿意和我聊天，和蔼客气地说话，摘下眼镜，认真倾听，给出建议，有时也开个玩笑。我们一起去剧院，我看到他在人群中跟其他人讲话时，昂着脑袋，手臂交叉在胸前，带着一丝疑惑，面带善意的嘲讽和半信半疑的表情倾听着别人的讲话。因为他从不轻易相信别人。他听他们讲话时，总抱着非常认真负责的态度，然后予以答复，但是他的声音中流露出某种同情、怜悯的味道，就像他知道，世事充满无奈、狂热、谎言和无知，不需要相信一切。即使另一个人以一种绝对的诚意和他讲话，他也不会相信。这点他当然不能告诉别人，因此他总是怀着良好的出发点，带着宽容的心，认真地，带着疑虑聆听他们，过程中有时他会微笑或者摇头，就像对另一个人说："请您接着讲，我该知道的我都知道。"

先前你问我是否爱他。在他身边我极为痛苦。但是我知道我爱他，我也知道，我为什么爱他……因为他是个忧伤、孤独的人，没有任何人能够帮他，连我也不能。但是，我要花多少时间，经受多少折磨才能知道并理解这一点啊！我很长时间一直以为他瞧不起我，轻视我……但是他的言行中也包含别的东西。这个四十岁的人是那样的孤寂，就像荒原中的修道士。我们生活在大都市中，家境富裕，交友甚广，社交圈庞大，但是我们恰恰是孤独的。

一次我看到他的另外一个样子，仅仅一次，一瞬间而已。孩子出生时，这个面色苍白、忧郁、孤独的男人走进房间。他不安地走过来，就像一个人置身于某种尴尬、夸张的情景里，对一切都感到有点难为情。他站在摇篮前面，犹豫不决地倾斜上身，就像他习惯的那样，双手背到了身后，小心，审慎，带着克制。那一个小时我很累，但是我特别注意观察他。

他朝着摇篮倾下身来，那时，就在那一刻，他苍白的脸上闪出一种光辉，就像从他身体内部开始发光一样。但是他一句话也没说。他长时间地看着孩子，大概有二十分钟，一动不动。然后朝我走了过来，把他的手放到我的额头上，就这样站在床边，一言不发。没有看我，只是凝望着窗外。我们的宝贝就出生在那个多雾的十一月的凌晨。我丈夫在我的床边也站了一会，抚摸着我的额头，他的手掌滚烫，然后开始和医生交谈，就像他已经处理完事情而开始谈论别的事情一样。

但是我知道，在那一刻，也许在他生命中是第一次也是最后一次，他体会到幸福。也许他也会愿意为此对他称之为“男人尊严”的那个秘密做出让步。孩子还活着的时候，他以另一种更为亲密的方式和我谈话。我可以感觉到，我还未完全进入他的世界，我知道，这个人在跟自己斗争，试图战胜他内心深处抗拒的力量，战胜傲慢、恐惧、伤害、怀疑等那些奇怪的错综复杂纠结在一起的情绪，这些纠结阻碍其成为与其他人相同的人。为了孩子他愿意与世界和平共处……至少在有的时候。至少有一段时间是这样的，在孩子活着的时候，我满怀狂热的希望，我看着这个男人如何与自己的性格抗争。他与自己较量，就像一位驯兽师与猛兽较量。这个寡言少语、既骄傲又忧郁的人千方百计地努力彻底成为自信、谦虚、卑微的人，比如他会买礼物，送给我很多小礼物。这真是让人感动得落泪。因为像他这样羞怯的人是羞于送别人琐碎的礼物的，圣诞节、生日时我总是收到那些昂贵、奢华的礼物，比如一次华丽的旅行、贵重的裘皮大衣、崭新的汽车、首饰……他花二十菲列买一包烤栗子带回家。你明白吗？……或是马铃薯糖或别的什么。现在他则带这些东西回家。他给予我一切，最好的医生，最漂亮的婴儿房，这枚戒指也是那时他送给我的……是的，很贵重……但是有一天晚上他回到家里，带着尴尬的微笑，略带羞涩，从绢纸中打开用钩针编织的精美的婴儿外套和头巾。他把这些东西放到婴儿房间的桌子上，脸上挂着请求原谅的微笑，然后快速地离开了房间。

我想说的是，那样的情境让我几乎热泪盈眶。因为高兴，因为希望，甚至夹杂着其他的感受：恐惧。我担心他做不到这一点，他不能战胜他自己；担心我们，他、孩子和我……都不能这样坚持下去，不能忍受这一切。有些事情不对劲。但是什么事情？……我去教堂祈祷。“上帝，帮帮我们吧！”我说。但是上帝知道，只有自己才能帮助自己。

孩子还活着的时候，他与自己较量。

你看，你现在也变得不安了吧？你问我们之间到底出了什么问题，我的丈夫到底是什么样的人……这是个很难回答的问题，亲爱的。这八年中我也一直在苦思冥想这个问题。

而且离婚后我还一直在想。有时我相信，我找到了真相。但是所有的结论都非常可疑。我只能说出我察觉到的症状、现象。

你问，他爱过我吗？……是的，他爱过我。但是事实上我相信，他只爱过他的父亲和他的小孩。

他对他的父亲孝顺体贴，极为尊敬。每个星期都会去看他。我的婆婆每周在我们这里吃一次午饭。我的婆婆，多么苦涩的词语！这个女人，我丈夫的母亲，是我所知道的最精致的人类杰作之一。我公公去世之后，这个富有、高贵的妇人独自住在那个大宅子里。我很怕她会习惯性地到我们这里来。人总是充满偏见，但是这个女人谨慎得体、体贴仁慈，她搬到了一个小一点的公寓，没有成为任何人的负担，她非常周全、聪明地独自解决了她生活中琐碎、棘手的日常事务。她没有乞求同情和怜悯。当然她知道一些我所不知道的她儿子的事情，只有母亲能了解真相。她知道她儿子对她体贴、恭敬、细心，只是……他不爱她吗？多么可怕的字眼，但是我们应该平静地说出这个事实，因为我已经习惯了待在我丈夫身边——这是我们俩从拉扎尔那里学到的——就是真实的话语拥有某种创造和净化的力量。在他们俩之间，在母亲和儿子之间，从不曾发生过分歧和争论。“亲爱的母亲，”其中一个说，“亲爱的儿子，”另一个答。他们总是吻手，有着仪式般的礼貌，就是从没说过一句贴心的话语。他们从来不会同时长时间地待在一个房间；一个站起来并以某种借口离开，或者叫其他人进来。他们害怕独自共处、四目相对，就像突然要说出些什么，那将是个很大的问题，非常大的问题，是母子二人不能谈论和面对的。我是这样感觉的。事实也是这样的，对吧？……是的，事实如此。

我非常愿意让他们和平相处。可他们之间从来都没有红过脸！……他们非常谨慎，就像一个人碰触肢体的伤口一样。有时我去触摸这层关系。但是刚一触及，他们即惊恐万分，马上转移话题。我又能说什么？控告和申诉无法建立在没有看到、无法感知到的迹象基础之上。我能说他们母子之间在某些方面彼此有过亏欠吗？我不能这样说，因为他们俩都完成了“自己的义务”。他们整个一生似乎都用来证实自己没在犯罪现场。命名日、生日、圣诞节、大大小小的家族纪念日，母亲收到礼物，同时也赠送礼物，我的丈夫吻她的手，我婆婆吻我丈夫的额头。母亲午餐或者晚餐时坐在餐桌最重要的位置，每个人恭敬地和她交谈，谈论家庭或者世界的问题，他们从不争论，聆听母亲严谨、客气和低声的观点，然后接着用餐和谈论其他的话题。很遗憾，他们总是谈论其他的话题……哦，那些家庭聚餐！那些谈话间歇的停顿！那些“其他的话题”，那些客气的沉默，永远如此！我不能跟他们讲话，在汤与肉之间，在生日与圣诞节之间，在青年和老年之间，他们总是在谈论其他的事情。我不能说他们什么，因为我的丈夫也和我“谈论其他的事情”，我也像我的婆婆一样从这些聆听与沉默中饱受折磨，有时我想，我们两个人，他母亲和我，都是有罪的，因为我们不能理解他，我们没有找到这个心灵的秘密，不能解决和完成我们生命中唯一的、真正的任务。我们不理解这个人。她给了他生活，我给了他一个孩子……一个女人能否给予一个人更多？你认为不能吗？……我不知道。一天我开始对此产生怀疑。我想对你说，今天，因为我们见面，我看到他了，并且感觉到所有的一切再次涌上心头，我必须向谁倾诉，因为这始终困扰着我。那么现在我和你诉说吧。你不累吧？你还有半个小时的时间吗？你听我说，大概可以把所有的事情讲完。

也可能，他尊重我们，并且他肯定也是爱我们的，但是无论是他母亲还是我都没有理解他。这是我们人生的一大失败。

你说，爱不需要，也不可能被“理解”吗？你错了，亲爱的。我本来也是这样说的，很久以来我无助地对着天空尖叫和控诉，期盼得到答案。爱要么存在，要么不存在。有什么需要“理解”的？……背后藏着意愿与意图的人类感觉，到底能有多大价值？……你知道，当人老了的时候，他知道所有的一切都是另一副样子，而且要去“理解”并学会所有的一切，包括爱。是的，你不要摇头，不要笑。我们是人，在我们身上发生的一切都是由理性所控制。我们的感觉和动机由于理性变得让人可以忍受或者无法忍受。仅仅有爱是不够的。

这点我们不必争论。我很清楚我所了解的东西。我为此付出了巨大的代价。什么代价？……我的生活，亲爱的，我的整个生活。我现在和你坐在这里，坐在这个红色的沙龙里，我的丈夫给另外一个女人打包橘皮蜜饯。这也不让我多么惊讶，他现在能把橘皮蜜饯打包带回家。那个女人在所有事情上都有这种庸俗的大众化品位。

你问谁的品位？……当然是另一个女人的。我不想说出她的名字。后来跟他结婚的那个。你不知道吗？他又结婚了……我以为这个消息会传到你那里，传到美国，传到波士顿。你看，人是多么幼稚，把个人的事件和真相当成世界大事。当所有这一切发生的时候，离异，我丈夫再婚，确实在世界上也正发生着很多大事，国家四分五裂，人们一直在酝酿战争，直到有一天战争真的爆发了……这不让人惊讶，连拉扎尔也说，当人类长时间以极大的意愿、耐力、远见和谨慎准备一件事情——比如战争——终有一天它会发生。但是如果在那几个月里，在报纸头条，以我的战争、我的争吵、我的失败、我的局部性胜利当作新闻，用大号字母发表，我一点也不会惊讶，基本上前线就是我当时生活的真实写照……但这是另一个故事。孩子出生时，我们离这一切还都很远。

也许我可以说，在孩子还活着的那两年里，我丈夫跟我，跟世界缔结了和平条约。但这不是真正的和平，而是和平准备、停火间歇，他在等待和观望。他努力理顺他内心千丝万缕的头绪。因为这个人有一颗纯洁的心灵。我和你说过，他不仅是个真正的男人，而且还是一位绅士。当然不是那种在赌场因付不起赌债而与人决斗或者举枪自杀的那种意义上的绅士，而且他连纸牌都不玩。有一次他说，绅士是不应该打牌的，因为他只有权得到他工作换来的钱财。在这种意义上他是个绅士。他对弱势阶层彬彬有礼、耐心可嘉，面对同阶层的人时严肃、守矩而注意保持自己阶层的身份。他不了解除此之外的其他阶层，所以不能承认其他高于他自己的社会和世界的那些阶层。只有艺术家赢得了他的尊敬，他说，艺术家是上帝的孩子，他们选择了世界上最艰难的角色。他不承认任何人高于他。

因为他是一位绅士，所以当孩子出生的时候，他努力消除自己心灵上那可怕的疏离感，正是这种疏离感使我饱受折磨。他以令人感动的方式努力亲近我和孩子。就像老虎决定从明天开始做格森食疗[1]，并且报名参加救世军。哦，生活真是艰难，做人真

1　格森食疗，对肿瘤病人采用的一种营养治疗。

难……

但是我们这样一起生活了两年，不是太好，也不很幸福，只是过得平静而已。他以惊人的力量熬过了那两年。让一个人违背自己本性地活着需要超越人类的力量。他咬紧牙关尽其所能地幸福。在某种僵硬的痉挛中想要解放，想要变得轻松、无忧和亲热。可怜的人！……如果我能在感情方面给予他自由，把所有的渴求，对爱的需求全部转移到孩子身上，也许他能少受些苦。但是在那段时间里，在我内心发生了某些我当时并不理解的事情。我只是通过我丈夫来爱我的孩子。也许，上帝为此而惩罚我。你为什么睁大眼睛看着我？……你不相信我？……或者你感到惊讶？……是的，亲爱的，我的故事并不让人感到亲切有趣。我为孩子而欢欣，只为他而活，只有在那两年里我感觉到了人生的目标和意义……但是我是因为他才爱孩子，我是为了他而爱孩子，你明白吗？我用孩子把我的丈夫拴住，从内心完完全全地拴住。也许说出来让人觉得可怕、卑鄙，但是我现在知道，孩子，我为之永远哭泣的孩子，只是一个工具，只是一个我强索我丈夫的爱的借口。假如要我在告解室忏悔这些直到黄昏，我真不知该怎么用言语表达。但是即使不用言语他也知道，私下里我也知道，从内心完全知道，之所以没有可以表达的正确言语，那是因为还没找到某种话语来形容我人生的不寻常现象……正确的话语姗姗来迟，为等待这些话语的成熟我们都付出了惨痛的代价。那些话语在那时只有拉扎尔一个人拥有。某一天他转交给了我，伴随着附加动作，就像一个人校正了机械装置，打开了一个秘密抽屉一样。但是那时我们对此一无所知。我们周遭的一切从外部看井然有序。早上保姆把孩子抱到早餐桌旁，孩子穿着浅蓝色和玫瑰色衣服。我丈夫跟我和孩子说话，然后坐进他的汽车去工厂上班。晚上我们在城里吃饭，我们要招待客人，他们来祝贺我们拥有的幸福、我们的华美宅邸，年轻的母亲，可爱的小孩，无忧无虑的气氛。离开时他们想的是什么呢？……我想我是知道的。只有蠢货才妒忌我们。当聪明人和敏感者跨出我们家的大门时，他们心里会想："终于又能一个人了！"我们拥有豪华的厨房，他们喝着稀有的外国葡萄酒，谨慎地交谈。只是所有这一切缺少了什么，客人们关心什么时候离开。我婆婆也带着那么克制的惊恐赶到，带着格外的匆忙离开。我们察觉到了这一切，但是并没有充分理解，我丈夫也许理解，是的……但那时无法做其他的事情，我们咬紧牙关，被迫幸福。

我在内心深处不让他自由，一刻都不行。我用孩子把他拴在我的身边，用我的爱情需求悄无声息地敲诈他。人和人之间是否存在这种强迫的力量？……是的，只有以这种形式才存在。我的每一分钟都是孩子的，之所以这样，因为我知道只要孩子在他就在，并且只属于我。上帝没有宽恕这种行为。人不能怀着企图去爱。不能用使人扭曲、癫狂的方式去爱。你说，只有这样才可能爱吗？……至少我过去是以这样的方式去爱的。

我们生活在孩子的生活之上，我们互相搏斗。面带微笑，礼貌，满怀热情，无声地战斗。一天，发生了一件事。我累了，就好像我的手脚麻木一样。因为这些年我也以惊人的力量在忍受，不只是他。

我累极了，就像要生病一样。那是许多年前的一个初秋时节。和煦、甜丝丝的秋天。孩子已经两岁多了，开始变得有趣，变成那么可爱、迷人的一个个体，一个人……一天晚上我们坐在花园里。孩子已经睡了。我的丈夫说："你想去梅拉诺[1]待六个星期吗？"

两年前我请求他在夏末秋初时带我去梅拉诺。我很迷信，我对那些骗人的偏方也颇感兴趣，相信葡萄疗法。那时他没和我去，随便找了一个借口避开了这个请求。我知道，他不喜欢和我一起旅行，因为他害怕旅行过程中过于亲密，害怕那些四目相对彼此陌生的感觉，害怕在宾馆房间里完全为彼此而活。在家里，我们有住房、工作、朋友圈和我们生活的节奏，但现在他给予他能够给予的。

我们前往梅拉诺。我的婆婆这段时间——按照通常的习惯——搬到我们家里来照看小孩。

这是一次特别的旅行。包含了蜜月、告别、相知、折磨等所有的一切，你所能想到的一切。他努力在我面前敞开心扉。因为有一点可以肯定，亲爱的，跟这个人共同生活一点也不无聊。我饱受折磨，几乎要死去，有时几乎被毁灭，有时又感觉到和他在一起我再次获得生命，但是没有一刻我是无聊的。这些我只是随

1 梅拉诺，位于意大利北部边陲的小镇，以温泉浴场而闻名。

便说说，于是终于有一天，我们去了梅拉诺。

那是一个金色的秋天，一个充满生机、浓郁、优美的世界。我们是开车去的。树上结满了黄色的果实。空气中充满了水果的清香和花香，就像身处一个百花开始凋谢的花园里。这些富有的、无忧的游客们，就像一群横冲直撞、大腹便便的马蜂一样，在这温暖的丰沛光线里嘟嘟囔囔、飘来荡去、喃喃私语。美国人在充满着发酵葡萄汁味道的阳光下晒太阳，法国妇女像只蜻蜓，还有谨慎小心的英国人。那时世界还没被间隔，所有的一切，整个欧洲，人们的生活眨眼之间就会沐浴在阳光下。但是所有的一切有一种行将失控发疯的急躁，所以充满了及时行乐的味道。人们知道自己的命运。我们住在最好的宾馆里，去看比赛，听音乐。我们的两个房间相通，面向群山。

这六个星期的本质内容是什么？是那种期待吗？……希望？……我们周遭一片寂静。我的丈夫带了很多书，他有着完美的文学鉴赏力，他能区别声音的真伪，就像拉扎尔能做到的那样，或者就像一位伟大的音乐家。黄昏时分，我们坐在阳台上，我给他朗读法国诗歌，英国小说，沉重严肃的德国散文，歌德的作品和已出版的霍普特曼的戏剧《弗洛里安·盖尔》的几场戏，他特别喜欢这部戏剧。自从有一次他在柏林剧院欣赏了那部戏剧之后，总是念念不忘。另外他也喜欢《丹东之死》[1]，喜欢《哈姆雷特》和《理

1 卡尔·格奥尔格·毕希纳（1813—1837），德国作家，革命家。他所撰写的悲剧《丹东之死》是现代思想史上的一块里程碑。

查德三世》。奥兰尼·亚诺什[1]的组诗《秋水仙》我也要朗读给他听。然后我们打扮整齐，去一家大饭店吃饭，畅饮甜腻的意大利葡萄酒，品尝螃蟹。

我们过得就像那些新贵，似乎要把生命中错过的所有东西一次性加以补偿和品味。他们听着贝多芬，一边啃着腌鸡，一边啜着法国香槟，同时我们也感觉到似乎要向什么东西告别一样。在战前的最后几年，一切都在一种不知不觉的告别气氛中流逝了，我丈夫这样跟我说，我只是默默地听着。我没有和欧洲告别——我们是女人，生活在彼此之间，我们内心承认，这些抽象的概念与我们没有真正的关系——这是一种感觉，从这种感觉中，从内心深处我没有力量抽身而出。有时我被这种无能为力压得喘不过气来。

一天晚上我们坐在宾馆房间的阳台上。桌子上玻璃托盘里摆放着葡萄和大大的黄苹果，那时是梅拉诺苹果成熟的季节。空气中弥漫着甜甜的苹果香味，就像某处一个巨大的装有糖煮水果的广口瓶忘记扣上盖子，敞开着一直散发着香气。宾馆底层正在上演法国沙龙乐队演出的古典意大利歌剧。我的丈夫让人送来葡萄酒，葡萄酒叫“基督眼泪”[2]，深棕色的，盛在水晶酒杯里，摆在桌子上。所有这一切，包括音乐里，都有着某种甜甜的，熟透了的意味，有一点令人倒胃。我的丈夫意识到了这点，他说：“我们明天回家

1　奥兰尼·亚诺什（1817—1882），匈牙利三大诗人之一。

2　基督眼泪（Lacrima Christi），意大利坎帕尼亚省最著名的葡萄酒。

吧。”

“好的，”我说，“我们动身吧。”

他突然用那种孤独、低沉的嗓音说了这么一句话，他的声音就像陌生、原始的乐器在演奏：“你说，伊伦卡，我们应该怎么办，在这之后？”

我知道他指的是什么。我们的生活。那个夜晚星辰密布，我仰望星空，秋日的意大利星空，感到不寒而栗。我意识到，那个时刻终于来临了，所有的努力已失去意义，应该说出真相。我的手脚冰凉，手心却因激动而冒汗。我说：“我不知道，我不知道。我不能放弃你。我不能想象我的生命中没有你。”

“我知道，这是一件非常困难的事情。”他平静地说，“我甚至不奢望你能做到。也许时候未到，或许永远都不是时候，但是在我们的共同生活中，在这段旅行中，在我们的人生中确实存在某些卑微的、丢脸的事情。为什么我们没有勇气说出我们之间到底出了什么问题？”

他终于说出来了，我闭上眼睛，感到眩晕，就这样闭着眼睛听着。我只说：“那么你说我们之间到底出了什么问题？”

他沉默许久，思索着。一根接着一根地点燃香烟。在这段时间他吸的是味道浓烈的英国烟，掺杂着鸦片，那烟雾让我有点头晕，但那是属于他的味道，就像他的内衣柜子里的香草味道一样，他的衣服、内衣要用这种苦涩的英国香草味道熏染，这样他才喜欢。一个人是由多少不同的细节组成！最后他说：“我真的不需要别人爱我。”

“不可能，”我牙齿打战地说，“你是个凡人，你一定有爱的需求。”

“是的，这就是女人不想相信的事情，她们不能明白，也不会理解。”他说，就像对着天上的星星讲述一样，“有一类男人，他们不需要爱，没有爱他们也过得很好。”

他平淡而毫无感情地说着，语气疏离、态度自然。我知道，他说的是实话，就像一直以来一样，所有的事情说的都是真话。或者至少他相信他说的是事实。我开始妥协：“你无法完全了解你自己。也许因为你没有勇气来承担感情。感情是需要人更加简单、更加谦卑的。”我用哀求的语气说道。

他丢掉香烟，站了起来。他个子很高——你看到过他有多高吗？——比我要高一头，但是那一刻他完全凌驾于我之上。他倚在阳台的栏杆上，悲伤中似乎显得更高大，在异国的夜空下，我多么希望解开横亘在他内心深处那个忧伤、陌生的秘密。他抱着双臂说道：“什么是女人生命的意义？是一种感觉，女人可以为之完完全全地奉献自己。这点我很清楚，但是我只能跟随自己的理智生活。我不能为一份感情而放弃自己。”

“那么孩子呢？”那时我几乎以攻击性的声音问道。

“正是这个问题，”他的声音活跃起来，带着不安的颤抖，“为了孩子我愿意忍受一切。我爱孩子。我是因为孩子才爱你的。”

“而我……”我开始说，但是中途沉默了。

我没有勇气说出，我因为他才爱这个孩子。

那个夜晚我们谈了很久，也沉默了很久。当所有的一切重新浮现，我几乎能记起他所说的每字每句。他还说：“女人们无法理解。一个男人依靠自己的灵魂也可以活下来。其他的只是点缀、副属品。孩子，是个特殊的奇迹。在这点上人会妥协。我们妥协吧。那么我们继续生活在一起，但是请你少爱我一点，多爱孩子吧。”他带着怪异、沉闷、几乎是充满威胁的口吻说道，“你从内心放掉我吧，你知道，我不要别的什么，我跟你说这些，并不是因为有别的什么想法或秘密的计划，但我不能再生活在这样敏感的紧张气氛中。有些男人有女性特质，是因为他们需要有人爱他们，但同时也有另一类男人，他们能做到的最高程度就是容忍爱，尽力忍受，而我就是这样的男人。每个真正的男人都是谨慎的，这点你必须要知道。”

“你想要怎样？”我痛苦地说，“我要怎么做？”

“我们达成一种约定吧，”他说，“为了孩子，让我们继续生活在一起。你很清楚地知道我想要的是什么，”他语气严肃地说，“只有你可以帮助我，只有你能缓解这种束缚。如果我想要离开的话，早就离开了，但是我不想离开你，也不想离开孩子。如果我要求你做得更多，或许那是不能的。我们在一起生活，但是我不要像现在这样无条件地、从生到死地捆绑在一起，因为我无法忍受。我对你感到抱歉，但是我实在忍受不下去了。”他彬彬有礼地说。

我提了一个愚蠢的问题：“那你为什么娶我？”

他的回答很可怕："我娶你的时候，几乎已经很了解自己了，但是我对你了解得还不够。我娶了你，因为我不知道你会这么爱我。"

"爱是罪过吗？"我问道，"我如此爱你，难道是那么大的罪过吗？"

他笑了，站在黑暗中，抽着烟，无声地笑着，但是悲伤地苦笑，没有任何玩世不恭和盛气凌人，"比罪过还要命，"他答道，"是错误。"

他还说："这个回答并不是我想出来的，而是塔列朗[1]最先说的，是当他知道拿破仑处决昂吉安公爵[2]时说的话。现在成了一个俗语，或许你还不知道。"他友好地说。

但是我才不管拿破仑和昂吉安公爵呢。我清楚地知道、感觉到他想通过所有这一切和我说什么。我开始争辩："你看，所有的一切也许没有那么令人无法忍受，日后我们都会衰老。当你周围的一切都慢慢变冷时，在某个地方能有个取暖的角落也许不是一件坏事吧。"

"问题就在这里，"他平静地说，"无论怎样，隐藏在所有事情背后的事实是，衰老终会来临。"说这话的时候他四十五岁。在那个秋天他刚满四十五岁，但是看起来比实际年龄要年轻得多。他

1 夏尔·莫里斯·德·塔列朗-佩里戈尔（1754—1838），法国资产阶级革命时期著名政治家，外交家。

2 法国波旁王朝的后代。

在我们离婚后一下子老了许多。

但是那天夜里我们再也没谈论过这个话题，第二天也没有，再也没有。两天后我们踏上归程。当我们到家的时候，孩子已经在发烧。一个星期后小孩死了。此后我们再也没谈论过任何个人问题。我们只是生活在一起，等待着什么事情的发生。也许是奇迹，但是并不存在奇迹。

孩子死后几个星期的一天下午，我从墓地回到家里，走进孩子的小房间。在漆黑的房间里我丈夫站在那里。

“你来这儿干什么？”他生硬地问，然后突然回过神来，快步走出了房间。

“请原谅我。”他在门槛处冷漠地说。

这个房间是他布置的。每件家具都是他亲自挑选的，他安置好所有的一切，甚至连家具的摆设。是的，孩子活着的时候他很少走进这个房间，那时他总是有些紧张地站在门槛那里，似乎害怕这种富有感情的情景，害怕这种外露的感情显得矫情可笑。但是每天他都叫人把孩子抱给他，抱到他的房间，每天早上和晚上必须向他报告，小孩睡得怎么样，是否吃东西，健不健康之类的问题。那是他唯一一次跨进孩子的房间，在葬礼之后的几周。一般情况下，我们把那间房间关着，钥匙在我这里，直到离婚，有三年时间我们都没打开过那个房间，一切都保持在把孩子带到诊所时那一刻的样子。只有我有时会进来打扫卫生，并为了……总之，在没有任何人知道的时候，有时我会走进这个房间。

葬礼后的几个星期，我濒临崩溃，但仍然以一种疯狂的力量蹒跚前行，我不想昏倒。我知道他的情况可能比我的更糟糕，他几乎彻底崩溃，尽管他会否认，但他是需要我的。在那几个星期内发生的事情，在我身上，在他身上，在他和世界之间，我无法准确地述说出来。在他的内心深处某种东西被打碎了。当然所有这一切都是默默无声地进行着，就像通常要发生重大和危险的事情时一样。当人可以讲述出来，可以哭泣，或者喊出来的时候，一切就简单多了。

葬礼上，他始终保持镇静，沉默无语。他的镇静也弥漫到我的身上，我们静静地走在白色与金黄色的小棺木后面，没有一滴眼泪。你知道，此后他一次，连一次也没有和我一起到过墓地，去孩子的坟前看望过……也许他独自一个人去过，我无从知晓。

有一次，他说："当一个人开始哭泣时，已经在欺骗了。整个过程已经结束。痛苦是没有眼泪和语言的。"

那几周，在我的内心深处发生了什么变化？……现在，历经了沧桑之后，我可以说，我发誓要报复，对谁？……对命运？对人？这是傻话。你可以想象得到，孩子接受城里最好的医生救治。就像人们常说的那样，"已经尽到了一切努力。"这只是说说而已，首先并没有尽到人类的一切可能，人们还在忙碌其他事情，当小孩奄奄一息时，他们最小的问题也比我挽救我的小孩重要。我当然不能原谅他们，至今也不能。另一方面我要发誓报复，不是用理性，而是用情感。我的内心燃烧着一股特别的麻木不仁和不屑一顾的熊熊火焰，充满残暴和冷酷。人们由于苦难而得到净化，变得更好、明智和洞察，这不是真的。他们会变得更冰冷、看破红尘和麻木不仁。人们生平第一次真正看透了命运，几乎都将归于平静。他们是平静的、孤独的，令人恐惧的孤独。

那段时间我也去忏悔，就像从前一样。但是我能忏悔什么？我的罪过在哪里，我做错了什么事？……我感觉在这世界上没有比我更无辜的生灵。现在我不再感觉如此……罪恶不仅仅是宗教教义教导我们的。罪不仅仅是我们所犯下的，罪过还是那些我们想做但没有足够力量做的。当我的丈夫——在他生命中第一次也是最后一次——在孩子的房间以那种特别的、生硬的声音向我喊叫，我明白在他的眼里我是有罪的，因为我不能挽救孩子的生命。

我看到你沉默了，在痛苦的不安中你两眼发呆。你认为，只有一个受伤的心灵才会萌生出这样不公正的夸张感受，才会说出这样的话，你认为那是绝望。我一刻也没感觉到这个指控是不公正的。你说“一切已经发生了”。是的，办案法官也不能拘捕我，因为根据人们的观点一切该做的都做了。我在孩子的床前守护了八天，我睡在那里，照顾他，并且不顾医生的职业规矩。当第一个医生，第二个医生不能帮助的时候，我叫了其他的医生。我尽了一切努力，是的，但是这一切的主要目的都是要我丈夫跟我一起生活，守在我身边，让我的丈夫爱我。如果其他方式行不通的话，只能通过孩子。你明白吗？……我在为我的孩子祈祷时，其实是为我的丈夫祈祷。只有他的生命对我来说是重要的，孩子的生命也仅仅因此才重要。你说这是罪过！……什么是罪过？我已经很清楚什么是罪过！我们必须全心全意地爱一个人，并且保持这份爱，发自内心，倾尽所有力量。当孩子死的时候这一切都坍塌了。我知道我失去了我的丈夫，因为即使他一言不发，他也在怪罪我。你说这是荒谬的指控，是不公正的……我不知道。我无法忍受谈论这个话题。

孩子死后的一段时间，我疲惫不堪。当然我很快病倒了，得了肺炎卧床不起，然后治愈，之后又再次卧病在床。我病了几个月，住进了疗养院，我的丈夫每天过来探视我，并且给我送来鲜花，中午和晚上他从工厂直接过来。有一位护士照料我，我非常虚弱，甚至无法自己吃饭。我知道这些对我而言无济于事，我的丈夫不会原谅我，甚至连生病都不能使他消气。他像往常一样彬彬有礼，并且温柔体贴，是那种令人害怕的善解人意、通情达理、温柔体贴……每当他离开时，我都会忍不住哭泣。

这段时间，我的婆婆也经常来探望我。有一天，那是一个早春的日子，我刚恢复了一些体力，我的婆婆坐在我旁边的躺椅上织毛衣，像往常一样安静。她放下活计，摘下眼镜，友好地朝我微笑，亲切地说："你要通过报复得到什么，伊伦卡？"

"什么？"我警觉地问道，同时我的脸红了，"您说的什么报复啊？"

"你发烧的时候反复唠叨，'报复，报复'，不需要报复，我的心肝，需要的只是耐心。”

我紧张地注视着她，这也许是孩子夭折后我第一次注意什么事情，然后我开始说：“我忍受不了了，妈妈。我到底犯了什么样的罪？我知道，我不是无辜的，但我不明白的是，我在什么地方犯了罪，我的过错是什么？我不属于他吗？我们应该离婚吗？如果妈妈认为这样更好，那么我就离开他。您知道我没有任何其他的想法，其他的感觉，只有他。但是如果我不能帮助他，我宁愿离婚。请您给我个建议，妈妈。”

她严肃地看着我，充满智慧并且悲伤地说：“你不要激动，我的孩子，你知道得很清楚，我没有任何建议可以给你。要活下来，要忍受生活。”

“活着，活着！”我叫嚷道，“我无法仅仅像一棵树那样活着。人只有知道为什么要活着时才能够活着。我遇见了他，爱上了他，生命一下子有了意义。之后所发生的一切都是那么奇怪……我也不能说他变了。不能说他不如第一年那样爱我。现在他也是爱我的，只是他在生我的气。”

我的婆婆沉默了。她一言不发，好像对我说的既不赞成也不反对。

“是这样吗？”我焦躁不安地问道。

“也许并不是这样的，”她谨慎地说，“我不认为他在生你的气。准确地说，我不认为他对你有怨恨。”

“那他生谁的气？”我粗鲁地问，“谁得罪他了？”

这位睿智的老妇人严肃地看着我："很难，"她叹了口气，"很难回答这个问题。"说着她把活计放到了一边。

"他从没和你说过年轻时候的事情吗？"

"当然说过，"我说，"偶尔说过，用他习惯的方式……带着特别的、紧张的大笑，就像一个人羞于讲述自己的事情一样。他讲述其他人和朋友，但是他从没说过，有人得罪了他。"

"不，不是这样的，"我的婆婆很快地说道，几乎用漠不关心的冷淡声调，"这件事也不能这样说，得罪……生活可以有很多方式伤害一个人。"

"拉扎尔，"我说，"那个作家，您认识他吗，妈妈？可能他是唯一一个知道点什么的人。"

"是的，"我的婆婆说，"有一阵子他很喜欢他，那个人知道一些事，但是你和他说是没用的，他不是一个好人。"

"真有趣，"我说，"我也是这样感觉的。"

然后她又开始织起毛衣来，带着温柔的微笑，她一边织毛衣一边说："你放心，小姑娘。现在你感到一切都非常痛苦，但是不久后，生活会奇迹般地把那些你认为无法忍受的事情调整好。你从这里回到家里，你们出去旅行，另一个孩子会来代替这个孩子……"

"我不相信，"我说，绝望使我的心缩成一团，"我有一种不祥的预感，我感到某些事物即将结束。请您告诉我，我们的婚姻，真是一桩失败的婚姻吗？"

她眯起双眼，透过镜片目光锐利地看着我，理智地说："我不认为你们的婚姻是失败的婚姻。"

"奇怪的是，"我苦涩地说，"我有时认为，它是世界上最糟糕的婚姻。妈妈，您还能举出更好的例子吗？"

"更好的？"她用思索的声音问道，转过头来，仿佛看着远方一样，"也许有吧，我不知道。幸福，真正的幸福并不会显露出来，但是我肯定知道更差的。比如说……"她沉默了，就像她被自己所说的话吓到一样，并且开始后悔聊这个话题。但我现在不会放过这个机会。我坐了起来，丢掉被子，追问道："比如什么？"

"是的，"她叹了口气，接着继续织毛衣。"我很遗憾，我们谈论这个话题，但是如果这能让你感到安慰，我可以告诉你，我的婚姻就更糟糕，因为我并不爱我的丈夫。"

她是那样平静地说出这番话，几乎不带任何情感色彩，就像一个以为即将告别人世的老人那样，他们已经知道这些词的真正意义，不再害怕任何事情，认为真理远远胜于人们的共识。听到这段自白之后我面色有些苍白。"这不可能，"我天真而不安地说，"你们过得那么好。"

"我们没有过得不好。"她苦涩地说，努力织着毛衣。"你知道我建起了工厂，他爱上了我。生活总是这样的：一个人比另一个人更爱对方。但是，这对爱的那一方来讲更容易些。你爱你的丈夫，所以对你来讲会更容易，即使你从中受到伤害。我必须忍受的感受则是另一种情感，而这种情感在我的内心深处跟我没有任何关系。忍受这个要困难得多。我忍受了，忍受了整整一生，你看，我现在还活着。生活一直就是如此。有的人渴望别的，热烈，欣狂。我从来就没有欣狂过。但是对你来说更好，相信我。我几乎羡慕你了。”

她把头歪向一边，从侧面看着我：“但你不要认为我因此受苦了。我和其他人一样生活。我只是现在回答你的问题而说起这个，因为你是那样的狂热、焦躁，那么现在你都了解了。你问你的婚姻是不是最糟糕的……我不这样认为。只是婚姻而已。”她平静、严厉地说，就像宣布一个判决。

“妈妈，您建议我们继续生活在一起？”我问道，并且害怕听到她的回答。

“当然，”她答道，“那么你想得到什么呢？……什么是婚姻？是某种被烘托的气氛？是一时兴起的念头？……神圣义务和生活法则。这些东西想都不要去想。”她有些受伤地说，并且充满了敌意。

我们长时间沉默。我看着她骨节突出的双手，灵巧、快速运动的手指，看着她编织的样式，目光落在她苍白、平静、滑润、被白发掩盖的脸庞上。在这张脸上我没有看到任何苦难的痕迹。如果有苦难的话——我想——她成功地完成了最困难的人类任务，没有被击垮，并能有尊严地亲历了最困难的考验。一个人或许无法做得更多了。其他任何事物——欲望、不安——与这个最困难的任务相比皆一文不值。我这样按照婆婆的方式推理着，但是事实上我知道我无法心平气和。

我说："我不需要他的不幸。如果他和我在一起不能幸福的话，那么他可以去找其他人。"

"找谁？"我的婆婆问我，同时她特别仔细地检查针织的网眼，就像没什么比这更重要一样。

"找他的真爱。"我生硬地说。

"你知道这事？你认识那个人？"我婆婆平静地问，但并没有看我。

你知道，我又一次成为困惑者。在这两个人面前，在母亲和儿子面前我总是感觉到自己的不成熟，就像还没完全懂得生活秘密似的。

"你说谁？"我贪心地问道，"我应该知道谁？"

"那个人，"我婆婆迟疑地说，"你刚刚说到的……那个……那个真爱。"

"那么这个人存在了？她生活在某个地方？"我高声问道。

我的婆婆低头忙着活计，平静地回答道："在某个地方总是存在着真爱。"

随后，她沉默不语。之后关于这件事我没听她提过一个字。完全就像她的儿子一样，在心中暗藏着某些致命的东西。

但在当时，在那次谈话的几天之后，我在惊诧之中痊愈了。开始我并没有完全理解我婆婆的话，她说的是通常的道理，象征性地讲述，很难真正让人产生怀疑。毫无疑问，世界上某个地方存在着真爱。但是我，我呢，我是谁？……当我恢复知觉，清醒过来以后，我反复追问自己。如果不是我，谁是他真爱的那个人？她住在哪里？长什么样？比我年轻吗？金色头发？……她会些什么？我害怕得要命。

我手忙脚乱，尽力使自己恢复健康。我出院回家，订做新衣服，跑去美发店做头发，还去打网球、游泳。我发现家里一切井然有序……是的，就像某人从家里搬离后恢复的那种井然有序。或者是那种，你知道……相对的幸福状态，是我在婚姻最后几年的生活状态，满怀痛苦、焦躁不安的相对幸福状态，我以为，我几乎无法忍受，但是现在，当一切化为乌有，不再存在时——我一下子明白——这已经是生活所能给予我的最多的东西。房间里井井有条，只是每个房间都是空的，就像法院执行者到过那里，把更重要的家具——小心谨慎地——搬走一样。一个家的意义不是家具，而是生活在那里的人内心所充盈的感受。

我的丈夫在那段时间住得离我那么远，就像去了国外一样。我不会惊讶，如果某一天——我从隔壁的房间——收到我丈夫的来信。

以前，就像还在做着尝试，他有时也非常谨慎地和我说起工厂的情形和他的计划，然后歪着头等待答案，就像考试一样。但是现在他已经不再和我说起他的计划，看起来，就像他的生活中不再有任何特别的计划一样。他也不再叫拉扎尔来，有一年多的时间我们没有见到他，我们只能看到他的书和文章。

有一天——我清楚地记得，那是四月的一个早晨，四月十四日，星期天——我坐在门廊底下，面对长满灯台草和黄花，羞涩报春的花园，看着书，感觉到有什么事情要发生在我的身上。没关系，你尽管笑话我吧！我不想在你面前扮演圣女贞德，我没有听到上天的任何召唤，但是我却感到生命中最强烈的感受，有一个声音，它是那样的清晰，告诉我再也不能这样活下去了，没有任何意义，这种状态是屈辱的、残酷的、不人道的。我必须改变它，创造奇迹。生命中存在那样令人眩晕的时刻,但是人能够清楚地看透一切，感觉到自身的力量和潜力，他看到过去的自己是多么胆怯或软弱。这是生命转变的时刻。这些时刻没有任何过渡地到来，就像死亡或者皈依一样。

我颤抖着，全身起了鸡皮疙瘩，浑身发冷。

我注视着花园，眼里盈满了泪水。

我感觉到了什么？……我要对我的命运负责。所有的一切都取决于我自己。我不能守株待兔般静静地等着上天的恩宠，在我的私人生活里不能，在与人的关系中也不能。在我和我丈夫之间有某些问题存在。我不理解我的丈夫。他不是我的，他也不想完全属于我。我知道，他的生活中没有其他女人……我年轻，漂亮，并且我爱他。我也有力量，不只是拉扎尔，那个有法术的人才有，我想要利用我的力量。

我感觉到残酷的力量，用这种力量甚至可以杀人，创造一个新的世界。也许只有男人在生命的关键时刻才能真正地、本能地感受到这种力量。我们女人这时候会恐惧不安，犹豫不决。

但是我不想退缩。在这一天，四月十四日，星期天，在孩子死了几个月后，我做了人生唯一一次主动的决定。我说的没错，你用不着瞪这么大的眼睛看着我。你认真听，我讲述给你听。

我决定，要征服我的丈夫。

你为什么没有取笑我？……这不可笑，对吧？我也没感觉到。

但是我震惊于这个任务的庞大。我被吓得几乎停止了呼吸。因为我感觉到，这个任务是我生命的意义，现在已经不能回头了，再也不能相信时间或者偶然，不能静等回头可能会发生什么，一个人不可能甘心这样……现在我已经知道，不只是我认定了这个任务，同时这个任务也选择了我。现在我们紧密捆绑在一起，无论生死，不会分开，直到在我们之间发生些什么，某种宿命。或者这个人回到我的身边，全心全意地，没有任何拘谨和羞愧，或者我离开他，或者存在某些我不了解的秘密，那么我要挖掘出这个秘密，需要的话，用我的十指的指甲，从地下，就像狗挖出骨头一样，就像一个疯狂的人挖出爱人的尸体一样，或者我失败了，被迫旁观。这样我就放弃。我要告诉你，我决定了，我要征服我的丈夫。

这听起来很容易。但你也是女人，这个你懂，这是世界上最困难的任务之一。是的，有时我甚至相信，这就是最难的。

当一个男人下决心要完成某一件事情，即使整个世界挡在他和他的计划，他和他的意愿之间，他仍然坚定地要去实现……是的，我的情况大概与此类似，处于相似的精神状态。我们所爱的那个人就是我们的全世界。对于拿破仑，直到现在我对于他的其他方面也不了解，除了知道他曾经当过世界的统治者，处死了昂吉安公爵——而这些比罪过还要致命，是个错误，我已经说过了吗？总之，当拿破仑决定征服欧洲，他投身于一个并不比我在那个多风的四月星期天所决定的更为困难的任务。

类似的事情就像一位决定去非洲或者北极的探险家所感受的那样，当他决定去非洲或者北极，他并不在乎猛兽和气候的凶险，而是去发现并且了解此前人类所不知道的，科学家尚未发现的东西……的确，当一个女人决定发现一个男人的秘密，这是一个相似的任务。即使要下地狱，也要从中发掘出秘密。那么我下定决心做这件事情。

或者说是这个愿望主宰了我……这点我无法准确地知道。在这个时候，人处于被动状态。梦游者、水源勘探者、乡村占卜术士正是这样行动的，每个人，无论是人民还是当局，出于对迷信的敬畏而退缩，因为他们的目光中有着某种东西不容戏弄，由于他们的额头带着某种标记，世界上有某种危险和无法重来的事物，如果不完成他们不会平心静气……那一天，我就这样等着他回家，当我知道这些并且已经做出决定的时候。我带着这种感受迎接他的归来，中午的时候，我的丈夫散完步，回到家。

他带着他浅棕色的匈牙利猎犬一起去清凉谷，他非常喜欢这条猎犬，每次散步都带着它。他们走进花园，我双臂交叉在胸前一动不动地站在门廊上面的台阶上。那时已经是春天，阳光很强烈，风在树丛中吹拂，吹乱了我的头发。我永远会记住这个时刻，周围闪烁着带着寒意的明亮，在风景中，在花园内，在我心里，仿佛沉浸于迷幻之中。

主人和猎犬停了下来，看上去并不情愿，小心谨慎，就像一个人在自然现象前被惊呆并开始注意那样，本能地带着防卫的态度。“尽管来临吧”，我平静地想到——所有的一切，陌生的女人、朋友，孩童时代的回忆，家庭，所有陌生、敌对的人类世界尽管来临吧。我将从你们那里夺走这个人。这样我们坐下来吃午饭。

午饭后我有些头疼，我回到我的房间，躺下来，直到晚上我都躺在黑暗的房间里。

我不像拉扎尔那样是个作家，因为我不能对你说那个下午在我身上发生了什么，我想了什么，我的头脑中盘旋着什么……我只看到了这个任务，我只知道，我不允许自己脆弱，我要完成我决定下来的任务，但是同时我也知道，没有任何人能帮助我，我自己也没有任何概念我要做什么，怎么开始……你明白吗？有些时候感觉自己很可笑，因为我决定了这样一个没有任何可能完成的任务。

我要怎么做？……我千百次地问自己。最后，我并没有给杂志写信，我不能用“一位绝望的妇人”的署名请求他们给予任何建议和指导。我熟悉这些信和答复，会刊登在编辑回信的栏目里，鼓励绝望的主妇，不要气馁，可能她的丈夫有很多工作，告诉她们要照顾好家庭，建议晚上使用这样那样的面霜和香粉，因为皮肤会变得红润，会让她的丈夫再次爱上她，但是这么简单的答案并不能帮助我。我也很清楚，面霜和香粉不能帮助我，而且我在家政方面也非常出色。我们家里的一切都井井有条。那时我还很漂亮，也许我从没有像那一年那样美丽过。我是傻瓜，呆头鹅，我想。我是蠢货，想到的是这些事情，但实际涉及的却是另一回事。

我不能去占卜，也无法向睿智者求教，我更不能给著名的作家写信，也不能在朋友和家庭成员面前摊开这个庸俗的，但对我来说却是永恒的并且至关重要的问题。我也不能向周遭世界询问如何才能征服一个男人……我的头痛到了晚上变成了恼人的、有规律性频繁发作的血管痉挛，但是我没有和我的丈夫说，自己服用了两片药，然后我们先去歌剧院，接着吃晚饭。

第二天星期一，四月十五日——你可以看到，我能准确记起这些时间。一个人只有回忆有生命危险的事情时才会如此详细清晰地记得！我凌晨起床，去塔邦的小教堂，我大约有十年没去那里了。我常去克里斯蒂娜[1]区的教堂，我们也是在那儿结婚的，依什特万·塞切尼伯爵也是在那里和塞依莱恩·克里奇尼娅宣誓的[2]。如果你不知道，现在我告诉你。人们常说这桩婚姻也不是特别成功，但是我已经不相信这些传言了，人们什么都说。

1　克里斯蒂娜区，位于布达佩斯一区和二区之间。本书作者马洛伊·山多尔曾经在该区居住，他的半身塑像也位于这里。

2　伊什特万·塞切尼伯爵（1791—1860），匈牙利著名改革家、作家。他为实现匈牙利现代化做出了卓越贡献。塞依莱恩·克里奇尼娅是他的妻子。

那天早上塔邦的教堂里空无一人。我对圣器看管人说我要忏悔。我等了一会儿，孤独地坐在昏暗教堂的一个长凳上。然后一个年老、陌生、有着严肃面孔的白发神父出现了，他走进忏悔室，示意我也跪到那边。我开始向这个陌生的神父讲述一切，这个人我从没见过，此前没有，此后也没有。

就像一个人一生只能忏悔一次那样，我开始倾诉。诉说我自己、孩子、我的丈夫。我说，我想重新俘获我丈夫的心，我不知道我能做些什么，我祈求上帝的帮助。我说我是一个贞洁的妇女，甚至在梦里除了我丈夫的爱没有其他。我说，我不知道是谁的错，我的还是他的……总之我对他说了一切。不像现在我对你讲的这样。现在我已经不能说出一切了，我已羞于再这样做……但是在那个昏暗的教堂里，在那天早上，我对那位陌生的老年神父告白自己。

我忏悔了很长时间，神父一直沉默着倾听我的诉说。

你去过佛罗伦萨吗？……你熟悉那尊米开朗琪罗的雕像作品吗？你知道在圣彼得大教堂里那尊令人叹为观止的雕塑吗？……等一下，它叫什么来着？对，叫《圣母恸子像》，这幅作品的作者以自己为模特创作的，那是年迈的米开朗琪罗的脸。一次我和我的丈夫去那座城市，他向我介绍这尊雕塑。他说，这是一张凡人的脸，脸上没有任何愤怒、渴望，似乎一切都从这张脸上消失了。这是一张洞察一切却无欲无求的脸，既没有报复，也没有宽恕，什么都没有，完全没有。那是我丈夫在雕像前对我说的，应该成为这样的人。这是人类的终极完满,这是一种神圣的漠不关心,这是完美的孤独和面对快乐和痛苦时的无动于衷……当我忏悔的时候，我抬头看神父的脸，即使满眼泪水，这张脸使人恐惧地想起《圣母恸子像》里主人公的大理石雕塑的脸。

他半闭着眼睛坐在那里，双臂交叉在胸前，把手掩在白色法衣的褶皱之间。他没有看我，头微微地垂向一边，眼神困倦。他以一种奇怪的方式听我讲话，就像没有在意一样，就像这些他已经听到过很多次了一样，就像他已经知道了我要说的一切内容，我所说的是多余、无望的。他就这样听着，但是他听清楚了，用特别的、强壮的心灵在聆听。他的脸，是的……就像知道这一切，知道所有可以诉说的痛苦和磨难的人的脸，这其中也包括无法用言语表达的事情。当我讲述完，他也沉默了很久。然后他说："必须要有信念，我的孩子。"

"是的，尊敬的神父。"我机械地说。

"不，"他说，他那副面色平静、假死的面孔现在也开始变得生动起来，眼皮粘在一起的衰老眼睛顷刻间开始闪烁。"应该以另一种方式相信。不要在这样的花招上绞尽脑汁。只要相信，只要相信就好了。"他嘟囔着。

他已经很老了，看来，漫长的谈话让他很疲劳。

我想他不愿意或者不知道再说什么了，因此我沉默了，等待着救赎与宽恕。我感觉我们彼此已经没有更多可说的了，但是在漫长的沉默之后（这期间他一直闭着眼睛，就像打瞌睡一样，两眼发呆）突然他没有任何过渡，开始活跃地说起来。

我满怀惊讶地听着。从没有人这样和我说话，特别是在忏悔室里。他简洁地说着，以一种自然谈话的语调，就像不是在忏悔室里和我说话，而是在某处与人闲谈一样。他话语简练，语气苍老、和蔼，没有任何虚情假意的腔调，有时发出微微的叹息，就像在抱怨一样。他那么自然地诉说一切，就像整个世界是上帝之所，每个人类的事物都属于上帝，无需在上帝面前做隆重的仪式，无需转动眼睛，捶胸顿足，只要说出真话，全部、彻底……他就是这样说的。

讲话？……准确地说他不是在讲话，而是在交谈，毫无偏见、轻声地说着。他的声音有些斯拉夫式的抑扬顿挫。我最后一次是童年的时候在泽姆普林[1]听到这种口音和方言。

“亲爱的孩子，”他说，“我很愿意帮助你。有一天一个妇人到我这里来，她爱上了一个男子，爱到杀死他的地步。不是用刀，也不是毒药，仅仅是不给他任何自由，她要完全拥有这个男人，使其脱离这个世界。他们争吵了很长时间。一天这个男子疲惫至极，他死去了。这位妇人清楚他死去的原因。男人走了，因为持续的争吵让他精疲力竭。你知道吗，我的孩子，人与人之间存在各种力量，有很多方式相互残杀。光有爱是不够的，孩子。爱也可以变得极度自私。我们要谦卑地去爱，带着信仰。整个人生只有那

1　泽姆普林，地名，现位于斯洛伐克境内。

时才有意义，如果内心有真正的信仰。上帝将爱赐予了人类，让他们彼此忍耐对方以及这个世界。但是，假若一个人不能谦卑地去爱，那他就会给另一个人很大的压力。你懂吗，孩子？”他那么和蔼地问道，就像一个年迈的小学教师在教小孩子字母表一样。

“我想，我懂了。”我有些惊慌失措地说。

“以后你一定会懂的，但你将为此受很多苦。这样狂热的心灵是骄傲的，会受很多苦难。”他说，“你想征服你丈夫的心，你还说，你的丈夫是个真正的男人，不是风流易变、追逐女性的男人，而是认真敦厚、心地纯正的人，但是他有秘密。这个秘密可能是什么呢？……你心里就因为这个在做斗争，我的孩子，你想发掘这个秘密，但是你不知道上帝给每个人以灵魂，这个灵魂就像世界上的天地万物一样充满了秘密。为什么你想知道上帝隐藏在一个灵魂里的秘密呢？也许你生活的意义，你的任务就是忍受这种状况。也许你会伤害你的丈夫，也许你会毁掉他，如果你成功地打开他的灵魂，如果你强索那种人生，那种感受，那么他会自我防卫。不应该粗暴地去爱。我说的那个女人，就像你一样，年轻漂亮，做了各种愚蠢的事，为的是重新赢得她丈夫的爱。她和其他年轻男子调情为了使她的丈夫妒忌，她失去理智地生活，把自己打扮得花枝招展，把财产花在维也纳的烂衣物上，穿得花里胡哨，就像那些不幸的女人一样。她们的心中丧失信念，内心的平衡坍塌，然后沉迷于社交生活，去娱乐场所，流连晚宴，去任何灯光闪烁，人群拥挤的地方，逃离人生的空虚、虚荣和无望的激情。她们到那里为的是遗忘。这一切是多么无望啊。”他说，几乎是低声自言自语，“但并没有遗忘。”

他这样说着，我聚精会神地听着，但是他好像根本就没注意到我。

他用老年人絮叨的语气，就像对某人说话一样，就像在和世界争论。他还说：“不，不存在遗忘，上帝不允许在面对人生呈现给我们的问题时感情用事、过于狂热。在你的内心有一团火，我的孩子，虚荣和自私的火焰。可能你的丈夫对你的感情和你想要的不一样，也许他仅仅是骄傲或者孤独，他不知道如何呈现，或许没有勇气呈现他的感受，因为此前被伤害过。世界上有很多这样受到过伤害的男子。我不能豁免你丈夫的罪，我的孩子，因为他也不懂得谦卑。两个如此骄傲的人在一起一定受苦，但是现在你的心灵中有那样的贪婪，让人想起罪过。你想夺走一个人的灵魂。恋爱的人总是想得到这个。这就是罪过。”

“我不知道这是罪过。”我说，我跪在他的面前，开始发抖。

“如果我们不满足于上天自愿赐予的一切，不满足于心甘情愿的给予，如果我们用贪婪的手伸向另一个人的秘密，这总是罪过。为什么不能更谦卑地活着？怀着更少的感情要求？……爱情，真正的爱情是耐心，我的孩子。爱是无止境的，并且经得起等待。爱不可能是任务，那是不人道的。你想征服你的丈夫……但与此同时，上帝已经在这尘世中把你的一切事情安排好了。你不明白吗？”

“我受了很多苦，尊敬的神父。”我说，我担心自己随时会哭出来。

“那就忍耐。”他闷声说，几乎是带着冷漠的语气。

“你为什么害怕受苦？”过了一会儿，他接着说，“苦难会燃尽你的自私和虚荣的火焰，谁是幸福的？你有什么权利奢望获得幸福？你确信，你的愿望和爱是无私的，值得获得幸福吗？如果是这样的话，现在你就不会跪在这里，而是生活在生命所给予的范畴内，同时履行你的义务，等待着人生的安排。”他严肃地说，并且注视着我。

这时他第一次用他闪烁、明亮的小眼睛注视我，然后突然转过头，垂下眼帘。在长时间的沉默后接着说：“你说，你的丈夫因为孩子的死生你的气？”

“我是这样感觉的。”我答道。

“是的，”他沉思着说，“有可能。”

看起来那个假设他一点也不惊讶，认为人与人之间一切皆有可能，然后他就像对我提了一个无所谓的问题，用沉闷的声音捎带着问道：“你从来没有感觉到内疚吗……”

他带着斯拉夫口音说出“你”这个词，我不知道为什么，但是这种口音在那一刻几乎使我得到安慰。

“我该怎样回答这个问题，尊敬的神父？……谁能回答这样的问题？”

“你看，孩子，”他忽然说，那样亲切和坦诚，我几乎想要吻他的手。他热忱地说着，以一种虔诚心并且带着外地口音，就像只有年老的乡村神父才能对人做到的那样，“我不知道你的灵魂里有什么，除非你自己告诉我，而你向我忏悔，我的孩子，那仅仅是计划和企图，但是主暗示我，这不是全部的真相。一个声音告诉我，你内心充满愧疚，因为此事或者其他的事情。也许我错了。”他以自我开脱的语调说着，然后突然停了下来，吞下了要说出的一个词。看起来，他后悔做了什么。

“但是那也是好的。”之后他低声、谨慎地说，“如果你感到内疚就是好的。也许有一天你将痊愈。”

“我要怎样做？”我问道。

“祷告。”他简单地说，“并且坚持下来，这是宗教的戒律，我不知道更多了。你对你的罪过感到遗憾和追悔吗？”他问道，就像一个人在谈论其他的事情，快速并且机械。

“我感到遗憾并且追悔。”我也急促不清地说。

“五遍主祷文和五遍圣母颂，”他说，“我赦免你的罪过……”

然后开始祷告，不想听我说任何话。

两周以后，一天早上，我在我丈夫的钱包里发现了一条紫色缎带。

不管你相不相信，我从来没有翻过我丈夫的钱包和口袋。我从没偷过他的任何东西，尽管这是多么令人难以置信。我要的东西他都会给我，我为什么要偷他的钱？……我知道很多女人会偷丈夫的钱，出于义务，出于大胆，通常女人由于任性什么都做得出来。“我没有那么笨。”她们这样说的同时还是在做着自己根本没兴趣的事情。我不是这类女人。这并不是自我夸奖，这是事实。

那天早上我之所以翻看他的钱包，是因为他打电话回家，说把钱包忘在了家里，并且会派勤务员过来取。当然这不是理由，你说。在他的声音里有着某种陌生、焦急，几乎是紧张的感觉。在电话里他的声音很不安，可以感觉到这个小小的被遗落的东西对他来说很重要，意味着什么。这种事情不是用耳朵听到的，而是用心感受到的。

那就是你刚才看到的那只鳄鱼皮钱包。是我送给他的，我说过了吗？这个钱包他也同样忠诚地一直在使用。我应该告诉你的是，这个男人的灵魂本身就是忠诚的化身。我感到，他做不到不忠，即使他想也做不到。他对物品也是忠诚的。他想保存和保护所有的东西，这是他内在的中产阶级性格，贵族化的中产阶级特征。他想保存的不仅是物品，而是所有的一切，那些生活中亲切的、美好的、有价值和有意义的，所有的全部，你知道……好的风俗、生活方式、家具、基督教道德、桥梁以及人类用无穷工作、智慧和痛苦建立的世界，那是才华的激情与结满老茧的双手之结晶……这些对他来说都一样，他爱这个世界，并且想拯救它，使其免受破坏。这些，他们男人称为“文化”。我们女人，私下里，也许不会使用这么大的词语，也许我们能聪明地聆听他们用拉丁语跟我们讲话已经足够。我们知道的是本质，他们了解的是概念。这两者不是一码事。

是的，鳄鱼皮钱包，他也保存着。因为很漂亮，材料很珍贵，并且是我送的。当钱包的针脚开线时，他让人补了补，非常严谨，一丝不苟，是的。有一次他笑着说，他是真正的冒险家，因为冒险也只有在他置身于规矩方圆中时才可能实现，这是一个很艺术的想法……你感到惊讶吗？是的，我也惊讶，很多次，他说出类似的话。和一个男人生活在一起很不容易，亲爱的，因为他有灵魂。

你想要抽一支烟吗？我得点一支抽，因为我有点激动，现在，当我想起那条紫色缎带时我还是能感觉到那种颤抖和紧张。

我说那天他的声音里有某些别样的东西。他不会因为这些鸡毛蒜皮的琐事打电话回家。我还提议说如果他愿意，中午我给他送到工厂里去，但是他谢绝了这个建议。他让我放到信封里，很快他会派勤务员来。

然后我就仔细地查看了钱包，翻看每个隔层。这是我平生第一次做这样的事。我仔仔细细地翻看个够，你可以想象得到。

外层放着钱，工程师协会会员证书，八张十菲列和五张二十菲列邮票，然后是驾照，还有一个贴着照片的入岛通行证。照片是十年前照的，刚刚理完发，男人们在这种时候，通常显得有些滑稽地年轻，带着一副似乎刚刚结束的中学毕业考试没有及格一样的神情。然后是名片，只有名字和徽章，没有头衔。他特别注意这些细节。他不能忍受把贵族的王冠绣在或者刻在内衣或者银器上。他不仅看不起这些事物，而且谨慎地把它们从世界上隐藏起来。他说，一个人只有一种头衔，那就是他的性格。他有时会带着骄傲、怨艾的神情说出这些话来。

在他的钱包外层，我没发现任何可疑的迹象。他的钱包里井然有序，就像他的人生、他的抽屉、他的衣柜和他的笔记一样。他周遭的一切都是井然有序的，他的钱包也必然如此。也许他的灵魂里没有完美的秩序与和谐，你知道……看起来，人们总是试图通过外部的有序隐藏内部的无序，但是我那时没时间做哲学分析，我就像一只在疏松的泥土里挖掘着的鼹鼠一样在他的钱包里翻找着。

在钱包的内层，我发现了一张照片，孩子的照片。那是孩子刚刚出生八小时的时候拍摄的。有很多头发，你知道，紧握的小拳头向上伸着，他出生时重 3 公斤 800 克，他在睡觉……照片就是那时拍的。告诉我，这种痛苦要持续到何时？整个一生吗？……我相信，是的。

在他的钱包内层，我发现了这张照片，还有那根紫色的缎带。

我拿到手里，触摸着，当然我也闻了闻。没有任何味道。是一条旧缎带，暗紫色的。缎带上带着鳄鱼皮钱包的味道。四公分长——我量了量——宽一公分。缎带是用剪刀规则地剪下来的。

我吃惊地坐了下来。

我就这样坐着，手里拿着缎带，心里带着一个神圣的决定，我要征服我的丈夫，就像拿破仑企图征服英国一样。我就这样坐着，那样震惊，仿佛在午报上读到我丈夫在拉克什圣米哈依[1]边境被捕，因为他犯了抢劫杀人罪，或者就像杜塞尔多夫恶魔的妻子某天晚上得知她的丈夫被抓时所感觉到的一样，因为她丈夫是个正直的人，优秀出色的父亲，按时纳税，晚饭后，有时会去啤酒屋里小酌一杯，但是路上却习惯性地停下来，剖开某人的肚子。我在那一刻是同样的感受。

现在我看到，你认为我是个歇斯底里的笨鹅。不，亲爱的，我是女人，所以我可以同时是印第安人和大侦探，是圣女也是间谍，当涉及到我爱的男人时我就是全部的这些角色。我对此不感到羞耻。上帝就是这样把我造出来的。这是我在世界上的任务。我感到头晕，房间开始转了起来，对此我有很好的理由，而且不止一个。

首先，我和这条缎带没有丝毫关系，从来没有。对于这种事情，一个女人心里是清楚的。在我的衣服和帽子上，从来没有在任何地方垂挂过这种缎带。我从不使用这种奔丧式的严肃颜色。那么可以确定的是，很遗憾，这条缎带根本不是我的，我的领地里没有，我丈夫不是从我的帽子或者衣服上剪下来，然后带着慈悲和虔诚收藏起来的。很不幸，这不是我的。我是这样想的，也是这样感觉的。

另外，我的手脚开始麻木，因为缎带不仅不适合我，也不适合我的丈夫。我感觉，一样东西，一条缎带，一个像我丈夫这样的人，

---

1 拉克什圣米哈依，地名，位于布达佩斯边境。

在他钱包里珍藏数年，为了它紧张地从办公室打电话回家——他是因为这条缎带才打电话的，这个我甚至不需要向你解释，因为他上午在工厂里，是不会急需钱、名片或者会员证的——这个物件不仅仅是一个纪念，而是一件圣物。不，这已经是个犯错迹象的罪证。因此我手脚发麻。

那么也就是说我的丈夫有比我更重要的回忆，这就是紫色缎带的意义。

但也可能意味着其他的东西。这条缎带的颜色没有褪去，只是有些旧了，就像死人留下的遗物逐渐老旧的特别方式一样。你知道死去的人的帽子、手绢旧得非常快，换句话说就是顷刻之间，当一个人死去，他曾经使用的物件……某种程度上失去颜色，就像树叶从树上被扯了下来，然后这个脱离树木的植物生命所特有的那种翠绿的、水彩画的颜色立刻变得苍白黯淡……看起来人的内心也有一条洪流，这条洪流传送所有属于我们的东西，就像阳光普照世界。

这条紫色缎带几乎没有生命力了，就像很早以前有人戴过它。也许使用它的那个人已经不在人世……或者，至少对我的丈夫来说她已经死去了。我也是这样希望的。我看着它，闻着它，用两根手指揉搓着，盘问着它……但是缎带没有透漏出它的任何秘密。它固执地缄口，带着不知出处的物品所特有的执拗的沉默。

但是同时，它的缄默也泄露了什么，它是幸灾乐祸和高傲的。这条缎带就像一个嘲弄的魔鬼伸出中风的、紫色的舌头，讥讽和取笑我，它说："你看，在漂亮、有序的外部颜色之后我一直存在，我过去、现在一直都存在。我是地狱，我是秘密，是真理。"我理解它所说的话吗？……我紧张、失望，同时感到震惊，内心的愤怒和好奇之火熊熊燃烧，我想跑到街上找到那个曾经在头发上或紧身胸衣上戴过这条缎带的女人……我因为委屈和愤怒而满脸通红。你看，现在我的脸也是热的，燃烧和火红，因为我想起了紫色缎带。等一下，你给我一点香粉，我要让自己恢复正常。

就这样，谢谢，现在我已经好多了。然后勤务员就来了，我已经把钱包里的所有东西重新摆放整齐：名片、证件、钱和那条对我丈夫来说如此重要，以至于他上午紧张地从工厂打电话回家，并且派勤务员来取走的紫色缎带……然后我站在那里，带着我心里的重大决定和燃烧的怒火，以及对全部人生的一知半解。

确切地说，有些事情我还是懂得的。

这个男人不是一个多愁善感的书生，也不是一个日渐衰老的可怜可鄙的浪荡子。他是个真正的男人，他的行为有理由和意义。我的丈夫不会没有理由地在他的钱包里藏着一个女人的紫色缎带——这就是我当时从中所感悟的，此后对于这点我理解得如此透彻，就像一个人对于生活的秘密一样了解。

如果他做了什么，数十年带着某种充满感情的旧东西，只能存在某种极大的、真正的理由。那个拥有这块破布的人，可能对他来说比任何人都重要。

比我重要，这是肯定的。比方说，他的钱夹里没有放我的照片。

对于这个你肯定会说——我从你的眼神里看得出来，即便你不说。他不需要照片，因为每天从早到晚，他看我已看得够多的了，但是这还不够。当我不在他身边时，他也应该能看到我，当他打开钱包时，在那里应该看到我的照片，而不该是这条陌生的紫色丝带。对不对？……你看，他本来最应该这样做。

我的心里冒火，就像一根不小心丢掉的火柴点燃了一座平安无事的宅院。它的正面，后面，整体，所有的一切，不管怎么说都根基牢固。这座建筑物是我生活的真实化身，有空间，有屋顶……现在这根火柴的紫色火焰掉到了屋顶上。

中午我丈夫没有回家。晚上我们一起参加晚宴。我打扮得很漂亮。那个晚上，我动用了我的全部力量与意志，想让自己非常漂亮。我选了件白色的晚礼服。这件丝质的晚礼服就像要参加婚礼一样，隆重又高贵。下午我在理发店整整待了两个小时。我没有一丝倦怠。接近傍晚时分，我去了市中心，在一家时装店买了一个紫色的缎带结，那种可爱、随意、仿紫罗兰花的小装饰在那一年里很流行，女人们把各种样子的这类东西别在衣服上。这个小的缎带结的颜色和我丈夫藏在钱包里的缎带丝毫不差，我把它别在白色露胸礼服的开领衣襟上。那天晚上，我就像一名即将登台表演的女演员一样那么精心地装扮自己。当我丈夫来的时候，我已经披上披肩在等他了。他匆忙地换上衣服，因为他回来晚了。我终于也等了他一次，耐心地。

我们一言不发地坐在车里。我看到他很疲惫，在想着别的事情。我的心跳得厉害，但是同时也感到了不可思议的平静。我只知道，这个夜晚将决定我的人生。我礼貌地坐在他的身旁，我的发型美极了，蓝狐狸披肩，白色丝质礼服，我香气四溢，表情异常宁静，靠近我胸口处别着紫色缎带结。我们抵达一幢很大的宅邸，大门口站着瑞士门卫，在前厅里一群男仆恭迎我们，当我的丈夫脱下外套并且交给男仆时，他照了照镜子，笑了。

那天晚上我是那样漂亮，连他也感受到了。

他脱下外衣，在镜子前整理领带，动作中带着一种漫不经心、仓促，甚至有些拘谨，好像阴沉着脸迎宾的仆人的出现打扰了他。他就跟那些不太注意衣着、总是匆忙穿衣的男人们一样，也总要整理经常戴歪了的夜礼服的领结。他从镜子里对我微笑，非常亲切、友好，就像在说："是的，我知道，你很完美，也许你是今晚最漂亮的，但仅凭这点，很遗憾，并不起作用，这完全是另一码事。"

但是他什么也没说，我绞尽脑汁在想，我是否比那个他为之保存缎带的女人更漂亮。然后我们步入大厅，那里早已宾客云集，名仕、政治家、国家的头等人物以及著名的漂亮女人，我们就像亲戚一样交谈，仿佛说话的一方和另一方只是通过辅助性的暗示就可以猜到相互间要表达的意思，就像每个人都熟知内情一样——熟知什么事呢？……熟悉那个精致、腐朽、刺激、令人窒息与傲慢、绝望又冷漠的同盟，那是另一个世界，是社交人生。我们置身于一个有红色大理石柱子的巨大厅堂里，穿着白袜子、及膝短裤的仆人在宾客间穿梭，高举着水晶托盘，提供各种浓烈、有毒、彩色的某种物质以及鸡尾酒，我只是尝了一杯花花绿绿的有毒物质，因为我无法忍受酒精饮料，喝了之后酒精会在我体内翻滚，头晕目眩，而且那天晚上我也根本不需要兴奋剂。我感到一种莫名、可笑、孩子气的紧张气氛，仿佛命运之神派给我一项艰难而私密的使命，好像那天晚上每个人，那些美丽又迷人的女人，声名显赫、有权力又聪明的男人都在注意我一样……我对每个人都保持着微笑和友善，就像涂着头油、戴着假发的上个世纪大公夫人在举行宴会时那样。那是属于我的夜晚……如此强烈的生命存在感不可避免地反射到其他人身上，任何人都无法冷漠地避开。我突然感觉到我在红色大理石柱子之间，在大厅的中央，被男男女女包围着，成为了人群的中心，他们对我说着恭维话，我说的每一句话都引发赞同。在那天晚上我被可怕的安全感淹没了。我成功了，是的……什么是成功？是意志力，看起来是的，是狂热的令人发疯的意愿，它能点燃所有的人以及周遭的一切，这一切之所以会这样是因为我必须弄清楚，那个人是否存在，她是否在衣服或者帽子上佩戴过紫色缎带，她是不是也许对我的丈夫来说比我更重要？……

那天晚上，我没有喝一口鸡尾酒，之后在晚饭时我喝了半杯酸酸的法国香槟，但我仍然表现得像是微醉的样子……那么特别的，你知道，是冷静的微醺。

我们等着上菜，客人们三两成群地站在大厅里，就像在舞台上一样。我的丈夫站在书房门边与一位钢琴家交谈着。我不时能感觉到他的目光，我知道他担忧地偷偷观察我。他不理解我的成功，不理解这个出人意料、难以解释的成功，他感到既高兴又不安。他慌乱地看着我，我骄傲地感受着他的困扰。现在我对我的作为感到自信，我知道，这个夜晚是属于我的。

这是人生中最奇特的时刻。世界在你面前突然一下子展开，所有的目光都注意着你。那个晚上如果有一个追求者吻我的手，我一点也不会惊讶。你要知道，令人绝望的是，这个世界，这另一个世界，这个社交圈和上流世界不属于我。我丈夫带领我来到这个世界，而我总是怯场，小心翼翼地行走着，就好像坐在城市公园的旋转木马上面……没有一刻我不害怕打滑摔倒。多年之后在社交中我还是这样小心翼翼和彬彬有礼，或者是过度地表现自然……总之，我是某种其他的样子，害怕、冷淡、不直率，从来不是我自己。我总是由于恐惧而变得浑身僵硬，就像痉挛一样，但是今天晚上某种东西击退了这种痉挛。我透过迷雾看到了一切，看到了光，看到人们的面孔。如果他们不时为我鼓鼓掌，我也不会惊讶。

然后我感到有人在盯着我看。我慢慢转过身寻找那个人，寻找那个几乎触及我身心、炯炯闪光的光束来源。他是拉扎尔。他站在一根柱子旁边，在同女主人交谈，但是眼睛却在看着我。我们已经好几年没见面了。

当侍者们从中间打开那扇镶着镜子的玻璃门，就像一幕剧的帷幕拉开，客人们像一支队伍一样进入半暗半明的、用教堂蜡烛点亮的餐厅，他朝我走来。

“您遇到什么事了吗？”他低声问道，几乎充满敬意。

“为什么问这个呢？”我有些嘶哑地问道。我对我的成就感到陶醉了。

“您好像有什么事情。”他说，“我现在对那天晚上感到羞愧，您看，我和彼得用那么低俗的玩笑来对待您。您还记得吗？”

“我记得，”我说，“您不用愧疚。大人物们都喜欢作戏。”

“您爱上某个人了吗？”他用平静、严肃的语气问道，同时他直视着我两眼之间的额头。

“是的。”我以同样坚决和平静的语气答道，“我爱上我丈夫了。”我们站在餐厅的门口。他把我从头到脚仔仔细细地打量了一遍。他带着深深的同情，轻声说：“可怜的人啊。”

然后他伸出手臂并陪我走到餐桌旁。

吃饭时他坐在我旁边，我的另一边是一位老伯爵，我是谁那个人一点概念都没有。晚餐的时候，他用一种十八世纪的赞美方式恭维我。拉扎尔的左边坐着一位知名外交官的夫人，她只懂法语，晚餐也是法式的。在上一道菜和下一道之间，在法语会话的过渡期间，拉扎尔时不时转向我，为了避免让别人听见，他将声音压得很低很轻，他用自然的、毫无过渡的语气跟我说话，就好像在继续早已开始的话题一样，“您决定怎么做？”

当时我正在忙着吃鸡肉和糖煮水果。我朝盘子探着身子，手里拿着刀叉，微笑着回答他的问题，就好像在回答一个毫无伤害性的、愉快的社交问题一样。“我决定要征服他，让他回到我的身边。”

“这不可能。”他说，“他从没有离开过您，所以这不可能。您可以让不忠的人回头，可以挽回已经离开您的人，但是如果一个人从来就没有真正、彻底地来到您身边，从没……不，这真的不可能。”

“那他为什么娶我？”我问。

“因为如果不这样他将会被毁灭。”

“毁于什么？”

“毁于一种感觉。一种比他更强大的感觉，一种和他不匹配的感觉。”

“一种感觉，”我心平气和地问道，把头抬得很高，但用一种别人听不懂的方式问道，“那个把他和拥有紫色缎带的女人连接在一起的感觉吗？”

“您知道这件事？”他猛地抬起头来紧张地问道。

“我现在只知道我需要知道的部分。”我诚实地答道。

“谁跟您说起的这件事？彼得吗？”

“不是，”我说，“但是人总会知道关于他所爱的那个人的全部。”

“没错。”他严肃地说道。

“而您，”现在换成我问他，令我感到惊讶的是，我的声音居然没有颤抖，“您认识那个拥有紫色缎带的女人吗？”

“我……”他嘟囔着，低下了光秃秃的头。他凝视着盘子。情绪低落。

“是的，我认识。”

“您偶尔见到她吗？”

“很少,几乎没有。”他凝视着空气,“我已经很久没见过她了。”

他开始用细长、骨节分明的手指紧张地敲打桌布。这时外交官夫人用法语问了某些事情，同时，我时不时回答那个老伯爵“为什么是，为什么非”的问题，那个老伯爵出人意料地开始用一个中国寓言逗我开心，但那时我无法专心于中国寓言，香槟酒和水果上来了。当我喝了一口浅玫瑰色的香槟酒时，旁边的伯爵正以某种方式痛苦不堪地、费尽力气地从中国寓言故事的纠结中解脱出来，这时拉扎尔又一次向我转过身来：“您今晚为什么佩戴这个紫色的缎带结？”

“您注意到了？”我问道，然后揪着一串葡萄吃。

“从你们一走进房间我就注意到了。”

“您觉得，彼得会注意到吗？”

“您要小心,”他严肃地说道,“您在做一件非常冒险的事情。”

我们像两个密谋者一样一起朝彼得看去。在这个大厅里，在闪动的烛光中，在低沉的交谈中，在交谈的内容中，甚至在交谈的气氛中，都存在着某些幽灵般诡异的东西。我僵直地坐着，一动不动地、呆板地看着我的前方。然后我微笑，就好像旁边的人用一些非常卓越的笑话、有趣的故事让我开心一样。毫无疑问，我听到的内容非常有趣。在我生命中，无论是那一晚之前，还是之后，我再也没听到比拉扎尔的那番话更能真正引起我兴趣的了。

当我们从桌子旁起身，彼得朝我们这边走来。

“我看到吃饭时你一直在笑，”他说，“你有些苍白，想去花园里透透气吗？”

“不，”我说，“我很好，只是屋里光线不好。”

“走吧，”拉扎尔说，“我们去冬季花房吧，去喝一杯黑咖啡。”

“你们把我也带上吧，”彼得开着玩笑，带着不安说，“我也想要笑一笑。”

“不。”我说。拉扎尔也接着说：“不，今天和上一次不一样，我们玩别的，和上次的方式不一样。我们两个人玩，不带你。你去找你的那些女伯爵吧。”

这时我丈夫注意到了紫色的缎带结。他像近视一样眯着眼睛，就像他习惯的那样，不情愿地朝我弯下腰，好像充满困惑地检查什么一样。这时，拉扎尔搀着我的手臂把我带走了。

站在冬日花房的门口，我转头看我的丈夫。他一直站在餐厅的门口，在曲终人散的人流中，像个近视眼似的眯着眼睛凝视我们的背影。他显得那么悲伤和无助，是的，脸上带着绝望的神情，使我必须停下脚步，转身回头看着他。我感到我的心被撕裂开来，也许我从没有像这一刻那样爱过他。

然后我和拉扎尔就坐在了冬日花房里……或许这个故事让你觉得很累吧？如果你厌烦了，请告诉我，但我不会让你厌烦太久的。

你知道，在那个夜晚之后，一切发生得太快，就像做梦一样。冬季花房里弥漫着一种潮湿、芳香、令人窒息的热气，就像身处在热带丛林里一样。我们坐在一棵棕榈树下，透过敞开的门看着灯光闪烁的大厅。远处，从第三间大厅的角落里，传来温和、充满情欲的音乐，客人们跳着舞；另一个房间里人们在玩着纸牌。这是一场盛大的聚会，奢华且毫无情感，就像这幢房子里的一切。

拉扎尔抽着烟，沉默不语，看着跳舞的人们。我已经几年没有见他了，现在觉得格外陌生……在他身边我感到了一种孤独，就像这个人生活在北极一样。孤独和平静，一种充满哀伤的平静。突然间我感到，这个人已经无欲无求了。他不想要幸福，也不想要成功，是的，也许根本不想写作了，他只想认知、理解这个世界，只想知道真相……他谢顶了，而且有时以一种彬彬有礼的方式表现出似乎有些无聊的神情，但是他也像个佛教徒一样，用斜视的眼光观察这个世界，对所有的这一切他是怎么想的？

当我们喝完黑咖啡后，他说："您不害怕诚实吗？"

"我什么事情都不怕。"我说。

"您听我说，"他生硬、坚决地说，"任何人都没有权利去干涉别人的生活，我也没有，但是彼得是我的朋友……并不是人们习惯说的那种廉价的朋友。我很少跟人保持这种朋友关系。这个人，您的丈夫，保存着我们年轻时的秘密和那些魔幻般的回忆。那么现在我告诉您件事。我要说的事情听起来有些戏剧性。"

我僵直地坐着，面色苍白，就像一尊雕塑，就像一个白色大理石雕成的小国仁慈王后的半身塑像。

“尽管说吧。”我请求道。

“用比较粗鲁的方式，我可以一句话笼统地表达出来：请放手！”

“确实很粗鲁，”我说，“但是我不明白，把手从什么地方放下呢？”

“从彼得身上，从紫色缎带以及那个戴着这条缎带的人那里放手。您明白了吗？我的话说得就像电影里的那样粗鲁，放手、别干涉……您不知道应该把手伸向何处。触摸之处，伤口逐渐痊愈，已经凝结、结痂了，在它上面形成了一层薄膜。我已经关注你们的生活五年了，我注意观察这个抽枝发芽再生的过程。您现在想要去触探这个伤疤，但是我提醒您，如果您撕开这个伤口，如果用指甲尖碰伤了它，那么整个躯体就会流血……也许某种东西会被毁灭，或者某个人会因失血过多而死亡。”

“有这么危险吗？”我问道，同时看着那些跳舞的人们。

“我相信是的。”他斟酌着，谨慎地说，“的确有这么危险。”

“那么就有必要做。”我说。

我的声音清脆，带着某种嘶哑，还有一丝颤抖……他抓住我的手。

“您要忍耐。”他用非常炽热、乞求的口气说道。

“不，”我说，“我不想再忍耐。我已经被骗了五年了。我的命运比那些丈夫不忠、轻浮、拈花惹草的女人还要糟糕。五年以来，我一直同一个没有面孔的人对抗，她像个幽灵一样存在于我们之间，在我们的家里。现在我受够了。我不能和一种感觉斗争，我宁愿和一个有血有肉的对手交锋，而不是和一个狂热的幻影……就像您以前说的，真相总是更简单。”

“是更简单，”他以平和的口吻说道，“同时也是无止境的危险。”

“那就尽管危险吧，”我说，“还有什么比这更糟糕的事情会发生在我身上吗？我和一个男人生活在一起，而他的心不属于我。而且这个人还保留着记忆，想通过我从这段回忆和感情中解脱出来，仅仅因为这段回忆和感情，这个欲望对他来说是不相称的……您刚才是这样说的，对吧？那么他要对这个不相称的欲望负责，放下他的地位和尊严。”

“不可能的，”他颤抖着，激动地说，“他会就此毁灭的。”

“现在这样下去，我们也将被毁灭。”我平静地说道，“我们的孩子已经毁在其中了。现在我就像一个梦游者。我肯定是朝着某个方向走去，走在生与死的边缘。不要打扰我，不要对我喊叫，因为我会跌入深渊……如果您有能力，就帮助我吧。我嫁给一个人，因为我爱他。我当时以为，他也爱我……我跟这个人一起生活了五年，但他没有把心完全交给我。为了让他成为我的，我尽了一切努力。我尽力去理解他。我用荒谬的理由安慰自己。他是男人，我对自己说，男人是骄傲的。我还对自己说，他是中产阶级，是孤独的。但是这一切都是谎言。之后，我就用最强的人类关系纽带——孩子把他绑在我的身边。我没有成功。为什么？您知道吗？……这是宿命吗……或者还是别的什么？您是作家，是有智慧的人，是他的同盟者，是彼得人生的见证人……现在您为什么沉默了？有时我相信，发生的所有事情当中您也是一份子，您有一种凌驾于彼得灵魂之上的力量。”

“以前是有的。”他说，“我必须要把这个力量分让出去，您也要学会共享,这样也许每个人都能逃脱出来。”他腼腆、慌乱地说道。

我从没有见过这个孤独、自信的人像此时这样的踌躇，一位佛教长老现在变成了一个凡胎俗子。他也许最想溜之大吉，以避免回答这样令人窘迫的和危险的问题。但是我现在不会放过他。

“爱情是不能分享的，这点您知道得最清楚。”

“陈词滥调，”他沮丧地说，然后点燃一支烟，“一切均可分享，特别是爱情中可以分享一切。”

“如果我与人分享爱情，那我的生命中还剩下什么呢？”我非常激动地问道,以至于我被自己的声音吓了一跳。“还剩一座房子？社会地位？我和那个人共同分享午餐和晚餐，他也时不时温柔地送礼物给我，就像一个给爱发牢骚的头疼病人喂服一汤匙溶解在水里的止痛药一样？……您怎么想的？是否有比和某人度过这样的半辈子更让人屈辱，更不人道的境遇？我需要的是一个人，一个完全属于我的人！”我几乎要喊了出来。

我这样说着，这样由于绝望而不顾一切地表达着，我说话的样子就像是在舞台上，有点夸张，具有戏剧性。激情总是有些戏剧化的。

就在这一刻，有一个人正好穿过花房，那是一名军官……他站住了，警觉地回头看了看，然后急匆匆离开了，摇着头。

我感到很羞愧，用一种歉疚的口气，压低声音说：“拥有一个不和任何人分享的人，就这么不可能？”

“不，可能。”他认真地凝望着棕榈树，“只是很危险。”

“那么这种生活，我们现在过的生活，以这种方式存在就不危险吗？……您怎么认为？我想存在生命危险。”我坚定地说道，当我说出这个词的时候，我的脸色变得苍白，因为我知道我说出了真相。

“这就是人生的独特之处。”他现在的语气冷淡、客套，就好像一个人重新回到了自己的天地，就像从激情四射的世界重新回到了有着准确概念和想法的宁静、平和的环境中，在那里他又找到了熟悉和适当的语言。“这种独特之处就是具有生命危险的。在危险之中有很多种生存方式，有的人手上拿着拐杖，永远走在平坦的路面上；有的人似乎要永远埋头跳入大西洋。在危险之中人必须存活下来，”他严肃地说，“这才是最困难的，有时这是最伟大的英雄行为。”

冬季花房的小喷泉水声潺潺，我们听着流水发出的温润、生动的旋律以及外边大厅里传来的世界音乐声，伴随着野蛮、摩登的人类喧嚣声。

“我也不知道，”我打破我们之间的沉默说道，“我要同谁或什么东西去分享呢？同一个人吗？还是一段回忆？”

“没有差别，”他耸耸肩，“那个人与其说是个活着的人，不如说也已经变成了一段回忆，她已没有任何奢望。只是……”

“但是她是存在的。”我说。

“是的。”他回答。

我站了起来。

“那就是说，必须要跟她了结。”我边说边找着手套。

“和她？那个人？……”他问道，同时也慢慢地，不情愿地站了起来。

“同那个人，同那段回忆，同这种生活。”我说，“您能带我去找那个女人吗？”

“我不会带您去的。”他说，然后我们慢慢地朝跳舞的人群走去。

“那我自己去找她。”我说，“在这个城市里居住着一百万人，全国也有几百万人，我手里没有别的证据，仅仅有一条紫色破布，我没有见过她的照片，不知道她的名字，但我仍然确定地知道，就像一个水源勘探者，即使在看不到尽头的平原上，也能感受到地下水源所在，或者像一个矿藏勘探者，在散步时突然站住，因为他感到了在地下深处有隐藏的金属矿藏……我是如此地确定我会找到她，找到这个人、这段回忆，找到这个有血有肉的人，因为她我不可能幸福。您不相信我？”

他耸耸肩，长时间打量着我，用一种审视和悲伤的目光。

“也许吧，”他说，“我基本上相信，如果人类激发出自己的本能，什么都有可能。我相信所有的不幸和奇迹……我相信您能在千百万人中找到那个人，那个会像短波发射机向其他电台报告一样地回应您召唤的人。这里面没有任何神秘的成分，当强烈的情感碰撞到一起时就会发生……但是您想过吗，之后怎么办？”

“之后？”我犹疑地问道，“之后情势就会明朗。我要看看她，进行检查……如果真的是她……”

“她？她是谁？”拉扎尔不耐烦地反问。

“就是她啊，”我也同样不耐烦地回答，“另一个人，我的对手……如果真的是她，如果是因为她我丈夫才不快乐，如果由于她阻碍了我丈夫不能完全属于我，导致他被一个愿望、一段回忆、一个多愁善感的错误想法所绑缚，鬼知道到底是怎么回事……那么，我就会对他们放手，把他们交给命运。”

“即使这对彼得来说是致命的，您也要这么做？”

“他会承受得住，”我愤怒地说，“这是他的命。”

这时，我们已经站到了大厅的门槛处。

他还说：“他已经尽了最大努力来承受一切。您不知道，在过去几年里他要用多大的力量来生活。他竭尽所能否定这段回忆，这种力量几乎可以使山脉移动。我相信对此我了解一切。有时我感到惊讶。他已经尝试过一个人在生命中可以承受的最艰难的部分了。您知道他做过些什么吗？他想用理智来消除情感。这就好像我说的那样，有人企图用言语和论据来说服一枚炸弹，让它不再爆炸。”

“不，”我慌乱地说，“这不可能。”

“几乎是不可能的，”他平静而严肃地说道，“但这个人还是尝试这样做了。为什么？……因为他要救赎他的灵魂，去拯救他的自尊。一个男人没有自尊是无法活下来的。他也是为了您，还有孩子，用尽了一切残存的力量……因为他也爱您，我希望您是知道的吧？”

“我知道，”我说，“否则我也不会如此争论不休……但他不是完全地爱我，不是毫无条件地爱我。有个人站在我们俩中间。我要把这个人赶走，要不然就是我走。这个戴着紫色缎带的女人真的那么强大，那么可怕吗……”

“如果您找到了她的话，”他说，眨着眼睛，用一种疲惫的眼神望向远方，“您会感到吃惊。您会惊讶于真相远比想象的更简单、更粗野、更庸俗，同时又是多么的扭曲和危险。”

“那么您无论如何也不会告诉我那个人的名字吗？”他沉默了。在他的目光和声调中可以感到不安和犹豫。

“您喜欢去您婆婆家吗？”他突然问道。

“我婆婆家？”我深深地感到吃惊，“当然，我很喜欢去，但是她跟这一切有什么关系？”

“他妈妈那里无论如何都是他的家。”他困扰地说道，“如果一个人要找什么东西，那么首先是到家里去找寻蛛丝马迹……生活有时恰恰就像侦探小说一样平庸又居高临下地安排着一切……您知道，警察会满世界紧张地寻找犯罪线索，他们用帽针刺破墙壁，而他们找寻的信件，就在他们面前闲置着，在被害人的书桌上，但是任何人都没想到这一点。”

“为解决这个关于紫色缎带女主人的事，我要向彼得的妈妈请求忠告和建议吗？”我越来越无助地问道。

“我只是说，”他谨慎地回答，并且避开了我的目光，“在您满世界地寻找彼得的秘密之前，先去彼得的另一个家里看一看，您婆婆那里看一看，您肯定会在那里找到些能够指引您方向的东西。父母的家里总是犯罪现场的一部分，集中着属于一个人的全部证据。”

“谢谢。”我说，“明天早上我就去我婆婆那里看看……但我就是不明白，我要去找什么，或者去找谁？”

“是您自己想要这样做的。”他就像一个要推卸掉一切责任的人。这时音乐喧闹起来。我们走进大厅，来到了跳舞的人群中，有男士们过来和我说话。过了一段时间，我丈夫拉着我的手臂，带我离开。我们直接回了家。这一切发生在四月十五号，一个星期一的晚上，发生在我们结婚后的第五个年头。

那天晚上我睡得很沉，就好像有一股强大的电流穿过了我的身体，电路中正负极的铅已经融化，我的灵魂变得黑暗了。我醒来之后，走进花园——那是一个吹着西洛可风[1]的温暖的早春清晨，人们在铺着桌布，准备早餐，我们在花园里吃早餐已经有好几天

1　西洛可风，地中海地区的一种风，源自撒哈拉。

了——我丈夫已经外出。我一个人吃了早餐，毫无食欲，只是一口一口地喝着苦涩、无糖的茶水。

早餐桌上放着报纸，我漫不经心地看了其中一张报纸的大字标题。那天，恰好一个小国家从世界地图上消失。我努力想象那个陌生国家人民的感受，当他们清晨醒来，得知他们的生活、他们的生活方式、所有他们所信奉并为之宣誓的东西，一天一天地消失了，无效了，现在另一种完全不同的事情发生了——也许更好，也许更糟，但是无论如何，它都是如此真实、如此彻底的变化，就像这个国家，他们曾经的家园，深深地沉入大海，而他们现在必须要在那里生存下来，在一种全新的生活条件下，在水面下，生存下来……我想到了这些，我也想到，我到底想要什么……我得到了怎样的命令？上天给我什么讯息？在我心中，这一直难以平息的充满我内心的不安意义何在？和这千百万人的不幸和痛苦比起来，我的不幸是什么？我的伤痛，我的愁闷是什么？他们在早上醒来，迎接他们的是失去生活赐予他们的最珍贵的东西，他们的家园，那种具有神秘而甜美的亲密感和秩序的就是家园吗？……我只是漫不经心地翻阅报纸，不能全神贯注地关注震惊世界的消息。我问自己，在这样的世界中，我是否有权利这样顽固地、鬼迷心窍地关心我将会怎样，我是否有权利关心我自己的人生？……面对千百万人的不幸和苦难，我是否有权利关心我丈夫并不真正、完全地属于我？跟世界的秘密与苦难相比，什么算作是我丈夫生命的秘密，什么又是我个人的不幸？我是否有权利在这个大体上同样可怕和莫测的野蛮世界里侦破这些秘密？但这些是伪命题，你知道……一个女人不能代替世界去感受。然后我想，那个听我忏悔的老神父是对的。也许我真的是信仰不够深，不够谦卑……也许我有些目空一切，想从千丝万缕的世界中扒出我丈夫的人生秘密，找到那条紫色缎带的主人，而这一丧失理智的侦探任务，一个人，一名基督教徒，一个女人，是不适合完成的。也许……那时我内心有很多这样的“也许”在脑中盘旋，我不知如何准确地向你表达出来。

我坐在花园里，茶已经凉了，阳光普照。鸟儿躁动不宁，叽喳鸣叫。春天来了。我想到拉扎尔不喜欢春天。他说这个发酵、湿气腾腾的季节加重了胃酸，破坏了理智和情感的平衡……他就是这样说的。然后，我的思绪一下子回到几个小时前的那个夜晚我们所说的话，在音乐声中，在喷泉旁边，在那个傲慢、奢华却冰冷的房子里，在冬季花房闷热的森林气味里，我想起了一切。

你知道那种感受吗？了解那种当一个人在生活最悲剧的阶段，已经超越了痛苦和绝望，一下子变得特别清醒、无所谓，甚至几乎是心情愉悦了？比如，当人们要埋葬一个最亲近的人时，突然想起忘记关上冰箱门，狗因此可能会吃掉为葬礼酒宴准备的冷肉……在下葬时，当人们围着棺椁歌唱，你已经开始下着指示，悄声而平静地处理冰箱这件事……因为在本质上，我们生活在这样没有尽头的彼岸和永无止境的距离之间。我坐着，沐浴在阳光下，就好像我绞尽脑汁想的是不相干之人的厄运一样，我冷静地、平心静气地想着所发生的一切。拉扎尔所说的每一句话又重新回到了我的脑海中，但是现在这些话开始发光。前一天内心的紧张感已经消退。我回想着那个宴会，就好像不是我和那个作家坐在花园里一样，而那条紫色缎带，就像是我听到的交际圈的一则流言。最后，别人也可以这样在茶余饭后去编排消遣我的生活内容和我的命运结局："你们认识某某夫妇吗？……认识啊，那位工厂主和他的妻子。他们住在玫瑰山丘[1]。日子过得不太好。妻子发现她丈夫爱着别人。你知道吗,她在丈夫的钱包里发现了一条紫色的缎带，于是，她就知道了一切……是的，他们正准备离婚呢。"我在宴会上听了很多次这样的事情，在社交场合，每次都是用一只耳朵随便听听，从没有留意过……也许，某一天我们也将成为社交场合的话题，我的丈夫，我，还有那条紫色缎带的女主人？……

我闭上眼睛，靠向椅背，沉浸在阳光中，就像一个能与鬼魂对话的乡下灵姑一样，努力想象着那条紫色缎带女主人的面孔。

因为这张面孔存在于某个地方，存在于隔壁街道或宇宙空间之中。对此我又知道些什么？对这么一个陌生人，我能知道什么？我跟我丈夫共同生活了五年，我当时认为我完全了解他，了解他的每个习惯，每个手势，知道他在饭前如何洗手，他总是急匆匆的，甚至连镜子都不看一眼，只用一只手随随便便、烦躁地整理头发，有时脸上会浮现出笑容，但从来不透露，他想到些什么……我还

1　玫瑰山丘，位于布达佩斯二区，是布达佩斯以及匈牙利最有名的富人区。

知道很多其他的事情，知道所有的一切，知道一个人灵魂和肉体的所有可怕而庸俗、感人又绝望、美妙又乏味的秘密。我知道这所有的一切，我也认为，我了解他的全部，然而有一天我意识到，我对他一无所知……是的，我所知道的要比拉扎尔少得多。这个陌生的、令人扫兴而又尖酸刻薄的人，有一种凌驾于我丈夫灵魂之上的力量。他拥有什么样的力量呢？……人类的力量，和我的不一样的力量。他的力量更为优秀，比我的女人的力量更加强大。这一点我无法解释，但是当我看到他们在一起时，我总是这样感觉。但是这个人前一天也说过，现在必须要同那条紫色缎带的女主人分享这种力量……我知道，虽然世界上发生着那些惊天动地的可怕事件，虽然我以自私自利和真正的自我信仰与谦卑精神的欠缺来谴责自己，虽然我把自己的烦恼和世界的问题、民族和千万人命运所受的打击加以比较，但每一种比较都毫无意义，我仍然别无选择，只能出发上路，到这个城市里，狭隘又自私、盲目且鬼迷心窍地找寻那个人，那个本身在生命中与我有关的人，我必须要和她谈点什么。我必须要见到那个人，必须听到她的声音，和她对视，必须看看她的皮肤、额头、手长什么样子。拉扎尔说——现在我闭上眼睛，在阳光的沐浴中再一次听到了拉扎尔的声音，就仿佛他坐在我对面，宴会、音乐、那场对话令人眩晕的，不真实的气氛再一次包裹了我——这个真相是危险的，但同时也比我想象的更庸俗、更平淡。这个“平淡”的真相，有可能是什么样？他想借此说明什么呢？

不管怎么说，他给我指明了道路，告诉我要朝什么方向走，去哪里找寻。我决定，就在那天上午去我婆婆家，然后严肃地和她讨论这个话题。

我感到燥热，仿佛再一次置身于干燥、闷热的气流中。

我力图用一些清醒的、强词夺理、虚假的想法来冷却这一灵魂的热度。因为我有了一种热血沸腾的感觉，这种感觉就跟当时在打开——很久以前，前一天这个时候——我丈夫钱包的秘密夹层时一样。拉扎尔说，不要碰任何东西，要等待……难道我所看到的不可能是幻影吗？也许，那件罪证，那条紫色缎带，并不像我想象的那样有如此重大的意义。也许，拉扎尔又一次用一种特别的、令人费解的方式在演戏，就像几年前的那个夜晚？也许对于这个人来说，人生不过是一场可怕、离奇的游戏，是实验材料，可以借此激发他的灵感，使他能够不断地进行表演，就像化学家使用那些危险的化学物质一样，即使有一天炸毁了整个世界，他们也毫不后悔……当他建议我去我婆婆家里的“犯罪现场”找寻彼得的秘密时，他的眼中闪过一股寒光，他的目光冷酷客观、平静如水、漠不关心同时又充满极度好奇……我知道，昨天晚上他说的是事实，这个人没有演戏。我知道我生活在真正的危险当中……你知道，有些日子，我根本不想走出家门。当天空、星星、周遭环境都同你说话时，所有一切都与你有关系，并似乎在向你诉说什么。不，紫色缎带和隐藏在它后面的东西就是真相，它藏在我婆婆的宅子里，或别的什么地方。

这时厨娘走进花园里，递给我家庭管理账簿，我们一起核算，并且安排了午餐和晚餐。

那段时间，我丈夫赚很多钱，并且连算都不算就直接给我。我有一本支票簿，可以根据我的喜好填写。当然我非常注意，尤其在这段时间,只购买我最需要的东西。但是这个“最需要的东西”是那么宽泛的概念……我应该注意到，对我来说现在“最需要的东西”已经是一切，在几年前，这还是不可能达到的奢华。最贵的市中心食品店把鱼和禽肉送到我们家里，都是我们闭着眼睛，通过电话订购的。我已经几年不去市场了，既没跟厨娘一起去过，也没有单独去过。我对于春季水果、第一批新鲜蔬菜的价格没有精确的概念，我只是要求所有的东西都是最好的、最贵的。这些年我对真实世界的感觉变得有些错乱。我的手里拿着家庭管理账簿,厨娘,那只贪婪的喜鹊,那个小偷,把她想写的数目写进本子里。长久以来我第一次意识到，现在令我难过和绝望的一切，也许只是通过金钱的恶劣和可怕的魔力而变得头等重要……如果我很贫穷，也许会疏于关注我的丈夫、我自己和那条到处飘荡着的紫色缎带？……贫穷和疾病能够不可思议地改变人的感受和心灵复杂性的价值判断。但我既不贫穷，也没有患病，至少按照家庭医生的标准来看……因此我对厨娘说：“今晚请准备蛋黄酱冷鸡肉，但是请使用鸡胸肉，配圆白菜沙拉。”

我走进屋里梳妆打扮，准备启程去寻找那条紫色缎带的女主人。这是我那时的使命，我没有计划，不想得到任何东西，只是听从这个旨意的安排。

我走在街上，阳光灿烂，当然，对自己去哪里，去找谁，我没有任何概念。我要去我婆婆那里，我仅仅知道这一点。不过与此同时，我并不怀疑，我会找到那个人。我只知道，拉扎尔用一句话，最后一句话，已经为一切指明了方向。我马上将发现，用第一个手势即可从错综复杂的世界中扯出这个秘密。

当我找到她时，我也不奇怪。“找到”这个词多么廉价……在那些日子里，我本身也只是一个工具而已，一个已经降临的终极宿命中的角色和工具。如今回想，我会感到晕眩和深深的自卑，因为那些天一切井然有序，每个细节快速、准确地相继发生，所有的一切那样紧密地镶嵌在一起，仿佛有人操纵着，那样有节奏，那样让人无法理解，那样平静地发生了……是的，那些天我真的学会相信。你知道，就像那些漂浮在海上、在暴风雨中，信念微薄的人一样……那时我知道，在纷乱的外部世界的背后存在着合理、神奇的内部秩序，就像在音乐之中。这个局面的内涵就是我们的命运，我们三个人的命运和结局，一下子变得明朗。所有包含于其中的一切，一下子打开了，展现出来，就像一个成熟的、有毒的水果所拥有的令人窒息的美丽。我只是目睹了这个过程。

但那时我相信，我要行动起来。我坐上一辆公车，前往拉扎尔指引我的地方，我婆婆的家。

我心里想，我去她那里只是做一次现场勘察，一次谨慎的造访。

我在这种纯净生活的空气中稍稍休息一下，从积压在我生活中的令人窒息的拥挤感受中重拾自我，也许我会讲述我知道的，会痛哭流涕，请求她让我强大起来并且安慰我……如果她了解彼得的过去，她会告诉我的，我这样想着。我坐在公车上，把我婆婆的家想象成了高地上的疗养院，仿佛我从一个雾气缭绕，沼泽密布的地方到达这所疗养院，就这样我按了门铃。

我婆婆租住在市中心一座百年老房子的二层。就连楼梯井里都弥漫着英国薰衣草的香味，就像放内衣的橱柜那样。当我按门铃并等待电梯时，我感受到了这种清凉的香味，我莫名其妙地感到对另一种生活，另一种更加凉爽、纯净、不被激情所左右的人生的怀念。电梯把我带到楼上，我眼里充满了泪水。我还不知道，那个操纵着这一切的力量也在主宰着我。我按响门铃，女管家为我开了门。

“非常遗憾，”她说，同时也认出我来，“夫人不在家。”

突然，她以熟练的女佣的动作拉起我的手，并且亲吻了它。

“用不着这样，”我说，但已经迟了，“没关系。我可以等她。”

我微笑地看着她那张开朗、平静、骄傲的脸。这个女人，尤迪特，我婆婆的女管家，已经在这座宅子里工作了十五年。她原来是多瑙河西部地区一个农民家的女儿，还在住原来的大房子时，她就已经开始在我婆婆那里帮佣。那时她还是个年轻女佣。她很小的时候，也许才十五岁时就来到这个家。我公公去世后，婆婆卖掉了大房子，这个女孩就跟着我婆婆一起搬到了市中心的公寓。

尤迪特也变成了一个老姑娘——如今也已经三十多岁了——她也升级为女管家。

我们站在幽暗的前厅里，尤迪特打开了灯。那一刻我开始发抖。我的脚颤抖着,好像突然脑缺血。但我仍能直挺挺地站在那里。那天早上,女管家穿着廉价的工作服,是颜色鲜艳的印花布做的、大开领的收腰宽裙，头上绑着头巾，我到的时候，她还在打扫卫生。在这个白色、粗壮的农村妇女的脖子上，垂挂着一个由紫色缎带系着的护身符：那种集市上售卖的廉价钱币状颈饰。

我伸出手去，毫不犹豫，没有经过任何思考，只一个动作就从她的脖子上把缎带和护身符扯了下来。圆形颈饰滚落到地上，自然打开来。你知道最奇怪的是什么吗？尤迪特没有弯腰去捡，她只是挺直站立着——双臂交叉抱在前胸。当我弯下腰，拾起颈饰时，她就这样看着，居高临下，一动不动，我认出里面的两张照片是我丈夫的照片。一张是很早的照片，十六年前照的，那时我丈夫二十九岁，尤迪特十五岁，另一张是去年照的，可能是当作圣诞礼物送给母亲而找人拍摄的，我们一动不动地站了很久。

"拜托您，"她终于说，以一种几乎优雅、客气的语调，"我们不要站在这里，请您到我的房间里来。"

她打开门，用一个客套的手势指引着通向她房间的路。我沉默地走进她的房间。她站在门口，关上房门，然后以一种坚决果断的动作将钥匙在门锁里转了两下。

我以前从未进过她的房间。在这里我又能找到什么呢？……不管你是否相信，我此前从未认真地、带着任何推断地看过这个女人的脸。

那么现在我终于看到了她。

房间的中央放着一张漆成白色的桌子和两把椅子。我感到虚弱无力，我担心我会晕倒，因此我慢慢地走向其中一把椅子，坐了下来。尤迪特没有坐，她站在用钥匙锁好的房门旁边，双臂交叉抱在胸前，平静而又坚定，就像要阻止任何人进入房间打扰我们一样。

我仔仔细细地环视四周，就像一个人非常有时间并且知道，这里的每一件物品，每一个细碎的垃圾都非常重要，在这个“犯罪现场”（恍惚中我想起这个词，拉扎尔曾经这样称呼的，每天早上我都在报上读到，警局在抓到罪犯后会把他带到事发地指认现场）……我用这种眼光审视着房间，仿佛在这里，或在类似的地方发生过什么一样，在很久以前，在生命的远古时代……现在，我一下子成了法院侦查员、证人，可能同时也是受害者。我就这样环视四周。尤迪特一直沉默着，一言不发，没有打扰我；她确切地理解，这个房间里的每个细节对我来说都非常重要。

但是我没有看到任何出人意料的东西。房间的布置既不贫乏，也不舒适，在修道院人们经常可以看到这样的客房，为某些高贵的世俗宾客准备的休息场所。你知道，这个房间里，在那张铜床上，在白色家具和白色窗帘之间，在印有条纹图案的农家地毯上，在挂在床头的镶有玫瑰花饰的圣母像上，在小床头柜上的花盆里，在洗脸池玻璃架子上摆放的非常寒酸但是经过精心挑选的梳妆用品上，可以感觉到什么吗？放弃。在这个房间里可以嗅到一种自愿放弃的气氛……那一刻，当我感受到这点时，我的心中不再有愤怒，代之而来的是悲伤和巨大无边的恐惧。

在那漫长的几分钟里，我感受、体验到了所有的滋味。我感知到了存在、隐藏在这些物品背后的一切，一种命运，一种人生。说真的，我突然开始感到恐惧。这是我再一次清晰、强烈地听到拉扎尔的嘶哑而又悲伤的声音，就像他预言的那样，我会感到惊讶，现实比我想象的更加简单、平常，同时又更加可怕。是的，所有这一切都相当平常，同时也相当可怕。你等一下，我想我还是按照顺序向你讲述吧。

我刚才说到，我在房间里感受到了放弃的气氛，但同时我也感受到阴谋、作恶的味道。你不要认为那是一个穷人的窝铺，是那种可怜的用人低声下气凑合栖身的小窝。那是一间舒适、干净的房间。我婆婆房子里的用人房间也不可能是其他样子的。我刚才还说，在修道院里有这样的客房：有些像修道院的密室，在那里客人不仅生活、睡觉、洗漱，而且被迫面对自己的灵魂。这个房间里的每件物品和这里的气氛也提醒着人们至高而又严格的戒律……那里也没有香水、古龙水或者香皂的味道。洗脸池的边缘放着一块普通的油脂香皂、漱口水、牙刷、梳子和发刷。我还看到一盒白色脂粉，一小块鹿皮做的擦脸巾，这是这个女人需要的一切用品。我仔仔细细地观察着这一切，就连最小的细节也不放过。

床头柜上立着一张框起来的家庭照片，一个小姑娘，两个狡黠的少年——其中一个穿着军人的服装——和两张受惊的老年男女的脸庞。总而言之，这是张全家福，来自多瑙河西部地区的某个地方。在一个装满水的杯子里插着几枝新鲜的柔荑花。

桌子上的针线筐里放着几双没有任何缝补的丝袜和一本过期的旅游杂志，彩色封面上海面微波荡漾，孩子们在沙滩上嬉戏玩耍。杂志已经破旧卷角，看得出来被多次翻阅过。门上的一个衣架上挂着一套白色围裙、黑色上衣的工作服。这就是我在房间里看到的所有东西。

但是在这些平凡的物品里有着一种刻意的自律，让人可以感受到，这里居住着一个不需要被制度驯化的人：生活在这个房间里的人严于律己，并且自我教育。你知道，通常用人的房间会塞满什么东西？莫名其妙的东西。就是那些他们能够从自己的世界里获得的所有东西，心形蜜饼、彩色明信片、破烂的沙发靠垫、几菲列就能买到的廉价仿真艺术品，所有从另一个世界，从其主人的世界里搜刮到的废弃物……我有一个女佣，她搜集我的空粉盒，还保存我丢弃的空香水瓶；她用富人们搜集鼻烟壶、哥特式雕刻或者法国印象派画作的方式搜集那些无用的垃圾。在他们的世界里，这些东西代替、意味着所有那些对我们来说是美丽和艺术的东西。因为人不能仅仅只为现实的东西而活着，也要有所追求……他们的生活也需要一些多余的东西，某种悦目、闪亮、美丽的东西，即使是非常廉价的美丽。大部分人无法生活在没有美丽、眩感的世界里，总是需要一些东西。如果没有更好的，甚至一张价值六菲列的明信片就够了，带着暗红和金色色调的黄昏，或者是森林里黎明的一道阳光。我们天生如此，所有人都是这样的，连穷人也一样。

不过我所面对的这个人，在她锁起来的房间里的这个人，却不是这样的。

生活在这个房间里的女人以刻意、自觉的方式放弃每一种细微的舒适，每一种低劣的奢华，每一种廉价的闪烁。可以感受到，她以严苛的方式对待自己，而且残酷无情地否定这个世界给予她的一切多余的东西。是的，这个房间是严谨的。这里没有幻想，没有慵懒，没有悠闲自得。一个女人生活在这里，就像生活在一个概念里，但是这个概念，这个女人，这个房间并不讨人喜欢。为此我感到害怕。

这不是年轻风骚的女佣的房间，那些女佣穿着女主人的丝袜和丢弃的衣服，偷偷使用小姐的法国香水，和男主人打情骂俏。站在我面前的这个女人，不是乔装成女佣的魔鬼，不是秘密的地下情人，也不是传播瘟疫、摧毁有钱人家的女妖。不，这个女人不是我丈夫的情人，即使她以紫色缎带挂在脖子上的颈饰里保存着我丈夫的照片。你想知道，这是个什么样的女人？我告诉你我当时的感觉：她让人讨厌，但是我感觉她和我很像。她是一个热情、多愁善感、有力、有个性、敏感和苦难的女人，就像我一样，就像每个维持自身名望的人一样。我坐在椅子上，手里拿着用紫色缎带系着的颈饰，一句话也说不出来。

她也没有说话，没有激动或者不安。她像我一样挺直脊背，站在那里。她肩膀很宽，并不苗条，但也并不肥胖，而且比例很好。如果前一晚她进入那个宅院，那些名仕和美女们将会注视她的背影猜测，这个女人是谁……每个人都会察觉到，她是某个人物……她的那种轮廓和身材，人们常说，是公爵夫人的。我曾经见过多位公爵夫人，但是没有一个拥有公爵夫人的身形，这个女人反而有。在她的目光中、在她的脸上、在她的周遭、在物品里、在其房间的装饰以及气氛里，还有些其他的物品中，有着某种让我感到恐惧的东西。刚才我说，自愿的放弃……但是在这种放弃的背后，有一种令人痛苦而顽固的等待，并为此做好准备。她要拥有一切或者什么都不要。蛰伏着的本能，历经数十载也没有消退。关注的目光从未感到倦怠。放弃，不是无私的，不是卑微的，而是骄傲和自负的。为什么人们人云亦云，贵族很傲慢吗？……我认识的伯爵、公爵夫人，没有一个骄傲自大，反倒缺乏自信，甚至有些犯罪感，就像所有真正的贵族一样……

但是这个来自多瑙河西部雇农的女儿，现在用眼睛直盯着我，既不谦卑，也不感到罪过。她的目光如此冰冷又闪闪发光……如同猎刀的寒光在闪耀。除此之外是完全地遵守纪律又充满敬意。她既不说话，也不走动，甚至连眼睫毛都没有颤动一下。她是个女人，现在正经历她人生最重大的时刻。她用全部的肉体、灵魂、命运来经历这个时刻。

修道院的一个客房，我是这样说的？……正是如此，但同时这也是一个兽笼，一个关着凶猛野兽的笼子。她在这样或与之相似的兽笼里生活了十六年，盘旋绕圈，来回走动。这只精致的野兽，它的名字叫狂热和等待。我现在走近它，靠近这个兽笼，我们彼此注视。不，这个女人不需要任何廉价的小装饰来补偿她，来腐化她。这个女人想要一切，整个人生、命运，冒着所有的风险，并且她知道需要等待下去。她很能等待——我钦佩地想，同时感到一阵寒意掠过我的脊背。

颈饰和紫色缎带仍然在我的手里，我坐在那里就像中风瘫痪了似的。

“请您，”她终于开口，“把照片还给我。”

之后，看到我还是没有反应，她说：“两张中有一张，如果您想要的话，去年拍的那张我可以还给您，但另外一张是我的。”

她以物品主人的口吻说，好像是一个判决。是的，另一张照片是十六年前拍的，那时我还不认识彼得，但是她已经认识他了，也许，甚至比我更了解他。我再次看了一眼照片，然后一声不吭地把颈饰递过去交还给她。

她也仔细地看着照片，那样仔细和小心翼翼，就像要确信，照片没有任何损坏一样。她朝窗前走去，从床底下拉出一只破旧的、寒酸的旅行箱，从床头柜里找到一把小钥匙，打开了皮箱盖，然后把颈饰锁到了箱子里。她非常缓慢地做着所有的动作，没有任何紧张和匆忙，就像一个人有足够的时间做着一切一样。我目不转睛地看着她的每个动作。我疑惑地想到，刚才她要求我把照片归还给她时，并没有称呼我“太太”。

那一瞬间我还觉察到其他的事情。如今已经过去了许多年，我可以准确地看清这一切。那种感觉充满了我的内心，告诉我，我们所过的生活没有任何特别之处，就像我已经事先知晓了一切。如果前一天拉扎尔坦率地对我说，我当然会感到惊讶，我出生入死地寻找的这条紫色缎带的女主人，就住在我家附近，只隔了几条街，在我婆婆的公寓里，我常常见到她，和她说话。某一天，我就像一个着了魔的人，出发去找寻我生命中唯一的一个对手时，第一条要去追捕的道路竟然会立刻指向她……如果前天有人向我预言这一切，预言这根本不可能的事，我将非常温和地请求，谈论别的话题，因为我不喜欢在生活中严肃的事情上开玩笑，但是现在当一切如此简单地发生，我不再感到惊讶，事件的导演一点也不让我意外，甚至连人物也不。这些年来，关于尤迪特，我知道她存在并且“很能干”，是我婆婆的支柱，几乎就像个家人，是一个完美的顺从又遵守纪律的奇迹。但是在那一瞬间，我感觉我连这期间有关她的其他事情都了解了：所有的一切。不是通过言语表达，也不是用理性分析，而是我的感觉，我的命运告诉了我一切，关于她，关于我自己。那些年间，除了“您好”“夫人她们在家吗”或者“请给我一杯水”之外我没有对她说过其他任何话。我明白了一切，也许可能正因如此，我从没注意看过她的脸。或许我害怕那张脸。一个女人生活在我人生的对岸，尽她的义务，在等待中日渐衰老，就像我一样……我生活在此岸，犹疑着为什么我的生活如此不完美以及无法忍受，不明白“某种事情不对劲”意味着什么，就像一道神秘、恶劣的光束，影响着我的日日夜夜……我既不了解我的丈夫，也不了解尤迪特。但生命中存在那样的时刻，让我们认识到荒谬、不可能以及不可思议事实上是最普通和最简单的。忽然间我们洞察了生命的结构：我们认为重要的人物退出舞台，不再演出，而我们根本不了解的幕后人物登场，我们马上意识到我们在等待着他们，而同时他们也正在等待我们，在登场的时刻，以全部的命运……

而事件的全部就像拉扎尔所说的那样：平庸、粗俗。

一个乡下姑娘脖子上的颈饰里保存着我丈夫的照片。十五岁时，她从出生的乡村来到都市，来到一个贵族家里。在那里，很自然地，爱上了年轻的少爷。年轻的少爷长大成人，结婚了，有时他们能遇见彼此，但是已经没有任何瓜葛。女孩和男子之间的阶层差别出现越来越深的鸿沟。随着岁月流逝，男人逐渐老去，而女孩也几乎成了老姑娘。她没有结婚，为什么没有嫁人？……

仿佛我已经高声地说出了我的思考一样，她回答道：“我会离开这里。我对年迈的夫人感到歉意，但是我会离开的。”

“你去哪儿？我的小尤迪特？”我问道。对我来说，使用这个亲热的称呼没有感到任何困难。

“我去其他地方打工，”她说，“去外地。”

“你不回家吗？”——我看着那张家庭照片问道。她耸了耸肩膀。

“他们都很穷。”她低沉地答道，没有任何强调的语气。

这句话在房间里回响了好一段时间，就像这才是我们所谈的一切最深层的东西。我们几乎要用目光追寻那句话，它就像一个从窗户飞进来的东西：我满怀好奇，她客观且冷漠。她非常清楚这句话的含义。

“我不认为你该走，”之后我说，“我不信这对你有帮助。你为什么要离开这里？没有任何人对你不好；另外，这么多年你一直留在这里是为什么呢？你看，”我说，就像要和她辩论一样，就像我找到了可以说服她的强大论据，“既然你在这个家里一直待到了现在，那么现在也可以继续留下来。什么事情都不会发生。”

“不。”她说，“我会离开的。”

我们低声地说着话，两个女人，说着半句话。

“为什么？”

“因为他将会知道这件事。”

“谁？”

“就是他啊。”

“我丈夫？”

“是啊。”

“到现在为止，他还不知道？”

“他知道，”她说，“但是已经忘记了。”

“你确定？”

“是的。”

“那么，”我问道，“如果他已经忘记了，谁还会告诉他？”

“您啊，太太。”她简单地说。

我把手握紧放到了我的心口上，“我的孩子，”我说，“你在说什么呢？这是发烧时的呓语。你为什么认为我会告诉他？我又能跟他说些什么呢……”

现在，我们已经没有任何困惑，毫不掩饰、带着好奇地看着对方的脸，那样贪婪和狂热。多年以来见到彼此时都不好意思而垂下眼睛，而现在我们尽情欣赏所能看到的，现在我们真的觉悟到，那些年我们不敢真正地、勇敢地注视彼此的眼睛。我们避开彼此的视线，谈起别的事情。我们都活着，每个人都在各自的位置上。只是我们两人的心中共同拥有了一个秘密——那个秘密是我们两个人生命的意义。现在我们说破了这个秘密。

她的脸长得如何？或许我可以向你形容它。

不过我要先喝一杯水，可以吗？……我的喉咙有些干。小姐，请给我一杯水。谢谢！哦，就要熄灯了……我马上喝完，我还要抽一支烟，你要吗？

那么，她有一个宽宽的额头，白皙、宽阔的脸庞，蓝黑色的头发，发线中分向后梳成发髻，有着斯拉夫人的扁平鼻子。她的脸很光滑，线条开放，就像某幅出自无名的流浪乡村画家之手的祭坛画上跪在牲口槽前的圣母玛利亚的脸庞。蓝黑色的头发就那样映衬着白皙的面孔，就像……我不了解如何来比拟。怎么说呢？这是拉扎尔的事情，但是他什么也没说，只是微笑，因为他不屑比喻，只喜欢真相，只爱简明的句子。

我也只说真相，假如这不会让你觉得无聊的话。

她有一张骄傲的、漂亮的乡下女人的脸。为什么说是乡下女人的脸？……只有一个原因。因为在她的面容里，并没有市民阶层脸上明显的那种典型的复杂痕迹，那种充满苦涩与受伤感的紧张。这是一张平静、不需抚慰的脸，不会因为廉价的赞美和恭维而露出微笑。这张脸上布满回忆,久远的回忆所留下的印记。也许，甚至是不涉及个人的回忆……在那张脸上呈现的是一个家族的回忆。嘴巴和眼睛就像分别活在两个生命里一样。她的眼睛是蓝黑色的，和她头发的颜色一样。有一次我在德累斯顿[1]动物园里看到一只美洲狮，就长有一双这样的眼睛。

现在，这双眼睛僵直地注视着我，就像一个溺水者濒死的眼睛，盯着岸上站着的那个人，那个人也许可以杀死她，也许可以拯救她。我也有猫一样的眼睛,有着浅棕色的热烈光芒……我知道，在那一刻，我的双眼闪烁、探寻，就像准备向家园进攻时的日光灯那样照亮夜空。我们就这样注视着彼此，但是令我感到最恐惧的是她的嘴，柔软又受伤。那是一张已不再吃肉了的高贵野兽的嘴巴。她的牙齿洁白,骨质坚硬。这是一个强壮的女人,比例匀称，

1　德累斯顿，德国萨克森自由州的首府，德国东部重要的文化、政治和经济中心。

肌肉结实。现在，阴影遮住了她白皙的脸庞，但是她并没有抱怨，同样低声回答，用信任的语调，这语调不是用人的，而是来自另一个女人。

“这些，”她说，“这些照片。他会知道的。”她重复着，以一种顽固的、近乎癫狂的神情。

“直到如今他一点都不知道，这可能吗？”

“哦，”她说，“他已经很久连看都不看我一眼了。”

“你一直戴着这个颈饰吗？”

“没有一直戴着，”她说，“只有独自一人的时候戴。”

“当你在餐桌上服务，而他在这里的时候，”我以信任的语气问道，“你也戴着吗？”

“不，”她说，以同样令人信任的语气，“因为我不想让他回想起什么。”

“为什么？”我问。

“不为什么，就是这样。”她说，并且睁大了蓝黑色的眼睛，仿佛正在看着一口深井，一段久远的过去。“如果他已经忘记，为什么还要让他回想起来？”

我以非常低沉、请求、满怀信任的声音问道：“是什么事情，尤迪特，是什么事必须忘记？”

“没什么。”她严肃、生硬地回答。

“你是他的情人吗？告诉我。”

“我不是他的情人。”她高声又清晰地答道，就像在提出控诉一样。

我们都沉默了。那种声调让人无法反驳:我知道她说的是真话。你鄙视我,斥责我吧,同时我感到如释重负,一个内心深处隐秘的、忧虑的声音告诉我:“很遗憾,这是真的。一切都变得多么简单……”

“那么对他来说，你是个什么人？”

她耸了耸肩，陷入困惑之中，然后她的脸上燃起愤怒、狂躁、绝望的火焰，就像一片死气沉沉的大地上空不断闪烁的雷电。

“太太，您会保持沉默吗？”她以威胁的声调，生硬而嘶哑地问道。

“对什么事情？”

“如果我把事情告诉您，您会保持沉默吗？”

我直视着她。我知道，我必须遵守我将做出的承诺，如果我在那一刻撒谎，这个女人会杀了我。

“如果你对我说出真相,”我最终答道,“我将保持沉默。”

“您要发誓。”她脸色阴沉地说，充满了不信任。

她走到了床前，拿下挂在墙上的念珠，递到我的手里：“您准备好要发誓了吗？”

“我发誓。”我说。

“请您说，您将永远不会向您先生说出从阿尔多佐·尤迪特那里听到的这些话。”

“永远不,”我说,“我发誓。”

我看出来了，你对这一切并不理解。如果回想这些事，也许我也不理解,但在那个时候,所有的一切是那样自然,那么简单……我站在我婆婆女佣的房间里,向一个女佣发誓,永远不对我丈夫透露从她那里听来的事。这很简单吗?我想,是的。

我发了誓。

“好吧,”她说,就像已经安下心来,“那我就向您讲述这件事。”

她的声音里充满了疲惫。她把念珠重新挂回墙上。在房间里来回走了两趟,步子很大,脚步很轻……是的,她就像一只被困在兽笼中的美洲狮。她靠在衣橱上。现在她很高,比我高出很多。她仰起头来,眼睛盯着天花板,双臂交叉抱在胸前:“您从哪里知道的,是谁?”她疑惑地问道,带着轻蔑,以那种女佣的粗俗的乡下口音。

“我就这么,”我也以同样的语气回答她,“知道了。”

“是他跟您说的吗?”

在这个“他”里可以感到强烈的亲密的同谋感,也有着极大的尊敬。能看出来,她仍然心存疑问,猜测在一切背后有着某种复杂的阴谋诡计,担心我会欺骗她。那是被告面对大侦探或者法院侦查员时表现出的踌躇不决,那是在最后时刻“迫于证据的压力”几近崩溃并准备承认一切时的再次畏缩不前……他们担心法院侦查员欺骗他们,也许他们并不了解真相,只是佯装了解……使用某种计谋、虚假的好意从他们口中哄骗出证词以及终极的真相……但同时他们知道,已经不能再沉默了。在他们灵魂深处一个无法停止的进程业已启动,现在是他们自己想要招认。

"好吧，"她说，并且把眼睛闭了一会儿，"我相信您。"

"那么，事情是这样的，我告诉您，"然后她说道，深深地吸了一口气，"他想和我结婚。"

"是的，"我说，就像这是再自然不过的事情，"那是什么时候？"

"十二年前的十二月份，之后也是，因为持续了两年。"

"那时你多大？"

"刚满十八岁。"

那么我的丈夫三十二岁，我毫无停顿且友善地问道："你有没有那时期的照片？"

"他的吗？"她惊讶地问，"有，刚才您看到的那一张。"

"不，"我说，"我指的是你的，尤迪特。"

"啊，"她以一种无精打采的、用人的粗俗语调不安地回答，"我刚好有一张。"

她拉开床头柜的抽屉，从中拿出一本花格子学校练习本，你知道，就是那种在学校里面我们把拉·封丹寓言故事的法语生词写在上面的会话、语义练习本……她在这个本子里翻找着。那里有圣人像、报纸剪报……当她翻找的时候，我站了起来，靠近她，以便从她的肩膀上方看清楚。

圣像描绘的是帕多瓦[1]的圣安多尼和圣约瑟夫。此外，笔记本里的其他东西，直接或者间接地和我的丈夫有关。有我丈夫工厂

---

1 帕多瓦，意大利北部的城市。

广告的剪报，有从市中心某些店里寄来的大圆礼帽的账单，然后是我公公去世的消息，以及印在一种精美手工纸上的我们结婚的消息。

她几乎漠不关心地浏览着，有点疲惫，就像一个人多次翻看无用的东西一样，或许早已生厌，但无法从中解脱出来。我第一次注意到她的手：强壮、骨节突出而且修长，指甲被精心修剪过，但不是那种被专业修剪的指甲。她的指头修长，骨节分明。她用两根手指挑出一张照片来。

“就是这张。”她带着苦涩、轻蔑的微笑，撇着嘴角说。

那是一张阿尔多佐·尤迪特十八岁时的照片，那时我丈夫想娶她为妻。

照片是在市中心的平民摄影师那里照的，照片背后印有金色字体的广告文字：准确传递每一个愉快的家庭事件。照片是一件循规蹈矩的作品，矫揉造作并且被安排好：看不见的铁栏杆固定住女孩的头部让她朝向某个方向，以惊恐而呆滞的目光注视某个看不见的点。在那张照片上阿尔多佐·尤迪特把两条辫子盘在了头上，就像伊丽莎白王后[1]一样。骄傲和不安的脸庞求救一般看着前方。

“请放在这里。”她生硬地说，然后从我手里拿走照片，把它重新插进笔记本里，仿佛想在世界面前藏匿隐私。

---

1 伊丽莎白王后，指茜茜公主，奥匈帝国时期任奥地利皇后兼匈牙利王后。

“是的，我曾经是那个样子。”她说，“那时我已经在这里待了三年了，他从来没和我说过话，有一次他问我是否会看书，我说我会看书。他说，好的。但是他并没有给我书，从来没有，也没说过话。”

“那么，那是怎么回事？”我问。

“没有怎么回事，”她说，同时耸了耸肩，“就是这样。”

“你自己知道这一点吗？”

“是个人都会知道。”

“是的，”我叹了口气，“那么后来呢？”

“在第三年年底，”她说，她现在开始放缓语速，而且不时停下来，头向后仰着，身体靠在衣柜上，用和旧照片里一样呆滞、略带不安的眼神凝视着前方，凝视着过去，凝视着生命，“圣诞节那天他过来和我说话，下午在大厅里。他说了很多话，非常紧张，而我一言不发。”

“是的。”我说，同时咽了一口气。

“是的，”她接着说，也同样咽了一口气，“他说他知道，这对我来说非常困难，他不希望我成为他的情人，他想让我跟他一起离开，到国外去，去意大利。”她说着，突然间僵硬、紧张至痉挛的面孔柔和了下来，眼睛放着光芒，开始微笑起来，就像理解了那些神奇字眼的全部含义一样，就像那是生命中可以讲述的或者期待的最大或者全部的幸福。

我们两个人不由自主地把目光投向桌子上破旧卷角的旅游杂

志。在杂志的封面上海面微波荡漾，孩子们在沙滩上嬉戏玩耍……这是她所获得的关于意大利的全部信息。

“你不愿意吗？”

“不愿意。”她说，同时脸色阴郁了下来。

“为什么？”

“不为什么，”她严肃地说，然后，迟疑地说道，“我害怕。”

“怕什么？”

“怕所有的一切。”她说，同时耸了耸肩膀。

“怕他是主人，而你是女佣？”

“也怕这个。”她温顺地说，而且几乎是用感激的目光看着我，仿佛要感谢我替她说出了她不敢坦白的话并且使用了那些字眼。“我总是害怕，也害怕其他的一切。我感觉，这一切都不对头，他的地位要比我的高出很多。”她摇着头。

“你怕夫人吗？”

“怕她？……不。”她说，再一次微笑起来。看起来她把我当成头脑迟钝的人，就像对待一个对生命中真实的秘密完全不明了的人那样，她以简单的方式，就像对孩子解释某事一样开始对我说话。“我不怕太太，因为她知道。”

“太太知道这件事？”

“是的。”

“还有谁知道？”

“只有他和他的朋友，那个作家。”

“拉扎尔？”

“是的。”

“他和你谈论过这件事吗？”

“那个作家吗？……是的，我去过他的家。”

“为什么？”

“因为是他想这样的……也就是太太您的先生。”

支吾搪塞的答复，同时听起来有些讽刺和难以饶恕的味道。她还说:“对我来说，这个人是我的那个‘他’。我知道。对您来说，是您的丈夫。”

“是的，”我说，“总之，有两个人知道，我婆婆和那个作家。那么作家说了什么？”她再一次耸了耸肩。“他没有说话，”她说，“只是让我坐下来，然后看着我，一言不发。”

“看了很久吗？”

“足够久。他，”她再一次用那种特别语气说出“他”这个字眼，“希望我和这个人说话，让他看看我，说服我，但是他一句话也没说。他房间里有很多书，我从没见过那么多书……他没有坐下来，一直站着，靠在壁炉上。他只是看着我，一根接一根地抽烟。他一直看着我，直到天色暗了下来。那个时候他开口和我说话。”

“他说了什么？”我问道，我清楚地看到那幕场景，看到他们，拉扎尔和阿尔多佐·尤迪特，一言不发地站在逐渐暗下来的房间里，置身于“很多书”当中，静静地争夺我丈夫的灵魂。

“他什么也没说，只是问我，我们有多少土地。”

“而你们有多少呢？”

“八霍尔特[1]。”

“在哪里？”

“在佐洛州。”

“就这些……”

“他说，很少，因为我们有四个人。”

“是的。”我仓促、慌乱地说。我不了解这些，但是我也明白这的确很少。

“然后呢？”

“然后他拉了铃，对我说，您可以离开了，阿尔多佐·尤迪特。”再也没说任何一句其他的话。但是那时我已经知道，不会有任何结果。

“因为他不允许？”

“他，这整个的世界，也还有别的原因。因为我不愿意，这就像一种疾病。”她说，然后用手击打着桌面。那一刻我认不出她来，就像身体要爆炸一样，她的肢体触电般颤抖着。在她体内有一股瀑布般的力量。虽然她低声说着，但就像在大叫。“一切就像患了一场病……然后我就不再吃东西，整整一年，只喝茶，但是请你不要认为我为了他而禁食。”她快速地说，把手放到了胸口上。

“那么是什么？”我深深地感到惊讶，“为了某个人而禁食是

1　霍尔特，匈牙利土地面积单位，相当于 0.57 公顷或者 8.55 市亩。

什么意思？”

“很早以前，乡下人都这样做，”她说，低垂下目光，就像不完全确定是否向一个外人透露部落的秘密一样，“某人开始沉默和禁食，直到另一个人不做某事为止。”

“不做什么事？”

“其他人希望的那件事。”

“这值得吗？”

她耸了耸肩，“值得，但这是罪过。”

“是的。”我说。她知道，无论她现在说什么，可能都无法改变阿尔多佐·尤迪特默默地为我的丈夫禁食这件事——“但是你知道你并没有犯下这个罪过吗？”

“不，我没有。”她急促地说道，摇着头，脸红了，就像是承认了一样，“因为我那时已经不想要任何东西了。因为所有这一切都是病态的。我不睡觉，还起了疹子，脸上和腿上都是，一直在发烧，很长时间，夫人在照料我。”

“那么他怎么说？”

“他什么也没说。”她平静地说着，神情迷惘，以一种事态平息后的语气。“他哭了，但是什么也没说。我发烧的时候，他给我水和糖，放在汤匙里喂我。一次他亲吻了我。”她说着，目光温柔地凝视着前方，仿佛那是她生命中发生过的最美好的事情。

“什么时候？”我问道。

“当先生要去远行时。”她说。

“去哪儿？”

“国外。”她简单地说，“他去了四年。”

我愣住了。正是这段时间，我丈夫去了伦敦、巴黎、意大利。他在国外度过了四年光阴，那时他三十六岁。回来后，他接管了工厂。有时他会讲述那段时光，他说：“那是段流浪的岁月……”只是他没提到，是因为阿尔多佐·尤迪特而远离家园四年，因为她而浪迹天涯。

“那么在动身之前，你们交谈过吗？”

“没有，”她说，“因为那时我已经痊愈了。事实上我们只交谈过一次。第一次，在圣诞节前夕。他给我带有照片和紫色缎带的圆形颈饰，但是缎带被剪掉了一块，装在一个盒子里。”她解释着，带着严肃的声调，就像这种语调能够某种程度上改变礼物的性质，或者就像每个细节都非常重要，比如说那个送给阿尔多佐·尤迪特的硬币形颈饰，是装在一个盒子里……以至于那时我也感到，每个细节都非常重要。

“另一张照片也是他送给你的吗？”

“年纪大些的那张？不，”她垂下眼帘，“那张是我自己买的。”

“哪里买的？”

“从摄影师那里买的。价格是一个潘戈[1]。”她答道。

“我知道了，”我说，“你还收到过他送的其他东西吗？”

1 潘戈，匈牙利曾经的货币单位。

“其他东西……”她惊讶地问，“哦，是的，有一次，他送过我橘皮蜜饯。”

“你喜欢吗？”

她再一次低垂目光，可以看出她对这个弱点感到难为情。

“是的，”她说，“但是我没有吃。”她补充说，好像在为自己找借口开脱一样。“我给您看看吗？……还在那儿，在纸包里。”

然后她转过身朝柜子走去，热心得就像要证明不在犯罪现场一样。我马上朝她伸出手去。

“不必了，算了，尤迪特，”我说，“我相信你。此后还发生了什么事？”

“没再发生任何事，”她以漫不经心的语气简洁地说道，“他离开了，而我痊愈了。太太让我回家待了三个月。那是一个夏天，我们在收割，但我还是得到了全额薪金。”她满怀赞许地说，“之后我回到这里，他在外面待了很长时间，有四个年头。我内心也恢复了平静，他也回来了，但是不再和我们住在一起。我们再没有讲过话。没有写过信，从来没有。是的，这是一种病态。”她以明智、认真的语气说道，就像在和自己争辩一般，好像很久以来，不停地、固执地证明这一点。

“这之后就结束了？”我问道。

“都结束了。他结婚了，然后生了小孩，之后孩子死了。那时我也为此痛苦，为太太深感遗憾。”

“是的，是的，别提了。”我心神不安并且漫不经心地说，似乎要拒绝她的哀悼之词。“请告诉我，尤迪特，你们之后不再讲话了？真的从不曾讲过话？”

“不曾。”她直视着我的眼睛说。

“甚至连那件事也不曾提起？”

“那件事没有提过，其他事也没有。”她表情严肃地说。

我知道，这是千真万确的事实，就像石头上刻的字一样。那两个人没有撒谎。由于恐惧和惊吓以及不适我开始感到恶心欲呕，她无法说出比这更糟糕的消息了：他们从此不再交谈。缄默了十二年，这就是全部。而且，在这段时间里，一个在脖子上的护身符里装着另一个的照片，另一个钱包的隐秘夹层里保存着从圆形颈饰的缎带上剪下来的紫色缎带。一个结了婚，娶我为妻，他每次回到我这里时并没有真正回家，因为有另一个人在等他。我手脚冰凉，感到阵阵发冷。

“现在请再回答我一个问题，”我请求道，“你看，我不要求别人发誓，但是我发誓，我会遵守诺言，不会对我的丈夫透露任何事情。但是现在，尤迪特，请对我说实话，你后悔吗？”

“后悔什么？”

“后悔当初没有嫁给他。”

她的双臂一直交叉抱在胸前，走近窗户，凝望着市中心大楼幽暗的庭院。在长时间的沉默之后，透过她的肩膀，这样回答道：“是的。”

这句话就像一枚投掷到房间的炸弹，一枚尚未爆炸的定时炸弹，落到了我俩之间。我静静地听着自己的心跳声和看不见的炸弹已经定时了的滴答声。滴答声持续了很长时间……还需要两年时间，它才会爆炸。客厅传出摸索声，我婆婆回来了。尤迪特踮着脚尖，悄无声息地走向门口，小心翼翼地、以一个偷窃者的熟练手法转动了插在门上的钥匙。门开了，我婆婆站在门边，穿着皮草，戴着帽子，一副刚从城里回来的样子。

“你，在这里。”她说。我看到，她脸色苍白。

“我们聊了会天，妈妈。”我边说边站了起来。

三个人就那样站在仆人房间里，我婆婆、尤迪特和我——三个被命运牵系在一起的女人——就像雕塑中活生生的命运三女神，这正是我当时所想到的，而且在极大的痛苦和尴尬中，我紧张地笑了出来，但是我想笑的意愿马上消失了，因为我看到我婆婆的脸色苍白极了，她走进房间，坐在尤迪特床的边缘，把脸埋在戴着手套的双手之间，开始无声地啜泣，同时肩膀还晃动着。

“请您别哭，太太，”尤迪特说，“她已经发过誓了，不会对他说。”

我婆婆缓慢地、仔细地从头到脚打量着我，然后走出了房间。

午饭以后我打电话给拉扎尔，他不在家，是仆人接的电话。大约下午四点半的时候，电话响了，拉扎尔从外边打电话过来，从城市的某个地方。他长时间缄默着，就像在很远的地方，在外星球。他认真审视我的请求，事实上我的请求非常简单——我想和他谈一谈，马上。

“我去你们那儿吗？” 他问道，以一种不快的语调。

但这不是一个解决问题的好办法，因为我先生随时可能回家，我也不能把约会定在咖啡馆或者甜品店。最后他很不情愿地说：“如果您愿意的话，我回家去，在我的公寓里等您。”

我很高兴地接受了他的邀请。事实上我什么都没有想到。在那些日子里，特别是上午那段交谈后的几个小时里，我的心灵处于一种特别的状态，就像我不断地移动在一个充满生命危险的监狱和医院之间的外部区域，就像我处于另一个世界，在那里，生命的规则与那些沙龙或者市中心的宅邸里的截然不同。我去拉扎尔家，就像一个人面对一生中的特殊时刻，去急诊室或者警察局一样……只是，当我按大门的门铃时，双手的颤抖提醒我，我正行走在一条非同寻常，也许是完全不正确的道路上。

他来开门，一言不发地亲吻了我的手，并且把我领到一个大房间里。

他住在多瑙河边一座新落成建筑的五层，这座建筑里所有的一切都是崭新的，舒适又摩登。只是公寓的内部装饰过时、老式、土气，我环视四周，深感惊讶。

我拘谨又紧张，但同时开始观察室内装饰的细节。人有的时候非常奇怪，你知道，即使被送去绞刑，我也能感受到某种局部细节，比如一只鸟儿停落在树上或者宣读死亡判决书的检察官下巴上的粉刺……所以，这就是他的家。我以为自己按错了门铃。私下说，我很久以前已经在内心深处揣测拉扎尔的家是什么样子。

我也知道，也许我期待发现印度式家具，某种北美印第安人的活动棚屋，拥有很多书籍、漂亮女人和伙伴的战利品，比如从敌人头上割下来的带发头皮，但是我没有看到任何类似的东西。只有规则的、带白色金属钉饰的上个世纪樱桃木家具，那种乡下大厅里用来接待客人的家具，你知道，那种摆明不舒服，诗琴形状靠背的椅子。玻璃柜里摆满了各种小市民的杂乱物件，比如玛丽安巴德[1]玻璃杯，霍利奇[2]瓷器……这个会客厅就像一个中等收入，从外地搬到首都的律师的起居室，家具是女主人的嫁妆，目前他们还没有办法置换新的……但是在这里我没有看到任何出自女人之手的痕迹，据我所知，拉扎尔是非常富有的。

他并没有把我带到当年他接见阿尔多佐·尤迪特的那个“有很多书”的房间里。他对待我很客气，又带着些窘迫的殷勤，就像医生第一次出诊时对待病人的态度。他让我坐下，当然没有招待任何东西。他始终保持着细心、谨慎的态度，就像已经经历很多这样的情况，所有这类谈话根本是无望的，就像医生知道无药可救，但面对病人时还是倾听他们的主诉，频频点头，可能的情况下开些药粉或者糖浆……他知道什么？只知道，感情问题无法给出任何忠告，我也隐约猜到这点。当我和他面对面坐在一起时，我感到惆怅，就好像这条路是完全无用的。根本没有“忠告”对人生有用。事情发生了，这就是全部。

---

1 玛丽安巴德市，捷克西部城市，以温泉著称。

2 霍利奇，斯洛伐克的西部城镇。

“您发现了？”他直截了当地问，没有任何过渡。

“是的。”我说，因为对这个人无需过多的解释。

“现在安心了？”

“还不能这样说，我正是来请教您这之后怎么办。”

“对这个问题，我不知道如何回答。”他平静地说，“也许，什么事情也不会发生，如果您还记得，我曾经对您说过，最好不要再提这件事情。伤口已经逐渐愈合，就像医生所说的，结痂了，现在被碰触，又撕裂开来。”

他使用了这样一种医生的比喻。我也感到，自己正置身于一位医生的诊室里，或者更确切地说处于医生诊所里。你知道，这里一点也不“文学”，没有任何东西与人们想象的一个著名作家的住宅相似……这里的一切都是市民阶层所使用的东西，或者说是平民阶层的，整齐、朴素。他抓住了我的目光——与他面对面我总是感到不自在，因为任何事情都逃不过他的眼睛，让人感觉到，所有的事情和所有在他面前做的错事有朝一日将会成为他的“猎物”，被他写上几笔……他平静地说道：“我需要一种市民阶层的秩序。人们的内心恰恰是非常爱冒险的，对外最好如同一位邮局总顾问一样生活。维持秩序是生命的需求，否则我无法安心……”

他没有解释使他无法安心的东西是什么，也许是所有的一切，也许是整个人生……也许是外部世界以及紫色缎带飘荡的隐秘世界。

“我必须发誓，”我说，“我不对我的丈夫说起任何事。”

“是的，”他说，“反正他也一样会知道。”

“从谁那里知道？”

“从您那里。对于这些事情是无法保持沉默的，人并不是只靠嘴巴保持缄默或者说起某件事，还可以用心灵感受。您的丈夫很快会知道一切的。”

他沉默了，然后以无力的，生硬的口气问道：“您想我怎样做，夫人？”

“我想要一个清楚又明确的答案。”我说，他对我同样清楚又明确的话感到惊讶，“您是对的，某种东西爆发了，是我引爆的或只是偶然事件？……现在这些已经不重要了。事实上没有任何偶然事件。我的婚姻失败了。我像一个疯子一样战斗，为此牺牲了我的整个人生。我不知道，这是我的错吗？……我现在发现了一个痕迹，一个信号，我和那个自认为比我与我的丈夫拥有更近关系的人谈话。”

他弯身靠向桌子，默默不语，抽着烟。

“您真的认为，这个女人在我丈夫的心里、神经中留下了终身难忘的回忆？这种回忆是否存在过？什么是爱情？”

“我请求您，”他客气又有些挖苦地说，“我只是个作家和一个男人，我无法回答这么难的问题。”

“您认为，”我问道，“一段爱情可以支配一个人的灵魂到那种程度，以至于他无法再爱上其他人吗？”

“也许。”他小心翼翼地、认真地回答，恰如一名杰出的医生已经了解了一切，只是不想草率地做出判断，“我是否听到过类似的事情？是的；经常吗？……不是。”

“当一个人陷入爱河时，他的灵魂会发生什么变化？”我像一个小学生一样问道。

“灵魂中没有任何变化。”他说，“感情不是在灵魂里展现的，它们循着其他的轨道行进，但是也会灌注进心灵，就像洪水经过泛洪区。”

“一个聪明、理性的人能够控制洪水吗？”我问。

“这个问题很有趣，”他轻快地说，“对此我花了很多功夫。我必须回答，在某种限定的范围内是可以的。我感觉……理性无法让感情流出，也无法堵住感情，但是可以规范它们。感情，如果危害一切，应当被关在笼子里。”

“就像一只美洲狮？”我无意识地说道。

“就像一只美洲狮。”他说，并且耸了耸肩，“在那里，可怜的感情来回走动，咆哮，咬牙切齿，撕扯着栏杆……但是到了最后，它精疲力竭，毛发和牙齿脱落，变得温顺又忧伤。这是可能的……我已经看到过这样的例子。这就是理性的作品。感情可以被征服、驯服。当然，”他谨慎地说道，“提前打开兽笼是不明智的，因为美洲狮将会跑出来，如果它还不够听话的话，会引起很多麻烦。”

“请说得更清楚些。”我请求道。

“我无法说得更清楚了。”他耐心地说，“您期盼从我这里知道是否能够通过理性的帮助剔除感情？……关于这点，我坦率地回答，不可能，但是值得安慰的一点是，感情，在幸运的情况下，可以被驯服，并且逐渐凋萎。您看看我，我就活过来了。”我无法对你说清楚我的感觉；但是在那一刻我无法直视他的眼睛。我忽然间想起我认识他的那天晚上，我的脸红了。我想起了那个奇怪的游戏……我不知所措，就像一个少女。他也没有看我，他站在我面前，靠着桌子，双臂交叉抱在前胸，看着窗外，似乎在研究对面的建筑。这种窘境持续了很久，这是我生命中最难堪的一刻。

“您在那期间，”然后，我慌乱而且快速地继续问道，就像一个人想快速转移话题一样，“您没有建议彼得娶那个女孩吗？”

“我尽了全力，”他说，“阻止彼得和她结婚，那时我对他还有影响力。”

“现在没有了吗？”

“是的。”

“现在那个女人对他的影响更大？”

“那个女人？”他问，把头向后转去，嘴唇无声地动着，就像一个人心中在计算，评判着力量的对比。“我认为是的。”

“我婆婆那时帮助您了吗？”

他严肃地摇摇头，就像想起一段不堪回首的往事，“她没有尽过太大的努力。”

“可是您有没有想过，”我暴躁地说，“这个骄傲、高贵、上流的太太会支持这种疯狂行为？”

“我什么也没想。”他小心地说，“我只知道，这个骄傲、高贵、上流的太太在漫长的一生里生活在冰冷之中，好像不是在家里，而是在一个冰库里，而这种被冻得麻木的人很容易理解某人想要寻找温暖。”

“那么您为什么不允许彼得……就像您说的……允许他的空气中存在这种特别的爱情？”

“因为我不喜欢那种热度，”他耐心地说，重新以那种教导者的口吻，“因为在过程中烤肉铁叉会烫到人。”

“您认为阿尔多佐·尤迪特这么危险吗？”

“那个人吗？……这点很难回答。也许危险的是当时可能形成的局面吧，是的。”

“那么后来真正形成的局面会少些危险吗？”我问道，并且非常注意，使用平静且规规矩矩的方式讲话。

“不管怎么说，她更守规矩了。”他说。

这点我不理解。我不做声，惊讶地注视着他。

“夫人，”他说，“您也不相信我是一个多么保守、古板又忠于规则的人。也许我们，作家是真正的守法者。市民阶层要更为大胆，是的，比通常人们所认为的都要具有革命精神。所以每个伟大革命的旗手都是误入歧途的市民阶层也绝非偶然。但是我们作家不能允许这种过分的反抗要求。我们是守护者。守护要比获得或者摧毁某种东西困难得多。我不允许人们去反抗业已存在于书中和人们心中的律法。在这样一个人人都想去反抗、破坏旧的，建立新东西的世界里，我要警惕，我必须看护住没有明文写下的规矩，那是人类世界深层的秩序与和谐的终极意义。我生活在被偷猎者包围的环境中，我是森林的守望者。我身处危险的境况之中……新的世界！”他说，带着失望和痛苦的不屑口吻，我睁大眼睛凝视着他，“就好像人类也变得焕然一新一样！”

“就因为这个，您不允许彼得娶阿尔多佐·尤迪特？”

“当然不仅仅是因为我不允许，彼得属于市民阶层。一个很可贵的市民阶层的绅士……这样的人已经很稀有了。他是一种文化的看守者，这对我来说至关重要。一次他开玩笑说，我对他而言是一个目击证人……我也以诙谐的口吻回答他，也许初次听起来不是那么认真，出于商业价值的目的，我要看护住他，因此我要拯救他，也就是读者。我现在考虑的当然不是我作品的发行量问题，而是关注在为数不多的几个灵魂中尚存的、属于我的世界的责任感。我是为他们而写作的……否则我的工作没有任何意义。彼得就是这为数不多的人中的一位。已经所剩无几了，我们这里没有，世界上其他地方也没有……其他的我毫无兴趣。但是这并不是真正的理由，确切地说也不是这个理由。我只是让他警惕这个女人，因为我爱他。我不愿意向感情投降……但是这种感情、友情，比爱情要细腻和复杂得多。这是最强烈的人类情感……真正的无价之宝。这点女人并不懂。”

“您为什么要让彼得警惕这个女人？”我坚持地问道。我专心地聆听他说的每个词，同时也感觉到，他在回避直接的答复，而谈论其他的问题。

“因为我不喜欢感情用事的英雄。”他终于无可奈何地顺从地说道，就像一个人不得不说出真话而变得心平气和，“首先，我喜欢看到生活中所有的事物和人都在自己的位置上。我不仅仅用阶级的差别提醒他。女人们成长很快，在很短的时间内就能补上几个世纪的缺失……我不怀疑，这个女人在彼得的身边会以闪电速度补上这些课程，她完全可以表现出那种规范和完美的举止，就像昨天晚上在那个贵族的宅邸里，您和我一样……通常情况下，在品位和举止方面，女人要远远超出同阶层的男人。尽管如此，彼得仍然会觉得自己是个英雄，从早到晚都是英雄，因为他承担了与他的世界作对的责任，而且是非常人道的，在上帝和世界面前绝对合法，但也一直处于他必须承担责任的局面中……但是这里面还包含其他的东西，这个女人永远不会谅解彼得属于市民阶层。”

“我想不是这样的。”我犹豫不决地说。

“我确定如此，”他严肃地说，“但所有这一切都不能决定事物本身，起决定作用的是一段感情的命运。这段感情对彼得意味着什么？是哪种欲望，哪种激情……我无从知晓。但是我历经了这场地震中最危险的时刻。人的灵魂中的所有东西都在动摇：他所属的阶级、那些维系着他人生以及生活方式的基础。这种生活方式不仅仅是私人事件。如果这样一个保护和传达一种文化全部意义的人崩溃了，不只是他被毁灭了，和他一起消亡的还有值得存在于世界的一部分……我对那个女人看得很清楚。问题不是她来自不同的阶级，如果来自不同阶级的后代能在激情的漩涡中融合在一起，对世界而言也许是最幸运的事情……不，在那个女人的个体中我强烈地感到某些东西，这使我无法平静，让我不敢交出彼得。某种野性的意愿，野蛮的力量，您没有感觉到吗？”

他那双困倦的眼睛突然闪出一道光芒，当他转向我的时候，仿佛在寻找着合适的字眼，他不确定地说：“有些人能够以一种野性、原始的力量从围绕他们周围的环境中吸取象征生命的东西，就像原始森林中的藤蔓植物，从几百米的区域内吸收大树下土壤的水分、养分和酸性物质。这就是他们的法则，他们的特性，并不是他们很恶劣，而是生来如此……和一个邪恶的人争辩，也许会让人怒火平息，也许能够化解心灵所遭受的苦难，可以化解将要向他人和人生所实施的报复。这些是比较幸运的人……但是也有另外一些类型的人，具有藤蔓类的攀缘天性，本性不坏，只是以致命、顽固的饥渴，紧紧地缠绕它周围的一切，吸取他们的生命力。这样的人是野蛮的、原始的。男人中很少有这样的人……女人中很常见。那种迸发出的力量可以消灭与其截然不同的灵魂，比如彼得。您和她说话时感觉到这种力量了吗？就像来自撒哈拉和阿拉伯沙漠地带的干热风或一股激流。”

“我只是和一个女人在说话，”我说，叹了口气，“和一个女人，一个内心拥有强大力量的女人。”

“是的，女人是以另一种方式感知彼此的。”他从容地说，“我尊重这种力量，而且惧怕它。我现在开始钦佩彼得。您试想一下，十数年来他要以多大的力量去对抗，需要怎样做才能从这种看不见的危险力量的缠绕之中解脱。因为这个女人想要一切，这您是知道的。她不要住在后街，住在小巷子里两个房间的小公寓里，穿着银狐大衣和不时三个星期的度假，秘密地和她的情人在一起……这个女人要的是全部，因为这不是一个虚假的女人，她是个真正的女人。您没发现？”

“是的，”我说，“这个女人，还宁愿戒斋。”

“她做了什么？”他问，这次他感到惊讶了。

“她这样说的？”他拉长了声音说，“在东方有这样的事情，这是意愿传达的一种形式。”他爆发出一阵焦躁又沮丧的笑声，“当然，阿尔多佐·尤迪特是更危险的一类。因为有些女人可以带着出去吃晚饭，带到奢华的地方去，在那里吃龙虾，喝香槟，这些女人是无害的。同时有另外一种类型，她们宁愿禁食……这些女人是危险的。我担心，任何干涉都是多余的。她已经开始疲惫了……我最后一次见她是几年前，我感到，你们命运的星象图已经改变，一切变得平淡和腐朽……因为生命中不仅仅有洪流，不仅仅有野性力量……还存在其他。惯性定律仍然占主导地位。要尊重这个定律。”

“我无法尊重，”我说，“因为我不想这样生活。我不了解阿尔多佐·尤迪特，我也无法评价我的丈夫过去和现在对她意味着什么，此刻有多么危险我一无所知……我无法相信，有某种激情，被压抑着的火焰和烟雾，终其一生在一个人的灵魂中持续燃烧，就像地下之火，就像矿下之火……也许，存在这种东西；但是我相信，生活最终会熄灭这些火焰。您不这样认为吗？”

“是的，是的。”他说，分外地快速和从容，同时凝视着他的香烟的火花。

“我看出来您不相信。”我继续说，“好吧，也许我错了。也许某些激情比生命、理想、事件更为强烈。它们会烧焦一切，燃尽一切？……可能吧……那么就让它们更强悍吧。不要隐匿起来，而是爆发吧。我不想把我的家建立在斯特龙博利火山[1]脚下。我想要和平、宁静。我不后悔所发生的一切。我的一生彻底失败了，这样下去让人无法忍受。我的内心也有力量，我也能等待和渴望，不仅仅阿尔多佐·尤迪特能做到。我不会为任何人、任何事禁食，而且晚餐吃着蛋黄酱拌冷鸡肉，配着沙拉……这种无声的对决必须结束。您是他的一个帮手，因此我和您交谈。您认为彼得还和这个女人有关联吗？”

“是的。”他简短地回答。

“那么他不是真正和我有关系。”我大声、镇静地说，“那么让他做些事情吧，和她结婚吧，或者不和她结婚，和她一起毁掉一切或者幸福地生活在一起，但从此心平气和。我无法这样生活下去……我对那个女人发誓，在彼得面前保持沉默，我要遵守诺言。但是我不会生气，如果您什么时候……不久，在最近几天里……

1　斯特龙博利火山，意大利西西里岛北部的利帕里群岛中，斯特龙博利岛上的一座火山。该火山是欧洲最活跃的火山之一。

谨慎地，或者不那么谨慎地，和他谈一谈。您能做到吗？”

“如果您要求这样的话。”他不情愿地说。

“非常麻烦您了。”我说，然后站了起来，拿出手套，“我感觉，您想问，我将会怎样……我回答您的问题。我承担抉择的后果。我不喜欢这延续数十年的哑剧，和一个看不见的对手，进行一场不流血、苍白无力的斗争。如果是一出戏，那么就让它喧闹起来，充满战斗、死亡、掌声和口哨声。我想知道在这出戏里我的价值是什么。如果我失败了，我退出。然后事情该怎样就怎样，我对彼得和阿尔多佐·尤迪特的命运再也没有任何兴趣。”

“这不是真的。”他以平静的语气说。

“这是真的，”我说，“而且我将要这样去做。如果他在十二年里都无法做出决定，那么由我来决定，而且用短得多的时间。如果他不能找到那个对的女人，那么我来替他找。”

“那么是谁呢，请告诉我？”这时他眼里闪着热切的光芒，带着谈话中从没有过的兴趣突然问道，就像听到了某种特别让人震惊和可笑的公告一样，“您想找到谁？”

“我已经说过了，”我回答道，同时感到些许困惑，“您为什么以如此怀疑的眼光看着我，还带着微笑？……我婆婆有一次对我说，世界上的某个地方，一定存在一个真爱的人，或许是阿尔多佐·尤迪特，或许是我，或者是其他人。那么让我替他找到她。”

“是的。”他说。

他低垂目光看着地毯，看上去不想争辩了。

他无声地陪我走向门口，吻了我的手，一直带着那种奇怪的微笑，以缓慢的动作打开我面前的大门，同时深深地向我弯下腰来。

好吧，现在让我付钱吧，这里真的要关门了。小姐，我们点了两杯茶和两份阿月浑子冰激凌。不，亲爱的，今天你是客人。你不要再争了，也别遗憾。已经到月底了，一笔小小的花费不会让我破产。我过着独立和无忧的生活，准时获得抚养费，每个月的月初，比我需要的要多得多。你看，我的生活并没有那么糟糕。

只是，不再有任何意义，你这样想的，对吧？……也不是这样的。生活中有很多东西。今天当我从市中心赶到这里和你见面时，开始下雪了。这是多么纯净又幸福的喜悦啊。这是第一场雪……此前我不能以如此的方式对世界感到欢欣。我有其他的事情，有其他的事情要关注。我专注于一个人，我没时间关注世界。然后我失去了这个人，而我换得了全世界。你认为这是一项不利的交换？……我不知道，也许，你是对的吧。

我已经没有更多可说的了。其余的你都知道了。我和我的丈夫离婚，并且独自生活。他也独自生活了一小段时间，然后和阿尔多佐·尤迪特结了婚。但这又是另一个故事了。

所有这一切当然不像我在拉扎尔家里所想的那样很快发生。那段交谈之后，我和我的丈夫又在一起生活了两年。生命中的一切就像按照某种看不见的钟表指针在发生：早一刻都不可能“决定”

任何事情，只能由事情以及情境自行决定……所有其他的方式都是暴力的、轻率的、非人道的，或者也许是不道德的，是生命自行决定，以出人意料又神奇的方式……然后一切都变得既简单又自然。

我从拉扎尔那里回来之后，没有向我丈夫说任何关于阿尔多佐·尤迪特的事。他那时候已经知道了一切，可怜的人。他不知道的只是更重要的事，而我不能对他说起，因为在当时和之后的很长时间连我也无从知晓……只有拉扎尔知道，是的，在即将告别的时刻，他格外沉默，他思索的也是这个问题，但是他什么也没说，因为最重要的事情是无法对任何人道明的，必须要独自学习。

什么是最重要的事情……好吧，我不想让你难受。你现在有些爱上了那个瑞典语老师吧，是这样吧？……是吗？……你什么都不要对我透露，但是请允许我也保持沉默，我不想破坏一份如此美丽又伟大的感情，我不想使你受伤。

我不知道拉扎尔什么时候和我丈夫谈话的，在第二天，还是几周以后，我也不知道他们谈了什么……不过一切正如拉扎尔所说的那样进行。我丈夫知道了一切，知道我发现了紫色缎带，找到了那个佩戴它的人。他知道我和阿尔多佐·尤迪特交谈过，那个人真的在接下来的那个月离开了我婆婆家。有两年的时光她杳无音讯。我的丈夫聘请私家侦探找寻她，但是之后他疲惫不堪，病倒了。他中断了找寻。你知道，我丈夫在阿尔多佐·尤迪特失踪的这两年内做了什么？

他在等待。

我从不知道一个人可以用那样的方式等待，就像被强制劳役，在矿井里凿开石头一样。他以同样的力量、同样的规律性、同样的毅力以及同样的绝望等待着。那时我也无法帮助他……如果临死躺在床上时，我必须说真话，我得承认，我并不想帮他。我的内心充满苦涩和无望。那两年的时间，我看着这种可怕的努力。这个人微笑着、沉默寡言、彬彬有礼且日渐苍白，在无言的抗争中对抗着某个人或者某件事……他的举动就像每天早上习惯性地查看邮箱，就像麻醉药品的奴隶，把手伸向小药瓶，然后看到里面什么也没有，他的手停在半空中，药瓶是空的……电话铃声响起时，他头部的转动，大门被叩响时，他肩膀的耸动，在饭店里或者剧院的大厅里，他环顾四周的方式，就像永远在宇宙空间内寻找某个东西。我们就这样生活了两年。但是阿尔多佐·尤迪特音讯全无。

一段时间之后，我们才知道，她去了国外，在一个英国医生家里做女佣，在利物浦。那段时期，英国对匈牙利用人的需求量很大。

无论是她的家人，还是我婆婆，都没有得到过她的消息。那两年，我常常去我婆婆那里，在她那里度过整个下午时光。她的身体状况每况愈下，可怜的人，她得了血栓症，被迫在床上躺了几个月。我陪在她的床前，我非常爱她。我们坐在一起，看书，聊天。几乎可以说，我们就像以前的女人那样制作绷带，以备他们所爱的人上战场使用。我知道，在路途中我的丈夫被分配到非常危险的岗位上……每时每刻都可能阵亡。我的婆婆也知道这种情形，但是我们没有别的办法可以帮助他。人的一生中总有那样的时刻需要独自面对，而且没有任何人能帮得上忙。那一刻降临到我丈夫身上……他独自一人，某种程度上，甚至也许是很大程度上，他处于有生命危险的状态中，而且他等待着。

我们两个人，我婆婆和我，踮着脚尖在他的周围行走、生活，同时织着毛衣，就像在护理一个病人。我们谈论其他的事情，有的时候开心，冷静。出于特别的谨慎或者害羞，我婆婆从不提起发生过的事情。那天中午，当我们面对面坐下时，当她在用人房间开始哭泣时，我们已经无声地签署了一项彼此帮助的协定，这项协定只有在我们不再无谓和无望地谈论已经发生的一切时才可能生效。我们只是以那种方式谈论我的丈夫，就像对待一个亲切又讨人喜欢的病人，他的状况堪忧，但是不必担心直接的危险……你知道，似乎那个人在这种状况下还会活很久……我们要做的所有事情就是调整他头部下方的枕头，或者为他打开水果罐头盖子，抑或是给他讲述世界新闻来使他心神愉悦。真的，在那两年里我们在家里就那样平和又安静地生活着，我先生和我，我们很少出门。我的先生开始割裂与世界、社交圈的一切联系，巧妙而又谨慎地从他的世界里游离出来，不过是以一种不伤害任何人的方式来完成的。慢慢地我们与所有人脱离联系，离群索居。这不像你想象的那么糟糕……一周有五个晚上我们在家度过，听音乐或者阅读。拉扎尔从没来过我们家。在那些年里他也去了国外，在罗马生活了很长时间。

我们就这样生活着。我们三个人都在等待某件事：我婆婆等待死亡，我的先生等待阿尔多佐·尤迪特的归来，而我等待着死亡或者阿尔多佐·尤迪特，或者其他的事情，或者某个被迫的转折点有一天到达我的生活中，使我最终知道，我的命运是什么，而我属于谁……你问，我为什么不离开我的丈夫？怎么能够和一个等待别人的人生活在一起？与那个每一次大门开启时总是竖起耳朵，那个面色苍白、避开人群，隔断和世界的一切联系，因一段感情而生病，因为痴狂的等待而着魔的人生活在一起？当然这不是一项容易的任务，毫无疑问。这真的不是令人愉快的情况，但我是他的妻子，我不能抛弃他，因为他处于麻烦和危险之中。我是他的妻子，我在神坛前发过誓，要和他在一起，并且无论是好是坏，只要他需要我，只要他想要，我都要坚守在他的身旁。那个时候他需要我。如果那两年他独自一人，他会自我毁灭。我们生活着并且等待来自天上和人间的某种启示，等待阿尔多佐·尤迪特的归来。

从他知道那个女人离开这座城市前往英国的那一刻开始——只是没有任何人知道她在英国的地址，他的家人和亲属都不知道——我的丈夫彻底病倒了，也许人生中再也没有比这更大的痛苦了。我深知这种感受……后来，我们离婚以后，有一段时间我也这样等待他，大概有一年的时间。你知道，在夜里惊醒，感到无法呼吸，就像渴望空气的哮喘病患者，在黑暗中伸出一只手找寻另一只手。他无法理解另一只手已经不在了，不在附近，不在邻居家里或者街道上。他出去走在街上也是徒劳无功的，另一只手也不可能来与他相遇。电话再也没有任何意义，报纸上充斥着毫无价值的新闻、冷淡无趣的消息，比如第一次世界大战爆发或者摧毁了拥有百万人口的首都几个街区……人们礼貌地倾听着这类消息，一只耳朵注意着，然后说："是吗？……真的吗？……真有趣。"或者是："真令人悲伤。"但在这过程中，他什么也没有感受到。我在一本优美、充满智慧和忧伤的西班牙书里——我已经忘记作者的名字，他有一个斗牛士那样的名字，很长，由若干个教名组成——读到这一类的魔法，在这类使人陷入幻境、迷离双眼的魔法状态中，等待者与缺席的被爱者的灵魂就像进入催眠状态而失去知觉，他们失去知觉、疲惫不堪的目光，就像正在费力地抬起眼皮，从昏迷中苏醒的病人的目光。在这世界上，他们看不到其他的，只看到一张脸，听不到其他的，只有一个名字。

但是有一天他们苏醒了。

就像我。

他们环顾四周，揉揉双眼。如今他们看到的不只是那张脸……准确地说，他们也看到那张脸，但是更模糊了。他们看到了教堂的钟楼，看到了森林，看到图画，一本书，还有其他人的脸，他们发现世界是多么的无边无际。那是一种奇妙的感觉。那些在前一天还无法忍受的事，那么痛苦和灼烧内心的事，如今已经疼痛不再了。你坐在一张板凳上，变得心平气和。你想到的是“炖鸡肉”或者“纽伦堡的歌唱大师”,或者“应该为台灯买个新灯泡了”。所有这些都是真实的，并且每一件都同样重要。昨天所有这一切尚无可能，起伏不定，而且缺乏意义，真相却是截然不同的。昨天你还想报复或者救赎，你还在期盼他打电话，或者需要求助于你，或者他被关进监狱、被处决。你知道吗，当你感觉到这一切时，另一个人却远远地幸灾乐祸。直到那一刻他还对你有影响力。你尖叫着要报复，另一个人得意地搓搓手，因为报复也是种欲望，报复就是种臣服。但是到了那一天,当你醒来,揉揉双眼,打个哈欠,你忽然意识到你已经不再想要任何东西了。甚至在街上面对面走过来你也无所谓。如果他打来电话，你就回答该说的事。如果他想见你，不得不碰面时，没问题，请坐。所有这一切，发自内心，轻松又充满真诚，你知道的……所有这一切再也没有任何痉挛，没有任何疼痛，没有任何失去知觉的症状。发生了什么事？你不了解的。就是你不想报复了,不……而且你发现这才是真正的报复，唯一的，最完美的，你对他不再期盼任何东西，你既不诅咒他过得糟糕，也不祝福他美满，他已经不会对你造成任何伤害。旧时的男人这时候给他们的恋人写信，总是以此类词语开头：“尊敬的太太”,这个称谓本身已经说明了一切,你知道吗……就像在说“你已经不能再使我痛苦了”。聪明的女人会痛哭流泪，或者不会。聪明的男子会寄送一件很大的礼物，一束玫瑰花或者养老金……为什么不？现在完全可以做到，因为已经疼痛不再。

事情就是这样发展的，我知道。一天早上，我醒来而且开始生活，开始向前走。

但是我的丈夫，可怜的人，他还没有醒来。我甚至不知道他是否还会痊愈。有时我为他祈祷。

就这样过了两年。我们做了什么事情？我们活着，我的丈夫和世界告别，和他的社交圈，和人群，无声地告别，就像一个偷偷逃到国外的贪污犯，但是直到那一刻还在积极地完成他每日的工作。是她在国外，是另一个人，那个“真爱”。我们等待着。我们过得不坏，那两年我们关系很好，真的……有时在餐桌上或者在阅读期间，我偷偷地看他的脸，就像亲戚朋友观察病人的脸一样，在脸上已经能看到疾病的症状。内心受到惊吓的同时，还要和蔼地对他微笑，并且高兴地说：“你的脸色好多了。”我们等待着阿尔多佐·尤迪特，她从城市消失，没留下任何踪迹，这个狠心、自私的畜生……因为她知道，这是她能做的最坏的事情……你不信？或者她不自私、狠心？最终她也付出了代价，她也参加了决斗。她也是一个女人，也许她也会感受到一些东西，不是吗？……安慰我吧，因为我也宁愿相信就是这样的。她等待了十二年，然后去了英国。学会了英文，掌握了餐桌礼仪，看到了大海，然后有一天她回来了，带着七十英镑，就如同我所知，穿着苏格兰裙子，喷着安特金森香水。就这样，我们离了婚。

我难过极了，有一年的时间我相信我会心碎而死，但是某个早晨我醒来，发现了一件事情……是的，那是只有独自一个人才可能知道的最重要的事情。

你要我告诉你吗？

你不会因此感到难过吗？

你能承受吗？

是的，我做到了，但是我不愿意对任何人说，我不想剥夺人们的信仰，那些导致他们谬误的信仰，从中能产生那么多痛苦，同时也产生那么多伟大的东西：英雄行为、艺术作品、神奇的人类努力。我知道你现在处于那样的状态中，尽管如此，你还是想让我告诉你？

好吧，如果你想知道，但是之后请你别生我的气。你看，亲爱的，上帝惩罚了我，但是同时也给了我一份礼物，让我知道这个真相，并且能够承受它，没有因此而死去。我发现了什么真相？……我发现，亲爱的，真爱根本不存在。

有一天我醒来，坐在床上，展露微笑，我已不再感到任何痛苦了。我突然发现没有一个对的人。不存在于地上，也不存在于天上。任何一个地方都不存在，那个确切的人。只存在一些人，每个人当中有那么一丁点部分是对的，我们从另一个人身上期待、盼望。没有一个完美的人，根本不存在那个确切的人，那个唯一的、神奇的、独特的，可以使我们幸福的人。只存在一些人，身上拥有所有的元素、渣滓和光芒，以及一切……拉扎尔知道这点。在他家的门口告别时，他一言不发地微笑着，因为我说，我要去为我的丈夫找到对的女人。他知道，任何地方都不存在这样一个人……但是他什么也没说，然后他到罗马撰写他的书。作家在结尾处总是这样做的。

我的丈夫，可怜的人，他不是作家；他是一位市民和艺术家，但是没有任何作品，他因此感到难过。当某一天阿尔多佐·尤迪特出现时，他以为，她就是那个真爱，而且她使用安特金森香水，再打电话时带着英国腔调说："Hello！"——那时我们离了婚。那是场艰难的分手，说真的，我甚至把钢琴也搬走了。

他没有很快娶她，而是在一年之后。他们过得怎么样？……我相信很好。你之前也看到，他为她买橘皮蜜饯。

只是他老了，没有很老，但是以令人非常悲伤的方式衰老。你说什么，他已经知道了？……我担心，等他将来发现的时候已经太晚了，在这期间，人生已经过去了。

哦，这里真的要关门了。

什么？……你想知道什么？我开始时为什么看见他会哭泣？如果根本不存在真正的人，一切结局已定，人也完全康复，为什么一开始当我听到他还在使用那个棕色的鳄鱼钱包时，会往鼻子上擦粉？请等一下，让我想想。我想，我可以回答你。我之所以在尴尬中往鼻子上扑粉，因为真爱并不存在，因为谬误已经过去了，但是我爱他，这是另外一回事。如果一个人爱上另一个人，日后听到他或者看到他时总会心跳加速。要知道，我想一切都过去了，但是爱没有。可这已经没有任何实际意义了。

亲亲你，亲爱的，下周二，我们再来这里碰面，你愿意吗？……我们谈得非常愉快，如果你也没问题，大约六点一刻见。你不要迟到太多。我六点一刻一定会在这里的。

第二部分

喂，你看那个女人！现在他们走向旋转门。那个金发、戴着圆帽的女人？……不是，另外一个，高挑身材，穿着水貂大衣的女人——是的，那个棕色头发的高个女子，她没戴帽子。他们现在上了车。那个矮壮的男子帮她上车，对吧？之前他们一起坐在角落的桌子那儿。他们一进来我就发现了他们，但是我不想说什么：我认为他们没有看见我。但是，现在他们走了，我可以说了，就是这个男子，我和他有过一场既愚蠢又令人尴尬的决斗。

为了女人？……是的，当然是因为女人。

但也并不见得这么肯定。那时我想杀人。不一定是这个粗壮的矮汉子。他对我而言没有那么重要，但是正好撞到我的手上。

我是否可以告诉你，那个女人是谁？……当然可以，我的朋友。这个女人是我的妻子，但不是第一任，而是我的第二任妻子。我们离婚三年了。决斗后很快就离异了。

我们再来一瓶蓝茎[1]葡萄酒吧，你想喝吗？……午夜之后，这家咖啡馆一下子变得空寂和冷清。我最后一次来这里时，还在当技术员，在冬末化妆舞会狂欢节期间。那时女人们也常到这个著名的地方来，她们就像羽毛五彩缤纷的夜晚的小鸟一样，既让人开心，又光彩夺目。之后的几十年，我没有再光顾过这里。时光流逝，很多东西都变了，场地变得过于花哨，顾客也不一样了。现在那些上流社会、喜欢夜生活的人来这里……你知道，那群人，人们这样称呼他们。当然，我不知道，我的前妻也来这里。

这酒真不错。这种浅绿色就像暴风雨前的巴拉顿湖。上帝保佑，干杯。

你想让我讲述这一切？……如果你想听的话。

或许我能和某人诉说此事并不坏，一次足矣。

你不认识我的第一任妻子吗？当然不认识，那时你生活在秘鲁，在修建铁路。你真幸运，大学毕业的第一年就去了那个广袤和原始的世界。

我承认，有时我很羡慕你。如果那时世界也召唤我，可能现在我会是一个更幸福的人。然而我却留了下来，守护着某种东西……直到有一天我累了，现在我已经不再守护任何东西了。我守护的是什么？一家工厂？一种生活方式？我也不知道。我有一个朋友，叫拉扎尔，是一名作家，你认识他吗？听说过他吗？你

1 蓝茎，一种匈牙利产的白葡萄。

真是一个幸福的人，生活在秘鲁！我非常了解他。有一段时间我相信他是我的朋友。这个人试图反复证实，我是一名守护者，一种即将消失的生活方式的看管者，一个市民。因此他认为，我要留在家里。但也未必完全如此。

只有真相、现实是确定的……我们对真相做出的解释是一种无望的文学。你要知道，我已经不再是狂热的文学爱好者。曾经有一段时期，我读了很多书，我看了所有落在我手上的书籍。我担心低劣的文学会将虚情假意灌入男人和女人的头脑中。人类世界人为的悲剧部分归咎于这种谎言的教唆，这些可疑的书籍影响了人们的生活。自艾自怜、矫情的谎言，造作的情节，大部分是这些虚假、无知，或者仅仅是恶毒文学教导的后果。有一份报纸白纸黑字地推荐了一部骗人的小说，在另一页，每日新闻栏目中已经可以由此读到结局了，一个纺织女工的悲剧，她喝下了洗衣服用的碱水，因为被木匠抛弃；或者是发生在政府首脑顾问妻子身上的意外，她吞下了佛罗那安眠药，因为著名的演员未来赴约。你为什么用那种惊恐的眼神看着我？你问我最看不起的是什么东西？文学？那种被曲解的悲剧叫作爱情？或者简单地说叫人类？……这是个困难的问题，我不轻视任何人或者任何事，我没有权利这样做。但是在我的余生里，我也愿意献身于某种激情。这种激情是对真相的热情。我不能再忍受自己对自己说谎，这不是文学，也不是女人，只是我根本不能忍受自欺欺人了。

你现在对我说，我是一个受了伤害的人。别人伤害了我。也许是这个女人，我的第二任妻子，或者第一任。我在某些事上遭受挫败，导致自己孤独一人，经历了严重的感情打击。我心怀怒火，不再相信女人，不再相信爱情，也不再相信任何人。你认为我是一个可笑的、值得同情的可怜人。你想小心地提醒我，人和人之间除了激情和幸福还存在其他东西，还有博爱、耐心、怜悯和宽容。你想指责我对于我人生路上出现的人不够勇敢和耐心，甚至现在我变成一头孤独的怪兽，也没有足够的勇气承认，是我自己的错。朋友，我已经听过这些指控了，我也审视过自己。甚至在拉肢刑架下的人都不可能像我对自己那样真诚。我审视了每一个我有办法靠近的生命，我通过生命之窗窥探陌生人的生活。我并不腼腆谨慎，也不克制不前，我研究和观察他们。我也相信这是我的错。我用贪婪、自私、淫欲以及社会的障碍、世界的组成模式等原因来解释……解释什么呢？失败。每个人的生命早晚会坠入孤独的深渊，就像一个夜行的流浪者落入深坑。你不理解对于男人来说没有任何救赎吗？我们是男人，就应该孤独地活着，对于每一件事我们必须准确而且公正地付出代价。我们要保持沉默，而且要忍受孤独、自身的性格以及生命赋予我们的男人的法则。

而家庭呢？我看你想问这个问题。我是否相信家庭超出个人之上，代表人类生命的最高意义，是一种更高级的和谐呢？人类不是为了幸福而活着。人类之所以生存是为了支撑他的家庭，养育正直的人，所有这一切不要期待换来感恩与幸福。这个问题我将真诚地回答你。我的回答是：你是对的。我不相信，家庭“带来幸福”，没有任何东西为我们带来幸福。但家庭是一项如此伟大的任务，在面对自己和世界时，我们是否值得为了这个目标忍受生命中无法理解的困扰以及不该承受的痛苦？我不相信存在“幸福的家庭”。但是，我看到过某种程度上的和谐、人的共生，同时所有人都与其他人对抗地活着，每个人过的都是自己的生活……但不管怎么说，从总体上讲，家庭的每个成员为了彼此而生活，即使有的家庭成员像饥饿的野狼那样斗争。家庭……这是一个伟大的词。是的，家庭或许就是生命的目标。

但是家庭解决不了任何事情。在这层意义上我甚至没有拥有过家庭。

我观察了很长时间，注意倾听。我听到过那些冷酷、苦涩的牧师反复证明，这种孤独是市民阶层的通病。他们以群体为借口，在那个收容和提升了自我的伟大群体中一下子拥有了人生的目标，因为你知道，你不为了自己，也不是为了狭义的家庭而生存，而是为了高于个人的理想，为了人类的群体而活。我认真地审视了这项指控。不是从理论的层面，而是从我以实际行动所理解的人生的角度。我观察了所谓“穷人”的生活——归根结底，他们是最大的群体——实际上，那种属于同一群体的意识为他们提供了热量，以及活下来的全部人生感受，比如他们同属于铁路工会或者私企职员养老金协会，而且在国会中拥有他们的代表，可以为他们写下谏言并以他们的名义发言——这真是炽热、令人激动的感受，要知道，世界上有数不清的铁路工人和私人雇员都想更美好、更人道地生活。在经历了漫长而苦涩的斗争、不安的争论之后，有时他们在地球上的命运真的能得以改善……如今他们不是只赚一百八十潘戈，而是二百一十……是的，向下没有底限。底层的民众很容易为那些减轻了生活残酷性的事情而感到高兴，但是我在那些在机关或行业部门中工作的，跟“上流群体”共生共存的人身上没有发现幸福、火热地活着的感受……我只看到悲伤的、不满足的、愤怒的、坚忍不拔的战斗者，听天由命、垂头丧气、装疯卖傻的人，或者以聪明和计谋反抗着的人。我看到那些人，他们相信，人的命运真会一点一滴地通过意想不到的转折而最终变好。这点没错。但是这种意识并不能除去生命的孤独感。不是只有市民阶层是孤独的。蒂萨河地区的挖土工完全可能和安特卫普[1]的牙医一样孤独。

然后我读到，我也思考过，这可能是文明的孤独。

就像地球上的欢乐之火逐渐冷却一样。有时，在某个瞬间，某个地方，又重新燃烧起来。人的心灵深处存在着对某个晴朗的、阳光明媚的、充满欢愉的世界的记忆，在那个世界里，义务同时也是一种娱乐，努力同样令人愉快而且富有意义。也许是希腊人，是的，可能他们是幸福的……他们彼此屠杀，也以同样的方式杀戮外来者，他们卷入一场漫长又血腥的可怕战争中，但同时他们内心拥有一种欢乐又充沛的群体感觉，因为每个人都是有文化的，

1　安特卫普，比利时最重要的商业中心、港口城市和法兰德斯地区的首府。

从这个词更深层的、更无法言说的意义上讲，连陶器匠也是这样的……但是我们没有生活在这样一种文化中，我们的文化是一种大众的、隐秘的、机械性的文化。每个人都有他们的角色，但是没有一个人从中得到真正的快乐。如果他们想，每个人都可以洗热水澡，欣赏图画，聆听音乐，在两大洲之间展开对话，新时代的法律保护穷人的权利和利益，就像保护富人那样……但是请看看那些脸孔！无论你到了世界的哪个地方，在大大小小的群体中，你总能看到一张张焦虑的面孔，那些面部线条上充满了怀疑和紧张，带着难以消除的不信任感以及扭曲的敌意。这种紧张均来源于孤独。这种孤独是可以解读的，而且每一种解读都可以回答疑虑，但是哪一个都不能真正地称之为原因……我认识一个有六个小孩的母亲，带着这种孤独和孤独感所带来的扭曲的、敌意的面部表情生活着；我认识单身的老男孩，他们连戴手套都带着那种艺术家的精雕细刻，就像他们的整个人生由一系列的规定动作组成一样。当越来越多的政治家和先知在人类世界中人为地组建起群体，在这个新世界里连越来越多的孩子也被迫训练这种群体感觉时，人们的灵魂中这种孤独感会越来越强大。你不相信。这点我很确定。讲述这些我永远不会感到疲惫。

假如我有能力可以对许多人讲话……你知道我的意思，就像那些神父艺术家、作家……我将恳求他们，激励他们，相信快乐。忘记孤独、让它消失。也许这不只是空想。这不是社会问题，而是另一种方式的教育，是个觉醒的问题。现在人们目光呆滞，似乎漫游在一种催眠状态中。目光呆滞又充满怀疑……只是我没这种能力。

但是，有一次我看到一张脸，上面没有这种扭曲、不满足、怀疑和昏沉病态的紧张。

是的，刚才你看到过这张脸。但是你现在所看到的脸，已经变成了一副假面，一个她所扮演角色的人造假面。我最早看到她时，这张脸是开放的，充满期待，散发光芒，就像一个在生命起点上的人的脸，还没有品尝知识之树上的果实，不了解苦痛和恐惧。然后，渐渐地，这张脸变得严肃了。她的眼睛开始注意观察一切，那张嘴巴，忘乎一切微微半张的嘴巴闭上了，变得严峻起来。她叫阿尔多佐·尤迪特。她是个乡下女孩。十六岁时到我们家，在我父母家里当用人。我们没有发生关系。你说这是错误的？……我不这样认为。人们常说这样的话，但是人生不能容忍这种下流的诡计。也许我和这个乡下女孩没有关系不是偶然的，之后我和她结了婚。

但是这是我的第二个女人。你想听第一个的故事。好吧，我的朋友，第一个是个风华绝代的女人。聪明、正直、美丽、有教养。你看，我说这些，就像报纸上的小体字广告里写的一样。或者当奥赛罗出发去杀死苔丝狄蒙娜时说的那番话："她擅长刺绣……她用她的歌声安抚一头熊……"我还要对你说她热衷于音乐并且爱好大自然吗？我可以心平气和地对你讲述她。外地报纸上退休的守林员在为妹妹征婚时总是说上这样一句：带一点小小的身体缺憾。但是这个女人任何身体的缺憾都没有。她年轻、漂亮又敏感……那么出了什么问题呢？为什么我不能和她生活在一起呢？我们之间缺少了什么东西？身体的欢愉？这不是真的。如果我这样说，那是在撒谎。我跟那些职业的、游戏爱情的骑士们一样，和她在床上与其他的女人一样度过幸福的时光。我不认为唐璜可以同时和很多女人一起生活是正当的。要听一个人演奏乐器，你才能感知每种曲调。有时我为人类感到遗憾：他们那么没头没脑，毫无希望地忙乱着……别人想打击他们伸出去的慌乱的双手："别着急！别伸手！规矩、礼貌地坐好。坐在自己的位置上，每个人都会得到他应得的！"他们就像那些贪吃的孩子一样，不知道人生的安宁有时恰恰取决于耐心，和谐仅仅由简单的秘诀组成，而他们却一直在焦躁紧张地寻找着，并用一个含糊不清的字眼，把和谐命名为幸福……告诉我为什么在学校里不教男女关系课呢？我非常严肃地问这个问题，我不是在开玩笑。归根结底，这至少是一件和国家山川、水文地理或者正确会话的基本规则同等重要的事情。至少，人类对于灵魂是否安宁的影响、掌握、估测或记录同样重要。我所说的不是要教授某种轻浮的课程……我想，理智的人，比如诗人、医生会在合适的时间告诉人们男人和女人共同生活所可能产生的快乐……但并不是关于"性生活"，而是喜悦、耐心、谦虚和满足。如果说我鄙视某些人，也许应该就是这些懦弱的人，他们以胆怯、懦弱为由向他们自己和世界隐藏了生命的秘密。

你不要误解我。我也不喜欢白沫纷飞的嘴巴，唾液啪啪作响的自我介绍，病态的表白。但是我钟情于真相。当然，很多时候人们对真相保持沉默，因为只有生病或者吹牛、炫耀的人，以及那种具有女性特质的小伙子乐于展示自己的秘密。但是对真相保持沉默总是好过对谎言夸夸其谈。很遗憾，在生活中，我感觉到，我们多数时候只能听到谎言。

你问什么是真相，如何能够痊愈，并且学会快乐的方法是什么？我告诉你，亲爱的，我用两个词就能说清楚：谦卑和自我认识，这就是全部的秘密。

谦卑也许是一个太大的词，要做到这一点必须慈悲，并且要有超凡的心理状况。平日里，我们可以满足于自己很谦逊，并且认真了解自身的真正欲望和志趣，然后能够毫无羞耻感地承认这些，而且力图使自己的欲望和世界所能提供的可能性达成一致。

我看到，你笑了。你想问，既然一切如此简单，既然人生有可以参照的模型，我为什么还会失败？实际上，我和两个女人尝试过，实实在在的，从生到死。我不能说生活没有为我派来守护天使。只是我失败了，我和两个女人都失败了，最后孑然一身。即便我有自我认识、谦卑和郑重的承诺，但都无济于事。我失败了，而且现在还喋喋不休地说教……你是这样想的，对吧？

那么我必须向你诉说我的第一任妻子以及失败的原因。她很完美。我也不能说我不爱她。她只有一个小缺陷，但是她对此无能为力。你不要以为是心灵的出轨。问题很简单，可怜的人，她是个市民阶层，她是市民阶层的女人。你不要误会，我也是市民。

我意识到这一点，我非常准确地了解这个阶层的毛病和罪过，我承受了这个阶层带来的东西，我接受命运，一个市民阶层的命运。我不喜欢沙龙革命者。人们必须对那些因为出身、教育、兴趣、回忆与之联系在一起的人保持忠诚。我所有的一切都要归功于我的出身：教育、生活方式、需求，甚至我人生最干净的时刻、公共的修养，以及参与高贵文化的伟大时刻……现在人们谈论，这个阶层即将衰退、消失了，它已完成了自己的历史使命，不再适合担当过去几个世纪属于它的领导角色了。这一点我不懂。不过有一种感觉告诉我，市民阶层将被有些贪婪和急躁地埋葬了；也许在这个阶层里还残存着力量，也许他们在社会上还能承担角色，也许恰恰是市民阶层能成为一座使革命和秩序再一次相交的桥梁……当我说我的第一任妻子是个市民阶层的女人时，并不意味着指责，仅仅是对一种心灵状态的定义。我也是一个市民，一个绝望的市民。我对我的阶层很忠实。当它受到攻击时，我也捍卫它，但不是以盲目和偏袒的方式。在这个共同的社会命运中，我想看清楚，哪些是我的命运，因为我要知道，我们有哪些罪过，市民阶层的衰退是否真的因为患上某种疾病。不过，当然，所有这些我从来没跟我的妻子说过。

问题出在哪里？容我想一下。首先，我自己是一个对社会规则了如指掌的市民。

我很富有，而我妻子的家庭则是贫穷的，但市民阶层不是钱的问题。是的，我体会到，贫穷的市民，这些没有财产的人，顽固地、用尽一切力量捍卫着市民的行为和生活方式。富有的人从来不会以尴尬、谨慎的意愿去坚持社会习俗、市民守则、礼仪规矩、敬意表达，所有这些，对于小市民阶层来说，时时刻刻代表着对他们所属阶层的确认，就像一个办公室助理经理能准确地记住与收入层次相匹配的不断提高的住房要求、穿衣时尚、社交生活的指南……富人总是爱好某种优雅的冒险行为，贴上假胡子沿着绳梯逃跑，从拥有的高贵和无聊的牢笼中脱离或长或短的时间。我私底下深信，一个富有的人从早到晚都是非常无聊的。但是一个市民阶层，只拥有头衔而没有任何钱，会以一个十字军骑士令人担忧的英雄主义来捍卫其所隶属的秩序、头衔和原则。只有小市民阶层才讲究礼节。直到他们生命的最后一刻，都需要拿这些东西来证明什么。

他们精心地教育了我的妻子。她学会很多语言，能够准确地知道优美的音乐和拙劣音乐之间，真正的文学和谎话连篇、廉价的伪文学之间的差别。她知道波提切利的画美在哪里，米开朗琪罗想用“圣殇”表达什么。确切地说，这些或许是从我这里知道的……在旅行、阅读、亲密的交谈过程中……她在家里和学校所受到的教育、文化修养对她来说，就是对一种严格的课程的回忆。我努力试图消解顽固保存在她头脑里的这门课程的教材，我想把这种回忆转变成活泼、热情的感受，但这不是一件容易的事情。她听觉灵敏，从人的意义上来解读，她感觉到我要教育她，她深受伤害。人与人之间有很多种伤害。你知道，那些小的差异……

两个人之中有一个知道些事情，因为有更幸运的出身，有机会窥探到精致的秘密，也就是什么是真正的文化……而另一个只是学会了课程。这也是存在的。当我们学会这些时，人生过完了。

对于小市民阶层来讲，我的朋友，文化以及与文化相伴的东西不是感受，而是他们所知道的东西。然后存在一个市民阶层的高级层次，就是艺术家、创作者。我属于这个群体。我不是骄傲地说这件事，而是带着悲伤，因为最终我没有创造出任何作品。总是缺少些什么……什么东西呢？拉扎尔说，缺少圣灵。可是他从来没有清楚地对我解释这点。

我跟第一任妻子到底出了什么问题？怨恨和虚荣。人类疾病和事故的背后经常可以找到这个原因，虚荣，高傲和恐惧，因为由于虚荣人们不敢接受爱的馈赠。一个人毫无保留地付出自己的爱需要巨大的勇气。勇敢几乎是一种英雄主义。大多数人不能付出和给予爱，因为懦弱和虚荣，害怕失败。他们羞于交出自己的心，甚至更加羞于向另一个人敞开心扉，因为担心泄露自己的秘密……那个悲伤的、每个人都有的秘密，就是对温柔的渴求，没有它，人无法生存。因为我相信，这就是真相。至少我很长时间这样认为。现在，我已经不再无条件地证实这件事了，因为我老了，并且失败了。我在哪里失败了？我要说的正是这件事，恰恰是这件事。我对那个爱我的女人不够勇敢，我不能接受她的温柔，我感到羞愧，也有些看不起她，因为她是另一类人，是个小市民阶层，因为她的品位和生活节奏是另一个样子，然后我使自己恐惧，因我的虚荣而感到害怕，怕我臣服于这个高贵的、复杂的勒索，他们想要从我这里拿到爱的回赠。那时我还不知道那些我现在所了解的……我不知道生活中是没有什么好羞耻的。只有懦弱才是令人羞耻的，因为懦弱，人们无法给予也没有勇气接受感情。这几乎是一件正直的事情。我信仰正直，一个人是无法在羞辱中活下去的。

上帝保佑，干杯！我喜欢这种酒，即使有一丝丝甜味。在后来的那段时光中，我习惯晚上开瓶酒。我给你点烟，朋友。

一句话，我与第一任妻子的问题在于我们拥有完全不同的生活节奏。在小市民当中总是存在着某种僵化、惊慌、装腔作势和恐惧不安，过度角色化，易伤易怒，一旦将他们从其家庭和自身的环境中分离出来，那就更是如此。据我了解，没有任何一个阶层的孩子会像他们这样带着如此惊恐的疑虑在世界上游荡。我从那个女人身上，从我的第一任妻子身上，几乎得到了男人能从女人那里得到的一切，假如她更加幸运、更加自由地出生在低一级别或高一级别的阶层里的话。你知道，她完美无缺地了解并且知晓一切……她知道在春天和秋天里该把哪种花卉插到古老的佛罗伦萨花瓶里。她穿衣得体，恰到好处，在社交圈里从不会让我感到羞窘。她总是精准地表述，合乎时宜地回答，我们的家务管理也堪称典范，仆人们不出任何噪音地完成工作，因为我的妻子是这样管教他们的。我们就像依据着礼仪手册那样生活着。但是从某种角度说，我们也生活在另一个维度里，生活在另一种原始森林和瀑布里，生活在真实里……现在我指的不仅仅是床笫之事……

当然，这也包含其中。床也是原始森林和瀑布，是关于某种原始的、无条件限制的记忆，是对体验的记忆，它所包含的内容和意义就是人生。假如这种原始环境被开辟成公园，被除去杂草，取而代之的是美丽诱人、芬芳馥郁的花朵，观赏性的树木和灌木丛，光彩四溢的潺潺喷泉，而那些原始森林和瀑布，我们永恒渴望回归的地方，将不复存在。

当一位市民，是个艰巨的任务。也许任何人都不会像市民阶层那样为了文化付出那么大的代价。如同所有真正英雄式的伟大角色一样，为此要付出全部的代价，需要以勇气来偿付，想要幸福的全部勇气。对于艺术家而言，人生感受即文化。对市民而言，驯服的奇迹就是文化。这个，在你们那里，当然不是一个常被提及的话题。在那幸福的土地上，在生机勃勃的秘鲁充斥着无数种族的居民，挤满了原始的生活形式。但是我居住在佩斯，在玫瑰山丘上。人们总是很注重生活的气候条件。

之后发生了很多事情，让我无法对你开口。那个女人还活着，孤身一人。我有时会看到她。我们不会再见面，因为她始终爱着我。你知道，她不是那样的女人，离异之后，每个月一号按时寄送抚养费，圣诞节和生日时送一件皮草大衣或者一件首饰，你就完成了你的义务。这个女人还爱着我，永远不会爱其他人。她不怨忿，因为对于曾经爱过的人是无法真正怀有怨忿之心的。可能会有气恼、报复的欲望，但是那种坚韧不拔，满怀期盼与等待的怨忿……不可能存在。她还活着，也许已经没有期待。她活着，并慢慢地死去。她美丽、优雅、以市民的方式、平静地死去。她死去是因为她无法给予人生新的内容，因为如果一个人感觉不到某个人需要他，感觉不到有某个人绝对需要他，那么他无法活下来。可能她并不知道这点。也许她相信，她内心已经平静下来了。有一次，我跟一个女人偶遇，是那种夜间酒吧的冒险，她是我妻子年轻时代的一位女朋友，不久前才从美国回来，我们在狂欢节的夜晚相遇，几乎在没有任何邀请的情况下就来到我家。临近第二天早晨，她对我说依伦卡曾经向她谈起过我。你知道，这些女性朋友是多么勤快……就这样她对我讲述了一切。在初识的第二天早晨，在她朋友前夫的床上她描绘着。在大学时她一直妒忌依伦卡，她还说有一次在市中心的甜点店里看到过我，当时她和我的第一任妻子坐在一起，我突然走进去，给我的第二任妻子买橘皮蜜饯，并且从一个褐色的鳄鱼皮钱包拿出钱来付账。这个钱包是我第一任妻子送我的四十岁生日礼物，如今我已经不再使用它了。你不要用这种怀疑的微笑瞧着我，事情就是这样的。当时那两个女人，我的第一任妻子和她的女友，谈到了一切。我的第一任妻子对她的女朋友说了那样的话，她很爱我，当我们离婚时她几乎死去，不过后来她平静下来，因为她明白了，她不是我的真爱，准确地说，我也不是她的真爱，更准确地说，如果可以这样说的话，她明白了世界上根本就不存在真爱。这就是那天早上她的女朋友对我陈述的一切，在我的床上。我对这位女士有些鄙视，因为她知道了一切，但仍然投入我的怀抱。在爱情的问题上，对于女人之间的团结我没有很高的评价，但是那时我对这个女人感到不屑，我优雅、礼貌地把她赶出我的家门。我感觉到，我该为第一任妻子这样做。之后我认真思考这个问题，随着时间的推移，我感觉到，依伦卡在撒谎。真爱不存在，这不是真的。对她而言我是唯一的，而对我而言，没有任何人能如此重要，既不是她，也不是第二任妻子，也不是其他任何人。但是当时我还没有意识到。人接受教训的速度总是缓慢得可怕。

好吧，关于第一任妻子我只能讲这么多了。

如今一切都已不再疼痛，当我想起她时也没有罪恶感。我知道，我们扼杀了一切，一部分是我，一部分是人生，还有一部分的偶然，也就是孩子的夭折……所有这一切扼杀了她，就这样人生扼杀了我们。你在报纸上阅读到的，只有可怕的夸张，是一堆外行人的笨拙工作。人生创造了更为复杂的情况，而他们以可怕的浪费在工作着。不可以只考虑依伦卡们……总是要整体地考虑依伦卡们、尤迪特们和彼得们，想整体地说明和表达什么。这是一种廉价的认知，但是在人们了解和顺从它之前却需要很长时间。对此我反复思索，渐渐地每一种情感和感动抽离我的内心。没有留下任何东西，只有责任。最终，在一个男人心里，所有的体验只剩下了这些。我们在生者与死者之间飘移，肩负责任……我们无法帮助任何人。但是我想向你讲述我的第二任妻子。是的，就是在那个矮壮男人陪伴下从这扇门走出去的女人。

谁是第二任？……她不是市民阶层，我的朋友。她是个无产者。

一个没有财产的女人。

我可以讲吗？……好的，那么，你注意听吧。我要向你道出全部真相。

这个女人是一个女仆。我认识她时，她才十六岁。她在我们家干活，当保姆。我不想拿学生式的爱情来烦扰你。但我想告诉你，事情是怎样开始的，又是如何结束的。对发生的事情，我自己都没有搞得很明白。

事情是这样的，在我们家里任何人都不敢去爱另外一个人。我的父亲和母亲过着一种“埋想的”婚姻生活，令人厌恶的生活。他们从来就没有提高嗓门说过话。总是说，亲爱的，你想干什么？亲爱的，我能为你做点什么？他们就是这样生活的。我不知道他们是否生活得很糟糕，还是生活得不够好。我的父亲是一个傲慢且虚荣的人。我的母亲是一个市民阶层，以这个词语最深沉的意义来解释的话，就是责任和审慎。他们就像经常举办的某种超越人类仪式中的神甫和信徒那样对待他们的生活与死亡，对待他们之间的爱，以及对我的养育和教导。在我们家里一切依据仪式来进行，早餐和晚餐、社交生活以及父母和子女的接触——我想连他们两人之间的爱情，或者被他们如此称呼的，也只遵循超越他们之上的一种礼节。如同必须经常对任何事情做出汇报一样，我们严格按照制订的计划生活着。最近，为了种族和民族的幸福，伟大的人民重新制订了四年至五年的计划，并且用残酷无情和杀人放火的手段来实现，并不顾及公民的意愿。对他们来说，个人感觉是否良好，是否感到幸福并不重要，重要的是，四年至五年计划的实现，能够使普通百姓、民众或民族变得繁荣、幸福。在过去这段时间，此类事情有很多。所以，我们的人生也是这样过活，按照一个不是四年或五年计划，而是四十年或五十年计划，完全忽略相互之间及我们自己的幸福。因为仪式、工作、婚约和死亡，所有这些都具有其更深层的意义，那就是，家庭和市民阶层秩序的维护和幸福。

如果我回顾自己的童年，在每一段记忆的最深处，我都能找到这种折磨人的、阴郁的目标意识。我们干着苦役，干着富裕、优雅、冷酷、无情的苦役。我们必须去拯救某种东西，每一天，必须用我们所有的行动来证明某种东西，也就是，我们是一个阶层，是市民阶层，是守护者。我们要做的一件重要事情是，必须展示地位和格调，不能向本能和贱民的叛乱让步，不能退却和惊慌失措，不得放任个人幸福的欲望。你问，这种举止是自觉的吗？……我还没有讲，我父亲或母亲每个星期日都在家庭的餐桌上发表讲话，阐述五十年的家庭计划的大纲。但是我甚至不能说，我们被迫臣服于形势和出身这种愚蠢的强制之下。我们清楚地知道，生活交给了我们一项艰巨的任务。需要拯救的不仅是房子、美好的生活方式、息票和工厂，还有曾是我们生命更深层的意义与要求的这种抵抗。这种抵抗是对世界上庶民势力的抵抗，因为它想腐蚀我们的自我意识，时时引诱我们伤风败俗。我们要通过这种抵抗战胜所有反叛的企图，不仅在外部世界，也在我们自己体内。一切都很可疑，都很危险。在国内我们也要保障娇气、无情的社会结构的顺利运转，采用与对待欲望一样的方式对世相做出判断。对我们的愿望进行检审，对我们的喜好进行克制。要做好一位市民需要持续不断的努力。现在我所谈的是那类具有创造性和自卫能力的人，并不是巴结权贵向上爬的平民，这些人只想活得更舒适更潇洒而已。我们并不想活得更舒适更富足。在我们的生活态度和生活习惯的深处，存在着某种潜意识的自我否认。我觉得我们有点像僧侣、某类异教徒或世界秩序的捍卫者。他们根据某种誓言和制度恪守着秘密和规矩，当这一切受到威胁时，人们对此发誓效忠。我们就这样醒来，就这样出门，每星期去一次剧院、歌剧院或国家剧院，客人们和其他市民们都身穿深色礼服，坐在会客室或烛光映照下摆放着珍贵银餐具和瓷盘及丰富食品的餐厅里，他们在那里交谈，谈论不可能比这更空洞、更多余的话题，不过这种肤浅的交谈也有其深刻的意义。就像野蛮人之间用拉丁文交谈一样，在礼貌的措辞、漠然而空洞的争论和随感之外，在大脑活动和集体闲谈之余，大家聚在一起交谈的意义还在于，市民阶层的成员们聚在一起出席某种仪式，某种高贵的集会，在这种场合，他们使用加了密码的语言——因为他们总是在谈论别的话题——打赌并证明，他们要在反叛者们面前保守秘密，恪守协约。我们就是这样生活的。相互之间也总是要证明什么。我十岁的时候就已经充满自我意识，不动声色、机警又自律，就像大银行的总裁那样。

我看你充满好奇地在听我讲。你不了解这个世界。你是一个创业者，你在家里是头一个学这门课的开拓者，是第一个在社会阶层中向上攀登的人……你心中只有雄心，我内心只有回忆、传统和责任。大概你也听不懂我说的话。你别生气。

好吧，我就把我所知道的都讲给你听。

家里总是有一点阴暗，那是一栋被花园包围的漂亮住宅，而且经常被重建和翻修。我在楼上有一间自己单独的房间，我住在那里，保姆和家庭教师则住在我的隔壁。我在童年和青年时代从来就没有单独一个人住过。在家里就如同后来在大学里那样被教导着。他们要驯服我内心的那头野兽，驯服一个男人，使他成为一名良好的市民，完美地展示他的本领。也许正因如此我才渴望阴暗，并以执着的力量寻求孤独。现在我独自生活，有一段时间我连男仆都没有雇，偶尔会有一名女帮佣来我这里，但只有我不在家的时候，她来为我整理房间，清除垃圾。我身边终于没有别人监视我、注意我和管我了……你知道吗，生活中也存在巨大的满足与快乐，只是来得太晚，而且是以畸形和突然的方式不期而至，但不管怎么说它还是来了。当我在这个家里，在我父母的房子里，在经历了两次结婚和离婚之后孤身独处时，有生以来我第一次感到可悲的轻松，我终于达到了某个目标，获得了我想得到的东西。你知道，就像一个被判终身监禁的犯人突然获释，由于他在监狱中表现良好而受到赦免……几十年来，他第一次在睡觉的时候用不着再害怕那些在夜间巡逻时透过牢房的监视窗窥探他的看守们……人生也会赐予人这样的快乐，为此必须付出很多，但最终还是会赐予你。

快乐，当然不是一个完全准确的词……人总有一天能够安静下来。这时，他不再渴望快乐，也不再感到自己遭到特殊的欺骗和掠夺。有朝一日，人会清醒地看到，他得到了一切，惩罚与奖励,得到的数量是按其功劳来计算的……这就是全部。这不是快乐，这是默认，是理解，是镇静。这些也到来了。但需要付出极高的代价。

我跟你讲，在家里，在我父母的房子里，我们几乎是自觉自愿地按照自己被分派的角色来扮演公民。假如要我回想童年生活的话，我看到的是阴暗的房间。房间里摆满了精美的家具，犹如一家博物馆。房间里不断有人打扫。有时使用嗡嗡作响的电动器械，窗户全部敞开，打扫房间的人是从外面雇的专业人员。他们通常隐形无声，几乎总是这样，悄然走进来一个人，也许是仆人，也许是某位家庭成员，一进屋就立刻动手干活，掸掉钢琴上的灰尘，从头到尾擦一件家具或整理窗帘的饰穗。他们永远在保护着这座家宅，好像这里的一切，家具、窗帘、画卷等都是某种陈列品，是博物馆的馆藏，是文物，是某种需要经常保护，修缮和保洁的东西；在屋内你要踮着脚尖走路，在这些尊贵的艺术品之间无拘无束地来回走动和大声说话是不合时宜的。窗前挂着很多窗帘，这些窗帘即使在夏天也能吸收掉太阳的光线。大吊灯高高地悬挂在天花板上，八个灯泡的光线无目的地播洒在房间里，在半明半暗的房间里，所有的东西都被笼罩在朦胧之中。

墙壁上有一个玻璃柜，里面装满了东西，无论是仆人还是家人，从它前面经过时，都会怀着崇敬的心。任何人都不曾亲手拿过其中任何一件东西，任何人都不曾近距离看过其中任何一件物品。橱柜里有镶金边的维也纳风格的陶瓷杯，中国花瓶，骨瓷绘画杯，完全不认识的外国淑女和先生们的肖像，谁也没有用过的象牙扇，精巧的金银铜器皿、茶壶罐和动物雕塑，从来没有使用过的碗碟。一个柜子里存放着“银制品”，就像约柜里珍藏的圣卷。这些银制品平日从不使用，就像不使用锦缎台布和细瓷一样：我们珍藏着所有东西，根据秘密的家规，只有当遇到令人不解、出乎想象的重大庆典时，我们才会布置一个二十四人座位的大桌子……但是，这样的情况从来没有发生过。当然，也会有客人来我家做客，这时就会把银制餐具、锦缎桌布以及瓷器和水晶器皿拿出来使用，午饭或晚饭都要认认真真地根据仪式进行，仿佛人们坐在这里主要并不是为了吃饭和交谈，而是要完成一项最复杂的任务：也许是在交谈中不要犯任何过错，也许是千万别打碎一个盘子，一只杯子……

你在你自己的生活中也会了解一些实际情况；现在我所谈论的正是这种感觉，这些感觉是我在童年以及后来的成人期，在这个家里，在我父母的家宅里获得的。的确，客人们或来用晚餐，或来登门拜访，我们住在这幢家宅里，也“使用它”，但在日常生活的背后，家宅还有更深层的意义和任务：在我们的心里要像把守一个要塞般地护卫它。

我对我父亲的房间始终保留着不可磨灭的记忆。这个房间是长方形的，像是一个大厅。厚重的东方情调的门帘遮挡了大门。墙壁上挂满了不同风格的绘画作品。有的画是用金框镶起来的珍贵名画，有的是从未见过的陌生森林或东方码头，有的是身穿深色服装、留着胡须的上世纪的陌生男子肖像。在房间的一个角落里，摆着一张巨大的办公桌，那张桌子被称为“外交官桌”，足有三米长，一米五宽，桌上摆放着地球仪、铜质蜡烛台、铅质墨水瓶架、威尼斯的真皮文件包、各种祷告用品及一些零碎东西。在一个圆桌周围摆放着一圈带扶手的皮椅。壁炉檐上摆放着一对正在搏斗的铜铸公牛。在书柜上面摆放着许多铜制雕塑，骏马、老鹰和一只半米长、纵身腾跃的老虎。沿着墙壁摆放的玻璃门书柜中摆满了书籍。这里面有许多书，大概有四五千本，准确数目我也不清楚。文学作品摆放在单独的书柜里，另外还有宗教、哲学和社会学书籍，用蓝色帆布装订的英文哲学作品以及各种系列丛书。这些书都是从代理商那里买来的，实际上谁也没有阅读过。我父亲只喜欢看报纸和阅读游记。我母亲也看书，但她只看德文小说。书商定时寄来新书，这些书就堆放在那里。男仆每隔一段时间就向我父亲要来钥匙，把堆集成山的新书码到书架上。书柜必须仔细关好，大概是为了保护书籍。实际上是为了阻止某人把书取出并翻开它，发现并了解隐藏在书中的那些神秘而危险之物。

这个房间被称为我父亲的书房。在这个书房里，自打有人类记忆以来就没有任何人工作过，其中我父亲最少。我父亲在工厂工作，下午去赌场，混在工厂主和资本家中间，沉默地打牌，阅读报纸，讨论商务和政治问题。我父亲是一位聪明的务实派，是他把我爷爷的一间作坊发展成一家大企业。在他的手里，这个作坊变成了全国一流的工厂之一，这需要实力、计谋、无情和远见。总而言之，在通常情况下，要干一番大事业，需要有一个人坐在楼上的一间办公室里，用他的嗅觉和经验来决定在其他房间和大厅里的人们如何去干活。在我们的工厂里，我父亲在他的办公室里坐镇四十年。人们尊重他、害怕他，商业界非常尊敬他。毫无疑问，我父亲的商业道德、见解，对金钱、工作、利润、财富的态度与商业同行和社会对他的期许完全相同。他是一位有创业精神的人，不是一个冷酷、心胸狭窄，只认钱并榨取雇员血汗的大资本家，而是一位有担当精神和创造才华的人。他尊重劳动，尊重能力，敢于给有才干的人支付更高的工资。不过，也存在着另一个联盟，我父亲、工厂和协会——在我们家里，他遵循一种仪式性的东西，而在外边，在工厂里，在外面的世界，他遵循的则是另一种更为严格的神秘盟约。在协会里，我父亲是创始人之一，这个协会只接纳拥有百万以上财产的人，而且人数只有两百，一个不多。如果某一位成员病故，对新成员的选择非常严格和挑剔，就像法国科学院选举院士一样选择一位百万富翁去填补那个空位。所有这一切，选拔方式和选拔结果，尽可能秘密进行。这两百个人感到，即便他们没有贵族头衔和称谓，他们也拥有权力，这个协会或许比一个政府部委还重要。他们还拥有另一个看不见的政权，有时甚至当局也不得不和他们谈判协商。我的父亲就是他们中的一员。

在我们家里，每个人对此都很清楚。我总是心怀虔诚、情不自禁地走进这间“书房”，站在那个自从人类有记忆以来就不曾有人在上面办过公的“外交官桌”前。每天早晨，男仆都会进来掸除灰尘，并细心地整理桌上的古董和文具。我站在那里凝视着那些留着胡须的陌生男子肖像。我在心里想象着，这些目光锐利、表情严肃的男人们在他们的时代，或许也曾是这个制度严格的两百人协会的会员，就像我父亲和他的朋友们那样：他们掌控着矿山、森林和工厂，在生活和时间的背后有一项不成文的协约，那是一种人与人之间用血缘签订的永恒盟约，这些人比其他人更强大，更有权势。我带着骄傲和不安的心情，想着我父亲也属于这个永远拥有权利的特权阶层，我被一股折磨人的雄心激励着，期盼有朝一日自己也会在这个令人自豪的协会里占据我父亲的那个位置。五十年之后我才知道，我不是他们中的一分子，去年年底，我终于退出了这个社交圈。我是在我父亲去世后被选进这个协会的。我辞去了在工厂中担任的职务，我“退出了”所有那些人们常说的“商务活动”。当然，在那个时候，我还不会知道这个结局。所以，我瞠目结舌地站在圣殿的门口朝内凝望，逐字拼读那些谁也没有阅读过的书籍的书名。我隐约怀疑，在庄重的形式和堂而皇之的表面背后，有某种难以察觉、受到严格律法规范的事物，而且不可能以其他形式发展，过去如此，现在如此，将来也是如此；不过以后也许不会再有那么完美的秩序了，尽管谁都没有提起过它……每当在家里或在协会里谈到工作、金钱、工厂及两百万人社交圈时，我父亲和他的朋友们就会出人意料地保持沉默，目光严肃地投向前方，然后开始谈别的话题。这里有一个界限，你知道，一道看不见的围栏……这你当然知道。既然我已经开了头，那就让我告诉你吧，我想把一切都如实道出。

我不能说我们的生活是冷酷的，没有一丝亲情和温暖。例如，家庭的节日总是细致、精心地度过。我们家每年都要过四到五次圣诞节，这些节日并没用红笔圈在年历上，但标注在我们家不成文的格里历[1]日志中的这些日子，甚至比复活节和圣诞节还要重要。我说得不对，因为我们家也有印刷的年历：一本皮革装订的册子，里面准确地记载着每个人的生日、结婚日和祭日，记得那么细致，或许连户籍登记处都无法永远这样保留公民的姓名。这本册子，这本族谱，这本黄金书，不管你怎么叫它，总是由一家之主负责掌管。这本册子是我曾祖父在一百二十年前购买的。我的曾祖父是我们家族第一位著名的组建者和发展者，他是奥尔福尔德大平原[2]的一个磨坊老板，是他第一次将名字写进这个镶金边的黑色皮

---

1 格里历，即现行公历，由罗马教皇格里高利十三世在1582年颁行。

2 奥尔福尔德大平原，在匈牙利境内，西起多瑙河，东抵国境。约占全国面积的一半，是多瑙河中游大平原的组成部分。

革封皮的本子里。他就是约翰·尼斯，磨坊创建者和老板，他还获得了贵族封号。

我儿子出生后，只有一次，也是唯一的一次，我也在这个本子上记录下什么。那个日子我永远都不会忘记。那是一个美好的日子，二月底，阳光明媚。我从医院回到家，慌乱又幸福，面对一辈子只有一次的这种幸福时刻——我的儿子出生了，我感到筋疲力尽，瘫软无力……那时我父亲已经过世了。我走进了书房；我跟父亲一样，平时也很少在这里工作。我在“外交官桌”最下面的抽屉里找到了这个带扣袢的本子。我打开它，拿出钢笔，非常认真地写下每一个字母，我写的是：马提亚斯一世，随后是年月日和时间，这是一个值得庆祝的伟大时刻，一个真正的节日。这是何等虚荣、何等庸俗的人类情感！我感觉到，我的家族将延续下去。突然感到，一切都变得富有意义，工厂、家具、挂在墙上的画和存在银行的钱都拥有了意义。我儿子将会占据我在家里的位置，占据在工厂和两百人协会中的位置……然而，结果并非如此。要知道，这件事让我思考了很久。当然，孩子，继承人并不一定能解决个人生活里的深层危机。的确，现实就是这样，问题是人生并不知晓任何的规律。我们还是别谈这个话题了。我们刚才说到哪儿了？对，我们在谈阿尔多佐·尤迪特。

我们就是这样生活的，这就是我的童年。我知道，比这更坏的也有，但一切都是相对而言的。

我们庆祝节日，特别是家庭的节日。我父亲的生日，我母亲的命名日，以及其他类似的、神圣的家族节日，节日里充满了无数的礼物、美妙的音乐、丰盛的家宴和闪烁跳动的烛光。在那些日子里，保姆认真地打扮我，给我穿上蓝色天鹅绒的水兵服，脖子上是镶花边的衣领，你能想象，就像一位英格兰小勋爵。这些都是按照规定完成的，就像在军队里一样。毫无疑问，我父亲的生日是最重要的节日。在这种时候，我们还要学习背诵诗歌，宾客们都聚集到会客室里，大家都穿着节日盛装，神采奕奕。仆人们怯生生地吻我父亲的手，假装喜悦地向他表示祝贺，我不知道他们会说些什么话。大概是说，他们是仆人，我父亲不是。总而言之，他们吻了他的手。随后是丰盛的午宴和晚宴，漂亮的餐盘和罕见的银质餐具被从家族宝库里取出来。亲戚们都来了，按照为尊贵富有、德高望众的一家之主祝寿的规格，毕恭毕敬地赶来为我父亲庆生。当然，在他们的心里充满了嫉妒。我们是家族中最富有、最有地位的一支。穷亲戚们每月都能从我父亲那里领到一定数额的金钱，就像养老金一样，每个月都有固定的份额。不过他们私底下总是互相抱怨，嫌自己领到的那份太少。有一位年长的亲戚，玛丽娅姑妈，抱怨我父亲出于怜悯给她的救济金实在太少，以至于在家族节日时，总是拒绝走进餐厅，拒绝坐在布置好了的餐桌旁。她总是说："对我来讲，在厨房里就已经很好了"，或者，"我一会儿在厨房里喝杯咖啡就行了"。每次我们都不得不把她硬拉进餐厅，安排她坐在主位上。要想满足穷亲戚们的欲望和要求非常困难，实际上根本就不可能。也许，容忍一位近亲获得事业上的成功是需要胸怀的，需要一种超凡脱俗的伟大胸怀。大部分人都没有能力做到这点，当他们觉察到家族其他成员出于讥讽、愤懑和反感而联手对付一位事业有成的家庭成员时，如果谁对此表示愤怒，那他肯定疯了。由于家族中总会有一个人有钱、有名望、有影响，其他人就会嫉恨这个人，然后抢劫他。我父亲知道这些，就给他们一些钱，他认为该给多少就给多少，冷漠地对待他们的敌意。我父亲是一个坚强的人。钱没有把他变成一个多愁善感或有犯罪感的人。他清楚地知道，自己该给谁多少钱，绝对不会多给。他最喜欢说的话就是“应该给他”或者“不该给他”。他在做出这个决定之前经过了深思熟虑。一言既出，驷马难追，就像法院判决书一样板上钉钉，不容置辩。他一定也很孤独。为了家族的威望,他被迫放弃了自己的许多愿望和兴趣。虽然如此，但他成了一个内心强大的人，维持着家族真正的平衡。每当我母亲或其他某个家庭成员经过复杂的交谈或暗示之后，为了家庭某个人的利益向他提出某种请求时，他总是在经过长时间的沉默后才说:“不该给他。”不，我父亲并不是吝啬鬼，只是他对人有清楚的了解，而且知道什么是金钱，仅此而已。

敬你一杯。

这是很棒的葡萄酒，老兄。要酿出这么好的葡萄酒，需要花多少的心思和精力啊！窖藏的时间也刚刚好，六年。这无论对狗还是对葡萄酒来说，都是一个最好的年份。超过十六年的白葡萄酒就毁了，会失去色泽和香味，变得像玻璃瓶一样死气沉沉。这是我刚从鲍道乔尼[1]的一家葡萄园主那里学到的。假如一个故作懂文化艺术的人请你喝年份非常久远的葡萄酒，千万别动心。什么东西都需要学习。

我们说到哪儿啦？对了，说到了金钱。

请告诉我，为什么作家们要以那么肤浅的方式看待金钱？他们每个人都热衷于描述爱情和崇高、命运和社会，唯独不谈金钱，好像它是一样没用的东西，是一件舞台道具，是为了演戏而被放在演员口袋里的购物券。事实上，金钱要被超过我们认知的更大张力围绕着。现在我所说的不是“富贵”与“贫穷”，不是理论上的基本概念，而是金钱本身，是那种平日用于流通的东西，那种比炸药更具爆发力和巨大危险的特殊物质；我说的是我们赚来或尚未赚来的那十八或三百五十潘戈，我们将它送给别人，或拒绝从别人或自己那里接受它……作家们对于这些从来都不曾描述过。每日生活中的焦虑，全都围绕着这些可怜的金钱进行，日常的阴谋、暗算、出卖、小小的英雄行为、放弃、自我否认或牺牲，都可能由于这三百五十潘戈而演变成一场悲剧，或者，生命本身以某种方式解决这种焦虑。文学将财富作为一种阴谋来描述。说的也对，从这个词更深层次的含义来说，确实如此……但是无论在富人还是穷人中间，存在的都是个人与金钱的关系，是在金钱面前表现出的个性妥协或英雄主义抗拒——事实上，这都不是用大写字母

1 鲍道乔尼，位于匈牙利巴拉顿湖北部的一个地区，产葡萄酒。

书写的“金钱”，而是在某个早晨、下午或晚上积聚起来的金钱总额。我父亲是富有的，他尊重钱。他拿出一个潘戈就像拿出一千个潘戈一样，都要经过深思熟虑。有一次他谈到一个人，说无法敬重他，因为那人已经年过而立，但仍然身无分文。

这个说法令我震惊，我感到既残酷，又不公平。

“可怜的人，”我试着为那个人辩解，“可这并不是他自己造成的呀。”

“不对，”我父亲非常严厉地说，“是他自己造成的。他既不残疾，也不是病人。如果一个人四十岁时还没有根据自己的情况赚到能足够糊口的钱，那他不是懦夫、懒汉，就是个无赖。我瞧不起这样的人。”

你看，我已经年过半百，正在老去。晚上失眠，无法入睡，夜里大部分时间都睁着眼睛躺在黑暗的床铺上，好像一个实习死亡的初学者。我想，我了解真相，我为什么要欺骗自己？……我不欠任何人任何东西。我只欠自己一个真相。我相信，我父亲是对的。年轻时我并不理解他，那时我认为，我父亲是一位既无情又严苛的有钱人，钱就是他的上帝。他错误地以挣钱的本事来衡量一个人。我鄙视这种见解，我认为他心胸狭隘，缺少人味。但后来随着时光流逝，我必须要学会一切，学会爱情、亲情、胆识、懦弱、真诚等所有的一切，也要学会挣钱。

现在我理解我父亲了，再也不会因为他的严厉责怨他了。我明白了，他看不起那些既不是病人，也不是残疾人，年过四十的懦夫、懒汉和无赖，是因为他们不去挣钱。当然不是要挣很多钱，因为要挣很多钱需要运气的帮助、绝顶的聪明、野蛮的自私和盲目的偶然。但就一笔小钱而言，依靠自己的力量，任何人都可以在生活与环境所提供的可能范畴内挣到，只有那些在某些方面软弱或胆怯的人才会错过机会。我不喜欢那些多愁善感的美丽灵魂，他们一听到指责就抱怨世界，抱怨恶劣、残酷、自私的世界；他们认为是这个世界不让他们在人生的黄昏住进美丽的住宅，在夏日的黄昏中手提喷壶、穿着拖鞋、头上戴着草帽在自己的花园里散步。世界对所有人都是险恶的。他给予过的，马上或稍后就会索要回去，至少会试图索要回去。人的英勇精神在于，他会保卫自己和家人的利益。我不喜欢那些总爱指责别人的无病呻吟者，冷酷而贪婪的有钱人，无情的创业者和那些不允许把梦想变成小钱的野蛮、粗鲁的竞争。只要生活需要，你就该变得更强悍一些，更无情一些。这就是我父亲的道德标准。因此，他不尊重穷人——他不尊重的并不是那些不幸的大众，而是那些没有足够力量和才干从人群中脱颖而出的人。

你会说，这是多么无情的观点呀。我很长时间也是这么认为的。

但是现在我已经不再这样想了。通常情况下，我不再表达任何看法。我只要活着，思考着。这就是我所能做到的一切。是的，我一生中从来没有挣过一分钱。我只是在保护我父亲和祖先留给我的遗产。保护钱财也不是一件容易的事，因为总有一种巨大的力量在向我所有的财产发起攻击。我在跟看得见和看不见的敌人搏斗，但实际上我已经不是创业者了，我和钱已经没有真正、直接的关系了。另一方面，我是倒数第二代人，只想正直地保护自己所得到的东西。

我父亲有时也议论穷人的钱。他不是根据数额多少而去尊重金钱。他说，一个在工厂做一辈子工的人，最后用一分一厘积攒起来的存款买了一块地，盖了座小房子，有一个果园，自食其力；在他看来，跟任何一位名将相比，这类人都是更伟大的英雄。他尊重穷人中那些身心健康、毅力超群的佼佼者，虽然他们的机遇非常少，但是他们能以勤奋、顽强的努力从世界财富中获取到什么。他们将双脚牢牢扎根在那一小片土地上，用很少的钱盖一栋小屋遮挡风雨。他尊重这些人。除此以外，他看不上任何人和任何物。有的时候，当人们在他面前讲述某个穷人悲惨无助的命运时，他会耸一耸肩膀不屑地说："他是个废物！"

说老实话，无论过去还是现在，我都是一个吝啬的人。就像所有自己不能创造或获得财富的人一样，我扮演的角色也是保护自己从生活和先辈那里继承下的遗产。我父亲不是个吝啬的人。他只是简单地尊重金钱而已：他干活，攒钱，到了某个时候，他会沉着、镇定地把挣来的钱全都花出去。我曾看到我父亲开出一张一百万的支票，以简单而果断的手势递给对方，就像给侍者小费那样。工厂发生了火灾，保险公司不予赔偿损失，因为火灾的原因是操作不慎。父亲需要做出决策：是重建工厂，还是关掉工厂，平静省心地靠利息度日？他当时已经不年轻了：年过六旬，他完全有理由不再重建工厂。他即使不工作也能生活，能在晚年惬意地散散步，看看书，出去旅游，开开眼界，但是他毫不迟疑地跟承包者和外国工程师达成协议，开出了支票，只用一个简单的动作，就把所有钱递给了工程师，由他负责建厂。他是对的。我父亲两年以后去世，工厂至今还矗立着，运转着，做着有益的工作。这就是人生的最高意义：在身后留下一些对世界和人类有用的东西。

只是这对创业者自身并没什么帮助，你是不是这样想的？……我知道，你想说的是孤独。深深的、强烈的孤独，它困扰着所有创业者的心灵，就像大气环绕着地球。是的。一个有事要做的人是孤独的。也不能完全肯定地说，孤独就是一种折磨。因为近距离地跟人接触，所谓社交生活，会让我感到更加痛苦；痛苦并非来自真正的孤独。有一段时间，我感到孤独就是一种惩罚，就像把一个孩子关在一间黑屋子里，而成年人在另外一间屋里谈笑风生。后来，有一天我们也长成了成年人，这才知道，孤独是人生中一种自觉的独处，而不是惩罚，不是受伤者和患病者的退隐，也不是怪癖，而是作为一个人生活的唯一、真正的存在状态。知道这些后，就不会那么困难地忍受它了，你会感觉自己呼吸着清新的空气，活在一个辽阔的空间里。

我父亲就是一个这样的人。我们家的世界就是这样的。金钱、工作与秩序，这就是市民阶层的世界，好像所有这些——家和工厂，都已为永恒的生命安排好了未来，甚至连生命之外的工作和节庆也都被规划妥当。我们家总是安静的，我也很早就适应了这种安静和沉默。话多之人，总在试图隐瞒什么；沉默之人，心里肯定坚信着什么。这也是我从父亲那里学来的。但在童年时代，我深受这种教导方式的折磨。我感到我们生活中总是缺少些什么。你会说，缺少爱情……准备牺牲一切的爱情。你知道，这话说起来很容易。后来我才知道，这种解释是错误的。在生活中，被不正当的爱所伤害的人，要比死于中毒、车祸和肺癌的人的总和还要多。人们用爱互相残杀，就像用某种看不见的致命射线进行杀戮。人们总是想得到更多的爱，想得到全世界的柔情。他们期望赢得所有的感情，试图从他们周围的环境中吸取生命能量，以巨大植物干渴的贪婪从周边的沼泽和土壤中拼命地吸吮所有力量、湿气、香味和光线。爱是极端的自私。我不知道是不是有很多人遭遇过爱的恐怖，而未受到致命的伤害？环顾周围，透过窗户向外张望，注视人们的眼睛，倾听他们的抱怨，你在所有地方都会发现同样绝望的焦虑。他们无法忍受周围环境对爱的要求。他们能忍受一段时间，讨价还价，之后疲惫不堪。接着出现胃酸增多、胃溃疡、糖尿病、心脏病和死亡。

你看到过和谐和平静吗？……你是说，在秘鲁，见过一次对吗？……有可能吧，大概在秘鲁。但是在这里，在我们国内，在温带气候下，这种奇异的花是不会绽放的，有时虽然能冒出花蕾，但很快就会凋萎了，或许是无法忍受这里的文明气氛。拉扎尔说过，机械文明也会在传送带上制造人类的孤独。他还说，即使帕甫努提乌斯[1]身处沙漠，在圆柱顶端，头发上落满鸟粪，他都不会像那些生活在百万人口大都市的人们在星期日下午，在人群之中，在咖啡馆和电影院里感到的那样孤独。拉扎尔也是孤独的，但是以一种自觉的方式，就像修道院里的修士一样。有一次，某人曾靠近过他，他马上离开了。这一点我比他和想要接近他的那个人知道得更清楚。但这些都是私事，你所不了解的陌生人的事，我无权跟你谈论他。

总之，我们家里也笼罩着一种崇高、阴郁和庄严的孤独。童年时代的孤独就像对一个悲伤、可怕的梦魇的回忆……你知道，就是考试前所做的那些令人忐忑不安的梦。在家里，小的时候，我们也要为某种常规、揪心、紧张而危险的考试做准备。这种考试就是市民阶层的身份。我们不断地死记硬背，拼命重复课文。每天考试都会从头再开始一遍。在我们的言行和梦幻中都充满紧张。我们的四周充满孤独，我们的仆人和那些短暂踏入我们家门的人，比如送包裹的邮差，都能感觉到这种孤独。我的童年时代和青年时代都是在挂着窗帘的阴暗房间里度过的。十八岁时，由于孤独不安的等待，我已经疲惫不堪。我希望遇到什么哪怕是不太合乎规则的人或事。我等了很久才等到这一天。有一天，阿尔多佐·尤迪特步入了这种孤独之中。

---

1 帕甫努提乌斯，公元四世纪隐居于埃及沙漠里的一位苦行僧及牧师，曾经记录了埃及沙漠里许多隐修者的生活。

我来帮你点烟。你怎么能忍受跟香烟的这场战斗？……我受不了，已经放弃了。我不是放弃了烟，而是放弃了战斗。人应当思考一下，值不值得为了多活五年或十年而戒烟，或者把自己交给这个令人羞耻又微不足道的恶习，虽然它会杀死人，但在这之前，它以一种使人镇静或感到刺激的特殊物质来充实你的生活。过了五十岁后，它将成为生活的一个严肃问题，我用冠状动脉痉挛和不放弃吸烟应对，直到死亡对这个问题做出最终的回答。我不会放弃这苦涩的毒药，因为不值得。你是说，戒烟不是很困难吗？……当然不那么困难。我也戒过，而且不止一次，一直到我认为不值得为止。说来说去，戒烟不过是度过一个不点烟的日子而已。有一天，人会知道，他经受不住什么。你要是需要麻醉剂，那就花钱去买，就这么简单。对此，人们会说："你不是英雄。"我回答说："有可能我不是英雄，但我也不是胆小鬼，我有勇气以我自己的激情活下去。"

确实，我就是这样想的。

你一脸疑惑地看着我。我知道，你是想问我，是不是我在任何方面都总有胆量体验自己所有的激情？比如对阿尔多佐·尤迪特？……是的。我已经证实了这一点。我已经付了账，走过了柜台，正像路边咖啡馆里人们常说的那样。我失去了我人生中的平静，以及另一种属于另一个人的平静。更多的也无法做到了。现在你想问，这值得吗？……这是一个没必要回答的问题。不能用商业智慧来评判生命中的重大选择，这不是值不值得的问题，而是一个人必须要完成某些事情，因为命运、形势、性情或分泌腺都在命令你这样做……所有这一切可能会集中起作用……这时不要胆怯，尽管行动起来。这是唯一算数的一件事，其他的都是理论。

是的，我就这样做了。

我来告诉你发生了什么事。有一天上午，阿尔多佐·尤迪特来到我家，出现在那所阴暗、豪华的家宅里，她就像民间故事中穷人家的女孩一样，手上提着一个包袱。民间故事里的描写，通常来讲都很准确。我刚从网球场回来，站在前厅，将球拍扔在一把椅子上，我站在那里觉得很热，正想把打球时穿的针织衫脱下来。就在那一刻，我察觉到在半明半暗的前厅里，在哥特式椅子前站着一个陌生女人。我问她在这里做什么。

她没有回答，从眼神里可以看出她很惊慌。那时我想，肯定是新的环境使她害怕，我注意到她那身女佣的打扮。后来我才明白，令她惊慌的既不是豪华的家宅，也不是年轻少爷的归来，而是别的什么事情，是我们的邂逅，她遇见了我，我打量她，在我们之间发生了什么。当然，我也感觉到有什么事情正在发生，只是没有那么强烈。女人，像她这样倔强而且直觉敏锐的女人，比我们男人们更准确地知道，什么是重要和决定性的瞬间；而我们男人总爱错误地理解重要的相遇，爱用别的事情解释它。这个女人在那一瞬间就清楚地知道，她遇见了我，这个人将跟她的生活有着命中注定的联系。我也知道这一点，但我还是同她谈了别的话题。

由于她没有回答我的问题，我沉默不语，有点被冒犯的感觉，带着自负的神情。我们默默站了一会儿，在前厅里，面面相觑。

我们就这样目不转睛地对视，就像人们盯着一个罕见的幻影。那一瞬间，我绝对不是在凝视一位新来的女仆。我在凝视一个女人，这个人将会在我的生活中以某种方式，出于不可思议的原因，在不大可能的情况下扮演一个重要角色。一个人会知晓这样的事吗？……当然会知道。不是以理性，而是用整个生命。在这期间，他们也会心不在焉地想别的事情。你想象一下，这种情形是多么的荒谬。你设想一下，假如在那个瞬间有人走到我面前，告诉我说，就是这个女人，有一天我要娶她为妻，但在此之前，我还要经历许多事情，我必须先跟另一个女人结婚，她还会为我生下孩子，而这个女人，这个跟我面对面站在前厅的女人，要到国外待上好几年，然后再回来，那时候我同我的第一任妻子离婚，然后娶她。我，一个娇生惯养的市民子弟，一个既挑剔，又富有的少爷要娶这个双手紧抓包袱，和我一样神色不安地凝视我的小女佣……我看着她，就像这辈子第一次看到某种值得端详之物……是的，所有这一切在那一刻都是那样的不真实。如果有谁对此做出预言，我肯定会惊诧、怀疑地保持沉默。但现在，几十年之后，我多次向自己提出疑问：就在那个瞬间，我是否知道事情会这样发展？……这些所谓重要的邂逅、决定性的瞬间，一个人会不会意识到？……是否真存在这样的情形，有一天当我们走进屋里，我们立即知道：天哪，这不就是她吗？……这个女人，正像小说里描述的那样？……我无法回答这个问题。我只会闭上眼睛陷入回忆。是的，当时确实发生了什么。一股电流？……一道射线？……一种神秘的接触？……这些都只是修辞而已。但是可以肯定的是，人们不仅使用语言交流感情和思想，彼此之间还有其他类型的接触，其他的信息传递方式。今天时髦的说法是，短波。据说，直觉不是别的，就是一种短波接触。我不知道……我不想欺骗任何人，不想欺骗你，也不想欺骗我自己。因此，我只能这么说，当我第一次看到阿尔多佐·尤迪特的瞬间，我的腿不能向前迈出半步，当时的场面相当荒谬，我站在那里，面对一个陌生的女仆，一动不动，相互对视很久。

“你叫什么名字？”我问她。

她说出了她的名字。这名字听起来是那么的熟悉。她的家姓“阿尔多佐”，里面有一种献身、神圣的意思，她的名字尤迪特也是，像《圣经》里的人物。这个姑娘仿佛是从过去走来的，来自《圣经》的纯朴与厚重，那是另外一种人生，是永恒、真实的人生。她好像并不是来自乡下，而是来自存在的更深层的维度。我不管我做的事是否得体；我走到门口，打开了电灯，好能更清楚地看看她。我这突如其来的举动并没让她感到惊讶。她带着殷勤和顺从的神情——她的动作不像一个女仆，而更像一个女人，她无需言语也知道如何顺从男人，唯有这个男人才有权命令她——她侧过身来，让我更好地看看；她把她的脸转向灯光，像是在说：“请看吧，请好好地看吧。我知道自己非常美丽。您仔细看吧，不用着急。这张脸，将来您在临终的床上都会记起来。”她就这样站在灯光下，镇静自若，一动不动，手里抓紧包袱，就像一位模特已经一声不响地做好了准备，站在画家面前。

那好，我就这样看着她。

你以前见过她吗？……我提醒你太晚了。她和我一般高，体态匀称，不胖不瘦，我在十六年前第一次看到她时，她就是这个样子。从来没有胖过，从来也没有瘦过。你知道吗，这是由内部力量及神秘的平衡所决定的，那个有机体总是在相同的温度上燃烧。我看着她的脸，在这样的美丽面前我不由自主地眨着眼睛，就像一个长期置身于黑暗的人突然见到了光线一样，你根本无法看到她的脸。实际上她戴上那张虚假的面具，戴上上流社会的假面已经有一段时间了，那些假睫毛、油彩、脂粉和浓艳的嘴唇、精心描画的眼睛都充斥着谎言和造作的特征，但在我们初次相遇的惊慌时刻，这张脸还是清醒鲜嫩，纯洁未染，就像刚刚出厂一样，还能感觉到造物主之手的痕迹。她有一张心形的脸庞，比例协调，每一条轮廓线都跟另外一条轮廓线达成完美的平衡。这就是她的美丽之处。她的眼睛是蓝黑色的，那般奇异，你知道吗，就像蓝黑色与她眼睛的光影融合在一起。她的头发也是这种颜色，蓝黑色。她的身材给人的感觉，既比例协调，又充满自信。所以，她在我面前表现得从容自若。她从未知的世界，从社会的底层，从民众中间走了出来，带来某种非同凡响的东西，协调、安全与美丽。当然，那时候所有这些都是朦胧地感觉到的。她已经不是个孩子了，但也还不是一个彻底的女人。她的身体已经发育好了，灵魂也刚刚苏醒。从那之后，我就没有再遇到过像阿尔多佐·尤迪特那样对自己的身体和身体的力量充满致命自信的女人。

她穿着一件廉价的城市人服装，脚上配一双半高跟皮鞋，所有这些都经过了仔细、谨慎的挑选和搭配，就像一个乡下姑娘模仿城里人的穿戴，不甘心落在大小姐们的后面。我看了一下她的手。我本想在她手上发现一些令我扫兴的东西，原以为我会看到一双扁平的，由于干农活而发红的手，但她有一双修长、洁白的手。劳动并没有损坏她的手。后来我才知道，她在家里也是一个受宠的孩子，母亲从来不让她干粗活。

她就那么平静地站在那里，任凭我在强烈的灯光下打量她。她用一种观察的眼神看着我的眼睛。在她的神态和目光中，丝毫没有任何卖弄风情和挑逗。她不是一个刚一踏进城里就跟少东家眉目传情的狐狸精。不，不是，她是一个女人，她在认真地看一个男人，因为她觉得，她和他将有关联。但她没有夸大这种感觉：当时没有，后来也没有。

我们两人的关系从来没有转变成一种固执的观念。当我没有她就无法吃饭，不能安睡，无法完成工作时，当在我的皮肤中、梦境中以及反应能力中也都有了这种致命的毒素时，她还是那样镇静和果断，留下或者离开。你认为她不爱我吗？……有一段时间我也这么认为，但我不想做出冷酷的判断。她爱我，只是用另一种方式，一种更世俗、更实际、更谨慎的方式。问题恰恰就表现在这里。

她来自无产阶层，我来自市民阶层。这就是我想对你说的。

那以后发生了什么事情？……什么也没有发生，老兄。像哪部小说或戏剧里描写的那样，让阿尔多佐·尤迪特成为我的奴隶？这样戏剧性的事情当然没有“发生”。生活中至关重要的大事件总是随着时间的流逝水到渠成，因此发生得极为缓慢，几乎没有什么情节能够让人意识得到。人们在过着日子……这就是我们人生中最重要的情节。我不能说，有一天阿尔多佐·尤迪特进入我们家，第二天或者半年后发生了这件事或那件事。我也不能说，从我看到她的那一刻开始，消化系统就发生了问题，吃不下饭，睡不着觉，成天幻想跟一个素不相识的农村姑娘一起生活；这个姑娘跟我生活在一个屋檐下，每天走进我的房间，以同样的言行举止回答我的询问。她就像一棵树一样活着，生长着，用简单明快、出人意料的表达手段告诉你，她也生活在这片土地……所有的事情就是这样的，根本没有事件性的情节发生，很长时间都没有。

不过，每当我回想起最初的时光，我的内心都会充满特殊的感动。这个女孩在我们家里并没有扮演什么重要角色，我很少看见她。我母亲把她当作贴身女仆来教养，还没有让她到餐桌服务，因为说起家庭礼仪，她什么也不会。她只能跟着男仆干活；打扫卫生时，她就像马戏团里的小丑一样模仿那些技艺。有时我在过道或客厅里也能见到她，有时她也来我的房间，站在门口，转达一个口信。你要知道，阿尔多佐·尤迪特来到我们家时，我已经三十岁了，很多事情我都可以做自己的主了。在工厂里，我已经成为了合伙人，我父亲已经——非常谨慎地——开始让我独立。我的收入很高，但我没有从家里搬出去。我住在楼上的两间房子里，有单独的楼梯。如果晚上城里没有什么事情的话，我通常会同父母一起吃晚饭。我之所以说这些，为的是让你明白，我没有很多机会见到这个姑娘。但是从她踏进我们家的那一刻起，从我在前厅瞧见她的那一刻起，在我们的相遇中就隐伏着一种不可误解的紧张。

这个女人总是直截了当地望着我的眼睛，像是想要询问什么似的。

她不像一个初来乍到的小女佣，遇见少东家时，不会清纯羞涩地垂下眼帘。她既不红脸，也不卖弄风情。我们见面的时候，她站在那儿，好像我们已经有过交往似的。就在我为了更好地看清她而打开电灯时，她顺从地转过身并展示她的脸庞。她望着我的眼睛，她的神情是那样的特别……没有挑逗，也没有引诱，而是认真地，极为认真地张大眼睛，似乎带着疑问。她总是睁大眼睛用询问的目光看着我，而且问的永远是同样的问题。拉扎尔曾说过，这是一个有生命的灵物提出的问题，是发自这个灵物意识深层的一个疑问，这个问题听起来是这样的："为什么？"阿尔多佐·尤迪特问的就是这个问题。我为什么活着？这一切有什么意义？……大概就是这些，奇怪的是，她所询问的那个人是我。

她美得实在令人窒息，是那种高贵、纯洁又充满野性的美，像是献给造物主的一件杰作，是不可复制的完美设计和精心浇铸。当然，她的美丽慢慢开始影响了家里的气氛和我们的生活，就像某种持续不断、轻声低沉的音乐那样。美大概也是一种力量，就像热能、光或者人的意志。我开始相信，在她背后也有一种意志。当然不是化妆师的意志，我不欣赏用人为方式千篇一律加工、制造出来的美丽，就像对待一具尸体。不，这美丽归根结底是由一种暂时且脆弱的原料做成的，闪烁着强大的意志火焰。一个人用分泌腺和心脏、理性和本能、灵性和身体在维持这种和谐，这种幸运而神奇的化学方程式的平衡，而美丽则是其最终的结果与影响。我说过，当时我已过而立之年了。

我从你的目光中看到，现在你正要向我问一个关于聪明而堕落的男人的问题：这有什么复杂的？在这种情况下，服从血性和冲动的安排，不是更简单吗？

一个三十岁的男人终于知道了一个真理，没有哪个女人是不能被人带上床的，只要她是自由的，没有另一个男人占据她的心灵和思想，只要两个人之间也没有身体或口味方面的障碍，并且有机会见面，相互也认识……这是个真理。我也知道这个真理，并且多次应用过。我也跟同龄的男人一样，长相没有那么难看，而且拥有可观的家产。我享受过女人们的奉献，没有拒绝她们的自荐。一个有钱的男人跟一个有魅力的女人相仿，身边都有人围着他舞蹈。这不是特指某个人：女人们都很孤独，渴望得到温柔、快乐和爱情。在所有的欧洲大城市里，女人都会比男人多。我不是一个内心扭曲的人，也不是一个傻瓜，我生活在优雅的环境里，别人都知道我是富人：我跟与我生活境况相同的另外一些人一样生活。我相信，在最初几周的慌乱和拘束之后，哪怕一句亲热的话语就可以征服阿尔多佐·尤迪特，使她倾心于我，但这句亲热话我始终没有说出口。对我来说，我们的相识——假如我能够这样定义这位年轻女仆在我父母家中的出现——从第一刻开始就显得可疑、危险、荒谬和刺激；我明白我并不需要这个女人成为我的情人，我并不想跟对待在她之前的那些女人一样把她拉到我的床上，我并不想购买和消费五十公斤的头等鲜肉，不，我不想。那我想干什么？……我想了好久才想明白。我并不后悔，因为我对她抱着期望，我期望能从她那里获得什么，并不是历险。那会是什么？……等待对一个问题的答案，这个问题贯穿于我迄今为止的生活。

在这期间，生活照常进行。自然我也想过，把这个姑娘从这里带走，把她教养成人，跟她建立起一种健康的关系，给她买栋房子，让她成为我的情妇，之后，我们能怎么生活就怎么生活。我应当告诉你的是,这些是我很久以后,过了多少年之后才想到的。那时已为时过晚，这个女人已经意识到自己的力量，已经通晓世故，她已经比过去更强大了。那时候我已经逃离了她。在最初几年里，我只觉得家里发生了什么。夜里，我回到家中，寂静无声，就像一座修道院，既宁静，又有秩序。爬上二楼，回到我的房间，男仆已经精心准备好晚上我将使用的每一样东西，凉橙汁盛在一个保温瓶里，还有我要读的书和香烟。桌子上总摆放着许多鲜花，衣服、书籍和古董都在应在的位置上。我站在温暖的房间里侧耳倾听，我当然没有经常想那个姑娘，当然没有那么执着地想着她就在附近，就睡在仆人们睡的某个房间里。我只觉得这幢房子有着某种意义。我只知道，阿尔多佐·尤迪特住在这里，她很美——这个所有人都知道，有一位男仆遭到解雇，还有一位女厨师，一位寂寞孤单、上了年纪的妇人也被赶出家门，原因是爱上了尤迪特；他们不知道该如何表达对她的爱意，所以只能表达为争吵与牢骚。这些事谁都没有提起过，大概只有我母亲知情，但是她也不做声。后来，我对她的这种沉默也反复琢磨过。我母亲是一位直觉很强、行事老练的女人，不用言语，她就能够洞悉一切。谁都不知道男仆和女厨师的爱情秘密，只有我母亲知道，她虽然在爱情方面并没有什么特殊的经验，对于那种畸形的欲望，比如尤迪特和年长的女厨师之间的无望的关系，我母亲在哪里都没有读到过……但是，她知道真相。我母亲是位见多识广的老妇人，什么都明白，对什么都不感到奇怪。她还知道，尤迪特是家中的危险人物，不光是对男仆和女厨师来说……大概对这个家里的所有人来说，尤迪特都是个危险人物。当然，用不着替我父亲操心，当时他不仅年纪很大，而且还是个病人，另外他俩实际上也不相爱。我母亲是爱我的，我后来感到很奇怪，当母亲知晓一切后，为什么不把她从家里赶走……我最终明白一切的时候，一辈子已经过去了，或者说差不多要过去了。

你弯一下腰，离我近一点。我母亲希望我有这个危险。

因为她害怕我会有更大的危险。你知道是什么吗？……你想不想猜猜？……是孤独，可怕的孤独。在这种孤独中他们度过了一生，我父母的一生，一种充斥着成功、名望和仪式的市民生活。在他们周围有着严格的家庭秩序，还有更为严格的工作秩序，然后是最严格的社会秩序，而且就连娱乐、喜好、爱情生活中也存在秩序，他们会事先知道，几点穿衣服、吃早饭、工作、相爱、娱乐、学习……

他们生活在秩序里，一种疯狂的秩序。在这种庞大的秩序中，生命在他们的周遭逐渐冻结起来，犹如一条准备远征的船，准备开向鲜花盛开的地方，突然大海和世界都结冰了。那时候再也没有计划，没有意图了，只有寒冷和静止。这个过程是漫长又不可抑制的。有一天，家里的生活凝固了。每一个部分、每个细节都很重要，他们却再也感觉不到整体，感觉不到生活本身……他们早晚都非常用心地打扮，就像要去参加一个庄重的仪式，穿上长袍去参加葬礼、婚礼或出席法院的判决，参加社团活动，接待客人。但在一切的背后都是孤独。在这种孤独中，只要他们的内心和灵魂里留存着希望，某种程度上还能承受得住生活，还活着……但活得不好，不像人应该活的那样，但还活着，早晨就会把机械上紧发条，让它一直工作到晚上。

因为期待得太久了，人很难心平气和地接受绝望，很难接受孤独，可怕的、无望的孤独。只有很少人能在意识中接受“生活的孤独是无法解决的”。他们暗揣希望、忙乱无措地逃到人际关系中去避难，但他们从不把真正的激情和忠诚带到逃离孤独的试验中去，他们逃避到忙碌之中，逃避到人为的任务里，拼命地工作，有计划地旅游，或者购买和自己毫不相干的女人，或者开始收藏，收藏扇子、宝石或稀有的昆虫……但是这些都无济于事。在全身心投入地做这些事情的时候，他们清楚知道，一切都没有任何用途。但是他们仍然继续期盼着，甚至连他们自己也不知道，到底要相信什么……他们知道，更多的钱，更完整的昆虫标本，新的情人，有趣的人，一场成功的晚宴或更加成功的花园答谢宴会，这一切都不能帮助他们……因此，他们首先要在痛苦与混乱中维持秩序，在所有警醒的瞬间维持好周遭的生活秩序。他们经常在“处理”着什么，处理文件、约会或同居生活……一分钟也不想单独留给自己，一刻都不愿遇见这种孤独！快，看看人！看看狗！或看看哥白林双面挂毯[1]！股票！哥特式家什！或是情人们！快一点，在揭开真相之前……

他们就是这样生活的。我们也过着同样的生活。我们精心地穿戴打扮。

我父亲五十岁时的穿戴，就像长老或做弥撒前的天主教神父那样一丝不苟。男仆对他的习惯了如指掌，像教堂内保管圣器者那样一大清早就为他准备好了衣服、皮鞋和领带，我父亲当然不

1　哥白林，带有油画图案的手工编织挂毯，起源于法国。

是一个虚荣的人，他不太注重外表；但是有一天，他突然开始古怪地注重这些琐碎的小事，士绅的服装要做到无可指责，大衣上不可有一粒尘土，裤子上任何时候都不可有一条折痕，衬衣上任何时候都不可有一个污点或褶皱，衣领上的领带任何时候都不可以有线头……是的，在去参加庆典的时候，他的穿着就像一位神父。穿戴完毕后，就开始另外一种秩序，吃早餐，备车，阅读报纸或信件，去办公室，接受职员与合伙人向他的致意，听他们做汇报，还有俱乐部和社交生活……他总是紧张地、警觉地、焦虑地、细致地完成这些事，就像有人在监视他，就像晚上需要对自己宗教仪式般的行为进行汇报。我母亲对此很担心。因为这些秩序和穿戴，地毯的收藏和俱乐部，社交生活和做客的背后已经出现了孤独的魔鬼，就像温暖海洋中的冰山。你知道，人到了一定年龄，在特定生活方式和社会制度内的孤独就会显现出来，就像疾病出现在坏死组织里一样。这不是在一天内发生的，生命的真正危机，比如疾病、分离、宿命的相遇都不会在某个准确的钟点突然出现，或被察觉和判定。当我们意识到某件事的重要性时，事情多半已经发生了，这时候我们束手无策，只能同意，找律师或医生，请神父。因为孤独也是一种疾病。准确地说，孤独并不是疾病，而是一种状态，被孤独包围起来的人，犹如一个被锁在笼子里，靠喂养而生存的动物。不，疾病是导致孤独的前一个步骤，我把它称之为结冰的过程。我母亲害怕的就是这点。

你要知道，生活最终会像一台机器那样机械地运转。一切都会平静下来。每间屋里都保留着同样的问题，体温总是三十六度六，脉搏八十下。钱不是存在银行，就是投在企业里。每周看一场歌剧，或看一出戏，最好去看喜剧。去饭馆用餐口味清淡，并把矿泉水加到葡萄酒里，因为你学了养生知识。这个方面没有问题。如果你的家庭医生只是一位好医生，而不是一位真正的医生——这两者可不是一回事——半年后体检时他会满意地紧握你的手。如果你的家庭医生是一位真正的医生，是那类无人可替代的细心医生，就像鹈鹕而不是别的，鹈鹕就是鹈鹕；如果他是一位军事统帅，即使他没有亲临战场，而是在修剪灌木墙或在破解纵横交叉的填字谜，他仍是一位军事统帅：假如这位医生在你半年后体检时不能满意地去握你的手，即便你的心脏、肺、肾脏、肝脏都很正常，你的生活状况仍无法令人满意，因为你已经感觉到了孤独的清冷，就像航海船上的精密仪器在赤道附近充满香气的炎热中也能感觉到隐藏在灰蓝的大海里的危险，冰冷的死亡，冰山离我们越来越近。我想不出其他的比喻，所以一遍又一遍地提起冰山。但我可以告诉你——拉扎尔曾说过其他比喻——这种清冷是夏天主人离开去度假的房间里所感觉到的清冷，房间里弥漫着樟脑球味，地毯和皮草用报纸包上，屋外正值夏季，烈日炎炎，在百叶窗紧闭的房间里摆放着孤寂的家具，清冷的房间饱吸了清冷的忧伤，就连那些没有生命的东西也能感觉到孤身留在这里的人或物的忧伤，他们不仅能感觉到，而且吸收并散发着这种忧伤。

人之所以变得孤独，是因为高傲，不敢接受稍微有些可怕的爱的馈赠。因为他认为自己所扮演的角色要比爱的感受更重要。因为虚荣。每位真正的市民阶层成员都是虚荣的。我现在说的并不是那类拙劣的市民，他们拥有这个称号和等级，只是因为他们有钱或被任命为更高等级的官员。他们只是些粗野的人。我说的是那些有创造精神和保护意识的市民，真正的市民。生活有一天在这些人周围凝固了，结晶出了孤独。那时他们开始感觉到清冷。

然后他们变得庄严、高贵起来，就像珍贵的文物，中国的花瓶或文艺复兴时期的桌子，他们开始采取浮华自大的举止，开始收藏完全愚笨无用的称号和奖章，竭尽全力去当一个高贵和慈悲的人。把宝贵的时间浪费在复杂的事情上，以便获得一枚奖章，或者一个新的称号，副主席，主席，或名誉主席……所有这一切都是孤独。幸福的民众是没有历史的，正像我们被教导的那样，幸福的人是没有称号和官衔的，他们不扮演无用多余的社会角色。

就因为这个，母亲替我担心。或许就出于这个原因，我母亲忍受阿尔多佐·尤迪特待在我们家，即使她察觉到了从她身上散发出的危险射线。我告诉你，没有“发生”什么事情……我大概可以这么讲，很遗憾，什么也没有发生。三年的光阴就这样过去了。圣诞节前的一天晚上——我从工厂回来，还去找过我的亲密情人，一位女歌唱家。她在这个下午独自在家，在那套美丽、温暖、阴暗的公寓里，公寓是我给她布置的，我把礼物送给她，这份礼物也像我亲爱的女歌唱家，像别的情人或公寓、礼物一样美丽乏味，在此之前我已经深受折磨——我说，我回到家，因为是圣诞节的下午，晚上一家人要在这里共进晚餐。一切正好在那个时候发生。我走进客厅，装饰好的、闪闪发光的圣诞树已经摆放在钢琴上，在半明半暗的房间里，只有阿尔多佐·尤迪特跪在壁炉前面。

圣诞节的下午，在我父母的房间里，在圣诞节晚餐前的几小时里，我感到局促不安和孤独。同时我也清楚，我的一生将会永远如此，如果不发生什么奇迹的话，就会这样一成不变地继续下去。你知道，在圣诞节时，人们总相信会发生小小的奇迹，不光是你和我，全世界和整个人类都是如此；就像人们常说的那样，之所以有节日，是因为没有奇迹人们就无法活下去。但是在这个下午之前，我已经度过了许多个下午、晚上和清晨，每次看到阿尔多佐·尤迪特，我心里并没有想任何特别的事。如果一个人生活在海边，是不会总在想大海的，不会想到可以从海上去印度，或游泳者也会在大海中丧生。生活在海边的人，大多只是游泳或看书。但是在那一天的下午，我站在黑暗的房间里，看着尤迪特——她穿着女佣的黑色裙服；我则穿着年轻工厂主的灰色套装，正准备到自己房间里去换上黑色的节日礼服：就在这个下午，我站在半明半暗的房间里，看着圣诞树和跪着的女人身影，我突然明白了三年来所发生的一切。我领悟到，重大事件的细节在无声无息中悄悄地发生，在可以看得见和可以感知到的细节背后，有另一种东西存在，有一个懒惰的怪物睡在某个地方，在大海和森林的深处，在每个人的心中。它是一个懒惰的怪物，某种古生物，它很少动弹，只是有时伸伸懒腰，很少碰触什么。这头怪物也是你自己。在日常生活的背后也有规则，像在音乐或数学中……有些浪漫的秩序。你不懂吗？……我觉得是这样。我说我是个艺术家，只是没有乐器而已。

女孩扒拉了一下壁炉里的木柴，她感觉到我就在她的背后，但她没有动弹。没有把头转向我。她跪在那里，身体向前探着，这是一种非常性感的体态。一个女人，如果跪着并倾身向前，即使在工作，也会有某种情欲的表露。想到这些我开始笑起来。我不是轻率地笑，只是心情愉快地笑，犹如一个人在重要时刻、在关键瞬间、在危机爆发的最后几秒钟欢喜地发现，在我们的内心深处，在我们相互的关系中存在一种粗鄙、蠢笨的人性，甚至连伟大的激情和令人同情的性欲都会跟这种体态和动作有关；比如这个跪在半明半暗房间里的女人。这些说法都是可笑和可怜的，然而情欲是一种巨大的力量，它能更新世界，所有的生物都是它的奴隶和组成部分，这些可笑的动作组成了一个崇高、非凡的幻象。在那一刻，我想到了这些。毫无疑问，我渴望这个身体，这一切已然命中注定，其中也包括了某种卑鄙的、需要摒弃的东西。不管怎么说这是事实，我渴望她。当然，我不仅渴望她在这种粗俗的情况下展示她的身体，还渴望知道隐藏在她身体背后的命运、感受和秘密。我和很多女人一起生活过，就像所有年轻、富有、经常无所事事的同龄人那样。我还知道，情欲无法彻底和长久地解决男女之间的问题，在传递感觉的瞬间它们就自我更新了，在习惯和漠不关心中摔得粉碎。这具美丽的胴体，结实的臀部、苗条的腰身、宽大又匀称的肩膀，微微倾向一侧的脖子上长着的栗色的绒毛，以及形状美丽的小腿，这个女人的体型不是世界上最美丽的，我见过、拥有过并抱到床上去的女人都要比她体型匀称，更美丽更性感——但现在我说的不是这个。我知道，处于愿望与满足，饥渴与恶心之间的性欲波涛永远都在操纵着人，引诱并排斥人的天性，不让你平静，不给你解决的办法。这一点，我以前就知道，但是不如现在我开始衰老后知道得那么确切。可能是当时我还抱着希望，在内心深处还希望有一具身躯、唯一的一具身躯能够完美和谐地回应另外一个躯体，以满足其渴望和消除干渴，并以更为温柔及和平的方式去释放满足后的厌恶。这只是一个梦，而人们通常把它称作幸福。但这在现实生活中并不存在，只是当时我并不知道。

在现实生活中，只会偶然发生这样的事，在满足了欲望的焦虑和刺激之后，继之而来的并不是内心的自省和满足后的沮丧。有些人像猪一样，对什么全都无所谓，对他们来说，欲望和满足在同一个他们所漠不关心的层面上发生。这些人可能得到了满足。我不渴望这样的满足。我说过，当时我对这些知道得还不那么确切；也许我怀着期望，有一点可以肯定，我有点小看了自己，轻视了当时的情景和情感，没有想到我的内心情感即使在那般可笑的情景中也是鲜活的。那个时候，我对很多事情还不知道，还不了解，人们一旦依从了身体和灵魂的命运，他们身处的情景在任何时候都不可笑。对于这个，我并不知道。

当时，我还跟她搭了几句话，至于说了什么，我现在记不得了。我能清楚看到当时的情景，就像有人用窄胶卷相机拍下的那样，就像看到家里的老照片，就像看到我父亲拍的新婚照或婴儿迈出的第一步的照片一样……尤迪特慢慢地站起来了，从裙子的口袋里掏出手帕，把脏手上的灰尘和劈柴的锯末擦去。这一幕牢牢地印在我的脑海中。然后我们马上低声快语地开始交谈，就像同谋者，小偷及其帮凶那样，害怕会有人走进房间……因为现在我必须给你讲述一些事。我想如实地把一切都讲出来，然后你马上就会明白，这并不容易……

因为我要给你讲的不是什么风流韵事，老兄，这不是桩能坦然相对的体面事，不是的。我的故事比那还要糟糕，而且我之所以说它是我的故事，因为我也是其中的一个角色……在那一刻，有一股更强大的力量影响着我们，透过我们的命运与我们抗衡。正如我刚刚所说的，我们低声说着话。话说回来，这也很自然：当时我是主人，她是仆人，我们在她侍候的家中进行私密的谈话，我们的谈话内容是秘密的，而且非常严肃，随时都可能有人进来，我的母亲或者另一个对尤迪特也有非分念想的男仆……总而言之，无论是当时的情势还是谨慎的想法都告诉我们应该压低声音说话。当然，她也感觉到了这一点，知道此时此刻自己只能小声说话。

但我同时还感觉到了一些其他东西。我从谈话一开始就感觉到了。我感觉那里面还有其他因素：这不仅仅是一段男人和他喜欢的女人之间的对话，他想从她身上索取些什么，并想要为了一己之乐把她占有，不是的。甚至，我并不觉得这是最重要的事，比方说我爱上了这个身材匀称、年轻貌美的女人，为她神魂颠倒，雄性激素沸腾，热血冲向头颅，为了她摧毁整个世界。让我不顾一切得到她，占有她，这一切都非常无聊，可又是在每个男人的生命中都会出现的情形，而且不止一次。性的饥渴可以像饥饿一般使人备受痛苦的折磨和残酷的煎熬。然而，我们俩的悄声耳语不是这样的，而是另有原因……你知道我在那之前从未觉得有必要如此警惕过，因为我此时此刻不仅仅是在说我自己的事，而且还涉及到了与某个人，甚至某群人的对抗……所以我才要用如此之低的声音说话。这已经是非常严肃的事情，比贵少爷和迷人女仆之间的风月故事要严肃得多。因为当这个女人不带一丝慌乱地站起来擦拭双手时，当她用她那圆圆的大眼睛专注地望向我的眼睛时——她当时已经换上了晚上工作的用人装束，身穿一件黑色衣服，头戴一顶白色小帽，腰上系着围裙，看上去就像是轻歌剧里的女仆，样子是那样的可笑——我感觉到我所要提供给她的关系不仅仅是建立在欲望满足的基础之上，而更重要的是一种抗衡于某件事和某些人的联盟。而她也意识到了这一点。我们直截了当地说到了实质话题，没有任何过渡，也没有绕圈子。真的就像在贵族宫殿或者某个重要的机构里，比如说在某个部委，在某个存放着许多重要文件和保密公文的地方，两个密谋者正在交谈。其中一位是该机构的雇员，另一位是访客，此时此刻他们总算找到两分钟来讨论一下他们共同的计划了……他们窃窃私语，仿佛在说着其他事情。他们都很兴奋，但其中一个仍表现得仿佛只是简单地在做自己的工作，而另一个则表现得仿佛只是恰巧路过那个房间并停下来打个招呼……他们没有太多的时间。老板随时可能进来，或者充满猜忌的雇员经过这里，而一旦别人看到他们两个在一起，就会引起怀疑，并使他们的计谋最终败露。因此，我们从第一刻开始，就开门见山地谈到实质性话题，同时，阿尔多佐·尤迪特偶尔还会看一眼旁边的火，因为大块木头比较潮湿而无法立即被点着。所以她再次跪到壁炉前，用鼓风箱使火烧旺，我也跪在了她的旁边，帮她把黄铜质壁炉柴架调整好，以确保炉火能被顺利点着。在这个过程中我们还在继续交谈。

我跟她说了什么？……稍等一下，我点一根烟。算了，我还是不点了，现在点不点都一样。这个时候我已经不再指望吸烟。无论如何，许多事情都已不再那么重要。

但是，我在那个时候感觉一切都无比重要，包括我所说的一切，也包括接下来将要发生的一切。我没有时间追求她，也没有时间说一些矫揉造作的话，说那些纯属多余。我只是说我想跟她一起生活。我的表白并没有使她惊讶，她平静地听着我的表述，注视着火焰，然后直视着我的眼睛，非常认真，但没流露出丝毫的惊愕。后来我感觉她那时是在揣摩我，在测算我的力量，就像一个农村姑娘在打量一个在她面前炫耀的同村小伙，告诉她自己可以抬得动这样那样的重物或满满一袋小麦之类的东西。只不过，她并非是在检验我的肌肉，而是在称量我的灵魂。要我说，现在回想起来，我感觉她当时对我的打量里面也许包含了某种讥讽的成分，一种无声而轻柔的戏谑，就像是在说："您并没那么强大，我的朋友，您需要更大的力量才能和我生活在一起，您的力量还远远不够，否则您的脊背将被压垮。"这就是她的目光所流露的内容。正是因为我感受到了这种内容，所以我加快了语速，并进一步压低了声音。我告诉她我们将会面临非常多的困难，因为我们的结合在当时那种情势下几乎是不可能的，我父亲永远都不会同意我俩结婚，而且还会出现各种各样的其他问题。比如，我告诉她，我们的婚姻会使我和家人的关系变得极度紧张，我也将与外部世界格格不入，而我们必须承认我们不能否定我们隶属的世界，从那里我们得到了一切。很可能，这种剑拔弩张的关系，这种糟糕的基本感受也早晚会破坏我们之间的关系。我曾经见过类似的情形，认识某些出身和我相同的人和比他们社会等级低很多的人结婚，而这样的联姻都是不幸的。

我不停地说着这类蠢话。当然，我是认真思考过这件事的，我说这番话的意思并不是出于害怕，也不是为了推脱或逃避，她也明白了我的坦诚，同时严肃地看着我，向我示意她也是这样想的。她的神情看起来就像是在鼓励我，鼓励我找出更多理据来证实我的想法从第一刻开始就是多么的荒谬无望。她想让我继续想一些令人信服的理由来证实这种想法是多么的疯狂。而我真的就继续寻找着这样的理由。她没有说一句话，连一个字也没说，或者确切地说，她只是在最后才开口说话了，而且非常简短。她一直在让我说话。我也不理解一切是如何发生的，但是就这样和她说了一个半小时，我们两个就这样待在壁炉前，她始终保持着跪姿，我则坐在她旁边的英国皮革制扶手椅上。我边说边看着壁炉中的火，没有人进来过，也没人打扰过我们，生活中似乎隐秘存在着秩序：一个人的生命中出现了某种情形，目的是把事情引向结局或者做出某种行动，生活的周遭环境、地点、物件也都成了同谋，使临近局内的人无意识之下也成为这种情势的同谋。没有人打扰我们。当时已经是晚上，我的父亲回到家里，而他也一定在厨房和餐厅间的配餐房里找寻尤迪特，找她去布置晚餐的碗盘和餐具，每个人都已经换上了晚间穿的衣服，但是没有任何人过来打扰过我们。后来我明白，这一切并不是那么的超乎寻常。每当生活想要创造什么时，它总会先将每件事都安排得完美无缺。

在那一个半小时里，我感觉，就像我有生以来头一次跟人说话。我想和她一起生活，但我无法娶她，这点连我都有些含糊，我说。无论如何我们都应该一起生活。我问她是否还记得我们的第一次相遇，当时她才跨入我们家门。她没有说话，只是点了点头，表示她还记得。在那半明半暗的小屋里，她格外美丽，就那样跪在火光前，在绯红的光线中，树冠的阴影里，头发被照得闪闪发亮，当她倾听我说话时，优雅的头部和颈部侧向一侧，手里还拿着火棍。她非常美丽，而且那种感觉如此熟悉。我告诉她，她应该离开这个家，找个什么理由辞掉这份工作，比方说自己要回家，然后在某个地方等着我，过不了几天我就能处理好手头的事情，然后我们一起离开，去意大利，在那里长久地生活下去，可以住上许多年。我问她愿不愿意去意大利……她用摇头无声地、严肃地表示她不愿意——可能她没有理解我的问题，这个问题在她听来，就像我在问她是否想见亨利四世[1]一样。她不理解。但她非常认真地聆听着。她眼睛看着炉火，直挺着脊背跪在那里，就像在忏悔一样。她离我如此之近，我伸出手就能碰到她。

终于，我伸出手来，一把抓住了她的手，但是她马上就把手抽掉了——她抽手的动作是那样的自然而然，丝毫不带调情的意味，也没有表现得像受了冒犯那样。她只是简单地拒绝，就像在社交场合，在交谈中，用最轻微的动作，用附加的插话来纠正着谈话者的错误那样。就在那一刻，我明白了，这个女人也在以她自己的方式演绎着高贵，她与生俱来的天性是高贵的，这令我惊叹，但是与此同时，我也认为她的这种反应极为正常。那时我已经知道，真正使人高贵的并非等级和出身，而是一个人的性格和智慧。她跪坐在壁炉前，在暗红的火光环绕下，就像一个公主，修长窈窕，神情自然，既不高傲自大，也无半分卑微，不带一丝困惑，没有一丁点窘迫的迹象，甚至连眼皮都没有颤动半分，仿佛我们所进行的对话是世间再平常不过的事情。在整幕情景之上耸立着圣诞树，你知道的。后来，每当我回想起圣诞树时，总是会忍不

1　亨利四世（1553—1610）：法国波旁王朝的创建者，1610年在巴黎被刺身亡。人民普遍同情哀悼这位将法国从废墟中重建的国王，赞誉他为“贤明王亨利”，并追称为“亨利大帝”。

住暗自发笑——但是有些酸涩，我笑了，我可以告诉你……圣诞树下的尤迪特就像是一份怪诞而又难以捉摸的礼物。由于她没有回答，我自己最终也陷入了沉默。她没有回答她是否愿意和我一起生活，也没有回答她是否想和我一起去意大利并在那里住上几年。我也想不出别的什么可以说的话了，而且，我在告诉了她那些话后，就已经陷入了那样的境地——你知道吗，就像一个买家向顽固的卖主做了所有的尝试，首先开出低价码后，发现对方不为所动，买卖也随即陷入僵局之时，只好又给出全部要价一样——最后，我问她是否愿意做我的妻子……

这个问题她回答了。

当然，她不是立即回答的。刚开始时，她反应的方式十分怪异。她愤怒地看着我，几乎带着仇恨。我看到她的身体因怒气而颤抖,就如同陷入痉挛。她开始哆嗦起来了。就那样跪在我的面前，颤抖着。她把拨火棍挂回风箱旁边的钩上，把双臂交叉抱于胸前，就像是一个被严厉的老师勒令跪下的小学徒一样。她以一种阴郁、尴尬的表情凝望着火焰。然后她站起来了，抚平衣服，简单地说了句：

“不。”

“为什么……”我问道。

“因为您是个懦夫。”她说着，把我从头到脚打量了一番，非常缓慢和仔细，从上到下。然后离开了房间。

来，喝一口！总之，事情就是这样开始的。随后，我也走出了家门。商店大都关门了，人们匆忙地往家赶，随身提着一份份圣诞包裹。我走进一家钟表店，那里也售卖廉价的小饰品。我买了一个金色挂坠——你知道，就是那种便宜、粗糙的圆形颈饰，女人喜欢在里面保存她们已故或现任爱人的肖像。我从钱包里找出了一张带照片的证件，那是一张刚好在那年的最后一天到期的月票：我把照片撕了下来，放进了挂坠里，然后叫店主把它重新包好，规规矩矩的，就像一件平常的礼物一样。我回到家，尤迪特出来为我开门，我把礼物塞进她的手里。没过多久，我离家远游，很多年没有回来。而我也是过了许久之后才知道，自那以后，她一直戴着颈饰，用一条紫色缎带拴着，挂在脖子上，并且除了洗澡时或者她需要换一根新的缎带时，从未摘下来过。

在那之后，一切继续，就好像我们并不曾在那个圣诞节午后谈起过这些事关命运的事情。晚上，尤迪特还是照旧和男仆一起服侍我们用餐，第二天她也依然为我打扫了房间，就像平时一样。当然，那时我已经意识到那天下午自己处于精神恍惚的状态，我知道这点，就像气急败坏的疯子们在用头撞墙、与护士搏斗或晚上用生锈的铁钉撬下自己的牙齿时也会意识到的那样，当他们口吐白沫做这些事情反抗自己的时候，他们知道自己的所作所为是极度有害的，并且令他们自己和整个社会蒙羞。他们不仅会在怒火平息之后意识到这一点，而且在做出这些疯狂又痛苦举动的当时就已经知道了。而就在那个下午，在那个壁炉前面，我也知道我所说的话和所计划的事，都是完完全全失去理智的表现，尤其是我想象这一切的方式，对于我和我的处境来说尤为荒谬和不合时宜。后来我也是一直把那一刻当作一种疾病爆发的时刻，那时人失去控制力，神经和感觉器官独自运作起来，控制和驾驭灵魂的力量瘫痪了。毫无疑问，那个圣诞节下午，在那棵圣诞树下，我经历了一生中唯一、严重的精神崩溃的危机时刻。这一点尤迪特也知道，正是因为这样，她才可以做到那样专心地倾听，就像一个家庭成员某一天发现了另一个成员有精神崩溃的迹象一般。当然她也知道别的一些什么：知道并且熟悉我精神崩溃的原因。无论是陌生人还是家人，假若他们知道我那天下午的状况，都会无条件地为我请来医生。

这一切都出乎我自己的意料，因为无论是在那之前，还是在那之后，我一辈子做事都三思而后行。也许有时我过于审慎了。或许我的生活方式中所缺少的恰恰是被称为突然的果断以及即兴自发的能力。我从来没有出于兴趣或者情势，抑或是别人的要求，仅仅因为一个念头或者为了某种时刻的愉悦而直接付诸行动。在工厂里和生意圈中，我拥有一个这样的名声，大家都说我是一个谨慎的人，在做出一个决定前会瞻前顾后地考虑许久。正是因此，我生命中唯一的这次精神崩溃，最让我感到惊讶，因为在说那些话的同时我非常清楚，自己在说着疯狂的事情，所有的一切不会像我计划的那样实现，我应该换一种截然不同的方式去行动，一种更狡黠、更小心、更强势的方式。你知道，直到那一刻，我都在以一种 cash and carry[1] 的原则追寻爱情，就像战争时期的美国人那样：付了钱就能拿到货……我就是这么以为的。这种想法并不高尚，但却毫无疑问透露出一种良性的自私。然而这一次，我既没有付钱，也没有得到我所渴望的东西，而只是以一种近乎绝望的方式恳求着、解释着。毫无疑问，那种情形对我来说是非常屈辱的。

但是这种精神恍惚是没有办法解释的。每个人在一生中至少都要经历一次……假如一个人在生活中连一次都没有经历过感情暴风雨的洗刷，连一次都不曾被地震撼动过生命建筑的根基，连一次都未被龙卷风掀翻屋顶的瓦片，瞬间卷走一切，卷走此前被理性和个性保持的秩序的话，那么他的生活也太可悲了。这些就发生在了我的身上……你问我有没有后悔过？我不后悔。但我也不能说这件事，这一刻就代表我生命的意义。那只是一次发生过的事件而已，就像突发的疾病一样，人一旦挺过了最严重的阶段，最好的办法就是把他送到国外去理疗康复。我也是这么做的。当然，这种旅行其实总是一种逃避。但在我走之前，我想要确定一些事情。所以我请求拉扎尔，我的朋友，一个作家，接见女孩一次。我想让拉扎尔看看她，和她说说话，并且我也请求尤迪特去拉扎尔那里。现在我知道了她当时说的没错，我就是一个懦夫，但这也正是我那样做的原因。那感觉就像送她去看医生一样，你瞧，我把她送

---

1 现金买卖。

到医生那里，医生就能给她做检查看是否健康……总之，她像是我在大街上捡到的，在世界上的某个角落，就像战报里常说的那样。当我要求她做这件事时，她满怀怜悯地听完我的话，但是没有反抗地照做了，像我请求的那样去找拉扎尔。她一声不吭，并且明显感觉受到了侮辱，仿佛是在说："好吧，如果您想要的话，我会去医生那里忍受检查。"

是的，就是拉扎尔。我们之间有过一段不同寻常的关系。

我们是同龄人，也是同学。他成名时已经三十五岁了，而在那之前，并没有人听说过他。他经常给那些没有前途的杂志写一些风格奇特的短文，那些文章总是对我产生影响，就像在嘲弄他的读者，感觉就像是他对整个发明体系、对写作、对出版、对读者和评论家都怀着深深的不屑。他从来没写过一个字，让你可能猜透他的这种想法。他写了些什么？他写过大海，或者一本旧书，或者一个角色，非常简短，不超过两三页，发表在发行量几百册，或许几千册的杂志上。这些文字晦涩不明，就像使用某种陌生的、奇特的部落语言来表达自己对世界以及隐藏在世界背后的事物的想法。这个部落——当我阅读他最初的作品时，我是这样感觉的——行将消失，只有很少的人尚且存活着，并且只有很少人使用那种语言，也就是拉扎尔文章的母语。除此之外，他还能说出和写下漂亮的匈牙利语，他的匈牙利语冷静优雅，纯粹且规范。他曾经跟我说过，他每天早晚都会阅读奥兰尼·亚诺什的作品，就像别人每天要漱口一样……但是他所写的内容，则更像是来自另一种语言的信息。

后来，他一夜之间就出了名。为什么？……这事没有办法解释清楚。有人向他伸出了橄榄枝，一开始是在沙龙上，然后是在公共辩论演讲台上，再然后又延伸到了日报里——总之，你到处都能看得到他的名字。忽然之间，人们也开始模仿他的风格了，报纸和杂志里充斥着拉扎尔式的书籍和文章，那些文字没有一篇是他写的，但他仍然是幕后的秘密编者。特别是，就连普通大众也开始对他感兴趣了：没人能想明白这到底是为什么，因为他的文字当中没有任何可以使人娱乐、引人幻想、令人安慰或者满足的地方：他从来没有试图与读者之间建立任何联系。但是对于这一点，人们也都原谅了他。不出几年时间，他在那个精神生活世界的奇特竞赛中取得了领先地位，在高等学府里，他的文字被当作东方的古老书籍拿来赏析。不过，这所有的一切并没有改变他。有一次，在他成功的时刻，我曾经问他感觉到了什么，这种喧嚣声是否让他的耳朵感到厌烦。毫无疑问，那中间掺杂了刺耳的指责、充满仇恨和嫉妒的合理或者莫须有的指控。但最终所有的噪音混杂在一起，从中可以清楚、尖锐地听到他的名字，就像乐队里第一小提琴的声音。他专心地聆听我的问题，思忖良久，然后非常严肃地说："这是作家的报复。"之后，他再无它言。

我知道一些他的事情。那时候大家不知道的是，这个男人喜欢玩游戏。他跟所有的一切玩，跟人玩，跟局势玩，跟书籍玩，甚至跟通常被称为文学的神秘现象玩。有一次，当我指责他这一点时，他耸了耸肩说：“艺术，在最深最隐秘的本质里，在艺术家的灵魂中，不是别的，而是一种游戏本能的展现。”“那么文学呢？”我当时问他。“文学毕竟要比艺术丰富，文学是一种回答和伦理道德的态度……”他认真且礼貌地倾听我的话，就像一直以来每次我提到他的专业时一样，然后只是简单地说，“是的，为言行举止提供养料的本能，是游戏的本能，另外不管怎么说，文学就像宗教一样，其终极意义只是形式而已，艺术也是形式。”他回避了我的问题。广大的读者和评论家们自然也不可能知道，这个人能像对待知识或伦理问题那样认真地去跟一只在阳光下追赶毛线球的小猫玩耍：以同样的严肃态度，或者说，以同样的内在自由，全神专注于现象或观点，但与此同时并不坦露自己的内心。他的确是个游戏家。然而，大家对这一点并不了解……另外，他也是我人生的见证人：关于这一点，我们曾经极为真诚地谈论过多次。你知道，每个人的生命里都有另一个人，那个人扮演着辩护律师、监管人、法官的角色，但同时在那宗既神秘又可怕的案件中，即在人生中，又是一个同谋犯。这就是见证人，他能完全看清你，并且理解你。你所做的一切某种程度上他也在准备，当你获得成功时，你就会问自己：“他会相信吗？”这个见证人一直存在于幕后，在我们漫长的一生中。他并不是什么使人愉快的游戏伙伴。然而你又无法，也许根本就没想过要摆脱他。

在我的人生中，那个人就是拉扎尔，那位作家，我跟他一起沉迷于青年和成年时期那些奇怪的、不被他人理解的游戏之中。

我们都是唯一知道对方想法的人，尽管在世人眼中我们是成年人，是严肃的工厂主和著名作家，但是这些都是无用的；尽管在女人眼中，我们是兴奋、忧郁或满怀激情的男性，那也都是徒劳的……事实上，我们在人生中能够保存最多最好的，正是这种变化莫测、勇敢放肆又残酷无情的游戏欲望，通过这种欲望我们扭曲，同时也美化了对彼此来说充满谎言和仪式化的人生戏剧。

每当我们凑到一起，就人类社会的作恶者，即使没有暗号也能了解彼此，开始游戏。

我们有很多游戏。其中一个游戏叫作“科瓦奇先生”。我要向你解释一下，或许这样你就能理解我们之间是一种什么样的关系。这个游戏要在社交场合玩，在没有任何铺垫的情况下开始，在别的科瓦奇夫人和科瓦奇先生之间，不要让他们察觉，以免引起他们怀疑。因此我们会在人群之中的某处见面，然后立即开始游戏。这个科瓦奇先生会对另一个科瓦奇说些什么，每当他们在谈话中恰巧谈到政府垮台了，谈到多瑙河发大水淹没了很多村落，谈到某位著名女演员离婚，或谈到某位知名政客被发现私吞民财，某位伟大的道德楷模在幽会地饮弹自尽……这个时候，“科瓦奇先生”会发出一阵嘟囔声，然后哼哼哈哈地说“事情本来就是那样”，再补上一些奇怪的陈词滥调，比如，“水的一个特性就是潮湿”或“人脚的特性是，一旦人把脚放进水里，就会沾湿”，要么就说，“这样行得通，那样也行得通，请您相信这一点”。所有的“科瓦奇夫人和科瓦奇先生”自打创世以来就会说一堆这样的论调。假如火车出发了，他们会说“出发了”；如果火车停在菲泽绍博尼[1]，他们会用严肃、庄严的语调宣布，“在菲泽绍博尼！”这样一来，他们总是对的，或许正因如此，世界才会变得如此不可思议地卑贱和毫无希望，因为这类陈词滥调永远正确，只有天才和艺术家才有胆量去嘲弄戏耍这些陈词滥调，发现这些言论中的死气沉沉和悖论，指出这些有教养、守原则的“科瓦奇先生”之流真相的背后，总是存在另一个永恒的真相，它把头朝下颠倒一切、朝着菲泽绍博尼吹着口哨，甚至，即便当某位道德看守者，某个高官被秘密警察发现身着粉红女士内衣、身体悬挂在幽会地点的插销上，也不会令人感到丝毫惊讶……我跟拉扎尔的“科瓦奇先生”游戏玩得相当完美，所以真正的“科瓦奇先生”们从来都没有怀疑过我们，他们总是落入圈套。而当科瓦奇先生谈论政治时，拉扎尔或我便会毫不犹豫地回答说：“因为事情本来就是那样的：他们当中一个肯定是对的，而另一个也有些道理。我们应该听取每个人的意见。”除了“科瓦奇先生”以外，还有“在我们的年代……”的游戏，这个游戏也不赖。你要知道，在我们的年代，一切都比现在要好：我们年代的糖更甜，水更像水，空气更像空气；女人不会跑去情人那里投怀送抱，而是整日在河水中清洗捶打衣服，直到太阳落山，甚至在太阳下山之后她们还是会继续一小会儿。男人就算看到钱，也不会有丝毫动心，而是将钞票推到一边说：“请把这些钱拿走吧，

1　菲泽绍博尼，匈牙利东北部古老的城镇。

拿去分给穷人吧。”我说，这就是我们的年代里男人和女人的样子。

我们曾经一起做过许多种游戏。出去旅行之前，我让阿尔多佐·尤迪特去找这个人，让他看一看，没错，就跟去诊所看医生一样。

那天下午，尤迪特去找了拉扎尔，之后，我在当晚也见了他。“你看，”他说，“你想怎么样？现在事情都发生了。”我疑惑地听着他说。我害怕他那时候也在玩游戏。我们当时坐在城市中心的一家咖啡店里，就像我们现在这样。他转动着香烟的过滤嘴——他一直都是用很长的过滤嘴抽烟，因为他常常会尼古丁中毒，并且还苦思冥想一些复杂的设计和发明来使人类可以摆脱这种中毒的痛苦后果。他严肃、热切地盯着我，以至于我开始怀疑。我担心他在戏弄我，担心这只是他新发明的一种游戏，他假装这个事情很重要，事关生死，然后他笑着看着我的眼睛大笑起来，就像往常很多次那样，证明根本没有什么重要和生死攸关的事情，所有的一切都是一个“科瓦奇先生”事件：只有平民才会相信宇宙是围着他们转的，星象准确无误地围绕着他的命运。我知道他把我当作市民阶层的人——但并非基于这个词鄙俗、低贱的含义，虽然这个词现在很时髦，不是的，他承认要跻身于市民阶层意味着努力，他没有鄙视我的出身、举止和信念，因为他对市民阶层也有着很高的评价——只是他认为市民阶层恰恰是毫无希望的阶层。他只不过是把我当成一个无可救药的案例。他说市民阶层总是想要逃离，但是关于阿尔多佐·尤迪特，他却不愿意多说任何事情。所以，他会礼貌而果断地转换话题。

后来，我常常回想起这段对话。你知道，我每当回忆起这段往事时，感觉就像一个病人过了很久才突然获知真相，在了解到自己所患疾病的真实病名和性质之后，回忆起过去某天下午第一次拜访名医求诊问病的场景。那位教授，那位著名的内科医生给病人做了全面、细致的检查，采用了各种检查手段，然后礼貌地开始谈论别的话题——他问病人，有没有兴趣去旅行，是否看过新上演的摩登戏剧，而后聊起他们共同的熟人。但是唯独没被提及的话题，恰恰也是病人最想从他嘴里听到的。归根结底他之所以来到这里，之所以承受检查的不适和紧张，是因为想清楚地听到医生的诊断——因为我们不知道自己到底染上了什么毛病，是常见疾病，还是只是某些无关紧要的症状？莫非由于某种紧张焦虑或普通常见的感觉不佳，使我们警觉到自己的身体构造或生活节奏出现了问题？也许我们还希望某一天所有一切能恢复正常，同时还有一种微弱但又明确的疑惑，怀疑眼前这位教授已经知道真相，却不能告知我们。因此，我们只能等待，直到通过症状的发展、疾病表现出的危险信号或治疗方式，我们自己也能发现那位学识渊博的医生不得不在我们面前缄默的真相。而在这段时间里，所有的人都心知肚明，病人知道自己病得很严重，医生不仅知道这点，而且知道病人已经在怀疑病情并意识到医生对他有所隐瞒。但任何人对此都无能为力，唯有等待，疾病自己会陈述事实，那时候必须尽力治疗。

在尤迪特去找拉扎尔的当天晚上，我就这样悉心地听他讲述。

他滔滔不绝地谈论了各种话题：罗马、新书，[illegible]及季节和文学的关系，然后站起来，跟我握手，扬长而去。直到那时，我才感觉到这并不是一场游戏。我的心不安地跳动着，感觉他把我丢给了命运，从那以后我必须自己面对将会来临的一切。也是从那一刻开始，我第一次对这位能对拉扎尔造成如此影响的女人萌生了一些敬意，我既尊敬她，又害怕她……几天以后，我出发了。

时间已经过去好久了，对于那段时间我只剩模糊的记忆。你知道，那是换幕时穿插的幕间表演。但愿我的这段回忆没有让你感到无聊。

我旅行了四年，游遍整个欧洲。我父亲不知道这次旅行的真正意义，我母亲或许知道真相，却一直保持着沉默。在很长的一段时间里我都没有感觉到什么异样。我年轻，就像俗话所说，整个世界都属于我。

那时还是和平时期……但又不是真的和平。当时正值两次世界大战之间的过渡时期，边境尚未完全开放，但火车已经可以短时间停靠在被粉刷成各种颜色的边境哨卡。人们以一种神奇的自信与狂热忙着借长期贷款——不仅仅是个人，甚至国家也一样，更为离奇的是，他们不仅借钱，并且借到了长期贷款——而且还盖起了大大小小的房子，那姿态就像是苦难、可怕的时代已经完全结束一样，就像另一个时代已经开启，当一切恢复正常，他们又可以制定规划、养育孩子、放眼未来，总之关心那些个人的领地之中所有的一切，关注那些令人愉悦的甚至有些多余的东西。我就是在这样一个世界里开始旅行的，一个处于两次战争之间的世界。我不能说我在出发时和在旅途中不同地点停留时感受是绝对的安全。在欧洲，在二次世界大战的短暂停歇的时期，我们就像某一次被突然、彻底洗劫一空的人，满腹疑虑地行动着：无论个人还是国家，全都努力表现出和蔼热诚、心胸开阔和宽宏大量，但是私底下——对于任何突发的事件——我们都会握紧裤子口袋里的左轮手枪，并不时惊慌地摸索揣在上衣的内兜、位于心脏前方的钱夹。也许，这几年里使我们担忧的不只是钱包，还有我们的心脏和知觉。尽管如此，至少我们又可以旅行了……

到处都在忙着建造新房子、新市区、新城市，甚至新国家。最初，我去了北部，之后向南走，后来去了西部，最终在西欧的城市里待了好几年。在那里，我所热爱和相信的事物是那样亲近熟悉：你知道，就像一个人在学校里学了一门语言，然后到了那个国家，在那里，我们从书本上学习的语言是当地人的母语。在西欧，我生活在真正的市民阶层中间，他们显然没有把市民阶层当作一个角色和口号，也没当成一个任务，而是他们的生活常态，就像某人住在一所从先辈那里继承来的房子里，房子或许有些狭小、阴暗和破旧，但却是他们所熟悉的、最好的房子，而且不会拆掉它而建造另一座替代品。他们宁可只是勉强、敷衍地修复这种生活方式。而我们，在国内的老家，仍然在不停地忙着建造这所房子，建造市民阶层的家园；我们想要在宫殿和茅屋之间构建一种更为宽泛而丰富的生活方式，一种能让所有人都感到舒适、宾至如归的生活方式，其中包括阿尔多佐·尤迪特，也许也包括我。

在那些年里，我只会模糊地记起尤迪特。在我旅行初期，我有时会想起她，那是类似急症高烧状态的回忆。是的，我曾经生病，并且精神恍惚地闭起双眼胡言乱语。我感到孤独，就像一道冰冷的巨浪席卷了我的生命。我害怕孤独，我逃到这个人身边，她的灵性、光彩和微笑向我承诺，她能分担我的这种恐惧。我记得这些。但是现在，世界在我面前展开，非常有趣。我见识到了各种各样的雕像、蒸汽涡轮机和孤独的人们，就像从一首诗歌的韵律中感受到的幸福的欣悦，目睹了承诺着尊严与仁慈的经济体系、庞大的都市、山岳的巅峰，看到了美丽的、被法国梧桐包绕的、位于德国小城四方形的中央广场上的中世纪水井，还有大教堂的钟楼、拥有金色沙滩和蓝色海洋的海滨以及岸上赤裸的女人。我见识了世界，而关于阿尔多佐·尤迪特的记忆，自然无法与这个大千世界相较量……更确切地说，那时候我还不知道，在这种决斗当中，力量的对比关系本来就是不平衡的。跟这个世界相比，阿尔多佐·尤迪特的分量连一道阴影都不及。那几年里，生活向我展示了一切，也给了我许多承诺，赐予我伟大的命运：使我从家庭狭隘又悲伤的场景中解放出来，脱下在家里为扮演角色而穿上的舞台服装，让我沉浸在人生另外一种维度里。而与此同时，生活将女人们馈赠于我，形形色色、各种各样、数不胜数的女人，全世界的女人，栗色头发，眼神炙热的弗莱芒[1]女人、眼睛闪闪发亮的法国女人和温顺的德国女人……是的，每一种女人。我活在世界上，我是个男人，女人就像对待每个男人那样围绕在我周围，传达信息或者发出邀请，有的卖弄风情，有的端庄体面，她们向我许诺要跟我一辈子，或只是偶然的疯狂销魂，也有的既非永恒，也非瞬间，而是长久、神秘的暗中相伴。

“女人们”。你注意到了男人们在说这个词时所用的那种谨慎且犹疑不定的口气了吗？就好像他们所谈论的是一个未被完全奴役、永远想要反叛、被征服但尚未被击溃的叛逆部落一样。并且，说真的,“女人”这个概念在日常感受中究竟意味着什么呢？女人，我们对她们抱着何种期待？……孩子？帮助？……和平？喜悦？所有的一切？还是无所期待？莫非只是短暂的时光？男人只是活着，渴望，相识，恋爱，然后结婚，跟一个女人一起经历爱情、生育与死亡，然后他的眼光随着街上出现的美腿游移，有时因为一个发型或一股唇边吹出的炽热气息而毁灭；在那种时刻，无论是在市民阶层的床上，还是在小巷子肮脏的旅馆里弹簧坏掉的床上，他都感到很满足；有的时候，男人面对一个女人，会表现出浮夸的慷慨，两个人哭泣并且发誓永远在一起，彼此帮助，相互扶持，要住在山顶上或某个大都市里……但随着时间的流逝，一年后，三年后，或者是在两周之后，你是否发现爱情就跟死亡一样，

1　弗莱芒，比利时北部的一个地区。

并不存在可以用时钟或日历测量的时间？……而男女之间所做的宏伟计划，也并不能像他们想象的那样实现或完全实现。这个时候，他们就会带着愤怒或冷漠分手，并再次充满希望地出发，希望能找寻其他的伴侣重新开始。或者因为他们已经疲倦不堪却又继续在一起，榨干彼此的生命兴趣与力量，然后就会生病，慢慢地相互残害，并最终死去。但是在最终闭上眼睛的那一刻，他们又会明白什么呢？……他们想从彼此身上得到些什么？他们所做的似乎不过就是遵守了一种盲目而庞大的爱情法则，在这一法则的指引下，以爱情的名义更新世界并使之永恒，这个法则需要男女之间的交配而使物种得以延续？……难道这就是全部？而在这过程中，这些可怜的人们又为自己期望些什么？他们相互给予了什么？又得到了什么？这是多么隐秘又可怕的簿记……莫非使得男人被女人吸引的感觉只是个体性的？莫非不是为了唤醒欲望？永远都在唤醒偶尔、临时附着在身体上的欲望？这是人为的兴奋，我们就生存在这种兴奋之中，然而，它不会是大自然的目的；当大自然创造男人的时候，也创造了一个女人陪伴他，因为大自然看到，孤独对他来说不是一件好事。

看看你周围的世界吧，这种人为的吸引到处闪光，从文学中，从绘画里，从舞台上，甚至在大街上……走进剧院吧，你会看到男人女人坐在观众席上，台上的男男女女手舞足蹈，喊喳交谈，信誓旦旦，而观众席则咳嗽或者清喉咙……但只要说出“我爱你”、“我想要你”或其他类似能使人联想到爱情、占有或分离，联想到幸福或不幸的话语，片刻之间，观众席就会变得一片死寂：成千上万的观众都会凝神屏息。作家们熟练地制造着这类东西，并用这种感觉绑架着观众。而无论你去往何处，这种人为的刺激总是会旗鼓不偃：香水、花花绿绿的破衣服、昂贵的毛皮、半裸的身体、肉色的丝袜，所有这一切都无处不在，虽然人们并不是真的需要它们。人们在冬天也不会穿暖和衣服，因为想展示自己穿着丝袜的双腿；而在夏天在沙滩上，人们之所以会裹上一点薄薄的布料，则是因为这样一来，女性的特征就会变得更加神秘，更加刺激；当然，还不用提她们脸上的妆容、大红的脚指甲、蓝色的眼影、金黄的头发以及所有那些被她们用来涂抹和打扮自己的垃圾……这一切都是如此的病态。

嘿，我跟你讲，我是快到五十岁时才最终读懂托尔斯泰的。你知道，就是那本《克鲁采奏鸣曲》。它看似在讲嫉妒，但嫉妒又不是它真正的主题。托尔斯泰的这部巨著里，表面上是在讲嫉妒，可能因为托尔斯泰本身就是一个有着嫉妒天性的敏感可怖的家伙。然而，嫉妒不是别的，只是虚荣、可鄙的自负。你也知道这种感受，的确，我对这种感觉相当熟悉……甚至可以说太熟悉了。我几乎因为这个一命呜呼。但我现在已经不再嫉妒了……我知道得很清楚。我几乎因此而毁灭。我已经不再嫉妒了。你理解吗？你相信吗？看着我。不，老兄，我已经不再嫉妒了，尽管我为此付出了巨大代价，但是我战胜了虚荣。可是托尔斯泰仍然相信存在着某种解决的办法，并赋了女人一种半人半兽的命运：她们应当生育，并身穿粗呢衣。这种解决办法是不人道的，是病态的，但另一种办法也同样如此，因为它把女人当成装饰性的摆设，当成情绪的杰作。你叫我如何去尊敬，如何把自己的感受和想法分享给一个一天到晚除了穿衣打扮什么也不做的人呢？……也许她企图用羽毛、绒毛和香气取悦我……但这也不是真的。她其实是想吸引所有人；希望在她出现后，欲望能够驻留在男人、男人的所有神经之中。我们就是这样生活的。在影院、剧院、街道、咖啡厅、餐厅、游泳馆、山里：到处都充斥着这种病态的兴奋。你认为大自然真的需要所有这些吗？……真见鬼，伙计。只有一种生产模式、一种社会体系才需要这些；在这种模式和体系里，女人把自己当作商品来看待。

是的，你是对的，我自己也想不出更好的生产模式和社会体系来……用别的任何东西替代它的尝试都告失败。事实是，在这一体系中，女人们通常希望把自己兜售出去：这种想法有时是有意识的，但更多时候是无意识的，我承认这点。我不是说每个女人都是有意识地把自己当作一件商品……但我也不敢相信那些例外可以否定这条伟大的定律。我不会责备女人，她们也没有别的办法。这种兜售有时充满着致命的悲伤，这是一种傲慢愚蠢、酸涩、卖弄风情般的自我呈现，特别是当女人发现有比自己更美貌、价格更低廉，并且更令人兴奋的女人存在，当她们感到处境艰难，感到竞争的可怕性质，当她们获知欧洲每座城市里女人都多于男人的数量，意识到在自由的轨道上竞争她们没有地位，那么这些可怜、忧伤的女人该怎么应对自己的生活呢？……她们兜售自己。

她们有时表现出具备美德、眼帘低垂的样子，就像颤抖的风仙花，其实私底下，她们颤抖是担心最终没有被侵犯……而她们中的另外一些人则更加自觉，每天步伐坚定地投入到战争中去，就像罗马军团[1]士兵一样，他们知道要为了帝国对抗蛮族……不，我的朋友，我们没有权利对女人评头论足。我们唯一能做的是怜悯她们，或者不是怜悯她们，而是怜悯我们自己，我们男人，因为在今天这个充分文明化的大市场里，我们却没有能力解决这一潜在、痛苦的危机。这是一种下意识的持续性不安。无论你走到哪里，无论你看向哪里，它都依然存在。而隐藏在所有这些背后的，是金钱——或许不完全如此，但一百个人类困难中之九十九是这样的。关于这点，那个神圣、智慧的男人就连在《克鲁采奏鸣曲》中发出愤怒的控诉时也根本没有提到……

他谈到了嫉妒。他斥责女人、时尚、音乐以及社会生活的欺骗性。只是没有提到任何一种社会或生产方式都无法给予我们心灵的宁静。除了我们自己，其他任何东西都不能给予。如何给予？如果我们能够战胜欲望和虚荣。这可能做到吗？……几乎是不可能的。或许以后，更远的将来。欲望不会随着时间而消亡，但是所有欲望和满足反射出的愤怒的嫉妒和贪婪，无望的兴奋和反感会逐渐挥发、耗干。你瞧，人总是会累的。当衰老来到门前，我甚至感到高兴。我只是渴望偶尔的雨天，那时我可以坐在火炉旁边，

1　罗马军团，罗马共和国及罗马帝国时期的正规军队，以其高效的适应性及机动性征服了地中海沿岸地区。

饮一瓶红酒，读一本关于欲望和失望的古老的书……

但是那时我还年轻。我花了四年光阴去旅行。我曾在许多陌生城市的房间里，在许多女人的怀中醒来，头发凌乱。我尽自己所能将技艺学到精湛，并感叹于世界的美丽。不，事实上在这期间，我没有想到过阿尔多佐·尤迪特，至少没有经常想，也没有刻意地去想她……我对她的想念只是和身处国外之人想念故乡的街道、房屋和故人一样，他们从金黄色的记忆溶液深处涌现出来，就像对于某种程度上已经逝去的东西一样。我有过发烧疯狂的时刻，感到非常孤独，我是一个市民阶层，在这种孤独中出现了一个狂野又美貌的年轻女人，然后我和她聊了起来……事后我便将她全部忘掉了。我出去旅行。漂泊的日子过去之后，我便回到了家。什么也没有发生。

只是，与此同时，只发生了一件事，阿尔多佐·尤迪特在那里等我。

当然她并没有告诉我，当我回到家再见到她时，她走向我，拿走我的外套、帽子和手套，然后给了我一个礼貌而矜持的微笑，就像少东家回家时她该做的那样，带着那种用人的笑意微笑着。我也以得体的方式跟她打了招呼，微笑着，不带一丝慌乱。我就差用父亲般的方式和善地拍打她的脸颊了……我的家人都在等我。尤迪特和另一个男人一起去准备餐桌，以迎接我这个迷途的浪子。每个人都洋溢着欢乐的笑声；我也是，因为我终于回家了。

我的父亲在那年退休了，我接管了工厂。我从家里搬了出去，在城市附近的一座山丘上租了一处别墅。我也很少见家人，好几个星期过去了，我都不曾遇见尤迪特。又过了两年，我父亲去世了。我母亲从我们家的大房子搬了出去，并遣散了家里的仆人，只留下了尤迪特，让她当了家里的管家。我每周日都会去拜访母亲一次，与她共进午餐，并能在那些场合下看见尤迪特，但是我们从未说过话。我们之间的关系既亲切又守礼。有时我也会用一种带着亲密和善意的方式称呼她“尤迪特卡”[1]，因为这是人们对一个在家里逐渐老去的姑娘才会使用的称呼。是的，很久以前的某个时刻，有那么疯狂的一小时，我们两人谈论过各种各样的事情……但这样的事过后只是让人笑笑而已。年轻时代的疯狂。每当我回想起那一小时，就是这样认为的。这让我感觉非常舒服。不是那么真诚，但是很舒服。一切人和事物都回到本来的位置之上。就这样，我结婚了。

我和妻子的婚后生活是礼貌而愉快的。后来，在我儿子夭折以后，我感觉受骗了。孤独在我的内心和周遭就像一场早期的疾病那样潜伏着。我母亲仔细观察着，但什么也没说。又过去了许多年，我日渐衰老，拉扎尔也不怎么出现了。我们偶尔会碰面，但已经不再玩以前的游戏了。看起来，我们都长大了。成长就意味着孤独。孤独的人要么因失败而倍感孤独，要么与世界建立某

1　在匈牙利语中，人名后面加“卡”表示昵称，相当于“小尤迪特”。

种良性和解关系。由于我的孤独是在一段婚姻内部和一个家庭内部，所以我不容易与周遭建立起这种良性和解关系。我把自己的时间给了工作、社交和旅行。我的妻子为了能在和平与和谐的气氛中生活付出一切努力。她的那种努力就像是男人劈开石头，怀着绝望。我无法帮助她。有一次，我尝试着妥协，跟她一起去梅拉诺度假……那是很久以前的事了。但是在旅途中，我发现这完全是没有希望的，根本不会有什么和解。我的生活，就像我建立起来的那样，虽然可以忍受，但同时也毫无意义。一位伟大的艺术家可能会有办法忍受这样的孤独，并为之付出可怕的代价，但他的作品某种程度会给予他补偿。毕竟任何人都无法代替他来完成创作。他的作品为人带来某种唯一的、无法逝去，而且令人惊奇的东西。或许吧……人们是这么说的，我也是这样想的。一次我和拉扎尔谈起这种想法，他却有着不一样的意见。他说孤独感一定会导致过早的失败。没有人可以逃脱,这就是规则。我不知道，真的是这样吗？……我不是艺术家，所以在生活和工作中倍感孤独，我的工作没有给予人类任何特别的东西。我只是一个实用商品的生产商，我的工作只是给建立在生产线之上的文明生活提供某些必备用品。我们生产拥有高尚品质的产品，但这种商品是在没有我的情况下由机器和受过专业驯化、教导和训练的人来制造出来的。那么我在这家由我父亲创立、由他的工程师们建造起来的工厂里做什么？……我每天九点准时上班，就像其他高级管理人员一样，因为我必须做出榜样来。我会看看信件。我的秘书会告诉我有谁打电话联系过我，有谁想跟我谈话。然后，工程师和销售人员就会到场，向我汇报生意进程，请我就一个新材料生产的可能性提出意见。那些精心选拔出来的职员和工程师——他们大部分都是我父亲培养出来的——当然是带着已经成形的计划来找我的，我顶多只是指出一些问题，稍加修改。但大多数时候我只是简单地同意并批准。工厂从早到晚一直不停地生产着，销售人员销售着商品，会计核算着工资，我则一整天都坐在办公室里。所有都是有用的、必要和诚实的工作。我们没有欺骗任何人，也没有彼此欺骗，既不欺骗顾客，也不欺骗国家和世界。我只是自己欺骗自己。

因为我相信我跟这所有的一切有着真正的、无条件的联系。“这是我的工作圈。”就像人们常说的那样。我观察过身边人的表情，我倾听过他们的谈话，努力去找寻其中的秘密，这份工作是否能够使他们度过一生，是否满足，或者私底下他们是否认为被别人利用，吸干了他们的精华以及生命唯一的意义……他们中的某些人不满足于干这份工作，而是试图找到更好的或者换一种方式工作，但是“换一种方式”也不总是最好、最正确的方法，可至少他们想做些什么。他们想要改变事物的进程，想赋予工作新的内涵，看起来，这才是重点。人们不满足于仅仅是赚取面包和维持家庭，他们有一份工作，并诚实地完成它……不，人们想要的更多。他们想要实现自己的想法，完成自己的愿望。他们想要的不仅是面包和生存，不仅是份工作，还是一份事业。否则生命便没有任何意义。他们想要感觉到自己是被需要的，是跟在工厂里出卖劳动力或在机关里满足别人的基本要求不一样的方式……他们想要实现某些东西，某些别人做不到的事情。当然，只有有能力的人才有这个想法。大多数人都是懒散的，也许在这些人的灵魂中微弱地闪烁着一种模糊的光亮，认为人生中并非只有每月的薪水，上帝还为他们准备了其他东西……然而这一切都太久远了！他们为数众多，大多数人的这种记忆已经衰退，因此他们憎恨有能力的人，认为那些想要以一种与他们不同的方式生活和工作的人，那些一听到铃声就从人生的一个苦工奔向另一个苦工的人是野心家。他们以非常精致、复杂的手段努力夺走有能力者对于个人工作的热情。他们取笑、阻碍和怀疑着这些人。

每当我接见工人、工程师或商务人士时，我总能从我的办公室里看到这点。

而我，做了什么？……我是老板。我坐在我的位置上，就像一个守望者。我努力做到通情达理、仁慈而公正。当然同时我也确保从工厂和雇员那里得到保证属于我的利益和优势。我谨慎地维持着工厂的工作秩序，更确切地说，就像工人和职员一样。我就这样倾心尽力地为本该属于我的财富和薪水出力效劳。但在内心里，我却感到了可怕的空虚……在这家工厂中我又能做些什么呢？我可以接受或拒绝一项计划，可以创立新的工作制度，还可以为产品寻求新的市场。我是否为巨额的收入感到愉悦？……我感到高兴，但这不是合适的字眼。我宁愿说我感到满足，能够完成对世界的义务，所赚到的钱也使我有能力成为一个正直、高贵、慷慨而又讲究良心的不偏不倚的人。无论是在工厂还是在商界，我都被视为真正商人的典范。我也能够做到公平合理，能让许多人吃上面包，甚至能得到比面包更多的东西……给予是件好的事情。只是我自己没有办法从中获得真正的快乐，尽管我的生活非常舒适，在诚信中度过岁月，我并没有游手好闲，至少这个世界并没有把我当作懒惰或是无所事事的人。我是个好老板：工厂里的人也都这样说。

但是所有这一切并没有给予我任何东西，给我留下的只是不安、谨慎、认真地填充时光而已。人生是空虚的，如果你不用某种危险而又刺激的任务来将其填满的话。这种任务当然只有一个：工作。而另一种类型的工作是看不见的：灵魂、精神和才智的工作。这种工作的产物能够使世界变得更加丰富，更加真实，也更加人性化。我读过很多的书。但是你也知道阅读与人是种什么关系……只有在你能给你所读的书某种东西的时候，你才能从书里获得些什么。我的理解是，如果你是以一种决斗的灵魂状态去读书，愿意承受伤害或者给予伤害，愿意去争论，愿意说服和被说服，并通过从书里学到的知识变得更富有，利用它们在生活或工作中建造出某些东西……有一天，我注意到我所读的书不再与我有什么真正的关联了。我读书的目的，就像去某座陌生的城市那样，是为了填充时间，就像去参观博物馆的人，漠然地盯着里面的展品。我开始像履行义务一样地读书：一本新书出版了，大家都在谈论它，我就必须读它。或者是，如果我尚未阅读某本古典名著，我的修养会因此变得不完整和有所缺失，于是我便会在每天早上和晚上奋力阅读一个小时，直到读完它。这就是我读书的方式……曾几何时，我把阅读当作一种体验。每当我手拿知名作家的新书时，就会感觉心跳加速；那时的我，阅读一本新书就像认识一个新人一样，就像经历了一次充满惊险的邂逅，既有可能带来幸福、美好的东西，同时也可能产生不安与令人忧虑的后果。然而现在，我读书的方式就像我去工厂里工作一样，就像我每周出席两次或者多次的社交场合一样，就像我去剧院一样，就像我在家里与妻子生活一样，既审慎又礼貌，而同时我感到越来越烦闷、越来越激动，心里有个尖叫着的嘶哑的声音在问，难道我出了什么大问题吗？是否有巨大的危险胁迫着我？也许我病了？也许针对我有什么诡计和密谋？我变得不再肯定，害怕有一天，我醒来以后发现，我所建立的所有的一切，这件由折磨人的严密秩序、威望、优裕和相敬如宾的共同生活组成的杰作突然毁灭……我怀着这种感受生活着。后来有一天，在我四十岁生日时，我在妻子送给我的棕色鳄鱼皮钱包里发现了一条已经褪色的紫色缎带。直到那时，我才意识到，原来这么多年来，阿尔多佐·尤迪特一直在等我。她一直在等我不再懦弱。但是在我们那场圣诞节的对话之后，已经过去十年了。

那条紫色缎带，如今早已消失不见，就像装过它的那只钱夹，就像生命中所有的一切，就像那些曾经佩戴某些迷信或重要信物的人那样全都消失了。那条紫色缎带，是我在钱包的最里层发现的，在那里，我除了已故儿子的一缕头发以外从没放过别的东西。当时，我花了好些功夫才想明白那条紫色缎带为什么会出现在那里，想起我是如何得到它的，还有，尤迪特可能在何种情况下偷偷把那块破布塞进我的钱包里的……事情的经过是这样的，我妻子当时去泡温泉了，所以只剩下我自己在家里，我母亲把尤迪特派到我们家待几天，目的是带着用人进行夏季大扫除。她一定是趁我在浴室里时，进入卧室，把那条缎带藏进我的钱包里，因为我当时把钱包放在了桌子上。至少她后来是这么跟我坦白的。

她这么做想要得到什么？什么也没有。女人一旦陷入爱河，都会成为巫师。她想要我一直随身携带此前她身上也佩戴的物件。她想借此与我联系在一起，传达某种信息。考虑到她的地位和我们之间的关系，她这种迷信的阴谋实际上是非常害人的。但她这样做了，因为她一直在等待。

当我明白了一切——因为紫色缎带传达了信息并告诉了我一切——我感觉到了奇怪的恼怒。我忘记了这个小小的阴谋，我报复性地审视着我自己。你知道，就像一个人发现他所有的计划最后全都落空了，一切都被打乱时的感觉。我知道，这个住在隔壁街区的女人等了我整整十年，在愤怒之余，我还感到了一种特别的镇定。我不想夸大这种感受。我也没有制订计划。我没有对自己说："你瞧，这就是你这么多年来一直在掩盖的东西，你一直不对自己承认的事情；现在你知道了，某些人、某些事比你的生活方式、你的社会角色、你的工作、你的家庭更重要，在你的生活中存在着一个伟大而扭曲的激情，虽然你一直都在否认……但激情一直存在，并且在某个地方等着你，不肯放过你。这样也好。现在那种紧张不安已经结束。你的生活和工作也并非完全没有意义，生活还是想要你做些什么的。”这话不是我说的，但我也不能否认自己从发现缎带的那一刻起，就已经安心平静了。这些伟大、持久的感受过程发生在我们体内的哪个部分，是在我们的神经系统里，还是在我们的理智中？……我的理智已经在很久以前就否定了这一切，但是我的神经却仍然保留着印记。而现在，当另一个人给我传递信号时，以这种常规和粗俗的方式——所有恋爱中的女人都会有点粗俗，她们最愿意在每一张上方压印着彩色的玫瑰花、紧握的双手和相互亲吻的鸽子的纸上写下自己的情书，她们最愿意把爱人的几缕头发、几条手帕或是其他迷信的纪念物装满口袋！——总之，我终于心平气和了。就像所有的瞬间以一种神秘的方式被赋予了某种模糊的、难以理解的、意料之外的意义：我的工作、我的生活，是的，甚至还有我的婚姻……这个你明白吗？

我现在已经明白了。你知道，生活中一切都必须要发生，一切都必须找到自己的位置。而这又是一个非常缓慢的过程。决定、幻想或意愿，在这种情况下都没有多少帮助。你是否注意到，要想把家里的家具全都摆放到一个永远不再需要移动的最终位置上是多么困难吗？几年过去，尽管你已经觉得一切都刚好在其应该在的位置上了，但你同时又一直有种模糊而不适的感觉，觉得哪里并没有完全摆放得当，要么是扶手椅的位置不对，要么是现在摆放碗柜的位置本应该放桌子……然后，十年或二十年后（可能在这些年里你从未感到完全的舒适，你觉得家具和空间的搭配一直都是不相称的），有一天当你穿过房间时，你可能一下子就看清了错误的所在，一眼就看透了房间的内部布局和秘密秩序，然后你便移动了几样家具，并看到而且相信一切终于都找到了自己的位置。在几年内，你确信房间终于达到完美的状态了，觉得自己的布置取得了完全的成功。但是日后，或许再过十年以后，你又会感到不满了，因为随着我们的变化，我们周围的生活空间也会跟着发生变化，因此人的周围根本不会有什么完美的最终秩序。而我们对待生活秩序的方式也是如此，我们会建立起一系列方法，并且在很长一段时间内相信我们的生活时间表是完美的，早上去上班，下午散步，晚上参加文化活动……之后有一天，我们又会发现：我们唯一能够藉以继续承受生活或使生活有意义的方式，其实就是把它完全颠覆掉。这时我们感到不解，我们怎么能够忍受如此不可理喻的生活秩序这么多年？……我们周围的事物和我们自己内心都是这样变化的。另外，一切都只是暂时的，甚至连新秩序，内在的安宁也都是暂时的，因为它们都是根据变化法则而形成的，终有一日它们会失去效力……为什么呢？因为有一天甚至连我们自己，还有那些属于我们的一切也会失去效力。

不，这不是“伟大的激情”，只是有一个人让我明白，她一直就住在附近，在等着我，以这种笨拙的方式，这般粗俗的方式。

那种感觉就像有一双眼睛在黑暗之中窥视着我。那是我的秘密，这个秘密一下子给予我的生活一种特定的内涵和张力。我不想利用这个秘密，也不想去面对荒谬、痛苦或者暧昧的状况。从那一刻起我过得更加平静。

直到有一天阿尔多佐·尤迪特从我母亲家消失了。

我给你讲的是许多年前发生的故事，有许多细节已经变得模糊不清，也不再那么重要……现在我要讲述的是一个无产阶层的女人，讲述其中跟我有着重要关系的部分，而略过有关警察的那部分情节。因为所有的这类故事都会在某个节点上牵扯到警察或法院侦查员之类的角色。生活总会有一点惩罚，假如你还不知道这一点……拉扎尔曾经跟我说过一次，但我当时觉得这种假设是一种侮辱，不过后来，在我自己的官司开始之后，我完全理解了。因为在生活中，我们都不是无辜的，所以都会在某一天接受审判。无论是被判刑还是被免罪，我们自己都很清楚，我们不是无辜的。

正如我所说的那样，她消失了，就像被缝进麻袋丢进了多瑙河一样。

有一段时间，我对她的离去并不知情。那时我母亲已经一个人住了，而多年以来一直是尤迪特在照料她的生活。有一天下午，我去拜访母亲，一个陌生仆人出来开门，我这才知道尤迪特离开了。

我知道，这是她能够用来告诉我的唯一方式。毕竟她和我没有什么关系，也没有任何权利要求我什么。两个人之间的数十年的官司不可能用大声争吵和辩论来解决。最终必须以这种或那种方式采取行动。也许，在这期间发生过什么我不知道的事情。

那三个女人——我的母亲、我的妻子和尤迪特——都保持沉默。这是她们共同的事务，需要在彼此之间以某种方式解决掉，然而对我，她们只需要告诉我她们决定的结果就可以了。而最终的结果就是尤迪特离开我母亲家，去了国外。但这一点也是后来我的一个警官朋友在护照办公室做了一番侦查后才得知的。她去了英国。并且我还发现这不是一时冲动的突然决定，而是一次深思熟虑和成熟已久的愿望。

这三个女人一直保持着沉默。她们一个远走高飞，另一个——我的母亲——什么也不说，非常痛苦，第三个人——我的妻子——则一直在等候观望。那时她已经知道全部或几乎全部了。她的做法非常明智，在她身处的情境下，是她的性情、品位和理智要求她那样做。你知道，她表现得非常有修养。当一个品位细腻、涵养有加的女人发现自己的丈夫正身陷麻烦之中，并且这场麻烦不是从昨天才开始的，当她发现丈夫跟她没有任何关系，他跟任何人都没有关系，内心寂寞，绝望孤独，或许，或许在某个地方存在一个女人能在人生短暂的一段时间内与他分担这种不幸的孤独……她自然会奋起抗争。她等待、观望、期盼着，竭尽所能地保持着与丈夫最佳的关系。后来她感到疲惫了，最后丧失了自控能力。有些时刻，每个女人都能变成野兽……而这时，虚荣这头猛兽开始在她的内心咆哮。之后她变得平静，认命，因为已经无计可施。等一下，让我再想想，我认为她从未认过命……但这只是感觉上的细枝末节。她实在无能为力，于是有一天，她对丈夫放手了。

自打尤迪特消失之后，没有人再提起她。正像我说的那样，那种感觉就像她被缝进麻袋扔进河里一样。我们家关于这个大半生光阴都在我母亲的房子里度过的女人的消失所保持的沉默，实在令人惊诧不已，感觉就像解雇了一个什么杂活都干的用人一样。刚才她在这里，现在转眼不见了。仆人们总是会换来换去的。那些爱发牢骚的家庭妇女又是怎么说的呢？……“我跟你说啊，这都是些拿工资的敌人。而且他们的特别之处就在于，明明已经拥有了一切，却还不知足……”是的，尤迪特不知道自己应该满足。她在某天睁眼醒来，想起从前发生过的一件事，随后想得到所有的一切。于是她选择了离开。

当时我生病了。但不是立刻得的病，而是在她离开半年之后。我的病不是很严重，但也威胁到了我的生命。可是医生想不出救治的办法，事实上也没人能有什么办法。那时候我甚至觉得，连我自己都没有办法。我生的是什么病？……很难说清。当然最简单的答案是，我承认是因为那个女人的离开；这个女人的青春是在我身边度过的，她的身体和灵魂对我发出了一种个人的邀请，她的离去使潜伏在我内心的情感骤然爆发……是的，她点燃了矿火，而灵魂的坑道里所有的可燃物都堆积在那里……这听上去十分美好，但又不完全对……我应该说，除了惊愕与不解，我是否还感觉到了某种微妙、意外、谨慎的如释重负感？……这也是事实的一部分，尽管并不是事实的全部，而另一个事实则是，我从刚一开始就感觉到，我所承受的伤痛与煎熬，仅仅是我的虚荣心使然。我确切地知道，这个女人是因为我的缘故而去了国外，并且我私下也暗暗松了一口气。那种感觉就像有人在城中公寓里偷养了一头危险的野兽，并在某一天，他听说它选择了挣脱约束、逃回丛林……可同时我也感到被冒犯了，因为我觉得她没有权利离开。她的离开对我来讲，仿佛被自己的私有财产背叛了一般。是的，我是虚荣的。随后，时间继续流逝。

有一天，我醒来之后，意识到自己在想她。

思念一个人，是最为可悲的一种感觉，是你环顾四周仍想不明白的一种感觉。你会伸出一只犹豫的手去找寻一杯水、一本书，你生活中的一切都秩序井然——物品、人、那些业已习惯的作息时间、你与这个世界的关系，都没发生任何变化。只是你总是觉得缺了些什么。于是你试着重新布置房间……但是问题是出在房间布置上吗？不是。然后你又试着离开，去一个你向往已久的城市旅行，去感受它的全部，阴郁与辉煌。你在这座陌生的城市里早早醒来，匆匆忙忙拿着地图和导游书走到街上，寻找着著名教堂里的圣坛壁画，凝望着著名桥梁的拱形。你来到餐厅里，服务员带着当地人特有的自豪为你奉上地道的特色佳肴，那个地方出产一种比其他任何地方的酒都要醇烈的葡萄酒。那些曾在这里居住的伟大艺术家们为他们诞生于此的城市留下了一系列巨幅杰作，你在窗棂、门庭和屋檐下漫步，那种美丽与高贵的线条在世界闻名的书籍中都有长篇介绍。无论昼夜，那里的街上总是挤满了拥有漂亮眼眸，步履轻盈的女人和姑娘。那里住着一个自豪的种族，他们由衷地意识到自己的美丽和性感。当她们将善意的目光投在你的身上，或者带着优越感温柔地嘲弄你的孤独，传递着发出邀请的信息，那些目光散发着风情的火花。午夜河边会传来悦耳的音乐声，人们借着纸灯的光芒低吟浅唱，一对对情侣举起酒杯，在觥筹交错间翩翩起舞。在这充满着密集音乐和迷幻灯管的地方有一张桌子等待着你，还有一个跟你愉快交谈的女子。你就像是一个勤奋的学生观察着一切，充分享受着这难得的美好时光。你从清晨开始走遍这座城市，手拿旅游指南，满怀着焦虑的热情，注意每一个细节，就像担心会错过什么一样。你的时间感完全改变了。就像一个人遵循一种紧张的秩序行动一样，你掐着某一刻醒来，就像有人在等着你一样。并且很明显，这就是问题的所在，尽管你很久以来都不敢对自己承认这一点：你确信在这个秩序后边有一个人在等着你，如果你准时而细心，如果你按时起床，很晚上床，如果你在人群中度过很多时光，如果你到处旅行，如果你参观参观特定的地点，最终你会与那个等待你的人相遇。你当然知道这种希望完全是孩子气的。你只能相信世界拥有无穷的可能性。警官也知道她离开了，去了英国某地。英国大使馆也无法提供更多的信息，也许他们知道但不肯透露……世界在你和那个消失的人之间竖立了一道神秘的屏障。四千七百万人住在英国，那里有世界上人口密度最大的城市……你要去哪里找寻她呢？……

而且就算你找到了她，你对她说什么呢？……

尽管如此，你仍然在等待。你想再来一杯吗？……这是非常醇厚的葡萄酒，早上会让你神清气爽，一点不会头痛。我非常清楚……服务员，再来一杯蓝茎！

现在这里已经烟浓气冷，只有这个时候我才感觉最舒服。这里只剩下熬夜的人，你看。这里有孤独者和智者，失落者和绝望者，对他们来说一切都无所谓，只要他们能在某处停留，在那里周围有灯光和陌生人就行，在那里孤独的人可以待着，而不必回家……人到了一定年龄，经历过一些事情之后，回家就成了一项艰难的任务。而最好的方式就是这样，坐在一群陌生人当中，独自一人，跟周围没有任何关联。“唯有花园和朋友，”就像伊壁鸠鲁[1]所说的那样，“没有别的解决方式。”我想他是对的。但是人不需要太多的花园，只要在咖啡馆的露台上摆放几盆植物就够了。至于朋友，有一两个已足矣。

服务员，请拿点冰过来……上帝保佑。

我说到哪里了？

是的，说到那些日子，那些等待的日子。

我只是发觉人们开始观察我。先是我的妻子，后是工厂里的

1　伊壁鸠鲁，古希腊哲学家、无神论者，伊壁鸠鲁学派的创始人。他的学说的主要宗旨就是要达到不受干扰的宁静状态。

人，再后来则是俱乐部里外界的人。那段时间我的妻子很少见到我，偶尔会在午饭时见到，晚上见到我的情况则更少。我们家也很久没有客人造访了。一开始我在拒绝别人的邀请时还有些紧张，但后来就变得自然，并且我也无法忍受邀请客人到家里来。因为这一切是那样痛苦且不真实……你知道，整个家庭和家庭管理，一切都展现得恰到好处，美好而精准，房间、名画、艺术品、男仆、女仆、瓷器、佳肴和美酒……只是我从没感觉自己是房子的主人，我甚至没有家的感觉。我一刻也不相信这是真正的家，一个我愿意邀请外人来的地方。那感觉就像是在演戏一样，我和我的妻子不断向宾客证明着什么：这是一个真正的家、真实的家。可是它什么时候不曾是呢！……为什么？事实胜于雄辩。简单而强有力的事实是无须解释的。

于是我们越来越孤立自己。世人有着敏锐的听觉。只需要某些征兆，一个动作就够了。那张由妒嫉、好奇和恶意编织而成的、精密的间谍网络已经开始怀疑某些东西。你只需拒绝几次邀请或者不及时回请曾经邀请过你的人就够了。从这些迹象里社交圈就会察觉，某人准备从这个社会体制中逃跑，并且知道这个或那个家庭出了问题，某对夫妻处于危机之中。当一个家庭行将瓦解时，人们能感受到“出了问题”，就像在家里有一个传染病人，就像防疫医生在大门上贴了红色告示一样。人们对待这样的家庭成员的态度更加谨慎，带着些许嘲讽和保留。这时候人们希望听到的只是丑闻，没有什么比别人家庭的彻底破裂更令他们期待的了。这完全是一种社会狂热，一种瘟疫。只要你只身走进一家咖啡馆或餐馆，人们就开始交头接耳："你听说了吗？……他们家出问题了。他和他老婆正在闹离婚呢。她丈夫和她最好的朋友一起欺骗她。"这就是人们所期待的。就算你和妻子一同出去，他们也相互使眼色，互相躬身，以学者的口吻说道："他们虽然还会一起出入，但这已经没有任何意义了。他们只是故意在公众面前制造一个一切如旧的假象而已。"慢慢地，你就会意识到他们是对的，即便他们不清楚真相，即便每个细节都不过是粗鄙的谎言。在重要的、凡俗的事情上，社会上的小道消息既神秘，又可信。拉扎尔有一次半开玩笑半严肃地说："没有比诽谤更加真实的东西了。一般来说，人与人之间是没有秘密的。我们拥有一种短波通讯系统，通过它，我们哪怕最隐秘的想法都能相互告知：言行只是后果而已……"我相信他是对的。我们正是这样生活的。那种微妙关系开始瓦解，就像我已经做好了移民的准备一样，你知道的。你一直以为在你的工作单位和家中没有人会怀疑你什么，可事实上，所有人都知道你已经去大使馆申请过签证和序号了。你的家人继续耐心、谨慎地与你交谈，就像跟疯子或是罪犯说话那样，他们也同情你，但私底下他们已经悄悄通知了家庭医生和私人侦探……总有一天你会明白，原来你一直都活在家庭的监管和医生的监护下。

一旦知道了这些，人就会变得多疑，于是开始小心翼翼地行动，斟酌每个字句。没有什么比摧毁一个已在生活中形成了的境况更为艰难的事情了。这项工作就像拆掉一座大教堂一样复杂。这样做肯定会令人感到遗憾……当然在危机当前的境况下，不管是面对我们自己还是我们的伴侣，没有什么比多愁善感更严重的罪过了。明白在生活中,你对什么东西拥有权力,需要很长时间吗？……你的生活在多大程度上是属于你自己的，在多大程度上你把自己交付给对命运的感受与回忆？你看，我是一个毫无希望的市民：因为对我来说，一切在某种程度上都是法律问题，包括离婚，也包括我对家庭和世俗处境所做的那种无言的反叛。这些都关乎法律，并且不仅仅是离婚诉讼和赡养费这种层面的问题，人与人之间的关系还被形形色色的法律权利所捆绑着。这时你会在漫长的夜晚，在人群中或街道上盘问自己，当你突然了解了其中的内在联系时：“我得到了什么？付出了什么？我又亏欠了什么……”这都是折磨人的痛苦问题。我花了好多年才想明白，在一个人所肩负的所有义务之下，还存在一种权利，并非人类所创造，而是造物主，这就是你拥有孤独死去的权利，你明白吗？

这是一种巨大的权利。其他的一切都只是从属而已。你从属于你的家庭,从属于社会,而这些也都能为你提供许多好处。另外，你还从属于一种感受，以及你自己的记忆。但是在生命中总有一个时刻，你的灵魂会溢满对孤独的渴望；总有一个时刻，你不想要其他任何东西，只是安静地，以一种得体的人类尊严来为人生的最终时刻、为最后一项人类任务做好准备：死亡。当你到达这一时刻时，必须要小心，不能自欺欺人，否则你就会失去行动的权利。如果你的行动是出于自私的考虑，只是由于舒适或者委屈，为了虚荣的欲望而寻找孤独，那么你就依然被世俗和所有代表世俗的事物所负累。只要你有欲望，你就拥有责任。但是，你的灵魂完全被孤独感充满的那一天终会来临。那时，你只想把一切多余、虚假、次要的东西从灵魂中剔除，而别无它求。当一个人开始一段漫长而危险的旅程时，他会小心翼翼地打理包裹，多次审查所有的物件，从各个角度去判断和衡量，只为将其容纳进略显羞涩的行囊中。只有当他确认是绝对需要时才会做出决定。年近花甲的中国隐士也是这样离开家庭的。他们只身携带一个小包袱，在黎明时分，微笑着、悄然无声地动身。他们想要的不是改变，而是归隐山林，寻找孤独和死亡之地，这便是人生的最后一段旅程，而展开这段旅程也正是你的权利。你为这段旅程准备的行囊一定要轻便……必须是你用一只手就能携带的重量，里面不装任何无用、虚荣之物。到了一定年龄，这种渴望就会变得相当有力。一旦听到孤独的声响，你便会立即认出那种熟悉的感觉。那感觉就像一个人在海边出生，然后生活在喧闹的城市里，可是某天在睡梦里仍然能重新听到大海的声音。你想要独自生活，没有任何目的。把一切交给那些有权拥有它们的人，然后离开。洗涤干净你的灵魂并且等待着。

孤独在一开始是沉重的，就像一个人被判了刑。有些时候，你也会觉得无法承受。也许有人与你分担会好一些，也许这能使严重的刑罚减轻几分，无论与谁分担，即使是不相称的伙伴，或者陌生的女人。有时你也会感觉到脆弱。但这些都会过去，因为孤独会慢慢让你拥抱自己，就像是一种神秘的生命元素，就像是时间，在时间里，一切皆有可能发生。突然间你会意识到，原来所有的一切其实都是按着时间表发生的：首先是好奇，然后是渴望，之后是工作，最后则是孤独。而现在的你已再无所求，既不寄希望于新的女人的安慰，也不寄希望于某个朋友智慧的建议来平息你灵魂的怒火。一切的人类语言都是虚荣的，就连最睿智的语言也不例外。每种人类感受中存在那么多的自私自利、慵懒的愿望、有心机的勒索，一切都是无助无望的附属品！一旦想明白这一点，你对人便不再抱任何期望；你不会等待来自女人的帮助，你也会认识到金钱、权力与成功的可疑代价和可怕后果，你再也不想向生活索取任何东西，只想蜷缩在一角，不用人陪伴，也无须帮助或安逸，你只需倾听静谧的声音，听它在你灵魂中发出的缓慢声响，就像在时光的河流两畔……那时你便有权利离开了，因为这是你的权利。

每个人都有独自在教堂般的寂静中为自己的离去和死亡做准备的权利。每个人都有权利再次清空自己的灵魂，使之变成一种人之初的童年时代那样空灵、虔诚的模样。就在这时，拉扎尔有一天动身去了罗马。那时，我自己也正好达到孤独的节点，那一刻我必须要进行一段漫长的旅程。很长时间，我一直希望能有另外一种解决途径，但是却没有。最终，或是临近终点时，人必须孑然一身，遗世独立。

不过在这之前，我娶了阿尔多佐·尤迪特，因为这是事情的顺序。

有一天，下午四点钟时，我房间里的电话响了。我妻子接的。那时她已经获知了一切，知道我正在癫狂的等待中相思成疾。她就像对待一个病入膏肓的患者那样对待我，已经准备好做任何牺牲。但是到了真正的时刻，她却没有办法做出真正的牺牲：她抵抗到了最后一刻，试图留住我。然而到了那时，事实已经证明，另一个女人更占上风，我也随她远走他乡。

她拿起话筒，问了一句什么。我当时正背对着电话坐在书堆当中。我能从她颤抖的声音中听出发生了什么重要的事情，我知道这一刻就是我的等待和紧张结束的时候，是我们多年来一直准备等待的那一刻。她拿着电话无声地走到我的身旁，把电话放在我面前的小桌子上，然后离开了房间。

“Hello[1]”，我听到了一个熟悉的声音，那是尤迪特的声音。她讲话的方式是如此做作，就好像她已经忘记了匈牙利语怎么说一样。

然后是一阵沉默。我问她现在在哪里。她在电话里告诉我火车站附近一个宾馆的地址。我放下电话，找出帽子和手套，便起身下了楼。当时我的脑子里充斥着各种各样的想法，却唯独没有想过这会是我最后一次走下这道楼梯。那时我还有汽车，车一直

1　此处指尤迪特用英语打招呼。

停在房子前面。我开车去了那家吉凶未卜的郊外旅馆。尤迪特在大厅里等着我，站在一大堆行李中间。她穿了一条方格裙子，一件淡蓝色的羊毛上衣，手上戴着昂贵的手套，头上还戴着一顶旅行帽。她是那样舒适地坐在三流旅馆的大厅里，就好像这整个场景——包括她的离去和她的归来——都只是我们讨论过的某个环节。她向我伸出手，显出一副淑女的样子。

“我应该待在这里吗？”她边问边向四周看了看，毫无疑问是指这间旅馆。看样子她是想让我来做出所有的决定。

我把钱交给门房，让他把行李搬进我的车里。她一言不发地跟我上了车，就坐在我旁边的副驾驶座位上。她的行李很漂亮，一系列皮质提包，英国货，还带着并不完全熟悉的外国旅馆标签。直到现在，我依然记得与她重逢的第一刻，那些漂亮的行李包是如何使我的心里充满了扭曲的满足感。我感到高兴，因为我不用为尤迪特的行李箱而感到尴尬。我径直把车开到了岛上的大酒店[1]，给她订了一间房。我自己则在多瑙河畔订了房间，并往家里打了个电话，吩咐家里人把我的衣服和行李箱送来。从那以后，我就再也没有踏入过我们家的房子了。我们就这样持续过了六个月，我的妻子待在家里，尤迪特住在岛上的酒店里，我自己则住在多瑙河岸边的酒店里。然后我便和妻子离婚了，并在第二天娶了尤迪特。

---

1 指玛尔吉特岛大酒店。

在那六个月里，我很自然地跟世上的一切都中断了联系，中断了不久前还与我有着直接关联的人际联系，就像一个人属于家庭一样。我继续去工厂工作，但是在社交圈和被称为“世界”的另一种更嘈杂、更日常的社会群体里，人们再也见不到我了。有一段时间，他们还对我发出邀请，带着伪装的善意、毫不掩饰的幸灾乐祸和好奇之心。人人都想看一眼叛逆者。他们企图把我拉进一个个沙龙，那里的人们看似在谈论着别的事情，却总是对我保持着一种留意而讽刺的眼神，就好像我是一个随时可能说出或做出某种惊世骇俗事情的疯子一样：这类人虽然有点可怕，但却很有趣，能够娱乐别人。那些自称为我的朋友的人则企图带着一种神秘的严肃来找我出去，他们暗下决心要“拯救”我。他们给我写过信，去我的办公室找过我，还与我进行过深入灵魂的诚恳交谈。但最终，他们都感觉受到了冒犯，然后把我交给命运，任我自生自灭。很短的时间内，所有的人在谈及我时，都表现得仿佛我犯下了贪污罪或道德放荡一样。

不过，实话实说，那六个月算得上是我生命中一段宁静的、几乎令人满足的时期。真相总是简单而令人平静的。尤迪特住在岛上，我们每天都共进晚餐。她总是表现得毫不在乎并有所准备地等着我。她一点也不急。有时人们明白有些事是不值得争斗或惊慌的，因为无论如何，该发生的总会有合适的时机发生。我们两个就像决斗开始前的对手一样观察着彼此。那时我们仍以为我们两人之间的事情是我们人生最重要的对决……我们出生入死地搏斗，而在这场决斗结束时，无论我们是如何的伤痕累累，都会达成一种骑士般的和平。我为她牺牲了自己的社会地位，市民阶层的秉性，我的家庭，还有那个深爱过我的女人。她并没有为我放弃任何东西，但又时刻做好了牺牲一切的准备。她已经出手了，她已经行动了。就在某一天，预期变成了行动。

我花了很长时间才弄清楚在我们之间究竟发生了什么……她也花了很长时间才弄明白，因为周围没有别人可以提醒我们。那时拉扎尔已经旅居国外，就像是一个在某些方面受到冒犯而走向死亡的人。有一天，他真的死了，两年前死在罗马，终年五十二岁。从那以后，我的生命之中再也没有见证人了，再也没有人约束我了。

自从我们在火车站附近的那间三流旅馆里相遇的那一刻起，就像流亡者一样生活着，仿佛到了一个完全陌生的世界。我们努力不露声色地适应新的习惯并且身处新的人群中，做出一切努力使自己不至于太突兀，如果可能的话，我们也会尽量避免多愁善感，不去想被我们抛在身后的家乡和故人。我们两人都没有说出来，但我们心里都清楚，无论我们从前过的是什么样的生活，如今都已结束，都过去了。于是我们就一边等待，一边观望。

我要把这个故事原原本本地讲给你听吗？……你会不会觉得听着很累？……我会尽量挑实质部分讲。于是，我独自一人住进了多瑙河畔的酒店里，并叫人给我送来了行李，在经历过最初的震惊之后，我就睡着了。我那时已经筋疲力尽了，所以睡了相当长的时间。当我醒来时已经是晚上了。电话一直没响过，一次也没有，无论是尤迪特，还是我妻子，谁都没有给我打过电话。想想也是，在那种情况下她们两个又能做什么呢？毕竟她们中的一个刚刚最终确定已经失去我了，而另一个也刚刚相信已经赢了这场持续多年的无声的战争。她们就只是坐在城市两头各自的房间里，思忖着，但是她们所想的自然不会是我，而是彼此。她们都知道事情永远不会真正结束，而她们之间的决斗也才刚刚进行到最艰难的阶段。我睡得一塌糊涂，就像嗑了药一般。当我醒来并给尤迪特打电话时已经是晚上了。她的回答相当镇定。我叫她等着我，我正在去她那里的路上，我想和她谈谈。

就在那个夜晚，我才第一次真正开始了解这个不同寻常的女人。我们去了市中心的一家饭馆，因为在那里我不太可能遇见熟人。我们在收拾妥当的餐桌旁坐下来，服务员拿来了菜单，我点了晚餐，然后我们便开始小声谈论着平常的话题。整顿饭下来，我都在观察尤迪特的举止。她知道我在看着她，便时不时露出有些嘲弄的微笑，或者说，那种浅笑从来没有从她的脸上消失过，那感觉就好像在说："我知道您在看我。那您就好好看着吧。我已经学会了这门功课。"

她的确把一切都学到了完美的地步，甚至都有点太过精湛了。你相信吗，这个女人竟然在短短几年间以自身的力量学会了所有被我们其他人称作"生活方式""社会交际""良好举止"和"上流社会生活规则"的东西，这一切是我们从生活环境和教育中直接习得的知识，就像受到适当训练的动物一样。她知道怎么进门，怎么打招呼，怎么避免去看服务员，怎么不去注意餐厅服务，同时还知道如何能在享受服务时保持一种下意识的优越感。她的餐桌礼仪正确到了近乎毫无错误的地步。她碰触刀叉、杯子、餐巾的方式，就像从未用其他方式或其他餐具用过餐一样，在任何条件下都没有。同时令人感到惊讶的还有她的衣着打扮，并且不仅仅是第一个晚上，而是直到后来也一直令我感到惊奇。我并不是说我是女士服装方面的专家，我只是跟其他男人一样，只知道与我一起出入的女人与她的衣着是否相配，在服装品位上有没有错误，有没有显得矫揉造作……而这个女人，她身穿黑色外衣，头戴黑色礼帽，美得如此简单大方而又引人注意，就连服务员都张开嘴巴盯着她看。她入座以后，摘下手套，边听我念菜单上的菜品，边点头轻笑，表示对我选择的赞同，而随后又立即转换话题，以一种迷人的姿态向我靠来：她的一举一动我都看在眼底。这一切就像是一场关键的考试，而她以满分通过。在那第一个共度的晚上，在晚餐间，尤迪特出色地通过了考试。

而我自己心里，则是满怀焦虑地希望她能表现出色，并且一旦她顺利通过了考验，我也会欣喜若狂，感到满足而放松。你知道，那就是我们所说的“凡事有因才有果”。我们之间所发生的一切也都是有原因的，而事实证明这个女人真的是一个极其出众的灵物。我当即便为自己之前的焦虑感到了羞愧。她自己也感觉到了这一点，便时不时地冲我笑笑，尽管如我所说，她的笑总是带有那么一丝嘲弄的意味。她在餐厅里的表现就像一位上流社会的女人，就像一位一生都是在这种场所度过的高贵女人。不，她表现得比那还要出色得多。就连上流社会的淑女也不能做到像她那样无可挑剔地用餐，无法做到像她那样优雅执刀叉的姿势或保持那样严格标准的行为举止。出生在这种阶层内部的人们往往会对自己的出生和所受教育的束缚有种反叛。然而，尤迪特主动地接受考验，的确，她做得不露声色，沉稳自信。

这一切开始于那天晚上，并一直持续到了后来所有的日子里，多年下来——每个夜晚，每个早晨，无论是有人陪伴还是独自一人，无论在餐桌上还是在社会里，或是随后到了床上，在任何可能的情形下——尤迪特每天都在经受着那些可怕而又无望的考验，不过她每天的考试成绩都非常出色：只是我们俩都在实践中考砸了。

说老实话，我也有错。我们俩就像表演中的野兽和驯兽师一样互相注意着对方。我从未对尤迪特有过一句批评之词，我没要求她以别的方式穿衣打扮，或是采取某种行为举止，或者改变她声音中的抑扬顿挫。我从未让她以她不想要的方式行动。我从未“教育”过她。把她灵魂的成熟状态当作一种礼物来接受，我既接受其本来的样子，也接受生活对它的雕琢修饰。我从来没有对她有过任何高于她自己本来样子的期待。我想要的不是一个淑女或名媛，我所期待的只不过是一个能与我分担孤独生活的女人。然而她却表现出了令人畏惧的野心，就像一个年轻的士兵，想要占领和征服世界，因此整天复习课程，自己演习，自我操练着……她对任何事任何人都不畏惧。她所担心的只有一件事：对她自身的伤害，那个致命的深深伤口在生命和灵魂的最深处发出灼热的光芒。这就是她所害怕的东西，她用尽一切方式来反抗，通过言语、沉默以及行动。

我对这一点无法理解。我们去餐厅吃了饭。你问我们聊了些什么？……当然是伦敦。我们聊得怎么样？……她的回答有些像在接受考试："伦敦是座大城市，人口众多。穷人用羊油做饭。英国人思考和行动总是谨慎从容。"偶尔也会在大篇的陈词滥调中偶尔冒出一两句切题的话，比如"英国人都知道，能够生存下来比什么都重要"。当她说这句话时，有一道光从她眼中一闪而过，但又转瞬即逝了——那或许是她第一次向我表露出她的个人观察，是她自己发现并在我面前说出。那种感觉就像她一时没控制住自己而说出了自己的个人观点，但说出之后又立刻后悔了，后悔暴露了自己，后悔说出了秘密，后悔让别人看到了原来她对世界、对自身、对我、对英国人也有自己的看法，并且她还说出了这一看法……人是不会当着敌人的面讲个人的经历的。那一刻我感受到了某种奇怪的东西……但又说不上来是什么……她沉默了一会，又继续回到了陈词滥调当中。考试又继续进行了。"是的，英国人很有幽默感。他们喜欢狄更斯还有音乐。"尤迪特读过《大卫·科波菲尔》了。还有呢？……她平静地回答说，她还随身带了赫胥黎的新作在旅途中阅读，书名为《针锋相对》。她一路都在读这本书，并且现在仍然在读……她还说如果我喜欢的话她可以借给我读。

当时的情景就是这样。我和尤迪特一起坐在内城的一家餐厅里，吃着螃蟹和芦笋，配着醇厚的红酒，聊着赫胥黎的新作。她的手帕展开放在我面前的桌子上，散发出一种浓郁宜人的香味。我问她用的是什么香水……她说了一款美国产的美容产品的名字，英文发音非常漂亮。她说比起法国香水，她更喜欢美国香水，因为法国香水味道浓得有点令人窒息……我怀疑地看着她。她这是在打趣我吗？但这并不是一个玩笑，她是认真严肃地说的，这就是她自己的观点。她表达观点的方式就像有些人通过经验过滤某些特定的真理一样。我没有敢问她一个来自多瑙河西部地区农民家庭的女孩是如何拥有这些经验的，她又如何能这么肯定地说法国香水"有点太浓……"说到底，她在伦敦时，除了给一个英国家庭当女佣，还干过什么别的事吗？我对伦敦多少有些了解，也有过与英国家庭相关的经验，因此我知道在伦敦当仆人的条件并不那么优越。尤迪特沉着地回看着我，等着我更多的提问。而就在当晚，就在那头一个晚上，我注意到了某些日后、每个夜晚直到最后都会注意到的东西……你知道，她会接受我所提出的任何建议。我说，我们去这里或去那里，她都会点点头说：好的，我们去吧。但是在我们真正动身前往的时候，她又会在车里轻轻地说："或许……会更好。"然后我们最后没有去我选好的餐厅，而去了另一家并没有更好或更精致的地方。并且当我看菜单点餐时，上菜之后，她会尝一下，然后推开说："或许……的话会更好。"然后服务员便会端来其他的菜，并会换上别的酒水。她总是想要与众不同的东西，总是想去不同的地方。我一开始以为她之所以会这样突然改变主意是因为恐惧和困惑，但我渐渐地发现了真正的问题在所，那就是对她来说，甜的永远不够甜，咸的也永远不够咸。她会突然把最好的餐厅里最好的厨师做的烤鸡推到一边，轻声但是坚定地说："这道菜感觉不太对。给我上点别的吧。"对她来说，奶油永远奶油味不够，咖啡也永远不够浓，任何东西、任何地方都不够。

我以为她只是反复无常罢了。不要紧，我只需要观察，继续观察就行了。我这么想着，甚至觉得她这种反复无常有些好笑。

但是后来我发现，这种反复无常是有很深的根源的，深到我无法洞悉。这一根源是贫穷。尤迪特是在与她的记忆做斗争。有时，我会被她这种单纯的想要变得比她的记忆更强大、更规矩的渴望所感动。但是如今，贫穷在她与世界之间所筑起的堤坝已经塌陷了，波涛漫上她的灵魂。她其实并非是想要比我主动所给的更多、更好、更闪耀的东西：她想要的只是与众不同罢了……你理解吗？她就像是一个危重病人，幻想着在另一间屋子里会感觉好些，或者可以咨询另外一位更高明的医生，或者在某地存在某种比她现在正在服用的药材效果更好的药物。她想要的一直都只是某种别的东西，某种与众不同的东西。她偶尔会为之道歉。她并不会说什么，而只是看着我。也正是在这种时候，我才感觉自己距离她那骄傲而受伤的灵魂最近。她会无助地看着我，仿佛在告诉我她没有办法消除自己的贫穷和记忆。而同时，她心里又会响起另外一个比这种无声的求助更为大声的声音。这个声音想要不一样的东西。从第一天晚上这种情况就已经开始了。

她想要的是什么呢？是报复和一切。怎么做到？连她自己也不知道。她或许还没有为此想出一个作战计划。你知道的，去撼动那种与生俱来、根深蒂固的秩序并不是一件好事。只有在有时发生了某种事故、人际关系和偶然的转折时，人才突然清醒，并开始观察周围的世界。之后，她会突然惊讶地发现，自己已经找不到自己的位置了，她已经不知道自己要找寻的是什么了，不知道该如何限制自己的渴望，也不知道自己所真正渴望的又是什么……她已经不能确定和看清被她混淆的想象力的界限了。转眼之间，一切都变得不好了。昨天她还会因为一块巧克力、一条彩色丝带以及阳光、健康等生活中某种简单的事实而感到幸福；昨天她还会一边从一只有缺口的杯子里喝水，一边因为水的凉爽和解渴而感到高兴；昨天晚上她还可能倚靠在公寓的走廊栏杆上，在黑暗中倾听某处传来的音乐声，并感到愉悦。当她看到一朵花，还能展露笑颜。世界可以奇迹般地给她满足感。但是后来，事故发生了，灵魂也失去了内在的平和。

尤迪特做了什么？她用自己的方式向我发起了一场阶级对抗性质的斗争。

也许她并不是针对我，不是针对我个人。只是世界在我的身上具体化，而她对这个世界拥有无法估量的欲望，她怀着那样绝望又病态的羡慕，而这种羡慕以一种不幸、清醒而冰冷的癫狂来表现，当她终于能够把所有的欲望倾注在我的身上时，便再也无法平静了。一开始她只是有些焦虑和慌乱，只是会退掉食物而已。但是后来，令我暗暗吃惊的是，她甚至开始更换旅馆房间了。她从对着公园、带着浴室的小型套间换到了能看到河的更大房间里，还带有会客室和卧室。她说“这里更安静些”，那语气就像一个耍性子的巡回演出的女明星一样。我微笑着听她抱怨，账单自然由我来处理，但是非常谨慎：我给了她一个支票本，请她自己去付所有的钱。可是三个月后，以令人惊讶的速度，我接到银行的通知，我专为尤迪特开的那个账户里面原本数目可观的钱已经用光了。她是如何花掉这么多钱的，又是花在什么上面的？要知道这笔钱对她来说可是一个相当大的数额，都可以说是一小笔名副其实的财产。当然，我从未问过她这个问题，因为很可能她自己也无法回答。只是她灵魂的缰绳断掉了而已，这就是全部。她衣橱里挂满了昂贵、以惊人高雅的品位挑选的、大部分根本没用的东西。她毫不考虑地进入最好的精品店去购物，用支票付钱。她买了许多帽子、裙子、毛皮衣服、时尚新品，还有开始是小些的、后来越来越大的珠宝首饰。她以一种奇特的饥饿感获取这些东西，在她的境况下这是完全不自然的，而且多数时候她甚至不穿戴那些她以如此方式疯狂采购的东西。只有饥饿的人才会以这样的方式冲到宴会桌前，丝毫不考虑大自然神奇地加到我们欲望上的限制，肠胃损坏的危险也无法阻止他们。

没有任何东西足够好。没有一样东西是足够色彩缤纷、足够甜、足够咸、足够热、足够冷的。她的灵魂仍然在寻觅着某样东西，带着饥渴，在充满欢欣的激动中满怀着急迫。她会花一整个上午去探索最为昂贵的中央商店，上气不接下气，唯恐商店卖掉她渴望得到的商品。而她看上的又是什么呢？另一件毛皮衣服？另一件鲜艳、时尚的服饰，摩登的首饰，应急的小饰品？是的，她看上的就是这些，甚至包括荒谬、不理智的，属于毫无品位范畴内的东西。有一天，我忍不住对她说了几句。她就像一个乱打乱杀的人突然惊呆停滞了下来。她看了看周围，如梦初醒，然后开始哭了起来。她一连哭了好多天。然后便好长时间没再买过任何东西了。

但是随后，她又变得异常沉默了起来，仿佛在努力看向远方，回忆从前。我被她的安静所触动了。不管什么时候，只要我想，她就会陪着我。她就像是一个被人当场捉住的家贼一样，感到十分后悔、惊慌和羞耻难当。我决定不再提起那件事了，也不再警告她了。毕竟说到底钱也不算什么；我那时候还是有不少财富的。不过这也并不是我认为钱不算什么的唯一原因，就连其他理由也不算：因为那时我已经知道，如果一味存钱，付出的代价是让我迷失自己的话，那么无论是所有的钱还是一部分钱，便都没有意义了。因为那几个月里我自己也过得相当危险，我们三个都过得相当危险，尤迪特是这样，我的妻子是这样，我也是这样。我们都在面临着生命危险，这么说毫不夸张：我们曾经紧紧抓住的一切都崩塌了，生活变成了一片洪水泛滥的土地，污浊的潮水冲走了一切，淹没了我们的记忆、安全感还有家园……有时我们能够把头浮出水面，寻找附近的浅滩，但哪里都找不到岸的踪影。到最后，生活中的一切必须要被给予某种形式，甚至连反叛也是如此。最终，一切都会变成生活中巨大的陈词滥调。在这场安静的地震中，我的金钱又有多少价值呢？……就让钱也和其他事物一起被巨浪冲走好了，就让它与平静、渴望、自尊和虚荣一起被水冲走吧。总有那么一天，一切都会突然变得简单起来。所以我没有对尤迪特说任何话，而只是任由她做着想做的事情。我给了她全部。有一阵她也在抗拒着自己的购物欲，并努力做着调整。她会以一种恐慌的神情警觉地看着我，完全就像一个被指责贪婪、不忠或浪费的仆人一样。

是的，我毫不介意地将一切都给了她。她又开始了自己疯狂的行程，迫不及待地奔向城里，奔向女裁缝师、古董商人和时尚商店。稍等一下，我有点头疼。服务员，我要一杯水，还有一片匹拉米洞[1]，谢谢。

现在，我向你提起这段往事，还能感受到像当初一样的眩晕感。那感觉就像面对一道巨大的瀑布，到处都找不到任何屏障，也没有能让你伸手够到的一只援救之手。就只有水声在耳畔嘶吼咆哮，以及来自水底深处的呼唤，让你感觉到一种突如其来的深远、恐怖而又满是诱惑的眩晕……而你也知道，如果你想转身回头，逃离这一切的话，你就必须用尽全身的每一分力气。这取决于你自

1　匹拉米洞，一种解热镇痛药。

己，你只须退一步就海阔天空。只须说一句话，写一封信，去行动。你在上面，下面就是湍急的水流。当时我就是这种感觉。

我想着这些事情，开始头疼了起来。今天我能看清这一切了，至少能看清其中的几个时刻。比如，她告诉我她在伦敦有一个教唱歌的希腊情人时，我就看清了她的意图。那已经是她的伦敦之旅行将结束的时候了，因为那时她已经决定要回来了。但是首先她想要买衣服，还有鞋子和优雅的行李箱。那个希腊音乐教师给她买了她想要的一切。然后她就回来了，在车站附近开了间房，拿起电话打给了我，并用英语跟我说"hello……"，仿佛她已经不会说匈牙利语了一样。

这个消息对我有什么影响？我想对你说实话，所以我正在试着进行回忆，试着潜入自己的内心，审视自己的记忆，但是我所能找到的就只有一个词：没有。它对我没有任何影响。想让人去理解行动和人与人之间关系的真正意义是很难的。比方说，当有人死去时，你不明白。死去的人被埋葬了，你仍然没有感觉。在世人面前，社会场合中你穿着孝服，并以庄严、肃穆的神情凝视前方，但是之后当你独自回到家后，就会开始打哈欠或挠鼻子，你会找本书来看，宁愿想着所有的人和所有的事情，却唯独不会去想那位你应该哀悼的死者。你在外面表现的是一个样子，有着得体的忧郁和葬礼般的沉痛；但是在家里，你又会讶异地发觉，你什么都没有感觉到，你所拥有的最多只是一种罪恶的满足感和轻松感。另外还有冷漠，深深的冷漠。这种感觉会持续一会儿，数日，甚至数月。你一向都在欺骗这个世界，带着阴险狡猾的冷漠生活着。然后，在许久之后的某一天，或许在一年之后，当死者早已腐烂后，你在路上走着走着，突然感到一阵晕厥，只能倚在墙边休息，因为你终于明白了。明白了什么？那种感情，把你与死者联系到一起的东西，明白了死亡的意义。你终于明白了那个事实，就算你用十指扒开泥土，找到他的骨骸也徒然无用，你再也无法见到他的笑容了，这世上的所有智慧和力量都无法让他起死回生，无法让他再次面带微笑向你走来。你可以带领军队占领五大洲，但这都无济于事。然后你便开始尖叫，又或者也不是这样的，你只是面色苍白地站在街上，感觉失去了意识，就像世界的意义也随之而逝，尘世中只留下你孤身一人。

再就是嫉妒。嫉妒意味着什么？……嫉妒的背后又是什么？当然是虚荣。我们身体的百分之七十是液体，而真正用来构成人体的固体物质只占剩余的百分之三十。同样地，人的性格中也有百分之七十的成分是虚荣，而剩下的部分则是欲望、慷慨、对死亡的恐惧以及荣耀感。当一个恋爱中的男人双眼充满血丝地走在大街上，因为他担心一个女人，那个女人就像所有人一样虚荣，充满欲望，孤独，渴求幸福。她可能正在城市的某个地方躺在其他男人的臂弯中休息一个小时，他不是想从假设的危险和耻辱中拯救女人的身体和灵魂，而是企图从所有这些遭遇中保护自己的虚荣。尤迪特告诉我她曾经有过一个希腊音乐教师情人，我只是礼貌地点了点头，似乎这样就会一切安然有序，然后我就转换了话题。的确，在那个时刻，我什么都没有感觉到。我只是在很久以后，在我们离婚以后，在我知道原来还有别人爱过她以后才开始在独自一人想起那个希腊音乐家时感到了愤怒和绝望，并在这种感情的折磨下痛苦呻吟。好吧，我承认，当时我真想要杀了他们俩，他们一旦让我抓住，我会把尤迪特和那个希腊音乐教师一并杀掉。我仿佛是一头受伤的野兽，一只被子弹射中大腿的动物，只因为一个与我已经没有关系的女人，一个我不想再与之相伴的女人，因为事实证明我们在任何方面都不合适。就是这个女人，尤迪特，告诉我她在过去某段时间与某个男人有过一段关系，而现在她却只能隐约记起那个男人是谁，就像记起某个她几乎不曾认识的、已经死去的人一样。但是在她向我坦白的那一刻，我却什么感觉也没有。我当时正在削苹果，并且用一种礼貌、赞同的表情注视着前方，仿佛我早就期待她所说的一切，并且我很高兴终于听到了我想要听的内容。

我们就是这样开始了解彼此的。

然后，尤迪特终于受够了我能用钱给她买来的一切。她像个贪婪的孩子一样狼吞虎咽，直到恶心腻烦。随之而来的则是另外一种东西：失望和冷漠。有一天，她感到受到冒犯，不是因为我，不是因为这个世界，而是因为她意识到了没有人可以一直与欲望展开竞赛而不被处罚。我发现在她的童年当中，在农庄里，有过那种难以想象、无法言述、令人羞耻的贫困，就像某些有倾向性的文学作品中有时会描述的那样。她家有一间小屋，还有几霍尔特土地，但是由于孩子太多、负债太多，土地远不够一家人糊口。几乎没有别的财产，只剩下一间棚屋和一个小院子，她的爸爸、妈妈还有瘫痪的姐姐住在那里。他们家的孩子都是四处漂泊，天各一方，但无论是男孩还是女孩，都是用人。她在说起自己的童年时，不带一丝情绪，而只是用一种冷淡的语气客观地讲述着，但是她的确是过了很长时间才说及贫穷的。她从未埋怨过——在这点上她是非常女性化地处理的，在生活中关键的问题上她很聪明、很在行。人们不会因为死亡、疾病和贫穷而抱怨命运，他们只会接纳并承受一切：因此她也只是在讲述事实。她告诉我她和家人是如何在冬天住在地底下的。那时尤迪特大概只有六岁，他们家因为饥饿而背井离乡迁移到了尼尔塞格[1]，并以种瓜为生。她说的“住在地底下”并不是象征意义上的，而是真的：他们在地里挖了个深深的坑穴，在上面盖上芦苇，然后就在里面过冬。她还对我说，从她的眼中可以看出童年的这段记忆在她的心里留下了深刻的痕迹——那年无情的冰冻笼罩下，田鼠也逃进尤迪特父母和兄弟姐妹居住的深坑里避寒。“那情形真让人不舒服。”她以一种追忆的口吻对我说，而并没有刻意去抱怨什么。

你知道，在一家豪华的餐厅里，这个漂亮的女人就坐在我的对面，肩膀上披着名贵的裘皮，指间闪耀着珠光宝气，每个男人从她身边经过时，都会忍不住从头到脚打量她：她却一直在平静

1 尼尔塞格，匈牙利奥尔福尔德大平原东北部的一个地方。

地给我讲述在天寒地冻的日子里居住在地下的滋味是多么不好受，因为许多只田鼠会在他们睡觉的地方上蹿下跳。在这种时候，我就只是静静地坐在她的身边，看着她，听她讲。就算是她毫无理由，不为别的，只因为想起了什么而扇我一个耳光，我也不会吃惊。但是她，尤迪特，却只是继续自然地诉说着。关于贫穷，关于世界，关于人类的共生，她所了解的比全部社会学专业书加起来都多。她从来没有指责过任何事或任何人，而只是回忆着，观察着。但是正如我说，有一天她终于受够自己的新生活了。她开始感到恶心，感到厌烦，或许是因为她想起了什么，或者是因为她明白了在市中心的商店里并不能为所有已经发生在你身上以及所有其他人、千千万万人身上的事情得到补偿——她明白了所有个人所采取的措施都是多余而无望的。对于重要的事情，生活总是通过另外一种方式来解决，而不是通过个人的方式。因此，人们无法通过个人方式为通常情况下在人们身上已经发生的以及尚未发生的事情得到补偿，无论是千百年以来还是现在，皆是如此。而那些暂时冲破幽暗的束缚沐浴在光明中的人，即使在幸福的时刻里也会保留来自背叛的犯罪记忆——仿佛他们把自己永远与那些仍然留在原处的人绑缚在一起……她会知道全部这些吗？她从未说起过。人们不会去说导致他们贫穷的这样那样的原因。她对贫穷的回忆，就像讲述宇宙中的某种自然现象一样。她从未指责过富人。而如果非要说指责的话，她倒是指责过穷人，用一种嘲讽的方式追忆过穷人和与贫穷相关的一切，就好像穷人本应该有所作为，仿佛贫穷只是一种疾病，原因是那些身患此病的人做得不够：也许由于他们没有好好照看好自己，也许他们曾暴饮暴食或在寒夜中没穿暖和的衣服。这种指责听上去就像家人对顽疾患者的指责一样，仿佛挣扎在危险的贫血病之中、仅有数周时间的垂死之人本来可以做点什么来避免疾病一样——或许，如果他及时服用药水，或者叫人开一下窗，或者没有那么好胃口吃很多罂粟籽面条，就最终不会得这个致命的贫血病……尤迪特就是这样看待穷人和贫穷，就好像她在说："总要有谁做一点什么。"但她却从未指责过富人，对此她知道得更多。

是的，她知道得更多，而现在，当世界上形形色色的商品都摆在她的眼前之时，她却突然感觉恶心不舒服了，因为她已经用双手攫取了一切，但记忆的力量却更加强大。记忆的力量一直都更为强大。

这个女人并不是那种多愁善感的人……但记忆却制服了她。看得出来，她努力与自己的弱点做着斗争。自从创世以来，就存在着健康和疾病、富裕和贫穷。我们可以减轻贫穷，可以平均分配，可以抑制自私、投机和贪婪，但我们却不能把笨蛋培育成天才，不能教会音盲领略在人类的灵魂中也存在一种天堂般的音乐之美，也不能把贪婪、贪吃的吝啬鬼转变成慷慨大方的人。尤迪特从未谈及过这些东西，因为她什么都明白。她知道，就像太阳升起落下一样，贫穷也总会存在。而她能脱离穷人之列，因为她是一个女人，并且很漂亮，而且我被一种激情所俘获。她也知道关于我的一些事情。因此，她就像一个刚从睡梦中恍惚醒来的人那样环顾四周。她开始观察我。

我发现直到那一刻，她都不敢真正地看我。人不会直视思想的脸，更不会直视那些能决定他们命运的超自然存在的脸。在那些年里，在我的周围，对她来说也一定笼罩着明亮的光芒，在这种光芒中，她只敢弱视般地眨着眼睛，将目光抬向我的脸庞。这种影响不是来自我的个性或社会地位，也不是因为男性魅力或某种个人的特别之处。对她来说，我是一组没有人敢去破解的密码，因为所有的幸福以及不幸的意义都隐藏在密码之中。对她来说，我就像是一个人一生渴望的那种状态，但当机会来临，能够实现这个愿望时，她却退缩了，感到愤怒与失望。拉扎尔很喜欢斯特林堡[1]的一部名叫《一出梦的戏剧》[2]的戏剧。你知道那出戏吗？……我从来没有看过。他常常从这部剧里引用台词，并会回忆剧中的某些特定场景。他说在这部剧里有一个角色，他所有的愿望就是生活能给他"一只绿色的小钓鱼箱"，你知道的，就是那种渔夫用来存放鱼钩、鱼线和鱼饵的绿盒子。后来，当这个人衰老之后，当他已风华不在，上帝才终于出于怜悯赐给他一只这样的工具箱……这个角色看着这只他一生都在向往的盒子，走到舞台前面，仔细检查着盒子，然后带着一种深深的悲伤宣布道："它还不

1 奥古斯特·斯特林堡（1849—1912），瑞典作家、剧作家，瑞典现代文学的奠基人，是瑞典的国宝，世界现代戏剧之父。

2 《一出梦的戏剧》，也被译作《梦剧》，是奥古斯特·斯特林堡于1902年创作的戏剧。

够绿……”拉扎尔常常引用这句台词来说明人类的欲望。而当我和尤迪特变得更加熟悉后，我也有了这种对她来说“我还不够绿”的感觉。在很长一段时间里，她都不敢看我是什么样的。人们总是没有勇气把被我们的欲望理想化了的那个人收缩到凡人的范畴。我们已经生活在一起了，我们之间那种无法承受的压力已经消失了，之前我们就像染上某种热病似的熬过了好几年，现在我们只是人，对彼此来说是男人和女人，两个带着人类身体弱点有着简单、人性化解决方法的人……但是她仍然喜欢用一种我从未用过的方式来看待我，仿佛我是来自另一个世界的神父或达官显贵……

咖啡店里已经快没人了。到处弥漫着清冷烟雾。要是你想走的话，我们也可以现在就走。不过，我马上就要讲到故事的结局了。借我个火吧，谢谢……既然我已经开始讲了，我想把它讲完，只要你不觉得无聊。我期盼什么，我是如何发现真相并且承受它的？

那么现在请你注意听。我也集中注意力，审视自己的灵魂深处，并且非常用心。我说了我想告诉你真相，所以我也一定会坦诚相告。

你瞧，亲爱的孩子。我当时所期待的是一场奇迹。什么奇迹呢？……只是单纯地希望爱情是永恒的，能够以它神秘的、超人类的力量战胜孤独，消除两个人之间的距离，摧毁通过社会、教育、金钱、过去和记忆在我们之间构建起来的任何人为障壁。就像一个人身处致命的危险之中，看着周遭不断寻找着一双手去握紧，并感知到还存在慰藉、同情，还有人生活在某处。我就是以这样的心态，把手伸向了尤迪特。

当第一阶段的困惑、紧张和焦急的等待过去之后，我们自然就开始在彼此身上寻找爱情了。我娶了她,并开始等待奇迹的出现。

在我的想象中，奇迹将会是相当简单的。我以为，爱情的熔炉会熔化我们之间的各种矛盾。我躺在这个女人身边，就像一个长期流亡或长途旅行之后终于回到家里的男人，感觉家里比国外简单许多，但也神秘许多，重要许多，因为我们远离家园的房间所能隐藏的感受就连最壮丽的异域之地也无法提供。这种感受就是童年，是对于期盼的记忆，存在于生活的最深层面。这种记忆就是即使在许久以后终于见到尼亚加拉大瀑布或密歇根湖时仍然能够想起的东西。就是那些灯光、声音、欢喜以及惊讶、希望和恐惧，童年把这些都包含其中。这就是我们所钟爱的、永远在寻找的东西。对于一个成年人来说，或许只有爱情才能从这种令人颤抖、充满期盼的等待中带回些什么……爱情，不只是一张床，而是通过床来把人和事物联系在一起，爱情是那些将两个人推向彼此，寻求、等待和希望的时刻。

我和尤迪特躺在了一张床上，并且彼此相爱了。我们就像期待中那样，充满了激情、欲望、惊奇和希望地彼此相爱。我们大概是在期望，被世界和人类所毁掉的东西，能够在我们两人四目相对之中，能够在另一个纯粹而古老的家园里，在床上，在爱情这个永恒、没有边界的王国中获得重生。任何一种在漫长的等待之后才到来的爱都会期盼有奇迹发生，一种既来自对方、又来自自己的奇迹——尽管当那烧掉一切的等待之火烧到只剩下最后几撮灰烬之后，等来的并不一定是爱情。在某种特定的年龄上——我和尤迪特那时都已经不再年轻，不过我们也都不算老，我们只是一个男人和一个女人，从这个词完整、终极意义上来解释是这样的——人已经不再从对方身上，从床笫之事中期盼获得肉体享受、幸福和释放了，而是寻求一种简单而严肃的真相，一个之前一直被虚荣和虚伪所掩盖的真相，甚至在我们相爱的时刻也是如此。那种真相和意识，就是我们作为人类，作为男人和女人，在地球上有着共同的使命或责任，一种并非如我们所认为的那样非常私人化的责任。我们无法逃避这个任务，但是可以谎话连篇。人一旦活到一定的年龄，就会在所有事情上都期望能够知道真相，在床上，在爱情的肉体、隐私的维度里也同样如此。重要的不是美貌——过一段时间你再也不会察觉她的美——是否是这样或那样的完美无瑕、激情四射、聪明智慧、富有经验、好奇敏锐、充满渴望和积极回报也不重要。那么对我们来说重要的究竟是什么呢？……真相。换句话说，就像在文学作品中所写的那样，像所有尘世中自然而然发生的事物那样：具有自发性和自愿性。一个人会对不在计划中、出乎意料的快乐——这种神奇的馈赠——感到惊喜，能在自私、贪婪地索取的同时，在没有算计、不带野心的情况下，以漫不经心和无所谓的态度给予……这就是床上的真相。不，老兄，在爱情中没有苏联式的阶段性计划，没有四至五年总体规划。这种驱使两个人凑在一起的感觉是不可以计划的。床是一个野性的地方，是一片原始丛林，充满了惊喜和意外；与此同时，那里有着原始森林的酷热温度，神奇的花朵和藤蔓攀爬缠绕，散发出致命的香气，在阴暗处转来转去而双眼发出灼热光芒的动物以及野兽，带着欲望和激情随时准备向你扑来。床是一个这样的地方，从某种意义上讲，是原始森林，是半明半暗的。奇怪的声音从远处传来——你无法分清是泉水附近被野兽撕开喉咙的人类的尖叫，还是自然本身发出的鸣叫，而自然本身就拥有着人性、兽性和非人性三种特征……这个女人了解所有的秘密，知晓生命、身体、意识和无意识的秘密。对她来说，爱情不是一系列偶然的碰面，而是对熟悉的童年故园的永远回归，是由出生地和节日，照射在一片风景之上暗褐色的黄昏光影和熟悉食物的香气以及兴奋与期盼组成的，所有这一切的最深处是一种信念，当夜幕降临，无须害怕蝙蝠，回家是因为天色已暗，并且玩累了，家里的灯亮了，热气腾腾的食物和铺好的床铺在等待着她。这就是对于尤迪特而言的爱情。

就像我说的那样，我是怀着希望的。

这种期望不是别的，而是对我自己所渴望的东西怀揣的恐惧，我们对这些东西没有信心，也没有真正地相信过。你知道，人不会寄希望于已经拥有的事物……他所拥有的东西只是简单地存在着，就像一件附属品。我们旅行过一段时间。回到家里后，我们在城外租了一个房子。安排这一切的是尤迪特，而不是我。我当然愿意把她带到“社交圈”，如果她也愿意的话，我也愿意邀请聪明、实在的绅士们和那些对我俩的事情持有异议，但不认同流言蜚语的人来家里做客……那个“社交圈”是另外一个世界,就在不久前，我还置身其中，是与他们拥有同等地位的一分子，而尤迪特不久前还是个仆人；因此毫无疑问，他们会带着极大的兴趣接受和赞赏所发生的一切。某些人只是为这个活着，这时候，他们的动作又变得闪电般敏捷，充满生机，眼睛开始闪闪发光，从早到晚把电话拿在手里不愿放下……如果人们在报纸的头条看到“我们的事件”的话，谁也不会感到惊讶。他们很快就会议论起这个话题，并用最详细的细节分析、讨论它，就像在分析某桩犯罪案件一样。谁知道呢？因为从社会建立在法律基础之上的这个角度来理解，他们也有可能是对的。人们并不会毫无缘由地忍受有组织的公共生活中那些折磨人的无聊，不会毫无缘由地爬进一个他们早就丧失兴趣的关系的痛苦陷阱之中，不会没有信仰地承受那些社会契约强迫他们做出的妥协。人们觉得没人有权利作为个体去追寻满足、安宁与快乐，就像他们，其他人，大多数人那样，都已经同意了忍受感情和欲望的审查，并且赞同这个审查系统就是文明……因此他们发出抗议，因此他们聚在一起，因此他们组成危机法庭，当他们得知某人反叛并根据自己的想象去寻找治疗寂寞的药方时，便会以流言蜚语的形式宣布他们的判决。我现在已是孤身一人了，有时我会思索，人们的抗议是否是真的不合理，当他们看到有人想要以一种不规则的方式寻求人生的解决方案？……

我只是问一问而已，在午夜之后，在我们两人之间。

女人是不懂这一点的。只有男人才懂得除了幸福以外还有些别的东西。也许这就是存在于男人和女人之间巨大、无望的见解上的差异，这在任何情境下都会永远存在。对于女人来说，如果是一个真正的女人，只有唯一一个真正的家，那就是她们所依属的男人所在的地方。而对于男人来说，还有另外一个家园，那就是被旗帜和国界所标记的那个伟大、永恒、非个体的、悲剧的地方。我的意思不是说女人对她们所出生的群体，她们发誓、撒谎、购物所用的语言以及她们所成长的土地不心怀依恋；当然，我并不是说女人心中就完全没有虔诚的感情、付出牺牲的准备或耿耿的忠心，有时或许英雄主义也是她们的另一个家园，那是一种针对男人的家园所萌发的念头。但是说真的，命中注定，女人从来不会真的为了国家而亡：她们只会为一个男人而亡，而且一直都是如此。当然世界上也存在像圣女贞德这样的例外，她们都是具有男子气概的女人……而且这种女人现在越来越多了。你知道，女人的爱国情怀要比男人冷静得多，她们没有那么多口号。她们赞同歌德所说的话，即一个农民家里的茅草屋被烧毁才是一种真正的灾难，而一个人祖国的毁灭则只不过是一种象征性的丧失。家对于女人来说永远都是那间农民的茅草屋。她们为此担忧，为此生活和工作，也时刻准备好为之做出任何牺牲。在那间茅草屋之中有一张床，一张桌子，一个男人，有时有一个或几个孩子，这就是一个女人真正的国家。

就像我所讲的那样，我们确实是彼此相爱。而现在我想告诉你一些事情，假如你还不知道的话：爱情，如果是真爱，永远都是致命的。我的意思是说，真爱的目的不是幸福，不是田园诗般的浪漫，不是在盛开的椴树下，在透过树冠隐约可见的点着温柔灯光的走廊上，在沐浴着微醺灯光、散发着惬意香气的家门前手牵手的漫步……这是生活，但不是爱情。爱是一道燃烧得更加颓丧、也更加危险的火焰。有一天你会发现，你的内心会萌生出一种遭遇这种毁灭性激情的欲望。到了那时，你便不再想把一切都留给自己了，你也不再希望爱情能给你提供一种更健康、更平静、更满足的生活，你只是想要存在而已；你很清楚，你只会想要以一种完整的形式存在，即使是以灰飞烟灭作为代价。这种欲望只有在生活晚一些的阶段才会出现，还有许多人都不会有这种感觉，永远都不会……因为他们太过谨慎了，但是我并不羡慕他们。另外还有一些人则是贪婪的好奇之徒，他们从任何一个提供给他们的高脚杯中品尝食物……他们是真正值得怜悯的人。此外还有一些完全沉迷其中、不顾一切的人，他们是爱情的窃贼，把手伸进你的心里迅速偷走一种感情，发现一些秘密的软弱之处，然后立即消失在黑暗中，消融在人群里，动作快得像闪电一样，还带着邪恶的快感。最后，我们还不应该忘记那些懦夫，那些精于算计的人，他们就算是在爱情当中也要精心算计好，仿佛在商业生活中，爱情也存在有效期，他们完全按照使用说明在生活。大多数人都属于这类人，他们活得窝窝囊囊，毫无价值。后来，在生活中也会有那么一天，会让人想明白生活想用爱情来做些什么，它为什么要把这种感觉赋予人类？……它这么做是出于好意吗？……大自然不是仁慈的。它赋予你这种感情是为了让你感到幸福吗？大自然不需要人类的幻想。大自然想做的一切不过就是创造和毁灭而已，因为这才是它的本分。大自然是无情的，因为它的计划总是对人类的困境漠不关心，总是凌驾于人类之上。大自然赋予我们激情，但却坚持要求这种激情必须是毫无条件的。

在真正的生活中会有那么一个时刻，让一个男人陷入深深的激情当中，就像纵身跳入尼亚加拉大瀑布中一样，当然，还是不系安全带地跳进去。我不相信爱情就像五月远足般开始，背着背包，沐浴着阳光，在森林里唱着欢快的歌曲……你知道，就是那种影响大部分人最初关系的浮夸的“节日”般的感觉……这是多么可疑啊！激情无需庆祝。它是一种既能创造世界，又能毁灭世界的黑暗力量，不会等待当事者的回答，也不会关心他们的感觉。坦白地说，它什么也不在乎。它给予和索要一切：就是无条件的激情，隐藏在它最深处的不是别的，正是生存和死亡本身。再无其他方式可以认知这样的激情……而且也很少有人能够在这条路上认识到这一点！人们更多的只是在床上相互慰藉宠爱着，撒着弥天大谎，伪装着他们对各种事物的感觉，并自私地从另一个人身上盗走对自己有好处的东西，然后再从他们的喜悦中抛给对方一点小小的废弃物……但是他们不知道，这一切都并不是激情。人类历史把伟大的伴侣当作英雄和勇敢的探险家包围在崇拜和略显惊慌的敬仰中，他们无需强迫即投身于某种无望但伟大的人类事业中去，这并不是偶然。是的，真正的伴侣也是冒着风险投身这项事业。在这项事业中女人的创造力就像男人一样强大，女人具有男人一样的英雄气概，就像将要奔赴攻占圣墓[1]之役的骑士一样勇猛，而这座永恒和神秘的圣墓恰恰也正是勇敢而真正的爱人所要寻找的东西，他们为之流浪四方，为之奋起战斗，为之伤痕累累，为之粉身碎骨……除此之外，他们还想要什么呢？

那种被致命的激情所驱使的终极无条件牺牲还有什么其他意义？生活先是以这种力量来表达自己，然后又会立即转身抛弃被它牺牲的人，对他们表现出彻底的冷漠。正是由于这个原因，爱人们才会被每一个时代和每一种宗教所尊重：每当他们投入彼此怀抱之时，就是投身火海。当然我是指那些勇敢的、少数的、出色的真正爱人。而剩下那些人则只希望能够找一个女人，或是在某个甜蜜、白皙的胸脯上待上几个小时以寻求慰藉，他们只是想满足自己的男性或女性虚荣或者满足自己的合法生理需求……但这并不是爱情。在每对爱人真正的拥抱背后都站着死神的身影，那种黑暗阴影的威力丝毫不弱于疯狂闪过的快乐。在每一个亲吻背后都隐藏着对于湮灭和终极幸福的秘密渴望，而无须争辩的是，要想获得这种幸福，就必须让自己完全停止，并向感觉屈服。然而，这种感情看不到终点。或许这也正是爱人们一直以来都被古老宗教、古代史诗和歌曲所赞誉的原因……人们在潜意识深处还

1　圣墓：《新约》中耶稣坟墓所在地。

存在着那种记忆，爱情曾经意味着更多，而且完全是另外一个样子，它不是社会买卖合同的一个转变形式，也不是消磨时间或者游戏、娱乐、打桥牌和社交舞的一种方式……人们能够回忆起的一项曾经存在、所有生灵都必须完成的可怕任务，那便是爱情，爱情是生命的全部表达，是对存在及其自然后果——不存在——的最彻底的体验。但是人们总是直到太晚才会意识到这些。而在这项事业中，伴侣的美德或道德水准，甚至是美貌或优良本质，全都是那么无足轻重！爱情就是完全了解快乐本身，随即消亡。但是所有那些人，那数百万的人们都在期待着帮助，期待着自己的爱人能做出某种慈悲之举，给予他们温柔、耐心、宽容和安慰……而他们也并不清楚，自己通过这种方式所能获得的东西是毫无意义的，他们只知道必须无条件地给予，这便是这场游戏的意义。

我和阿尔多佐·尤迪特就是这样开始相爱的。我们在城市边界处的一座房子里开始了新生活。

至少我自己是这样开始的。这也是我所感受到的东西。并且我也抱有希望。我依然会去办公室上班，但我感觉与一切都是如此的脱节，感觉自己就像一个骗子一样，总有一天会被揭穿，而等那一天到来时，我就必须要离开工作和与工作有关的一切了……我发现了什么？我发现我与自己在这个世界上所扮演的角色再无联系，但我却还是像以前一样地严格恪守着这个世界的时间和规则。我依然第一个来到工厂，最后一个离开工厂，我依然每天直到六点钟才会离开，那时候，只剩下门房还在值班。下班后，我也还是会像从前那样步行穿过城市。我常常会去那家古老的甜品店，并且有时还会在那里看见我的妻子——我第一任妻子，我可以说她是我真正的妻子，因为我从未感觉到尤迪特也是我妻子，一刻也没有过。她只是另外一个女人而已。你问我当我看见我第一任妻子，我真正的妻子时有什么感觉？我没有什么特别的情绪变化，但是我的脸总会不由自主地变得苍白。我会尴尬地跟她打招呼，然后严肃地将目光移开。因为身体是有记忆的，你知道，这种记忆永远无法被遗忘，就像曾经属于彼此的海水和海岸一样。

但是，那并不是我现在想要谈论的事情，现在我已经差不多给你讲完故事的全部了。这个故事的结局就像所有蠢人或俗人故事的结局一样愚蠢。你还想听吗？……

好吧，当然了，我已经开始讲了，你肯定会想让我讲完的。老兄，我们就这样过了一年，在这种不真实的身体和灵魂状况下过了一年。我感觉自己就像在原始森林里一样，在野兽和毒蛇之中生活了一年，每块石头和每片灌木之下都会有蛇出没。那一年或许是非常值得的，就在那之前和之后所发生的所有事情而言，那一年是值得的。

至于在那之前发生了什么，你大概已经知道得差不多了，而在那以后发生的事情，则连我自己也有些吃惊。我能看得出来，你在猜有一天我发现尤迪特一直在欺骗我。不，老兄，那是我很久以后才知道的。她只是在别无选择的情况下才开始欺骗我的。

经过一年的时间我才发现，阿尔多佐·尤迪特一直在偷我的东西。

你别用这种不可置信的表情看我。我没有在用比喻。她偷的不是我的感情，而是我钱包里的钱。我指的就是通常意义上的偷，就像警察通常会写进记录里一样。

她是什么时候偷的？……很快，从一开始就发生了。等等，让我想想。不，不是一开始，那个阶段她还只是欺骗着我。让我来告诉你她是如何欺骗我的吧，在我们这段关系最开始的时候，我们还在住酒店的时候，我在银行里为她开了个账户，并给了她一本支票。出乎我的意料，那个账户没过多久就空了……这种花费让人费解，完全是在浪费。是的，她买了许多东西，有毛皮衣物，也有大小饰品，但我从来没注意过她在做些什么，我从未关心过她购物的数量和质量，而只是在关注她那狂热的贪婪，我担心的是那种过度补偿中透出的病态的愤怒……总之，有一天我收到了银行通知，她那个账户里的钱已经花光了。当然，我又往账户里存了一些钱，但这次少存了些。过了几周之后，那些新存入的钱又被花光了。那时我警告了她，但只是以一种开玩笑的方式，并没有严肃地警告，我告诉她，她对我们的物质条件还不够了解，她对钱和财产的概念已经在英国改变了，而在国内，在匈牙利，富人以一种比她所想象的更简朴、更谨慎的方式生活着。她认真地听完了我的训诫，也没有再问我要更多的钱。然后我们就搬到了那座带花园的新房子里，我每月都会给她一笔远远超过家庭开支和她自己需求的数目的钱。我们没有再次谈论过钱的事。

但是有一天，我拆开了一封银行来信，发现银行通知尤迪特，他们把两万六千潘戈以这样或那样的方式记入了她的账户上。我一遍遍地看这封信，不断地揉着自己的眼睛。刚开始看到这条信息时，我感到一股热血冲上了脑门：强烈的嫉妒。我想尤迪特一定是从英国带回来了些钱，她在英国有过某个或者几个情人，不是她告诉过我的那个希腊音乐教师，而是另有别人，鬼知道是谁，大概是一个为她慷慨买单的大老爷吧……这种感觉、这种想法实在是太痛苦了，我一拳打在了桌子上。然后我便冲向了银行。我在银行里发现这部分钱并不是尤迪特从英国带回来的，而是通过小额存入的。从我给她第一张支票时起，她便悄悄开始攒钱了。

“这是女人的事情。”你会轻轻一笑地跟我说。是的，我一开始也是这么想的，并且如释重负地笑了一下。现在已经一目了然了，并且也有银行存款顺序和日期为证，尤迪特向我要了那些钱，然后又悄悄地转走了，这样我就不会知道了。我以为她只是忙着购物，不加考虑地忙着到处大手撒钱……而事实上，她也的确是在撒钱，但并不是不假思索地撒钱。我后来才发现，她在买东西时是非常会砍价的，并且还会让卖家给她开出多于她实际所付钱数的收据。陪酒女郎都会这么做，因为这样她们就能向那些愚蠢而肤浅的爱慕者炫耀了。说实话，当我明白尤迪特存起来的是我的钱时，我放松地笑了。

我把银行通知又塞回了信封里，并且把信封重新封好，然后留给了尤迪特。我从来没有对她说过我的发现，但从那以后，在我心里又生出了一种新的嫉妒——我是在跟一个有秘密的女人一起生活，而她保守秘密的方式就跟那些糟糕的女人一模一样。那种女人尽管会殷勤地同丈夫和家人一起午餐，亲密地与那些信任她的人一起聊天，坦然接受信任她的丈夫的牺牲和礼物，但在心里却默默盘算下午的幽会，以及她将如何溜进一个陌生男人家里，并无耻地待上几个小时来践踏每一种人类情感，她已经无耻地背叛了那些信任她、照顾她的人。你应该知道，我是一个传统男人，对于破坏婚姻的女人没有别的感觉，只有深深的鄙视。我对她们的鄙视深到了我完全没有办法找出任何时髦的理由为她们开脱的地步。没有人有权利去享受这种被出轨女人称为幸福的狡猾、肮脏而廉价的风流，因为这么做的代价就是偷偷摸摸或者肆无忌惮地伤害别人的感情……我也是这种令人作呕事件的受害者和肇事者，如果我的人生中有某件事让我深感懊悔和羞愧，那就是破坏婚姻。我理解与性有关的每一种歧途，我理解某人沉醉在肉体欲望的可怕深渊之中，理解激情的恍惚状态和扭曲的形式……欲望用无数种语言同我们说话。欲望可以用无数种声音同我们说话。这些我都理解。但是只有单身汉才能自由地将自己抛入那样的欲望洪流之中。任何其他的情况都是下流的欺骗和背叛，这比有意识的虐待还要恶劣。

在那些彼此间真正亲密的人之间，心里是不会藏有秘密的……这就是欺骗的意义，其他的几乎变成附属品而毫不重要……就是纯粹的肉体活动，通常是某种感伤忧郁的挣扎，仅此而已。但这些经过计算而为的风流韵事，这些精心选好时间和地点的偷情，其实根本就不是偶然的自发行为……这一切是多么悲哀又狭隘啊，而在这一切背后潜伏着的，则是那个可恶的秘密，它腐化了两个人的共同生活，就像在美丽的家里，在沙发底下藏着一具正在腐烂的尸体一样。

但是从我发现了银行信件的那天起，尤迪特拥有秘密，而且有意识、成功地保守着这个秘密。

她把这个秘密保守得很好，我也非常小心地观察着她。就算雇一群私家侦探帮忙，也不可能把她看得更紧了。我们遵守着男女同居的规则，体面而亲密地生活在一起，同时却又对彼此说着谎。她撒谎说她对我没有秘密；我则假装自己还相信她。我观察着她，并思考着。后来我也想过，如果我突然向她透露我的发现，逼她承认，可能事情会以另一种方式发生。这样的逼供可能会扫除一切隐患，就像夏日里一场及时的雷雨可以扫清空气中数日来酝酿的闷热一样。但是，我也可能在潜意识里害怕这种承认。让我感到极度不安的是，这个分享着我命运的女人，竟然对我隐藏着秘密。两万六千潘戈？这个数目对于一个童年时期在地坑里和老鼠一同度过的女人来说，对于后来成为仆人的她来说，的确是巨额数目，是全部的财产，而且这笔钱还在快速，甚至成倍地增加。如果这只是那种惹人心烦的藏私房钱的女人旧习，如果只是从夫妻共同财产中拿出一部分偷偷藏起来的话……我顶多也只会一笑了之。所有女人都会这么做的，因为所有女人都会担心她们的丈夫不懂生活的需求，她们的直觉是男人只会赚钱，却不会管钱。所有女人都会未雨绸缪。那些从头到脚都诚实的女人，在钱的事情上也会欺骗她们的丈夫，就像家里的喜鹊或小偷一样。她们知道生活中最大的秘密就是储蓄，果酱也好，人也好，钱也好，只要是足够重要的东西就值得储蓄……所以她们才会欺骗和偷窃，包括菲列和潘戈。这就是女人的英雄功绩，一种小气但持久的智慧。不过，尤迪特所偷的已经不是菲列和潘戈了。她在优雅、无声、微笑地持续不断地抢劫我，给我看假账单，同时把钱藏起来。

就这样，我们继续过着安静而亲密的生活。尤迪特继续偷钱，我则继续观察她。这就是故事结局的开始。

有一天，我发现她所抢劫我的不仅仅是钱，而且还有某样更为隐秘的东西，那是任何一个人生命的底线：自尊。你瞧，我对自尊概念的了解仅比虚荣多一点点。这是一个男性化的字眼，女人一听到这个词就只会耸肩。要是你不知道的话，让我来告诉你吧，女人不懂得“尊重”自己。她们可能会尊重她们所属的男人，可能会尊重她们的社会或家庭地位，或者是她们的名声。但所有这些都只是一种移情，一种外部形式而已。而轮到她们自己，轮到那种将人的性格和自觉意识黏合在一起的被称为“我”这个个体名称时，女人又会带着一种善意和不屑看待自尊。

我发现这个女人在有意识、有计划地掠夺我，至少她在想尽一切办法不露声色地挖走我的面包，你知道，那个面包我一直相信是属于我们二人共享的，并且面包还是用最好的精白面粉制作而成，很可口，尤其对她来说……而让我想明白这一点的不是外部世界，也不是从银行寄来的那些有关她账户存款情况但并无恶意的信件，不，老兄，我是在床上想明白的。想明白这一切是非常痛苦的……好吧，的确，这大概就是我们男人所说的“没有自尊我们便无法生活”时所要表达的意思吧。

我是在床上想明白的。那时我已经观察她有一段时间了。我以为她存钱是为了她的家人。她有一个庞大的家族，有男有女，全都生活在最底层，就像在一段历史的深度里一样，那么深远，我用理性可以理解，但是我的心没有在那种深度里探索秘密的勇气。我以为尤迪特之所以会抢劫我，是出于那隐秘的、来自另一个世界的群体的重托。或许她的家庭负债累累，或许他们想买土地……你想知道为什么她从来都没有向我提起过吗？我也问了自己这个问题，而我马上想到的答案是，她会因为自己的贫穷而感到尴尬；所以，你知道，贫穷是一桩阴谋，是一种秘密联盟，是一个永恒而缄默的誓言。穷人想要的不仅是更好的生活，他们也想要自尊，他们也想要别人承认自己是极端不公平制度下的牺牲者，也想让世界像赞扬英雄那样赞扬他们。而他们确实也是英雄：现在我年纪大了，也看清了，其实穷人才是唯一真正的英雄，而其他一切形式的英雄主义都只是暂时的、被约束的，或者说到底都是虚荣。然而能够在贫穷中过上六十年，安静地履行家庭和社会所强加的全部义务，同时还能保持人性、尊严，甚至保持快乐和慈悲：这才是真正的英雄主义。

我以为她偷我的钱是为了接济她的家人。但她不是，尤迪特不是一个多愁善感的人。她偷钱仅仅是为了她自己，而且不带任何特定目的，她只是在勤快、严肃而谨慎地沿袭一条具有千年历史的经验而已，那就是“七个”丰年不会长久，富贵只是一时，主人变化无常，幸运多变不定，假如小丑般好运一次让我们能坐在肥美的托盘旁边，建议你好好地塞满自己的肠胃，因为荒年很快到来。她是为了预防而偷，而不是出于慷慨或同情。如果她想要接济家人的话，她只需要告诉我一声就行了。这一点她是清楚地知道的……但是尤迪特对家人有种本能的害怕，尤其是现在她已经把脚踏上另一个岸边，有钱人的领地上。她那种工于防御而又贪婪索取的本性使得她根本不懂得同情。

然而同时，她也在观察着我，她的丈夫。观察我在干什么？……我会不会厌倦她？……我会不会把她扫地出门？如果我这么做的话，她最好以最快的速度囤积最多的钱。她在餐桌上和床上观察我。我刚开始注意到这一点的时候，还因为尴尬而脸红了。那时房间里的光线比较暗，这一点对尤迪特来说或许是比较幸运的。人们不知道自己的极限在哪里，而如果那时我没有克制自己的话，可能会把她杀掉……或许吧，现在谈这个已经没有意义了。

一个眼神已经代表了一切，在某个温柔而亲密的时刻，当我闭上眼睛再突然睁开时，在朦胧中看到一张脸，一张熟悉又致命的脸，带着非常谨慎、精巧而又嘲弄的表情朝我微笑着。于是，我明白了，这个在此时和其他时候曾经让我相信可以与之分享无条件的忠诚时刻的女人，这个让我从人类世界和社会协约中甘愿自我放逐的女人，原来一直在观察我。她只在这种时刻审视我，带着温柔又不容置疑的嘲弄。她好像是在观察我，审视我，像是在说："这个年轻的先生在做什么？"或是，"噢，那些老爷啊。"然后她便开始伺候我。我意识到尤迪特无论在床上还是床下都不爱我：她只是在伺候我而已，就跟她当时在我们家当女仆给我洗衣服擦鞋子时完全一样，也跟后来我偶尔去母亲那里，她伺候我吃午饭时完全一样。她之所以伺候我，是因为这就是她给我的角色定位，这种强大的宿命，真正的人类关系是无法强行改变的。自从她向我妻子和我打响那场奇怪战争的那一刻起，她就一刻也没有相信过这种关系，这种使我们相吸又相离的生活角色。她不相信这种关系真的可以从本质上得到解决和改变。她不相信她在我的生活中除了伺候、当女仆以外还有什么其他角色可以扮演。正是因为她对这一切都十分清楚，不仅是用头脑知晓，而且用她的身体、她的神经、她的梦境，甚至她的过去和她的出身，所以她才从不会为了地位过多争辩，而只是简单地依照她的生活法则行事。现在我想明白了。

你问我想明白后是否痛苦？

痛苦极了。

但是我并没有将她立刻赶走，因为我太自负了，我不想让她知道她给我带来的痛苦。于是，我让她伺候了我一阵子，包括在床上和餐桌上，与此同时，我继续容忍她的偷窃行为。后来我也没有告诉过她我已经知晓了她那些可疑、可悲的小伎俩，没有告诉过她我在不加防备的情况下发现了她在床上看我时的那种嘲弄、不屑而又好奇的眼神……两人之间的事情总是要进行到底的，如果其他方式行不通，那么就一直进行到自我毁灭。我就是这样一贯到底的。然后，过了一阵之后，在我发现一些别的事情后，我便悄悄地叫她离开了。她没有怨言地走了。当时她既没有吵闹，也没有争辩，就只是带上她的包裹——相当大的包裹，包裹里装着房子和首饰——离开了。她离开得悄无声息，没有多说一句话，就像她十六岁那年刚来我们家时一样。而她临走之前在门口回头看向我的那种冷静、质疑而冷漠的神情，也与我们在大厅里初次相见时如出一辙。

她身上最美的部分要数她的眼睛了，直到现在我还会时而在梦里看见它们。

是的，那个矮壮的家伙把她带走了。我甚至还和他决斗了……这些事情真是可悲，但有时我们又别无选择。

喂，老兄，他们要赶我们走了。

服务员，结账。我们点了……噢，不要，你想都别想！如果你允许的话，今天我来请客。请别反对，你是我的客人。

不，我没有想过要跟你一起去秘鲁。一个人一旦变得像我一样孤独了，为什么还要去秘鲁或别的地方呢？你瞧，有一天我意识到了没有人能够帮我。人们渴望的是爱……但是没有任何人能够帮助你，永远没有。人一旦明白了这点，就会变得强大而孤独起来。

这就是你在秘鲁时在我身上发生的事。

尤迪特…… 和尾声

尤迪特

你在看什么呢，我的心肝？看照片吗？……你安心看吧，至少在我煮咖啡时，你不会觉得无聊。

请等一下，我穿上便袍。几点了？……三点半了？我把窗户打开一会。不，你不必起床，就待在床上吧。你看，那轮满月多么明亮。这座城市在这个时候寂静无声，还深深地沉睡着。半小时后，四点钟，载重汽车开始轰隆隆地响，把青菜、牛奶、肉品载运到市场。但是现在，在皎洁的月光下，罗马还完全沉浸在梦中……在这种时候，我常常无法安睡，因为每天凌晨三点的时候，我总会从心悸中醒来。你为什么笑呢？不是我们在一起睡觉时的那种心跳……你不要嘲笑我！医生说，当心跳速度变化时，你知道，就好比把变速器从一挡转成二挡一样。而另一个人……他不是医生……曾经说过，凌晨三点地球磁场发生变化。你知道这是什么意思吗？我也不知道。我在一本瑞士书里看到过。是的，是那个人说的，他就是你现在手里拿着的照片上的人。

别动，我的天使……你知道吗，你这样用胳膊肘支着，侧躺在床上，头发垂到前额，不知有多么帅气！只有在博物馆里才能看到像你这样的男性身躯。你的头也是，是的……不得不说，你有一个艺术家的脑袋。你为什么这样狡黠地看着我？你知道，我崇拜你。因为你太美了,因为你是个艺术家。因为你是独一无二的。你是上帝赐予的礼物。等一下，让我吻你一下，不要动！不，只是这里，你的眼角，还有太阳穴。嗯，安静一下。你不冷吗？……我把窗户关上吧？外边空气温和，窗外的两株橙子树在月光下泛着迷人的辉晕。如果夜晚你不在这里，我常常趴在窗台上，凝望着这条沉浸在月光下宁静、甜美的利古里亚街。就像中世纪时某人沿着房子一侧偷偷溜进来。你知道是谁溜进来吗？……我不想让你笑话我。我不是那么笨，亲爱的，因为我爱你，因为你既是我唯一的,也是我最后的爱人！是衰老,沿着利古里亚街偷偷爬行,爬到我的窗外，爬遍整个罗马和世界的每个角落。

衰老，这个小偷和杀手。有一天他用煤灰抹黑了自己的脸，像个盗贼一般，侵入房间。他用双手抓住你头顶上的一把头发，用拳头猛击你的嘴，打落你的牙齿，偷走你眼中的光彩，夺去耳朵中的声音，拿走你胃中的好味道，还有……好吧，我不说了。你为什么这样讥笑我？……我还有权利爱你，就像你看到的，我一点也不吝啬，我贪婪地享用着你给予我的爱情，这样甜蜜的幸福，又怎么会让人尝够呢？……我可以毫不羞怯地承认，没有你我无法活下去。但是你不要害怕，我不会骑着扫把跟在你身后，追到卡比托利欧山[1]上！如果有那么一天，我再也没有权利爱你，因为我老了，衰老的肚皮，皱纹密布的胸脯……你不要安慰我。我了解这门功课。那时我从你那里得到的只是一种施舍。或者，就像为员工支付的加班费……你为什么斜眼看着我？从你的眼角？……你会看到，事情将这样发生。我已学会，该离开的时候要懂得离开……你想知道我从谁那里学会的？是的，从他那里，那个人就在你手里拿着的照片上。你想知道什么？等一下，清晨装载蔬菜的大货车来了。他是不是我的丈夫？不，宝贝，他不是我的丈夫。另一个人是我的丈夫，在相册角落的那个穿着毛皮大衣的人是我丈夫。他不是我的第二任丈夫，是我的第一任丈夫，我现在还冠着他的家姓。他是那个真正的丈夫……如果真的存在这样的人。第二个人只是和我结了婚。准确地说，是我收买了他，让他娶我为妻，因为那时我已经在国外，需要证明和护照。我已经和第一任离婚有一段时间了。第二任的照片在哪里呢？……我不知道我是否保存了他的照片，因为我后来连看都不想看到他，连做梦都不想见到。如果我梦到他，总是噩梦，梦到一些匪夷所思的事情，比如连小腹都长满毛发的妇女，或是其他类似的东西……你在看什么？女人走过男人的生命。那么男人……他们的生命，就像是一个歇脚的客栈，而女人只是接踵而来参观的客人。

1 卡比托利欧山，意大利罗马七座山丘之一，也是最高的一座，为罗马建城之初的重要宗教与政治中心。

这个人就是那样的。在女人的生命中男人来敲门……谦逊的人会边敲边问："我可以进来吗？……只待一会儿！"她透过门缝窥视着，查看那个不要脸的男人是否还站在那里，手里拿着礼帽……当他们发现那个人已经离去的时候，心情会变得糟糕。然后……有时会是很久以后……有一天夜里她打着寒战，因为周围的一切都已冷却，她才想起，把那个人赶走真是可惜，因为有他在身旁应该也不坏，冰冷的房间，冰冷的床，可以触摸他，如果他是骗子，是个无耻之徒，那也没关系，只要他在……就像你一样？……感谢上帝，你还在这里，和我一起。你是那么厚脸皮，让我无法赶走你……你冷笑什么？我说，感谢上帝。不要那样讥讽地嘲笑，你这死家伙。

好吧，别闹了。你想我接着说吗？

当然，他们也来敲过我的门，而且还不少。但是第二个，他只是我形式上的丈夫。一九四八年，我带着两只皮箱来到维也纳，因为我的心中充满了对民主的向往。这是贵族生活所留给我的，还有珠宝。

那个人，我的第二任丈夫，已经在维也纳生活了多年。他每隔一段时间和不同的女人结婚然后离婚，从中赚取费用，以此为生。战争结束后，他马上搬到了维也纳，因为他是一个非常精明的人，知道及时放弃美丽的匈牙利是更明智的选择。他有居留证件，天知道他是如何搞到的。和我假结婚，要付四万福林，之后另付两万费用离婚。我支付给他了，用那些首饰。这些你都知道……我还给你留了一些，对吧？你看。一切进展顺利，直到有一天下午他来到我独自居住的宾馆，进入我的房间，坚持称这不是假结婚，他有做丈夫的权利。当然，我把他踢出门外，你知道，现在这些假结婚事件每天都在发生，为了在国外获得居留证件，女人与他人结婚……不过还有生了三个孩子的表面婚姻……必须要小心。就像我说的那样，我把他赶出门外。走的时候他还要了摆在我床头柜上的银质香烟盒。之后再也没出现过，他去寻觅新的结婚对象了。

我真正的丈夫？就是你在照片上看到的那个人，穿着毛皮大衣。你说什么？看得出来他是一位绅士？毫无疑问，他正是那类人们常说的绅士。只是，你知道……人们很难说清真正的绅士与那些只是表现得像个绅士，后来被证实并不是绅士的家伙之间的区别。有些富人，风度翩翩，另外也有一些人，他们既不富有，举止也不是那么有风度，但仍然是真正的绅士。富有、讲究穿着的人有很多，但是绅士却很少。数量是那样少，以至于根本不值得一提。那么稀少，就像动物园里的珍稀动物，就像我有一次在伦敦动物园里见过的獾㹢狓鹿[1]。有时我也相信，真正富有的人，并不能彻底成为绅士。穷人中也许有时能找到一两个，但是极为稀少，就像圣人一样。

我的丈夫？我已经说了，他就像一位绅士，但并不是完完全

1　獾㹢狓鹿，产于非洲中部的一种类似长颈鹿的动物。

全的绅士。你知道为什么吗？因为他容易受伤。当他了解我的时候……我的意思是，当他真正地、无条件地了解我之后，他受到伤害然后离了婚。他在这件事上失败了……他并不愚蠢。他知道，可以被别人伤害或者可以伤害别人的人不是真正的绅士。在我同类的人中也存在绅士，但是太稀少了，真的，因为我们都是穷人，就像田野里的老鼠一样，小时候我们和它一起睡觉，一起生活。

我爸爸是尼尔塞格地区的瓜农，住在地坑里，人们把这种地坑叫“坎那达”。我们就像乞丐一样，在土里挖一个深坑，整个冬天就住在那里，和老鼠一起。但是每当我回忆起父亲，总是把他看成一个绅士，因为任何东西都无法伤害他。他很平静……如果他生气了，他就打人。他的拳头就像石头一样坚硬。有时他也无能为力，因为世界抓住了他的手，因为他是个乞丐。每当这个时候他就闭着嘴，眨巴着眼睛。他能看书，也能潦草地写下他的名字，不过这些能力他极少使用。他宁愿保持沉默。我相信他也在思考，只是时间很短而已。如果他弄到水果白酒，他一定会喝到失去知觉。但是如果我把所有的回忆拼在一起，那么就是这样一个男人，我的父亲，和妻儿老小住在深坑里，与老鼠为伴……我想起有一年冬天，他没有鞋穿，他从乡村邮局局长那里得到一双带洞的雨天穿的胶鞋，他就那样到处走，脚上裹着破布……没有任何东西能伤害这个人。

我的第一任丈夫，那个真正的丈夫，他把鞋放到鞋柜里，因为他有很多双精美的皮鞋，特意叫人为这些鞋做一只柜子。他不停地阅读，在那些该死的聪慧的书上写着字。然而，他总像是受到别人伤害的样子。很长时间我一直相信，一个有很多精致的物品，为了鞋特意去购买柜子的男人，是无法受到伤害的。我不是随便提到鞋这件事的，当我刚到我先生家时，最喜欢的就是这只鞋柜。我喜欢，但是同时也感到敬畏……要知道，我小时候很长时间没有鞋穿。我十岁的时候才第一次得到合脚的鞋，而且是真正属于我的，属于我的财产。那是一双穿过的鞋，副州长夫人把它送给厨娘的。纽扣式的，那时人们还穿这种样式的鞋。厨娘穿着挤脚，一个冬天的早晨，我到州长家送牛奶时，她可怜我，把这双漂亮的鞋送给了我。或许因为这个原因，当布达佩斯围城战[1]结束后，我找到我巨大的立式皮箱，后来当我逃离民主时，不得不把这只皮箱留在了布达佩斯。这只皮箱在封锁之后毫发无损，里面装着我所有的鞋，为此我感到非常高兴……好吧，关于皮鞋的话题已经说得够多了。

咖啡来了。等一下，我把香烟拿给你。这种甜腻的美国香烟让我窒息。好吧，我理解，你的艺术需要香烟。你在夜间的工作，在那样的场所，也需要香烟。但是请注意你的心脏，我的天使。如果你发生了什么问题，我也不能活下去。

我怎么到我先生家的？是的，当然不是被叫过去当妻子，这点你可以想象得到。只是后来我才成为那座房子的女主人、妻子、

1 布达佩斯围城战是二战结束前苏联红军围攻匈牙利首都的战役（1944 年 12 月 29 日至 1945 年 2 月 13 日），守军为德国和匈牙利国防军。

夫人，是的，尊贵的夫人……当时我是去当女佣，干杂货的仆人。

你为什么这样看着我？我可不是在开玩笑。

我告诉过你我当过女佣。也不是真正的仆人，只是在厨房帮佣，一个年轻保姆。因为那是一个很大的家，我的甜心，那是一个真正的有钱人的宅邸。我可以长篇大论地讲述这个家，那里的习惯，他们如何起居，如何吃饭，他们感到百无聊赖，他们相互交谈。很长一段时间，在那座房子里，我踮着脚尖走路，我那么害怕，不敢吭一声。正因为如此，多年以后我才最终被允许进入里面的房间。因为之前我什么都不知道，他们的习惯是什么，在一个精致的家里该如何应对，我一点概念都没有，所以我要学习。我只负责浴室和厕所。连在厨房也不允许靠近食物，我只能削土豆皮或者帮忙洗碗碟……你知道，我的手好像永远肮脏不堪，而且该担心的是我碰到的东西会被弄脏，但也许他们并不这样想……尊贵的夫人，厨娘和男仆都没这样想，而是我自己，我总是感觉，在这么漂亮的房子里我的手并没有所需要的那样干净……很长时间我都是这样感觉的。在那段时间，我的手红红的、粗糙、布满了脓包和雀斑。不像现在这样漂亮、白皙和柔软。他们对我的手未曾挑剔过。只是我从来不敢去碰任何东西，因为我害怕在物品上留下触摸过的痕迹……我也不敢去碰吃的东西。你知道，医生手术的时候要在脸上绑上马嚼子似的东西，因为害怕他们的呼吸会传染别人……当我把腰弯向他们所使用的那些物品的时候，也是那样屏住呼吸……那些他们喝水的杯子，或者他们睡觉的枕头……是的，尽管笑我吧。清洗他们用过的厕所时，我也注意不要由于我手的触摸在那洁白、美丽的瓷器上留下任何不干净的痕迹。进入那座精致的宅邸工作后，这种恐惧、小心持续了很久。

我知道你在想什么！你认为，当我的命运之轮开始转动的时候，这种恐惧、不安某一天会消失，在我成为那座房子的女主人，成为妻子、尊贵的夫人后……然而不是的，我的小不点，你错了，这些没有消失。那一天到来时，我像很多年前干杂活的时候一样不安。在那座宅邸里我从没感到踏实过，也没感到幸福过。

为什么？在我得到一切，所有好的和坏的时候？受到所有的伤害和得到偿还的时候？……这是一个很难的问题，我的心肝。偿还，你知道……有时我相信，这是世界上人和人之间最难的一个问题。

请把那张照片递给我。我已经很久没看他了……是的，就是他，我的丈夫。另一个人是谁？那个长着张艺术家的脸的人？……是的，也许曾是个艺术家……这个只有老天知道。但也许，他从来也不是真正的艺术家。他不像你那样从头到尾都充满艺术家的气息。这从照片上也能看出来……他那总是既讥讽又严肃的目光，就像不相信任何事情，不信天也不信地，连他自己也不相信，他还是个艺术家……在这张照片上，他面色有些憔悴，当我给他照相时，他已经老了。他说，这张照片上的他是“使用后”的状态。你知道，就像广告里常看到“使用前和使用后”的面孔。这张照片是在战争的最后一年，两次轰炸之间拍的。他正坐在窗户旁看书，根本没有察觉我在拍他。他不喜欢被拍照，也不喜欢别人帮他画肖像。他不喜欢当他看书的时候，别人看他。他不喜欢当他沉默不作声的时候，别人和他说话。不喜欢……是的，他不愿意被爱。你想知道什么？……他是否爱我？不，亲爱的，他也不爱我。他只是容忍我在那个房间里待一段时间，在照片的角落可以看到。这个书架，还有这么多书，在我拍照后不久，都被毁掉了。你在照片上看到的这个房间也被摧毁了，还有整座大楼，在两次轰炸之间，我们正坐在四层的房间里。你在这张照片上看到的所有东西都被摧毁了。

咖啡来了，喝吧。抽支烟吧，听我接着说。

你不必惊讶，我的心肝。即使我现在说起这些，仍然感到神经紧张。一件又一件事情在我们身上相继发生。我们在封锁期间一直待在布达佩斯，看到了围城前后所发生的一切……你身处异地，是主的仁慈让你逃过了一切。你真是个聪明、神奇的人。

是啊，当然，在佐拉[1]那个地方，情况会好得多，但是在佩斯，我们待在地下室无所事事，等待着炸弹来袭，我们紧张地缩成一团。你很聪明，只在一九四七年冬天才混进佩斯，那时已经有了政府，酒吧也开张了，我相信他们是张开双臂欢迎你的，但是你不要对任何人说起这件事。有很多坏人，我听一个有生活阅历的人说过，

1　佐拉，匈牙利多瑙河以西地区的一个州，西邻奥地利。

你不是毫无理由地隐藏在佐拉，直到一九四七年……好吧好吧，我不再多说了。

那个人，那个属于“艺术家类别”的人，有一次说，我们应该感到高兴，我们逃过了封锁，现在就像疯子生活在疯人院里一样活在世界上。

他是谁？到底是哪类艺术家？你问他是不是鼓手？世界上只有一个鼓手，那就是你。他没有意大利的工作许可……你知道，他做那些不需要许可的工作。有一段时间也写书。别弄出抬头纹，我知道你不喜欢看书。我不忍看到你那美妙的额头出现抬头纹。你不必绞尽脑汁，反正他的名字你不知道。他写了什么……文章吗？……就像酒吧里的歌词吗？……不，我相信他不写这一类的东西。当然，他认识我之后，已经有兴致为咖啡馆里的女歌手写歌词，只要她们提出要求。因为那时他已经对任何类型的写作都不感兴趣了。以前也许他连广告词、传单都写过，因为有需求……他瞧不起写作，那些写下来的词语。无论是他自己的，还是别人的作品他都看不上，他轻视所有创作的人……为什么？我不知道，但心里这样猜。有一次他说，他理解那些焚书的人，因为没有任何一本书能够帮助人们。

他是个疯子？……你知道，我从没这样想过。你真聪明！……

你想听在我当女佣的那个雅致的家里是怎样生活的吗？好吧，这个我也告诉你。但是请注意，我所讲述的不是故事，而是我们在教科书里所称的历史。我知道，字母和学校从来不是你的擅长。所以现在要注意听，因为我现在所说的事情，在世界上已经不存在了，就像古代匈牙利人不再存在一样，他们骑着马走遍世界，出行时把肉放到马鞍下，磨软后就直接吃掉。他们戴着头盔，披着铠甲，出生入死……我的主人也是这样的历史人物，就像阿尔巴德和七位首领，如果你还能回忆起乡下的学校里所教授的这些知识……我上床来坐到你身旁。给我一支烟。谢谢！事情是这样的……

我想告诉你为什么在那个雅致的家里我感觉不舒服。因为他们真的对我很好。老妇人对待我就像对待一个孤儿。你知道，就像对待一个心灵弱小，长着平足，从贫穷的家庭来投靠富人的穷亲戚。发善心的家庭尽一切努力不让外来的人记起贫困的出身。也许这是最让我恼火的地方，这种善意。

但是老爷的态度，我很快能平心静气地接受。你知道为什么？因为他很凶暴……他是家里唯一一个从来没有对我表达善心的人。他从来不叫我“小尤迪特”，从来不送我廉价的礼物，没给过我不穿的衣服，就像老妇人和年轻的少爷所做的那样。后来少爷娶了我，而且给我夫人的头衔，就像老妇人送给我她那件掉毛的大衣……我丈夫看不起政府顾问的头衔，所以从来不使用它。我先生不允许别人称呼他尊贵的先生，我们只能一直称呼他为博士先生……但是对我，在结婚后，他们称呼我尊贵的夫人，而我先生随他们去，不予置评，带着讥讽的神情忍受着。用人现在也称呼我尊贵的夫人，似乎其他那些傻瓜还把这种事情当真一样，这让他觉得很有趣。

老爷是不一样的，他接受别人的尊称，因为他是很实际的一个人，知道大部分人不仅贪婪，而且虚荣和愚蠢，这些无法改变……老爷从来不要求，他只下命令。如果我做错了什么事，他怒斥我，惊恐中我会把手中的托盘掉到地上，如果他看着我，我就会手心冒汗，浑身发抖。他看人的眼神就像意大利很多城市、广场上都有的铜像的眼神……你知道，世纪初市民阶层逐渐拥有自己的铜像……一个大肚细腿的家伙，穿着长礼服和没有烫好的长裤，就是那个爱国主义者，他没做过任何事情，某一天早上醒来，到了晚上就成了爱国主义者。或者是因为他创建了城市马肉铺，所以为他建雕像……而他们的裤子，用铜灌注，也和真正的毛料做的裤子一样松松垮垮……老爷也用这种世纪初铜像的眼神看着他的周围，和以前的铜像中真正的那些市民阶层一样。对他来说，我只是空气，几乎不是人，只是设备上的一个零件。清晨我把橙汁端到他的房间……因为他们以那样特殊的方式生活着，一天由喝橙汁开始。然后，在清晨的早操和按摩之前，喝一杯清茶，他们要到更晚的时候才真正地在起居室里尽情地吃早餐，早餐的一道道仪式，就像我们乡下复活节时做弥撒……我把橙汁拿给他时，从来不敢用眼角的余光扫视床铺，老爷半躺着，在台灯下看着书。我不敢直视他的眼睛。

老爷那时还不是那么老。我现在可以告诉你，有时，当我在黑暗的前厅帮他穿上衣服，他会捏一下我的屁股或者拉拉我的耳朵……他用这种让人无法误解的信号告诉我他喜欢我，之所以没和我发生什么，因为他是一个有品位的人，在他那个地位上如果和家里的女佣发生关系是有失身份的。但是我，那个家里的女佣，根本不是这样想的……如果老爷强奸我，并且想得到什么的话，可能我会顺从……没有任何快乐和喜好，只是因为我感到，当一个如此有权力又严厉的人想从我身上得到什么的时候，自己没有任何权利反抗。也许连他也这样想，如果我反抗，他可能会非常惊讶。

不过这并没有发生。他是一位绅士，这就是全部，所以事情就按照他的意愿发生。他发烧患病的时候也从未萌生过那种可以娶我为妻的念头。甚至在梦里，他也没思考过，如果把我弄上床，到底是正确还是错误的。因此我更喜欢在那个家里给老爷服务时的情景。我健康又年轻，我的身体和本能可以感知和嗅出谁是健康的，谁是病态的，并离他远远的。老爷那时还是健康的，而他的妻子和儿子……是的，后来少爷娶了我……已经是患病状态。那时我还不能用头脑来分析这件事，我只是怀疑。

因为在那个美丽的家里，一切都是危险的。我长时间睁大眼睛张望着这一切，就像小时候有一次我患病进了医院。对我而言，医院是一次伟大的体验，也许是我童年最美、最重要的回忆了。我被一只狗咬了，在小腿部位，乡村医生不能容忍我父母在深坑处理咬伤的方法……在我们住的地坑里，如果有什么出血的毛病，习惯的做法是用破布包扎一下……他叫了一个宪兵，强迫我去医院。

临近小城的医院是一幢古老的建筑，但是我非常喜欢，就像童话里神奇的魔幻城堡。

那里所有的一切既有趣，又让我感到害怕……医院是新盖的。那股气味，那股乡下医院的气味已经让人兴奋，它是那么迷人，完全不同于深坑里洞穴的味道。我和父母兄弟姐妹像动物一样，像黄鼠狼、田鼠和仓鼠一样居住在那洞穴里。他们为我做了抗狂犬病治疗，疫苗注射非常疼，但是我怎么会关心打疫苗、狂犬病！我夜晚和白天一直在观察着一切，我和自杀未遂者、癌症病人、羊痫风患者一起被收治在普通病房。多年以后，在巴黎的一间博物馆里我看到一幅漂亮的版画，描绘的是大革命时期古老的法国医院，在拱形结构的房间里，衣衫褴褛的人们坐在床上。这家医院也和我童年时度过最美好的几天的医院同样的不真实，那时人们担心我会得狂犬病。

但是我并没染上狂犬病，我痊愈了。至少那时没有发作或者没有出现教科书上写的那些病症。但是也有可能我身上留下了某些狂犬病的病毒……日后我有时这样想。人们常说，患上狂犬病的人一直口渴，而同时又对水非常恐惧……当我的命运好转之后我也有过类似的感觉。整个一生中我感到强烈的口渴，但是当我有办法解渴之后，我会惊慌失措，并且感到极其厌恶……你别害怕，我不会咬你的！

进入这个美好家庭的时候，我想起了那家医院和狂犬病。

花园并不大，可就像乡下的卫生日用品商店一样香气袭人。主人让人从国外带回新奇的花草……所有的东西都是从国外带回来的，连卫生纸都是……你不要斜着眼睛看我，带着质疑的目光……他们从来不像大多数普通人一样去购物，他们只是打电话给送货商，然后那些人为他们弄到所有需要的东西……厨房里的肉品，花园里的灌木，新的唱片，股票，书籍，加到洗澡水中的浴盐，洗澡后扑到脸上、身体上的香精，还有那些肥皂和润发油，有着梦幻般、令人兴奋、甜腻又使人发狂的味道，以至于我胃里总是翻江倒海，但是同时，每当我打扫他们使用过的浴室，闻到香皂、香水的味道以及所有他们留下的好闻的味道时，我激动得甚至想哭……

有钱人真的很不寻常，我的天使。你看，我也当了很长时间有钱的那类人。早上女仆替我擦背，我也有辆车，是辆轿车，专门有司机驾驶。我还有一辆敞篷跑车，我开着它兜风……置身于他们中间，我并不感到羞耻，请你相信。我既不懒散，也不腼腆，我把我的包装得满满的。有的时候，我想象自己也是个有钱人了，但是我现在知道，我不是一个真正的有钱人，一刻都不是。我只是单纯地拥有首饰、金钱和银行账户。所有这一切都是他们，那些有钱人给予我的，或者我从他们身上拿走的，因为我是个聪明的姑娘，我有办法做到这点，我童年在深坑里就已经学会，人不要懒惰，要捡起所有能遇到的东西，捡起别人丢弃在地上的东西，闻一闻，咬一口，然后要藏起来……要把一口破洞的搪瓷锅像一枚亮闪闪的戒指一样拿起来……一个人永远不可能足够勤奋，这一点当我是小姑娘时候已经学会了。

现在这里进入了雨季，我有时扪心自问，我是否足够勤奋和用心？我没有受到任何的良心谴责，我甚至在苦思冥想，自己是否忘了带走什么东西？比如你昨天卖掉的戒指……你卖得很好，亲爱的，所以我说这世界上没有任何人能像你这样把戒指卖得如此理想，没有你我甚至不知会在哪里……要知道，那枚戒指是老夫人戴过的。她的先生为了纪念银婚送给她的礼物。她死的时候，我在抽屉里无意间发现了这枚戒指。那时我已经是家里的女主人了，正式的主人。我把戒指套上我的手指，看来看去。我想起，很多年前，我刚到这家来当女佣，在打扫的过程中……老夫人在浴室里忙着……我看到被遗忘在梳妆台上的老款大颗宝石戒指，那时我也把戒指戴到手指上看着，但是紧张得发抖，然后快速地把戒指扔回桌子上，之后跑进厕所，因为我整个身体痉挛，肚子也不舒服起来。反正这枚戒指让我感到激动、兴奋，然而我从没对我丈夫说过此事。老妇人死后，我发现了这个家族宝物，就把它揣到我的口袋里据为己有了。我没有偷窃，是它找到我的，因为我丈夫在他母亲去世后把所有这类亮闪闪的破烂东西都给了我，但唯独这个东西，这枚老夫人总是骄傲地戴着的戒指，是我在丈夫不知情的情况下据为已有的，这让我感到很高兴。我一直保存着，直到昨天，你最终把它卖掉了。

你为什么笑？你不相信他们连卫生纸都叫人从国外带来？你

知道，那座宅邸里有四个卫生间……一个给夫人，贴着淡绿色的瓷砖；一个给少爷，瓷砖是黄色的；一个给老爷，瓷砖是深蓝色的。他们从美国给每个卫生间订购和瓷砖同样颜色的卫生纸。美国人无所不能，在那里有伟大的工业和很多百万富翁。我想有一天能到那里去……我听说我的丈夫，我的丈夫……第一任，真正的那位……也去了那里，战争结束后他下定决心从人民民主中解脱，但是我已经不想和他相遇……为什么？不为什么。我想两个人已经把所有的话说完了，然后彼此之间就没什么可说的了。

但也未必尽然。也许谈话永远不会有结尾……听着，我接着往下讲。

在那个漂亮的家里用人也有自己的浴室，但是只贴着普通的白瓷砖。我们用人使用的卫生纸也只是简单的白色，有点粗糙……那个家里的一切井然有序。

老爷是这个秩序的推动者，所有的一切就像滴滴答答运行的、两周前你卖掉的精致的女士手表一样。用人早上六点起床，清扫的工作要像举行一场盛大的弥撒那样开始准备。扫帚、刷子、抹布、清洁窗户的软帆布、给地板和家具打蜡用的软膏，我们把精致的油脂类东西抹到地板上，就像美容沙龙为那些上流社会的摩登女郎准备的贵得要命的、从鸡蛋中提取的东西一样……还有那些神奇的、响个不停的机器。用吸尘器不仅能吸走地毯上的灰尘，还可以电动刷地毯；打蜡机能把地板打磨得像镜子一样光亮，工作中我时而停下脚步，凝视着，就像在看希腊浮雕中居住于山林水泽中的小仙女……我向光亮的地板弯下腰，我在那面镜子里注视着自己，忘我地，惊恐地，两眼发花地看着自己的脸，就像在博物馆里一幅画上看到的那个叫那喀索斯[1]的甜美少年，惊奇地看到湖面上映出的迷人的同性美颜。每天早上打扫卫生，我们穿好制服，就像要准备演出的演员一样。我们穿上舞台服装。男仆套上短上衣，衣服的样式就像从袖子那儿把男士的衣服向外反穿一样。厨娘的衣服就像手术室里护士穿上的白色无菌围裙和头巾，而且外科医生和病人正在等着她。

我就像民俗剧中采摘雪绒花的少女，戴着拱形的软帽，已经是清晨了！我知道，并不是为了美观才让我们穿成这样，而是出于谨慎和卫生的原因，因为他们不信任我，担心我不干净，是个带菌者。这些他们没有当面对我说过，怎么会呢……也许他们也并没像我这样想……只是他们极度保护自己，使自己不受所有的东西或者人的侵袭。这就是他们的天性，极度充满怀疑。他们防止自己受到病菌、盗贼、冷热、灰尘和穿堂风的侵扰。保护自己免于衰弱、老化和腐朽。他们永远在防卫，保护他们的牙齿、家具套子和股票，那些他们所继承来的东西，或者从某本书上借来的思想……这些不是我用头脑想出来的，而是从一开始，当我踏

1　那喀索斯，希腊神话中的美少年，却对任何姑娘都不动心，只对自己的水中倒影爱慕不已，最终在顾影自怜中抑郁死去，化作水仙花，仍留在水边守望着自己的影子。

进这个家的时候，我已经意识到，他们防备我，因为我可能有传染病。

传染病，为什么？我那么年轻，结实，健壮，然而他们仍然让医生给我做了检查。那是令人痛恨的检查，似乎连医生也不好意思来完成它。他们的家庭医生是个年纪很大的老先生，他努力带着幽默来完成这次过于挑剔的检查……但是我知道，从一位医生，一位家庭医生的角度要赞成这个检查……家里年轻的少爷还是个学生，因此要担心，迟早会和我，这个从土坑里来到这座宅邸做厨娘的女佣，发生某种关系。他们担心，他会被我传染上肺病或者梅毒……总之，我感到，这个医生，这个上了年纪的人某种程度上为这种巨大的谨慎和前瞻性感到羞愧。但结果是我没有病，所以他们留下我，就像他们容留一只无须打疫苗的良种狗。那个年轻人没有被我传染上任何疾病，相反，很久以后的某一天，他娶了我。这个危险，这种传染病他们没有及时想到。我相信，连家庭医生都没想到这点……他们还是不够小心，亲爱的。我相信，他们一定大为震惊，至少对老爷而言，如果他脑中闪过一个念头，那就是世界上也存在这样的传染病。

老妇人就不同了。她担心的是其他事情。她不担心自己的丈夫、儿子和财产。她担心所有这一切的共同体……你知道，她把家庭、工厂、如同宫殿一样的宅邸，所有这一切的绝伦美妙，看作是珍稀的古董，而且仅此一件，就像一只极为值钱的瓷花瓶。谁知道，没准值几百万呢。要是打碎的话，无法补救。她就这样看待并且担心着所有的一切，他们的生活……他们存在其中并赖以生存的方式……就像对待一幅价值连城的杰作一样。

你想知道什么？她是不是疯了？当然，那里所有人都是疯子，只有老爷不是，但是其他生活在那座房子里的人，包括用人……你知道，我几乎要对护士说……慢慢地我们会被传染上疯病。你知道，就像在疯人院里的护士、助理医师、主任医师，慢慢也被一种细致的、看不见的、筛选不出的毒物传染患病，该毒物就是疯狂，它在疯人居住的病房里扩散、弥漫……即使试管没有检查出任何毛病，也一样会感染。当一个健康人置身于疯人之间，慢慢地也会变成疯子。我们这些为他们服务，为他们准备吃的，替他们擦洗身体的人也不是正常的……男仆、厨娘、司机和我……我们是内部服务人员，我们最先被他们的疯狂所传染……

我们盲目、可笑地模仿他们的举止，讥讽又认真，充满崇拜之情……我们也想像他们一样生活、打扮和举止。我们在厨房里午餐时也会为彼此奉上午餐，用讲究的词语和造作的动作。如果打碎一只盘子，我们也会说："真糟心……我的偏头痛又犯了！"我可怜的母亲在土坑里生了六个孩子，但我从没听她抱怨偏头痛。之所以没有，可能是她从没听说过偏头痛是什么，也不知道这东西是喝的还是吃的……但是我已经有了偏头痛，因为我转变很快。如果由于笨拙打碎了一只盘子，我把手按在太阳穴上，痛苦地看着它，然后对厨娘说："可以看出今天吹南风……"我们并没有相互嘲笑，厨娘和我，都没取笑对方，因为我们现在已经可以允许自己得偏头痛了。我很快就发生了变化，不仅手变白了，整个人也变白了，由外而内。当我妈妈有一天看到我时……我已经在那个家里服务了三年……她哭了起来，但不是喜悦地哭泣，而是恐惧地哭泣，就像我长出了两个鼻子。

那家的主人都是疯子，但是他们的疯狂是：平日里礼貌地交谈着，在上班的时间里完成分内的事务，殷勤地微笑着，无可挑剔地鞠躬，然后，在意想不到的时候，说一些不成体统的话，或者毫无过渡地把剪子刺向医生的胸膛……你知道在什么事情上可以看出他们是疯子？也许就是顽固。他们的动作、言语也是顽固、僵硬的。在他们的动作中感觉不到健康人的灵活、柔软和自然。他们也微笑或者大笑，但只是以一种演员的方式，经过长时间的练习和准备之后把嘴矫正成笑的样子。他们低声交谈，特别是当为了什么而愤怒时，完全低语交谈，几乎感觉不到嘴的动作，只有窃窃私语。在那座房子里，我从没听过一个高音调的词语和大声争吵。只有老爷有时咆哮一下，但是连他也已经被感染了，因为之后他惊恐地咽下他的声音，咬住不由自主发出的愤怒的咒骂。

他们彼此鞠躬致意，连坐着的时候也一样，就像马戏团里在秋千上飘来荡去，表演空中飞人的演员在感谢观众的掌声一样。

他们就餐时为彼此端上食物，就像在款待宾客和陌生人。请用，我的甜心，您不要吗？亲爱的？……就是这样进行的。这需要时间，但是之后我就习惯了。

还必须要习惯敲门声。你知道，他们从不会在敲门前进入其他人的房间。他们住在一个屋檐下，但是彼此之间却那么疏离。遥远的距离，看不见的边界线把彼此的卧室分隔两端……老夫人睡在底层，老爷住在一层，少爷，也就是我后来的丈夫，住在顶楼二层。他们请人建了一个专门的楼梯通向他的王国，后来他有了自己的专用车，还有了专门伺候他的男仆。他们非常注意不相互打扰。我常想他们都是疯子，然而当我们在厨房模仿他们时，根本没有讽刺他们。最初的两年里，我也会感到惊诧，忍不住闷声发笑……但是当我看到年长的用人，男仆、厨娘的愤怒……就像我犯了渎神的罪过，就像我在讥讽最神圣的东西……我回过神来，感到羞愧不已。我理解其实没什么可笑之处，疯狂绝不可笑。

但是除了简单的疯狂之外，还有很多其他的东西。我用了很长时间才了解，其他的东西是什么……他们用这种疯狂的想法，顽固、扭曲的清洁方式，医院般的规则、他们的行为举止以及“亲爱的，麻烦你”“亲爱的，请用”这样过分的礼仪来保护什么？不是钱，或者不仅仅是钱。因为这些人对钱也和我们这些不是生在有钱之家的人不一样。他们在保护和捍卫着的是别的东西，不仅仅是钱……这点在很长时间我都不理解，也许我永远都无法理解，假如没有和你刚才看到的照片上的那个人相遇的话。是的，就那个“艺术家类别”的人，是他向我解释的。

他说了什么？有一次他说，这些人不是为了某种东西而活，而是为了反抗某种东西而活。他只说了这些。我看出来你没懂。但是现在我已经懂了。

也许，我对你述说了全部，你也会懂的。如果你中途睡着了，也没关系。

我刚才说到那个家里的味道就像医院里一样，在那个充满美妙、深刻童年感受的医院里，我曾接受过狂犬病治疗。那么干净的味道，到底是什么味道呢？不是自然的味道。我们打到实木地板上、家具上、镶木地板上的很多蜡，以及用来清洁窗户和地毯，擦亮银器、铜器的化学制剂……所有这些都不是自然的东西。每一个跨进这个家门的人，特别是来自我那个地方的人……马上就能闻到这股味道，因为这些人工的香味让人感到窒息。就像在医院里弥漫着碳酸和碘仿的味道，那里的房间里充斥着洗涤用品、清洁剂的气味以及外国的雪茄、埃及的香烟、昂贵的烈酒、客人香水的气味。这些味道渗入家具的组织中、家具套子中、窗帘中以及所有的物品当中。

老夫人对清扫有一种特殊的狂热。她对男仆和我的工作不满意。她每月会叫一次专业的清洁人员来打扫，他们带着梯子和各种特别的机械设备，把所有的东西清洗、刷净、磨光，就像消防队员一样。其中也包括擦玻璃的人员，她没有任何其他的事情，只是把我们，这些内部人员已经擦过的玻璃再擦一遍。洗衣房的味道就像手术室，在手术前用射线和蓝光灯杀菌，但是这个洗衣房是那样的空旷雄伟，就像市中心昂贵、豪华的丧葬服务机构中的灵台……我总是怀着敬仰之情进入这里，当然只有太太允许我去给洗衣女工帮忙时才能进去，她那么细心地清洗、折叠内衣，就像村子里的洗尸妇包裹着刚刚逝去的死者。你可以想到，他们怎么会信任我这样一个粗手笨脚的人来完成这种需要高级专业知识的精细活儿，比如洗衣服！有专门的洗衣女工到家里来，每三个星期主人会寄送一张可以看见内容的没有信封的卡片给她，“您将会感到高兴并请准备一下，可以来工作了，一堆脏衣服在等待着您！”当然她来了，高高兴兴地。我只是帮助她压平和拧干那些精致的衬衫和内裤、织花的亚麻桌布、厚棉布床单和枕套。他们怎么会信任我来洗衣服！但是有一天洗衣女工并没有应约前来。代她前来的是由她女儿写的一张卡片，我还记得每一句话，因为是我从邮箱里拿出来的，当然我也阅读了没有信封的卡片的内容。那个女孩这样写道：“亲爱与尊贵的夫人，我妈妈不能来洗衣了，因为她去世了。”签名处写道：“亲吻您的手，依伦卡。”我记得夫人看到卡片时的脸，带着愤恨的神情，摇着头，但是没说任何话。所以我前进了一步，在他们找到新的、拥有专业洗衣水平并且还活着的洗衣女工之前的那段时间，我被允许洗衣服。

家里所有的一切都由专业人士来完成。这也是他们偏爱的一个词语：专业人士。假如门铃坏了，不是男仆来修，而是叫一个专业的人员来修理。他们不信任任何人，只信任专家。有一次，家里出现了一个神情严肃的人，戴着顶硬礼帽，就像乡下人们请来咨询的大学教授。他是一位挖鸡眼师傅。这不是普通的挖鸡眼师傅，就像城里到处可以看到的那种，脱下鞋，把脚伸过去，在囊肿部位切掉鸡眼和硬皮，怎么可能是这样的呢！根本没有普通的、简单的家庭鸡眼师傅，我们也不会允许这样的人进家里来。这个专家有名片，在电话黄页里可以找到他的名字。名字下方写着：瑞士足部保健师。他每个月都到家里来。他总是穿着黑色的衣服，来的时候总是那么庄严地把硬礼帽和手套交给我，我在慌乱之中几乎要去吻他的手。我的脚有冻伤，你知道，在尼尔塞格寒冷的冬天，在深坑里冻伤的，总是起泡，我也有拇指囊肿，而且我的指甲陷入肉里，有时疼得几乎无法走路，但是我连做梦都不敢想我的脚也会被这个美足艺术家拿在手里。他随身携带公文包，就像医生一样。他穿上白色的大褂，在浴室认真地洗手，进行手术前的消毒，然后从手提包里拿出一个电动机器，就像小型的牙医钻牙器，坐到夫人、老爷或者是我丈夫的脚跟前，开始用电动刀去除高贵的硬皮……我们的挖鸡眼师傅就是这样的。我可以这样说，我的心肝，我生命中最美好的时刻是，当我成为那个高雅家宅的女主人后，命令女佣打电话叫瑞士足部保健师来，因为我想让他来给我治疗一下尊贵的拇指囊肿。人生会给你一切，只要等待就够了。人生也带来了这个修脚师。

但是他不是唯一到我们这里来的专业人士。之后还发生了很多事情，一天早上我把橙汁拿给老爷，他躺在床上，在台灯的灯光下读一份英文报纸。家里大量的匈文报纸，只是我们用人看的，当我们无聊的时候，在厨房或者卫生间里消磨时光。老夫人阅读德文报纸，老爷看英文报纸，但只是看那些有很长数字的版面，那是每天外国股市行情，因为他的英文不是很好，但是他对数字感兴趣……年轻的少爷阅读德文和法文两种报纸，但是在我看来，他只是看标题。也许他们认为这些报纸比我们的新闻报能传递更多信息，他们能呼喊得更大声或者撒更大的谎。我很喜欢这些。我怀着敬仰和紧张的心情收拾他们房间里这些展开的、大张的外国报纸。

所以，每天清晨，在橙汁之后，如果没有轮到瑞士足部保健师来的话，按摩师就会来为老夫人按摩。她戴着眼镜，年轻而毫无廉耻。我知道，她还偷东西，在浴室里，她的黏糊糊的手在精致的化妆品上摸弄，而且她还偷那些头一天晚上男仆忘在客厅里的点心、南方水果……她快速地把某种放在那里的美食塞进嘴里，并不是由于饥饿，而是给这个家制造些麻烦，然后她一脸无辜地走进老妇人的房间，认真地完成按摩。

先生们也有按摩师，他们称之为瑞典体操老师。早餐前他们穿着游泳裤锻炼一会儿，然后体操老师为他们准备洗澡。他脱掉外衣，用大杯子热水和冷水轮流倒在我先生和老爷身上。我看你不理解这么做的理由……我的心肝，你还有好多要学的呢。体操老师之所以交替着把冷热水倒在他们身上，是为了刺激血液循环，否则他们无法以必需的强劲活力来开始新的一天……这里的一切都有着伟大的秩序和科学性。要了解这许多仪式的秩序和其中的关联性需要很长时间。

夏天，早餐前，每星期三次，教练会和他们在花园里锻炼。教练是个上了年纪的人，花白头发，非常优雅，就像博物馆里铜质雕版画里的一个古代英国哲学家。我偷偷地从用人房间的窗户里看他们。我的手紧握在胸前，感动得几乎要哭泣，这是多么美妙、令人心碎的高贵景象，两位年老的绅士，教练和主人，优雅地打着网球，就像是他们用球，而不是语言在交谈着一样……我的主人，老爷充满肌肉，皮肤被阳光晒成古铜色……他的肤色冬天也能保持下来，因为吃完午饭后，他在石英灯下午休，用这种人造的光线使他的肌肤变成古铜色。也许他也需要这种肤色，使他在商场上看起来更有威望……我不知道，只是怀疑。他已近高龄，但仍然打网球，像瑞典国王一样。他穿白裤子和彩色长袖毛衣的样子很潇洒！他们打完网球后洗澡。他们在地下室里有专门的冲凉场地。铺了软木地板、贴了瓷砖的健身房里有各种健身器材，肋木，还有一条愚蠢的小船，只有座位和弹簧划桨。这样如果天气不好，不能从俱乐部会所出发去多瑙河上划独木舟的话，他们就可以用这条小船练习划桨。瑞士足部保健师、女按摩师、瑞典体操老师和网球教练……这些轮流上门服务的人离开后，他们开始穿衣仪式。

我透过用人房间的窗户观察这一切，就像帕奇[1]的朝圣活动上流动商贩以苦闷但仍然感动的眼神看着帐篷里展示的圣人画像一样。所有这一切都让人觉得不可思议，超凡脱俗，仿佛已经不是人类的事情。有一段时间，在最初几年，我是这样感觉的。

1　帕奇，现名为玛利亚帕奇，位于奥尔福尔德大平原北部。

很长时间，很遗憾，我不能入内伺候早餐，因为这已经属于一项重要的仪式。很久之后，他们才允许我帮助完成那项仪式。当然他们从来不会蓬头垢面、穿着晨袍出现在早餐桌旁。他们打扮得那么精心，就像去参加婚礼一样。这时他们已经做完运动，冲了凉，沐浴过，男仆为老爷和我的丈夫刮了脸。他们已经翻阅过德文、英文或者法文报纸。在男仆为他们刮胡子的过程中收听了广播，但不是听新闻，因为他们担心听到某些消息会破坏早晨的好心情……他们偏爱轻音乐，欣赏节奏轻快的舞曲，热闹的音乐能振奋人心，并且赋予他们一天的精力来应付繁重、费神的工作。

随后，他们非常精心地穿起衣服来。老爷有一个衣帽间，靠墙有一排嵌入式衣柜。当然老夫人和我先生也有这样的房间，在那里存放着不同季节、不同场合的长袍，用套子和樟脑保护着，就像保存神父行弥撒时穿的宽大无袖的教袍一样。当然他们也有普通的衣柜，放着平日穿的衣服，以便需要快速准备的时候，能够随手拿到。当我讲述这个的时候，我的鼻孔里仍能感觉到衣橱的味道。他们叫人从英国带来的方糖形状的东西，闻上去有一股秋天干草堆的味道。夫人让这种人工的甘草香味弥漫在所有的衣柜以及存放内衣的抽屉里。

他们不仅有衣柜，还有鞋柜……哦，你知道吗，那对我来说是多么有吸引力，几乎比得上礼拜天的自由出门。他们的鞋柜终于也向我开放时，我看到了各种鞋子清洁剂、皮革保养油和亮光油，就这样我全力以赴、认真地对待他们的鞋子，不是在上面吐口水，用唾液舔湿，而是用一种卓越的油脂的东西、酒精擦鞋剂、软刷子和油膏来完成……我可以把老爷或者我丈夫的半高腰靴子擦得耀眼、炫目……总之，不仅衣服和鞋子放在不同的柜子里，连内衣也是。同样按照类型和品质，衬衫和内裤单独摆放。上帝，那些衬衫和内裤！……我想当我第一次给我丈夫熨烫细薄棉布短内裤时我就爱上了他！……内裤上还有他名字首字母拼成的组合字，上帝知道这是为了什么……在他肚脐附近，组合字的上面有一顶贵族的皇冠，因为他们是贵族，你知道吗，他们的手绢上、衬衫上也都带有皇冠标志。老爷曾担任战前和平时期的王室顾问，而不像他的儿子那样只是一个普通的政府首脑顾问……这有很大的区别，就像男爵和伯爵之间的差别。我告诉你，我花了很长时间才了解这些。

他们还有一个放手套的抽屉，摆放各种类型的手套，像罐头盒里浸在醋和油里的鲱鱼一样愚蠢地挤在一起，有去街上的、城里的，打猎的，开车的灰色、黄色、白色的鹿皮和牛皮手套，衬着裘皮内里的冬天戴的手套。羊皮手套是专门为盛大的庆典活动准备的，还有黑色的手套是参加隆重葬礼时戴的，之后还有鸽子羽毛颜色的柔软手套，是用来和燕尾服和大礼帽搭配的。但是，那些手套他们从来不戴，只是拿在手里，就像国王的权杖一样……这就是手套话题。之后说到那些手工编织的毛衣和背心，带袖的，无袖的，长的，短的，薄的，厚的，各种颜色和质地，苏格兰羊毛坎肩……有些是他们在秋天的晚上，不穿家里的外衣，坐在壁炉前抽烟斗的时候穿的。这时男仆把松树干树枝加到火中，这样一切更完美了，就像一本英国彩图杂志上的白酒广告，贵族在畅饮了每日规定的酒量之后，在壁炉前愉悦地抽着烟斗，穿着苏格兰毛衣温柔地笑着……另外还有奶油色的毛衣，那是专为打大鸨鸟时穿的，搭配窄帽檐的蒂罗尔[1]式帽子，上面有羚羊毛做的羽状饰物。我丈夫还有春天和夏天的毛衣。当然还有冬天运动时穿的各种颜色和厚度的毛衣，还有去办公室穿的毛衣，以及……我已经无法把所有的一一列举出来。

所有的东西都有那种陈腐的甘草香味。当我第一次和我丈夫上床的时候，这种味道让我窒息，这种矫揉造作又邪恶的男性香味，很久很久以前，你知道，当我第一次烫熨他的内裤，第一次整理内衣柜子时，我就熟悉了……我当时那么幸福，在巨大的激动之中，由于这种味道和回忆我开始呕吐。因为你知道我丈夫身体上也有这样的甘草味道，因为他也使用这种味道的香皂。还有男仆给他刮完脸后在他脸上涂的酒精以及头发水也是这样陈腐的秋天的甘草味道……只要吸一口气就可以感觉到。这个男人就不像是一个人，而是上世纪法国画上早秋的一堆干草……也许当我第一次和他躺在床上，他第一次拥抱我时，我就有了想吐的念头。因为那时我已经成为他的妻子了。第二任妻子，第一任离开了，为什么？……她也无法忍受这种味道吗？受不了这个人？……我

1　蒂罗尔州，位于奥地利共和国西部的一个州。

不知道。不存在那样的智者能够说出男人和女人为什么走到一起，后来为什么分开。我知道，我在我丈夫床上度过的第一个夜晚就不像是与一个人躺在一起，而是与某种陌生的人造味道一起。这种陌生的感觉使我紧张，就像催吐剂一样。但是后来我适应它了。之后如果他和我说话或者拥抱我，我也不再恶心了，也不再拉肚子了。人会习惯一切，包括幸福和富有。

但是关于富有，我无法如此细致地给你说清楚……然而我看你的眼睛闪闪发光，你感兴趣，我在他们之间所学到的和看到的？是的，那也是有趣的。就像一次特别的外国旅行，在那里人们以另一种方式生活，吃喝拉撒，生老病死……因此和你在一起更好，在这家宾馆里。我更了解你。你和你周围的一切更为熟悉……是的，你的味道更让人信赖。据说在这个散发着恶臭的机械的世界里，这就是所谓的文明……人们忘记如何使用嗅觉，他们的鼻子已经萎缩……但我出生在家畜中间，就像所有在家畜中间出生的穷人家的孩子一样，就像小耶稣……我也拥有如何去闻的天赋，而富人的孩子恰恰忘记了它。我的主人们已经连他们自己的味道都不知道了。因此我也不爱他们。我只是为他们服务，之前在厨房里……之后在大厅和床上。我只是为他们服务而已，但是我爱你，你的味道让我感到熟悉。亲我一下。谢谢。

我不能向你描述关于富有的一切，因为天亮了，一次不可能讲完，而要很多次、很多次的诉说，就像东方故事一样。我可以持续讲述很多个夜晚、很多年。这就是为什么我不再说他们的衣柜和抽屉里还有什么，他们的袍子有几种，就像剧院里为每个角色，人生每个时刻准备戏服和道具！那些也无法说尽。我宁愿说一下他们的灵魂中有些什么……如果你感兴趣的话？我知道，你有兴趣。那么你不要动来动去，好好听着。

一段时间之后，我知道那些堆积在他们房间和柜子里的无穷的宝贝和神圣物品，实际上他们并不需要。他们在这些东西里马马虎虎地挑来挑去，但是事实上他们根本不关心这些东西是否可以使用，如果可以使用，是做什么用的。老爷也有演员那样的衣帽间，但是他，你知道，穿着睡衣睡觉，裤子上带着背带，早上从浴室出来，戴着睡觉时保护胡须的系带，还有专门用来为胡须刷油的小梳子，并配有一面小镜子！……早上他最愿意穿着一件破旧的，肘部几乎磨坏的晨袍在房间里走来走去，尽管他的衣柜里挂着半打精致的、丝绸的家居服，“dressing gown[1]”，这些衣服都是太太在圣诞节或者命名日送他的礼物。老爷有时嘴里也会嘟囔，但是他总是礼貌地同意，所有的一切不可能是其他样子。他赚很多钱，开了一家工厂，他很适应他的角色，无论是他开创的还是继承来的……但是，私下里，他应该更喜欢到帕萨雷特[2]附近的一家小酒馆里玩滚木球游戏，喝着加了苏打水的汽酒……但是他很聪明，人同时也被自己所创造的东西改造着……这是有一次

1 晨衣。

2 帕萨雷特，位于布达佩斯二区。

那个家伙说的，那个属于“艺术家类”的人……你知道，他说，所有的一切都事与愿违，人从来不是自由的，因为他所创造的东西会绑架他、束缚他。老爷创立工厂，创造了财富，并且也安心顺从于所有这一切囚禁他，让他无法逃离的事实。因此他不会每天下午去帕萨雷特玩滚木球游戏，而是在市中心的百万富翁俱乐部里，带着一张苦闷的脸打桥牌。

老爷有一种苦涩又嘲讽的智慧让我无法忘记。早上当我用银色托盘把橙汁端给他时，他的眼睛从刊登股市行情的英文报纸上移开，把眼镜推到额头上，即使眼睛近视。他用手摸着杯子……他的胡子下面浮现一丝冷笑，就像一个人吃着药，但同时并不相信药效一样……和他穿衣时的笑容一样。有某种东西隐藏在胡子底下。因为他留着胡子，就像费伦茨·尤什卡[1]，那种奥匈帝国时代的须髯，就像他是来自另一个世界的另一类人，在那个战前的真正的和平时期，贵族是真正的贵族，仆人是真正的仆人。大企业主是考虑五千万人生死的工业家，无论他们生产的是蒸汽机还是现代化的煎薄饼的平锅。老爷就是来自这个世界。很显然，现在这个全新的微型世界对他来说太局促了……当然我说的是第一次世界大战。

他嘲讽地微笑着，在胡子底下这种面部线条表达着对自己和世界的不屑。当他穿衣时，当他打网球时，当他坐在早餐桌前时，

1　指的是奥匈帝国皇帝费伦茨·约瑟夫（1848—1916）。

当他亲吻太太的手时，当他彬彬有礼地优雅交谈时，总是显露这种表情，就像藐视所有的一切。这点让我特别喜欢他。我知道那些塞满家里的物品对他来说不是什么可以使用的物件，而是一种怪癖。你知道，就像某人得了神经性疾病，总是被迫重复某一动作，比如每天洗五十次手。他们也是以同样的方式买那些衣服、内衣、手套、领带。关于领带我有特别的记忆，因为它给我带来一堆麻烦。我负责整理我丈夫和老爷的领带。他们根本不是说有一两条领带。虽然没有彩虹那么多的颜色变化，但是与此相似的是，有蝴蝶结的，或已打好领结的、未打好领结的不同领带按照颜色排列整齐地挂在衣柜里，也许他们拥有除了紫罗兰色以外所有颜色的领带，这也不是不可能的。

同时你必须知道，任何人都没有我先生穿得简单、颜色单一。他从来不会穿任何引人注目的颜色。你从没看过他系一条惹人尖叫、让人咋舌的领带，从来没有。据说，他穿得像个市民阶层……有一次我听到老爷低声对他的儿子说："你看，那个人，就像个贵族。"他手指着一个站在他们附近的人，那人穿着一件镶边的羊皮大衣，戴着一顶猎帽。他们避开所有不是市民阶层的人，根据他们的概念来判断是否是市民……也就是那些人，他们既不属于他们之下，也不属于他们之上。我丈夫总是穿着这样的衣服，厚重的深灰色西服，配上颜色暗沉单一的，没有任何花式的领带。当然实际上他也根据季节、家庭与社交、社会的习俗而变换不同的衣服。有三十套衣服和同样多的鞋子，以及各种与之配套的手套、帽子以及其他配件。但是每当我回忆起他……我很少在梦里看到他，他总是那样生气地看着我……我真的无法理解这点！……我看见他永远穿着件严肃的、灰色的双排扣衣服，就像穿着一件制服。

不过老爷也是那样的，就像是穿着旧时代的西服和长大衣，还能够慷慨地包容他的大肚皮，其实这只是错觉，但是他仍然喜欢这样！……他们很小心，他们身上的任何东西都不允许和周围环境不协调，不能有别于属于他们的生活方式，那种神秘的、约定俗成的、毫无颜色的生活方式。他们知道钱是什么东西，从他们的祖父开始已经很富有了，祖父是高级政府官员和葡萄园主。他们不必学习有钱人，就像现在那些暴发的土包子那样生搬硬套，早上戴着高筒帽开着全新的美国汽车到处招摇……在那个家里，一切都是安静地进行的，甚至连领带的颜色也是。只是在内心深处，某些东西被遗忘了，任何东西对他们来说都不够……这就是他们的怪癖：追求完美，因此他们的衣柜里才会挂着无数的衣服，才会有数不清的多余的鞋子、内衣、领带……我丈夫从来不关心任何流行的东西，他血液里已经知道什么适合穿，什么是多余的。但是老爷对于如何去实现上流社会贵族的多样性还不完全确定。比如说，他的衣柜里，在门的内侧贴着一张英文印刷的表格，上面写着什么时候穿什么颜色的衣服，搭配什么颜色的领带……例如在四月的一个多雨的星期二，穿深蓝色衣服搭配黑底浅蓝色条纹领带等等诸如此类的东西……当个有钱人可真不容易。

这就是我们囫囵吞枣学到的富贵。和他们在一起的那几年，我睁圆了双眼死记硬背。我虔诚地学习着如何当个富人，就像在农庄学校里学习宗教教条一样。

然后我明白了，他们不是需要这件或者那件衣服，这样或者那样的领带，而是某种别的东西。他们需要的是完美。就是这种所有一切都要完美的欲望让他们狂热。看起来，这只是所有富人的毛病。这些人需要的不是衣服，而是一个衣帽间，一个衣帽间还不够……如果一座房子里有很多人，而且又是有钱人，他们需要更多的衣帽间。他们不是真的用得着，而是必须要有。

你知道，有一天我发现，在别墅的二楼，在大阳台的上方有一间关着门的小房间，还带着一个小阳台……他们从来没使用过这个房间……那儿一度是婴儿房。我先生小时候在那里住过。有几十年没人进入那个房间，除了用人之外，但我们也只是一年进去一次，打扫卫生。所有属于我丈夫童年时的东西，在放下的百叶窗、用钥匙锁紧的门后面，沉睡着。就像一座博物馆，在那里展示着一个永远消失的年代的物品：他们使用的工具、必需品、服装……当我第一次走进这个房间的时候，我的心被揪紧了。在一个早春的日子里，他们让我去打扫。铺着亚麻油地毡的地板上还散发着消毒剂的酸涩的味道，他们在这个房间里，在这个讲究卫生的小窝里清洗了每一件东西……从前，在已经消逝的岁月，一个小孩曾经生活在这里，打闹嬉戏，抱怨肚子痛……在白色的墙壁上是艺术家绘制的欢快、彩色的图画，有动物、童话人物、小矮人和白雪公主。家具用油漆漆成的淡绿色，一张做工精细拉着帷幔的婴儿床，神奇的婴儿体重计，还有周围墙上的架子上，令人眼花缭乱的玩具，毛绒小熊、积木、电动小货车、彩色图画书……所有的一切保持着一种顽固的秩序，就像一个展览。

当我看到这一切时，我的心揪紧了……我跑过去打开窗户，拉开百叶窗，我快窒息了。我无法说出当我第一次进入我丈夫小时候的房间时的感受。我向你发誓，我没有想到我从小长大的土坑，土坑对我来说不是那么糟糕的事情，请相信我……当然，也不是很好。一切都是另外的样子，就像所有的真实之物那样。土坑是真实的。贫穷对于孩子来说，和那些从未真正当过穷人的成年人所想象的不一样，对一个孩子而言，贫穷就是一种闹剧，而不仅仅是一种苦难……尘土对于穷人的小孩来说是好玩的东西，他们可以在里面闲躺、打滚，穷人的孩子不需要洗手，洗手有什么用处？……贫穷只是对于大人而言是糟糕的，非常糟糕的……比所有的一切都还要糟糕，比疥癣和肠绞痛还要糟。贫穷是最糟糕的事情……但是当我进入那个房间的时候我并不羡慕我的先生。我甚至同情他，因为他在那里长大，在那个手术室模样的房间里长大。我有一种感觉，在这里和以这种方式养育的孩子，不可能成为一个完美的人……而只不过是很像一个人而已！……像某种人。我这样想。

孩子的房间也是完美的。已经不可能再完美，就像衣帽间，就像鞋柜。每一类物品都要有完整的存放之所，除了衣帽间和鞋柜之外，他们需要一个私人图书室，以及一个画廊，就像工厂里的仓库一样！家里的阁楼上有一个专门的、用锁锁着的破旧物品储藏室。在这些不同的物品储藏间里，不仅储藏着衣服、鞋子、内衣、书籍、画作，而且也储藏着完美和他们的怪癖。

也许他们的心灵中也有某种储藏室，让他们在那里照料他们的偏执，使它保持完美的秩序，并用樟脑球来贮存着。所有他们拥有的东西都超过他们实际需要的……两辆汽车，两台唱片机，在厨房里有两台冰激凌机，房间里有很多收音机、不同的望远镜……有一个是带盒子的，用珍珠和珐琅做的望远镜，是那种可以带到剧院去的；然后还有另外一种可以带到赛马场的，还有一种可以挂在脖子上，去海边，在船甲板上看日落……我不确定，但有可能他们还有专门的小望远镜，在山巅上看日出和日落，或者看迅速飞过的鸟群……他们购买所有能够使完美变得更完美的东西。

他们的胡子由男仆来刮，但是我先生的浴室里有半打安全刮胡刀，都是没使用过的最新款式。在另一个鹿皮盒子里有半打美国的、英国的剃刀，其实他从来没有用过剃刀。打火机也是一样，我先生买来所有样式的打火机，然后扔在抽屉里，还有很多优质的工具在那里生锈，因为他自己偏爱用最大众的火柴……有一天他带一个电动刮胡刀回来，带着皮套子……但是他从来没碰过它。他为留声机买新的唱片，总是让人送一套全集来，一个伟大作曲家全部的作品，他一下子买了瓦格纳和巴赫的全部作品，不同演出的全部作品。对他来说，没有任何东西比他在柜子里拥有全部的巴赫作品更重要，全部的巴赫作品，全部的，你懂吗？……

再来说书。书商甚至不用等待他们决定购买哪些书，而是直接把所有的新书寄到家里来，他们推测也许主人某个时候会看上一眼。男仆的工作是，割开书籍的页边，割完准备好了，经常是没有任何人阅读，又被摆放到了图书室里。他们看书，他们怎么会不看书呢！老爷看专业书籍和游记。我先生是非常有文化的人，他还喜欢诗歌。但是那些书商以礼貌为借口寄来的众多书籍，没有任何一个从娘胎里出来的人可以读完，也许整个一生都不够。但是他们从不寄回去，他们认为没有权利这样做，因为文学需要赞助。此外他们总是紧张和担忧，他们刚刚购买的美妙的小说是否完整，上帝知道，也许世界上某个地方还有另外一本比上个星期从柏林寄来的这本更完整……他们非常担心进入他们家庭的某种书籍、物品、工具只是一个零散单一的、毫无价值的样品，不是完整的一系列。

在我们那里他们要所有的一切都是完整的、完美的，在厨房里，在客厅里，在不同的储藏间里……所有的一切都是完整的、完美的，只有他们的人生不是。

他们缺了什么？宁静。你看，他们没有一分钟的宁静时刻，但是他们依据精确的时刻表生活着，非常安静地生活，在那个家里，在他们的生活里，从来不曾大声说出一个字，从来没有令人惊讶的转折。他们计算一切，预料每件事，经济危机，白喉，天气，人生的每个转折，甚至还有死亡，但是他们仍然无法平静。或许某一天他们下定决心不再如此生活的话，他们会找到平和……但他们既没有这个想法，也没有这种勇气。看起来，需要极大的勇气，如果某人就那样没有任何准备地投身生活，没有准确的时刻表……就那样一个小时接着一个小时，一天接着一天，一刻接着一刻地过活……不等待也不期盼任何事情，只是单纯地存在世界上……他们没有能力做到这些，他们也不能只是存在……他们知道早上隆重地起床，就像古代的国王，在所有的大臣面前漱口。他们知道用那种繁杂的仪式吃早饭，就像在这里，在罗马神父做弥撒仪式时，在一个专门的小祈祷堂里，一个老年人曾在墙上画满了各种裸体形象……我以前去过那里，在教皇的小祈祷堂里我想起了我原来的主人的早餐仪式。

但是他们就那样隆重地吃着早餐。然后生活着，创造着价值。他们从早到晚生产神奇的机器，并且能卖掉所有生产的商品，然后发明新的机器。在这期间，他们交谈聊天。晚上他们疲惫地躺下来休息，因为一整天都表现得很有价值，很有教养，守秩序、有礼貌。这真的很累！你是个艺术家，你无法理解，对于一个在清晨就知道从那一刻一直到深夜要做什么的人来说多么疲惫……你只是在你的艺术天分指引下生活，你不会事先知道，当你打鼓的时候，在演奏过程中，当节奏使你把鼓锤停留在空中，或者因为萨克斯演奏师吹到某个音，你以打鼓来回应他时，你脑海中会想起什么点子……你是个艺术家，以本能行事，但我的主人们是另一类人，他们用牙齿和指甲来保护他们创造的东西。他们不仅在工厂里进行创造，而且在早餐和午餐期间也是。他们创造了某些东西并称之为教养，当他们微笑或者吸鼻子时都非常审慎……对他们来说，更重要的是要保护他们用工作和态度，全部生命创造的东西，对他们而言，更重要的不是创造本身，而是保护……

他们同时活在多重人生里，就像同时活在父亲和儿子的人生里，就像他们不是一个可以区分的、唯一的、不可重复的个体，而是漫长一生中的一个整齐动作。他们不是以个体来活着，而是以家庭，以市民阶层的家庭来活着……因此他们保留着照片，保存着家庭照片，就像博物馆里保存旧时代为杰出人物绘制的肖像画那样的忧心忡忡……保留着祖父和祖母的订婚照片，父母的结婚照片。一张破产的叔叔穿着旧式礼服或者戴着草帽的照片。一个不幸或者幸福的姑姑戴着有面纱的礼帽，手拿太阳伞略带微笑的照片……这就是他们，所有的人的组合，某种缓慢形成与发展的个体，一个市民家庭……这些对我来说非常陌生。对我来说，家庭是一种需要，一种逼不得已。对他们而言则是一个任务……

他们天生如此。因为他们总是远距离地审视一切，长时间地观察，因此他们从未真正平静过，只有每时每刻活在当下的人才是真正平静的。就像无神论者不信奉上帝，所以不会对死亡感到畏惧一样……你相信吗？你在嘟囔什么？你点头说你相信？你相信多少……我只见过一个人，我确定他是不惧怕死亡的……就是那个“艺术家类别”的人，是的。是的，他不信仰上帝，因此不畏惧任何东西，不惧怕死亡，不敬畏生命。信徒们非常恐惧死亡，因此紧紧抓住宗教的承诺，他们相信，在死亡之外还有另外一个人生和最后的审判……那个“艺术家类别”的人永不害怕，他说，如果上帝存在的话，不可能如此残忍地给予人类永恒的生命……你看，所有这些人都是这样癫狂，这些另类的艺术家……不过中产阶级惧怕死亡，就像他们惧怕生命一样。这就是为什么他们信仰宗教、节俭又守德……因为他们有所敬畏。

我从你眼里看出不解。或许他们带着头脑来到世界，因为他们是有修养的，但是他们却没有带着心脏和分泌腺，因为他们的内心和分泌腺永远焦躁不安。他们担心所有那些账目、计划、秩序一文不值，某一天一切都会完结……但是到底是什么东西要完结？家庭？工厂？财产吗？……不，那些人知道他们所畏惧的东西没有这么简单。他们害怕某一天会疲惫，不能把所有的东西维持为一个整体……你知道，就像前几天那个技工所说的。我们把那辆老旧的破车开去让他看看，哪儿出了毛病……你记得吗，他说车还可以开，引擎没有裂痕，但是结构中的材料已经老损了，这就像我的主人们害怕他们所拼凑的东西会磨损，再也无法构成一个整体……而那时他们的文化也就终结了。

够了，我不再对你说更多了，反正永远也说不完……你只要想一想他们在那些抽屉里和打在墙上的保险柜里，可能隐藏多少秘密，他们在那里保存证件、股票、首饰……你耸了耸肩？我唯一的爱人，这些人并不是我们这些穷人所能想象的。有钱人是非常奇怪的。可能在他们的灵魂中也有这样的秘密夹层，在那里他们保存着某些东西……我想偷走这个看不见的秘密夹层的保险箱的钥匙，让我知道，里面有什么东西……富人即使被剥夺了一切，他们某种程度上仍然是富人。在封锁结束之后，我看到从地窖里爬出来的富人，开始是基督徒，紧接着是犹太人，他们能够带着完整的皮囊存活下来，但是却被彻底剥脱了财富，再也不可能更彻底地失去一切……这些基督徒和犹太富人惨遭掠夺，家园被炸弹摧毁，战争以及战后发生的一切破坏了他们的生意……空气中已能嗅出某些共产主义者正跃跃欲试……而同样是那些被掠夺的富人们在封锁之后，仍然或者仅仅在两年之内重新住进别墅里，太太们披着灰狐皮大衣正襟危坐在盖尔贝奥德甜点店内的扶手椅里……他们如何能够做到？我不知道，但是我能肯定，他们就像战时和战前一样生活，用同样讲究的方式就餐和打扮。当第一班火车出发前往国外时，他们会从佩斯城的苏联指挥部那里获得旅行许可……甚至还抱怨，这列带着他们前往苏黎世或者巴黎的购物之旅的列车上，他们没有买到其他的卧铺票，只有上铺……你明白吗？看起来富有是某种状态，就像健康或者患病一样。一个人富有，那么以某种神秘的方式，将永远富有，相反，如果一个人不是，那么即使他赚很多钱也没有用，他永远也不会成为一个真正的富人。看起来，必须相信有的人是真正的富人，就像圣人或者革命者相信自己与众不同一样……要毫无罪恶感地做个富人，否则一切将乾坤大变……伪装的富人，当他们吃着牛排，喝着香槟酒时，转动着眼睛想着的是穷人，最后他们自己也会掉到穷人堆中，因为他们不诚实，只是个懦弱的、奸诈的伪君子……必须要认真地做个富人。可以做些慈善，但是这些也仅仅像无花果树的叶子一样无关紧要。你听我说，亲爱的，我希望，假若有一天我不在你身边，你某一天遇见其他人，她存有比我更多的首饰，你不会感伤……你别生气，我只是说出我所想的话。把你那艺术家的手掌给我,我要它紧贴我的胸口。你感觉到了吗？……它为你，为穷人而跳动。你看看。

我是个聪明的姑娘，很快学会了富人所有的奥秘。我在他们那里当了很长时间女佣，也学会了很多秘密，但是后来有一天，我离开他们，因为我厌倦了等待。我在等什么？……我等待的是我先生为我戒斋。你为什么用那种方式看着我？……我苦苦等待，用尽所有的手段和力量。

你看看他的照片，好好看看。我一直保留着那张照片，因为是我用钱从摄影师那里买来的，那时我还是他们家的女佣，他和第一任妻子生活在一起。

我把你头下的枕头摆正一下。你舒服地躺着吧，伸个懒腰。当你跟我在一起时，你就要一直休息着，我最可爱的宝贝。我要让你感到跟我在一起很舒服。你在酒吧，乐队里工作太累了，在我这里，在我的床上，你不用做其他事，只要爱我，然后好好休息就够了。

我是否对我的丈夫也说过同样的话？……没有，我的心肝。

当他躺在我床上时，我不想让他感觉舒服，这正是问题所在……某种程度上，我不能忍受他和我在一起感觉舒服。当然，那个可怜的人为我真的付出了一切，他为我做出了全部牺牲，与他的家庭、他的圈子、他的习惯割裂开来。他逃到我这里来，就像一个破产的绅士流落到海外，逃到一个奇异国家寻求帮助一样。可能正是因为这个原因我永远无法与他和解，因为我这里不是他的家……他和我生活在一起的状态永远就如同，一天有一个人流浪到一个迷人又充满香料芬芳的热带国度巴西，在那里娶了当地女子为妻，在那个陌生的世界里他总是奇怪，怎么到达了那里？他和当地女子在一起，在亲密的时候想着其他的事情。想着家乡？也许吧。这点让我很紧张。因此我不希望他和我在一起时，真正感觉到舒服，无论是在餐桌上还是床上。

他到底在想什么？哪里是他的家园？……他的第一任妻子？……我不这样认为。你知道吗，他所想的家乡，真正的家园，地图上并不存在，而且其中包含一切，不仅仅是那些美好的东西，还有那些截然相反的或者令人讨厌的东西。我们现在也正在学习这一课，因为我们也不再拥有祖国，不是吗？你不要指望我们会重新拥有它。如果有朝一日有机会回到故土，回去探望家乡，或者以其他的原因回家……可以再次回到从前的地方，有人会感伤不已，有的人还会心脏病发作，另外一些人则到处炫耀，挥舞着外国护照或者拿出旅行支票付账……但是在国外期间所思念的故土已不复存在。你还会梦见佐拉吗？我有时还能梦回尼尔塞格，但总是在头痛中惊醒。看起来，家乡不仅仅是乡下、城市、房屋、人们而已，还是一种感觉。什么？……是否存在永远的感情？不，亲爱的，我不认为。你知道，我崇拜你，但是如果有一天你欺骗了我或者想逃走，我将不再爱你……这不可能，对不对？总之，假如这样结束的话，你不要以为，如果我们某一天再次遇见的话，我会得心绞痛。我们可以亲切地聊天……但是已经结束的事情我们不会再次提及，因为已经消失、变成蒸汽了。你不必感伤。一个人一生中只会有一个家园，就像真爱一样。一切都会过去，就像真爱一样，而这样就是最好的，否则我们将无法继续活下去。

第一个女人，我丈夫的妻子……是一个优雅的女人。非常漂亮，知书达理。至少我很羡慕这种规矩得体。看起来，那是一种学不来的东西，也不是金钱能买得到的，而是与生俱来的。也许这些另一类人，这些有钱人虔诚学习的东西，事实上不是别的，就是纪律。甚至连他们的血细胞都是有纪律的，连腺体也是。我痛恨他们的这种能力，我先生也知道这点。第一任妻子很有教养，有纪律，因此有一天我丈夫从她的身旁逃离，因为他已经对纪律感到疲劳。对他而言，我不仅是个女人，还是一个伟大的测验和尝试，一个冒险，就像美洲狮和猎人，就像某人因贪污而感到有罪，或者在正经的人家里，突然往地毯上吐口痰。鬼才理解这些人。我给你拿一杯白兰地吧，三星级的，好吗？……因为说话太多，我感到口渴。

喝吧，我的生命。是的，我喝的时候把我的嘴唇放到你嘴唇碰触过的地方……你拥有多么令人惊讶、温柔、神奇的想法！你说出来的时候,我几乎快哭了。你怎么想到这些的,我难以琢磨……我不想说这是个全新的念头，可能其他恋爱中的人也能想到……但是对我来说，仍然是件伟大的礼物。

像这样，我在你之后喝。你知道，我的丈夫从来没有送过我这样温柔的礼物。我们从来没有用过同一个杯子，而且不曾直视彼此的眼睛，就像我们这一刻所做的这样……如果他想让我开心，他宁可买一枚新的戒指给我……是的，就是那枚漂亮的绿松石戒指，上次你满怀兴致地看了又看，那个也是他送我的。他就是这样俗气……你说什么,我的心肝？……好吧,过后我把它也交给你,让你那个卓越的估价人估算一下这枚戒指的价值。所有的事情我都听你的，依你而定。

你想听我再说那些富人的事吗？关于他们是无法说尽的。因为我和他们生活在一起的几年里，就像一个梦游者。我感到惊恐万分又神经紧张，我从来不知道，当我对他们说话时我犯了什么错误，或者当我默不作声时，我手里拿着什么东西……他们从来没有责备过我，怎么可能责备我呢？他们宁可教导我，优雅地、带着宽容和谨慎，就好像一个意大利歌手在街上教小猴子跳上他的肩膀，并且扭腰。但是有时他们也像在教残疾人，一个无法走路，连最基本的东西都无法实现的人……因为当我刚到他家的时候，我就是这样的，是个残疾人。我完全不知道如何用正确的方式做事。不知道如何走路，从他们的角度来看，连打招呼、说话，甚至吃饭都不会！……对于如何吃饭，我甚至连概念都没有！我想那时候我甚至连保持沉默都不会，无论什么结局，总之很糟糕。我只是一言不发，像条烤鱼，但是之后我逐渐学会了他们交给我的所有功课……我很努力,快速地有样学样。最后他们也感到惊讶,我如此快速地学会了这么多东西……对此他们瞠目结舌。我并没有炫耀自己，但是我相信，当有一天我开始让他们注意到我学到的东西时，他们简直目瞪口呆。

比如说,有一次在陵墓那里发生的事情。哦,陵墓！你知道吗?在他们家帮佣的时候，我发现所有人都偷他们东西。厨娘在采购金上做手脚,男仆让供应商把葡萄酒、白酒和精美雪茄的价格写高,司机偷汽油然后卖掉。这些都是自然而然的事，连主人自己也很清楚，几乎成为家庭秩序的一部分。我不偷盗，因为我只是个单纯的全职女佣，我没什么好偷的……但是后来，当我成为女主人，我想起在地下室和厨房里看到的把戏，而陵墓事件是一个太大的诱惑，我无法抗拒。

因为有一天我的丈夫……那位真正的丈夫，那个绅士……突然醒悟，他的人生缺少某些东西，在布达的陵园没有一个真正的墓室。他的父母，老先生和老妇人，还是老派的死者做法，他们的尸体在一块简单、破旧的大理石墓碑下面朽烂，没有墓室。当我的先生发现这个疏忽时，开始变得阴沉忧郁，之后我们开始四处奔波，来弥补这个严重错误。他委托我和设计师以及工头讨论如何为死者建一座完美的墓室。那时我们已经有了不止一辆汽车，在泽拜盖尼[1]有避暑别墅，在施瓦布山[2]上有一套冬天住的公寓，当然在玫瑰山丘上我们也有房子，在多瑙河以西，临近巴拉顿湖地区我们有一座城堡，是我先生通过做贸易获得的。在房屋的需求上我们没有任何可以抱怨的。

可是我们连一座家族墓穴都没有。我们要尽快弥补这个令人尴尬的疏忽。当然不能把工作委托给一个普通的建筑师。我丈夫进行了深入调查，谁是城里最好的墓室设计师……我们让人从英国和意大利寄来很多设计方案，印刷在铜版纸上的散发着光芒的书籍……没有人相信关于墓室竟然有这么丰富的专业资料……因为人只是两腿一伸就死去，每个人都不过如此……然后挖坑掩埋，就这样结束。但是老爷们过另外一种生活，他们的死亡自然也完全是另外一回事。因此在专业人士的帮助下我们挑选出一个模本。我们将建造一个美妙的，带着穹顶，内部宽敞通风、干燥的家族墓穴。当我第一次从内部看到这个精美的墓室时，我暗自流泪，因为我一下子想起在尼尔塞格我们居住的沙子里的深坑。是的，这个墓穴比我们的深坑还要宽敞。为谨慎起见，他们在内部估算了六个人的空间，两个老的，我先生和另外三个人，我不知道，还有谁？……也许是给某个客人，如果正好有人拜访，然后要在这里安葬，这样不会造成拥挤。我看了三个多余的位置，我对我的先生说，我宁可让狗埋在这里，也永远不愿意躺在他们的墓

1 泽拜盖尼，匈牙利佩斯州所辖的一个村。

2 施瓦布山，位于布达佩斯十二区。

室里……真希望你看到我这么说的时候他笑成什么样！

所以我们为每件可能发生的事情做准备。当然在墓室中也有照明，有两种灯光，蓝色和白色。当所有一切都安排妥当之后，我们请来一位神父，让他为这个私人享受的场所举行落成仪式。那里拥有一切，我的天使……入口上方是金色字母的碑文。墓室正面，在谨慎制作的微型小窗户上，可以看到家族贵族徽章……就跟他们在内裤上也绣上贵族头冠一样……之后，在陵墓前辟出一块空地，种植了很多花卉，接着是柱廊入口，前厅为访客准备了大理石板凳，没准他们在临死之前突然产生兴趣来这里休息一下。必须要穿过院子和雕有装饰性花纹的铁门才能到达两位老人的安息之地。那是一个真正的墓室，就像不是为了三五十年而准备，到了那种年份，连最高贵的死人都会被从公墓中移出。他们是为了永恒的时间而准备，当最后审判的号角唤醒了那些贵族和老爷的尸体，他们像往常一样，穿着睡衣和晨袍从棺木中起床。我从墓室的工作中赚了八千潘戈，建筑师不肯做出更多的让步。我在银行里有一个活期账号，我愚蠢地把这笔额外的微薄收入存入这个账号，一天我丈夫偶然发现邮局的通知，上面写着我的这笔小钱额外得到多少利息……他没有说任何话，怎么会说什么呢，你为什么这样想？……但是能看出来，他很不好受。他觉得作为家庭的一分子不应该从父母的墓室里赚取任何钱财……你明白吗？我事到如今也想不通。我只能说，你看，这些富人们是多么怪异。

我还要跟你说另外一件事。我习惯了一切，忍受了一切，一身不吭，但是他们有一个习惯我无法忍受。即使现在，当我想起时，也要使劲吞咽，因为我恶心得想吐。我无法忍受，真的！……过去几年，我渡过了一道道难关，但功课并没有结束，只不过我已经忍受了一切，对一切都感到心平气和了。你看，最后也许连对衰老我也逆来顺受，默不作声，但是他们那个习惯让我无法忍受，就那一个……如果我想起来，我仍然由于无能为力愤怒得涨红脸，就像火鸡一样。

你说床第之事吗？是的，但不是你想象的那样。这件事情与床有关，但是其他层面上的问题。是关于他们的睡衣和睡袍。

我看出来你不明白。事实上也很难讲清楚，因为你看，我羡慕那座房子里的一切，我注视着并惊叹于每一件东西，就像看到动物园里的长颈鹿一样……彩色的卫生纸，瑞士的足部保健品，全部的一切。我知道他们这样特殊的人是不会过那种世俗又平凡如普通大众般循规蹈矩的生活的。他们的一切必须以另外的方式来做，布置餐桌，整理床铺，和普通的大众完全不同。当然，为他们烹制的餐食也完全不同，也许他们的肠胃系统也是不一样的，就像袋鼠一样……我不知如何准确地对你说明白到底是怎么不一样的肠胃系统……但是他们与我们这些普通人不一样，拥有另外一种消化系统。不是自然而然的，依照某种规则和方法，他们服用特别的泻药，神秘的灌肠剂……同样是那么神秘莫测。

对于这些我只能目瞪口呆地注视着，有时甚至浑身泛起鸡皮疙瘩。文化，看起来，不只是在博物馆里可以看到，在这些人的浴室里，在为他们准备食物的时候也可以体现。这些人甚至在封锁期间，在地窖里，也过着和其他人不同的生活，你想想？……当人们只能吃红豆和豌豆时，他们仍能打开外国罐头盒子，品尝斯特拉斯堡鹅肝。在地窖里度过的三周里，我见过一个女人，一位前部长的夫人，她的先生在俄国人来之前逃到西方去了，而妻子则留在了这里，因为在这里有她的某个人……不管你是否相信，这个女人即使在轰炸期间的地窖里，仍然在减肥。她很注意自己的身材，在酒精炉上用意大利橄榄油为自己烹饪某种美味的颠茄[1]，因为她害怕油腻的豆子和所有的筋肉。这个女人竟然害怕这些当时人们在死亡恐惧和心灵恐慌中狼吞虎咽地咀嚼的食物会让她发胖！……每当我想起这个女人，我总是想，文化是多么奇怪的东西。

在罗马，随处可见精妙绝伦的雕塑、绘画、珍贵的挂毯，就像在我们家，在旧货店里，你会发现很多旧世界无用的东西但是，罗马的这些美丽的事物也可能只是文化的面孔之一，也是一种文化。某个人让厨师以一种特定的方式在厨房里为他准备食物，用黄油或者植物油，遵照医生为他们特制的复杂菜单——仿佛他们不是用牙齿和胃来获取营养，而是需要特别的汤供给肝脏，另类的肉补给心脏，特别质量的沙拉输给胆囊，特别的葡萄干甜面包传给胰脏。用餐之后，他们带着神秘的消化系统，陷入自己的空寂之中，孤独地消化……是的，这也是一种文化！ 我完全理解这

1 颠茄，原产于西欧的多年生草本植物，含多种生物碱致命毒素，全草也可入药。

些，甚至打心眼里认为是非常正确的，并为此感到惊奇，但是只有他们穿睡衣、睡袍的习惯我永远无法理解。我做不到心平气和。上帝应该责罚那个发明了它的人！……

你别激动，我现在告诉你。睡衣必须要这样准备好放到铺好的床上：从后面折叠睡衣的底部，两个袖子张开平放……你明白吗？……睡衣或者睡袍的这种形状就像阿拉伯人，一个东方的朝圣者，面朝大地祈祷着，两条手臂在沙地上伸展着……为什么他们要这样？我不知道。可能因为这样比较方便穿衣，可以节省一个动作，因为只要从后边钻进来就可以了，这样一下子就穿好了睡觉的装束，在他们准备进入休息状态时，不需要一个多余的动作劳累他们。可是对我来说，这个过分的准备让我气得发疯。我无法忍受这个怪癖。我在为他们整理床铺时，双手由于激动和反抗一直在颤抖。我按照男仆教的方式折叠和放置睡衣、睡袍。但是为了什么？……

你看他们多么奇怪，即使不是天生富有的人也很奇怪。每个人在某个时间会勃然大怒并且变得固执。连穷人也一样，他们长时间忍受一切，顺从于所有的安排，满怀热忱承受命运赐予他的世界……但是总有那么一个时刻降临，就是每当晚上，我为他们整理床铺，把睡衣准备成指定形状时。我知道，当人们有一天再也无法继续忍受业已形成的局面时，这一时刻就会来临……个人和民族都一样……有些人开始尖叫，他受够了，必须要改变，而对于民族来说，人们会走上街头，开始砸毁、破坏一切……不过那时所有人都变成了小丑。革命，你知道，真正的革命，此前已经发生，悄无声息地，在人们内心。不要用那种愚蠢的眼光看着我，我的爱人。

可能我说的都是疯话，但是无须一味地在人们的言行中寻求意义。你认为，我现在和你躺在这张床上有意义并且符合逻辑吗？你不懂吗，我的心肝？……没关系。你只要听我说话和爱我就好了。在我们之间，这就符合逻辑，即使没有任何意义。

这就是有关睡衣的故事。我痛恨他们这个习惯。但是后来我顺从了。没有办法，他们更有力量。对于这些优等生灵，你可以仇恨他们，可以崇拜他们，但是你不能否定他们。我有一段时间是崇拜他们的。随后，我战战兢兢地生活在他们之中，之后开始痛恨他们。我是如此痛恨他们，以至于我也站到他们的队伍中，成为有钱人，我穿他们的衣服，睡在他们睡觉的床上，我也开始注意身材，而且最后我也要在睡前服用泻药，完全像富人所做的那样。我不是因为他们是富人而我是穷人而憎恨他们……你不要误解。我希望有人能最终理解包含在贫富中的真相。

现在人们在报纸和人民会议上对此说得很多，写得很多。是的，甚至在电影院里也是，上次我去时，新闻片也在谈论这个话题。每个人都在讨论这件事，我不知道他们到底怎么了……可能部分或者整体意义上而言，他们过得并不如意，因此持续谈论这个话题，富人和穷人，俄罗斯人和美国人。但是我对此并不熟悉。他们还说，最终将会爆发大革命，俄罗斯人和那些穷人将最终获胜。但是今天午夜，在酒吧里，有一位优雅的先生……我想可能是南美人，人们悄悄说，连他的假牙里都藏着海洛因，他就这样售卖毒品……他说，不会这样的，美国人会最终获胜，因为他们更有钱。

我也在思考这个问题。连萨克斯风乐手都这样说，最终美国人会在地上挖一个大坑，埋上原子弹，然后大洋彼岸的现任总统，那个戴眼镜的小个子家伙，手拿火柴，蹲下身来，悄悄靠近大坑，点燃原子弹的导火线，然后一切灰飞烟灭。这个初听起来，似乎是天大的蠢话，但是如今对于此类疯话我已经不再感到可笑了。我见过很多事情，在不久之前，感觉好像是荒唐的，然后突然之间一日之内变为现实。是的，通常我看到的是，人们认为越不可能的、不可想象的荒谬愚蠢之事，越会确定地得以实现。

我永远不会忘记在我们那个地方，在佩斯，战争结束时人们之间流传的话……比如有一天德国大炮布满布达一侧的多瑙河畔……他们在桥前面挖洞来安置大炮，他们凿开柏油路，在沿着布满美丽栗子树的布达的多瑙河畔修建机关枪防卫工事。人们用酸涩的眼神看着这一切，但是也有一些自以为聪明的人，他们说，布达佩斯不会被包围，因为这些可怕的武器……桥前面的大炮，桥上堆着的弹药箱……这些只是骗人的诱饵而已……一种迷惑俄罗斯人的缓兵之计，其实事实上没有任何人想要打仗……人们都这样说。然而那一堆大炮并没有骗人，迷惑也未获成功。有一天俄罗斯人来到多瑙河边，一下子把他们打得落花流水，大炮也不顶用。我不知道事情是否会像南美人所说的那样发生，但是我担心，最终真的会变成那样，因为他所说的乍一听起来是那样的荒谬。

那位优雅的先生的话也让人想起，最终美国人会起主导作用，因为他们很富有。这点我了解，清楚有钱人会怎么做。凭我的经验，我知道要特别提防有钱人，因为他们狡猾得可怕。他们有一种力量……天知道，那是什么力量？但能够肯定的唯一一点是他们诡计多端，和他们相处并不简单。从我给你讲述的关于睡衣的那些事就可以看出来了。一个我必须按照其指定的方式来为他准备睡衣的人，不可能是普通大众的。这样的人完全知道他想要什么，无论是白天还是黑夜都非常清楚，当穷人在路上偶遇富人时，正确的做法是画十字。喋喋不休讲述这个我永不厌倦，我一直所说的是真正的富人，而不是那些单纯拥有很多钱的人。那些人没有这么危险。他们酷爱炫耀钱财，就像小孩子在吹肥皂泡一样。他们最终的命运也是如此，金钱就像肥皂泡一样从他们手中消失。

我的丈夫是个真正的富人。也许因为这个原因，他总是忧心忡忡。

再喝一杯吧，就喝指头那么一丁点儿。不，算了，我的心肝，这次我不在你之后喝。美妙的想法不要重复，因为这样会丧失效果，失去它的魔力。别生气。

别催我，我只能按顺序讲述一切。

他敏感易伤，是的，永远感到被冒犯。这一点，我永远无法理解，因为我来自穷人家庭。真正的穷人和富有的老爷之间就像有一种巨大的密谋……他们中的任何一个都无法受到伤害。我的父亲是尼尔塞格赤脚住地坑的人，但他在任何时候都不会感到被冒犯，就像拉科茨·费伦茨二世[1]一样。我的丈夫对于自己拥有很多金钱感到羞愧，怎么可能拿它炫耀呢？他宁愿用服装来隐藏自己，让人看不出他是富人。他的风度那么优雅，那么平和，又极度彬彬有礼，总之，让人无法用言语、态度、行为来伤害他，因为每一种外部的伤害就像从荷叶上滚落的水滴一样，在他的优雅下都消失无踪。不，只有他自己才能伤害到他，但是这种倾向逐渐占据他的心灵，就像一种邪恶、病态的激情。

后来，我丈夫开始怀疑他可能有某种疾病时，他就像一个重症病人，病急乱投医。某一天他不再信任著名的医生和学者，便求助于收集草药的农妇，因为也许她能帮上忙……就这样，有一天，他来到了我的身边，抛弃他的妻子和他原来的人生。他相信，对他来说，我就是那个收集草药的农妇，但是我根本不会给他煎制任何一种救命草药……

请把那张照片递给我，让我再看一看他。是的，他就是这样的。

我和你说过吗，这张照片我在脖子上戴了很长时间，在一个护身符里，连着紫色缎带。你知道为什么吗？……因为那是我花钱买的。在我还当女佣的时候，用我的薪水买的，因此我一直很

1　拉科齐·费伦茨二世（1676—1735），匈牙利特兰西瓦尼亚大公。1707年他在法国国王路易十四的支持下发动了最大规模的争取民族独立的运动，一度推翻了哈布斯堡王朝对匈牙利的统治，任匈牙利国家元首。

珍惜它。我丈夫从来不理解，这代表什么，对于我这类人，掏钱去买并非极端需要的东西是多么重大的一件事。我想说的是，即使只是他薪水中的几个潘戈或者小费而已，但这是真正的钱。后来，我挥霍我丈夫的钱，成千上万地散尽，就像我当女佣时用羽毛掸子扫去灰尘一样。那对我来说不是钱，但是买这张照片时，我的心跳很快，因为我很贫穷，如果我没有把钱花到最需要的事情上，我感到罪过。这张照片那时对我来说是件充满罪恶的奢侈品……但是我仍然这样做了，我偷偷来到那位著名的摄影师那里，他的摩登照相馆位于市中心，我支付了照片价值的钱数，没有讨价还价。摄影师笑了，他是以很低的价格卖给我的。这是我唯一一次为那人所做的牺牲。

他身材很好，比我高五公分。他的体重从没变化过。他就像控制言行举止一样控制他的身体。冬天的时候会胖两公斤，但是到五月时已经减掉了，而且会一直保持到圣诞节。你不要认为他在减肥，与此根本毫无关系。他对待他的身体，就像对待雇员一样，由他来支配一切。

他也这样控制他的眼睛和嘴巴，在需要的时候，眼睛、嘴巴会单独微笑，只是这两个器官从不一起笑……比如，我的唯一，你笑的时候，那么自由和甜蜜，眼睛和嘴巴都在笑，昨天你把戒指卖了好价钱，来告诉我这个好消息时就是这样笑的！……

是的，他没有这种能力。我曾经和他生活在一起，我是他的妻子，之前是他的女佣，也就是说我和他之间自然有一种更为亲密的关系，但是我从未看到他真正捧腹大笑过。

他尽量克制地微笑。我在伦敦时认识一个希腊人，他是一个圆滑世故的家伙，后来教了我很多东西……别追问我他都教了我些什么，我无法说清所有的细节，因为那可能会一直说到明天天亮……是的，这个希腊人说，当我们身处英国人之中时，要注意不要让自己笑，因为那是粗俗的。但我还是喜欢微笑。我连这个也跟你说，因为我想让你知道所有在生活中对你有用的东西。

我丈夫会很美妙地微笑。有时候，我出于嫉妒，为了想知道他怎么能够做到以这样的方式微笑，几乎想要毒死他。仿佛他在什么地方学过这门课程似的，在某所专门教富人们如何生活的神秘大学里……微笑是他们的课程之一。比如，当别人欺骗他时，他也保持微笑。有时我也拿他做实验。我也骗过他，而且很小心地观察他……我在床上欺骗他，并在那里观察他。有一些危险的时刻。永远也无法知道当一个人在床上被骗的时候，他如何反应……

那时候，这种冒险让我紧张得要死。假如有一天他从厨房抄起一把刀，把它扎进我的肚子里，就像宰猪一样，我也不会感到惊讶。这当然只是场梦，或者称之为“空想”。这个词是我从一个医生那里学到的，有一段时间我常去他那里，纯粹出于效颦和赶时髦，因为我已经是有钱人了，可以允许自己有些心理问题。医生一小时的诊费是五十潘戈，我付了这笔钱，便有权利躺在诊所的长沙发上，向他描述我的梦境，以及浮现在我脑海中的卑劣行径。女人躺在沙发上说出这些不光彩的事情，总是其他人来付钱。但我是自己付钱，我也学会诸如抑制和空想这类词。哦，我学过很多东西。生活在这些有钱人中间，并不是一件轻而易举的事！

但是，我始终没有学会微笑。可能学会这个还需要其他方面的天赋，也许是从你祖父那一代就已经会这样微笑了。我痛恨这一点，就像反感睡衣那种令人生厌的形式主义一样……讨厌他们微笑。因为当我在床上欺骗我丈夫时……我假装和他在一起感觉很美好，但这不是真的……他肯定察觉到了这一点，但是他没有拿出匕首刺向我，而是对我微笑。他坐在法式大床上，头发凌乱，像运动员一样充满肌肉，带着微微的甘草香味，用无力又固执的眼神看着我，微笑着。那时我只想哭。我感到悲伤、愤怒而又无能为力。有一点能够肯定，后来当他看到被炸毁的家园，或者他被赶出工厂并被剥夺财富时，他也用同样的方式微笑来着。

这就是人与人之间最大的恶行之一，一种另类的恶行，绅士的微笑。这是富人真正的罪过，并且无法得到宽恕……因为我理解，当一个人受到侵犯时，他可以动手打人或者杀人，但是如果他微笑或者保持沉默，那么我甚至不知道该如何应对。我有时觉得，对此类罪过施以任何刑罚都不为过。任何一种我这样一个从土坑里爬出来并且恰巧出现在他的人生道路上的女人可以发明用来对抗他的事，都不够。无论这个世界怎么处置他的财富、领地等一切对他来说重要的东西，都对这微笑无能为力……必须剥夺他脸上的笑容。那些著名的革命家做不到吗？……因为股票、宝石都会以某种方式重新出现在他们手上，即使在他们丧失了一切之后。即使这些真正的富人变得身无分文，他们还是拥有某种神秘的财富，任何人类的暴力都无法从他们身上夺走……是的，一个真正的富人，拥有五万霍尔特土地或者一家有两千名工人的工厂，当他丧失一切……但总有一天会时来运转，仍会比像我这类人更有钱。

他们怎么做到的？……我不知道。你看，我曾经历过一个那样的时代，国内的有钱人的命运已经变得很糟糕了。所有的状况都不利于他们，每个人都发誓对抗他们。根据精心制作的周密计划，他们被逐步剥夺了一切……有形的资产……然后用狡诈的手段，抢走那些无形的资产。尽管如此，这些人最终仍然过得很富足。

我目瞪口呆地观察一切，张大嘴巴，但是并不愤慨。我没有嘲讽他们，怎么会呢！现在我不是想对你吟唱关于金钱与富贵和贫穷的咏叹调。你不要误会。我知道，如果我在清晨就开始叫嚷，我们痛恨富人，因为他们有钱又有权，那会听起来很好听。我恨他们，但不是因为他们的财富。准确地说，我害怕他们，但是那种怀着敬畏之心的恐惧，就像盲人害怕闪电和雷声一样。我生他们的气……就像古代的人类对上帝的气恼一样。你知道，那些小个子、大肚子、具有人的模样的神，多嘴多舌、放浪形骸，每个都是调皮鬼。他们进入人类每一天的秩序之中，钻到他们的床上，侵入女人的生命中，拿面包蘸平底锅里的沙司吃，表现得完全就像个人类，但是他们仍然不是人类，他们是神，是普通的、能够帮助我们的、拥有人的躯体的神。

是的，当我想起富人时，我也是这样的感觉。我不是因为他们拥有金钱、宫殿、宝石而痛恨他们。我不是一个造反的无产者，也不是带着阶级意识的工人，根本不是……为什么我不是？因为我来自更底层，所以比起蛊惑人心的那些说法，我更清楚其他的东西。我知道，在所有这一切的最底层，无论过去、现在，还是将来，都不曾也不会存在公正。一种不公正消失，会有其他的不公正取而代之。我是个女人，长得很美，即使身处最底层，也总是期盼被阳光照耀……告诉我，这是罪过吗？可能那些以此为生的革命家……他们承诺，一切都会好起来，但是结果事与愿违，一切都没有发生改变，反而更加糟糕，那么他们就采取行动，让事情以另外一种方式变得恶劣……可能他们会因此取笑我。但我想真诚地和你说这些。我愿意给予你一切我所保留的东西，不仅仅是首饰……因为我承认，我之所以恨富人，最主要的原因是我仅仅从他们那里拿走了金钱。而其他的东西，比如富有的秘密和意义，拥有像财富一样的另外一种可怕的魔力……这些东西他们并没有给我。他们隐藏得很好，以至于没有任何一个革命家能从他们手中夺走……他们隐藏得比在国外银行保险柜里存放的宝物和埋在花园泥土下面的黄金还好。

他们没有给予我这种能力，就是每当交谈正好到了紧张或者痛苦的时刻，他们能够突然毫无过渡地转向别的话题……那时我由于某种激烈的情绪而心跳加速，或因陷入爱河，或因他们对我不好而生气……因为我看到了不公正，因为某人受到了伤害，我想愤怒地吼叫……在这样的情况下，他们始终镇定自若，面带微笑。我无法用言语来形容这一切。某种程度上，言语似乎永远也无法真正地表达任何事情，任何生命中重要的事情……你知道，就像出生或者死亡一样，那可能是连真正的语言都无法表达的事情。也许音乐可以做到这一点，我不知道……或者当一个人渴望另一个人，他可以触摸她，就这样……你别动。我的另一个朋友不是毫无理由地在字典里从头至尾埋头苦寻？他要找一个词，但是没有找到。

即使我也说不出来准确的字眼，你也不必惊讶。我只是想和你说说……世界上真正有价值的话语又在哪里呢？

把照片再递给我看看。是的，我认识他的时候，他就是这个样子。我最后一次见到他……是在封锁之后……也是这个样子。他仅仅发生了细微的变化，就像一件优质的物品在使用中的改变……变得更为光滑、细腻，磨得更为亮泽，就像一个很好的剃刀刀片或者琥珀烟嘴一样。

谁知道呢……或许聪明些的办法是，我该下定决心，努力来讲述这件事。你知道，回头我从结尾开始讲起。也许这样你能够理解……即使我不讲故事的开头。

他的症结是他来自市民阶层。何谓市民阶层，哪些人是市民阶层？……红色人士把他们描绘成那种令人讨厌的、大腹便便的家伙，整日注视着股市行情，同时压迫工人阶级。没进入他们中间之前，我也是这样想象的，但是之后我明白，这所有的与市民阶层以及阶级斗争有关的鬼把戏是另一副模样，并不像他们对我们这些无产者所描绘的那样。

这个人有种固执的观念，他相信，市民阶层仍然扮演着支撑世界的角色……不仅仅是作为一个企业家，或者模仿以前很有权力的那些人，而那时市民还不拥有权力……他相信，像他这样的市民最后能够打造某种世界秩序……有钱人不会像以前那样尊贵，而穷人也会像过去那样如乞丐般一无所有……他相信，在这个乱七八糟的世界上，如果他，作为一个市民阶层，留在自己的位置上，那么每个人某种程度上都会成为市民阶层，其中一部分人向下走，一部分人向上走。有一天他发声了。他说，他想娶我为妻，娶一个女佣。

我没有完全理解他在说什么，但是在那一刻我非常痛恨他，以至于想向他吐口水。那是圣诞节时，我正在壁炉前准备点燃木材。我感觉，这是我所遭受的最大的伤害。他想娶我，就像购买一条品种稀有的狗……这是那一刻我的感受。我对他说，请他离我远点，我甚至不想看到他。

实际上那时他并没有娶我，此后，随着时间的飞逝，他结婚了，娶了那个优雅的女人为妻，还生了一个孩子。后来孩子夭折了。老爷也死了，对此我深感难过。老爷死后，家里变得就像一个博物馆，只有感兴趣的人才来参观。假如某一天，周日上午学校的孩子们来别墅前按响门铃，来做一场教学参观，我将不会感到惊讶……我的丈夫那时已经和他的妻子单独生活。他们经常去旅行……我和老夫人在一起。她可不是个愚蠢的老太太，我怕她，但是我也喜欢她。她内心储备着过去贵族太太们的知识。她知道治疗肝病或者肾病的药方，她还知道如何正确地洗浴，如何欣赏音乐……她还知道我们两个，我和她儿子之间的事情，知道她儿子默默的反叛……她知道存在于我们之间长期的斗争，她以女人才有的直觉感知一切，就像一个雷达……探测到和她有关的男人的秘密。

就这样她知道她的儿子忍受着一种无望的孤独，是因为他出生在那个世界，甚至彻头彻尾地隶属于那个世界……这个世界联结着他所有的回忆，所有的梦想与警醒……她已经无法再保护他了。她不能再保护他，是因为一切正在腐朽，就像老旧的织物，无法再继续使用，就连当罩单、搌布用都不行……因为她儿子已经不再攻击了，只是防守。如果一个人不再进攻，只是防御，那么他已不再活着，只是存在着……老夫人以一种纺织女工般强烈的雌性本能发现了这种危险。她了解了这个秘密，就像得知患有某种可怕的、世代遗传的家族疾病一样，禁止谈论它，因为巨大的利益与此相连，所以不能走漏任何患病的风声……就像一个正经受遗传性羊痫风或者血友病折磨的家庭一样。

你在看什么？是的，我也是神经质，不只是老爷们。我不是因为生活在这些人中间而变成这样的。当我在家乡的深坑里，就已染上了类似的神经质了……假如说我也曾经有过某个人们称之为家的地方。当我说出这个词，“家”或者“家庭”……我什么也看不到，只是感觉到一股气味，是土地、淤泥、老鼠、人类的味道。然后，在所有这一切之上，在我那半动物、半人类的童年上方飘动着另外一种味道，淡蓝的天空，雨后潮湿、满布蘑菇香气的森林，阳光的味道，就像用舌尖去碰触金属物品所感觉到的那股滋味……我也是个有些神经质的小孩，我为什么要否认呢？……我们也有秘密，不是只有有钱人才有秘密。

但是我想从结尾开始说起，我最后一次看到我先生的那一刻。我确切地知道那将是最后一次碰面，就像我现在确实在这里，和你坐在一起，在黎明时分，在罗马的宾馆房间里一样。

你等一下，不要再喝了，还是喝一杯黑咖啡吧……把你的手给我，放到我胸口上。我的心在狂跳，是的，每个黎明时分就这样跳动着……不是黑咖啡，也不是香烟引起的，也不是因为和你在一起，那是因为我想起了最后一次看见我丈夫的那一刻。

你不要以为，是渴望使我的心跳加速。在我的这种心跳里没有任何这类电影里的情感。我已经说过，我从来没有爱过他。有一段时间我爱过他……但是我之所以爱他，是因为我还没有和他生活在一起。这两者不能保持步伐一致，你明白吗？……

然后一切按照我愚蠢、陷入爱河的脑袋所设想的那样发生。老妇人死了，我去了伦敦……请把另一张照片递给我！这就是那个希腊人，我的爱人！他在伦敦苏活区[1]教我唱歌。他是个大骗子，能够美妙自如地转动他那幽暗、热情似火的眼睛。他低声私语、满口誓言，在恍惚中能够像我们今天所听的歌剧中那不勒斯的男高音那样展现他的眼白。

那时待在伦敦这座大城市中，我感到非常孤独。你知道，一切都大得那么可怕，在那个巨大的英国石头沙漠中……我的寂寞也是无边无际的。只是英国人已经学会如何与寂寞为伍，他们是行家。我去那里是为了当女佣。但是在我打工的那个家里……那时在伦敦外国用人非常受欢迎，就像古时候需要黑奴一样……有一座城市叫利物浦，据说就是在黑人的尸骨上建立起来的！……当然，关于这个我不十分确定……但是在那些大房子里我无法忍受长时间当女佣的状态，因为和国内比起来，在伦敦当女佣完全是另一门技术。可以说好多了，但是另一方面，也更加糟糕。这不是份工作。使我不安的不是在那儿也必须从早忙到晚，而是我只能蹩脚地说几句他们的语言，这让我很讨厌……但是更让我困惑的是在那个大宅子里我不是一个女佣，而只是一个零件。我不是一个英国家庭内部家政管理方面的零件，而是一个从事进口生意的大工厂里的零部件……我只是他们进口的一件商品。我并没有受雇于一个英国家庭，而是到英国的德国犹太家庭里当用人……男主人为了逃避希特勒的迫害带着家人迁居到英国，他是向军人

---

1 苏活区，位于英国伦敦西部西敏市境内，本来是当地的红灯区，后来渐渐变成了一个世界各地游客云集的小区，内有许多时尚酒吧、小店和高档酒店。

出售厚重羊毛内衣的商人。他是一个典型的德国犹太人，身上德国人和犹太人的特点同样显著。他剃着光头，我认为……关于这点我确切地知道，但不是不可能的……他让外科医生在他脸上切割出决斗的痕迹，因为他希望自己看起来就像用刀面互斗的德国学生那样精神抖擞。

他们是好人，那么固执、满怀热情地扮演着英国人的角色，而真正的英国人已经没有意愿，也没有能力再做到这点了……我们住在市郊花园城区的一座漂亮的房子里。主人有四位，我们仆人有五个，还有一个经常上门帮忙的帮佣。我是负责开门的用人。有一个男佣和一个厨娘，就像我之前待过的那家一样。还有一个厨房帮佣和一个司机。在我看来，这些都合乎秩序，在旧时的英国大家庭中，很少有人能够维持这样阵势庞大的服务人员。很多人卖掉了家族的大房子，或者翻新，只有在很少的有钱人家庭里还按照旧时的传统来生活，保留着与身份相符的必需的服务人员数量。在厨房帮忙的女佣不会为我的工作伸出一点点援手。男佣宁可切掉自己的手也不会帮助厨娘。我们全部都是零件，滴滴答答向前运转着……你知道最令人不安的是什么吗？我从来不知道，我们，这些零件，老爷和用人们，到底是在什么东西里滴答运转……是一块精准的瑞士手表，还是一枚定时炸弹？……在这种精致、平静的英国生活里有着某种躁动不安的东西……你知道吗，这些人也总是保持微笑……就像英国侦探小说中，凶手和被害人优雅地交谈着其中一个要杀死另一个人…… 而在此期间他们脸上挂着微笑。真是无聊至极。我无法忍受这种烘热的、洗涤过、干洗过的英国式无聊。当我置身于其中，在厨房或者客厅里，我从来不确定我笑得是否恰当。当然，在客厅里，当那些努力英国化的主人们相互开玩笑的时候，我只能无声地在心里笑，因为我没有笑的权利。但是在厨房里我也不清楚自己什么时候笑才合适……因为他们非常喜欢幽默。男佣订阅了一本幽默杂志，午饭期间，他就高声朗读那种让人无法理解的英国笑话，对我来说，那只不过是蠢话。厨娘、司机、厨房帮佣和男仆哈哈大笑……同时，他们还用一只眼睛的余光狡猾地窥探着我是否笑了，我是否理解那些美妙的英国趣事。

不过更多时候，我只知道这个把戏是他们在戏耍我，他们不是因为笑话而哈哈大笑，而是在笑我。因为英国人就像有钱人一样令人难以理解。身处他们之间，必须特别小心，因为他们总是面带微笑，即使正在想某些奸诈之事时也是如此。他们那么呆头呆脑地看着你，就像连数字“二”都数不到似的。但是实际上他们可不像看起来那么愚笨，反而非常精于算计，特别是想要欺骗某个人的时候。在欺骗的过程中，他们也是面露笑容，态度殷勤。

对于我，一个外国人，一个白皮肤的黑奴，毫无疑问，那些英国用人是瞧不起我的……但是与我比起来，也许他们更瞧不起我们的主人，移民到英国的富有的德国犹太人。他们瞧不起我，但是也带着一丝同情心，也许他们可怜我，完全不懂《笨拙》杂志[1]的绝妙幽默。

因为我只是以我的方式生活在他们中间。我等待着……因为除此之外我别无他法。

我在等待什么？等待骑士罗恩格林[2]在某一天为了我逃离军队、牧师而跟我私奔？……等待一个仍然和另一个富有的女人生活在一起的男人？……我知道，我的幸运时刻终将来临，只是需要等待。但是我也知道他从不会独自做出决定。一段时间后，我不得不回去，用双手抓住他的头发，把他从过去的人生中拉出来，就像从沼泽中拉出垂死挣扎者。我是这样计划的。

一个星期天的下午，我在苏活区认识了那个希腊人。我从来不知道他到底从事什么职业。他说他是个企业家，有多得可笑的钱，还有一辆车……那种四轮的东西当时是很罕见的，不像现在。他夜晚在俱乐部里打牌。我认为，可能因为他单纯与累范特地区[3]人做生意。以累范特地区人为生,在英国并不罕见。他们礼貌有加，面带微笑，在喃喃低语和频频点头的时候已经知道关于我们这些外国人的一切。然而他们保持沉默。只有当被他们称为的良好举止受到伤害时，他们才会嘟囔一下……但是永远也无法真正搞清楚所谓的良好举止到底是什么。

---

1 《笨拙》杂志，英国老牌的讽刺漫画杂志之一，创刊于 1841 年。

2 罗恩格林，德国作曲家瓦格纳创作的三幕浪漫歌剧《罗恩格林》中的主人公。

3 累范特，一个不精确的历史上的地理名称，指的是中东托罗斯山脉以南、地中海东岸、阿拉伯沙漠以北和上美索不达米亚以西的一大片地区。

我的希腊人在英国人中间，总是在一条不确定的边界上游走。他们没有关押他，但是和他一起在夜总会或者高雅的饭店里时，他时常观察着旋转门的方向，就像在等待警察出现。是的，他有这样尖尖的耳朵……好吧，你把这张照片放回去吧。我从他那里学到了什么？我说过，我学习唱歌。他发现我的声音不错。你是对的，从他那里我也学到其他的东西。哦，你可真笨！……我已经说过了，他是累范特地区人。让我们忘记这个希腊人的话题吧。

你不要打断我。我说过，我只想向你讲述结局。什么的结局？……就是一切都是徒劳的，在我内心深处，我一直恨我的丈夫，但是同时我也崇拜他，就像个疯子。

在那一刻我已经了解这一点了，在桥上，他迎面朝我走来，在围城之后。这听起来是多么容易……现在我能讲述出来，而且你也看到，什么也没发生。你在这里，躺在罗马宾馆房间里的床上，抽着美国香烟，土耳其的铜壶里煮着香醇的咖啡，黎明来临，你侧身把胳膊肘支在枕头上，这样看着我……你美妙、闪亮的漂亮头发垂落在你的额头。你等着我向你讲述发生了什么。人生中的一切都发生了令人惊叹的改变。总之，围城结束之后，我走在桥上，忽然之间碰见我的丈夫……就这样？就这么简单？

现在，当我讲出来，我自己也感到惊讶，一个简单的句子里能够隐藏那么多东西。比如一个人说：围城之后……他就这样说出来，对不对？……但事实上根本不是如此简单。你要知道，大约在二月底，多瑙河以西地区战争还在激烈地进行。都市和乡村被烧毁，百姓遭到屠杀。不过在佩斯和布达城市里，人们几乎还是能够过正常的生活……当然，我们过得就像历史上的游牧民族或者流浪的吉卜赛人一样。二月中旬，最后一批纳粹被从佩斯和布达赶了出去……然后，慢慢地，就像一场暴风雨，伴随逐渐消失的隆隆炮声，前线已经消失，每天只是听到从远方传来的阵阵雷声。人们开始从地窖里爬出来。

你待在和平的佐拉地区，当然会认为，我们这些待在佩斯的人都有些疯癫。从局外人的角度，你是对的，围城之后那几周、那几个月所发生的事情,难免让人这样想。从外面甚至很难想象出，一个从羞辱和地狱中爬出来的人，会有怎样的感受，将说什么话。他们已经在恶臭中被浸泡了几周，我们从污秽肮脏、蓬头垢面、水源匮乏、男女混杂的围城日子里劫后余生。我不想和你说什么围城侦探片来使你开心。我只知道我向你描述的是留存在我记忆里的东西，有些杂乱无绪……每当我回忆这段日子时，我也总是陷入困惑之中，就像在电影院里胶卷断了时的情形，你知道……突然之间，故事变得毫无意义，观众两眼发直地盯着闪着灰色光芒的空白银幕。

房子仍然冒着浓烟，整个布达看上去像是舞台布景，王宫、老城堡区燃烧得如同一把火炬。那一天我在布达。围城那段时间，我没有在我家的地窖里度过，因为我住的房子夏天时被炸毁了。我搬到了布达的旅馆里……之后，当苏联军队包围城市的时候，我借住到一个熟人家里……那个熟人是谁？不要追问了。我后边会告诉你，但是我想按照顺序来。

那时在佩斯找个住处并不困难。每个人都在别的地方睡觉，尽可能避免留在自己家里，其实那些内心宁静的人完全可以待在家里，因为他们也没干过什么坏事……但是直觉上人们就像追赶神鹿者一样，能够嗅到，伟大的狂欢即将结束，他们要立即表现出假装害怕的样子，要躲藏起来，就如同苏联人不是完全没有可能追捕他们似的……似乎每个人都乔装打扮，整个群体开始了某种充满魔力的狂欢游戏，人们打扮成波斯占卜者、厨师的样子，似乎每个人都粘上了假胡须……人们发生了惊人的改变。

也还有其他方面。乍一看，仿佛整个社会都由于灌了大量的免费酒而酩酊大醉，那是纳粹在地窖里、大型旅馆和餐厅仓库里发现的战利品，然后被遗弃在那里，因为没有时间喝掉，他们要向西方逃命……正像大型空难和海难中幸存者描述的那样，他们置身于一个荒无人烟的岛屿或者白雪皑皑的山巅之上……三天、四天过去了，而储备已经耗尽。那些优雅的男士和女士开始相互观察着，思量着可以下口去咬谁，因为他们已经饥饿至极……就像在那部电影中[1]，在阿拉斯加，胡子梳得像牙刷一样的小个子演员卓别林被大个子淘金者紧跟着，因为大块头想吃掉小个子……每当人们看到一件物品，或者说起这里、那里还有什么可以吃的

1　此处指的是由卓别林出演的电影《淘金记》。

东西时，他们的眼中显露出某种疯狂的东西。因为他们决定，要不惜一切代价，即使吃人，也要在不幸中存活下来……他们要找到所有能够发现使其活下来的东西。

围城之后，我看清了某些现实，就像用小刀割去眼中的白内障一样，我一瞬间无法呼吸，因为我看到的那些景象非常有趣。

城堡还在燃烧，我们从地下室里爬出来。女人们穿得像老太婆，披着破布，满脸煤灰，她们相信这样就能免于被苏联人强暴。死亡的味道，地窖里尸体的臭味渐渐从我们的衣服上和身体上散去。在人行道的边上，远近随处可见被弃置的粗大炸弹。我走在宽敞的街道上，走在尸体、瓦砾堆、废弃坦克、带着破损机翼的“老鼠”飞机[1]的骨架之间。我穿过克里斯蒂娜区去维尔麦佐公园方向。我有些恍惚蹒跚，由于周遭的空气，由于冬末阳光的照耀，还由于我意识到还活着……但是我已经打起精神，慢腾腾地拖着步子向前，就像成千上万的人一样，因为他们已经飞快地在多瑙河上临时搭起一座桥。那个凸起的、草率搭建的东西就像单峰骆驼的背脊。苏联军队警察强行招募工人，让他们在架桥兵的指挥下两周内建好了大桥。就这样，又能从布达去佩斯了。我也跑得气喘吁吁，竭尽所能地赶路，因为我也要不惜任何代价尽早过桥到佩斯去，因为我再也无法忍受……忍受什么？再次见到老宅？当然不是。现在我告诉你真正的原因。

---

1 “老鼠”飞机，苏联在 1930 年代初期开发的战斗机。本名为伊-16 战斗机，另有“老鼠”和“苍蝇”等名称。

桥可以通行的第一个早晨，我冲到佩斯，因为我想去市中心旧杂货店买洗甲水。

你为什么呆望着我，就像看着一个疯子？……事情就像我向你描述的一样。布达还在燃烧，佩斯上空的烟幕退去，房子显露出来。但是在那两个星期，我们待在一个公寓的地下室里腐烂，男人、女人和孩子……在那里我周遭的人挨着饿，大声叫嚷着，一个老人因受到惊吓而死去……我们都肮脏极了，因为没有水……这两周里没有什么比我忘记把洗甲水带到避难所更让我难受的。当最后一声警报响起而开始了围城，我进入地下室，指甲上涂着胭脂红色的蔻丹。之后我就留在那里，带着殷红的指甲度过两个星期，直到布达沦陷。我的红指甲也由于污秽不堪变成了黑色。

因为你知道，那时我也在指甲上涂红色的甲油，就像摩登淑女一样。男人是无法理解这点的……但是在围城期间，我紧张得要死，不知道何时才能有机会冲到佩斯的那家古老的杂货店，在那里可以买到上等的洗甲水，就像战前和平时期一样。

我每次支付五十潘戈给心理医生，这样我可以一周三次躺在他诊所的长沙发上，然后讲述肮脏下流的东西，因为有钱人生活所需要的一切东西我都要遵守……他似乎很明确地向我解释，我想要从指甲上除去的不只是肮脏的甲油，而是另一种污秽，即围城前我生活中的肮脏……但这也未必尽然。我只知道，我的指甲不再是红色，而是黑色了，我要从中解脱出来。因此在第一天，一有可能，我马上就奔过桥去。

我走到街上，走在曾经住过的家园里，在人行道上看到一个熟人。他是个水管修理工，出生在这个区，是个正派的老人。就像那时的很多人一样，这个人也留起了灰色须髯，把自己扮成老年神父的模样，希望这样苏联人不会强迫他工作，或者放逐到更远的叶卡捷琳堡[1]。这个小老头背着一个大包裹。认出他，我感到很高兴。这时，我突然听到他对着住在马路对面一栋被战火毁坏的房子里面的锁匠大叫："耶诺，快去市中心，那里还有东西！"

而另外一个瘦高个锁匠用嘶哑又欢欣的声音回答："你告诉我这个太好了，我马上去！……"

我站在维尔麦佐公园旁边，长时间盯着他们看。我看到一个年老的醉醺醺的保加利亚人，他以前在冬天给有钱人家里送木柴。他正从一栋大楼废墟中走出来，小心翼翼、忧心忡忡地，就像复活节时神父在列队行进的仪式中托着圣物那样虔诚。他高举着一面金边镜子。镜子在冬末香槟色的阳光下闪着光芒。那个保加利亚大叔虔诚地迈着步子，举着金边镜子，就像某人在生命的尽头，终于从仙女那里得到童年一直暗自期盼的礼物。那一刻，保加利亚大叔偷了面镜子的情形耐人寻味。他平静地走在废墟之间，就像这个世界上开始了一场盛大的庆典，而这场隐秘的庆典的魔力

1　叶卡捷琳堡，位于乌拉尔山脉东麓，是俄罗斯乌拉尔联邦区中心城市。

在于他是赢得免费奖品的幸运者之一……他，一个保加利亚人，带着他偷来的镜子。

我揉了揉眼睛，目光追随着他的背影，然后本能地朝老人走出的那幢破败大楼走去。大门还矗立在那里，但是在楼梯的地方，瓦砾堆起的小山丘通向楼上。后来我听说，这栋布达老房子被三十多枚炸弹、地雷、手榴弹击中。这里也住着我认识的人，一位是女裁缝，我有时也请她做一些活；另一位是给我的狗看过病的兽医；住在一层的是一位最高法院的退休法官和他的妻子，有时我跟他们一起在布达一家老甜点店——“八月”里吃下午茶。克里斯蒂娜区一直就像一座奥地利小城，不同于布达佩斯的任何区。那里原住居民和后来搬到那里的人关系亲密地居住在一起，处于一种细腻又平静的和谐之中，没有任何目标或者意义，只是每个人都属于同一阶层，属于那种靠着退休金或者小买卖谨慎积累起财产的市民阶层。如果来自低阶层的人误入这里，也能够从一直住在那里的居民处学会他们的态度，谦虚而知礼数。锁匠和修理工就是这样的……克里斯蒂娜区居住着一个大家庭，一个举止文明、尊重法律与权威的大家庭。

在这栋楼里居住的就是这一类人，此刻一个保加利亚人正举着从废墟里偷来的镜子从楼里出来，急匆匆地消失了，就像先前住在这里的水管工和铁匠一样，他们相互鼓励着，布达正在燃烧，既没有警察，也没有其他的法律秩序，那么狂欢继续进行，而他们的行为也就是正确的，而且市中心还有未被苏联人和流氓夺走的具他东西。

我耳边再次响起水管工的尖叫，就像一段旋律……那是一个流氓的叫声，一种犯罪分子同盟的尖叫。我走进这座熟悉的房子里，从瓦砾堆攀爬到楼上，突然我发现我置身于最高法院法官的住宅里，在中间的客厅里。我认出了这个房间，因为有一次，年老的夫妇邀请我和我的丈夫在这里喝过茶。房间的天花板没有了，一枚炸弹劈裂了屋顶，二楼的会客室连同房顶一起也被毁掉。而现在，地面上躺着一切……天花板的大梁、瓦片、窗框、上层公寓的一扇门、砖块和灰浆……还有可怜的家具碎片，一条皇家风格的桌子腿、一个玛丽亚·特蕾西亚时代[1]的柜子的正面门楣、玻璃柜、吊灯，所有一切都混在一堆疏松、潮湿的稀泥之中……

瓦砾堆中露出东方地毯的一角。年老的最高法院法官的照片也扔在地上，在那个历史的粪堆中……那是一张镶了银框的照片，他穿着长礼服，头上抹了润发油，站在镜头前面。我恭敬地看着这张照片，因为在这个穿着盛装的老年人身上有着某种神圣的东西。但是看了一会儿，我感到厌倦，我用鞋尖把照片拨开。这里聚集着许多瓦砾，仿佛有谁将历史的破烂堆成了一个垃圾堆。大楼的居民还没从地窖里跑出来，或者也许已经在避难所里死去……我准备朝下面走，这时我发现，楼里不只有我一个人。

断壁残垣连通着一扇门与隔壁房间。一个人爬了上来，腋下

1　玛丽亚·特蕾西亚（1717—1780），奥地利女大公，匈牙利和波西米亚女王。

夹着一盒银质餐具。没有任何尴尬地向我致意，那么客气，就像他来这里拜访一样。隔壁房间是高等法院法官住宅的餐厅，他就是从那里出来的。他是一位政府公务员，我和他只是面熟而已。他也住在这里，在这个区，是克里斯蒂娜区荣誉市民……“书！”他遗憾地说，“这些书真可惜！”……我们一起爬下楼来，他还拿着银质餐具。我们无拘无束地聊着天，他说，事实上他是为了书来这里的，因为老法官有一个很大的图书室，藏有众多文学和法学书籍，全都重新装订过了……他非常喜欢书，因此他想“拯救图书室”。他带着遗憾说，可惜拯救图书没有成功，因为隔壁房间的天花板也断裂了，书被淋湿了，所有的一切都成了糊状物，就像在纸张粉碎机房里一样。至于银质餐具，他什么也没说，那个只是他顺带着捡起来代替书籍的东西……

我们闲聊着，手脚并用从瓦砾堆爬下楼来。那名公务员殷勤指引着道路，有时搀着我的肘部，帮助我蹒跚走过危险、不平的转弯。我们就这样从这座废墟大楼中流浪出来。在大门处，我们休息了一会儿，然后相互道别。这栋楼的原著居民满意地慢步而去，腋下夹着银质餐具。

这个小老头，还有保加利亚人，水管工以及锁匠都通过自己的努力在行动……你知道，就像日后被称为私人业主的那些人……他们认为，这是他们用自己的方式行动的时候了，要拯救先前没有被纳粹和箭十字党[1]以及后来的苏联人掠夺走的东西……爱国是他们的责任，就是及时把能抓到的东西都拿到手……因此他们开始“拯救”东西。他们不仅要拯救自己的东西，而且也要把别人的东西放进他们的口袋，在这些东西被塞进苏联军人的挎包之前……他们人数不多，但是努力引人注目……而其他人……九百多万人或者更多的人……你知道，那些被称为“人民”的人……在最初的时候，就像陷入瘫痪一样麻木地看着这些人，看着他们以人民的名义偷盗……此前数周是箭十字党人在掠夺，这就像一场传染病……他们从犹太人那里偷走了一切……房屋、财产、商店、工厂、药房……之后把他们赶出办公地，最后剥夺了他们的生命。这不是私人业主行为，这是有组织的行径。之后苏联人来了，那些人也是从早到晚四处搜刮，逐门逐户。你，是人民吗？你知道人民是谁，人民是什么吗？你和我，做过人民吗？……因为现在一切都是以人民的名义在发生……人民令人厌恶……我记得，那时我多么惊讶，在很久以前的一个夏天，时逢收割季节，我和我的丈夫去他的一个领地度假。午餐时，管家的孩子，一个长着金黄卷发的小绅士跑进来，欢快地叫着：“妈妈，你知道吗，收割机割下了一个人民的手指！”……我们微笑着，孩童的天真，我们宽容地说着……但是现在，当每个人都成了人民，有钱人、我们，

---

1 箭十字党，匈牙利的极右组织，本为1930年代匈牙利的种族主义运动，仿效德国纳粹党，后来在1935年组成其前身“国家希望党”，1939年改组为箭十字党。1945年3月苏联红军攻入布达佩斯，箭十字党的政权瓦解。

还有其他人……在这个国家里我们，人民和其他人从未如此亲近，就像那几周，那些人来了，而且出现了一批职业者，如今已经不是偷盗，而是以建立社会公正的名义……你知道，什么是建立社会公正？……人民不知道。他们只是睁大双眼注视着激进分子制定法律，并且解释，那些属于你的东西实际上并不是你的，因为所有的一切都是国家的。这点我无法理解……也许人民甚至比对那些苏联抢劫犯更加深刻地瞧不起这些人。这些前赴后继的正义缔造者某一天从一座陌生住宅里拯救了一幅英国名画，另一天又保留一件古老的家族蕾丝精品，或者不相干爷爷的黄金假牙……当这些私营业主分队以人民的名义开始偷盗时，每个人都目瞪口呆，有时他们也在吐烟嘴时唾弃一下。苏联人在这个大集市上面无表情、漠不关心地走来走去。他们在自己的家乡已经经历过这一切，而且规模更大。他们并没有什么可以争论的，只是攫取。

哦，我太激动了。把香水给我，让我拍拍脑门。

你躲藏在乡下，无法想象那时在布达佩斯的生活是什么样的。那里没有任何东西，百废待兴。仿佛中了咒语，某个恶魔或者仙女的哨声一吹，整座城市重新活了过来，如同童话世界里，当邪恶的巫师在一阵烟雾中消失之后，那些由于妖术而假死的人动了起来……时钟开始摆动并且滴滴答答向前走，泉水发出汩汩声响……邪恶的魔鬼，战争消失不见了，怪物向西消遁……一座城市和一个社会里幸存下来的人们，以那样强烈又充满意志力的欢欣活着，施展出顽固又狡猾的诡计，就像什么事都没发生。有几周的时间，从布达到佩斯还没有桥，我们搭乘小木船渡过多瑙河，就像两百年前没有桥的时候一样。但是环路上，门廊内部，已经可以买到各种美味的食物、化妆品、衣服、鞋子等等所有那些能想到的东西……还有拿破仑时代的金币、吗啡、猪油……犹太人从标着黄星的家中走出，一两周之后就开始在未及掩埋的马匹和人类尸体前面，在倒塌的房屋瓦砾之间就厚重的英国布料、法国香料、荷兰白酒、瑞士钟表讨价还价……到处充斥着闹哄哄的嘈杂声、沿街售卖旧货的买卖声。犹太人和苏联军队的卡车司机私下洽谈，从全国各地运来商品和食物……基督教徒也清醒过来，开始移民。维也纳、波若尼[1]那时已经沦陷，人们坐着苏联人的汽车奔向维也纳，从那里带回小轿车，用猪油和香烟作为交换……

尽管由于掉落到我们身上的弹壳和浓烟滚滚的炸弹巨响，我们的耳朵仍然处于半聋的状态，但佩斯的咖啡馆还是很快重新开张，从那里可以买到毒药般浓烈的咖啡豆。下午五点，俄国水兵和尤若夫城区[2]的姑娘们伴着留声机播放的音乐翩然起舞。那时候，并不是所有人都已把死去的亲属掩埋好，路边临时堆起的土坟里，不时还能看见伸出来的脚。但是，你可以看到女人们已经迫不及待地穿上华丽的衣裳，浓妆艳抹，匆匆乘船到多瑙河对岸跟住在

---

1 波若尼，现斯洛伐克首都布拉迪斯拉发。

2 尤若夫城区，位于匈牙利布达佩斯的第八区，在广义上是市中心地区的一部分，靠近内城。

某栋摇摇欲坠的公寓里的年轻男伴约会去了。你可以看到布尔乔亚打扮的人士悠闲地朝环路上某家咖啡店走去，虽然布达佩斯围城战刚刚结束两周，那里已经又在煎小牛排当午餐……当然与此同时，还有新传出的绯闻和时尚的美甲。

我无法告诉你那是一种什么样的感觉。围城刚刚过去两周，被炮火灼烧过的房屋还在冒着浓烈的酸臭的烟味，在混乱的城市里到处可见身穿军服的俄国强盗和惊险小说中描写的海盗。环路上的一家日用品店里，人们已经开始对法国香水或甲油清洗剂讨价还价了！

后来，有很多次……甚至是现在……我感觉没有人明白在我们身上到底发生了什么……我们就像是从彼岸，从另一个世界回到人间一样，属于昨日世界的一切都已土崩瓦解，我们曾经拥有的一切都不复存在……或者至少那几个星期我们是这么认为的，所有的一切都已结束，现在另一种景象即将开始。

在好几个星期里，我们就是这样想的。

那几周……围城战结束后的那段时间……是值得经历的。但是短短几周很快就过去了。你想象一下，在那几周的时间里，我们没有法律，什么也没有。伯爵夫人坐在人行道边卖炸油饼。我看到一个认识的、半疯的犹太女人，她一整天都眼神空洞地找寻她的女儿，拦下路过的陌生人询问，直到最终得知她的孩子已被箭十字党杀害并抛进了多瑙河里。这个女人不愿意相信这是真的。所有人都要相信，他们活了下来，现在一切都会有所不同，在某种程度上有所不同……这种“有所不同”的想法给人希望，人们的眼里闪烁着希望的光，就像陷入爱河的人，或像瘾君子因巨大的满足而胡言乱语……的确，不久后一切真的变得“不同”了……或者说，又跟从前一样了，但是那时我们对此并不知晓。

你问我当时幻想什么？……我希望我们将会变得更好，更人性？……不，我从没有过这类想法。

但是几天来，我们期待别的事情发生……包括我自己在内，以及跟我交谈的每个人……恐惧、苦难，无数令人厌恶和可怕的景象就像硝酸银烧掉了我们内心的某些东西。或许我还希望能够忘掉我们的激情和不良的恶习……或者……等一下，我想把事情的经过原原本本地讲给你听，诚心诚意地告诉你。

可能我们还期待别的东西。也许我们现在希望天下大乱，而且能够一直这样无序地继续下去，直到永远。不再有警察，也没有商店橱窗，没有剥死畜皮为生的人，也没有“吻手”的礼节，不再有我的你的和地老天荒。当时发生了什么？……巨大无序的混乱？听天由命的虚妄？人们在那里惬意地散步，慢吞吞地吃着炸油饼，懒得清除废墟瓦砾，随意践踏所有的一切，关系和习惯……但是关于这个，没有人敢说。要知道，在那段时间里，既有地狱般的事物，也有天堂般的东西，人们就是这样活在伊甸园里，在犯下罪过之前。我们就是这样在布达佩斯生活了几周，在犯下罪过之后。这是我在匈牙利度过的最特别的时光。

之后，有一天我们醒来，还打着哈欠，同时带着一阵颤抖，身上起了鸡皮疙瘩。我们蓦然发觉，其实什么都没变。我们发现，根本没有所谓的“不同”。你只是被拖进地狱最底层好好地蒸煮了一番，而当有一天一股上天的力量再次把你拉回人间时，你也只能眨眨眼皮，回过神之后，接着做之前暂停下来的那些事情。

在那些日子里，我有很多事情要做。虽然我们整天忙碌，但仍然感觉无所事事，因为生活需要的一切，完全得靠自己的双手去创造。再也不能按铃叫来女佣拿这个或那个了……从前老爷和夫人按铃吩咐我，不久前当上太太的时候，我也按过铃，蛮横无理，感到幸灾乐祸……如今连家都没有了，更别说按铃和按铃所需的电力了。水龙头偶尔也还能滴出水来，但是基本上形不成水流。你知道，当我们发现有水的时候是多么兴奋！……水压不到高层，这些用来洗漱、做饭的水，是我们用水桶从地下室提到四层的……我们不能确切地知道，什么才是更重要的。那些优雅的女人，我也曾经属于其中一员……就在一年之前，战争期间，她们还为在闹市区的杂货铺里再也买不到早晚洗澡用的法国浴盐而大发雷霆……突然间，她们意识到干净原本并不像她们一直认为的那么重要。比方说她们懂得了，假如桶里能有一点水或类似液体的什么东西可以用来煮土豆，要比干净更重要。由于每桶水都是亲手提上楼的，她们也突然懂得了原来水是一种非常宝贵的东西，宝贵到不该用它洗干过活的脏手……我们仍然会涂口红，但再也不会像几星期前那样狂热、细致地洗脖子和身体的其他部位了。尽管如此，也仍然过得很好……我记得古时候，法国国王统治时期，没有人会定期洗澡，也没有什么除味剂，甚至连国王也不洗澡，代替洗澡的，是从头到脚往身上喷香水……你会相信我说的吗？我对这个确定无疑，因为我在一本书里读到过。即使他们不洗漱，他们依旧高贵，有权有势，只是浑身发臭而已。在那段日子里，我们也是这么生活的，就像波旁王朝……高贵体面，但是很臭。

但如果空闲下来,我也会期盼什么。我的脖子和鞋子都不干净。虽然我年轻时曾当过相当长时间的女佣，但我从未想到，要成为自己的仆人！……我痛恨把水桶提上楼去。我们宁可去朋友那里蹭水，在她们的厨房里，水龙头流出一些水。我会在她们那里敷衍了事地洗漱一下。私底下，我很享受这种状态。我相信那些吹毛求疵地抱怨卫生条件糟糕的人也会乐意像我一样……就像孩子们喜欢肮脏和在粪堆中打滚取乐一样，有几个星期，在地狱的卤水碱水中被蒸煮的社会在享受着这种无序、污秽，甚至可以睡在陌生人的厨房里，不必洗漱，也不用打扮得光鲜。

生活中，任何事情都不会无缘无故地发生。我们蒙受了围城战之灾，是上帝为了惩罚我们的罪过。但历经苦难所换来的补偿，竟是在围城之后的几周可以自由、无辜地浑身上下脏兮兮臭哄哄，就像天堂里的亚当和夏娃一样又脏又臭，因为他们也不洗澡。另外比较好的一点是，不必再定时吃饭。每个人都是找到什么就吃什么。有两天，我除了马铃薯皮没吃任何东西，而第二天我吃到了虾罐头和凝在油里的猪排，后来还嚼了一小盒糖果，而且我也没有长胖，是真的，有几天我几乎什么都没吃到。

后来，转眼之间，橱窗里突然又摆满了食物，于是我就马上胖了四公斤。我的胃酸又重新分泌，而且开始为别的事情担忧，因为到了我该四处奔波地为自己办一本护照的时候了。我感到非常悲伤，因为我知道再也没有任何希望。

那么爱情呢，你说？……你真好，你是上天派下来的天使。不，亲爱的，我相信爱情无法帮助人类。亲情也不能……那个“艺术家类别”的人说，字典中混淆了这两个词。他既不相信爱情，也不相信亲情。他只相信激情和同情。我不认为爱会给任何人提供什么太大的帮助，无论是浪漫之爱还是手足之爱，都不可能。我的艺术家朋友也给我解释过这其中的混乱，给我解释过词典是如何把这两种爱混为一谈的。他对哪一种爱都不相信，他只相信激情和怜悯，但这两样东西也没有什么帮助，因为它们都只持续片刻……怜悯如此，激情亦是如此。

你说什么？……那样的话就不值得活着？我没有必要耸肩？……你看，我的心肝，我的老乡……你无法理解我所说的，因为你是个艺术家。你仍然相信一些事物，对吧？你是对的，你是当今欧洲最出色的鼓手，我也相信世界上没有其他人像你一样。你不必相信斜眼萨克斯手的那些话，他胡说什么在美国乐队里打击手们同时使用四根鼓槌，而且演奏巴赫和亨德尔[1]的曲目——我的宝贝，那家伙只是嫉妒你的才华，想刺激你罢了。我知道得非常清楚，世界上没有其他鼓手，只有你。把你的手给我，让我亲一下……这双神奇的手，这些精致的手指，你用他们向世界撒播音符，就像克里奥帕特拉抛撒珍珠。等一下，让我擦擦眼睛，我太多愁善感了，看到你的手的时候，我总是想流泪。

他在桥上迎面朝我走来，因为有一天，河上又重修了一座桥。没有很多座，只有一座。但那是一座多么神奇的桥！它建好的时候你已经不在那里了，所以你无法理解消息传出后对我们这些被困在城市的居民们意味着什么，在布达佩斯，在这座伟大的城市，重新又有一座多瑙河大桥！……桥以闪电般的速度被修建好，冬末已经可以在桥上跨过多瑙河了！那是一座利用残留的桥墩来修建、用各种别的零件匆忙拼凑起来的应急之桥。桥有些弯曲，但是还能承载大卡车和成千上万像毛毛虫一样涌动的川流不息的人群。这些人从清晨大桥开通开始，在多瑙河的两岸，在桥头前面排队，等待轮到自己通行……

因为想过这桥并不是那么简单。人们分别在布达和佩斯桥头排起蛇形长队，俨然像一条传送带，缓慢地、步伐一致地向前移动。我们就像在战前和平时期筹备婚礼一样充分做好了过桥的准备。如果有谁能够穿过那座桥，在当时可算是一件大事，足以引

---

1 格奥尔格·弗里德里希·亨德尔（1685—1759），巴洛克时期作曲家，出生于德国，后来定居并入籍英国。

以为傲。不久后，其他桥梁也建了起来，更加坚固，并且有铁桥，还有浮桥……一年后在那些桥上，出租车也畅通无阻了。但我总是想起那隆起、弯曲的第一座桥，记得那时我跟着长队缓慢前行，就像成千上万的人那样，内心带着沉重的罪过与回忆，肩上背着旅行包，从河的这岸步履艰难地走向对岸，穿过河上的第一座桥梁……后来，当移民美国的匈牙利人回来拜访这座城市时，当他们驾驶豪华轿车在铁桥上行驶时，我总是感到非常难过，嘴里涌起苦涩的味道，因为他们的冷漠令我作呕，就像这些陌生人望着我们的新桥耸肩点头，然后毫无感情、态度冷淡地使用它们……这些人从远方回来，只是闻到了战争的味道，他们从远方遥望家乡，就像坐在电影院里一样。真是太美了，他们说，生活在这里，开车通过一座座新桥的感觉肯定很美好……

听到他们讲的话，我会感到心痛。你们到底知道什么?! 我想。我也完全理解没有住在那里的人，没有与我们生活在一起的人，他们了解想象，也无法感受到一百万居民目睹这座美丽的桥梁在多瑙河上凌空架起时的感受……他们不可能理解。不可能懂得后来有一天当我们步行穿过多瑙河时内心的感受……我们并非像几世纪前的库鲁茨军[1]、拉邦茨军[2]或土耳其人[3]那样乘船……没跟我们

1　库鲁茨，1691—1711 年间反抗哈布斯堡王朝统治的起义军。

2　拉邦茨，16—18 世纪哈布斯堡王朝统治下的匈牙利军队，曾镇压库鲁茨军的起义。

3　指中世纪土耳其帝国入侵匈牙利并在匈牙利展开的一系列战争，以著名的莫哈奇战役（1526 年）为开端。

一起生活过的人是永远也不会理解我们的！我才不管美国的大桥有多长呢！……我们的桥是用朽木和废铁制造的，我是第一批过桥者。确切地说，我被人群推着朝桥上走去，当我在队伍里行走，我看到，对面从佩斯来的人群里，我丈夫正往布达方向走。

我从队伍里跳出来，向他跑去。双臂搂住他的脖子。很多人冲我大声叫喊，一名警察猛拉了我一把，因为我阻碍了那条人群传送带的前进。

等一下，让我擤一擤鼻涕。你真好！……你没有取笑我，而是认真地听我讲。你就像一个想知道美丽故事结局的小男孩那样专注。

但这不是童话故事，我亲爱的，而且它既没有真正的开头，也没有真实的结尾。所有一切就像巨浪奔腾向前，裹挟着我们，那时我们生活在布达佩斯，我们的生命没有可以触摸到的界限和边框……就像原有的边界被冲刷掉了一样。一切就那样发生着，没有边框，也没有岸……直到现在，过了很久以后，也总是那样，我仍然不知道那些发生在我身上的事情是如何开始和结束的。

我从桥上的一侧跑到另一侧的那一刻，感觉是真实的，我说这话毫不夸张。那个搂抱的动作不是造作的，更没有经过算计，因为那一刻之前我连这个人是否还活着都不知道，他一直在那个很遥远的过去……你知道，在此之前，在被人们称为“历史”的时间里……他曾经是我的丈夫，那段时间对我来说竟已遥远得可怕。人们既不是用时钟的指针，也不是用日历计算那个真正属于自己的时间……没有人知道别人的消息，不知道他们死了，还是活着。母亲们不知道自己孩子的音讯，情人们、夫妻们在街上偶然重逢。我们过得就像在史前时代，没有电话簿、门牌号、地址簿……只是活着，栖息着，每个人都住在刚好碰到的地方。在这种巨大混乱中，在这种吉卜赛式的生活当中，有着某种奇特的熟悉感。或许远古时代的人类就是这样生活的，那时候还没有家或国家的概念，只有四处游荡的族群和部落，他们赶着马车、带着孩子漫无目的地流浪……这种生活并不坏。甚至对我来说还有些熟悉……看样子，在我们头脑里积攒的所有垃圾之中，似乎还保留着一段另一种类型的、流浪生活的记忆。

但是，我并非因为这个才奔向他的，也不是因为这个才当着成千上万人的面拥抱他。

在那一刻……你是不是在笑我？……有什么东西在我内心粉碎了。相信我，我那时一直尽量过着正常的生活。在遭受过围城攻击和之前的纳粹暴行、狂轰乱炸的惊慌恐吓之后，我还戴着胸罩有尊严地活了下来。是的，我在那段时间并不是完全孤身一人。在战争那极其疯狂严峻的几个月里，我是跟我那个“艺术家类别”的朋友一起度过的。我并没有和他一起生活过，你不要误会我的意思。他有可能是个性无能的男人，我不知道……他从来都不会谈起这方面的事，但是，当孤男寡女共处一室时，住宅里总会有那么一点爱情的气味。在那个秃顶男人的住宅里，没有过这样的爱情气味。不过就算他某天晚上突然冲进我的房间里，用两只手掐住我，我也不会感到吃惊。我有时会住在他那里，因为那时几乎每天晚上都会有空袭警报，而我并不总能经过那些防空区安全到家。而现在，过了许久以后，在他已经离世之后，我却感觉已经与他睡过，和那个自己决定与世隔绝之人……他放弃了所有被人们认为至关重要的东西。他仿佛在接受戒瘾治疗，想要戒除所有美妙但同时又令人厌恶的激情……酒精或者毒品，抑或是虚荣……以及一切。我在他的生命中只不过是一个护士或者保姆而已。

因为的确，当时我悄悄溜进了他的家和他的生活里……你知道，就像入室行窃的飞贼一样，还有一种女飞贼，她们专门在男人没有防备的时刻闯进他们的生活，而且一旦闯入，就会偷走她们所能找到的一切，包括记忆、印象……然后不久之后，她又会对这些东西感到厌倦，并尽数卖掉。我并没有卖掉任何从他那里得到的东西……而我现在之所以要告诉你这些，也只是想在你离开我——或我离开你——之前，让你尽可能地多了解我一些……他没有反对，默默忍受着我在他身边的每时每刻，早晨，晚上，或者下午……但是我不能打扰他。他在阅读的时候，绝对不许我跟他说话。他经常只捧着一本书看，什么也不说。除此之外，我可以自由自在地随时进出他的公寓。因为在那段时间里，每一刻都有炸弹从天上掉落下来，每个人都只是这样毫无计划地活在那座大都市里，能活一个小时就活一个小时。

你说那一定是一段恐怖的时光？……等等，让我想想。我也说不清楚；我觉得那时更像是某些事情终于水落石出、出现结果的一段时光。那些我们原来从未真正想过、总想驱赶的念头在那段时间里变得真实了……什么东西？你知道，就是一切都没有目标，没有意义。这里面也有过别的什么……人很快就适应了那种恐惧，恐惧就像发烧一样，是可以通过出汗蒸发掉的。一切全都发生了变化……家庭不再是真正的家庭了，工作和职业也不再重要，情人们匆匆忙忙地赶着相爱，就像躲着大人贪婪地偷吃甜点的小孩子一样……孩子吃饱以后就会跑到街上，躲入混乱之中。一切都被炸毁了……住宅恰恰就像人们之间的关系一样，有时你还相信你跟家庭、职业和人们之间存在着某种关系，存在着一种真正的内在联系……但在空袭的时刻，你突然明白，所有那些昨天还很重要的东西，已经与你无关了。

但也不仅是炮弹在攻击。所有人都感觉到了，除了空袭警报和驾驶黄色轿车载着抢来的人和赃物到处横冲直撞的劫匪，除了从前线撤回的军队，除了赶着农家马车逃亡的人和让人联想到吉卜赛人大篷车的人流之外，还有一些别的事情在发生……已经不再有单独的战区……战争已经来到我们之间，来到人们之中，侵入到文明生活的残存物间，进入厨房和卧室中。有某种东西爆炸了……所有在此之前出于迟滞或惰性把人们联结起来的东西爆炸了。我的内心也有某种东西，就像一颗被俄国人或箭十字党遗忘在路边的废弃炸弹一样，突然之间爆炸了。

我和我丈夫之间像电影一样的故事就这样被炸得粉碎……就像某些蹩脚的美国影片中总经理娶了女打字员一样愚蠢而令人作呕。就在那一刻，我明白了，我们俩在生命中所要寻找的并不是彼此，我们只是摸索着聚集在那个人皮肤底下，在他肉体内部蠕动的那种可怕的犯罪感。他想通过我付清使他内心无法安宁的债务……那是什么东西呢？财富吗？他想要知道为什么存在穷人和富人……关于这一点，人们所写和所说的，全部都是谎言……不管是那些戴着角质框架眼镜秃顶的聪明人，用甜言蜜语闪烁其词的神父，还是长着大胡子、喊口号的革命者……所有这一切的最底层存在着可怕的真相……就是世界上没有公平正义。可能这个男人想要的就是公正？……因此他才娶我？如果他想要的只是我的皮肉的话，他没有必要非得娶我，他可以付出更低廉的代价便能得到这些。如果他是想要与他所生长的世界抗衡的话……就像那些出身富贵之家的叛逆之子变成洒着香水的反叛者一样，他们反叛是因为无法承受自己的身份，因为他们太过幸运了，因为运动和反常行为对他们来说已不够，他们必须把活动舞台转向街垒……他本可以用另一种形式来完成他的叛逆的，而不需要与我进行如此复杂的故事。你和我都是从尼尔塞格或是佐拉那种底层地方来的人，亲爱的，我们是不懂这些的。唯一可以确定的，他是一位绅士，但与那些拥有头衔的人不同，也不像那些一朝之间跻身于贵族和老爷之列的市民阶层。他是品质好的那一类，由比他同阶层的大多数混杂人种更好的材质做成。

你知道，他的祖先曾经征服过欧洲大陆。他的祖先们曾经把斧头扛在肩上，大步向未知疆域的原始丛林迈进，他们高唱着自己的圣歌，砍倒沿途的树木和当地的原住民。他的祖先中还有一个是在发现新大陆之后第一批直航到美洲的新教徒，他孤身一人背井离乡，只带了一本祈祷书和一把斧头。我的丈夫对于这位祖先的自豪程度高于他们家族后来所取得的一切，包括工厂、可观的金钱和写在狗皮上的贵族头衔。

他是品质好的那类人，因为能掌控自己的身体和神经。他甚至还能控制金钱，而这一点是最难能可贵的……但是在他内心唯一不能战胜的就是犯罪感。如果一个人存在犯罪感，那么就想要报复。他是基督教徒，但并不是最近人们所说的那种基督徒……这种身份对他来说不是商业机会，就如同纳粹时期许多人出示洗礼证明而获取不义之财、破烂、赃物……那段时间他因为自己是基督徒而感到羞愧。然而在他内心深处，在他的肾脏和肝脏里他是一个基督徒，就像有些人别无选择，天生注定就是艺术家或酒鬼一样……他无法成为别的样子。

但是这个人也知道，报复是一种罪孽，一切报复都是罪……不存在任何合法的报复。一个人只有权追求公平、主持正义……任何人都无权进行报复。他既有钱又是基督徒，但他无法协调统一这两者，因为任何一个他都无法放弃……他充满了罪恶感。你为什么像是看疯子一样看着我？

我在说的是他，我的丈夫。一天，他突然出现在我的眼前，因为布达佩斯又有桥了。就在那天，我当着成千上万人的面冲到他跟前，紧紧搂住他的脖颈。

他从队伍里出来了,但没有动。他没有试图把我推开。别担心，他没有在吉尔吉斯人和那群衣衫褴褛、瑟瑟发抖、步履艰难的乞丐面前亲吻我的手。他是一个有着过于良好举止的人，不会做如此不合时宜的事情。他只是站在那里，等着令人备受煎熬的那一幕结束。他平静地站着，我半闭着双眼，在泪光中我看见他的脸，那张脸就像女人在看腹中的胎儿。对于属于你的东西，你无需用眼睛就能看得到。

但是就在那一刻，当我以某种扭曲痉挛的力量挂在他的脖子上时，某些事情发生了。我嗅到了他。一种味道冲击了我，我丈夫身体的味道……现在仔细听着吧。

在那一刻，我开始颤抖。我的膝盖在打战，我的胃在痉挛，就像它正在被某种恶劣的病痛所折磨一样。你可以想象一下，这个从桥上迎面向我走来的男人，身上竟然没有酸臭的味道。我知道你无法理解我的话，但是你要相信，在那段时间里，人们的身上带着某种尸体的腐臭，就算我们能奇迹般地在逃进地窖或避难所时把品质优良的香皂或者香水保存在手提包的秘密夹层里，也还是无法掩盖那种味道。就算在两次轰炸之间有办法偷偷洗一次澡的人也是如此……因为没有办法那么迅速地，只靠涂抹一两把肥皂沫就把围城的味道洗刷掉！人们不可能洗刷掉身上围城战的味道！那些下水道、尸体、地窖、呕吐物、令人窒息的空气以及挤在那里牙齿打战、受尽死亡折磨的人们的味道，对死亡恐惧的味道、肉体需求的味道，还有混合在一起的、刺鼻的食物味道。所有这一切都已经浸入我们的肌肤之中，而那些身上没有天然酸臭味的人则以另一种方式不断散发出臭气，发出香水味或是广藿香[1]味道的臭气……这种人造广藿香的气味比天然广藿香要糟糕得多，令人反胃。

但我丈夫身上没有广藿香的气味。我闻了闻他，闭上双眼，满含泪水，突然我开始颤抖起来。

他身上有什么气味？他身上有股陈腐的甘草味，跟多年前我们分别时一模一样，就像我躺到他床上的初夜那样，从那之后我一闻到那种酸涩的男性味道就会感到恶心……而他竟然一点也没变，从身躯到衣着，再到气味……都和我最后一次见到他时一模一样。

我放开了他的脖子，用手背擦拭着眼泪。那一刻我感觉到了一阵眩晕。我从包里拿出手帕，然后是一面小镜子和口红。我们谁都没有开口说话。他站在那里，等着我整理好被泪水弄花的脸。当我在镜子里看到自己重新拥有一副体面的外表时，才有勇气看他。

我无法相信自己的眼睛。你知道在那座临时搭建的布达的桥头，在那向远方蜿蜒的成千上万的队伍之中，是谁站在了我的面前吗？在那座经过烟熏火燎显得乌黑一片的城市里，已经没有几

1　广藿香，一种可用作强刺激药与芳香料的草本植物，原产地印度或非洲，是香水的常见成分。

座房子没有炮弹或枪弹孔洞的痕迹了，也几乎看不到一扇完好无损的窗户。城市交通全面瘫痪，警察不见踪影，法律形同虚设，什么都没有了……人们穿得像乞丐一样，即使没有必要，他们也都装扮成老迈和衣衫褴褛的乞丐，蓄长胡子，穿着破烂的衣衫在街上闲荡，以此招来别人的怜悯……贵妇人拖着破口袋，每个人都背着背包步履艰难地移动着，就像乡村朝圣日上气喘吁吁、邋遢不堪的朝圣者一样……你知道就在这一切之中，是谁出现在我的面前？我的丈夫就在那里，站在我的前方。这就是我在七年前曾经伤害过的那个人。就是这个男人，当他明白我既不是他的爱人，也不是他的妻子，而是他的敌人时，一天下午站到我的面前，微笑着，平静地说：

“我认为，我们最好还是分开吧。”

每当他想要说一些非常重要的事情时，总会使用“我认为”或“我想”来开头，而从来不会直接、重拳出击般地说出自己的想法。我的父亲受不了什么事时，会大喊一声“真该死！”然后一拳打下来。但如果我的丈夫无法承受什么事情时，只会礼貌地先开一扇小门，使用假设方式的从句，在从句中渗透出整个句子中重要或者伤害人的部分。这一点是他在英国读书时，在他接受教育的大学里学到的。他还有另外一个钟爱的词语是“恐怕”。比如有一天晚上，他对我说：“恐怕，我母亲要死了。”而老妇人那时已经死了，那是晚上七点钟，她的脸色已经发青了，医生告诉我丈夫已经没有希望了。“恐怕”一词可以抚平一条悲伤的消息，使之变得平滑，使痛苦变得麻木。在那种情况下，其他人只会说“我母亲要死了”，但他却总是礼貌地说出令人不快和悲伤的事情。他们天生如此。他们是没有人能够效仿的。

他甚至连那一刻都还是小心翼翼的。在我们两人之间的战争结束七年以后……总之，在围城结束之后，就在桥头上，他站在我的对面，对我说的第一句话是：“恐怕我们挡着路了。”

他低声说着，微笑着。他没有问我是如何在战乱中活下来的，或者我是否需要什么，只是提醒在那里可能挡着路了……然后他指了指，示意我们朝那边走，朝盖雷尔特山[1]上走。当我们到达那个远离喧嚣的地方时，他停了下来，环顾了一下四周，说道：

“我想，我们最好在这里坐下来。”

他说得没错，那里的确是坐下来的“最佳”地方。那里有一架“老鼠”飞机的残骸，飞行员的位置恰巧被保留了下来，空间刚好可以容纳两个人。我没有说话，只是顺从地在俄罗斯飞行员的座位上坐了下来，他也在我旁边坐了下来，但在坐下之前先用手擦去了座位上的灰尘，然后又掏出一条手帕擦了擦手。我们沉默地坐了一会，谁都没有说话。我记得当时阳光照耀着大地，广场上，战争中被毁掉的飞机、汽车、大炮残骸之间，一片寂静。

任何一个从娘胎里出生的人可以想象，一个男人和一个女人，在围城之后的布达佩斯初次重逢，在已成废墟的房屋之间，在多

1　盖雷尔特山，位于布达佩斯城堡山南部的小山丘，以主教盖雷尔特名字命名。

瑙河畔……比方说，他们用几句话确认双方都幸存下来了……你不这样认为吗？“恐怕”和“我认为”也是肯定要使用的……但是我丈夫没有这样想，所以我们只是坐在岩洞的前面，面对着温泉的入口，看着彼此。

我仔细地看着他，你可以相信这一点，我一阵颤抖。感觉就好像是一场梦：浸染在雾中，又处于现实里。

亲爱的，你知道我不是傻瓜，也不是多愁善感的痴货，会因为神经脆弱或者一次重逢即感动得潸然泪下。我那时之所以颤抖，是因为坐在我身旁的男人，面对着已经沦为坟墓的大城市……不是人类，而是一个鬼魂。

只有在梦里才可能这样与一个人在一起。因为只有梦境里才能把现象如此可怕地保存在某种比酒精更加精纯的液体里，就像我先生在那一刻的样子。你想想吧，他的衣服并不破旧。我已经记不清他当时穿的是什么衣服了，但我想应该是和我最后看见他时同样的深灰色双排扣法兰绒套装，就是他说他相信“我们最好还是分开”时所穿的那件……对于这件衣服我并不能完全肯定，因为他还有许多其他与之类似的衣服，大概有两三套，有单排扣的，也有双排扣的……但是样式和材质都一样，并且全部出自同一个裁缝之手，就是那个从前给他父亲做衣服的裁缝。

就连这样的一个清晨，他也还是穿着干净的衬衫。他穿的是一件淡奶油色的细亚麻布衬衫，戴着深灰色领带，脚上穿着黑色双层底的皮鞋……那双鞋看上去崭新如初，虽然我不知道他是如何做到走过那座满是灰尘的桥还能保持鞋上不沾一丝灰尘的。当然，我也非常清楚地意识到了那双鞋其实并不是新买的，只是因为他很少穿而显得很新而已，因为从前他的鞋柜里有一打类似的鞋……当初还在为他家清理那些高档皮革制品的时候，我在“法柜”[1]中看到了太多皮鞋。总之他就是这样站在我的面前。

对于这样的外表，人们常会形容说“就像刚从盒子里拿出来一样”，但这个盒子则更像墓穴，而当时我们所有人都在这个墓穴之中，那时我们所有人都在里面腐烂。他也是从这个墓穴里走出来的，他的衣服上没有任何褶皱，胳膊上潇洒地搭着他那件亮褐色的风衣，这件风衣是用英国材料制造的，剪裁宽松，舒适得甚至有些不合时宜，由厚重的双层布料剪裁而成的杰作。我还记得几年前包裹从伦敦寄到家里时，是我亲手把它拆开的……那以后很久，在伦敦，我还去看了售卖这种风衣的商店橱窗，因为我从众多摆在一起的商品中认出了我丈夫的风衣……他现在也是穿着这件风衣，但只是以一种不经意的姿态搭在胳膊上，因为那是一个冬末的下午，天气还算暖和。

当然，他没有戴手套，他只有在天寒地冻的隆冬时节才会戴上手套。我也看了看他的手……白皙洁净，指甲被修剪得完全不露剪过的痕迹，就像永远不需要特别修理一样……他就是这样站在我面前的。

1　法柜，又称约柜，是古代以色列民族的圣物，“约”是指上帝跟以色列人所订立的契约，而约柜就是放置了上帝与以色列人所立的契约的柜。此处指鞋柜。

你知道最奇怪的是什么吗？在桥上那些衣衫褴褛、肮脏龌龊、深受围城折磨、蹒跚前行的人群之中，这个人就像是要煽动叛乱……可同时他又几乎是隐形的。如果有人从人群中出来，抓着他的衣领，摇一摇他，戳一戳他，想检查一下他是不是真实存在的，我也丝毫不会感到奇怪……你可以想象一下，法国大革命的岁月里，在那些充满恐惧的月份当中，人们在巴黎猎捕贵族，就像孩子用弗洛博特卡宾枪捕捉麻雀，此时一位侯爵穿着紫色礼服，戴着假发出现在巴黎街头，朝着被装在马车上拉向断头台的同阶级伯爵、侯爵殷切致意……这个人当时也显得这样醒目。他与周围那些呻吟、蠕动着的民众有着神秘的不同，仿佛他并不是来自生活，并非来自那许多被炸毁的房子中的一栋，而是来自一座看不见的舞台，在那里穿着戏服准备扮演一出历史剧的角色。那是一部古老戏剧，一个古老的角色，而且……那时我感觉，那是一部任何地方都没有上演过的剧目。

在一堆冒着烟的城市废墟中出现了一个这样的男人，一个没有丝毫改变的男人。围城和苦难无法使他受到任何影响。我开始为他感到担忧。因为当时，我们生活在一种愤怒和渴望报复的氛围中，如果毫无罪恶感地刺激这些人，可能任何动作都无法阻止严重的后果产生。所有人由于恶意引发的愤怒和报复欲望而唾沫飞溅，咬牙切齿，双眼闪着光。人们为了每天的战利品而跑得气喘吁吁：一勺荤油、一把面粉或是一克黄金。每个人都用一种阴险狡猾的眼神斜视着其他人，因为所有人都是可以的……为什么？

因为我们都有罪，以这种或者那种形式吗？……我们有罪，是因为我们幸存了下来，而别人却没有吗？

但我的丈夫平静地坐在了我的身边，仿佛他是无辜的，这是无法理解的。

我垂下眼帘，不知道该做些什么。我应该提醒警察来把他带走吗？可是他并没有做错什么。他在那段时间和之前没有参与过在城市里以及在全国各地上演的那一系列恶劣事件，也未曾杀害过犹太人，从未追捕过那些跟他持不同想法的人，从未掠夺过那些被拖走、被流放的人的住宅……没有人可以用手指来指责他，因为他甚至连一片面包屑都没有从别人那里偷过，也从未触犯过任何人……后来我也没有听到有人敢就这样的事指控他。他从未参与强取豪夺，怎么可能这样做呢？事实上，他才是被彻底洗劫一空的人。当我在围城之后的布达桥头上遇见他时，他也成了一个乞丐……后来我才知道他那些众所周知的财富什么都没有留下来，只剩下了一箱衣服，还有他的工程师文凭，后来他带着这些东西出了国……据说是去了美国，也许现在他正在那里当工人，在一间工厂里……我无从知晓。更早以前，我们离婚时，他就将珠宝首饰都给了我……你看，这些珠宝幸存了下来是多么好的事情啊！我之所以说起来，不是因为这个，我知道你在梦里都不会惦记我的珠宝……你只是帮助我卖掉它们而已，因为你很善良。不要那样看着我。你看，我都感动了。等一下，让我擦一擦眼泪。

那是什么？……是的，天就快要亮了，这些是第一批装载蔬菜的货车。现在已经五点多了，他们是往河的方向，开去市场那里的。

你不累吗？……我来给你盖一盖吧，天渐渐凉了。

你问什么？……不，我不冷，还感到很热呢。我的心肝，请允许我把窗户关上。

我刚才说到，我看着他，而我所看到的情景让我浑身打起冷战来，沿着膝盖直至小腿。我的手心冒汗，因为我看到，我的前夫，那个高贵又熟悉的绅士看着我，而且微笑着。

请不要想象那是一个嘲讽或高傲的笑。他只是那样微笑着，就像听到某人礼貌又冷漠地讲一个笑话，而这个笑话既不诙谐，也不诱惑人……但他是个受过良好教育的人，所以一直面带微笑。毫无疑问，他的脸色是苍白的。归根结底地窖的气息还是能从他的脸上感知出来，但是那种苍白就像是生了几个星期的病后第一次出门时来到自由的空气中一样，他眼圈苍白，嘴唇看起来毫无血色。除此之外，他看上去和往常完全一样，就像在一生之中一直保持的那个样子……比如早上十点钟，在他刮完胡子以后的样子，或许比那时还要动人……但也许只是周围环境造成了我的这种印象，因为他从周遭背景中那样特别地凸显出来，就像博物馆里的展品被突然从玻璃盒子中取出，放到了脏乱污秽的贫穷环境中一样……想象一下，如果某一天你在一个政府首脑的客厅里，在两个玻璃柜子之间看到摩西雕像，就是昨天我们一起在那座灯光熹微的教堂里所看到的那尊，会是什么样的情景。是的，我的丈夫并不是摩西雕像那样的杰作，但是在那一刻，他就像一件来自博物馆里的展品……并且他还微笑着。

啊，现在我感觉好热啊！……你看，我的脸颊有多红，我的血都涌上了脑门。这是因为我从来没有和任何人说起过这段回忆。但是看起来，我一直不曾停止过想起它。如果我和盘托出，炙热可能会把我淹没。

我不需要给这个男人洗脚，亲爱的，他每天早上都会在地窖里自己洗，你可以相信这一点。他不需要任何那种人和人之间已经净化了的安慰，他也不需要任何颠茄。他永远这样，即使知道死亡临近也会坚持着，似乎生命唯一的意义和武器……就是礼貌有加、举止得体以及不可接近。他就好像从内部由大理石灌注的一样。这个内部是大理石，外部是血肉的人，穿戴着冷酷无情的盔甲，不肯再靠近我一厘米……那段时间发生的那场震荡全国的地震，一点没有从内心撼动这个人。他看着我，我感觉他是宁死也不愿意说出一个除了“我认为”和“我想”以外的词了……如果他开口，问起我怎么样，或者我需要什么的话……当然，他可能愿意马上脱下他的外套，或者摘下他那块俄国人因为疏忽而没有掠走的手表……微笑着递给我，因为他已经不再生我的气了。

现在你听我说，我要告诉你一样我从来没有告诉过别人的事。人们只是自私的野兽，这是不对的。当然有些人非常愿意相互帮助，但是激发人们去帮忙的并不是善良，也不是同情。我相信，在这一点上那个秃头男人是对的。他曾说过，人有时之所以善良，只是因为做坏事会存在许多障碍。这就是人们能做的最多的事情了……也有的人行善是因为懦弱，无法作恶。这就是那个秃头所说的话。我还从来没有跟任何人说起过。现在我把这个也告诉你了，我唯一的爱。

当然我们不能永远坐在岩洞教堂[1]脚下，面对着温泉浴场。过了一会儿，我的丈夫咳嗽了一声，清了清嗓子，说他认为我们最好起身，还能散一会儿步，在盖雷尔特山上那些别墅废墟间走一走，因为天气不错……并且他“恐怕”他以后可能不会有很多机会与我交谈了。他想，在我们人生剩余的时间里……这句话他没有这样说，但是他也没有必要这么说出来，因为我自己也知道那大概是我们此生最后一次谈话了。所以我们就开始朝着盖雷尔特山走着，在冬末明媚的阳光里，在悠缓的坡道上，在废墟和动物尸体之间。

我们就这样从容不迫地大概走了一个小时。我不知道我的前夫在想些什么，当我最后一次走在他的身边，在布达山的斜坡上。他说话的语气很平静，不带任何明显的感情色彩。我小心翼翼地问他是如何到这里来的，在这被颠覆的离奇世界里他身上发生了什么？……他仅仅非常礼貌地回答说，一切都好，一切都是按照环境的意志。他的意思是说，他已经被彻底摧毁了，变得一无所有，

1　岩洞教堂，位于盖雷尔特山上。

正打算去国外干体力活……在一条大路的拐弯处我停下脚步，非常谨慎地问他……但我不敢看他的脸……他觉得世界将会变成什么样子……

他也停了下来，严肃地看着我，思索了一下，在回答询问之前总是思考一下，就像吸口气一样。他把头转向一边，认真地看着我，然后注视着别墅废墟，我们当时就站在别墅门前，他这样回答道：

“恐怕，人太多了。”

就好像他用这一句话已经回答了接下来的所有问题，他开始朝着桥的方向走去。我也快步跟在他的身旁，因为我不理解他所说的这句话是什么意思。在那段时间和此前的几年里，已经有足够多的人遭到毫无必要的杀戮。他为什么担心人太多呢？但是他并没有过多地解释而一直向前走着，就像某人赶时间匆忙行进一样。我开始怀疑，也许他是在开玩笑或戏弄我？因为我记得他们两个，我前夫和他那个秃头朋友，以前有时玩的那种游戏……他们就像正常人那样说话，就是那些半傻的人，对于那些愚蠢的事实，他们总是用其名称来称呼，比如在酷暑中，人们汗流浃背，连狗都热得发狂，他们这时带着深思熟虑的表情，用抬起的食指，男人的腔调，就像法官在宣布判决，说：“天真热！……”然后他们骄傲地看看周围，就像人们说出了通俗又多余的蠢话时惯于流露的那种神情。他们玩过这样的游戏。现在，当他庄严地宣布“人太多了”的时候，我怀疑他想作弄我。因为他所说的那句话里，某种程度上有真实的成分，因为的确有很多人同时拥向四面八方，就像一场自然灾难，就像马铃薯地里的科罗拉多金花虫[1]，因此我略带惊惶地问道：“不过……您打算怎么办？”

你要知道，对这个男人，我一直称呼“您”，而他对我总是亲密无间地以“你”相称，但我从不敢使用“你”。不过他对所有的人都是用“您”的形式，对他的第一任妻子、父母以及朋友们都是这样。他在社交生活中从来不接受那种愚蠢的阶层习惯，就是同一类型的人初次见面就用“你”相称，仿佛这样就能显示出他们都是所谓的绅士一样……这个男人对我却一直以“你”相称。我们从来没有谈论过这一点，这只是我们之间的礼仪方式。

他从鼻子上方摘下了眼镜，从他的雪茄袋里掏出一块干净的手帕，仔细地擦拭着玻璃镜片。他一重新戴好眼镜，便望向了桥的方向，那里长长的队伍缓慢行进着。他平静地说：

“我要走了，因为我在这里是多余的那个。”

他那灰色的眼睛从镜片后面专注地看着我，眼睛眨都没眨一下。

但是他的声音里没有傲慢，而是用一种客观的语调在诉说，就像医生。我没有继续问下去，我知道就算严刑逼供他也不会多说一个词。我们朝着桥的方向出发往回走。在那里，我们无声地告别。他继续沿着多瑙河堤向克里斯蒂娜城区的方向走去，我则

1　科罗拉多金花虫，又名科罗拉多马铃薯叶甲虫，是马铃薯上的一种害虫，起源于美国科罗拉多州及墨西哥。

加入了缓慢行进中的蜿蜒长队，一瘸一拐地接近桥的入口。我又回头看了他一眼，他没有戴帽子，风衣搭在胳膊上，步伐缓慢却坚定地向前走着……你知道，就像某人明确知道自己要去哪里一样，换言之，他要去的地方就是虚无。我知道我这辈子再也不会见到他了。意识到最后一次见到某人，这足以使人发疯。

他想说的是什么？……也许是，一个男人只有在有角色可以扮演时才算是活着吧。如果不是这样的话，他便不再活着了，只是存在而已。你无法理解，因为你在这世界上有自己的角色……你的角色就是爱我。是的,现在我说出来了。你别这样斜着眼看我，别摆出这副狡猾的神情，要是有人听见我们两人的谈话，在罗马，在一间宾馆的房间里……黎明时分，你刚刚从酒吧回来，而我则围着你转来转去，像个女奴一样……如果坏人从外面看到这些，并听见我们的对话，会认为我们是一对密谋者……一个平凡的女人，曾经混迹有钱人之中，现在正对着她的情人，一个漂亮男孩讲述在那里的见闻……而你洗耳恭听，因为你想知道，有钱人之间玩的是什么鬼把戏……看到的那个人只会这样想，世界就是这样邪恶。不要皱起你那美妙的眉头，笑一笑吧……因为只有我们两个人知道真相，你不只是个漂亮的男孩，还是一个名符其实的艺术家，也是我唯一的恩人。我崇拜你，在这剩下的孤独而又没有意义的人生时光里，你帮助我继续过下去……比如你帮我卖掉那些我那邪恶的丈夫留给我的珠宝……因为你是那样的善良和仁慈，而我也并不真的是一个平凡的女人，从来都不是，即使当我想尽办法从我丈夫那里搞钱的时候也不是……因为我寻求的不是利益，我想要的是公正。现在你在笑什么？但是这点只有我们两个人知道，你和我。

是的，我丈夫完全是一个另类。我继续望着他，突然间起了好奇心……我很想知道，这个男人到底为什么活着……为什么他现在是多余的，为什么要去澳大利亚做呢绒厂染工或去美国当修理工？……难道他所坚信的角色不是一个荒唐的偏执狂吗？……你看，我是不看报纸的，只有当以放大字体报道某个大人物被谋杀或者电影明星离婚时，我才看一看……我只读这类的东西，其他什么都不读。关于政治我知道的只是，没有人信任其他人，每一个人都宣布自己知道的比别人多。当我看着我丈夫的背影，恰巧有一队俄国士兵在我旁边通过，肩上扛着步枪，身上佩带着刺刀……这些瘦高的小伙子来到了匈牙利，相较从前，也就是我丈夫还相信他在世界上有他自己该扮演的角色的那个时代，这里的一切都将会改变。

我继续步履艰难地跟着队伍走在桥上，桥下流淌着黄浊、污秽的多瑙河水，冬末的水位升高了，河水中漂浮着木板、船体残骸和尸体。没人注意这些尸体，大家都盯着自己的前方，负载着背包，在其重压之下弯曲着身体，就像人类开启了某种悲伤的赎罪之旅。我们就这样在桥上蜿蜒前行着，一群群的人，仿佛我们都是犯下罪孽的人。突然间，我觉得赶去国王大街[1]或用旧纸币换来的指甲油清除剂不再重要，也不再紧急了。我顿时看不到任何可以抵达的目标……刚才的重逢使我心绪烦乱。即使我从来没有爱过那个男人，但我现在吃惊地意识到，我对他真的已经没有任何怨恨了，那种发自内心的，在面对一个敌人时该有的愤怒……这种想法冲击着我的内心，就像我失去了某种珍贵的东西一样……你知道，到了某个时刻，两个人之间已经不值得怨恨。这是一种极大的悲哀。

天已破晓。灯光一下子变得那么沸腾和炙热！……不知怎么，罗马的黎明总是毫无过渡地从黑夜中降临。请等一下，我去拉开百叶窗。你看窗外那两棵橙子树，每棵树上都结出了两个橙子，这些橙子那样干瘪，就像人年老的时候，某一天从他们的感受中结出了思索。光线刺痛你的眼睛吗？……我非常愿意忍受罗马的清晨，喜欢这种灼热。这光芒是那样的突然和耀眼，仿佛一个年轻女子脱去夜间衬衣，赤裸着身体走向窗户……这时并无任何伤风败俗，只是单纯的赤裸而已。

你为什么那样讥讽地笑……我太诗意了吗？……是的，我发现有时我也会打比方，仿佛一个蹩脚的诗人。我知道你一定觉得我用这种方式所表达的一切都是从那个人秃头男人那里学到的。

1　国王大街，位于布达佩斯五区和六区之间。

是的，我们女人就是猴子，模仿着那些让我们感兴趣的男人……但是你不要再翻这本相册了，没有用的，你不会找到照片的，我已经没有他的照片了。

我看得出来，这光线惊扰了你。我把百叶窗拉下一半吧，这样会好点吗？……街上还是空无一人。你注意到这条小小的利古里亚街是多么空荡，就算在白天也是冷冷清清的吗？……我理解了,他为什么住在这里。谁？……当然是他了。那个秃头男人,是的。你给我让一点位置，我想躺下来。

把那个小枕头递给我吧，还有烟灰缸……你想睡觉吗？……我也不困。我们就这样静静地躺一会儿吧，这样在凌晨时分躺着也不错，在罗马，一动不动，看着这座老房子的天花板。每当我在凌晨三点醒来，你还没有从酒吧回来，我就会像这样躺很久。

什么？那个秃头男人是否在这个房间里住过？我不知道，你不要追问了。要是你想知道的话，就去找门房问问吧。

是的，可能他在这个房间里住过。

你怎么了？……你问我是不是跟着他来到这里的？你疯了，真是个疯子，你到底在想些什么啊？他早在我离开匈牙利的两个月之前就死了。

你说这不是真的，别说这种蠢话了。不，上次我在新教墓园里找寻的不是他的坟墓。我是在找一个诗人的坟墓，那不幸的人是个英国人……唯一真实的部分是秃头男人曾经给我讲过关于这些名人墓的故事。但他自己并不是葬在这里，他的坟墓在郊外的墓园里，在一块便宜的地方，而且他也不像那个英国诗人一样是新教徒。不，他也不是犹太人。他是什么人？我不知道。我只知道他没有宗教信仰。

我注意到你在眨眼睛，想来你在怀疑什么。你认为我曾经是他的秘密情人，后来跟着他来了这里，到了罗马？……很遗憾，我无法给你讲这么辛辣的故事供你娱乐。我们之间什么也没有。在他的周遭一切都很简单。我的心肝，他不像你这样有趣，是上帝创造的艺术品，他更像是一个机关职员或退休教师。

在他身上没有什么风流韵事，连他周围的人也都没有。没有哪个女人为他自杀。他的名字没有在报纸上出现过，也没有关于他有趣的流言或者小道消息。我认识他时，他已经完全不出现在报纸上了。更久以前，我听说他的确拥有过一些名气，但在那段时间，在战争快结束时，他已经基本上被遗忘了，连狗都不会谈论他了。

相信我吧，关于这个人，我根本没有什么有意思的事可以告诉你，我连他的照片都没有留过。他不喜欢照相。有时他表现得就像是一个到处躲藏的作恶者，一个罪犯，害怕人们从他用过的水杯上发现他的指纹；就像一个贪污犯，隐姓埋名地活着……如果这个人身上有什么有趣的地方的话，大概就只有一点，就是他不遗余力、绞尽脑汁地避免让自己成为一个有趣的人。关于他没有什么值得谈论的。

你别想讹诈我。我不能忍受你一面哀求我一面又威胁我。你想让我连这个也给你吗？……就像戒指和美金一样？我得把一切都给你吗？你什么都不给我留下吗？……如果我把这个也给你，那我就真的一无所有了。一旦你离开这里，我就会变得两手空空。这就是你想要的吗？……

好吧，我告诉你。但是不要以为这样就意味着你比我强大了，这只是因为我变弱了。

讲述这件事并不容易，就跟我企图描述虚无一样。我相信，生活中只有存在的事才能讲得出来……我的意思是，在更为简单的日常生活中存在的事。因为你知道，有些人不仅活在日常生活中，还活在另一种真实之中……这样的人也许能够给你讲出一些虚无的东西，并且还能讲得像侦探故事一样有趣。这个人说，一切都是真实的……不仅包括那些可以抓住的东西，而且还包括概念。如果说虚无是一种概念的话，他对这种概念也非常感兴趣……他会把虚无托在手里，来回掂量，并从不同角度看一看它，就像对待一件物体。不要那样冲我眨眼睛，我知道你不懂，我当时也没理解……但是后来，我和他生活在一起以后，我逐渐看到虚无是如何在他的手里和头脑里发展成一种真实，并且成长，充满了意义。这是他的一种把戏而已……你用不着费劲去想这个，对我们来说这太高深了。

你问他叫什么名字？……是的，他的名字曾经广为人知。坦白地说，我以前从来没有读过他的书。当我们第一次见面时，我以为他是在戏耍我，就像他对待所有事物和所有人的方式那样……然后在愤怒中，我开始坐下来读他的一本书。我能看懂吗？……我大体上读明白了。他的用词非常简单，就是一些生活中会使用的词汇。他写了面包、红酒，还写了人们该吃什么、该如何散步以及散步时应该想些什么……我感觉他就像在给那些完全不知道如何把生活过得有意义的温顺傻瓜写一本教科书……但那书同时又是一本狡猾的书，在表现出极其简单与幼稚的自然背后，在教师说教腔调之下，带着某种冷漠的讥讽在嘲笑着，仿佛讥笑所有的一切……包括那本书、写书的人和手里拿着书努力理解书中内容的读者……他们沉醉着，思索着，感动着……仿佛背景中，在房间的某个角落，或者书页之间，有一个隐身的少年在幸灾乐祸地窃窃冷笑。这就是我在读那本书时的感受。我每行字都懂，却不能完全理解。我不能理解他到底想要什么……不明白他为什么写书，如果他既不相信自己和文学，也不相信读者？……而我，一名读者，无论多么用心地逐字阅读，都无法真正了解他到底相信什么……我在读他的书时，变得异常愤怒。我甚至没有看完，在愤怒中我把它扔到了角落。

后来，当我生活在他的身边……我也告诉了他这件事。他严肃地听完了我的话，就像神父或教员那样。听完之后，他点了点头，把金框眼镜推到了额头上，然后用一种理解的口吻说：

“耻辱，”他摆了摆手，就像他也沮丧地想把世界上所有的书都扔到角落一样，“这真的是个耻辱，真丢脸。”

然后他难过地叹了口气，但并没有解释他说的“耻辱”到底是指什么。是文学吗？或者是因为我没有读懂他的书？还是存在某些无法被写下来的东西？……我不敢问他说的耻辱到底是指什么，因为他遣词造句的方式就像药剂师使用毒药一样。当我问他一个词的意思时，他疑惑地看着我，就像一位药剂师看到一个头发凌乱、不修边幅的女人突然闯进来，只是要普通的安眠药，比如佛罗那……或者像是一个食品杂货店主面对一个哭哭啼啼来购买碱水的仆人一样……他认为词语本身就是毒药，每个词语里面皆包含着苦涩的有毒物质，而这种毒药只有稀释过才能咽下去。

你问我们聊了什么？……等一下，让我来试着整理一下记忆中他时常说过的话，我记得并不多，一只手就能数得过来。

有一次……轰炸期间，当时城里的居民都缩进地窖里，打着寒颤，嘴唇颤抖，流着冷汗浑身透湿地等待着死亡的降临……他说，地球和人都是由相同的材料构成的……他曾经读到过这个公式，也就是由百分之三十五的固体和百分之六十五的液体组成，这是他从一本瑞士书籍中学到的，对此他很骄傲，用一种得意的语气说着，就好像现在一切都没有问题了一样。房屋在我们周围坍塌着，但那些被炸毁的房子和尖叫躲藏的人们却丝毫提不起他的兴趣。他开始谈论一个生活在很久以前的德国人，大概在一百年前或者更久的年代……罗马这里有一家咖啡馆，就是我和你曾经去过的那家名叫“希腊”的咖啡馆。据说，一百年前或者更早，德国人经常到那里去……你别绞尽脑汁想了，我也想不起那个德国人的名字来……秃头男人说，那个德国人相信植物、动物以及整个土地都是用相同的模子做出来的……这个你能理解吗？在布达佩斯被轰炸的那几周里，他那样狂热、专心地阅读，就像要错过某件大事一样……就像他在一生之中都被某些其他事物占去了时间一样，就像他一直在磨洋工，而现在已经没有时间让他去弥补他想要的一切，比如说知晓世界结构的秘密……那种时候，我安静地坐在一个角落里，看着他并且取笑他，但他根本没有注意，也不在意我，就像他不理会炸弹一样。

这个男人总是对我以"您"相称。他是我丈夫的世界里，士绅阶层里唯一一个即使在亲密的情境下也不会使用"你"的人。你说什么？……那他就不是个真正的绅士吗？……他只是个作家，而不是个绅士？……你真是太聪明了。或许你说得对，他确实不是一个绅士，因为他一直都用尊称跟我说话。我还在当女佣的时候，我丈夫吩咐我到他那里，叫他看一下，检查一下……我顺从地去了，就像一只羔羊。我丈夫派我去找他这个朋友，和他的家人送我去皮肤科医生那里是一样的，因为他们想确切地知道我这个新来的仆人是否有梅毒……对于我丈夫来说，秃头男人就是皮肤科医生，虽然这次要检查的不是我的皮肤，而是别的……他们这次要检查内在的我到底是什么样……作家承担了这项任务，但是看起来他毫无兴趣。他某种程度上鄙视这一切，鄙视着我丈夫的想法，鄙视着我丈夫在困惑中发明的灵魂诊所这种蠢事……他嘟囔着打开门。他叫我坐下来，但并没有问我太多问题，而只是看着我。

他从来不看正在和他说话的人。他总是看着别的地方，仿佛做了什么坏事感到良心不安，所以躲避着别人的直视。但是突然之间，他毫无过渡地眼中一亮，你一下子感觉这个男人现在是在看你，观察你的本质。这时他以一种强大的力量看着我。据说他们就是这样审讯疑犯的，我无法逃避他的审视，在这种审视之下，不可能藏身到任何矫揉造作之中，不可能装着咳嗽几声，不可能逃进令人不安、手足无措的冷漠之中。他看我的眼神仿佛我是他的财产一样，仿佛他在用目光触摸着我。他就像一名医生，当他俯身弯向躺在手术台上呻吟的病人时，手里拿着手术刀，嘴上戴着消过毒的纱布口罩，病人什么也看不到，只是看到残酷的手术刀，而那双探寻的眼睛一直穿透身体，看看到底是子宫还是肾脏……他很少这样注视别人，也不会持续太久……看起来，他无法长时间地把电流放到这种凝视中。但是那时他是这样看我的，看着令他朋友着魔的化身。他用了很长时间看着我，然后转向别处，眼中的电流和光芒熄灭了。他对我说：

“您可以走了，阿尔多佐·尤迪特。”

然后我便离开了。之后的十年我再也没有见过他。那时他已经不再与我丈夫碰面了。

我一直都不能确定，但我怀疑他与我丈夫的第一任妻子有过某种关系。他们离婚以后，那个女人去了国外。她来罗马住过一阵子，然后又回到佩斯，过着非常平静的生活。没人听到过关于她的消息。她在战争爆发的几个月前死掉了，是突然去世的，心肌梗塞，一会儿工夫就死去了。随后便传出各种各样的流言蜚语，就像一个年轻人从外表上看没有任何特别的毛病就死掉一样，这已经成为习惯……也有人说她是自杀的。但是谁也不知道为什么一个如此富有的年轻女人会自杀。她有一处漂亮的住宅，经常旅游，很少到人群中去，非常谨慎地生活着……我调查过她，就像一个女人与另一个女人的丈夫有关系时理应做的那样……但关于那些八卦流言，我没有办法发现任何肯定的事情。

不过我对这种突如其来的死亡也多少了解一点……我并不是非常相信医生，虽然每当我感觉有什么不适，比如割破小指头或者嗓子疼，会马上尖叫着跑去找医生……但是我并不相信他们，因为有些东西，只有我们病人知道，而医生并不知道……我只知道，突然间的死亡……没有任何先兆，在某个人结实的身体上……也不是完全不可能发生。关于这一点，我这位奇怪的朋友，作家兼江湖庸医，也知道一些。你知道，我认识他的时候，有时会有一种特别的感觉……每一刻我都觉得，那么，结束了，我要死了……我在一个避难所里与那个秃头相遇，在布达，晚上六点钟的时候，不期而遇。岩石山洞里挤满了成千上万的人。

就像朝圣日一样，人们在洞穴中拥挤，吟诵祷告，因为城里出现了瘟疫。秃头男人认出了我，示意我坐到他旁边的一条长凳上。就这样我过去坐到他的身旁，听着远方传来的沉闷轰炸声。慢慢地隐约记起来，我去找过他一次，因为我丈夫想让他检查我……过了一会儿，他终于开口，让我起身跟他一起离开。

当时，解除警报的信号还没有吹响，布达的小巷里空无一人，我们在死寂中漫步，就像走在墓室中。我们经过旧城堡区的甜品店，你知道，就是城堡山上的那家百年老店，有很多精美的家具……我们走了进去，空袭仍在进行。

一切都显得有些阴森可怖，好似一场冥界的约会……那家甜品店的店主是城堡山上的老住户……在那里工作的收银小姐也是一样……所有人听到警报后都躲到地下室里去了。整个店里只有我们两个，在红木家具之间，在用蝉翼纱覆盖，加泡打粉烤制的战时糕点、发酸的奶油糕点和干掉的小圆点心面前，在玻璃架子上陈列的香草口味的烈酒之间。没有人接待我们，没有人回应我们的招呼。

我们坐了下来，等待着。我们一直沉默着。远处，多瑙河对岸，高射炮在轰隆作响，还有美式炸弹坠地时发出的沉闷声响。城堡上方升起了黑色的烟云，因为天空中的战斗机击中并点燃了河左岸的一处储油库……但这一切都没有引起我们的注意。

没有任何请求和招呼，他便开始非常礼貌地招待客人，就像在家里一样。他倒了两杯利口酒，取出一块奶油蛋糕和一块核桃糕点放到盘子里。他在那家古老的甜品店里那样自如地移动着，似乎每天都光顾这里。他给了我一份，那时我问他对这里是否熟悉，是否经常来这里……

“我？……”他有些惊讶地看着我，手里还拿着利口酒的酒杯。“怎么会呢？也许三十年前，我还是学生的时候最后一次来过这里。

不，”他坚定地说，看了看四周，摇着头，“我已经记不清什么时候来过这里了。”

我们碰了杯，慢吞吞地吃着甜品，交谈着。解除警报响起后，一位老妇人，也就是甜品店的女老板以及女店员从地窖里出来了，她们是在听到空袭警报后不假思索、惊慌地跑进地下室里去的，那时我们已经非常亲密地聊了起来。就这样我们重新认识了彼此。

那种随意自然并没有让我感到惊讶。后来我和他在一起时，我也没有惊讶过，就算他脱光衣服，如同刚出生时赤身裸体，像个宗教狂徒一样站在大街上唱着圣歌，我也不会觉得讶异；就算有一天他突然蓄着胡须出现在我面前，告诉我他从西奈山[1]上下来，他在山上刚刚和上帝交谈过，我也不会觉得惊奇；就算他先叫我去玩打手游戏[2]，然后再叫我去学西班牙语或者去掌握掷飞刀的秘诀，我也不会觉得奇怪。所以尽管他没有做自我介绍，也没有问我的名字，甚至没有提起我的丈夫，我都没有感到惊讶。我们两个就那样坐在那家被遗弃的阴森的甜品店里，聊着天，似乎所有的话语都是多余的，就像没有这些话语人们也能了解事物的本质……

---

1 西奈山，埃及西奈半岛南端的一座山。在《圣经》中，西奈山是耶和华的使者从荆棘里火焰中向摩西显现之处。

2 打手游戏，字面意为“红色烤肉”，是一种锻炼反应速度的双人游戏。游戏双方对站或对坐，甲伸出一只手，手掌朝上，乙把手置于甲的手掌之上。甲应设法把手抽出，快速打乙的手背；而乙则应迅速抽手躲避。如果甲未能打中乙，则双方互换，轮到乙来打甲。最终手先变红者为负。游戏名称字面意为“红色烤肉”，喻指被打红的手。

好像没有什么比互相介绍我们是谁并且干什么这样的尝试更无聊和多余的。我们没有必要谈论那些不用言语和自我介绍就已经知道的事，比如关于那个死去的女人的陈旧故事。我们也没有必要去聊我曾经是个女仆，而我的丈夫曾经有一次把我派到他这位灵魂研究者那里去，让他从社会的角度出发检查我有没有疥癣或者羊痫风……我们继续聊天……仿佛人们之间的生活不是别的，只是一场永恒的聊天，而死亡只是为了重新呼吸被打断的一段时间而已。

他没有问我那些日子里过得怎么样，住在哪里，和谁一起生活……他只是问我有没有吃过番茄馅儿的橄榄。

一开始我觉得，问这样问题的人一定是疯了，因此我久久地看着他的眼睛，注视着那双充满探究的灰绿色眼睛，他的眼中流露出一种令人担忧的严肃。他就那样看着我，在横空掉落的炸弹周围，在安静的甜品店里，他用那样专注的眼神看着我，仿佛我们两个人的生命全都取决于这个回答。

我想了一下，因为我不想骗他。我回答说，是的，我吃过，怎么会没吃过呢。我在伦敦苏活区吃过一次，那是意大利区的一家小餐厅，是希腊人带我去的。但我没有说出希腊人。我不明白他为什么要提橄榄，而我也没有必要提希腊人的事。

“那就好。”他说道，并松了一口气。

我用一种胆怯的声音问他，我从来不敢那样真正地听从自己内心地与他说话；我问他：“吃过番茄馅儿的橄榄有什么特别好的地方吗？……”

他非常认真地听着我的询问，然后开始快速地答话：

“因为您现在已经吃不到了。”他严肃地说，“现在在布达佩斯已经找不到橄榄了。以前您可以在市中心那家有名的食品店里买到……”他在这里提了一家店名，“但是我们这里的人从来不会用番茄当馅儿去填充橄榄果吃，这是因为当时拿破仑带领军队朝我们这个方向行进时，最远只到了久尔[1]。”

他点燃香烟，并点了点头，就像已没有其他可说的了。一座古老的维也纳挂钟在我们头顶上方滴滴答答地响着。我聆听着那滴答声，以及远方低沉的轰隆声……那声音就像是一只饱食之后的野兽在某个地方打着嗝。那一切就像做梦一般，这不是一个幸福的梦……但我还是感到一种特别的安心。后来也是，每次和他在一起时总会有那样的感觉……但我无法向你解释清楚这一点。和他在一起我从未感到幸福过……有时我恨他，他经常让我感到愤怒。但是我必须诚实地告诉你，和他在一起我从来没有感到无聊过。我从来不会不安，也不会缺乏耐心……那种感觉就像是和一个人在一起时我可以脱掉鞋子或者胸罩一样，就像我可以完全脱掉一切被教导穿上的外衣一样。和他在一起时，我感到一种简单的安宁。接下来的几个星期正是战争最为激烈的时期，但是我

1 久尔，位于匈牙利西北部，是匈牙利第六大城市，也是该国五个地区中心之一。此处作者所指为 1809 年拿破仑发起的久尔战争，作战双方为法意联军和奥地利军队，最终以法意联军获胜而结束。

从来没有像那几个星期一样，感到平静和满足。

有时我想，我不是他的情人真是遗憾……这不是说我渴望和他上床。他已经老了，牙齿发黄，眼睛下面还有眼袋。有时我也希望他是无能的，因此他才从未用对待一个女人应该有的那种眼光看我。或许他喜欢男孩，不需要女人？……我这样期盼着，但是我没有感受到其他的东西，只是知道他对我毫不在意。他经常忧心忡忡地擦拭眼镜，就像钻石切割工在抛光粗糙的石头。他不是个不修边幅的人，但是即使你打死我，我也无法告诉你他穿的是什么衣服。你看，我能记起我丈夫的所有衣物！但是这个男人的外表，连同衣服，一起从我的记忆中消失了。

关于橄榄果，他还说："在布达佩斯从来都买不到真正的番茄馅儿橄榄，就算在很久以前的和平时期也买不到。你顶多能买到那种黑色的、小小的、又干又皱的橄榄，没有填馅儿。真正的填馅儿的橄榄即使在意大利也只是在有些地方才能买到。"

他抬起手指，把眼镜推到了额头上，接着说道："这很特别。那种易破、酥脆、酸酸的番茄馅儿橄榄只有在二十年代末的巴黎可以买到，在泰尔纳区[1]一条以圣斐迪南[2]名字命名的街道拐角处的一家食品店里，那家店是一个意大利人开的。"

---

1 泰尔纳，原为中世纪巴黎主教在城外的一处农场和居所，后来成为一片居住区的名称，于 1860 年并入巴黎。

2 圣斐迪南，指斐迪南三世（1199—1252），卡斯蒂利亚王国国王，1671 年被罗马教皇克雷芒十世封为圣徒，称作"圣斐迪南"或"圣费尔南多"。

说完这番话，终于让我了解了那些有关番茄馅儿橄榄在人类种族发展的这个时期中通常可能知道的一切后，他满足地凝视着前方，并用一只手抚摸着秃头。

他一定是疯了，我这样想着，惊慌地看着他。我坐在城堡山上，在被炸毁的城市上方，和一个疯子在一起，这个人曾经是我丈夫的朋友。但是我感觉并不坏。和他在一起我总是有着同样的感觉。

我以一种温柔的语气，用和疯子说话的口吻问他，为什么他认为，我曾经某个时候，在伦敦苏活区的意大利小餐厅里吃过橄榄，从目前和遥远的将来的角度来看是有优势的？……他听完我的问题，把头轻轻歪向一边，眼睛看向了远方，这是他思考问题时一贯的姿势。

"因为文化已经走到了尽头，"他友好又耐心地说道，"所有属于文化的东西都将不复存在，橄榄只是构成那种文化众多口味之中的一个小元素而已。所有这些小小的口味，连同每一份精妙和伟大，形成了这份混合物的共同芳香，它的名字叫文化。这些现在都要消逝了。"他说着，以乐团指挥的手势抬起了手，就像指挥毁灭的最强音部分。"它会毁灭殆尽，即使组成它的零件保留下来。可能，在未来某个地方也可以买到番茄馅儿的橄榄，但是拥有文化自觉的那类人已经消逝了。人们只是拥有一些常识，这是不同的。文化是一种体验，我的女士。"他就像一位神父，抬高手臂说着，"文化是一种持续的体验，就像阳光普照大地，而常识仅仅是一种补充。"他耸了耸肩，然后礼貌地说，"这就是我为什么高兴，至少您还品尝过橄榄。”

他话音刚落，就像外边的世界想要在他所说的话语后边加个句号似的，附近一枚炮弹的爆炸声让房子震动了。

“该结账了。”他说着站了起来，就像这讨厌的爆炸声提醒他，世界上除了埋葬文化之外，还有其他的事情要做。

他礼貌地让我先走。我们一起走下了空无人烟的羚羊石阶[1]，没有说话。我们之间的真正相识就是这样开始的。

我们直接去了他的家里。我们穿过那座美丽的桥梁，几个月后，它将塌陷到水里。那时桥梁的支撑铁链上已经悬挂了炸药包，因为德国人精心又及时地为炸毁这座桥梁做好了准备。他凝视着装满爆炸物的麻包，目光专业又平静，仿佛没有比那些炸药包的巧妙布置更能引起他兴趣的东西了。

“这里也将被摧毁，”他在桥的中间说，指着那些默默的、以其自身内部重量的实际张力来承载庞大桥梁的大型铁拱，“这里会彻底被毁灭，您问，为什么？……”他指着那些承担并平衡巨大的桥身重量的巨型铁拱，“这座桥会被炸成碎片。您问为什么？……那让我来告诉您！”他语速很快，就像在一场复杂的辩论中自问自答一样，“如果人们特别认真，使用特别多的专业知识，长时间准备一件事情，那么最终一定会成功。德国人对于轰炸相当在行。”他用一种认同的语气说，“没有任何人能像德国烟火制造者那样完

1　羚羊石阶，位于布达佩斯一区城堡山附近的一条石阶小路。

美地炸毁一座桥梁。所以日后他们要炸毁链子桥,然后是其他桥梁,就像他们炸毁华沙和斯大林格勒一样。他们懂得如何完美地炸掉它们。”他严肃地说着,带着认可的语气。然后——扬起胳膊,仿佛想要在这座已经被判了死刑的桥中间提醒我德国人神奇的爆炸能力的重要意义一样——停了下来。

“但是这也太吓人了,”我不由自主、上气不接下气地说,“这些美丽的桥……”

但是我并没有能够说完我的话。

“可怕?”他拉长声音问道,并把头偏向一边看着我。他个子很高,比我要高出一头。海鸥在巨人桥梁的桥拱之间盘旋,在这危险的黄昏时分,周围几乎看不到人影。

他用一种特别的语调问:“为什么这些美丽的桥梁被炸掉是可怕的?”好像我的愤怒让他感到惊讶似的。

“为什么?”我恼怒地问道,“您难道不为这些桥梁感到惋惜吗?您不为这些人惋惜吗?所有那些无辜毁灭消逝的事物和生命……”

“我?……”他仍然用那种拖着长腔又不知所措的声音说道,好像被我的问题深深地震惊了一般,好像此前他从来没有考虑过毁灭、战争和人类的苦难一样。

“怎么会不惋惜?”他热烈地说着,并且挥舞着帽子,他的脸激动起来,兴奋地说,“我怎么会不惋惜这些桥和这里的人们!……嘿,这话怎么讲?……我会不在乎吗?……”他咂着舌头,带着一种特别的微笑，就像是被这个荒唐的假设和愚蠢的控诉逗乐了一般。“永远会……您懂吗？……”他转身看向我，把他的脸靠近我的脸，威胁般地看着我的眼睛，就像一个催眠师一样，“除了为这些桥梁和人类感到惋惜，我几乎没认真做过别的事情！……”

他说着这些话，呼吸变得困难了，就像是受到了伤害，又遏制着眼泪一样。他是个演员，我突然生出了一种想法，是个小丑，是个喜剧家！……但是当我看向他的眼睛时，却惊异地发现那双灰绿色的眼睛模糊了。我无法相信我所看到的景象。但是毫无疑问，这个男人正在哭泣。眼泪从他的脸颊上滚落下来。

他并没有为自己的流泪而感到羞愧。他根本不在乎。仿佛流泪只是眼睛的事情，而与他的想法和意愿无关。

“可怜的桥，”他喃喃自语着，仿佛我并不在场，“可怜而又美丽的桥啊！……可怜的人们！……可怜、可怜的人类！……”

他就这样哭诉着。我们一动不动地站在那里。然后他用手背擦掉了眼泪，又在外套口袋上擦了擦手，把手擦干后，抽噎啜泣。他看着那些炸药包，摇了摇头，仿佛看到了失去理智的混乱，可怜的人类就像调皮捣蛋、爱作弄人的匪帮，而他，身为一个作家，却什么也做不了，既不能用好的语言，也不能用芦苇棍去让那帮不干正事的青少年清醒过来，适应秩序。

“是的，所有这些都将被毁灭。”他说着，叹了口气。但我从他的声音当中感觉到了一丝特殊的满足，似乎一切都在按照计划进行，似乎这个人在纸上已经用铅笔计算出某些人的意愿会不可避免地导致某些后果，因此现在——当他流泪和哭诉时——内心深处还有一种满足感，就像一个专业人员看到自己的推算没有欺骗他一样。

“那么，”然后，他简短地说，“我们回家吧。”

他就是这样说的，用复数的形式，好像我们在所有事情上已经达成一致。而且你知道最特别的是什么吗？连我也觉得我们好像已经确定了一切——在所有属于我们双方的最本质的问题上，经过某种漫长的争论和讨价还价之后形成共识。我们达成了什么样的协议？……这个协议恰恰可能意味着，在接下来的日子里，我将成为他的情人，就像一位女佣。我们两个就这样回“家”了，没有说一句话，穿过被判了死刑的桥。他走得很快，我加快脚步，以免落在后面。一路上他都没有看我，仿佛已经忘记了我跟随着他，而我就像一条狗跟在他的后面，或者像个用人陪着主人四处采购……我抓紧腋下的提兜，里面装着口红、粉盒和餐票。记得很久以前我到布达佩斯找工作时，也是这样抓紧了包袱。我跟随着他的脚步，就像一个女佣紧随着她的主人。

而我们就这样走着、漫步着，我突然感受到了一种特别的平静。你知道，那时我已经过了很长时间的贵妇生活。我也能那样优雅地擤鼻涕，仿佛恰巧身处白金汉宫的游园会……有时我会想起，我的父亲从来没有用过手帕……他之所以不用，是因为根本没有。他甚至从来都不知道手帕是什么……他擤鼻涕的方式就是用两根手指夹住鼻尖用力，然后往他的裤腿上一抹。做女佣的时候，我也是那样擤鼻子，和我父亲一个样。但是现在，当我小跑着跟在这个男人身后，我豁然开朗了，就像某人经过疲惫和无用的表演之后终于可以休息了一样。因为我确切地知道，如果那时，在塞切尼的雕像面前，我突然打了一个喷嚏，我用两个手指揪住鼻子用力，然后在我那高档的山东绸[1]裙子上抹一把……这个人根本不会注意。或者在那一刻他郑重其事地瞥我一眼，也不会对我鄙视和看不起，反而会满怀兴趣地观察一个穿着贵妇服装的女性生物在大街上以一个农民的方式擤鼻子……他会像观察一只驯养的动物那样观察我。在这种情形下，某种东西让我感到安心。

我们上楼去了他的公寓。我就像回家一样平静。他打开前厅的门，让我进入那在昏暗之中泛着樟脑味的走廊，我感到了一种安心。很久以前，我从大草原来到佩斯，受雇于我前夫的父母家做打杂的仆人时，也产生过同样的感觉。我感到踏实，因为我知道在野蛮和危险的世界中，我的头顶上终于拥有能够遮风避雨的屋檐。我也在那里留了下来，留下来过夜。我很快入睡，凌晨醒来时，感觉自己快要死了。

那并不是心脏病发作，我的甜心……也是心脏病，但是另一种类型。我并没有感到疼痛，也没有感到忧虑，我的整个身体充盈着甜美的平静，死亡的平静。我感到自己胸膛里的装置停止了运作，弹簧失效了。我的心脏一下子厌倦了劳役，不再跳动了。

1　山东绸，一种手工织造的柞丝浆绸，常被选作华贵衣料、绣花靠垫和高级装饰之用。

当我睁开眼睛时，看到他就在我身边，站在沙发床边。他正握着我的手腕，在触碰我的脉搏。

但他并没有像医生那样握我的手腕。他触摸我的脉搏，就像一个艺术家触碰琴弦或者雕塑家抚摸一件艺术杰作，用他的五根手指触摸着我。我感到他的五根手指与我的皮肤和血液之间展开一段特别的对话，并透过这一切直抵我的心脏。他那样触摸我，就像一个在黑暗中看东西的人，就像盲人用手来看，或者聋子用眼睛去听。

他还穿着在街上穿过的那身衣服，没有脱下来。已经过了午夜。他什么也没有问我。在他的鬓角周围和后脑勺上，光秃的头部下方头发凌乱。另一个房间亮着一盏台灯。我明白了，在我睡觉和之后突然濒临死亡的时刻，他在那里看书。现在他站在我当作床来睡觉的沙发旁边，开始转来转去忙碌着。他拿来了柠檬，挤出汁液，加入砂糖，让我喝下那酸甜的混合剂，然后用一个小铜壶煮了咖啡，那是像毒药一样浓烈的土耳其咖啡。他从一个药瓶里倒了二十滴液体到杯子里，加入很少的水，然后倒进我的喉咙里。

午夜已过，外面又响起了警报声，但是我们两人都没有去注意外面危险的号叫。空袭的时候，他只有在街上遇上警报并被警察强领的情况下，才会去避难所。否则，他就会留在家里阅读书籍。

他说他喜欢在这种时候看书，当城市中终于有了片刻宁静。只是这种宁静，就像在阴间才有……电车和汽车已不再行驶，只有高射炮和炸弹接二连三地发出爆炸声，但那些都不会打扰他。

他在沙发上坐了下来，时不时摸摸我的脉搏。我闭着眼睛躺着。那天晚上的轰炸声相当厉害，我从来没有感到如此的镇静、安全和受到保护。为什么？……也许是因为我体会到了被人关心吧，一种很难从人们那里获得，也很难从医生身上得到的感觉。这个人不是医生，但他却能给予我帮助。看起来，当有问题发生时，艺术家能够提供帮助，或许也只有他们才能帮忙……是的，还有你，我的爱人，和所有其他的艺术家。他曾经漫不经心地说过，很久以前没有专门的艺术家、神父、医生……他们都是同一个人。知晓某些知识的人，就是艺术家。某种程度上我也是这样觉得的，因此在那个小时里我是那样的平静……安心，几乎是幸福的。

过了一段时间后，我感觉自己的心脏又开始跳动了。我胸膛里的装置恢复正常工作了，就像我小时候，有一次在尼莱吉哈佐[1]蜡像馆里看到的情形。在那里展出一个由蜡制成的垂死的神父，神父的心脏由一台装置支撑跳动着。当我的心脏再次工作时，我也是这样感觉的。

我抬眼看着他，想听他说点什么，我还没有力气说话，但他知道危险时刻已经过去了。他用亲切的语气问道：

“您得过梅毒吗？……”

这个问题并没有让我吃惊，也没有冒犯我，听起来非常自然，就像他所说的所有话一样。我示意我没有得过梅毒。我知道，对

1　尼莱吉哈佐，位于匈牙利奥尔福尔德大平原北部，匈牙利第七大城市。

他撒谎是没有用的，因为当某个人撒谎时，这个人总会知晓……然后他又问我一天吸多少根烟。你知道，我更早以前从来没有吸过烟，至少不会像现在在罗马这样没有节制地吸烟。我是到了这里以后才开始疯狂吸烟的，现在的我会一口接一口地猛抽那种经过调香工艺的美国香烟。但那时我还只是偶尔在饭后点一支烟。我把这些也告诉他了。

“我到底怎么了？”我问，把手放在胸前，同时指着心脏的位置。我感到非常虚弱，“我得了什么病？我以前从来没有过这样的感觉……”

他关切地看着我，然后说：“身体还记得。”

但是他并没有说身体记得的到底是什么……他继续看了我一会儿，然后站了起来，缓慢地拖着步子，跟瘸子一样。他走到另一个房间里，关上身后的门，就剩下我独自一人。

后来他也经常这样留下我一个人，无论是早晨还是晚上，任何时候。因为一段时间后，在没有任何预先告知的情况下我出现在他家里，他没有多想就给了我一把钥匙，好像这是世界上最自然的事一样。有一个上门服务的女佣负责打扫卫生，但没人给他管家。一切都那样放松……连他的家也一样，那是一处规整的市民阶层住宅，配有古老的维也纳家具。他的家里没有任何特别的地方，位于一幢新公寓的五层，有三个房间，其中一个房间里堆满了书籍。

无论我什么时候去他家，不管白天还是夜晚，他都会款待我，像变魔术一样从某个看不见的食品仓库里拿出美味食物，比如海蟹罐头。当每个人都在吃豆子度日时，他却用菠萝罐头款待我，甚至还给我喝陈年的水果白酒。他从来不喝水果白酒，但总是在食物储藏室里保存葡萄酒。他收藏各种特别的葡萄酒，有法国的，匈牙利的，德国的，索姆隆[1]、勃艮第、莱茵等地所出产的酒，酒瓶上覆盖了一层蛛网。他收藏稀有的葡萄酒，就像其他人收藏邮票或精致陶瓷一样。每当他打开其中珍贵的一瓶，那样认真和虔诚地凝视和品味着葡萄酒，就像多神教神父正在准备贡品。他有时也会给我倒一点，但不是那么情愿。某种程度上他认为我不配喝葡萄酒，他宁愿让我喝水果白酒。他说葡萄酒不是给女人喝的饮品。

他有着这种令人吃惊的观点。他的观点通常有点僵化，就像已经不愿意争执的老人一样。那种统治着他住宅的秩序让人惊讶。他的鞋柜、抽屉、摆放手稿和书籍的架子总是井然有序。那些地方不是由清洁女工整理的，而是由他亲手完成的。这种秩序来自内心，他就是这样的狂热的秩序维护者。比如他不能容忍烟灰和烟蒂在烟灰缸里堆积，每过半个小时就会把烟灰倒进一只铜制小桶里，晚上，亲自把它拿到垃圾筐里清空。他的写字台整齐得就像是工程机关的绘图桌子一样。我从来没有见他移动过家具，但是每当我到那里时，无论白天还是晚上的任何一个无法预计的时

1　索姆隆，匈牙利著名葡萄酒产区，位于匈牙利西北部。

间，他的家里总是那样，仿佛清洁女工刚刚离开……那种秩序存在于他的内心、本质和生命之中。但是……我直到后来才领悟这一点，但现在我也不清楚，我是否真正地、准确地领悟了……你知道，那已经不是一种活生生的秩序，而是人为的秩序，因为只有当外面的世界开始分崩离析时，他才开始保存和保护自己专门的、个体的秩序。面对混乱的世界时这是最后一种防御可能，那种个体的、小气的、精打细磨的秩序……告诉你吧，直到现在我都不理解，我只是把它讲给你罢了。

但是那天晚上，我的内心平静了下来。他说得对，我的身体在回忆。回忆什么呢？——那时候我并不知道，但是现在我可以告诉你——回忆起我的丈夫。那段时间，我已经不会想起我丈夫了，我有很多年没有见过他，也没有找过他。我以为自己已经忘了他。但是我的皮肤，我的肾脏，谁知道呢，还有我的心脏……并没忘。当我走进我前夫的这位秃头男友的生活中时，我的身体突然开始回忆。我和这个人在一起时所有的一切都让我想起我的丈夫……这个头发稀疏而又寡言少语的人，就像一个来自虚无的兴致索然、冷漠麻木的魔术师，已经不想再表演任何绝技和魔法了。过了一段时间，我终于明白了自己在他那里寻找什么，我还记得什么……

那段时间像做梦一样。一切都显得那么不真实，像是在梦里。他们捕人杀人，就像猎狗者对待野狗那样。房屋倒塌。众人挤在教堂里，感觉就像在游泳场。由于很少有谁住在家里，所以没有人注意到我这个出入别人公寓的串门者。

我知道，我不能犯错，否则他会赶我出门，或会逃走，把我一人留在家里，在战争最残酷的时刻闪身躲开。我知道，如果我跟他纠缠，主动奉献，他就会拉开房门，我爱去哪儿去哪儿。我还知道，我不可能帮到他，原因很简单，他什么都不需要。他是个不幸的人，能够承受一切，包括屈辱与贫寒……他唯一不能忍受的，就是别人的帮助。

你问什么？他很傲慢？当然啦，他也是一个傲慢的人。他不能忍受别人的帮助，因为他很傲慢，他很孤独。但是后来我理解了他，在傲慢的孤独背后还隐藏着别的东西。他害怕什么……不是怕他自己，而是别的什么。他为文化感到担心。你别做出嘲讽的样子。我知道你想到了橄榄果，才这样坏笑，对吧？……我们穷人，我可爱的小天使，不理解什么是文化。我们认为文化就是知道一些东西、过着优雅生活、不往地板上吐痰、不在吃饭时打嗝……我们把这类事情当作文化。但文化是另一回事。并不是人们死记硬背后知道的什么，不是学会得体的言行举止……完全是另一回事。这个人为另一种文化感到担心。他不想让别人帮他，因为他不相信任何人。

有一段时间我以为，他是担心自己的工作在这样龌龊的世界里无法进行。但当我进一步了解他后，我感到吃惊，因为这个人早就不工作了。

你问我，他做什么？他只是读书，散步。这个你是无法理解的，因为你天生就是个艺术家，专业鼓手。你不能想象自己不再敲鼓。但这个人是一位作家，一位已经不想写作了的作家，因为他不再相信,他写的词语能够改变人类的天性。他不是一位革命者，他不想改变这个世界，因为不相信有任何的革命能够改变人类的天性。有一次，他轻描淡写地对我说，没有必要改变体制，因为人们在新体制里还会跟在旧体制里一样生活。他想干别的。他想改变自己。你不理解，你当然不会理解。很长时间我也不理解，我根本就不相信他会这么想……我一声不响地守在他身边观察他。我很高兴,他忍受了我。那段时间,许多人家里住着这样的避难者，男人和女人，主要是犹太人，他们逃避追捕……好，好，你别激动。我想，你不知道当时佩斯发生着什么……

你不可能知道，人们就像昆虫一样活着，无声无息。许多人睡在柜子里，就像蛀虫夏天住在樟脑球味的抽屉里。我也以这样的方式在他的家里安营扎寨。没有声音，没有生命的迹象。

他不大理睬我，但有的时候会吓一跳，好像突然意识到我，他露出微笑，问我一些无关紧要的问题，既亲切又礼貌，总像我们已经交谈了很久。

有一天，我晚上七点来到他家，夜色中已能嗅到秋天的气息，天黑得很早。我走进屋，看到他的秃脑袋。他坐在昏暗房间的窗户前，没有读书，而是抱着双臂坐在那儿，出神地盯着窗外。他听到我的脚步声，但没有回头，他说：

“您认识中国的数字吗？”

有时我觉得他真的疯了。但我已经学会了应付他的方法……

必须马上跟他交谈，不能迟疑，无需做没用的开场白，要接着他开始的话茬说下去。他喜欢我只用一两个单词回答他，比如“是”或“不”。因此我乖乖地回答他。我说，我一点都不知道中国人是怎么写数字的。

“我也不知道，”他平静地说，“我不懂他们的文字，因为他们不用字母写字，而是画出概念。我想都想不出来他们怎么写数字。有一点可以肯定，他们不用阿拉伯数字，也不使用古希腊的数字体系，他们用更古老的数字体系。不过可以假设，”这是他最喜欢说的话，他同时伸出食指，就像教师向榆木疙瘩脑袋的学生讲解什么，“他们用他们的数字符号，不同于西方和东方的任何一种数字。就因为这个，”他郑重其事地说，“他们没有科技。因为科技是从阿拉伯数字开始的。”

他心事重重地盯着窗外弥漫着葡萄汁芳香的灰暗夜幕。看得出来，中国数字与阿拉伯数字不同的这个事实，把他搅得心烦意乱。我望着他并缄口不语，因为关于中国人，我知道他们人口很多，黄色皮肤，总是微笑。这是我从一本画报里读到的。于是我怯生生地问：

“科技是从阿拉伯数字开始的？……”

就在这一刻，在不远的地方，在城堡山的山脚下，一门高射炮突然开火，传来震耳的轰隆声。他朝城堡山的方向瞅了一眼，用充满喜悦的嗓音说：

“是的，”他点了点头，好像为在一场辩论中获得听众的赞同而感到高兴，“您听没听到爆炸声？……这就是科技。这个需要先有阿拉伯数字。因为用古希腊和古罗马的数字很难做乘法，也很难做除法。你想一想看，一个希腊人要想用数字写下和计算两百三十一乘以四千三百一十二是多少，那得需要多少时间？……他算不出来，亲爱的夫人……不可能用希腊语写下来。”

他这样说着，显然感到很得意。不管我多么没文化，我还是听懂了他说的每个词……只是，我还是不能完全理解这个人。你知道，不能理解他的内心。这个人到底是谁？一位喜剧演员？……他在捉弄人吗？……他很兴奋，就像一个人站在一台新机器前，手里拿着一把新式锁或一台复杂的计算器。我不知道我怎么才能够接近他……我吻他吗？还是扇他一个耳光？也许他会反过来吻我。但也可能只是忍受吻和耳光，然后平静地说几句什么。比方说，他开始讲长颈鹿一步能迈出六米远，因为有一次他也提到过这个，没头没脑，一脸兴奋。他说，长颈鹿是荒野里的天使，在所有动物中间，它们拥有某种天使般的灵魂。它们的名字也是从天使那里得来的……它们真正的名字是炽天使[1]……

我们一起在山路上散步，在秋季的山林间，在战争的尾声。他大声地谈论长颈鹿，他的话在山谷里响起回声。他情绪热烈，用崇高、飞扬的词语跟我谈论长颈鹿为了能长出长长的脖子、小小的脑袋、巨大的胸膛和惊人的长腿，需要摄取多少植物蛋白

1　无论英文还是匈文中，长颈鹿都与炽天使的读音相近。

啊……他谈论这些，感觉像是在朗诵诗歌，朗诵某种没有人能听懂的赞美诗。好像在诗朗诵的过程中，为词语的意义陶醉，为世界上还有长颈鹿活着的事实而迷狂……这种时候我很怕他……当他谈论长颈鹿或中国人时，我会变得困惑不安。但是后来我不再怕他，他说话的时候，好像我也喝醉了似的。我闭上眼睛，就这样听他嘶哑的声音……我对他所说的内容不感兴趣，而是被他话语中流露出的与众不同的、既含羞又热烈的癫狂而吸引。仿佛全世界在庆祝某个重大的节日，他是神父，他是祭司，正高声阐释着节日的意义……以及长颈鹿、中国人或阿拉伯的数字体系。

你知道在所有这一切中还有什么？……不羁。

但那是另外一种不羁，不是人类的不羁。或许是植物的，巨大蕨类植物香气袭人的藤蔓或长颈鹿和炽天使的不羁。也许，作家的不羁也是这样……我需要时间理解他，他并不愚蠢，只是不羁。他不羁地面对这个世界，世界万物令他兴奋不已，词语和血肉，声音和石头，一切，所有的一切，一切虽然可以触摸，但意义难以理解、内容难以捕捉的东西。他这样讲话时，严肃得就像一个高潮后闭眼躺在床上的男人……是的，亲爱的……就是那副样子。

但他的沉默跟傻瓜不同，并不是脑子里空空无物。比方说在乐队里，当你坐在萨克斯风手旁边，你也会魅力十足地保持沉默，在酒吧里严肃地环视四周，你的头就像古希腊的神一样俊美……然而，即使你身穿白色燕尾服，不管你显得多么高傲自信，但从你的脸上看得出来，你只是这样沉默着，脑子里什么都没想……

这个不幸的家伙沉默时，显然是为了什么而沉默。他的沉默充满了力量。他能像别人叫嚷那样保持沉默。

他一旦讲话，便不知道疲惫。这种时候，我会感到轻微的头晕，就像一个人聆听音乐。但我会因为他的沉默而感到疲惫。因为我要跟他一起沉默，并观察他为什么沉默。

这种时候，我猜不出他在想什么。在滔滔不绝地大谈长颈鹿或别的什么之后，他会突然陷入沉默，这种时候我感觉到，他现在才开始说他要说的话。就在他开始沉默的瞬间，他离我好远好远。

这让人惊讶，也有点可怕。感觉他像一个童话中的人，头戴云冠，隐身无形……他就这样消失在沉默之中。刚才他还跟我在一起，用沙哑的嗓音讲我听不懂的话……后来，他突然消失无踪，好像去了远方。这个时候，他并没有失礼。有一个瞬间，我感觉自己受到了冒犯，因为他不搭理我。但是很快，我感觉他就在我身边，并没有不敬，只是无言地陪伴我。

你想问我，他为什么能够这样沉默？这样沉重，这样深邃？……哎呀，我亲爱的。这是一个很难回答的问题！……

我从来没有想过，我能够窥视他的沉默。

后来，我通过一些细小的征兆猜到了什么。那段时间，当我跟他相遇的时候，这个人开始试图掐死、杀死自己体内的那个作家。他周密设计，精心准备。准确地说，就像凶手在做杀人的准备……或许，就像一名同谋犯，由于害怕泄露秘密，干脆服毒自尽。或像一位传教士，担心自己会将某种神圣、神秘的魔咒告诉野蛮人和充满敌意的异教徒……他不想这么做，宁可死亡。

现在我试着告诉你，我怎么慢慢理解了他。有一次他用不经意的语调说:“小市民阶层艺术是一种罪孽。”

跟平时一样，每当他讲这类话时，都会摸摸自己光光的头顶。他就像一个魔法师,从大礼帽里变出一只老鹰,随后掏出一只鸽子。随后，他解释，拆析，并重构他那令人费解的哲思。他说，在小市民、平民的生活中，罪孽就像艺术家生活中的幻象与作品，但是艺术家想做的事情，要比平民多得多……他们想编纂某种秘密讯息，然后说出，画出或写成音符……为了让生活更丰富，他们做些什么……这个我不懂，我亲爱的。他说，在罪犯的脑子里滋生出许多非同常人的特殊想象。罪犯如何掌握他的机会……凶手、将军或国家政要……就跟艺术家在灵感突发的瞬间一样，如何以闪电般的速度、令人惊愕的机敏和娴熟的手段去实现……他们杰出的作品或可怕的罪行！……有一位俄罗斯作家……你别皱着你那跟大理石一样光滑的额头，我心爱的人，他的名字并不重要，我也忘了，但我看出，我一提到作家，你就愁眉苦脸，情绪变坏，你不喜欢这一类人。我想你是对的……有一位俄罗斯作家写了一部关于凶杀的长篇小说。我那位古怪的朋友肯定地说，很有可能，这个俄国人真想过杀人。但是后来他没有做，因为他不是平民，而是作家。他还是把这个写下来。

他已经不想写任何东西了。我从来没见他写作过。我连他的笔迹都没见过。他有一支灌水钢笔，我在写字台上见到过，放在便携式打字机旁。但我从未看他用过打字机，从来没有。

有很长一段时间我不理解到底出了什么事。我想，他已经精力枯竭，既没有气力做爱，也没有气力写东西了。他装模作样，做出一副愤怒的样子，开始傲慢地沉默，不想将那独一无二、只有他能够给予的神奇礼物献给人类和世界。他不过是一位虚荣、自负、老去的作家，大师！……我这样揣测。你知道，当一个人才能耗尽……就像一个男人已经没有了足够的气力去真正拥抱一个女人……于是扮演苦行僧，仿佛他已获得了足够的成功，无论在床上，还是在桌上，由于日复一日总是那样，不值得再……总之，一颗酸葡萄，那就去当隐士吧。但是有一天，我清楚地看到他在为什么做准备。

这个人再不想写作了，因为他担心他所说的每个词，一旦写到纸上，会落到出卖者和野蛮人手中。他认为，在将要来临的世界里，艺术家所想所说所写……或画到麻布上、写进乐谱的一切，都将被伪造，被出卖，被玷污。你别这样瞪着我……我看出来了，你不相信我说的话。你觉得我是在信口开河，胡思乱想。我能理解，我亲爱的人，对你来说这一切都不可置信，因为你是一个彻头彻尾的艺术家。你骨子里就是艺术家……你不能想象自己有一天会丢下鼓槌，像那个人一样将灌水钢笔放进抽屉，任凭它落灰……我说的对吧？我能够想象，因为你就是这一类人，到死都是艺术家。你即使指头僵硬了还会想打鼓，我亲爱的。但这个不幸的家伙是另外一种艺术家。

这个忧伤的人担心，如果他写什么东西，他会成为同谋犯和出卖者，因为在即将到来的时代里，一位作家所说的一切都将被伪造。所有的话都会被曲解。他感到震惊,就像一位神父突然发现，自己的布道被人变成了漱口水广告或贴在酒桶上的政治口号……因此，他开始沉默。你说什么？这人是谁，一位作家？……一个流浪汉？……一个维修工和一个律师谁更重要？如果你这样想的话，那么一位作家跟一个流浪汉没什么两样。他再没什么好自豪的……一个没钱没势的人，对谁来说都没有用？就像我先生说的，多余的人？

你别嚷了,镇静一下。你是对的,他是一个流浪汉。不管怎么样，你想不想进一步了解他？……他既不是伯爵和政府首脑顾问，也不是党委书记。比方说，这个人在钱的问题上非常古怪。不管你相不相信，他有一些钱。他是个偷偷盘算一切的流浪汉，包括钱在内。你别以为他是个蠢笨的隐士，他既不穿粗布的僧衣，也不在沙漠里吃螳螂，更不像狗熊一样透过树皮吃蜂蜜。他有一些钱，但并不存在银行账户上,而是揣在外套左侧的口袋里。付钱的时候，他从兜里掏出钞票。他掏钱的动作很不雅，因为规矩的人把钞票放在钱夹里……你也把我们的钱揣在口袋里，不是吗？当他用这种不雅的动作从外套口袋里掏钞票时，我清楚地知道，这个人是不可能上当受骗的，因为他准确地知道，他有多少钱，连有多少钢镚儿都一清二楚！

他兜里揣的不仅是不断贬值的家乡的钱，还有美金，三十张十美元面值的绿票子。他还有法国的拿破仑金币。我记得，他把金币放在一个旧的铁皮香烟盒里。曾几何时，烟盒里装过埃及产的香烟。他有二十四枚拿破仑金币,他忧心忡忡地当着我的面数过。当他捧着金币又看又闻时，架在鼻尖上的眼镜闪闪发光。他一枚一枚地用牙轻咬,然后将它们摇得叮当响。每枚金币他都要看一遍，捧在灯下仔细查看，就像当铺掌柜用狂热而冷酷的专业眼光审视一幅古画。

但我从来没见他挣过钱。如果有人送来账单，他会忧心忡忡地戴上眼镜，一言不发，十分严肃。随后，他付清账单，并给送账单的人很多小费。但我认为，他私底下实际是个吝啬鬼。有一次……在黎明时分，他已经喝完了葡萄酒……他说，对钱，特别是对金币要特别地敬拜，因为在钱里有某种魔法。但他没做解释。他一方面敬拜金钱，一方面又那么大方地给小费，这很让人感到意外。他花钱的方式跟有钱人不同……我了解有钱人，我丈夫也是个有钱人，但他们中间没有一个会像这个流浪汉作家那样出手大方地给小费。

我认为，他实际挺穷。但是他是那样的骄傲，并不觉得有必要掩饰贫寒。你不要相信，也不要奢望我能够告诉你他是个什么样的人，我只是带着焦躁不安的好奇心观察他，但从来没有想过，哪怕一秒钟都没有想过这个问题，好像我从骨子里了解这个人似的。

你问我:“这个人是谁，作家吗？”你说的没错，他还能是谁？

一个完全没用的家伙。没有头衔，没有官衔，没有权势。当红的黑人爵士指挥家会有更多的钱，警官会有更多的权势，消防指挥官拥有更高的地位……他知道这点。他提醒我说，社会不知道该给作家什么样的头衔，因为作家看起来谁都不是。有时为他们立雕像，有时将他们关起来。但事实上，作家对于社会来说谁也不是，什么都不是，他只是一个用铅笔写字的人。人们通常叫这位作家“编辑先生”，或“艺术家先生”，但他并没有当过编辑，因为他从没编辑过任何东西。他也不是艺术家，因为艺术家要留长发，还要有幻视……大家这样说。但他是秃顶，我认识他时，他什么也不做。没有人叫他“作家先生”，因为看起来没必要采用这类头衔，或者“先生”，或者“作家”……这个很难解释清楚。

有的时候我感到怀疑，但我从来未能真正知道，他是否认真地想过他所说的话。因为他说的跟他想的截然相反。他看着我的时候，好像并不是在跟我讲话……比如有一次……那是很久以前发生的事，好长时间我想都没想过这件事，但现在突然恍然大悟……在两次轰炸期间，我坐在他的房间里，背对着写字台。我以为他没有注意我，因为他正在读字典。我从口袋里掏出一个脂粉盒，对着小镜子照了照我的鼻子，开始涂起脂粉来。突然我听到他的声音。他说：

“您最好小心一点！……”

我吓了一跳，张口结舌地盯着他。他从桌边站起来，抱着胳膊站在我面前。

“要我小心什么？……”

他歪着脑袋看着我，小声吹了一下口哨：“您最好小心一点。因为您很美丽！……”他用一种指控的口吻说。他的模样忧心忡忡，好像他这话很严肃。

我大笑起来：

“我小心什么？小心俄国人？……”

他耸了耸肩说：“这些人只是想杀掉我们。随后他们会撤走。但又会来别的人……那些人想撕下我们脸上的皮肉。因为很美。”他躬身凑近我的脸，他近视。他将眼镜朝上推了推，就这样看着我的额头。他好像现在才意识到，我不丑，我有一张可爱的脸。好像在此之前，他从来没像看一位女人那样看过我。现在他最后再看一眼……但他看得是那样的专业，就像猎人牵着一条匈牙利猎犬。

“要剥了我的皮吗？……”我笑了起来，但我感到喉咙很干。“谁？……变态杀人狂？……”

他就像神父布道一样严肃地说：

“在即将到来的世界里，所有美丽的人，有才华的人，有个性的人，都将成为嫌疑犯。”他用嘶哑的嗓音说，“您不明白吗？美丽将被视为挑衅，才华是一种煽动形式，个性则是恐怖活动！……因为现在他们要来了，来自四面八方，来自犄角旮旯，几百万人甚至更多。到处都是。丑陋的人。无能的人。没个性的人。他们将硫酸泼到美丽的人的脸上。用沥青和诽谤淹死有才华的人，将匕首刺进有个性者的心脏。他们已经在这里了……他们的人数会越来越多。您要小心！……”

他重新坐回到桌子旁，用两只手掌捂住脸，半天没有说话。过了一会儿，他突然换了一副柔和的语调问：“我来烧一壶咖啡？”

唉，他就是这样一个人。

不过还有些别的事情。他变老了，但有的时候，他好像为自己的衰老偷偷地得意。你知道，有的男人这样觉得，变老是他复仇的时候。女人在这种时候会发疯的，吃激素药，美容化妆，花钱养小白脸……但是男人们在变老时，有时会面带微笑。这样面带微笑变老的男人，对女人来说十分危险，比风流公子们还要危险。在激烈、无聊的对决中……永远不会腻烦……这种时候男人更强大，因为欲望已经不再追赶着他，催促着他。已经不再是身体指挥他，而是他指挥自己的身体。女人们感觉到这一点，就像野兽嗅到危险的猎手。我们只有在能给你们男人带来痛苦时，才可以真正驾驭男人。要小心行事——先让男人们饱餐一顿，之后立即采取饥饿疗法……这时候如果他咆哮，写信，或威胁的话，我们就得意地去散散步，因为我们知道，有了驾驭他们的能力。但当一个男人变老的时候，他更强大。的确，不会强大太久……变老是一回事，衰老则是另一回事。因为随之而来的是另一段时间，衰老阶段，这时候男人们将变成孩子，重又需要我们女人。

嘿，你倒是笑啊。我只是给你讲故事，逗你开心，因为天已经快亮了。就这样，你看，当你这样傲慢地微笑时，是多么漂亮啊。

这个人聪明狡黠、幸灾乐祸地变老了。有时他会意识到自己在变老，这时候他会兴奋起来，镜片后的眼睛闪闪发光，快活、得意地看着我。他高兴地搓着两手，情绪极好，因为我坐在他的身边，我已不会给他带来任何痛苦，想来他已经日渐衰老。这时候我真想揍他一顿，我真想把他的眼镜从他的鼻梁上扯下来，摔到地上，再朝镜片上踩一脚……为什么？就为了让他嗷嗷大叫。他也许会抓住我的胳膊反手打我，或者……是啊，没错。但我什么都做不了，因为他正在老去。而且我很怕他。

他是我唯一惧怕过的人。我总是以为自己很了解男人。我想，他们是由百分之八十的虚荣和百分之二十别的什么东西构成的……你别用这副生气的面孔看着我，你是个例外，但是别的男人，我相信我很了解他们，我会用他们的语言讲话。因为每当我转着眼球做出一副仰慕的样子，十个男人里有九个相信我是在欣赏他的美貌，惊讶于他的才智！我要嗲声嗲气地跟他们说话，百依百顺地遵从他们出众的智慧；当然，我是一个胆小、贫穷的小姑娘，什么都不懂，像紫罗兰一样清纯无辜，我捕捉不到他话语的真正意义，也不能理解……只要我蜷在高大、睿智的男人脚前出神地倾听他们神采飞扬的讲演就足够了，似乎这是对我这个蠢女人的恩惠。他告诉我他在单位里是多么聪明，多么威风；他是怎么跟那些想拿未经加工的毛皮代替加工好的皮革卖给他们的土耳其进口商周旋的；他怎么讨好那些大人物，好让他们颁给自己诺贝尔奖或授予他什么地方的骑士头衔……因为通常来讲，这样能满足他们的虚荣。我说了，你是个例外。你至少是闭着嘴打鼓。你不说话的时候，我能够肯定，你只是不说话而已。这样很好。别的人却不是这样，我亲爱的。

其他男人是那样的虚荣，无论在床上、餐桌上，还是散步时；无论是穿着燕尾服去朝拜新的当权者，还是用低沉的嗓音在咖啡馆里召唤侍者……总是那样虚荣，好像虚荣才是真正的品质，这是人类一种不可救药的疾病。男人身上有八成是虚荣，这话我已经说过了吧？……也许九成。就像我在一本画报的周日副刊里读到的那样，覆盖地球表面的大部分是水，只有一小部分是土地。我想，男人也是如此，只有虚荣，被几个灌输到大脑里的妄想紧紧绑缚。

但这个男人是另一种虚荣。他为扼杀掉了自己身上那些本可以引以为豪的东西而感到自豪。他对待自己的身体，就像对待一个手下的职员。他吃得很少，吃饭的时候很守规矩，举止认真。如果他喝葡萄酒，会把自己关在屋里，仿佛想独自沉浸于某种变态的个性和邪恶的激情里。他喝葡萄酒时，根本不管我在不在他家。他将一瓶法国白酒放到我眼前，摆上一个盛着美味小点心的盘子和一盒埃及香烟……然后，他回到自己的房间里去喝葡萄酒。男人在喝葡萄酒时，似乎不应该有一个女人在他附近……

他喝烈性葡萄酒，确实如此。他在仓储间里选好一瓶酒，那里收藏着珍稀的葡萄酒……就像一位帕夏[1]夜里到后宫选一位姬妾

1　帕夏，奥斯曼帝国行政系统里的高级官员，通常是总督、将军及高官。

陪他睡觉。当他给自己斟最后一杯酒时，他会高声地说："为了祖国。"刚开始我以为他在开玩笑。但他并没有笑，他说他不会开这类玩笑。最后一杯酒，他确实是为祖国干杯。

你想问他是不是一个爱国者，对吧？……我不知道。当人们谈论爱国的时候，他通常心存怀疑地沉默不语。对他而言，祖国只是匈牙利语。难怪他在最后几年里读词典，并非出于偶然……他在夜里喝葡萄酒时，在上午的空袭期间，别的什么都不读，只读词典。他翻看西班牙语-意大利语词典和法语-德语词典，像是希望能在毁灭的震耳噪音中最终找到一个词，作为一切的答案。但是，大多数时间他读的还是匈牙利语的注释词典，带着一副虔诚、专注、入迷的神情，仿佛在教堂里陷入某种快乐的谵妄，灵魂出窍。

他从词典里挑出一个个匈牙利词，眼睛盯着天花板，然后将词念出声来，任它像蝴蝶一样飘舞，翻飞……是的，我记得有一次他念了这个词……"蝴蝶"……之后他抬眼追寻那个词，好像它真的变成了一只蝴蝶，飞舞在他眼前，在金色璀璨的阳光里……它飞来飞去，转来转去，闪来闪去，阳光在覆盖着鳞粉的翅膀上闪光，他望着这来自天堂的舞者，欣赏匈牙利词的仙女舞蹈，他感到晕眩，因为这是他生命中残留下的最美丽、最重要的东西。看起来，他在内心已经放弃了桥梁、土地和人们。他只相信匈牙利语，对他来说，那是他的祖国。

有一天晚上，喝葡萄酒时，他允许我到他的身边来。我跟他面对面坐着，坐在沙发的边缘，我抽着烟，看着他。他不理睬我，有一点微醺。他在房间里走来走去，大声念着单词。他说：

“剑。”

他摇摇晃晃地走了几步，然后站住，好像绊到了什么东西。他朝地板看了一眼，对着地毯说：“珍珠。”

大声喊完，他用手捂住额头，好像头疼似的；随后他说：

“天鹅。”

他用慌乱的眼神瞅着我，好像现在才意识到，我也待在房间里。不管你相信还是不相信，我都垂下眼帘，没有看他。我感到害羞，好像我看到、听到一桩不体面的事——你知道，我感觉自己像偷窥狂，透过墙上的小洞偷看一位病人的反常行为……比如，跟一只鞋做爱。因为对他来说,局部比整个人更重要。他认出了我，他瞧着我，眨巴着眼睛，醉眼迷蒙，嘴里一遍遍地重复着。他感到不安，羞怯地微笑，像是干不得体的事时被人捉到……他摊开手臂，好像在找借口，想来他也无能为力，激情比礼貌和审慎更重要，他嚅动着嘴说：

“马尾花！……牵牛花！……”

随后，他坐到沙发上，坐到我身边，他的手攥住我的手，并用另一只手遮住他的眼睛。他就这样一声不吭地坐了许久。

我不敢说话，但我还是理解了，我所看到的，是垂死挣扎。这个人将自己的生活建立在这个基础上，用理智控制世界。后来必须看到，这种理智软弱无力。这个你不理解，我亲爱的，因为你是艺术家，真正、真实的艺术家，你是跟理智关系不大的那类人，想来打鼓不需要这类东西……你别生气，你所做的事情，要比别的更有价值……你没看到。但这个人是一位作家，他长久以来都相信理智。他相信，人的理智也像光，像电，像磁等所有能够推动世界的力量一样强大有力。他这个人，用这种力量征服世界，无需仪器，就像古希腊长诗里的英雄，记不记得，不久前刚有一家旅行社用他的名字命名？……他叫什么名字？对了，尤利西斯。他不用仪器，不用技术，不用阿拉伯数字……他大概就是这样想象的。

应该知道，理智其实一钱不值，因为本能更加强大。愤怒比理性更有力量。当人掌握了愤怒的技术，就不会拿正眼看理智。尤其在这种时候，愤怒和技术开始野蛮地舞蹈。

因此他不再相信词语了。他不相信理智拼凑的词语能够帮助世界，帮助人类。算了吧，在我们这个时代，词语完全被扭曲了……你知道，就连最简单的词语，我们现在正讲的词语也是一样。这一切都毫无用处，像纪念碑一样。事实上，人类的词语变成了某种低吼……变成高音喇叭的巨大噪音和刺耳尖叫。

他不再相信词语了……但还总是喜爱，品味，咀嚼词语。夜里，在漆黑的城市里，他用一个个匈牙利词将自己灌得酩酊大醉……他品味着一个个匈牙利词，就像你前天凌晨品尝那位南美毒贩子请你喝的“拿破仑大帝”。是啊，你是那样专业地闭上眼睛、全神贯注地品着那稀有的液体，就好像这个人在说：“珍珠！……”或“牵牛花！……”对他来说，这些单词是用可以品味的物质制造的，就像血和肉。当他这样丧失理智地讲话时，几乎可以说灵魂出窍……当他只说那类罕用的词时,感觉就像醉酒或发疯。他哼唧、尖叫着说出一个来自亚洲语言的特殊词……我沉默不语，感到恶心。仿佛我成了一场特别的东方酒神祭的见证人，仿佛我误入了一个疯狂的世界，现在我在黑幕降临的暗夜里突然看到了一个民族，或更像是留在那里的人……看到一个人和几个词；这个人和这些词是误入这里的不速之客。他们来自远方，来自很远很远的地方。以前我从来没有想过,我是匈牙利人。然而我是,上帝作证,我肯定是，我的祖父和外祖父都是库曼汗国[1]的匈牙利人。在我的背上有一块痣……人们说，那不是胎记，而是部落标志，是库曼汗国的标志。你问那是什么？你想看吗？好，我马上给你看。

我突然想起，有一次我先生给我讲了一个著名匈牙利人的传说，他是一位伯爵，而且还是总理，不是叫“多瑙”，就是叫“蒂萨”。我总是忘记这些伯爵的名字。我先生认识那个爱上这位匈牙利贵族的女人。他从女人那里听说，这位大胡子的伯爵在担任总理的时候，有时跟他的几位朋友一起去匈牙利大饭店的一个专用房间，招来小贝尔凯什，一个吉卜赛人。他们关上屋门，并没有喝太多的酒，只是一声不响地听吉卜赛音乐。后来，有一天拂晓，这位严肃、严厉、经常身穿沙龙礼服的伯爵兼总理，独自站在那个专用房间的正中央，伴着慢节奏的吉卜赛音乐跳起舞来。其他

1 库曼汗国，存在于 10 至 13 世纪时的一个联邦，位于中欧和东欧。

人一声不响、神色庄重地看着他。尽管这场面很奇特，但是没有一个人发笑，因为这个人是总理，现在他在独自跳舞，在黎明时分，舞步缓慢，伴着吉卜赛音乐。我突然想起，在黎明时分，我听到我的作家朋友开始在他的房间里大嚷大叫，手舞足蹈，那里没有别人，只有书籍和我。

噢，那些书！他有那么多的书！……我不可能准确地数清楚，因为我知道他不可能容忍我动他的书。我只能这样斜着眼睛，用眼角的余光偷看架上的那些藏书！房间的四壁摆满了书架，直抵天花板，每层书架都被书的重量给压弯了，弧形下沉，就像怀孕的驴肚子。在市立图书馆里有更多书，我说的一点不假，可能有十万册或上百万册。我不知道，人们要那么多书做什么？想从书里得到什么？对我来说，我一辈子能有一部《圣经》和一本连载小说就足够了，小说的彩色封面非常漂亮，封面上一位伯爵跪在一位女伯爵跟前。那两本书是我在少女时代从一位法官那里得到的；他注意到我，把我叫进他的办公室。我一直珍藏着这两本书。其他的书我随看随丢，不会保留……要知道，我在当贵妇人时也看了不少书，你别用这种眼神看我，我说的是真的。我看得出来，你不相信……那时候我必须读书，必须洗澡，而且还要染指甲，并说这样的话："巴尔托克解放了民间音乐的灵魂"……还有其他诸如此类的话，但我对这些已极度厌恶。因为我对人民对音乐也有自己的见解……但在老爷们中间我不能谈论我的见解。

在这位作家的家里有许多书……围城之后，有一次我去他家看了一眼，那时他已经去了罗马。我看到的只是房子的废墟，在一间屋子里，书都变成纸浆。邻居们说，许多颗炸弹和手榴弹击中了这幢房子。炸弹将藏书炸得满天飞。那些书堆在被炸毁的房间中央，屋子的主人在围城战之后丢下它们走了。有一位当牙医的邻居说，作家连一本书也没有救出。当他从地下室出来后……没有在垃圾堆似的纸浆里翻找，只是站在书堆前，抱着胳膊愣愣地看着残留的纸页。邻居们同情地站在他周围，希望能看到他哭泣，听到他哀诉，但他做出一副心满意足的样子。你能理解吗？……牙医发誓似的向我保证，他看上去情绪很好，不住点头，好像一切都应该这样，某种巨大的骗局终于被揭穿……好像所发生的一切都在他的意料之中，他，这位作家摸着自己的秃顶只说了一句，好像是对变成纸浆了的藏书说："噢，终于……"

牙医回忆，听到这话，大多数人都感到气愤，但他不管他们是否听见，耸了耸肩膀，扬长而去。他跟当时的所有人一样，在城市里转悠了一阵子。但是再没有人在他家附近看到过他。看起来，就在他站在被炸毁的房间里，对着变成纸浆的书堆说"噢，终于……"的那一刻，他已经为什么东西画上了句号。牙医还说，当他听到作家说那句话时，怀疑他在演一出喜剧，他假装对所失去的东西感到无所谓。其他人则怀疑，在他如释重负的叹息背后，隐藏着某种秘密的政治态度……也许他是箭十字党员，要么就是无政府主义者，所以他才说，"噢，终于……"但他们对他一无所知。书被留在了房屋废墟的瓦砾之中，变成了垃圾。有趣的是，那时候在布达佩斯，许多人都在偷东西，就连破裂的夜壶都有人偷，偷波斯地毯，偷用过的假牙，能偷什么就偷什么……但是，没有人偷书。好像书是禁忌一般，没有人动它。

俄国人进城不久，他就失踪了。有人说，他搭乘卡车去了维也纳，是俄国人把他带走的。他肯定是用拿破仑金币或美金支付的路费……他们看到，他坐在一辆载满了劫来赃物的货车上，光着脑袋，鼻梁上架着眼镜，坐在一堆尚未加工的皮革上，低头看着什么书。也许他随身带了一本匈牙利词典，你认为呢？……我不知道，他就这样从这座城市里消失了。

但我对这一点并不确定。不知为何，这超出了我的想象，跟记忆中的形象不符。我更乐意相信，他是搭乘卧铺车，坐着头等车厢驶离这座城市的。他登上列车时戴着手套，拿着在火车站买的新报纸。火车开动的时候，他没有朝窗外张望，他用戴着手套的手拉上车厢内的窗帘，不想看千疮百孔的城市，因为他不喜欢看那无序的景象。

我是这样想象的。这样会让我好受一些……尤其是，现在，只有一点是确定的……我是说，他死了……我得不到任何关于他的讯息。

不管怎么样，对我来说，他是最后一个来自另一个世界的人……来自有钱人的世界。他好像并不认为自己是有钱人中的一分子。想来，他既不那么富有，也没有爵位或头衔……他以另外的方式归属于那个世界。

你要知道，有钱人在各种各样的“库房”里保存着各种各样的破烂，这个人也保存着什么东西。他保存着教养……保存着那些他视之为教养的东西。因为你要知道，这种教养跟我们这些穷人想象中的教养截然不同……不同于漂亮的房子、架子上的书籍、优雅的社交圈和彩色的卫生纸。有一些东西，有钱人是不会给穷人的，即使现在也不会给，虽然世道已经天翻地覆，有钱人明白，他们只有把所有那些不值钱的、昨天还在把玩的破烂货塞给我们穷人，他们才能继续当有钱人……但有些东西，他们至今都不会给。因为即使在今天，在有钱人之间，仍旧存在着某种同谋，只是跟以前不一样而已……现在他们保存的既不是黄金、书籍、画作、服装，也不是现钞、股票、首饰或高雅的习惯，而是别的什么，某些很难从他们手中夺走的东西……很有可能，作家对这些人认为重要的东西全都不屑一顾。有一次他跟我说，他一辈子可以只靠苹果、葡萄酒、土豆、腌肉、面包、咖啡和香烟活着，别的什么都不需要……两身像样的衣服，几件可以换洗的内衣，不分冬夏在任何天气里都能穿的风衣。他可不是这么随口一讲……我沉默不语，我知道他讲的是真的。一起生活了一段时间后，并不是只有他会保持沉默。没过多久，我也学会了在他的朋友圈里保持沉默……我学会了怎样倾听他讲话。

我认为，在一起生活了一段时间后，我已经能很好地保持沉默。对于这个男人，我能够像玩填字格游戏那样了解他。不是用脑子去了解，而是用我的下半身，用我们女人感知和学习的方式……最终我相信，对于这个男人来说，世界上没有任何东西是重要的，即便那些东西在别的人看来非常重要。他只要有面包、腌肉、苹果和葡萄酒就足够了。他只要有几本词典就足够了。最后，只要有几个字就足够了。全世界的书里，只要有那么几个顺耳、轻柔、酥软、从嘴里说出时让人感到舒服的匈牙利词就足够了……最后，他一声不吭地丢下了一切人们认为重要的东西……

他只喜欢阳光、葡萄酒和单词，不是在语句中的单词，而是单词本身……那是在秋天，城市遭到轰炸，百姓和士兵们挤在地下室里……有趣的是，士兵总比平民更怕炸弹……这个人坐在阳光下，坐在窗前的扶手椅里，眼袋浮肿，半张着嘴巴，在死亡的静寂中品味战争尾声的秋日阳光，面带微笑。

他此刻看起来非常幸福。但我知道，他不会活太久了，他只是回光返照。

即便他摒弃了所有文化人认为重要的东西，即便他把自己裹在那件破旧风衣里，他还是归属于那个在眼皮底下瓦解、毁灭的世界。这是一个什么世界呢？富人和特权阶级的世界？……我先生的世界？……不，富人们现在已变成了过去被称为文化之物的寄生虫……你看，现在，当我说出这个词时，我的脸变红了，感觉就像说了什么不得体的话，仿佛那个人或他的精神就在这里，并且听到了我讲的话。当我说出“教养”这个词时，他仿佛就坐在床边，坐在这家罗马的宾馆里。他突然用讥讽的眼神瞥了我一眼，看透我的内脏，看到我的淋巴结里。他问：“你在说什么，夫人？……”“教养？……这是一个内涵很深的词！……您知道，我的夫人。”我看到他举起了食指，严肃地看着我，用抑扬顿挫、谆谆教导的语调说：“我很想知道，夫人，您说的教养到底是指什么东西？……您那染红的脚指甲吗？别逗我了！……您也喜欢读书是吧，在下午或睡觉前读些好看的书？……您还很喜欢听音乐，是吧？……”他喜欢用这种老派、挖苦的口吻跟我说话，就像上世纪长篇连载小说里的一个人物……“不，夫人，”我听到他的嗓音，“教养是些别的东西，我尊敬的夫人，是条件反射！……”

我看到他好像就坐在那里。别打搅他。我听到他好像在说话。这话他曾经说过一次……你知道，现在人们总是讲阶级斗争，讲旧的统治阶级已被赶下历史舞台，现在我们是社会的主人，一切都将属于我们，因为我们是人民……然而，我不知道将会发生什么事……但我有一种不祥的预感，事情不会完全像他们所说的那样……最终，这些人总会将什么东西攥在手里，不交出来。这些东西不能从他们手里强行夺走……这些东西，无论那些拿奖学金的大学生再学多少年，也不可能在大学里学到手……我说过，我不理解。但我怀疑有什么东西，那些老爷们不给我们……什么东西？我一想到那些东西就会口水横流。我感到恶心，胃肠痉挛。秃顶男人这样回答，条件反射。你知道这是什么东西吗？……

松开我的手。我只是有点紧张，所以才发抖。现在已经过去了。

不管他说什么话，在那个时刻，我从没能立刻明白……但不管怎么说，我还是能大概明白他的意思，你要知道，我理解他！……后来，我问过一位医生，什么是条件反射？医生回答说，条件反射是用橡胶锤击打人膝盖的瞬间，人的腿会不由自主地反弹一下……这就是条件反射。但他指的是另一种反射。

他消失之后，我找遍了整座城市，我感觉他自己就是个条件反射……彻头彻尾，裹在风衣里。这个人，你能理解吗？不是他写的东西。一个人绞尽脑汁写出的东西也不可能那么重要……这世界上，橱窗里和图书馆里有那么多的书……有时候让人觉得，书实在太多了，书里没给思想留下足够的空间……太多的词语拥挤不堪、密密麻麻地挤在书里，以至于容不下人的思想……不，他写下来的东西已经不再那么重要了。对于自己曾写过书，他已经根本不在乎了，说不定还为此感到羞愧。如果他被迫谈起这个话题，便会尴尬地露出微笑，就像那次我开始聊起他的书，他变得拘谨、羞涩，好像我提起他少年时的莽撞事……当时我感到很遗憾。这个人的内心似乎集结着某种巨大的愤怒、怨恨或气恼、渴望或忧伤。就像一只被泡在盐溶液里抽搐的青蛙，因为有人想用这样的方法发现电流。人也会这样抽搐……有的时候，只是一丝苦笑，一次痛苦的口眼抽搐，仿佛是某种强腐蚀性的酸液，滴在他的心灵上。

高大的雕像，著名的画作，智慧的书籍……似乎并没有与他分离……仿佛他也是被毁灭的一切的一部分……但是看来，即使被人们称为教养的东西被彻底击碎，雕塑和书籍还会继续存留很长时间……这个没有人会理解。

我原谅了这个人，并在空袭的时候心中暗想，童年时代的我是一个笨蛋……后来，在伦敦一幢精美家宅的用人房间里，一个希腊人教了我各种龌龊的伎俩……我以为有钱人都很有文化。但我现在明白了，有钱人只是利用文化，用得淋漓尽致……但一个人要悟到这一点，需要花很多时间、付很大代价。什么东西？……我说的是文化，当一个人……或一国百姓……充满某种巨大的欢欣！人们常说，希腊人都很有文化……我不知道。我在伦敦认识的那个希腊人，从这个意义上说不是很有文化。至少他脑子里想的都是钱、用钱能买的东西、股票、古董画或女人……比如我。但人们总是这么说，希腊人是有文化的人，因为整个民族都为了什么欣狂……就连陶艺匠和油商都搞小雕塑，老百姓、军人和智者们在市场上辩论什么是美，什么是正确……你想象一下这个民族,他们在自己的生活中拥有欢乐！这种欢乐就是文化。但是后来，这个民族消失了，留在当地的人讲希腊语……但他们跟古希腊人已不是同一个民族。

怎么样，咱们一起读一本关于希腊的书吧……按理说，在这个城市里会有一座图书馆，罗马教皇住在那里……别这么生气地看着我。吹萨克斯风的家伙跟我说，他偷偷去那里看书。当然，我亲爱的，你说得很对，一个人谈论这类事，只是为了吹牛而已。事实上，他也只是读犯罪小说……但这也不是完全不可能，在这里，在罗马，图书馆里收藏了许多书籍，说不定可以从这些书里知道，希腊到底是怎么灭亡的……还有，在别的地方……这个曾被称为“文化”的东西……因为我看到，现在只有专家。但看起来，这些人不知道怎么得到欢乐，而文化……你对我说的不感兴趣对吗？那好，我不勉强你。对我来说，你心情愉快、感到满足最重要。我再不用这类愚蠢的愿望惹你心烦。

你为什么这样斜着眼睛瞧我？……我从你的表情里看出，你不相信我说的话。你怀疑我并不是对古希腊文化感兴趣，而是想知道这个人是为什么死的？

你可真聪明啊！没错，我承认，我想从哪本书里读到，当那种通常被称为“文化”的东西，有一天在一个人的体内瓦解，坍塌，会发生什么样的事情。他会神经衰弱；但在他的神经里，人们过去思考过的、后来渴望回忆起的一切仍然存活，它们时不时地感觉到，自己是跟普通哺乳动物不同的另类生灵……很可能，这样的人不会单独死去……有许多东西跟他同时死亡。你不相信吗？……我不知道是真是假，但我很想读一本写这个话题的书。

人们说在罗马这座城市里，曾几何时也有过文化。即便是那些不会写书也不读书、在农贸市场上嗑南瓜子的人也都有文化……他们很脏，但他们去公共澡堂里洗浴，在那里辩论什么是好，什么是对。你说，这个疯子来到这里，会不会就是为了这个？他在这里想到了死？因为他相信所有那些曾被人称为“文化”的东西，所有那些能给人以欢乐的东西……都已经结束了。他来到这里，这里的一切都开始变成垃圾堆。不过，他还是看到了某些文化的瓦砾……就像在围城战后从维尔梅泽[1]的泥土里伸出的那些脚，那些脚被埋在三十公分厚的土堆下……或许他就因为这个来到这里……来到这座城市，来到这座饭店？……因为他想，在他死去的那一刻，能有文化的气味围绕着他？……

是的，他死在了这里，死在这个房间。我问了门房。现在你知道这个，你高兴了吧？你看，现在我把这个也告诉了你，我已经没有秘密了。你把首饰藏好了是吧？亲爱的，你是我的贵人。

你要相信，他死的时候……他就死在这张床上，这是门房告诉我的……对，就是你现在正躺着的这张床，我的俊男……当时他很可能这么想："噢，终于……"脸上显出微笑。这些怪人，这些另类，最终总是面带微笑。

等一下，我帮你盖上被子。

你睡着了吗，我心爱的人？

波西利波[2]，1949年——萨莱诺[3]，1978年。

---

1 维尔梅泽，位于布达佩斯一区，克里蒂娜区的一个公园。

2 意大利地名。

3 意大利地名。

尾声

……我来给你讲吧，老兄。我知道什么，就告诉你什么。你要当心那些在水泥厂工作的家伙们，离他们远远的。你盯着我干吗？……你不明白我这话的意思吗？你不看电视吗？……嘿，你是个新手，还非常嫩。在这个美丽的大村子里，在纽约，你还有许多东西要学呢。看得出来，你刚来不久，手头不宽裕，逃难来的。如果你能拿到居留身份，那你该谢天谢地。你要少说话。因为在这里积聚了各种各样的流氓无赖。不过，咱们两个都是从佐拉来的，应该团结。我这儿有一瓶“血腥玛丽”。喝吧，兄弟。

我告诉你，你要格外小心，不要跟那些水泥工人凑得太近。我们这条街是第四十六大道，还算得上干净。但是再往下边，在第三十八大道，就能遇到黑帮成员……你知道，他们属于黑帮家族。半夜过后，永远不要到处闲逛。假如在路上遇到一个或两个，你得非常小心，跟他们要非常礼貌。因为家族首领们喜欢这个，喜欢礼貌。怎么能认出家族首领？……这个嘛，首先是非常绅士。他们全都是优雅的绅士，所有的人，留着大鬓角，全都这样，像模像样。衣服，鞋，什么都是最好的，款式合体。他们还戴礼帽。他们付小费出手大方，从裤兜里掏出一叠绿票子，用左手。他们连看都不看，也不管是华盛顿还是林肯，随手把钞票丢过去。星期天在教堂里做弥撒时，当辅祭神父拿着绿色的粗布袋子走过来时，他们也是这样掏钱。你或许在电影院很棒的片子里看到过类似的场景，真是那样。但是，如果哪个家族成员跟你搭话，叫你去干夜班，你必须很有礼貌地回答说，不，谢谢，这不是我的专业。

家族头领们？他们才不会在水泥厂里工作呢。那些都是体力劳动。他们是首领，用脑袋工作。体力劳动则由家族中还在学徒的小喽啰去完成。这是临时工的差事。一个家伙半夜回家，想都不会想到什么样的命运在等着他。就在他身后十几步远的地方，有一个“职手”跟着他。汽车就等在那儿。“职手”在外套下面藏了根铁棍。棍子的末端有一个钩子，就像一个人勾起来的食指。在街角，他从身后挥起铁棍，将铁钩打进那家伙的脑袋里……动作干净利索，就这么一下。没有争论，没有对话。这时候，要拦腰抱住这个市民的腰，因为他当即就像麻袋一样倒下了。他们把他塞进汽车，拉到河边，那里有一只装满水泥浆的箱子在等着他。他们把尸首放到箱子里，动作轻柔。随后，他们把箱子钉死，滑进河里。据哈德逊当地的人说，哈德逊河底的泥沙中躺着许多这样的箱子。你知道，就像阿提拉大帝[1]的棺材。那是一个技术工种，需要由“职手”来完成。你要非常小心。首领也许会告诉你他想要你做什么，但你只要说：“不，谢谢，这不是我的专业。”你继续在车库里做你的送货员。我们这些佐拉人要相互关照。

当然，过些年你也可能会进入上流社会，我并没说这个绝不可能。如果那样，完全是另一种游戏规则。不过，我们得学会如何在这里生活。在第三十八号大道，你要绕开那些酒吧，那不是你该去的地方。工作总是有的，可是！……举个例子，当他们寻找游说者时，你知道，他们会一本正经地说服一个人，要他每周为借款支付百分之二十五的利息。这些人也要避开，但要态度礼貌。你只需跟他们讲，你不能接受这份工作，因为你的发音还不行，你还没有学会纽约人爱听的那种发音。发音会制造出许多的麻烦。由于我的发音不好，黑人们不允许我进入他们的乐队……要知道，铁托出访布达佩斯时，我曾给他敲过鼓。这是以前的事了，一九四八年之前，当时收音机里还没有大喊大叫地要铁托的走狗们滚蛋……黑人们跟我说，我敲鼓全都带着“口音”，我不是一个好鼓手……这就是发音问题……当然，他们只是嫉妒和种族歧视。为此我非常沮丧。没有别的选择，我只好到这里当酒馆跑堂。现在你知道了吧。你尽管坐着，别动，我再给你倒一点。

1 阿提拉（406—453），古代匈奴帝国的领袖和皇帝。

你尽管待着，我们有的是时间。晚饭之后，只要剧院还没有散场，客人就会很少。再说，在水泥厂工作的人是不会来我们这里的。我们的客人都是搞文学的人。他们不像水泥厂的那些工人们，但是他们赚钱很多。什么？……你也想试一试？……好吧，你来试试。也许你行，但不会那么容易。据我所知，在曼哈顿这边，文学是一个很棒的职业。

因为从这里的吧台后，可以看到许多事情。午夜之后，如果他们喝下了第三杯玛蒂尼，之后再喝，就从他们的税里面扣除，因为那算是燃料费……快到午夜的时候，作家们悠然自在地聊天。我听他们讲话，感到非常敬佩，简直是一项重要产业。跟罗马或佩斯那边截然不同……这是我的守护天使，我把她的照片也摆在了这里的柜台上……你看，我还在伍尔沃斯的店里给它配了一个银像框……她说，她在国内认识一位作家，那位作家已经不再写作了，因为他对文学感到厌恶。他一想到文学就会恶心，反胃。所以，只剩下愚蠢的词典他还可以阅读。这人大概是个稀有的怪物，就像在布朗克斯动物园里的中国麋鹿。

在纽约这里，我的客人们是另外一类作家。这些人也不写东西，但立即能卖掉他们还没有写的东西。他们用文学赚大钱。他们大多在十一点以后来，这时他们已经在隔壁完成了创作。他们喝酒很凶，总爱喝浓烈的波旁威士忌。有一个小胖子常来这里，很可能是一位大作家，因为他也有一位秘书，总是带着一大群追随者，那些人倾听他的每一句话。他每说一句话，其他人都听得全神贯注，就像在教堂里看神父举起圣器的信徒们。我亲眼看到，他刚刚想出一个书名，他的秘书就拔腿朝电话冲去，当即把它卖掉了。他气喘吁吁地跑回来说，他们花二十万美金买下了一部小说的书名，这本书他的老板还没有写呢，只是刚刚在心里盘算，如果突然找到了灵感，以后哪天会动手写。为了这个好消息，所有人都再喝一小杯。他们走了之后，在盘子里给我留下了一张二十美金的小费。因为大作家们总是带着许多朋友一起来。在男人们中间，也有传统的女性。如果你想搞文学的话，那么找一个机会，我介绍你认识一位文学巨头。

我不看书，我有另外的心性。但是，我很爱看犯罪故事和连环画，上面画有躺在长沙发上的裸体女人，销魂的幻想还没有展开，甜蜜的呢喃就已经结束，大祸临头。身穿铠甲的人朝她俯身，手里攥着匕首，从嘴里抽出一个布条，说：“她什么事也没有，只是脖子上有点血。”我喜欢这类书。犯罪故事是好文学，因为读者用不着费脑子，一看就能明白，没有遮遮掩掩。

我把“血腥玛丽”放到你跟前，你尽管倒吧。老板？……不用管他。他正全神贯注地坐在玻璃门后。对，就是那个戴眼镜的……他正在点钱，不会朝这边看的。他是个好人，摩门教徒。他不喝烈酒，只喝热水，爱用高脚杯喝。他不抽烟，因为他是个有道德的人。他从犹他州来，这些人都住在那里。他来纽约什么都没带，只带来一本《圣经》和娶两个老婆的摩门教习俗。其中的一个是他在这里，在曼哈顿娶的。他是一位连锁店老板，开了八家酒吧，其中两家在哈勒姆区。不过我们这家，开在百老汇街角的这家，是最高雅的。

你知道吗，在这附近有两家剧院。一家是唱歌的，一家是说话的。如果他们只是说话，有时候会引起台下的骚动，因为观众不能忍受那么多的废话。我一家剧院都没去过，但是有一天，我花了一张富兰克林，看了一出只说话的剧。我想，让我也当一次天使吧，赞助一把文学。怎么，你连谁是天使都不知道？……哦，就是扔钱看戏的人。只要百老汇上演一出戏，司机、饭店门房、大堂主管，全都会当一把守护天使。我运气不佳，白扔了一张百元大钞，舞台上说话太多了，这里的观众不喜欢这个。最好还是有音乐伴奏，台上又打又踢还唱歌。我不再赞助作家，也不赞助文学。说来说去，还是玩宾果游戏最保险。但你还是在你的车库里等你的好运吧。

兄弟，你在这里必须勒紧裤腰带。这是一个知识的世界。积累起丰富的经验之前，你必须格外小心。我在这家酒吧里已经工作了五年了，我也成了一位先生，有经验的长者。但我始终还在学习。这家坐落在百老汇隔壁的酒吧里坐的大多是“鸭蛋脑袋”。你问他们都是些什么人？都是些脑袋看上去像鸭蛋、头顶尖、长雀斑的家伙。有的人长满络腮胡子。都是些非常聪明的绅士。你都想象不出他们拥有多么大的权势。我在柜台后听他们讲话，一直听到早晨。他们大约午夜时分才来酒吧，这时候，那些很在乎氛围，喜欢在红玻璃罩内的烛光映照下喝酒的客人们已经离开了。留下来的都是一些社会名流。他们自由地攀谈。你可以想象，我非常注意听他们讲话。

这是一个权力无边的危险种群……鬼才知道他们都做了些什么，但他们比那些大老板还有权势。所有人都惧怕他们。假如谁不讨他们喜欢，就连总统他们也敢杀。有时，当我听到他们交头接耳地谈论下一个该轮到谁了，接下来他们该把哪个家伙干掉，我会惊得目瞪口呆。佐拉的记者们也到这里来，他们给报纸写社会新闻……我听他们议论，谁什么时候跟谁上床了，用什么样的体位做爱。因为，你看啊，新闻自由……可以自由地攻击跟他们不是一拨的人。然后写进他们的书里，印出上百万册，他们就这样传播文化。在所有的犄角旮旯，地铁里的书报亭，各种各样的超市里，到处都堆满了文学。我们这类人根本无法想象，这需要去上比学敲鼓更高级的学校。你看，我亲爱的朋友，我对文学一窍不通……但我曾在马泰绍尔考[1]服过役，我们偶尔会去"文化馆"[2]，去找小姑娘们。我能够跟你讲的只是，跟我从这里的吧台后听到的文学相比，马泰绍尔考的吉卜赛人妓院称得上是"道德教育学校"。在那里，至少每一位绅士都知道用他的钱进行交易。他们一旦达成协议，老鸨顶多会补充一句："骑士先生，如果您再添一张

1　马泰绍尔考，匈牙利东部的一个边境小镇。

2　"文化馆"，讲述者对妓院的戏称。

十块的票子，瓦莱斯卡连衬衣都会脱掉。”我说了，我对文学一窍不通，但我对妓院了如指掌，我还是愣小子的时候就常去那种地方。如果把我经历过的一切写下来，我敢说，不会比当下被称作文学的那些东西更糟糕。这些作家也跟瓦莱斯卡一样，能够为了钞票脱得一丝不挂。连女作家都这样，不光只是男作家……他们为了金钱可以连裤衩都不穿，只要人们乐意看，看了正面，可以再看背面。我们在佐拉了解的文学，跟这里的完全不一样……父亲每年买一本挂历，那就是一切。现在我在这里听到这些，惊讶得连嘴都合不上。为旧金山的一个恶棍写一本回忆录，可以挣五十万美金。或者写一本自白，讲男孩怎么变成女孩或姑娘怎么变成小伙子，凭这个就可以跻身文坛。这是一个荒谬的职业，兄弟，比敲鼓要命得多。

但是也有可能，并不是所有的事情都像客人们在酒吧里讲述的这样。也许这一带也有跟他们不一样的作家。我曾经听到两个偶然来这里的陌生人热烈地讨论另外一种文学会是什么样的。谁也看不到，只能听说，因为作家已经绝望地将自己送到了另一个世界。那两个家伙是偶然闯到我们这儿的，他们没有喝“血腥玛丽”，只是喝啤酒。是的，他们很穷很可怜……身体瘦弱，是作家类的，但属于我的情人在罗马谈到的那类作家……用不着非常仔细地观察，连瞎子都会看到，他们置身于这场狂欢之外。也许他们是真正的作家，另类的作家？……也许他们是大多数，只是没有获得喘息的空间？因为，当他们一边喝着啤酒一边小声交谈时，我也听懂他们说的话，确实存在另一类作家。比方说，他们写诗，一气呵成，流在笔端，就像裴多菲[1]那样……鬼才知道是怎么回事。能够肯定的是，这类作家很少到我们酒吧里来。

是啊，打鼓。那是我最想干的事，也是让我最遗憾的事。我并不是说在酒吧里当酒保有什么不好。有固定的收入，有免费的食品，还有小费。可以在这里安心地生活，直到退休。以另外一种方式生活，我的命运也很不错。我结识了一位富有的爱尔兰寡妇，年纪有点大了，但对我非常好……你要知道，我有汽车、住房、电视，还有一台电动割草机，放在外面的走廊上……我没有花园，但割草机是需要的，那是身份的需要。冬天时我跟未婚妻去了佛罗里达，在那里住了两个星期，就像过去住在蓝色海岸[2]的公爵一样。从挣钱的角度看，离开家乡是值得的。但只要我一想到艺术，心里就非常难受。如果不能搞音乐，一切又有什么意义呢？就这样，我怀着惆怅和记忆在这里生活，就像科苏特[3]在都灵。

不管怎么样，你要知道，艺术家都不可能忘掉艺术。我偶尔会回想起来，布达佩斯围城战之后，坐在酒吧里敲鼓，音乐从我的内心里涌出，我听从自己真正天赋的指引。酒吧几乎沦为了废墟，

---

1 裴多菲·山多尔（1823—1849），匈牙利诗人，匈牙利民族文学的奠基人。

2 蓝色海岸，指法国东南部的地中海沿岸。

3 科苏特·拉约什（1802—1894），匈牙利革命家、政治家和民族英雄，1848年民族独立革命领导人。革命失败后流亡海外，最后在意大利的都灵去世。

人们稍作打扫，腾出一块地方。有壁炉，有氛围，有拿破仑威士忌，有人民民主所需的一切。我在音乐圈里颇有名声，新贵们需要一位鼓手。工作从晚上十点钟开始，有时我回家已经是凌晨四点了。那是一九四八年，共产党接管了那个地方。酒吧的生意又红火起来。新的统治者们常去那里，他们出手大方，挥金如土。有时也会来一两个旧时代的军官，都是狡猾的老狐狸，他们攒了几个钱，现在来我们这里借酒消愁……但这只是自欺欺人，在迷幻中逃回旧日时光。一九四八年，当新的老爷们来这里享乐，情况发生了改变。终于又有了听我们演奏的人。

你问我为什么在幸运的时候却丢下一切？说来话长，老弟。我不是你这样的经济难民。有一天，我意识到我成了一位政治难民。

我可以跟你实话实说，就像亲兄弟之间那样交心。解放后……说起这个，我就觉得嘴里苦涩……直到一九四七年年底，我都没急着离开佐拉去布达佩斯。我留在那里，日子过得平安无事。我始终喜欢靠自己的本事谋生，是个很容易知足的人，你明白吗？……总之，我们解放了，伯爵逃到了边境那边。他并不是坏人，只是因为他是伯爵。后来，我父亲被强制加入了农业社，他们说他是富农，因为他有四亩地，还养了一些家畜……我父亲说，伯爵也不是好人，但这样将一切颠倒过来也不好。因为，至少伯爵对我们偷东西睁一只眼闭一只眼。而这些新的老爷，这些穿皮大衣的家伙们，在一九四五年后的一天，开着一辆卡车来到我们村里，把所有人都召集到了镇公所，软硬兼施地说服所有心怀疑虑的人加入农业社，将所有的一切都交给社里，包括自己的和分得的财产，连家畜都要交给农业社……他们不准我们再偷，因为他们拿走了一切。他们在打人的时候大声喝道：闭嘴，现在一切都属于人民。

有一天，一位部长来到村里，他曾在莫斯科接受过培训。他是一位学者，来我们那里指挥收粮。他用文雅的词语解释他的任务。他在莫斯科过过冬，曾近距离地看到，苏联人如何在秋收的同时还消灭了几百万富农……但我父亲和其他人试图对他解释，收粮之后，他们没剩下足够的粮食可以过冬。部长坐在轿车里说，没有必要抱怨，他们应该理解，现在一切都属于人民。之后，部长在国会大厦里发表讲话，要求对农村的手工匠也进行公有化，因为铁匠、木匠、修车匠全都属于资产阶级和剥削者，因为他们用钱雇人民为他们工作，他们都是放高利贷的……我父亲是一位铁匠，一辈子钉马掌，磨犁耙。当他得知自己不是铁匠，而是向人民放高利贷的剥削者时，感到非常郁闷。他的手工业经营证被收走了。

我没办法一口气把这些讲完，兄弟。那是一段可怕的时间。我在村里有一位好友，当我们感到自由的时候，他去了布达佩斯。有一天他给我写信。以前他曾经吹过笛子，具体地说，他在伯爵的农庄里剥玉米时，吹笛子吸引女孩子们。他在信里写道，他在布达佩斯一家人民民主的酒吧里吹巴松管，叫我也去，因为需要鼓手。父亲咒骂，母亲哭泣。我心里很痛苦地离开了他们，但是艺术正在召唤我。就这样。我走了。

等一下，有客人来了。Yes, sir, two scotch on rock, sir. You are served, sir.[1]

这两个家伙都是苏格兰人。那个留八字胡的用信仰给人治病，用科学的手法，以基督教的方式。另外那个，留着络腮胡的那个，是一位尸体美容师。如果没能用科学的信仰治愈的话，尸体美容师就上阵了。他按照死者亲属们的希望为尸体美容。他们谈论客人时，我可以津津有味地听到半夜。他能弄出多种微笑。有天使的微笑，有智者的微笑，有和好的微笑……天使的微笑最昂贵，和好的微笑最便宜。每种微笑都用石蜡处理，按照价码收费。半夜，他们下班之后来到这里，十分专业地喝下三杯加冰的苏格兰威士忌。他们都是有节制、有信仰的人。

在我们那里，在佐拉，为死者洗尸完全是另外一种工作，地位低贱。在这里则很讲究……你不用理会他们，咱们尽管聊咱们的。午夜时分，活人根本引不起他们的兴趣，他们刚刚下班。他们只有在需要石蜡的时候，才可能会抬眼看你。

我刚才说到哪儿了？……

我说到，一九四七年后，我对隐姓埋名的生活感到了厌倦，我去了布达佩斯。我们乐队有四个成员，吹巴松管的，拉手风琴

1　好的，先生，两杯加冰的苏格兰威士忌，先生。很乐意为您效劳，先生。

的，还有一位弹钢琴的和我，我是鼓手。的确，那是我的黄金时代。那个时候，客人们全都非常民主。我不喜欢谈这些事，只要一提起来就心如刀绞。

因为有一天，我收到国家保卫局寄来的一张传票，要我在上午九点去安德拉什大街……但当时那条街叫别的名字。我要去那里的什么地方，并且写明了楼层和房间号码。我在读传票的内容时，手心紧张得冒汗。随后，我暗自揣测，应该不会有太大的问题，否则他们就不会来信，而会在凌晨按响门铃。因为，通常那是按门铃的时间。

我将自己的所有证明材料搜集到一起。民间音乐家证书，证明我是人民的忠实儿子。还有一张政府部门的证明信，说明我参加过抵抗运动。另外，还有我战友出具的证词，他们也都是抵抗运动分子。我还有别的种类的证明材料，但那些都是非常早期的，上面有图章和照片……不过我想，这些材料现在已经不合时宜。因此，我把早年的材料当作废纸扔到马桶里冲掉了。我有一把很老的左轮手枪，同时能上六发子弹，那是四十年代一个弟兄动身去西方留学前留在我这儿的……我把这把手枪埋在院子的角落里已经许多年了。我想，聪明的话，还是让它老老实实歇在那里，因为，万一被秘密警察搜查并找到，我会被送去坐牢的。就这样，我把要带去的材料整理好。早晨，我动身朝歌剧院方向走去。

我从歌剧院门前路过时，在广告柱上看到，今晚正好上演《罗恩格林》。噢，兄弟，我想，如果今天你被秘密警察关起来的话，你就永远看不到《罗恩格林》了。我感到很沮丧，因为作为一名音乐家，我还从没去过歌剧院呢。佐拉根本就没有这类东西，在那里，没有人会照着乐谱唱歌。但我没有办法，只能朝着六十号门牌走去。我迈着坚定的步伐往前走，没有人会想到我正应邀去六十号。我从来没去过那里，但很早就听说过它，以前叫作“忠诚之家”。嘿，哥们儿，说不定你也会被写入历史……我就这样鼓励自己。什么命运在等着我,我一点都不知道。有人给我设了陷阱，或是有人举报了我?我暗中盘算，如果关我六个月，应该算是幸运的。不过我对自己发誓，一定要小心谨慎，要注意所说的每一句话,因为没有什么比在警察面前语无伦次、词不达意更糟糕的了。

我猜测，我在这个世界上遇到了重大的转折点。在大门口，戴着大檐帽的警卫查看了我出示的传票，然后叫我到楼上去。在那里，另一位同志让我坐在过道的长椅上。我坐下来，动作谦卑。我十分得体地环视了一下四周。

确实有什么值得一看。警卫一大清早就开始换岗，看得出来，同志们连夜都在工作。所有的人都穿着制服，看上去跟三年前差不多……腰系皮带，只是袖章和军衔不同。那些面孔都似曾相识，有几个看上去像流氓无赖……似乎过去在什么地方见到过。那种感觉，就像在噩梦中看到的扭曲面孔，晚上胡吃海塞、酩酊大醉的胖子……我目瞪口呆，因为现在我第一次近距离地看到这场著名的滑稽剧，被“鸭蛋脑袋”们称为的历史。

我坐在长椅上，向楼道里张望。现在，同志们神色匆匆地将轮到的人带进去审讯。有的人必须被人架着，因为已不能自己走路……估计，夜里谈话的时候，他的脚遇到了什么倒霉的事。总之，他被人用胳膊架了起来。也有的人是自己走的，但走得很吃力。楼道里一片令人难以忍受的死寂。寂静中，偶尔透过紧闭的房门，从房间里传出声嘶力竭的吼叫，屋里有人在盘问谁。不管怎么说，寂静比吼叫，比传到楼道里的思想交流更糟糕……因为寂静也可以被理解为：争论结束，被审讯的人已经无话可答，完蛋了。

我等了足有半个小时，他们才叫我进屋。一个半小时后，我才从那里出来。没有人送我，也没有人架着我。我是自己走出来的，昂着脑袋。一个小时之前，我根本没猜到会发生什么。不管你信还是不信，出来的时候，我已经成了跟进去时不同的人。我接受了一项政治任务。

我慢慢地走着，就像一个人夜里喝多了烈酒，之后的白天漫无目标地踯躅前行，走一步，退一步半。我径直回到克劳扎尔[1]广场我的住处，我在那里已住了半年，跟人合租的房子，因为像我这类人是很难租到房子的。我跟一位工人共享一张床铺，他上白班，拂晓就搭区间车去拉科什火车站[2]。床是空的，我连衣服也不脱就躺到床上，就像胸口上挨了一拳。我就这么一直躺到天黑。

白天的记忆慢慢又展现在眼前，令人恐惧，仿佛将胃里的东

1 克劳扎尔，位于布达佩斯七区。

2 拉科什火车站，位于布达佩斯十区。

西全吐了出来。你知道，他们把我叫进去时，我想象会有一个膀粗腰圆的大汉朝我扑来，给我一通臭揍，让我变得听话，但这样的情景并没有发生。一个腿脚畸形的老家伙接待我，他年龄不小，戴着角质架的眼镜，没有那么盛气凌人，穿着便衣，讲话声不高。他不是个笨蛋，脸上始终挂着微笑，温文尔雅。他让我坐到椅子上，递给我一支烟，就像侦探小说里描写的那样，警探在交谈之前会这样做。我看到，他面前的桌上摊着一堆材料，他偶尔翻翻，但只用手指尖拨弄两下。看得出来，这些材料他事先已仔细地研究过。他像弹钢琴似的开始了审问。他想知道我在一九四四年做什么来着。

我心里暗想，我要保持镇静，要让他知道，他不是在跟一个弱智打交道。我从兜里掏出材料，所有的材料上都盖有公章。我只跟他说，请他看一下这些材料，看完他就会知道，我始终是人民忠诚的儿子。

听了我的话，他似乎感到高兴。他点了点头，仿佛想听的就是这句话。之后……他始终语调柔和，用纤细的嗓音……他问我一九四四年冬天，我在布达佩斯认不认识圈里的人？

我张大了嘴巴。圈里的人？我认不认识？……我问他指的是什么圈？信贷圈？……还是艺术圈？……

他看到我不是一个缺心眼的人，于是开始安慰我。他说，好的，好的，我不会再问这个问题，因为他已经意识到，我对圈子里的事情一无所知。但是他还是想知道，我在美丽的首都是否认识那些曾在一九四四年冬天将许多别的信仰的人押送到多瑙河边的人。被押送的人中有妇女，孩子，还有老人……

他盯着我的眼睛，目光锐利，就像攥在老妇人手里的毛衣针。

我浑身冒汗。随后，我咽了一口唾沫，一板一眼地回答说，当时我还在佐拉，说老实话，当时我连多瑙河在哪儿都不知道……我还是轻柔、谦卑地跟他说……的确，我听人讲过，那段时间在布达佩斯发生了令人遗憾的事件。

他听我说话的时候，张着嘴巴，就像瞎母鸡在寻找什么，半天没有说话，只是不住地眨眼。随后，他像一个被人摸了胸脯的处女一样露出了笑容。

“您是一个聪明人，艾德。”他友好地说。他叹了口气，又说：“令人遗憾地闪烁其词，但这很好。您是一个说话有分寸的细心人，艾德。”他赞许地说。

我打断他，我说艾德只是我的艺名，我的真名是拉尤什。他挥了下手，表示这无所谓。“不管是艾德，还是拉尤什，您都是一位出色的专业人士。”他说。他的音调十分诚恳，可以听得出来带有敬意。“令人遗憾地闪烁其词，但这很好。”他重复了一遍。他咔吧咔吧掰着手指，并搓了搓手掌，随后他把烟蒂扔掉，换了一种声音。他声音不高，但一直盯着我的眼睛。现在，他的目光透过角质架眼镜，仿佛在指甲下扎了一根针尖。

他举起我的档案材料，抖了一抖，用友好的语调说，他也不是傻瓜，我相信不相信？我点了点头，当然相信。于是，他要我仔细考虑一下他说的话。我敲鼓的那家酒吧，他说，是一个高雅的地方。许多人都喜欢去那里，不仅有优秀的民主人士，也有其他种类的人。人民共和国需要那种能够忠实于人民的人，因为存在许多敌人。现在他点燃一支烟，但没再递烟给我。他只是直直地看着我的眼睛。不像侦探小说里写的那样，并没有灯光照我的眼睛。窗户上有栏杆，防止有人突然激动，翻窗跳出去到春风里散步。门前，楼道里，响着刺耳的脚步声。皮靴铿锵有力地踏在地砖上。偶尔，当客人走得慢了一些，会传来一声催促的喊叫。这就是当时的全部场景。

现在他又开口讲话，感觉像一个优秀的男生在愚蠢的学校里背诵课文。他说，音乐、夜晚和烈酒会让舌头变得松弛。因此，我在敲鼓的时候，要留心周围。他耐心向我解释说……似乎真在职业学校里学过似的……我必须注意什么。他了解酒吧里的风俗习惯。我要注意那些旧时代的遗老，上等阶层的绅士和那些有钱、有兴致寻欢的人。另外，我要注意那些新出现的人群，那些不是共产党员，但现在急于抛头露面、发表观点的家伙们。他极其耐心地循循教导，就像在托儿所里跟小孩子讲话。他说，现在有一种新的公众群体……在公共生活中无处不在。民粹分子、王室遗老、“鸭蛋脑袋”的大亨和戴角质架眼镜的进步人士，他们将胳膊肘搭在栅栏墙上，嘴里叼着烟斗，就这样鼓动那些过去的、彻头彻尾的积极分子，让他们完成他们肮脏的工作，建立一个旧世界，然后，他们用友好的态度采取激烈的行动，接着一走了之，回到乌拉尔老家。这时候，他们……民粹分子和戴角质架眼镜、优雅干练的进步人士……从栅栏墙边离开，郑重、礼貌地将残留的赃物，将这个美味的小国家攥在手心，据为己有。他们首先要将那些侥幸从约瑟夫大叔[1]的肃反中留下性命的老布尔什维克赶回苏联；约瑟夫大叔之所以搞起肃反运动，是因为他对那些同僚感到恼火，因为那些人跟大胡子想象中的战友不一样。他们或者以愚蠢的方式欺骗人民领袖，后来扮演了腐败分子的角色，或者是托派分子，或者是西班牙小说里的浪漫主义英雄……当这些老家伙为了能让自己的身体存活下去而闭上了嘴巴……他们，民粹分子和进步人士便会宣布，他们将以另外一种方式好好地建设共产主义，但共产主义者并不是这样想的……他说话的时候一只眼睛放光。他说，这些学者多管闲事，他们现在准备向民众讲授科学的马克思主义，他们压根没有意识到，劳动人民根本就不相信他们。人民只相信那些至少跟他们一起在地下和矿井里前进了五年，之后在进入了上等阶层后又站到车床前手拿冷凿切割了五年钢铁的人。如果这样的人谈论马克思主义或列宁主义，他们或许会注意听。但那些将胳膊肘搭在栅栏上，用浓重的鼻音鼓励他们团结起来，因为现在轮到这些进步人士向劳动者讲授优雅的马克思主义了……人民从来都是用怀疑的眼神看他们。我要注意这类家伙，他说，因为最近这些人也喜欢去泡酒吧。从他们的声音里可以感觉到，他们

1　指斯大林。

急于抛头露面……但在此之前他们既没有下过矿井，也没有蹲过集中营……对于这些人，人民要比对那些老爷们更加厌恶。他讲的话直白易懂，就好像在哪所职业学校里学习过。

我的心脏怦怦狂跳，而且越跳越快，就像我的鼓槌。因为我可以从他的嗓音里听出，他认准的东西，就会凿进你的脑袋……即便不是出于别的原因，也是出于气恼。所以我环顾了一下四周，看看安全出口在哪儿。但除了墙壁和窗户上的栅栏，我什么也没看到。这时我深吸了一口气，平静地问："请您直言，您想让我做什么？"

他喘了口气，随后说，以后我要绕开六十号，不要走近这里。每个星期一次，我要拨一个电话号码。我只需对接电话的人说：我是艾德，问老家伙好。对方就会热情地告诉我，什么时间去哪儿。最好在公园里，长椅上，或在广场，或拉吉玛纽什[1]的导演村，那里有颇有情调的小酒馆。在那里，两个人可以长时间地聊天而不引人注意。他还跟我解释了监视的次序，在酒吧里最主要该观察什么人。如果我看到有人去了厕所，之后不久，另一位客人随后跟去，那么我也要立即查看一下，在犄角旮旯，有没有留下字条或外汇。外汇要留在原地别动，我要马上打电话给值班的人，剩下的事情就交给他们，他们会毫不拖延地紧急处理。人民共和国对专业人士十分器重……他边说边搓了搓中指和大拇指。因为我

1 拉吉玛纽什，位于布达佩斯十一区。

在酒吧里敲鼓时，可以看到、听到很多东西。

随后，他咳嗽了一下，现在他要跟我讲最重要的话。您要注意所有的人，也包括同志……现在他压低了嗓音说。因为不是每位同志都是真正、天生的劳动者……有的人只是逢场作戏。如果我看到他们酒劲已经上来，开始凑在一起交头接耳……在凌晨时分，如果他们表现出亲密和彼此理解的样子……我应该弄清这些人的名字。

谈话进行了一个多小时，他向我交代好任务。他说，我最好勤奋一些。那样的话，我的表现会被记录到档案里，我就可以安静地过自己美丽的人生，在人民民主专政中搭建我的幸福生活。他举起我的档案资料，抖了抖。之后，他向后靠到椅子里，从鼻梁上摘下眼镜，开始擦镜片。我们望着彼此，我的膝盖和大脚趾上感到一阵冰冷，他想让我，一位鼓手，成为专为国家保卫局唱歌的金丝雀。他两臂交叉抱在胸前，平静地盯着我的眼睛。

我嘟囔了一句，让他给我时间考虑一下。为什么不呢，当然可以，我给您足够的时间考虑，直到明天中午。他微笑着告别，嘴咧得很大，就像过去消毒剂广告中的漂亮男孩。我回到住处，已经不再幻想去听罗荷林的音乐会。直到下午我都躺在床上，什么都没吃，什么都没喝。我嗓子干燥，很不舒服。

我从床上爬起来时，天色已经暗了下来。我穿上燕尾服，我该出门上班去了。系领结时，我的体内感到了什么。在我的肚子里或脑袋里……我至今都不清楚当时的感觉。我知道的只是，我掉进了陷阱。这些家伙选中了我，一位鼓手。就像在旅馆里选择服务生，在大使馆选择女佣，在单位里选择可心的女秘书……用不着职业培训，我清楚地知道这些人想让我做什么。我嚼着面条，嚼了好久。我用不着报名参加辅导班，我即使不接受系统培训，也知道是什么课程。再清楚不过，这些人一旦抓住了谁，就再也不会放开手。我没有喝多，但还是感到身上发冷。我动身上班的时候，天已经黑了。

那是一个美好的春夜。酒吧里，乐手们已经开始调琴。他们中有两位是老相识,我对他们非常信任。吹巴松管的那位是佐拉人，是他介绍我加入这支乐队的，很铁的哥们儿。弹钢琴的那位，自己觉得自己是个知识分子,其实狗屁不是,他是为了谋生才搞音乐，我对他也不抱怀疑，直到今天我都不能相信，当年是他举报的人。拉手风琴的，很早就已经活跃在爵士乐圈里，凌晨的时候，偶尔有人打电话给他……估计是心上人打来的，但也可能是秘密警察。对这个人有点吃不准……总之，我心里感到非常悲哀，仿佛已经猜到，我的艺术生涯结束了。对艺术家而言，没有什么比预感到要放弃自己的职业更令人心痛的了。你别以为我是个白痴，炫耀卖弄。众所周知，在职业圈里，我是匈牙利最好的鼓手……我跟你实话实说，用不着假装谦虚。我的守护天使也这么说。她肯定清楚，因为她在伦敦一个犹太人家庭工作，并在那里受到了熏陶。

那天晚上演出开始得很晚。临近午夜，第一批客人才到，都是国务秘书。来了三个人，穿着条纹裤子，还戴着领带。虽然当时我们的国家需要这样那样的人才，但国务秘书实在太多，没有谁能抱怨，这种人太少。他们成帮结队地来，就像雨后田里的老鼠。这三个人的形象都很不错，相当健壮。他们还带来了几位女士，估计那几位女士也是国家政要，因为她们也都很富态，看上去营养很好，有资本不用在意自己的形体线条。跑堂迅速把桌子推到舞台跟前，请他们在那里坐下。他们亲切地打着招呼，情绪很好，显然他们刚刚当上国务秘书，不久前还在干别的……其中一位我认识，去年还以分期付款的形式在这家酒吧里兜售地毯。他从哪里搞来的商品？最好还是别问为妥……当时有很多人在变成废墟的房子里搜集地毯。

陪他们来的还有两位常客，诗人博尔绍伊·劳约什，战地记者莱普申尼·尤什卡。这些都是酒吧的常客，总是半夜在酒吧里现身。午夜过后，诗人凭着他的爱国主义惆怅谋生。他试探着，看哪位新名人会邀请他坐到桌边，随后讨要一个职位……一旦酒精开始发生效力，他就从口袋里掏出他母亲的照片，多愁善感地给大家看。他有过两个母亲……一位很高贵，辫子盘在额头上，就像在迪亚克·费伦茨[1]的棺椁旁祈祷的伊丽莎白王后。还有一个是身材瘦小、走路蹒跚、满脸皱纹、头裹方巾的农家妇人。他揣测客人们的心思，给他们看他们可能愿意看的那张。现在，他坐到了埃切迪男爵的桌旁；巴鲁·埃切迪是跟未婚妻一起来的，随行

1 迪亚·费伦茨（1803—1876），奥匈帝国时期的匈牙利政治家、法学家、司法部长。

的还有一位高大魁梧的退休中士警官，因为他有这样的习惯。男爵也是酒吧的常客。诗人满腹惆怅地说：

“唉，这个时节在我家乡的那个小村庄里，田鹨已经变黄了……”

但是，男爵现在没有情绪听他讲。他反感地看着诗人。埃切迪男爵是个肥胖、大肚子、嫉妒心很强的男人。他心怀疑惑地朝未婚妻和退休中士警官眨了眨眼睛，他们相互交换了一下眼色，撇了撇嘴，就像在罗马美术馆里展出的一幅著名油画里的恋人——厄洛斯和普赛克[1]。他烦躁地说：

“拜托了，博尔绍伊先生，别再唱这类天主教色彩的田园牧歌了。您要知道，我是一个神经质、爱泛胃酸的老犹太人。田鹨变黄了也打动不了我。它爱黄就让它黄去吧。”他恼火地说。

诗人感觉受到伤害，坐到了国务秘书们的酒桌旁。他在那里尖叫道：

“给新闻界一支雪茄吧！……”

跑堂立即叫来卖雪茄的小贩，诗人伸手抓起一只老布达烟厂生产的交响乐牌的铁皮烟盒。其中一位体格最健壮、佩戴了勋章的国务秘书，招手把跑堂领班叫到跟前，让他把这盒烟记到自己账上，因为国家财政赞助文学。战地记者莱普申尼·尤什卡态度冷淡，表示没有这个必要，他口袋里也塞满了钞票。他傲慢地说：

---

1 厄洛斯和普赛克，古希腊神话中，性爱之神厄洛斯（古罗马神话中称“阿莫尔”或“丘比特”）与美丽公主普赛克。

“这个你们别管。反正我早上要去经济委员会。”

国务秘书毕恭毕敬地问：

“是不是要做出什么重大决定？”

战地记者说：

“我不知道，但在那里可能还会遇到美国人。”

他们嫉妒地望着他，因为有消息说，尤什卡将被正式任命为负责遗弃财产与食物的政府特派员。这是曾经的人民共和国里最抢手的职位之一。吹巴松管的朋友说，假如把一笔遗弃财产与莱普申尼·尤什卡单独放在一起，他肯定会馋得流哈喇子……你知道什么是遗弃财产……老爷们逃往西方时，在庄园里留下了稀世绘画和古旧家具，因为俄国人来了！……吹巴松管的怔怔地愣神，颇为伤感地叹了口气。所有人都对莱普申尼·尤什卡投去赞赏的目光，尽管战争已经结束了，但他依旧是战地记者。他总穿一双长筒靴、一件风衣，戴一顶插了一根羽毛的鹿皮帽，胸前别了一枚红旗徽章。后来，在革命之后，他去了西方。他说自己是布达佩斯的公爵。但他是在说谎，他从来就不是什么公爵，事实上，他只是费伦茨区一家洗衣店的老板。当时，酒吧里的人还不知道这个。话说回来，当时还把所有人的出身登记在册。

午夜时分，酒吧里已经没有一张空桌子。特别委员会主席带着一位歌手和一名随员来了——关于这位随员，大家全都知道，他是监狱的典狱长——他们被安排在一张离乐队较近的“加桌”旁。大堂里变得热闹嘈杂，因为对酒吧里的客人来说，有这样著名的大人物光临是一件非常荣幸的事。必须承认，他是一位魁伟的男人。以前没有人知道他，一年前还是个无名小辈，突然间，他就像苏格兰湖里的水怪，成了这年夏天所有媒体争相报道的焦点人物。我敲了一阵爵士鼓对客人致意。

紫色的舞台灯光亮了起来，因为歌手登台的地方，必须要营造出一些气氛。女老板是一个著名的胖女人，现在，也跟过去一样，她满怀敬意地向这些大人物输送平民女郎。她亲自到沙发前照应，敬酒。所有人都注视着他们。国务秘书们眨着眼睛朝这边张望，因为人民法院最高委员会主席要比部长们都更有权力。他是掌管生死大权的人，对政治判决的从宽申请全都递送到他的手中。如果这天他不高兴，他会拒绝那些申请，并且准备好六十厘米的绞索。没有人问他，他在做什么或为什么这么做……女老板跟钢琴师小声耳语，她已经控制这个市场三十年了，她熟悉城里所有秘密的电话号码，知道在什么地方将最精美的货物交给上层社会的男人们，但她还从没见到过这么多大人物同时聚在她的酒吧里。

埃切迪男爵一言不发地坐在那儿，他就这样跟特别委员会主席打招呼；主席做了一个亲热的手势，算是回复男爵的致意。主席是共产党要员，胸前佩戴着亮闪闪的勋章……但他还是非常友好地跟男爵、他的未婚妻和留着八字胡的中士警官这些从旧时代留下的博物馆展品似的人物打招呼……态度要比对国务秘书们、莱普申尼·尤什卡这样的杰出党员更亲热……我观察着眼前发生的一切，心里想起上午教导员跟我说的话……共产党员，真正的共产党员，咬牙切齿地痛恨这些以闪电般的速度打扮成人民民主主义者的家伙。他们对这些人的痛恨，超过了对旧时代遗老、八字胡和伯爵们的痛恨。我仔细观察周围的一切，想来，在这间酒吧里，我也是一位公务在身的人。

主席看上去像是从时尚杂志里剪下的人物，就像准备去赌场的英国贵族，一位准备出门的绅士。衣服，鞋，所有的一切都非常得体。他亲切地冲着所有人微笑，就像一位大老爷，清楚地知道自己的权势，从而可以让自己显得热心、仁慈。跟他一起来的那位歌手，跟他不分昼夜地形影不离已经有一段时间了……她是一个壮硕、肥胖的装饰品，出名是因为，每当主席先生在特别法庭上宣布绞刑时，她总是坐在现场，因为这种事让她觉得很好玩……她是一位新星，用嘶哑的嗓音演唱，最拿手的是唱歌时能呼呼地喘粗气。女老板将灯光调得昏暗朦胧，紫色灯光笼罩，大堂里仿佛弥漫着广藿香的芬芳。我们都屏息静气地等待，想听听嘉宾点了什么歌曲。

看得出来，这位大首长肯定劳累了一天，因为他手捧酒杯，闭上眼睛，陷入了沉思。后来，他跟女歌手小声说了句什么，歌手听话地站到麦克风前，用嘶哑的烟嗓唱起了一曲动人的小调："你是黑夜中的光……"

我伴着钢琴的节奏轻轻敲鼓。吹巴松管的朋友聚精会神地听着，好像已为什么做好了准备。不管首长到哪儿，典狱长都步步紧随……时刻准备接受首长突然派给他的重要任务。在监狱里，他是唯一能够切实贯彻首长旨意的人。歌声刚落，几位国务秘书就把巴掌拍红了。埃切迪男爵张开了手臂，他用这个手势表示，自己完全沉醉了,他从来没听到过如此美妙动人的演唱。他很懂行，因为他是行家……主席站了起来，吻了女歌手的手，并将她领回酒桌旁。典狱长也站了起来，殷勤地弯腰用袖子帮女歌手擦了擦椅座。诗人捂着眼睛，仿佛不敢看这非人间的美丽，沉浸于自己内心的感受。

我放下鼓槌。主席请所有乐手喝酒。在很有情调的灯光下，每个人都欣喜若狂，仿佛看到天使降临酒吧。

这不是童话，老兄。只要我还活着，我就会记得在这家酒吧里喝到的最后一滴酒的味道。我坐的位置离主席很近，我看到，典狱长在看表。随后，他站了起来，毕恭毕敬地冲着酒桌弯腰说：

“尊敬的主席同志，我得告辞了。凌晨我还有勤务在身。”他做了一个手势，示意他有什么样的任务。主席的脸色变得严肃。点了下头，大声说：

“我知道。”

“六点钟。”典狱长小声说，“是一对。”

“你去吧，费伦茨，”主席说，“然后回家，好好睡上一觉。”

典狱长咧开嘴微笑说：

“是的，同志。”并像敬礼一样用力地碰撞了一下鞋踝。

他们握手之后，典狱长迈着军人的步伐走远了；大堂里陷入一片寂静。这时，女歌手附到主席的耳边悄声私语，十分缠绵。

坐在远处的人没听到典狱长说的话，但通过他脸上的表情，大概每个人都知道发生了什么事。吹巴松管的朋友抱着胳膊，仿佛在做精神训练。钢琴师的脸冲着琴键，一脸无辜地擦着眼镜，好像他对此也无能为力。拉手风琴的那位点上一支烟，表示要跟艺术告别一段时间，现在他是退休者。我们没有看彼此的目光，但我们四个人都明白——“六点钟”，“是一对”，“睡上一觉”——这些话意味着什么。不光我们这些听到他们对话的人明白，其他的人也明白。所有看到这番告别场景的人都明白。

这时，主席已经沉浸到女人的甜言蜜语里，他用手抚摸女歌手丰满的胸脯，并朝跑堂同志打了个手势，表示现在正式开始畅饮，可以再来一杯酒。跑堂向我们递了一个眼色，告诉我们可以继续演奏音乐了。就在这时，我闻到一股难闻的臭味。

开始，我以为是厕所的门没有关，或有哪位客人放了一个屁。我环视了一下四周，并没有发现什么可疑的迹象。我不动声色地朝女歌手闻了闻，因为我离她非常近。她周围散发着浓烈的广藿香味，就像飘浮在沼泽上的泥腥味，但那股臭气还是强烈刺鼻。我惊讶地发现，其他人并没跟我一起在闻，好像根本就没有觉察到。

吹巴松管的朋友开始演奏。我们配合得十分默契，但这股臭味非但没有消散，反而越来越浓，仿佛某条管道破裂，下水道的恶臭在慢慢扩散，跟广藿香、烟味、饭香、高级啤酒的味道混合到了一起。这种臭味不同于硫磺、泔水或粪便的臭味，它从别的地方飘来，不是从过道或地板下。我偷偷闻了闻自己的手掌，看看有没有粘上什么东西。但我手上什么都没有。我只知道，这辈子从来没闻到过这样的臭气。

我在敲鼓，感觉就像士兵在站岗。我开始一阵阵地作呕。我环顾四周，看到那些谈笑风生、举杯畅饮的绅士和客人们。坐在这里的是名副其实的大人物……他们连头都不抬一下，仿佛根本就没有感觉到，他们被淹没在可怕的香水味里。那股味道让我感到恶心，但我仍旧盯着他们，因为酒吧里客人们的言行举止，看上去就像昔日贵族聚在一起闲谈，即使灾难临头，他们也表现得好像平安无事……我想起有一次我的心上人曾告诉我说，贵族老爷们总是做出一副面具般的亲热模样，装作没有意识到，他们周围有什么东西正在腐烂……你看，这些家伙也这样。他们有资本这样做，因为他们是新贵阶层。他们给人留下错觉，好像他们就是贵族老爷……只是他们周围散发着臭气。我的肠胃翻腾。一曲结束之后，我站了起来，一声不响地去了厕所。没有人注意到我。

但是臭味随我而至。我站在厕所里发呆。我的脑袋混乱无绪，因为在所发生的一切之中，我能明白的只是：有什么东西结束了，我不能再回去敲鼓了。这与其说是我用脑子想的，不如说是用肠胃想的。存衣处挂着一件我的夹克，那是我父亲穿过的，这几天早晨我觉得很凉。我把燕尾服挂在钉子上，套上夹克，将领结塞到口袋里，我跟存衣处的管理员说，我胃疼，得出去透透气。马上就到黎明了。我径直朝着火车东站走去，坐进候车室。我心里盘算，我跟秘密警察在十二点有个约会，在此之前他们不会找我的。

有一班开往久尔的快车，我在等它。

即便把我臭揍一顿，我也说不出来，自己在等蒸汽列车时在想什么。我可以跟你讲述离开祖国的痛苦，告诉你这个，告诉你那个。但我一点都感觉不到所谓爱国者的乡愁。因为这一切发生得那么突然，就像与人交谈时胸口上被击了一拳。我想起了父亲母亲，但只是像电影院里快速播放的银幕镜头。后来，我在美国遇到了其他人，说他们动身的时候，五脏六腑都拧到了一起。有的人用手帕包了一捧家乡的泥土。还有人将照片缝在外套的内衬里。但我什么都没带，只带了一个黑领结，那本该跟留在酒吧的演出服配在一起。我没有时间伤感。我心里只想，必须离开这里，越快越好。我要去久尔，我听一个同行讲，那里离边境最近。他给了我一个地址，这个人已经走过这条路。我算了一下，身上带的钱够这一路花的。我带了三千福林,放在一个皮袋里。三千福林，都是一百的纸钞，另外还有一些零钱。我从不把钱存到银行，我觉得衬衫下的皮袋更保险。

现在，臭味好像散开了似的。我饿了。我在站台上的小卖铺里吃了一个火腿三明治，喝了一杯葡萄渣酿的劣质酒。我遭遇的事情就像中了上帝之箭，我明白的只是，过去的一切不复存在。我必须离开这里，但是，去哪儿呢？……去黑暗、可怕、我听不懂一句人话的世界？因为当时我的外语知识还少得可怜。我能说的外语词只有 davaj[1] 和 zsena[2]。我想，靠这两个去闯大世界肯定不够。但是，当我吃了火腿三明治后，我积蓄了几年的饥饿感突然爆发……饥饿，让我离开这里。饥饿，让我走得远远的。我宁可被雨淋透，被太阳晒焦，都要离开这里。

十点钟，我到了久尔。我在一家五金商店里买了一只冬天装猪油用的铁皮桶。过去有人教我说，这样可以让人以为，我去乡下是为了买猪油。在久尔，我联系上了要找的人。有另外两个人也在等着越境。午夜两点，我们坐着马车出发了。在离边境五公里的地方，探照灯从哨兵的瞭望塔投照下来，四下扫射。我们趴在地上。那天晚上正好有月食，下着小雨。狗在狂吠。领队的是一位施瓦本族老人，一动不动地趴在泥地里，嘴里小声嘟囔，叫我们不要害怕，风会把我们的味道吹走的。我们匍匐在一片牧场上,到处是泥洼和野草。我们这样趴了大概有一个小时。必须等待，等边防哨兵换岗。施瓦本人说，那个时候可以随便行动。

他说话不多，即使说也是小声嘟囔。他小声咒骂着，说他是一个老革命，现在却要这样逃离美丽的祖国，在泥地里爬……因为我们趴在地上，就像漂在莫哈奇[3]河面上的尸首。就在这时，我啃了一口草。

---

1 davaj，来源于俄语，意为给我或者走吧。

2 zsena，来源于俄语，意为女人。

3 指莫哈奇战役（1526 年），是在莫哈奇平原上发生的土耳其军入侵匈牙利的第一场战役。

我至今都记得草的味道。在那之前，我从来没有嚼过草。那一刻，我趴在家乡泥泞的大地上，无意中发现，自己的嘴里在嚼草。我在泥地里啃了一口，黏土进到我嘴里。估计我神经错乱了……我不知道是怎么回事，只是突然发现，自己就像荒原上的野兽一样在嚼草，或像一个酩酊大醉的酒鬼，已经不知道自己在干什么。我在草地上啃了一口，这么说一点都不夸张，不过也可以换一个说法……就像有的同志说的，像英雄一样杀到了对岸。或许是我再也无法忍受这样一动不动地等待了吧？……我啃了一口祖国的泥土，才醒过神来。

我没嚼多久就意识到了。但我感到非常震惊。因为泥和草在我嘴里散发着苦涩的味道，就像特别委员会主席请我们喝的那杯酒。

在我们美丽祖国的边境上，在暗夜里，在泥泞中，在星空下。我就像一只野兽，但也可能换一种说法——像一个有生以来第一次思考的人。

你也知道，在那个时代，人们总是谈论大地。别的人也在国会大厦的人民议会上象征性地嚼过泥土。有一位同志经常来我们村里，向百姓解释说，现在大地是他们的了。我父亲有四亩地。公爵则有四千亩。在这国家有这么多的土地，各种各样的土地……小时候，我也经常听到这类话，后来也是，总能听到。那时人们习惯说，我已经穿上靴子了，这块地是我的。但是现在，我思维混乱。在我的生活中，土地到底意味着什么？祖国吗？我只记得，我总是要拼命地干活。当时伯爵已经被赶走了，社会分配也告一段落，我从土地中获得了什么呢？我父亲在村公所被打掉了牙齿，因为他被列进了富农名单,他不想拿笔签字加入农业合作社。土地，祖国……我脑子里在想，就像刚从噩梦中醒来。

我趴在祖国的土地上，就像一具刚洗过的尸体，我脑袋里的轮子转得飞快，就像游乐场上的转椅。我听到一首小时候曾在村里小学里唱过的民谣。歌词是："假如土地是神的礼帽 / 那么我的祖国就是它上面的花环。"现在这个记忆重现脑海……可是不管我怎么使劲闻，也没有闻到任何花环的香气。也许因为我趴在泥洼里，浑身是泥……潮湿的沙子和泥泞让我重又回想起一切……我为鼓槌感到惋惜，我把它们留在了酒吧里。那是很棒的鼓槌，用榛木做的。在罗马买不到这样的鼓槌，在纽约则用不着，因为我已经放弃了艺术。在这片泥地里，我想起自己留在祖国的东西……祖国究竟是什么样子？

一言难尽，兄弟。我想了起来，曾几何时有人对我以阁下相称，后来成了臭无产者。再后来我听到，我是人民，现在一切全都属于我了……但事实上，从来没有任何东西属于我。这一点，我以前从来没有想过……我连祖国这类的词都没提过，从没有人让我真正地想过。但是现在，在边境上，在泥沼里，这一切都在我的脑子里搅成一锅粥。看来，有许多种祖国。他们跟我解释，有过老爷们的祖国。现在，有另一个人民的祖国。但是我，我个人又有什么呢？……假如真的有过，那究竟发生了什么事？为什么我脚下突然空空如也，我都不知道，到底有没有？如果有，在哪里呢？……但是曾在什么地方，我身上浸透了它的气味，在我趴的泥沼里。很久之后，一天晚上，我的心上人突然向我讲述起来……她告诉我，小时候她住在一个大深坑里，睡觉的时候，老鼠就在她身上跳来跳去。那个大坑里或许也有我在泥沼里闻到的那种气味……她每次返乡都能闻到的泥沙味。后来，当我离开那里时，我也闻到了那股气味。但是，这种气味跟我在酒吧里闻到的不同……并不那么令人窒息，而是似曾相识，就像我们自己身上的气味。因为我就是这么一个人，没有别的原因……这股气味，这股土地、泥沙的气味一直把我送到边境，好像那是祖国留给我唯一的东西。

我感到头晕目眩。我只知道一点，一旦我穿过这草地，我就再也不会闻到那股一直从酒吧追到这里的臭味了。这股臭味留在我的体内，我的鼻子里，我的皮肤里，就像一个人跟妓女睡过觉后，皮肤里会留下她的味道，必须用刷子才能洗掉。我只知道，自己再也不会给那些人打鼓了，我不再是一只唱歌的金丝雀。最好还是趴在泥里，爬过边境。

黎明时分，探照灯熄灭了。那位施瓦本人……曾是一个打井工，后来当了守田人，是个忙忙碌碌的人……他带了一群乌合之众，还有金币和所有能带过边境的东西……做了一个手势。我们手脚并用地往前爬，就像一群狗，从故乡爬出去。我浑身是泥地爬离祖国……我这么说一点也不夸张，但是换一种说法也一样。剩下的就是按照惯例，我先交了五百福林订金，余下的一千福林，等我们穿过这片草地后再交给他。奥地利的边防警早就对我们这类人感到厌烦，因为那些走投无路的人不分昼夜地越过边境。最后，所有人都平安无事。他们先把我送到难民营。我在那里没待多久。八周之后，我拿到了去罗马的签证，是那位将左轮手枪留给我保管的兄弟寄给我的。我得到了工作许可，意大利人很敬重我这类的艺术家，非常需要鼓手。秋天，我已经在一家酒吧里敲鼓。

等一下，来了一位女士。Welcome, my fair lady. Just a martini dry, as usual. You are served, lady.[1]

你仔细看看她，但是不要让她察觉到，这样的人你很少能有机会见到。据说，五年前她是百老汇最出名的女演员之一。她就在隔壁那家剧院里表演，在那家大剧院里，她不唱歌，只是说话。她是一位戏剧演员，一鸣惊人。她戴着黑色的假发套在舞台上乱跑，就像一个疯子，用诗歌鼓励自己的丈夫，教训一下午夜的客人，一位英国国王……她手里攥着一把匕首，而且在戏剧海报上用了一个很怪的艺名……我也记得不是很准……玛吉贝吉，或类似的名字。后来，她被邀请到好莱坞，得到一大笔钱，饰演科学女怪人……不过，在那里她被整了一顿。先是牙齿被敲掉，随后身体最隐私的部分被挖掉。这还不算什么……当他们把她的脸皮缝到耳后时，外科医生算错了半公分，结果给她的嘴留下永恒的微笑，

1 欢迎您，我可爱的女士，跟平时一样，还是一杯干玛蒂尼。很乐意为您效劳，女士。

就这样，你看啊……她的嘴不能闭上，就像是在咧着嘴微笑。由于这张咧着的嘴，她再也得不到角色，但他们给她买了一张返程票，把她送回纽约。在那里，聪明的家伙们表示，她不能用半张着的嘴念话剧台词，念出来完全是另外的效果。那之后，她只在酒吧里消磨时光。她卖掉了她的裘皮大衣。第三杯玛蒂尼下肚后，就会变得顾影自怜，泪水涟涟，但她那张没有缝好的嘴，即使在哭的时候也在笑。她哭着笑，就像古代的匈牙利先民。不要看她，因为她会马上坐到你的桌上，希望你能请她喝酒……我的账本上已经记了好几十杯玛蒂尼了,但我从来不会提醒她。我是个艺术家，赞助落魄的同行。我给你也倒一杯吧。你看什么呢？……

照片？这是她护照里的标准照，是我把它放大的。她不用护照能够去哪儿？她可以到天使那里去。在那里，既不需要护照，也不需要照片。那里连首饰都用不着……你仔细看看。她长得就是这样。但是她本人看起来并不是这样。我认识她的时候，她就像盛开的、美丽的时令花。

我不喜欢谈论她。她已经走了十年了。不久后，我也从罗马横渡大洋。常言道，过去的就让它过去吧，为什么还要咀嚼它呢？……然而，上帝知道，事实并不是这样的。过去的一切不可能都挥之即去……因为不光只有这张照片留在我心里。她还留下了别的什么……她的声音。还有她给我讲的故事。她是一个另类女人，跟我平时在生活中碰到的不同。一切都已经流逝，连痕迹都没有留下，但我一直记得她。

因为，你知道，我这类艺术家的生活中，姑娘们走马灯一般接踵而至。我交往过各种女人，用不着逐一介绍。她们中有的非常普通。也有一些是典型的美女，丰满的女人，还有更好的种类，乳房很大……还有富婆，她们担心青春转眼即逝，因此格外渴望，惊慌失措地想要抓住……但她们所有人都想要我宣布，我永远只爱她一个。

这个女人跟她们不同，不那么任性。我们刚认识，她就毫不造作地对我说，她只希望一件事，希望我能够让她爱我，她并不想换取我的爱情……她非常有钱，过着优雅的生活……她只想吻我，爱我。

起初，我以为她爱的是我的艺术天赋。我并不想自我炫耀，只是承认，我身上确实有某种让人无法抗拒的东西……尤其是现在，当我做好了下排的牙齿。你笑什么？……我说得没错，事情就是这样。她们追我，不是因为我浑身肌肉，而是因为我跟酒吧里那些招摇卖弄的公子哥不同……我是艺术家……现在也是，只是不演奏而已……这次终于轮到的爱尔兰寡妇也这么说……艺术家令女人着魔。随着时间的流逝，我终于知道了她真实的想法……因为她还有一个人，那个人似有似无……是她丈夫吗？不是，她丈夫已经从她生活中消失很多年了，早就不再找她……另外有一个男人，他离开了她。她追着他从布达佩斯到了罗马。但是她去晚了，再没有机会见到他；就在小姑娘抵达罗马之前……他死了。

他还没有等到她，就在罗马的公墓里化成了泥；后来，我心爱的女人也葬在了那里。现在，他们至少安息在一起……但在当时，当她得知她的白马王子没有等到她就撒手人寰，我的小天使悲痛欲绝。她是那么孤独地住在罗马，就像一个为未婚夫送葬的女孩，他没能及时娶她为妻……

我们是在罗马的一家咖啡馆里相遇的。我揣在口袋里的一份家乡的报纸吸引了她的注意力。那时候，我一旦乡愁泛滥，就会买一份匈牙利报纸看。就这样，我们达成了默契。我不想过分渲染这个故事。刚开始的时候她略显局促，但很快就感到放松自如。晚上我们待在一起，她跟我一起去了酒吧。第二天，我搬到了她住的那家酒店。我们在那里同居了，我们俩甜蜜相爱。当时的罗马正处于美丽的秋季。那是一段短暂的甜蜜生活，但足以让我们真正地了解彼此。因为有一天夜里，当我们不再有任何的矜持时，她把一切都告诉了我。

她讲的是真的吗？……我不能肯定。女人说的话，永远让人不知真假。但我希望，那天夜里她向我吐露了全部心事，毫无保留。她没有害羞地垂着眼皮，她不是一只小斑鸠。她这辈子至少想跟什么人说一次真话……或是她自以为的真相。也许，那只是值得怀疑的真相，就像女人们犯坏事常做的那样……她的故事从她的丈夫开始，那时他还活在某个地方，不过早已不是她的丈夫了。她的故事以一个秃顶男人结束，当时她就是跟着那个人到的罗马……她尾随其后，因为她对他充满了渴望。因为当时她已不想留在那个人民民主的地方。

我只是静静地听着，一直听到黎明。因为，那天夜里她向我讲述的故事简直就像部犯罪小说……她向我娓娓讲述上流世界的生活到底是什么样子。

我听她讲述的时候，感到手心发痒，想要扇她耳光，但不管怎样，我还是觉得她讲的故事是真实的，因为这个小女孩跟我是一丘之貉，她也是从社会底层来到美丽的匈牙利世界，甚至，她的起点比我的还低，她的家乡比佐拉还小。她来自地下，准确地形容，就像墓地里闪烁的鬼火……她来自泥坑，从小就跟家人住在那里，住在尼尔塞格。她父亲是瓜农。我的这位心上人，后来去了一个有钱人家当女佣，不过，他们把她当成最下贱的丫头使唤了很久，清洗老爷家人使用过的茅厕。最后，一位疯疯癫癫的有钱人看上了她……他是主人的儿子。她让他垂涎三尺但吃不到嘴里，直到正式娶她为妻。她摇身变成尊贵的太太，但是好景不长。

后来，有一天夜里，她向我描述了她在老爷家当最底层女佣时的境遇……旧体制风雨飘摇……我喜欢听这个。我觉得，她讲的是真的。但她讲的也像是童话，像是从另一个世界向谁诉说。我也很想窥视那个地方，窥视那个富人的天堂……但我最多只到过卧室。女士们从来没请我进过餐厅，也没去过客厅。

就这样，她的故事留在了我的记忆里。因为在当时和那之后，我听说的都是关于那个阶层已经被消灭的话，因为穷人胜利了。

有钱人只是垂死挣扎，苟延残喘……

酒吧里没人跟我聊天时，闲来无事，我会琢磨思考。我胜利了，无产者胜利了，这是真的吗？……这里的老板比过去佐拉的大管家人性化得多。我有汽车，有爱尔兰寡妇，有电视，有冰箱……我还有信用卡，可以说，我是个真正的老爷，绅士。他们给了这所有的一切，以贷款的方式。如果我对文化感兴趣，也可以买书。但我很谨慎，因为我的命运坎坷，我学会了受穷。即使没有书，我也明白街巷里已经不再进行轰轰烈烈的阶级斗争了。穷人现在也还是穷人，权贵照样是权贵。只是现在，他们互相斗争的方式跟过去不同。鬼才知道情况怎么变成了这样。过去的情况是，穷人忙得团团转，直到为老爷们准备好所有必需之物。现在的情况则是，有钱人绞尽脑汁，看怎么能说服我这个穷人购买资本家生产出的商品。他们塞给我们一切，仿佛我们是为圣马丁日[1]饲养的填鸭。他们极力让我们变肥，只有这样，只有我这个穷鬼购买他们试图推销的一切，他们才能继续当剥削者。这是一个快乐世界，没有人能再看透它……因为我贷款买下所有没有的破烂。给你，这是一辆汽车……我把我的车停在街角，我的新车。当我钻进钻出的时候，突然想起在孩提时代，汽车对我来说意味着什么……我曾是一个光着脚乱跑的小孩，一辆从我身边经过的双驾马车都会让我觉得眼花；马车夫坐在驾驶座上，身穿有着镀金纽扣的马

1　每年 11 月 11 日为圣马丁日，欧洲的传统节日。

中，头戴饰有锦穗的帽子，将马鞭挥舞得噼啪作响，感觉就像宪兵在扇耳光。一位老爷就这样驾着两匹马远游……但是我的马车上，现在已经有一百五十匹马……当我坐在方向盘后，有时心想，也许，我就是这一百五十匹马中的一匹，因为我搭公车和地铁回家其实更方便。没有费用，不用停车，另外，我去哪儿都开不到一百五十马力。星期六，我有时跟寡妇坐进车里，开着它去海滨，在那里吃一份炸肉饼，但连车都不下，有什么必要下车呢？……之后回家。但需要一辆汽车，因为这象征着身份地位，就像需要录音机一样。我录下了我朗读的祈祷文，还有扬基歌[1]，为了让后人听到我的声音……但从那之后，录音机躺在一个角落里蒙尘，我想不出来，这东西还有什么别的用途。我已经连账都不用算，让乘法和除法见鬼去吧。一位搞电脑的人来过酒吧，卖给我一个可以揣在口袋里的小东西，我只需按一下按键，总数就会跳出来。现在我也跟爱迪生一样聪明。还有一样机器，用不着写字，只需对着拍一下照，就能把情书样本变成分手信。另外，我用电动剃须刀刮胡子，就连刷牙都用电动的牙刷……你看，这是新的，我刚买的，花了不少钱，贷款买的。还有……但我也不知道该怎么说。我有一台新款照相机，只需按一下按钮，照片就洗印出来了。用它可以跟女士们一起厮混，很安全，用不着送出去找人冲印，所有见不得人的东西在家里就可以拍出来，就像在乡下炖一锅汤。

1 扬基歌，曲调具有一定的苏格兰民歌色彩，是美国的传统歌曲。

而这一切都是我的，一位无产者的……我母亲一辈子都在洗脸盆里洗内裤，如果她在这里，肯定不相信自己的眼睛……我有洗衣机，还有甩干机。因为现在，这一切都是我这个穷鬼的……这整个大世界都是我的，因为如今，就连一位乳臭未干的饭店大厅服务生也会坐飞机去非洲，去肯尼亚旅游两周，贷款旅游，分期还款。我也可以这样做……之后，如果我心血来潮想开心一把，我可以花钱参加群交。那种感觉，就像在佐拉的家畜集市，人们把公牛赶去配种……如果我愿意的话，也可以常去那种地方。你听得发呆，是吧？……别急，你现在刚来，还不知道新型的阶级斗争是什么样子！……你好好看看，睁大你的眼睛！当我来到这里，来到这神奇的美国时，我身上连一个铜板也没有。而今天呢？……你从头到脚地看看我，不管你信还是不信，我说的是真话，我现在背有八千美金的债务。你能想象吗？我的乖乖。你已经惊得合不上嘴，我看得出来，你并不相信。但不管你问周围哪个人，他们都会告诉你这个事实。因为我在职场上平步青云，是胜利者，名副其实的绅士……如果你再等上一小段时间，你也会有一台割草机，还有一个电烤箱，用科学的手段，通过红外线把炸肉饼烤软。我买下所有的一切，因为资本家流着哈喇子，迫不及待地想把你从穷人变成有钱的绅士。你会像我一样抓住消费主义不放，就像绵羊总长疥癣一样。

来，让我们为这个干一杯。就这样……因为你知道，有的时候，我会因此感到心绪不宁。曾经的无产者，面对如此的富有，就像一位曾经的伯爵，突然感到浓重的乡愁。更多的时候，正是这个令我心神不安……所有人都用广告袭击我，让我买这个买那个……最后说服我买一程去天堂的旅行，那时我才会踏实下来。我在罗马听说，很久以前，在还有皇帝的时候，有钱的罗马人用孔雀的羽毛撩拨喉咙，为了能呕吐，肚子里空出地方填塞新的美味佳肴。今天，广告就是这根孔雀的羽毛……不仅刺激我，还刺激狗啊猫啊，因为它们也在电视里看到能够填塞它们肠胃的美食。因为今天的阶级斗争就是这个样子。我们胜利了，兄弟！……只是有的时候，我会摸一摸脑袋，看看它还在吗，里面还有没有地方容纳更多的享乐……

我的心上人，当她清洗完厕所时，她了解的还有另外一种富有。关于这个，她给我讲了漫长的一夜。

她跟我讲过的话，我不能全都记住。她的话就像告别会上的歌咏那样没完没了。但是过了一段时间之后，现在，我不时地想起一些片段。感觉她在说话的时候，并不是一个来自底层的姑娘……想来，她不像她伺候的上等人，她根本就没上过学，就像在跟一台录音机说话……你知道，就像有一条窄窄的磁带，将所有的噪音、嗓音和词语都记录下来……就像捕蝇纸捕捉苍蝇那样。你被她所讲的话吸引。也许，每个女人体内都有这样的录音带？仿佛在她们的生活中，有一次遇到了一位这样的演说者，于是她们把这个演说者从心里向她们诉说的一切都录了下来？……录音机现在很流行，女人很快就能学会时髦的东西。我的心上人很快就学会了这门知识，还有上等人之间谈话时所使用的那种只有那个圈子的人才能听懂的、令人惊叹的神秘语言，就像只有随大篷车迁徙的吉卜赛人才能真正听懂的吉卜赛语……确实存在这种上等人的密语。某种程度上，上等人不真正道出他们的心里话，只似是而非地说大致的意思，然后配以含蓄的微笑。当我们这类人已经忍不住咒骂时，他们只是缄口不语。另外他们吃不一样的东西。然后，他们以跟我们穷人不同的方式摆脱那些无稽之谈。我的小鸽子仔细观察这一切，并且很快就学会了……她与我相遇的时候，都可以到大学当教授了，在那里教精神贫瘠的人们什么是文明……她从上等人身上学到了一切，学到了为有钱人家清洗厕所时做梦都不敢想的东西。不管你信还是不信，她的命运发生了巨大转折，有一天，她不仅有了首饰、裘皮大衣，而且还有了指甲水……你看什么呢？你不相信是吗？我是实话实说，但她说话的时候垂着眼帘，好像在说不高尚的事。

她对一切都十分注意，如一只麻雀从黄色的马粪里啄食谷粒。直到有一天，她与一位秃顶的男人相遇，那是一位作家，是跟我的客人们，跟这个酒吧里的名流不同的另一类“鸭蛋脑袋”……那是一位不想再写作了的作家。他说的话，不知怎么会钻到女人的皮肤之下，令她兴奋。她说她没有跟他睡过觉，只是纯粹的精神交流。你想信就信。但是，也许她说的是真的，否则她不会追到罗马。那个白痴肯定跟她说了什么话，使我的小鸽子幻想联翩。她总是不停地念叨什么，没有什么能够阻止她，就连炸弹也不行……就像在床上，在做爱当中感到的某种极特别的寒战。穷人现在心存狐疑，无论用多少人世间存在、有可能得到的好处填塞自己，都不会得到真正的幸福，除非他能从上等人身上窃取到这种悠闲自得感。

他跟她讲了一些这样的话，我的小天使并没有听懂，但看得出来，这令她兴奋。后来，我也感到非常好奇，想知道那些让人狂热的话到底是什么……我们本该把这些从剥削者手里抢过来。但是很难抢过来，因为那些家伙把它们藏得很严，就连拆墙的人也找不到……我一想到这个就心神不宁。过去，只有上等人才能放任自己精神焦虑。但我近来看到，就连穿连体工作服的人也变得紧张，如果在地铁或电影院里有人坐到他们身边……他会变得紧张，缩起身子，用冷漠的眼神看坐在身边的人，看那些跟自己不是一类的人……他在心里嘀咕，最该骄傲的人始终不是自己，而是那些衣着笔挺、戴眼镜的另一类人……并不是言行举止令他紧张，因为如今我们也知道该怎样表现，我自己也已变得十分高雅，就像过去那些与生俱来、经过严峻考验的政府首脑顾问。这是别的什么东西，发明这种东西的，真该让老天爷用雷劈死。

我最心爱的人很快学会了所有她应该具有的良好做派，但是秃顶男人小声跟她说了些什么，由此让她感到不安。那天夜里，仿佛并不是她在讲话……有个人通过她在讲话，就像音乐家借助小提琴、钢琴演奏。由于那个脑筋有问题的蹩脚作家离开了布达佩斯，从她的生活中消失了，她变得惶惶不安，并追他而来……

最后我终于刨问出来，她的白马王子死在了那里，死在罗马一间旅馆客房的床上；她说这个的时候，我跟她正躺在这张床上，甜蜜二人。女人就是这样。你听我说，兄弟，你要向年纪较大的人学习……女人对她们爱上的男人紧追不放，直到跟他上床。她们饱受炽烈的折磨，痛苦使她们的心缩成一团。她们不想别的，只想有朝一日厮守在这个男人身边。她们走遍墓地，一旦看到那个不忠、快乐的男人墓碑前摆有陌生人送的花环，就会伤心欲绝……因为痴情的裴多菲对她说，在世界上存在着什么比食物和啤酒更美好的东西。这是什么呢？是修养。她还说，修养是条件反射。

你知道这说的是什么吗？……我们并不清楚地知道，她不知道，我也不知道。后来，我鼓起勇气查了查字典……我还壮起胆子去了图书馆，寻找“条件反射”这个词，想知道它指的是什么。想知道它指的是吃的还是喝的……你知道，字典里写的都是些蠢话，用母语向英国白痴们解释这个词究竟是什么意思……我拼写得非常认真，但我感到苦涩，因为我并没有变得更聪明一些。这个词大概的意思，就像一个人捏捏自己的鼻子，看看是否在那里……我读到，它既可以后天获得，也可以先天获得……你听没听说过这类事情？

不过，现如今，这样的修养也必须拥有，对身份地位很重要。我不明白，百姓为什么在追求修养时会那么烦躁不安，想来修养已不是什么大不了的事。一切都写在一本大部头的百科全书里，只需要从书架上把书取下来，修养就在眼前。那么修养到底是什么？……另外，条件反射是什么意思？我是一个谦逊的人，想来这个你知道。我从不夸大其词，现在当我说自己已是一位真正有修养的人时，你只需看我一眼就清楚了。确实，我已经不敲鼓了，但我还有条件反射……在家里，当我一个人跟慈善、信教的寡妇一起时，有时会把鼓拿出来。我敲鼓，就像在电视里看到的黑人神父吓唬百姓。敲鼓的时候，寡妇会痴迷地把头伏在我肩上，她就这样休息，直到突然出现一个她的条件反射。没有人能说我没有条件反射……你说，我还是一个下等人吗？还是总有什么东西我必须从上等人那里获得吗？某些他们并不愿给我的东西……我近距离观察过那些人，你接触过，我也接触过。当他们对我们高唱一切属于人民的时候，这到底是怎么回事？在这里，工会的人学会了如何跟洛克菲勒和福特轻松地过招，因为后者付给他们更多的工资，他们活得比在车间劳动的那些人要好……我们清楚地知道，所有这一切只是信口雌黄和天大的骗术，但尽管如此，有可能阶级斗争真的一直还没有结束？……还有没有什么东西一直被剥削者藏着掩着？……下等人就因为这个感到紧张？……

等一下，那位女士在流泪。她眼睛在哭、嘴在笑的样子实在让我受不了。你再看看那个尸体美容师……他嫉妒地盯着这位女士，因为用不着石蜡，她脸上就浮现出永恒的微笑……她就是这样，起飞的时候，手里只有一张单程机票。你看看这张照片吧。有的时候，我也会停下来看一会儿。

但是有一天晚上，还有别的人也在看她。那是一年前的事情，午夜时分，酒吧里已经空空荡荡，进来了两位客人。那天晚上，隔壁剧院上演的那出戏剧非常失败，又是精神创伤类的故事。半夜的时候，他们坐进酒馆，就坐在你现在坐着的位置。他们正对着酒柜，上面不仅放着酒瓶，还有这张照片。

他们一声不响地喝着酒，显得颇有修养。看得出来，他们是气质不错的那类人，有条件反射。但是也看得出来，他们都是退休的人。这个一眼就看得出来，拿三百八十美元，外加疾病补助。其中一位满头白发，就像圣诞老人。另一个人留着络腮胡，似乎还想展示什么，但除了稀疏的鬓角，已经没有什么好展示的了。我没太注意他们在谈论什么，但我还是听出，他们说的英文跟我平时的客人说的不一样……听发音，好像英文并不是他们的母语，而是学会的。但不是在纽约这里学的，而是在英国的什么地方。两个人都戴着眼镜，衣着破旧。十分醒目，圣诞老人的外套比较长，不大合体，不是量身订制的，而是买的廉价的成衣……我估计，他们不会花比两张林肯更多的钱。即便如此，他们还是有生活品位的人……说白了，他们没钱。

但他们喝的是“血腥玛丽”，就像一个急着涅槃的人。他们低声聊天。我不经意听到他们在谈论在这个经济大国，在美利坚，感到满足的人非常少。我之所以听到，是因为我也有类似的感觉。那些国外来的，从大洋彼岸来的人不能理解这个……但如果在这里生活久了，悉心体会，就像我现在这样……有时我也会这样想，并像一个忘了刮胡子的人摸自己的下巴。因为不能否认，在这里，人们拥有优裕生活所需要的一切，人们很快乐……你知道，但是那种名副其实、满脸微笑的快乐……好像还不存在。在隔壁的百货商店能够买到享受人间幸福所需要的一切，连永远可以打着火的打火机都能买到，而且装在套里。但是他们不卖快乐，即使在维他命柜台也不卖。

两位客人在谈论这些。实际上,说话的主要是长络腮胡的男人，圣诞老人频频点头。当他们神情专注地智慧地交谈，恍然间，我似乎又听到了我心上人的嗓音。最后那一夜，她同样谈到了修养和快乐……这是她从她那个握笔的白马王子那里听来的。当时我不理解这些话。现在我也不十分理解,但当我听这两个客人交谈时，我想了起来。我竖起耳朵偷偷听着。

这个话题他们只谈了一会儿。留络腮胡的男人用心不在焉的语气说，在这个伟大的国家里，有娱乐，但人与人之间缺少发自内心的快乐。回想起那段谈话，我联想到，快乐在欧洲也开始慢慢消失。在纽约这里,好像还没有点燃呢。鬼知道这是怎么回事……但他们也不是非常理解，因为那个“鸭蛋脑袋”，大概是一位学者，总结说，最好还是政府提高退休金，那样可以让人立即快乐起来。他们都同意这个观点。之后，留络腮胡的男人付完账走了。圣诞老人留了下来，又要了一杯，点燃一支烟。当我向他递火的时候，那人用大拇指指着照片用匈牙利语问……好像继续刚才的对话那样不经意地问：

“她死的时候，您也在场？”

我用两个手掌撑着柜台，保持住平衡。我仔细打量他。我认了出来。他是她的丈夫。

我跟你讲，我不感到羞惭……我的心在胸膛里狂跳，仿佛有人从里面击打，但我咽了一口唾沫，只是跟他简单地说，我没在场。黎明，我从酒吧里回来，她的脸还是热的，但她已经说不出话了。

他点了点头，态度温和，似乎想听到的正是这个。他低声地询问，不时地微笑。他问，她是否需要过什么东西？她是否能靠那些首饰活到最后？我安慰他说，没遇到过麻烦，因为我在她身边，我一直在关照她。他听了这些，点了点头，就像忏悔室里的神父那样听完了一切，只说了三声“我的天父”。他想知道……但他始终礼貌，友好……她的葬礼是否举办得隆重得体。我顺从地回答了他的问题。只是，我同时紧紧攥着拳头，但他并没有变换语调。

我始终不明白，他到底是从哪里知道的。他是怎么找到这儿的？是谁告诉了他这些细节，旅馆和首饰？……在此之前，我从没在酒吧里见过他。我曾经在匈牙利的街巷里，在多瑙河畔打听过他，但连他的名字都没有人知道。可他却知道我的一切，就连我的艺名“艾德”都知道。因为他友好地问我：“那她自己感到满意吗，艾德？”

就像一位老相识。不，还不太一样……就像领导遇到了下属……好像他一直是老板，我是个伙计。我毕恭毕敬地回答他。但我跟你说了，我一直攥着拳头……因为情况变得越来越明朗，有人在这里戏弄了我。你知道，这个人是那样平静地讲话，是那样的亲热、自然，仿佛我这个人根本就不值得他冲着吼叫。也许他觉得我是个吃软饭的，鬼知道因为什么……他跟我说话的样子，好像我根本成不了他的敌手。我就因为这个攥紧了拳头。因为，假如他冲我大声叫嚷："我什么都知道，你实话实说……"那么，我们俩就平等了。如果他说："你听我讲，艾德，虽然我已经老了，不中用了，但我还是一位博士先生……"那么我也会用我的方式回答他。如果他说："我曾跟那个女人疯狂过，但是一切都过去了。你跟我讲讲，她最后的结局怎么样？"我会轻描淡写地告诉他，对不起，我也没有办法，结果就是这样……如果他当胸给我一拳，我会立即以牙还牙。也许我们会滚到地板上，直到老板打电话报警，我们两个都被警察带走……这样才更合乎情理，更符合两位绅士的身份。但在酒吧里，在大得可怕的世界里，他们平静地交谈……这让我感到血往头上涌。因为在我们之间，你要知道，平静的话语才更伤人。我感到指尖发麻，开始恼火。

他从兜里掏出一张林肯的钞票。我看到他的手在发抖。我锁上了收银机。他没有说话，没有催促。他将胳膊肘支在吧台上，眨着眼睛，好像一位绅士喝多了酒，控制不住要眨眼睛。他开始微笑，似乎显得很愉快。

我从侧面仔细打量他。看得出来，这位先生过得很落魄。衣服破旧，衬衫已经许多天没换洗……呆滞的目光躲在眼镜片后。用不着过于仔细地观察，显而易见，这个人曾被称为“博士先生”……我记得她跟我说过……围城之后，多瑙河边，当他跟我心爱的女人告别时，好像她并不是那个他曾为之疯狂的女人，而是一个对他来说已经没用了的雇员……这个人已经受到最后的审判。他以为自己是上等人吗？……唾液从我的喉咙里溢出，我连咽了几口。我心里掀起巨大的波澜。如果这个家伙现在走了，没有承认黄金时代已经过去……现在我的处境要比他优越……所以，你懂吗？我害怕这会引起什么乱子。他把那张林肯递给我。

“我喝了三杯。”他说。他摘下眼镜，擦了擦镜片，眼睛直勾勾地盯着前方，他是近视眼。账单是三元六十美分。我找给他一元四十美分。他摆了下手：

“这是您的小费。留着吧，艾德。”

这是危险的一刻，但他并没注意我的表情，站了起来。他并不那么行动自如，他抓住了吧台。我看了看手心里的一元四十美分，想了一下，要不要扔到他的脸上，但我的嗓子里发不出声音。因为他困难、颤抖着站了起来，准备离开。我对他说：

“您的车停得很远吗，博士先生？”

他摇了摇头，咳嗽了一声，嘶哑地说：

“我没有汽车。我搭地铁回去。”

我大声对他说：

“我的车就停在隔壁，新车，我送您回家。”

“不用，”他打了一个嗝，“我去坐地铁。它能送我回家的。”

我冲他吼道：

“这样不行，我的老爷。我这个肮脏的下等人，要用我的新车送博士先生回家。”

我离开吧台，朝他跨近一步。我心想，如果他抗拒的话，我就给他一拳。因为，这件事总要有个了结……他的舌头卷了一下，脸色难看地看着我：

“好吧。”他说。他点了下头，“那你就送我回去吧，肮脏的下等人。”我挽住他的胳膊。我们就这样朝店门走去。男人们，只有是跟同一个女人盖过一条被子的老朋友，才会这样走在一起。因为你看，这才是真正的民主。

在第一百号大道的街口……在那里，贫民区就从那里开始……他下了车，消失了，就像一只水泥箱沉到水里，再也不会被人找到。

作家们来了。现在你最好马上离开，从左边走。他们中间也许有来自咱们国家的老工人民兵……谨慎为好。周末你再过来坐坐。你要当心，离那些水泥工远一点。Welcome, gentlemen. You are served, sir.[1]

圣地亚哥，1979 年。

1　欢迎，先生们。很乐意为您效劳，先生。

后记

流亡的骨头

余泽民

1

我第一次看到并记住了马洛伊·山多尔这个名字，是在2003年翻译匈牙利诺奖作家凯尔泰斯的《船夫日记》时。凯尔泰斯不仅在日记中多次提到马洛伊，将他与托马斯·曼相提并论，称他为“民族精神的哺育者”，还抄录了好几段马洛伊的日记，比如：“谎言，还从来未能像它在最近三十年里这样地成为创造历史的力量”；“上帝无处不在，在教堂里也可以找到”；“新型的狂热崇拜，是陈腐的狂热崇拜”……句句犀利，智睿警世。

我开始买马洛伊的小说读，则是几年后的事。原因很简单，我在给自己翻译的匈牙利作品写译者序时，发现我喜欢的作家们全都获过“马洛伊·山多尔文学奖”，包括凯尔泰斯·伊姆莱（Kertész Imre）、艾斯特哈兹·彼得（Esterházy Péter）、克拉斯诺霍尔卡伊·拉斯洛（Krasznahorkai László）、纳道什·彼得（Nádas Péter）、巴尔提斯·阿蒂拉（Bartis Attila）和德拉古曼·久尔吉（Dragomán György）。可以这么说，当代匈牙利作家都是在马洛伊的精神羽翼下成长起来的，所以我觉得应该读他的书。

我读他的第一本小说是《反叛者》，描写了第一次世界大战后一群对现实社会恐惧、迷惘的年轻人试图远离成年人世界，真空地活在自己打造的世外桃源，结果仍未能逃出成年人的阴谋。第二本是《草叶集》，是一位朋友作为圣诞礼物送给我的，后来我又从另一位朋友那里得到一张这本书的朗诵光盘。坦白地说，《草叶集》里讲的生活道理并不适合所有人读；准确地说，只适合有理想主义气质的精神贵族读，虽是半个世纪前写的，却是超时空的，从侧面也证明了一个事实，什么主义都可能过时或被修正，但理想主义始终如一。我接下来读的是《烛烬》和《一个市民的自白》，这两部书使我彻底成为了马洛伊的推崇者。也许，在拜物的小时代，有人会觉得马洛伊的精神世界距离我们有点遥远，跟我们面对的现实生活格格不入，但至少我自己读来感觉贴心贴肺，字字抵心。马洛伊一生记录、描写、崇尚并践行的人格，颇像中世纪的骑士，用凯尔泰斯的话说是“一种将自身与所有理想息息相牵系的人格”。

三年前，译林出版社与我联系，请我推荐几部马洛伊作品，我自然推荐了自己喜欢的这几本，并揽下了《一个市民的自白》和《烛烬》的翻译工作，其他几部作品分别由郭晓晶、赵静和舒荪乐三位好友担纲翻译。译林出的这几本书中，《烛烬》和《伪装成独白的爱情》，台湾地区在八年前出过繁体版，但是从意大利译本转译的，自然留下许多遗憾，有不少误译、漏译和猜译之处，马洛伊的语言风格也打了折扣。当然这不是译者的过失，是“转译”本身造成的。所以，值得向读者强调的是，译林推出的这套马洛伊作品，全部是从匈牙利语直译的，单从这个角度讲也最贴近原著，即使读过繁体版的读者也不妨再读一遍我们的译本，肯定会有新的感受。

起初考虑到繁体版的影响，编辑也曾打算沿用繁体版作者名“桑多·马芮”的译法，但我不同意这样做，理由是匈牙利人是唯一姓在前、名在后的欧洲民族，马洛伊是姓，山多尔是名，繁体版把姓名顺序颠倒过来，是不了解匈牙利姓名的特殊性。另外音译也不对，是从其他语言转译造成的，并不是根据匈牙利语发音。既然我们是从匈牙利语直译，没必要延续这样的错误。

关于书名的译法。《烛烬》的匈文原名是 *A gyertyák csonkig égnek*，直译为“蜡烛燃烧到了根部”。蜡烛是小说中最重要的道具，故事从点燃蜡烛迎客讲起，到蜡烛熄灭送客结束，两位四十一年未见的老人聊了他们一生的沧桑。“烛烬”最贴近原文原意，“余烬”让人联想到烬火的余热，少了“烛”字，意思偏差很大。

《伪装成独白的爱情》，匈文版原本是两本书。1941 年，马洛伊写了《真爱》，四十年后，续写了《尤迪特……和尾声》。中文版将两本书合在了一起，由四个人的独白组成，另起一个书名是可以的。《伪装成独白的爱情》意在强调这是一部“令人惊艳的多视角多声道的独白小说”，是不错的书名，但是提请读者留意：尽管简体版沿用了繁体版书名，但是由郭晓晶女士从匈牙利文重译的，译文质量高出许多，纠正了繁体译本的大量错误。

2

马洛伊·山多尔（1900—1989）是20世纪匈牙利文坛举足轻重的小说家、诗人和剧作家，他还是20世纪历史的记录者、省思者和孤独的斗士。马洛伊一生追求自由、公义，坚持独立、高尚的精神人格，他经历了第一次世界大战、第二次世界大战和冷战的风风雨雨，从来不与任何政治力量为伍，我行我素，直言不讳，从来不怕当少数者，哪怕流亡也不妥协。纵观百年历史，无论对匈牙利政治、文化、精神生活中的哪个派别来说，马洛伊都是一块让人难啃却又不能不啃的硬骨头，由于他的文学造诣，即便那些敌视他的人，也照样会读他的书。无论他的作品，还是他的人格，对匈牙利现当代的精神生活都影响深远。

1900年4月11日，马洛伊·山多尔出生在匈牙利王国北部的考绍市（Kassa），那时候还是奥匈帝国时期。考绍坐落在霍尔纳德河畔，柯伊索雪山脚下，最早的文献记录见于13世纪初，在匈牙利历史上多次扮演过重要角色。马洛伊的家族原姓“格罗施密德”(Grosschmid)，是当地一个历史悠久、受人尊重的名门望族，家族中出过许多位著名的法学家。18世纪末，由于这个家族的社会威望，国王赐给了他们两个贵族称谓——“马洛伊”(Márai) 和“拉德瓦尼”(Ládványi)。

马洛伊在《一个市民的自白》中这样描述自己的家庭：“我走在亡人中间，必须小声说话。亡人当中，有几位对我来说已经死了，其他人则活在我的言行举止和头脑里，无论我抽烟、做爱，还是品尝某种食物，都受到他们的操控。他们人数众多。一个人待在人群里，很长时间都自觉孤独；有一天，他来到亡人中间，感受到他们随时随地、善解人意的在场。他们不打搅任何人。我长到很大，才开始跟我母亲的家族保持亲戚关系，终于有一天，我谈论起他们，听到他们的声音；当我向他们举杯致意，我清楚地看到他们的举止。‘个性’，是人们从亡人那里获得的一种相当有限、很少能够自行添加的遗产。那些我从未见过面的人，他们还活着，他们在焦虑，在创作，在渴望，在为我担心。我的面孔是我外祖父的翻版，我的手是从我父亲家族那里继承的，我的性格则是承继我母亲那支的某位亲戚的。

在某个特定的时刻，假如有谁侮辱我，或者我必须迅速做出某种决定，我所想的和我所说的，很可能跟七十年前我的曾外祖父在摩尔瓦地区的磨坊里所想的一模一样。”

马洛伊的母亲劳特科夫斯基·玛尔吉特是一位知识女性，年轻时毕业于高等女子师范学院，出嫁之前，当了几年教师。父亲格罗施密德·盖佐博士是著名律师，先后担任过王室的公证员、考绍市律师协会主席和考绍信贷银行法律顾问，还曾在布拉格议会的上议院当过两届全国基督民主党参议员。马洛伊的叔叔格罗施密德·贝尼是布达佩斯大学非常权威的法学教授，曾为牛津大学等外国高校撰写法学专著和教科书，其他的亲戚们也都是社会名流。马洛伊的父母总共生了五个孩子，马洛伊·山多尔排行老大，他有个弟弟盖佐，用了“拉德瓦尼”的贵族称谓为姓，是一位著名电影导演。对于童年的家，马洛伊在《一个市民的自白》中也有详尽的描述，工笔描绘了帝国末年和两次世界大战之间东欧市民生活的全景画卷。

3

在马洛伊生活的时代，考绍是一个迅速资本主义化的古老城市，孕育了生机勃勃的“市民文化”，作家的青年时代就是在这样的环境里度过的。亲身的经历为他的创作提供了丰富的素材，形成了他的作品基调，并决定了他的生活信仰。在马洛伊的小说里，“市民”是一个关键词，也是很难译准的一个词。马洛伊说的“市民”和我们通常理解的城市居民不是一回事，它是指在20世纪初匈牙利资本主义的黄金时代形成的一个特殊社会阶层，包括贵族、名流、资本家、银行家、中产者和破落贵族等，译文中大多保留了“市民”译法，有的地方根据具体内容译为“布尔乔亚”、“资产阶级”或“中产阶层”。

在匈语里，市民阶层内还分“大市民”、“小市民”。前者容易理解，是市民阶层内最上流、最富有的大资本家和豪绅显贵；后者容易引起误解，并不是我们所说的“小资”或“小市民”，而是指中产者、个体经营者和破落贵族，而我们习惯理解的“小市民”，则是后来才引申出的一个含义，指思想局限、短视、世俗之人，但这在马洛伊的时代并不适用。因此，我在小说中根据内容将“小市民”译为“中产者”、“破落者”或“平民”，至少不带贬义。马洛伊的家庭是典型的市民家庭，有较高的社会地位，家境富裕，既保留奥匈帝国的贵族传统，也恪守市民阶层的社会道德，成员们有很高的文学、艺术修养，孩子们被送去接受最良好的教育。

马洛伊在十岁前，一直跟私教老师学习，十岁后才被送进学校。青少年时期，马洛伊先后四次转学，每次的起因都是他反叛的性格。有一次，他在中学校刊上发表了一篇文章，提到了天主教学校的老师们虐待手执手杖、头戴礼帽、叼着香烟在大街上散步的学生，结果遭到校长的训诫，马洛伊愤怒之中摔门而去，嘴里大喊：“你们将会在匈牙利文学课上讲到我！”还有一次转学，是因为他离家出走。

马洛伊是一位倔强、自信的早慧少年，不但学会了德语、法语和拉丁语，而且很早就在写作、阅读和口头表达能力方面表现出超群的天赋。1916年，他第一次以“萨拉蒙·阿古什”(Salamon Ákos)的笔名在《佩斯周报》上发表了小说处女作《卢克蕾西亚家的孩子》，尽管学校教师对这个短篇小说评价不高，但对酷爱文学的少年来讲，这无疑是一个巨大的鼓舞。从这年起，他开始使用家族的贵族称谓“马洛伊”。

1918年1月，成年的马洛伊应征入伍，但由于身体羸弱没被录取，后来证明没有服役是一种幸运：没过多久，第一次世界大战爆发，与马洛伊同班的有十六位同学在战场上阵亡。同年，马洛伊搬到了布达佩斯，遵照父亲的意愿，在帕兹马尼大学法律系读书，但一年之后他就厌倦了枯燥的法学，转到了人文学系，接连在首都和家乡的报刊上发表文章，并出版了第一部诗集《记忆书》，深获著名诗人、作家科斯托拉尼·德热（Kosztolányi Dezsö）的赏识。科斯托拉尼在文学杂志《佩斯日记》中撰写评论，赞赏年轻诗人“对形式有着惊人的感觉”。但是，此时的马洛伊更热衷于直面现实的记者职业，诗集出版后，他对诗友米哈伊·厄顿（Mihályi Ödön）说，他之所以出版《记忆书》，是想就此了结自己与诗歌的关系，“也许我永远不会再写诗了”。

4

马洛伊中学毕业后，第一次世界大战也结束了。布达佩斯陷入革命风暴和反革命屠杀，一是为了远离血腥，二是为了彻底逃离家庭的管束，马洛伊决定去西方求学。1919 年 10 月，他先去了德国莱比锡的新闻学院读书，随后去了法兰克福（1920）和柏林（1921）。在德国，他实现了自己的记者梦，为多家德国报刊撰稿，最值得一提的是，年仅二十岁的他和托马斯·曼、亨利希·曼、狄奥多·阿多诺等知名作家一起成为《法兰克福日报》的专栏作家；同时，他还向布拉格、布达佩斯和家乡考绍的报纸投稿。“新闻写作十分诱人，但我认为，在任何一家编辑部都派不上用场。我想象的新闻写作是一个人行走世界，对什么东西有所感触，便把它轻松、清晰、流畅地写出来，就像每日新闻，就像生活……这个使命在呼唤我，令我激动。我感到，整个世界一起、同时、经常地‘瞬息万变’，‘令人兴奋’。”

在德国期间，他还去了慕尼黑、多特蒙德、埃森、斯图加特……“我在那里并无什么特殊事情要做，既不去博物馆，也不对公共建筑感兴趣。我坐在街边的长凳上或咖啡馆里，总是兴奋地窥伺，揣着一些复杂念头，不可动摇地坚信现在马上将要发生什么，这些事会对我的生活产生巨大影响。在绝大多数时候，什么也没发生，只是我的钱花光了。熬过漫漫长夜，我抵达汉堡或柯尼斯堡。”在德国，与其说留学，不如说流浪，他有生以来第一次作为一个不屈从于他人意志的个体人在地球上走，看，听，写和思考。

魏玛是歌德的城市，那里对马洛伊的影响最深最大。“在魏玛，我每天早晨都去公园，一直散步到歌德常在炎热的夏日去那里打盹儿的花园别墅。我走进屋里转上一圈，然后回到城里的歌德故居，在光线昏暗的卧室里站一会儿，那里现在也需要‘更多的光明’；要么，我就徘徊在某间摆满矿石、手稿、木刻、雕塑和图片的展厅里，仔细端详诗人的遗物，努力从中领悟到什么。我就像一位业余侦探，正隐藏身份地侦破某桩神秘、怪异的奇案。”在魏玛，他找到了自己精神的氛围：“住在歌德生活过的城市里，就像假期住在父亲家那样……在歌德故居，每个人都多多少少能感到宾至如归，即使再过一百年也一样。歌德的世界收留旅人，即便不能给他们宽怀的慰藉，也能让人在某个角落里栖身。”

在德国期间，自由、动荡、多彩的生活使马洛伊重又燃起写诗的热情，他在给好友米哈伊·厄顿的一封信中表示："在所有的生活任务之中只有一项真的值得人去完成：当一名诗人。"1921年，他的第二部诗集《人类的声音》在考绍出版，著名诗人萨布·吕林茨（Szábó Lörincz）亲自撰文，赞赏有加。同年，他还做了一件重要的事情——翻译并在家乡杂志上发表了卡夫卡的小说《变形记》和《审判》，成为卡夫卡的第一位匈语译者和评论者。马洛伊承认，卡夫卡是对他影响最大的作家之一，不是在写作风格上，而是在文学精神上。

1921年，对马洛伊来说是个重要的年份，他还在柏林与玛茨奈尔·伊伦娜（昵称"罗拉"，这位考绍的名门闺秀也是为了反叛家人而出走柏林）一见钟情。从那之后，马洛伊与她相濡以沫六十三年；从那之后，罗拉不仅是他的妻子，还是他的旅伴、难友和最高贵意义上的"精神伴侣"，几乎他以后写下的所有文字，罗拉都是第一位读者。

1922年马洛伊的散文集《抱怨书》在家乡出版，其中有一篇《亲戚们》，描写自己的亲戚们和青少年时代生活，为后来创作《一个市民的自白》的第一部提供了框架。

1923年，马洛伊与罗拉在布达佩斯结婚，随后两人移居巴黎。"我们计划在巴黎逗留二个星期。但是后来住了六年。"

马洛伊在《一个市民的自白》里详细讲述他戏剧性的巴黎生活，他去索邦大学读书，去图书馆翻杂志，做一些勉强糊口的工作，给德国和匈牙利报纸撰写新闻，并陪罗拉经历了一场险些丧命的重病……尽管在巴黎的生活十分贫寒，但精神生活十分丰富，作为记者，他看到了一个更大的世界，他亲耳聆听过阿波尼·阿尔伯特在日内瓦的著名演讲，见到张伯伦向这位曾五次获得诺贝尔奖提名的匈牙利政治家致意……在这期间，他还去过大马士革、耶路撒冷、黎巴嫩、蒙特勒和伦敦，最重要的是读了普鲁斯特；毫无疑问，《追忆似水年华》对马洛伊后来写《一个市民的自白》影响至深，难怪评论家经常将他俩相提并论。

马洛伊在1924年6月20日写的一封信里说："巴黎吸引我，因此不管我一生中会流浪到哪里，最后都会回到这里。"在巴黎期间，他的第一部长篇小说《屠杀》（1924）在维也纳问世，同时他还完成了一本游记《跟随上帝的足迹》。

5

“有什么东西结束了，获得了某种形式，一个生命的阶段载满了记忆，悄然流逝。我应该走向另一个现实，走向‘小世界’，选择角色，开始日常的絮叨，某种简单而永恒的对话，我的个体生命与命运的对话；这个对话我只能在家乡进行，用匈牙利语。我从蒙特勒写了一封信，我决定回家。”1928年春天，马洛伊回到了布达佩斯，但罗拉继续留在巴黎，因为她不相信马洛伊心血来潮的决定：“我名下的公寓还在巴黎，罗拉还留在那里，她不相信我的心血来潮。”

一方面，马洛伊自己也心里打鼓：“我不安地想：回去后我必须要谨言慎行；必须学会另一种匈牙利语，一种在书里面只选择使用的生活语言，我必须重新学匈牙利语……在家乡，肯定不是所有的一切我都能理解；我回到一个全新的家乡……我必须再次‘证实’自己是谁——我必须从头开始，每天都得从头开始……我在家乡能够做什么呢？”另一方面，马洛伊了解自己是“一名能从每天机械性的工作中省出几个小时满足自己文学爱好的记者”，了解自己与生俱来的“匈牙利作家的命运”。

他离开家乡，是为了找到自己；回到家乡，则是为了成为自己。

这时的匈牙利，已经不是他离开时的那个祖国。1920 年签订的《特里亚农条约》，使原来的“大匈牙利”四分五裂，丧失了 72% 的领土和 64% 的人口；考绍也被划归给捷克斯洛伐克。马洛伊没有回家乡，而是留在了布达佩斯。这时的他，已经是著名的诗人、作家和记者了，他的文学素养、独立精神和世界眼光，都使他很快跻身于精英阶层，成为社会影响力很大的《佩斯新闻报》的记者。

1928 年，马洛伊出版了长篇小说《宝贝，我的初恋》。1930 年，随着青春小说《反叛者》的问世，开启了马洛伊小说创作的黄金时代。《反叛者》的主人公们是一群青春期少年，他们以乌托邦式的挑战姿态向成年人世界宣布：“我们不想与你们为伍！”他们以纯洁的理想，喊出了战后一代年轻人对世界、对成年人社会的怀疑。这部小说于 1930 年被译成法语，大作家纪德读后，兴奋地致信这位素不相识的匈牙利作者；存在主义思想家加布里埃尔·马塞尔亲自撰写评论。这部小说与法国作家让·谷克多同年出版的《可怕的孩子们》，成为欧洲文坛的重要事件。同年出版的《陌生人》，则根植于他在巴黎的生活感受，讲述了一个长大成人的男孩如何面对自己的内心世界。

1934年至1935年，马洛伊完成了他的代表作——分为两部的自传体小说《一个市民的自白》，时间跨越世纪，空间纵横欧陆。小说的第一部绘声绘色地讲述了自己的家族史和青春期成长史，生动再现了两次世界大战之间东欧新兴市民阶层的生活全景画卷。他用工笔的手法翔实记录了第一次世界大战前后市民阶层的生存环境、生活习惯、家族传统、人际关系、审美趣味、道德准则、行为规范和社会风俗，刻画之详之细，如同摄像机拍摄后的慢放镜头，精细到各个房间内每件家具的雕花和来历、父母书柜中藏书的作者和书名、妓院房间墙上贴的告示内容和傍晚在中央大街散步的各类人群的时尚装扮。书里有名有姓的人物多达上百个，从皇帝到女佣，从亲友到邻里，从文人、政客到情人、路人，每个人都拥有个性的面孔和命运的痕迹。从文学水准看，该书毫不逊色于托马斯·曼的《布登勃洛克一家》和普鲁斯特的《追忆似水年华》。

在第二部中，马洛伊回忆了并不久远的流浪岁月。从德国、法国、英国、瑞士等西欧国家，写到东欧的布达佩斯，不仅讲述了个人的流浪、写作和情感经历，还勾勒出欧洲大陆在两次世界大战之间动荡、不安、复杂、激进的岁月影像，各地人文历史宛然在目，无数历史人物呼之欲出，真可谓一部大时代的百科全书。更重要的是，《一个市民的自白》以宏大的篇幅记录了一位东欧年轻知识分子的生理和心灵成长史，对内心世界的变化刻画得毛举缕析，委曲毕现，其揭露之酷、剖解之深和态度的坦诚，都是自传作品中少见的。如果让我作比的话，我首先想到的是萨义德的《格格不入》和卡内蒂的“舌耳眼三部曲”。

不过，也正是由于坦诚，马洛伊于1936年官司惹身，他当年的一位神父教师以毁誉罪将他送上法庭，另外作者的几位亲戚也对书中披露的一些细节感到不满，因此，马洛伊被迫销毁了第一版，支付了神父一笔可观的赔款，并对该书进行了大幅度的删减，主要删掉了对天主教寄宿学校中男孩们暧昧的情色生活的描述和关于几位亲戚的家庭秘闻，减掉了至少有三章的篇幅。从那之后的近八十年里，读者只能看到删节后的《一个市民的自白》，我翻译的这个版本也是1936年后的删节本。

匈牙利终于出版了全本的《一个市民的自白》，遗憾的是，当时我的译文已经交稿，只能寄希望于以后中文版再版时，我再花时间弥补这个小小的缺憾。对“马洛伊迷”来说，还有一个好消息：作为马洛伊的遗稿在箱底压了多年的《我想要沉默》被意外发现并编辑出版，这部书便是马洛伊曾在日记中提到的

《一个市民的自白》的第三部。至此，马洛伊的这本自传终于在作者去世二十四年后能以完整的面貌与读者见面，我想中文版面世只是早晚的事情。

6

从1928年回国，到1948年出国，马洛伊小说的黄金时代持续了整整二十年。毫无疑问，马洛伊是我知道的世界上最勤奋、最多产、最严肃，也最真诚的作家之一，在当时的匈牙利文坛，他的成就和声誉无人比肩。

在马洛伊的长篇小说中，1942年圣诞节问世的《烛烬》是语言最精美考究、故事最动人、情感最深沉、风格最强烈的一部。两位老友在离别多年后重逢，在昏暗、空寂的庄园客厅里秉烛对坐，彻夜长谈，追忆久远的过去，一个成了审判者，另一个成了被审判者。年轻的时候，他俩曾是形影不离的金兰之友，相互交心，不分你我；后来，其中一个人背叛了另一个，甚至有一刻动了杀机，结果导致一系列悲剧。马洛伊讲故事，但不仅讲故事，还用莎士比亚式的语言怀念逝去的帝国时代，以及随之逝去的贵族品德和君子情谊，他通过两位老人的对话告诉读者，悲剧的根源不是一时的软弱，而是世界秩序坍塌时人们传统道德观念的动摇。1998年，《烛烬》最先被译为意大利语，随后英文版、德文版问世，之后迅速传遍世界，台湾地区也于2006年出版了从意大利语转译的繁体版，在华语读者中影响甚广。至今，《烛烬》是马洛伊作品中翻译语种最多、读者最熟悉、市场最畅销的一部小说，后来被多次改编成电影、话剧和广播剧。不久前，书评家康慨先生告诉我，他正在读我刚出炉的《烛烬》译稿，激动得禁不住大声朗读，并摘出他最喜爱的关于音乐、友情、孤独、衰老的段落发给我，说书写得好，也译得好，我心里不仅感到安慰，还感到一种“古代君子”的情愫在胸中涌流，我希望，它能通过我的翻译在我身上留下一部分，也能让读者们通过阅读留下一些。

《真爱》是一部婚姻小说，通过两段长长的自白，先出场的是妻子，随后出场的是丈夫，从不同的阶层、视角、修养和感受讲述了同一个失败的婚姻。他们两个都以自己的生活经验判断对方，都以自己的真实看待这段婚姻。按照马洛伊的观念，这个婚姻是注定失败的，因为与生俱来的修养差别和阶层烙印。其实这个观点，作者在《一个市民的自白》中就清楚地表述过："大多数的婚姻都不美满。夫妻俩都不曾预想到，随着时间的推移，有什么会将他们分裂成对立的两派。他们永远不会知道，破坏他们共同生活的潜在敌人，并不是性生活的冷却，而是再简单不过的阶层嫉恨。几十年来，他们在无聊、世俗的冰河上流浪，相互嫉恨，就因为其中一方的身份优越，受到过良好的教育，姿态优雅地攥刀执叉，或是脑袋里有某种来自童年时代的矫情、错乱的思维。当夫妻间的情感关系变得松懈之后，很快，阶层争斗便开始在两个人之间酝酿并爆发……"

《草叶集》是马洛伊流传最广的散文集，谈人生，谈品德，谈理想，谈哲学，谈情感，为那些处于痛苦之中和被上帝抛弃的人指点迷津。作者在1943年自己的日记里写了这样一段感人的话："我读了《草叶集》，频频点头，就像一位读者对它表示肯定。这本书比我要更智睿、更勇敢、更有同情心得多。我从这本书里学到了许多。是的，是的，必须要活着，体验，为生命与死亡做准备。"

与马洛伊同时代的大诗人尤若夫·阿蒂拉（József Attila）这样评价他，称他为“匈牙利浪漫主义文学伟大一代的合法后代”。

7

浪漫主义作家的生活并不总是浪漫的，更准确地说，浪漫主义作家通常会比常人更多一层忧患。在新一场战争临近的阴霾下，马洛伊的精神生活越来越沉重。他的自由主义思想、与主流文化的冲突和他桀骜不驯的个性，以及他犀利的语言和独立的人格，都使他在乱世之中从不动摇意志，从不依附任何势力，从不被任何思想冲昏头脑，他与左翼的激进、暴力保持距离，他对右翼的危险时刻充满警惕，因此使得当时各类右翼对他的厌憎就像第二次世界大战后左翼对他的记恨一样深，无论哪派都视他为“难斗的天敌”。

1934年10月12日，对马洛伊来说是个悲伤的日子，他父亲的去世对他打击很大。虽然父亲很少跟他在一起生活，但在精神、品德和修养上给予他潜移默化的影响非常大。中学毕业时，马洛伊曾写信向好友倾诉，这样描述自己的生活榜样：“一个许多人敬重但很少有人喜欢的人，一个从来不向外部世界妥协、永远没有家的人。也许在这个坍塌的家里正是这个将我们维系在一起：无家感。”父亲的死，使马洛伊陷入内心更深的孤独，很少写诗了的他，在悲痛中写了一首《父亲》。

1930年代初，德国纳粹主义日益嚣张，托马斯·曼于1930年10月17日在柏林贝多芬厅发表著名的《德意志致词》，直言不讳地称纳粹主义是“怪僻野蛮行径的狂潮，低级的蛊惑民心的年市上才见的粗鲁”，是“群众性痉挛，流氓叫嚣，哈利路亚，德维斯僧侣式的反复颂念单一口号，直到口边带沫”，为此受到希特勒的迫害。马洛伊与托马斯·曼的观点一致，他也率先在匈牙利报纸上撰文，提醒同胞提高警惕，结果遭到本国的民粹主义者憎恨，视他为激进的左派分子。1935年，他与动身流亡的托马斯·曼在布达城堡会面，更坚定了他的反法西斯立场。

1939年2月28日，罗拉为马洛伊生了一个可爱的儿子，取名“克利斯托夫”，但孩子只活了几个星期，不幸死于内出血。从那之后，马洛伊写了一张字条放在文件夹里带在身边，字条上写着：“克利斯托夫，亲爱的克利斯托夫！你别生病！！！”葬礼之后，他长达几个月沉默不语，写了一首《一个婴儿之死》：

他留下了什么？他的名字。
他头发的香气留在梳子上。
一只维尼熊，他的死亡证明。
一块带血的破布和一条绷带。
世界的万能与全知啊，
我不懂，为什么要对我这样？
我不叫喊。活着并沉默。
现在他是天使，假如存在天使的话——
但这里，在地下，一切都无聊和愚蠢，
我不能原谅任何人，永远不能。

就在马洛伊丧子的同年，第二次世界大战爆发，马洛伊感到十分悲愤，他在《佩斯新闻报》发表了一篇题为《告别》的文章，写道："现在，当黑暗的阴云笼罩了这片高贵的土地，我的第二故乡，它的地理名称叫欧洲：我闭上了眼睛，为了能更清晰地看到这一瞬间，我不相信，就此告别……"

8

1944年3月19日，德军占领了匈牙利。马洛伊在日记中悲愤地写下："耻辱地活着！耻辱地在百日行走！耻辱地活着！……我心里仿佛有什么东西在3月19日破碎了。我听不到我的声音；就像被乐器震聋了耳朵。"

三天之后，作家夫妇逃到了布达佩斯郊外的女儿村(Leányfalu)避难，当时，罗拉的父亲被关入了考绍的"犹太人集中区"，罗拉的妹妹和两个孩子跟他们在一起。马洛伊还在日记中记录了一件事：曾有一个女人找到他们，说只要他们付一笔钱，就可以让他们在盖世太保的秘密帮助下搭乘一架红十字会飞机飞往开罗，但被马洛伊回绝了……后来证明，马洛伊的决定使他们幸运地躲过一劫，搭乘那架飞机的人全部被送进了德军在奥地利境内建造的茅特森集中营。这一年，他没有出新书。

1945年2月，马洛伊在布达佩斯的公寓在空袭中被炸成了废墟，六万册藏书的毁灭，象征了文化的毁灭。战火平息后，马洛伊创作的新戏《冒险》公演大获成功，他用这笔收入买了一套一居的公寓，在那里住到1948年流亡，之后他母亲住在那里直到1964年去世。

战后，有关当局请马洛伊出任匈牙利—捷克斯洛伐克友好协会主席，被他拒绝了，因为他无法在自己的家乡被割让、自己的同胞被驱逐的情况下扮演这个玩偶，他说："恐怖从法西斯那里学到了一切；最终，没有人从中吸取经验。"他不但拒绝当主席，还退出协会表示抗议，这一态度，自然受到左翼政府的记恨，被社会主义者视为危险的右派、"与新社会格格不入的资产阶级残渣"。

回顾历史，无论右派左派，都是对马洛伊先攻击，后拉拢，拉拢不成，打压噤声；最后，连他的肉身存在都会令当权者不堪容忍，于是逼迫他流亡西方……不过有趣的是，马洛伊在文学上卓越的造诣、优雅的风格和高超的水准使他的作品充满了魅力，令人欲罢不能，不管持有哪派观点的人都忍不住会去读他的书。因为不管他写什么都会独树一帜，都会触动人心，都拥有不容否认的文学价值和人文思想。

1947 年，马洛伊虽然当选为匈牙利科学院院士，拥有名衔和勋章，但由于他的文学风骨、他的抗拒性沉默、他与主流文学保持清醒的距离，最终仍难逃脱当局的打压。1948 年，马洛伊永远地离开了故乡。

自从 1948 年 8 月 31 日马洛伊和罗拉离开匈牙利后，至死都没有再回那片土地。他们走的时候十分孤独，没有人到火车站送行。在瑞士，匈牙利使馆的人找到他问："您是左派的自由主义作家，现在 95% 您想要的都得到了，为什么还要离开？"马洛伊回答："为了那 5%。"

他们先在瑞士逗留了几周，之后移居意大利的那不勒斯，在那里一直住到 1952 年。1949 年，马洛伊仅用了三个月的时间，写完了他的又一部重要作品《土地，土地……！》，这部回忆录讲述了流亡初期的生活，直到 1972 年才正式出版。在《我想要沉默》被发现之前，这本书一直被视为《一个市民的自白》

的第三部，现在看来，它应该是第四部。马洛伊在《土地，土地……！》中写道：“我之所以必须离开，并不仅仅因为他们不允许我自由地写作，更有甚者的是，他们不允许我自由地沉默。”

在意大利期间，他开始在《自由》日报和“自由欧洲电台”工作。

9

1952年，马洛伊和罗拉移居美国纽约，并在伦敦出版了流亡中写的第一部作品《和平的伊萨卡岛》。1954年在《文化人》杂志发表长诗《亡人的话》，被誉为20世纪匈牙利诗歌的杰作。身在异邦，心在家乡，马洛伊曾在纽约的中央公园里写过一首小诗《我这是在哪儿？》，流露出他背井离乡的无奈和惆怅：

我坐在长椅上，仰望着天空。

是中央公园，不是玛格丽特岛。

生活多么美好——我要什么，就得到什么。

这里的面包有股多么怪的味道。

怎样的房屋和怎样的街道！

莫非现在叫卡洛伊环路？

这是怎样的民众啊！——能够忍受匆忙的脚步。

到底谁在照看可怜祖母的坟冢？

空气醉人。阳光明媚。

上帝啊！——我这是在哪儿？

1956年10月，匈牙利爆发了反抗苏联统治的人民自由革命，马洛伊在“自由欧洲电台”进行时事评论。次年，马洛伊夫妇加入了美国国籍。1967年马洛伊夫妇移居意大利南部的萨莱诺市。

1973年，马洛伊和罗拉去维也纳旅游以纪念他俩结婚五十周年，但没有回咫尺之遥的祖国。自从马洛伊流亡后，匈牙利查禁了他的作品。1970年代，匈牙利政府为了改善国际形象，不仅解禁了马洛伊的作品，而且邀请作家回国。然而，马洛伊的骨头很硬，他表示只要自己的家乡还不自由，他就决不返乡，甚至禁止自己的作品在匈牙利出版。1974 年底他们返回美国，1980 年移居圣地亚哥，在那里度过他的晚年。

20 世纪，欧洲有许多文人过着流亡生活，但很少有谁流亡得像马洛伊这样决绝和孤独，他的骨头本来就很硬，流亡更是把它磨砺成了钢铁。托马斯·曼战后也没有回德国，但他可以说“我在哪里，德国文化就在哪里”。德国人都在读他的书，以这位坚决的反法西斯作家为荣。可马洛伊呢？他的匈牙利文化在哪儿？他代表的高尚文化已经成为历史，冷战的文化充满了谎言，即便他的祖国不禁他的书，他也自己坚持沉默，捍卫自己坚守的道德价值和文化价值，不与政治和流行为伍，但他一生没有放弃母语写作，也不为西方的市场写作。流亡期间，他不停地写作，没有出版社给他出书，他就自己出钱印，至少罗拉是他的读者。

流亡期间，他先后出版了八部长篇小说、两部诗集、一部戏剧，以及 1945 至 1985 年的《日记》。在这些作品中，最重要的除了《土地，土地……！》外，就该算《尤迪特……和尾声》了。

《尤迪特……和尾声》是《真爱》的续篇，以一对情人独白的形式，将四十年前写的故事延续到了现在，延伸到了美国，为逝去的时代和被战争和革命消灭了的“市民文化”唱了挽歌。毫无疑问，作者在书里留下了自己的影子——站在被炸毁的公寓废墟中央，站在几万卷被炸成纸浆的书籍中央，直面文化的毁灭。这是马洛伊一生唯一续写的小说，可见他对这部书情有独钟。作者去世后，《真爱》和《尤迪特……和尾声》被合订在一起出版，就是读者将要读到的中文版《伪装成独白的爱情》。

在流亡的岁月，马洛伊除了与爱妻罗拉相依为命，不离不弃，还领养了一个儿子亚诺士，亚诺士结婚后生了三个孩子，他们成了作家夫妇的感情安慰。然而岁月无情，从 1985 年开始死神一次次逼近他，他的弟弟伽博尔和妹妹卡托于这一年去世。1986 年 1 月 4 日，与他厮守了半个多世纪的爱妻罗拉也离开了他；秋天，他那位是电影导演的弟弟盖佐去世。1987 年春天，养子亚诺士也不幸去世，白发人送黑发人，马洛伊再次陷入深深的悲痛。就在这年秋天，他留下了遗嘱。

10

1988 年，随着东欧局势的改变，匈牙利科学院和匈牙利作家协会先后与他取得联系，欢迎他叶落归根，但他还是没有动心。岁月和历史已经让他失去了一切，他不想失去最后一分对自由理想的坚持。

遗憾的是，马洛伊未等到祖国自由，他太老了，太孤独了。

1989 年 1 月 15 日，他在日记里写下了最后一行："我等着死神的召唤，我并不着急，但也不耽搁。时间到了。"

2 月 20 日，他写了最后一封信给好友、遗稿托管人沃罗什瓦利·伊什特万夫妇，他在信中写道："亲爱的伊什特万和亲爱的伊莲：我心灰意懒，不能再这样下去了。始终疲乏无力，再这样下去，我很快就不得不进医院接受看护。这个我想尽量避免。谢谢你们的友谊。你们要好好照顾彼此。我怀着最好的祝愿想念你们。马洛伊·山多尔。"

2 月 21 日，马洛伊在圣地亚哥家中用一枚子弹结束了自己的生命，他以自由地选择死亡这个高傲的姿态成为不朽。"所有的一切慢慢变成了回忆。风景、开放的空间、我行走的大地，所有的一切都充满了启示。所有的一切都讲述着这条遭到损毁、已然流逝、痛苦而甜美的生命，所有的土地都粘挂着无可挽回的、残酷的美丽。也许，我还有很少的时间。但是我要作为死者经历我的人生：我的羞耻（这个羞耻就是在这里维生，就是我在这里度过的生命之耻）不允许做另外的判决。”马洛伊生前曾这样说。1942 年，他还写过一首《在考绍》的诗，在中年时就平心静气地讲述了生与死的轮回：

严肃的，令人回忆的
与亡者以你相称的
与先人相互慰藉的
骄傲和独一无二的
旅行，这也是宿命——
我从这里开始，或许
也在这里结束。

就在马洛伊离世那年的秋天，东欧剧变，柏林墙倒塌，匈牙利也发生了体制改革，苏联从匈牙利彻底撤军。他自由的梦实现了，但他提前去了天上。从 1990 年开始，他的全部作品在匈牙利陆续出版，政府还追授他“科舒特奖章”，这是历史上第一次将这个奖章颁发给亡者。从某个角度讲，马洛伊这根流亡的骨头以他的坚韧不屈，战胜了残酷的时间与喑哑的体制。匈牙利还设立了慧眼识珠的马洛伊文学奖，推出了一位又一位的后继者，其中包括继承了他精神衣钵的凯尔泰斯。正如匈牙利文学评论家普莫卡奇·贝拉所言：“假如，有过一位其生活方式、世界观、道德及信仰本身等所有的一切就代表着文学的作家，那么毫无疑问，这个人就是马洛伊·山多尔。在他的文字里，可以找到生命的意义；在他的语言中，可以窥见个体与群体的有机秩序，体现了整个民族的全部努力和面貌。”

马洛伊一生都没有放下笔，总共写了五十多部作品，长达十几卷的《日记》更具有历史、文学和思想价值。作家去世后，他的全部作品在匈牙利出版，留下的遗稿也陆续面世，新出版了至少有二十多部著作，其中最重要的是1945至1989年的《日记》全本、《一个市民的自白》全本和《我想要沉默》、《解放》，还有与友人的书信集和早年创作的小说集。

“死亡的诗人仍在勤奋工作”，这是马洛伊曾经形容他的文学启蒙恩师科斯托拉尼·德热而写下的一句话，实际上这句话也写给了他自己。

很希望译林出版社的这几本马洛伊作品只是我们认识马洛伊的开始，也希望这位已成为天使的老作家能通过文字坐到我们中间，他是凡间极少见到的高尚、独立、聪慧、坚韧、柔情、勤奋，而且品质上几乎没有瑕疵的人。即便因为他，我也愿相信：存在天使。

2014年11月22日，布达佩斯

图书在版编目(CIP)数据

伪装成独白的爱情 / （匈）马洛伊著；郭晓晶译. —南京：译林出版社，2015.10（2016.3 重印）
（马洛伊作品）
ISBN 978-7-5447-5681-5

Ⅰ. ①伪… Ⅱ. ①马… ②郭… Ⅲ. ①长篇小说-匈牙利-现代 Ⅳ. ①I515.45

中国版本图书馆CIP数据核字（2015）第172937号

Az igazi/Judit ... és az utóhang by Márai Sandor

著作权合同登记号 图字：10-2012-119号

书　　名	伪装成独白的爱情
作　　者	[匈牙利] 马洛伊·山多尔
译　　者	郭晓晶
责任编辑	姚　燚
出版发行	凤凰出版传媒股份有限公司 译林出版社
出版社地址	南京市湖南路1号A楼，邮编：210009
电子邮箱	yilin@yilin.com
出版社网址	http://www.yilin.com
经　　销	凤凰出版传媒股份有限公司
印　　刷	恒美印务（广州）有限公司
开　　本	880毫米 × 1230毫米　1/32
印　　张	17.375
插　　页	4
字　　数	318千
版　　次	2015年10月第1版　2016年3月第2次印刷
书　　号	ISBN 978-7-5447-5681-5
定　　价	48.00元

译林版图书若有印装错误可向出版社调换
（电话：025-83658316）